MARK TWAIN
HUCKLEBERRY FINN
+
EL PRÍNCIPE Y EL MENDIGO

HUCKLEBERRY FINN + EL PRÍNCIPE Y EL MENDIGO
©Astria Ediciones
Diseño de portada: Andrea Rodríguez—Lilyana Galvez
Supervisión Editorial: Óscar Flores Lopez
Administración: Tesla Rodas y Jessica Cordero
Levantamiento de texto: Zona Creativa
Director Ejecutivo: José Azcona Bocock

Primera edición
Tegucigalpa, Honduras—Mayo de 2024

ÍNDICE

DOS CLÁSICOS DE MARK TWAIN EN UN SOLO LIBRO

¿Qué les parece? Tres de nuestros personajes literarios favoritos de todos los tiempos (Hucleberry Finn, El Próncipe y El Mendigo) al alcance de la mano en un solo libro.

En esta edición de Astria, los lectores (niños, jóvenes, grandes y más grandes), podrán acompañar al travieso Huckleberry Finn por una aventura en canoa por el majestuoso Mississippi; o, en la segunda parte, tratar de explicarles a los súbditos de la corte real que ese que está en el palacio no es el rey… sino un mendigo.

Mark Twain, uno de los escritores universales más leído de todos los tiempos, llega a los hogares del lector en un volumen de 400 páginas que serán leídas de un tirón.

Huckleberry nos narra todos los peligros que vive mientras huye con Jim, el esclavo.

Con fuertes críticas al racismo y el esclavismo, Twain publicó Las aventuras de Huckleberry Finn como una segunda parte de otra de sus grandes obras: Tom Sawyer.

(Libro que, por supuesto, será publicado por Astria).

Pero eso no es todo, queridos lectores. En esta edición de 2x1 -¡Vaya ganga de literatura-, también podrán leer El Príncipe y El Mendigo.

Una confusión convierte al mendigo en príncipe… ¡Y luego en el Rey! Mientras tanto, el verdadero príncipe (y heredero al trono), trata por todos los medios de convencer al mundo de que él está destinado a ordenar… no a ser tratado como un súbdito.

¿Cómo termina este enredo? Solo hay una manera de averiguarlo…

¡Felicidades! Tiene usted en sus manos dos bellas historias. Esperamos que usted y su familias las disfruten.

"Es hermoso vivir en una balsa. Teníamos el cielo, allá arriba, salpicado de estrellas, y solíamos acostarnos de espalda y mirarlas y discutir si estaban hechas o simplemente sucedieron". Huckleberry Finn.

PARTE I: HUCKLEBERRY FINN

HUCKLEBERRY FINN Y TOM SAWYER

No sabrán quién soy yo si no han leído un libro titulado Las aventuras de Tom Sawyer, pero no importa. Ese libro lo escribió el señor Mark Twain y contó la verdad, casi siempre. Algunas cosas las exageró, pero casi siempre dijo la verdad. Eso no es nada. Nunca he visto a nadie que no mintiese alguna vez, menos la tía Polly, o la viuda, o quizá Mary. De la tía Polly —es la tía Polly de Tom— y de Mary y de la viuda Douglas se cuenta todo en ese libro, que es verdad en casi todo, con algunas exageraciones, como he dicho antes.

Bueno, el libro termina así: Tom y yo encontramos el dinero que los ladrones habían escondido en la cueva y nos hicimos ricos. Nos tocaron seis mil dólares a cada uno: todo en oro. La verdad es que impresionaba ver todo aquel dinero amontonado. Bueno, el juez Thatcher se encargó de él y lo colocó a interés y nos daba un dólar al día, y todo el año: tanto que no sabría uno en qué gastárselo. La viuda Douglas me adoptó como hijo y dijo que me iba a civilizar, pero resultaba difícil vivir en la casa todo el tiempo, porque la viuda era horriblemente normal y respetable en todo lo que hacía, así que cuando yo ya no lo pude aguantar más, volví a ponerme la ropa vieja y me llevé mi pellejo de azúcar y me sentí libre y contento. Pero Tom Sawyer me fue a buscar y dijo que iba a organizar una banda de ladrones y que yo podía ingresar si volvía con la viuda y era respetable. Así que volví.

La viuda se puso a llorar al verme y me dijo que era un pobre corderito y también me llamó otro montón de cosas, pero sin mala intención. Me volvió a poner la ropa nueva y yo no podía hacer más que sudar y sudar y sentirme apretado con ella. Entonces volvió a pasar lo mismo que antes. La viuda tocaba una campanilla a la hora de la cena y había que llegar a tiempo. Al llegar a la mesa no se podía poner uno a comer, sino que había que esperar a que la viuda bajara la cabeza y rezongase algo encima de la comida, aunque no tenía nada de malo; bueno, sólo que todo estaba cocinado por separado.

Cuando se pone todo junto, las cosas se mezclan y los jugos se juntan y las cosas saben mejor.

Después de cenar sacaba el libro y me contaba la historia de Moisés y los juncos, y yo tenía ganas de enterarme de toda aquella historia, pero con el tiempo se le escapó que Moisés llevaba muerto muchísimos años, así que ya no me importó, porque a mí los muertos no me interesan.

En seguida me daban ganas de fumar y le pedía permiso a la viuda. Pero no me lo daba. Decía que era una costumbre fea y sucia y que tenía que tratar de dejarlo. Eso es lo que les pasa a algunos. Le tienen manía a cosas de las que no saben nada. Lo que es ella bien que se interesaba por Moisés, que no era ni siquiera pariente suyo, y que maldito lo que le valía a nadie porque ya se había muerto, ¿no?, pero le parecía muy mal que yo hiciera algo que me gustaba. Y además ella tomaba rapé; claro que eso le parecía bien porque era ella quien se lo tomaba.

Su hermana, la señorita Watson, era una solterona más bien flaca, que llevaba gafas, acababa de ir a vivir con ella, y se le había metido en la cabeza enseñarme las letras. Me hacía trabajar bastante una hora y después la viuda le decía que ya bastaba. Yo ya no podía aguantar más. Entonces pasaba una hora mortalmente aburrida y yo me ponía nervioso. La señorita Watson decía: "No pongas los pies ahí, Huckleberry" y "No te pongas así de encogido, Huckleberry; siéntate derecho", y después decía: "No bosteces y te estires así, Huckleberry; ¿por qué no tratas de comportarte?".

Después me contaba todos los detalles del lugar malo y decía que ojalá estuviera yo en él. Era porque se enfadaba, pero yo no quería ofender. Lo único que quería yo era ir a alguna parte, cambiar de aires. No me importaba adónde. Decía que lo que yo decía era malo; decía que ella no lo diría por nada del mundo; ella iba a vivir para ir al sitio bueno. Bueno, yo no veía ninguna ventaja en ir adonde estuviera ella, así que decidí ni intentarlo. Pero nunca lo dije porque no haría más que crear problemas y no valdría de nada.

Entonces ella se lanzaba a contarme todo lo del sitio bueno. Decía que lo único que se hacía allí era pasarse el día cantando con un arpa, siempre lo mismo. Así que no me pareció gran cosa. Pero no dije nada. Le pregunté si creía que Tom Sawyer iría allí y dijo que ni muchísimo menos, y yo me alegré, porque quería estar en el mismo sitio que él.

Un día la señorita Watson no paraba de meterse conmigo, y yo empecé a cansarme y a sentirme solo. Después llamaron a los negros para decir las oraciones y todo el mundo se fue a la cama. Yo me fui a mi habitación con un trozo de vela y lo puse en la mesa. Después me senté en una silla junto a la ventana y traté de pensar en algo animado, pero era inútil. Me sentía tan solo que casi me daban ganas de morirme. Las estrellas brillaban y las hojas de los árboles se rozaban con un ruido muy triste; allá lejos se oía un búho que ululaba porque se había muerto alguien y un chotacabras y un perro que gritaban que se iba a morir alguien más, y el viento trataba de decirme algo y yo no entendía lo que era, de forma que me daban calofríos. Después, allá en el bosque, oí ese ruido que hacen los fantasmas cuando quieren decir algo que están pensando y no pueden hacerse entender, de forma que no pueden descansar en la tumba y tienen que pasarse toda la noche velando. Me sentí tan desanimado y con tanto miedo que tuve ganas de compañía. Luego se me subió una araña por el hombro y me la quité de encima y se cayó en la vela, y antes de que pudiera yo alargar la mano, ya estaba toda quemada. No hacía falta que me dijera nadie que aquello era de muy mal fario y que me iba a traer mala suerte, así que tuve miedo y casi me quité la ropa de golpe. Me levanté y di tres vueltas santiguándome a cada vez, y después me até un rizo del pelo con un hilo para que no se me acercaran las brujas. Pero no estaba nada seguro. Eso es lo que se hace cuando ha perdido uno una herradura que se ha encontrado, en vez de clavarla encima de la puerta, pero nunca le había oído decir a nadie que fuese la forma de que no llegara la mala suerte cuando se había matado a una araña.

Volví a sentarme, todo tiritando, y saqué la pipa para fumar, porque la casa estaba ya más silenciosa que una tumba, así que la viuda no se iba a enterar. Bueno, al cabo de mucho tiempo oí que el reloj del pueblo empezaba a sonar: bum... bum... bum... doce golpes y todo seguía igual de tranquilo, más en silencio que nunca. Poco después oí que una rama se partía en la oscuridad entre los árboles: algo se movía. Me enderecé y escuché. En seguida escuché apenas un "¡Miau! ¡Miau!", allá abajo. "Yo voy", dije, y volví a escuchar "Miauuuu, miuaaaa". Apagué la luz y me bajé por la ventana al cobertizo. Entonces me dejé caer al suelo y me fui arrastrando entre los árboles, y claro, allí estaba Tom Sawyer esperándome.

Fuimos de puntillas por un sendero entre los árboles que había hacia el final del jardín de la viuda, inclinándonos para que no nos dieran las ramas en la cabeza. Cuando pasábamos junto a la cocina me tropecé con una raíz e hice un ruido. Nos agachamos y nos quedamos callados. El negro grande de la señorita Watson, que se llamaba Jim, estaba sentado a la puerta de la cocina; lo veíamos muy claro porque tenía la luz de espaldas. Se levantó, alargó el cuello un minuto escuchando y después dijo:

—¿Quién es?

Se quedó escuchando un rato; después salió de puntillas y se puso entre los dos; casi podríamos haberlo tocado. Bueno, apuesto a que pasaron minutos y minutos sin que se oyera un ruido, aunque estábamos muy juntos. Me empezó a picar un tobillo, pero no me atrevía a rascármelo, y después me empezó a picar una oreja, y después la espalda, justo entre los hombros. Creí que me iba a morir si no me rascaba. Desde entonces lo he notado muchas veces. Si está uno con gente fina, o en un funeral, o trata de dormirse cuando no tiene sueño, si está uno en cualquier parte en que no está bien rascarse, entonces le pica a uno por todas partes, en más de mil sitios. Y en seguida va Jim y dice:

—Eh, ¿quién es? ¿Dónde estás? Que me muera si no he oído algo. Bueno, ya sé lo que voy a hacer: voy a quedarme aquí sentado escuchando a ver si lo vuelvo a oír.

Así que se sentó en el suelo entre Tom y yo. Se apoyó de espaldas en un árbol y estiró las piernas hasta que casi me tocó con una de ellas. Me empezó a picar la nariz. Me picaba tanto que se me saltaban las lágrimas. Pero no me atrevía a rascarme. Después me empezó a picar por dentro. Luego por abajo. No sabía cómo seguir sentado sin hacer nada. Aquella tortura duró por lo menos seis o siete minutos, pero pareció mucho más. Ahora ya me picaba en once sitios distintos. Pensé que no podía aguantar ni un minuto más, pero apreté los dientes y me preparé para intentarlo. Justo entonces Jim empezó a respirar de forma muy regular, y en seguida me sentí cómodo otra vez.

Tom me hizo una señal —una especie de ruidito con la boca— y nos fuimos arrastrando a gatas. Cuando estábamos a unos diez pies, Tom me susurró que sería divertido dejar atado a Jim al árbol. Pero le dije que no; podía despertarse y armar jaleo, y entonces verían que yo no estaba en casa. Tom dijo que no tenía suficientes velas y que iba a meterse en la cocina a buscar más. Yo no quería que lo intentase. Dije que Jim podría despertarse y entrar. Pero Tom prefería arriesgarse, así que entramos gateando y sacamos tres velas, y Tom dejó cinco centavos en la mesa para pagarlas. Después salimos, y yo estaba muerto de ganas de que no fuéramos, pero Tom estaba empeñado en que antes tenía que ir a gatas adonde estaba Jim y gastarle una broma. Esperé y me pareció que pasaba mucho rato, con todo aquello tan callado y tan solo.

En cuanto volvió Tom nos echamos a correr por el sendero, dimos la vuelta a la valla y por fin llegamos a la cima del cerro al otro lado de la casa. Tom dijo que le había quitado a Jim el sombrero y se lo había dejado colgado en una rama encima de la cabeza, y que Jim se había movido un poco, pero no se había despertado. Después Jim diría que las brujas lo habían hechizado y dejado en trance, y que le habían estado dando vueltas por todo el estado montadas en él y después le habían vuelto a colocar debajo de los árboles y le habían colgado el sombrero en una rama para indicar quién lo había hecho. Y la siguiente vez que lo contó, Jim dijo que lo habían llevado hasta Nueva Orleans y después cada vez que lo contaba alargaba más el viaje, hasta que al final decía que le habían hecho recorrer el mundo entero y casi le habían matado de cansancio y que le había quedado la espalda llena de forúnculos. Jim estaba tan orgulloso que casi ni hacía caso de los demás negros. Había negros que recorrían millas y millas para oír lo que contaba, y lo respetaban más que a ningún negro de la comarca.

Había negros que llegaban de fuera y se quedaban con las bocas abiertas contemplándolo, como si fuera una maravilla. Los negros se pasan la vida hablando de brujas en la oscuridad, junto al fuego de la chimenea, pero cuando uno de ellos se ponía a hablar y sugería que él sabía mucho de esas cosas, llegaba Jim y decía: "¡Bueno, y tú qué sabes de brujas?", y aquel negro estaba acabado y tenía que quedarse callado. Jim siempre llevaba aquella moneda de cinco centavos atada con una cuerda al cuello y decía que era un talismán que le había dado el diablo con sus propias manos diciéndole que podía curar a cualquiera con él y llamar a las brujas cuando quisiera si decía unas palabras, pero nunca contó lo que tenía que decir.

Llegaban negros de todos los alrededores y le daban a Jim lo que tenían, sólo por ver aquella moneda de cinco centavos, pero no la querían tocar, porque el diablo la había tenido en sus manos. Jim prácticamente ya no valía para sirviente, porque estaba muy orgulloso de haber visto al diablo y de que las brujas se hubieran montado en él.

Bueno, cuando Tom y yo llegamos al borde del cerro miramos desde allí arriba hacia el pueblo y vimos tres o cuatro luces que parpadeaban, donde quizá había gente enferma, y por encima las estrellas brillaban estupendas, y al lado del pueblo pasaba el río, que medía toda una milla de ancho y que corría grandioso en silencio. Bajamos del cerro y nos reunimos con Joe Harper y Ben Rogers y dos o tres chicos más, que estaban escondidos en las viejas tenerías. Así que desamarramos un bote y bajamos dos millas y media por el río, donde estaba la gran hendidura entre los cerros, y desembarcamos.

Fuimos a una mata de arbustos y Tom hizo que todo el mundo jurase mantener el secreto, y después les enseñó un agujero en el cerro, justo en medio de la parte más espesa de los arbustos. Después, encendimos las velas y entramos a cuatro patas.

Recorrimos unas doscientas yardas y después la cueva se abrió. Tom estudió los pasadizos y en seguida se metió debajo de una pared donde no se notaba que había un agujero. Pasamos por un sitio muy estrecho y salimos a una especie de sala, toda húmeda, sudorosa y fría, y allí nos paramos. Entonces va Tom y dice:

—Ahora vamos a fundar una banda de ladrones que se llamará la

Banda de Tom Sawyer. Todo el que quiera ingresar tiene que hacer un juramento y escribir su nombre con sangre.

Todos querían. Entonces Tom sacó una hoja de papel en la que había escrito el juramento y lo leyó. Cada uno de los chicos juraba ser fiel a la banda y no contar nunca ninguno de sus secretos, y si alguien le hacía algo a algún chico de la banda, el chico al que se le ordenara matar a esa persona y su familia tenía que hacerlo, y no podía comer ni dormir hasta haberlos matado a todos y marcarles con el cuchillo una cruz en el pecho, que era la señal de la banda. Nadie que no perteneciese a la banda podía utilizar esa señal, y si lo hacía había que denunciarlo, y si volvía a hacerlo, había que matarlo. Y si alguien que pertenecía a la banda contaba los secretos, había que cortarle el cuello y después quemar su cadáver, tirar las cenizas por todas partes y borrar su nombre de la lista con sangre, y nadie de la banda podía volver a mencionar su nombre, sino que quedaba maldito y había que olvidarlo para siempre.

Todo el mundo dijo que era un juramento estupendo y le preguntó a Tom si se lo había sacado de la cabeza. Dijo que sólo una parte, pero que el resto lo había sacado de libros de piratas y de ladrones y que todas las bandas de buen tono tenían un juramento.

Algunos pensaron que estaría bien matar a las familias de los chicos que contaran los secretos. Tom dijo que era una buena idea, así que sacó un lápiz y la escribió. Entonces va Ben Rogers y dice:

—Pero está Huck Finn, que no tiene familia; ¿qué haríamos con él?

—Bueno, ¿no tiene un padre? —preguntó Tom Sawyer.

—Sí, tiene padre, pero últimamente no lo encuentra nadie. Antes estaba siempre borracho con los cerdos en las tenerías, pero hace un año o más que no lo ve nadie. Siguieron hablando del tema, y me iban a dejar fuera de la banda, porque decían que cada chico tenía que tener una familia o alguien a quien matar, porque si no no sería justo para los demás. Bueno, a nadie se le ocurría nada que hacer; todos estaban callados y pensativos. Yo estaba por echarme a llorar, pero en seguida se me ocurrió una salida y les ofrecí a la señorita Watson: podían matarla a ella. Todos dijeron:

—Ah, estupendo. Eso está muy bien. Huck puede ingresar.

Después todos se clavaron un alfiler en un dedo para sacarse sangre para la firma y yo dejé mi señal en el papel.

—Bueno —va y dice Ben Rogers—, ¿a qué se va a dedicar esta banda?

—Nada más que robos y asesinatos —dijo Tom.

—Pero, ¿qué vamos a robar? Casas o ganado, o...

—¡Bah! Robar ganado y esas cosas no es robar de verdad; ésos son cuatreros —va y dice Tom Sawyer—. No somos cuatreros. Eso no resulta elegante. Somos salteadores de caminos. Paramos las diligencias y los coches en la carretera, con las máscaras puestas, y matamos a la gente y les quitamos los relojes y el dinero.

—¿A la gente hay que matarla siempre?

—Pues claro. Es lo mejor. Algunas autoridades no están de acuerdo, pero en general se considera que lo mejor es matar a todos... salvo a algunos que se pueden traer aquí a la cueva y tenerlos hasta que queden rescatados.

—¿Rescatados? ¿Qué es eso?

—No lo sé. Pero eso es lo que hacen. Lo he visto en los libros, así que desde luego es lo que tenemos que hacer nosotros.

—Pero, ¿cómo vamos a hacerlo si no sabemos lo que es?

—Bueno, maldita sea, tenemos que hacerlo. ¿No les he dicho que está en los libros?

¿Quieren hacerlo distinto de los libros y que salga todo al revés?

—Bueno, Tom Sawyer, eso está muy bien decirlo, pero, ¿cómo diablos van a quedar rescatados esos tipos si no sabemos cómo se hace? Eso es lo que me gustaría saber a mí.

¿Qué crees tú que es?

—Bueno, no sé. Pero a lo mejor si nos quedamos con ellos hasta que queden rescatados significa que nos tenemos que quedar con ellos hasta que se hayan muerto.

—Bueno, algo es algo, es una respuesta. ¿Por qué no podías haberlo dicho antes? Nos los quedamos hasta que se queden muertos de un rescate, y vaya una pesadez que van a resultar: comiéndolo todo y tratando de escaparse todo el tiempo.

—Qué cosas dices, Ben Rogers. ¿Cómo van a escaparse cuando hay una guardia que los vigila dispuesta a pegarles un tiro si mueven un dedo?

—¡Una guardia! Ésa sí que es buena. O sea que alguien tiene que quedarse sentado toda la noche sin dormir nada, sólo para vigilarlos. Me parece una bobada. ¿Por qué no podemos darles un garrotazo y que se queden rescatados en cuanto los traigamos?

—Porque no es lo que dicen los libros, por eso. Vamos, Ben Rogers, ¿quieres hacer las cosas bien o no? De eso se trata. ¿No crees que la gente que ha escrito los libros sabe lo que está bien hacer? ¿Crees que tú vas a enseñarles algo? Ni mucho menos. No, señor, vamos a rescatarlos como está mandado.

—Bueno. Me da igual; pero de todas maneras digo que es una tontería. Oye, ¿matamos también a las mujeres?

—Mira, Ben Rogers, si yo fuera tan ignorante como tú trataría de disimularlo. ¿Matar a las mujeres? No; nadie habrá visto nada parecido en los libros. Las traes a la cueva y te portas con ellas de lo más fino del mundo, y poco a poco se enamoran de ti y ya no quieren volver a sus casas.

—Bueno, si es así, estoy de acuerdo, pero tampoco me dice mucho. En seguida tendremos la cueva tan llena de mujeres y de tipos esperando al rescate que no quedará sitio para los ladrones. Pero adelante, no tengo nada que decir.

El pequeño Tommy Barnes ya se había dormido, y cuando lo despertaron tenía miedo, se echó a llorar y dijo que quería volver a su casa con su mamá y que ya no quería ser bandido.

Así que todos se rieron mucho de él, y cuando lo llamaron llorón él se enfadó y dijo que iba a contar todos los secretos. Pero Tom fue y le dio cinco centavos para que se callase y dijo que todos nos íbamos a casa y nos reuniríamos la semana que viene para robar a alguien y matar a alguna gente.

Ben Rogers dijo que no podía salir mucho, sólo los domingos, así que quería empezar el domingo que viene; pero todos los chicos dijeron que estaría muy mal hacerlo en domingo, y se acabó la discusión. Decidieron reunirse para determinar la fecha en cuanto pudieran y después elegimos a Tom Sawyer primer capitán y a Joe Harper segundo capitán de la banda y nos fuimos a casa.

Subí por el cobertizo a rastras hasta mi ventana justo antes del amanecer. Mi ropa nueva estaba toda llena de manchas de barro, y yo, cansado como un perro.

ESPADAS Y ESCOPETAS

Bueno, por la mañana la vieja señorita Watson me echó una buena bronca por lo de la ropa, pero la viuda no me riñó, sino que limpió las manchas y el barro, y parecía estar tan triste que pensé que, si podía, me portaría bien durante un tiempo. Después la señorita Watson me llevó al gabinete a rezar, pero no pasó nada. Me dijo que rezase todos los días y que todo lo que pidiera se me daría. Pero no era verdad. Lo intenté. Una vez conseguí un sedal para pescar, pero sin anzuelos. Sin anzuelos no me valía para nada. Probé a conseguir los anzuelos tres o cuatro veces, pero no sé por qué aquello no funcionaba. Así que un día le pedí a la señorita

Watson que lo intentase por mí, pero me dijo que era tonto. Nunca me explicó por qué y yo nunca pude entenderlo.

Una vez fui a sentarme en el bosque a pensarlo con calma. Me dije: "Si uno puede conseguir todo lo que pide cuando reza, ¿por qué no le devuelven al diácono Winn el dinero que perdió con lo de los cerdos? ¿Por qué no le devuelven a la viuda la cajita de plata para el rapé que le robaron? ¿Por qué no puede engordar la señorita Watson? No, me dije, todo eso no tiene sentido".

Fui y se lo conté a la viuda, y me dijo que lo que podía conseguirse rezando eran los "bienes espirituales". Aquello era demasiado para mí, pero me explicó lo que significaba: tenía que ayudar a otra gente y hacer todo lo que pudiera por ellos y cuidar siempre de los demás y no pensar nunca en mí mismo. Según me pareció, aquello incluía a la señorita Watson. Fui al bosque y me lo estuve pensando mucho tiempo, pero no le veía la ventaja, salvo para la otra gente; así que por fin calculé que no me iba a preocupar más, sino que lo olvidaría. A veces la viuda me llevaba con ella y me hablaba de la Providencia de forma que se le hacía a uno la boca agua, pero a lo mejor al día siguiente la señorita Watson lo volvía a deshacer todo. Me pareció que podía ser que hubiera dos Providencias y que, a uno, pobrecillo, le iría muy bien la Providencia de la viuda, pero que, si era la de la señorita Watson, no tenía nada que hacer. Me lo pensé todo y calculé que, si ella quería, me iría con la de la viuda, aunque tampoco veía qué iba a sacar con tenerme de su lado que no tuviera antes, dado lo ignorante y lo poca cosa y corrientucho que era yo.

A padre hacía más de un año que nadie lo veía, y yo tan contento; no quería volver a verlo. Siempre me atizaba cuando estaba sereno y podía echarme mano, aunque cuando él andaba cerca yo solía largarme al bosque. Bueno, hacia entonces lo encontraron en el río ahogado, unas doce millas arriba del pueblo, decía la gente. Por lo menos, creían que era él; decían que aquel ahogado medía igual que él y estaba vestido de harapos y llevaba el pelo muy largo, todo igual que padre, pero por la cara no sabían nada, porque llevaba tanto tiempo en el agua que ya no parecía en absoluto una cara. Dijeron que flotaba de espaldas en el agua. Lo sacaron y lo enterraron en la ribera. Pero yo no me quedé tranquilo mucho tiempo, porque se me ocurrió una cosa. Sabía muy bien que un ahogado no flota de espaldas, sino de cara. Así que entonces comprendí que no era padre, sino una mujer vestida de hombre. Y volví a ponerme nervioso. Pensé que el viejo aparecería algún día, aunque por mí ojalá que no.

Jugamos a los bandidos durante un mes, de vez en cuando, y después yo me salí. Todos los chicos hicieron lo mismo. No habíamos robado a nadie, no habíamos matado a nadie, no habíamos hecho más que fingir. Salíamos de un salto del bosque y cargábamos contra los porqueros y las mujeres que llevaban las cosas de sus huertos al mercado en carros, pero nunca les hacíamos nada. Tom Sawyer llamaba a los cerdos "lingotes2 y a los nabos y eso "joyas", y nos íbamos a la cueva y hablábamos de lo que habíamos hecho y de cuánta gente habíamos matado y marcado con nuestra señal. Pero yo no le veía ninguna ventaja. Una vez Tom mandó a un chico que fuera corriendo por el pueblo con un palo encendido que él decía que era una "consigna" (señal de que la banda tenía que reunirse) y después dijo que sus espías le habían mandado noticias secretas de que al día siguiente un montón de comerciantes españoles y árabes ricos iba a acampar en la Boca de la Cueva con doscientos elefantes y seiscientos camellos y más de mil mulas de carga, todas transportando diamantes, y que sólo llevaban una guardia de cuatrocientos soldados, así que teníamos que ponerles una emboscada y matarlos a todos.

Dijo que debíamos preparar las espadas y las escopetas y estar listos. Nunca podía llevarse ni siquiera una carreta de nabos, pero se empeñaba en que las espadas y las escopetas estuvieran todas limpias, aunque, como no eran más que listones de madera y palos de escoba, podía uno limpiarlas hasta morirse del aburrimiento y no valían ni un centavo más que antes. Yo no creía que pudiéramos vencer a tantos españoles y árabes, pero quería ver los camellos y los elefantes, de forma que, al día siguiente, que era sábado, me presenté a la emboscada, y cuando nos dio la orden salimos corriendo del bosque y bajamos el cerro. Pero no había españoles ni árabes ni camellos ni elefantes. No había más que una gira de la escuela dominical, y encima de los de primer curso. Los dispersamos y perseguimos a los niños por el cerro, pero no sacamos más que mermelada y unas rosquillas, aunque Ben Rogers se llevó una muñeca de trapo y Joe Harper un libro de himnos y un folleto de propaganda, y entonces llegó corriendo el maestro y nos hizo dejarlo todo y salir corriendo. No vi ningún diamante, y se lo dije a Tom Sawyer.

Me contestó que de todos modos los había a montones y que también había árabes y elefantes y cosas. Entonces le dije que por qué no podíamos verlos. Me dijo que si no fuera tan ignorante y hubiera leído un libro que se llamaba Don Quijote, lo sabría sin preguntar. Dijo que todo lo hacían por arte de magia. Dijo que allí había cientos de soldados y elefantes y tesoros y todo eso, pero que teníamos enemigos que él llamaba magos y que lo habían convertido todo en una escuela dominical para niños, sólo por despecho. Entonces yo dije que bueno, que lo que teníamos que hacer era atacar a los magos. Tow Sawyer me llamó palurdo.

—Hombre —dijo—, un mago puede llamar a un montón de genios, que te podrían hacer picadillo en medio minuto. Son igual de altos que árboles y cuadrados como armarios de tres cuerpos.

—¿Bueno —digo yo—, zy qué pasa si conseguimos que algunos de esos genios nos ayuden a nosotros? ¿No podríamos vencer entonces a los otros?

—¿Cómo vas a conseguirlo?

—No sé. ¿Cómo lo consiguen ellos?

—Pues frotan una lámpara vieja de estaño o un anillo de hierro, y entonces llegan los genios, acompañados de truenos y rayos y de todo el humo del mundo y van y hacen todo lo que se les dice que hagan. Les resulta facilísimo arrancar de cuajo una torre y darle en la cabeza con ella a un superintendente de escuela dominical, o a cualquiera.

—¿Quién les obliga a hacer todo eso?

—Hombre, el que frota la lámpara o el anillo. Pertenecen al que frota la lámpara o el anillo y tienen que hacer lo que les diga. Si les dice que construyan con diamantes un palacio de cuarenta millas de largo y lo llenen de chicle, o de lo que tú quieras, y que traigan a la hija de un emperador de la China para casarte con ella, tienen que hacerlo, y además antes de que amanezca el día siguiente. Y encima tienen que transportar ese palacio por todo el país siempre que se lo diga uno, ¿comprendes?

—Bueno —dije yo—, creo que son idiotas por no quedarse con el palacio, en lugar de hacer todas esas bobadas. Y, además, lo que es yo, si fuera uno de ellos me iría al quinto pino antes de dejar lo que tuviera entre manos para hacer lo que me dijese un tipo que estaba frotando una lámpara vieja de estaño.

—Qué cosas dices, Huck Finn. Pero si es que tendrías que ir cuando la frotase, quisieras o no.

—¡Cómo! ¿Si yo fuera igual de alto que un árbol y cuadrado como un armario de tres cuerpos? Bueno, vale; iría, pero te apuesto a que ese hombre tendría que subirse al árbol más alto que hubiera en todo el país.

—Caray, es que no se puede hablar contigo, Huck Finn. Es como si no supieras nada de nada, como un perfecto idiota.

Me quedé pensando en todo aquello dos o tres días y después decidí probar, a ver si era verdad o no. Me llevé una lámpara vieja de estaño y un anillo de hierro al bosque y me puse a frotar hasta sudar como un indio, calculando que me construiría un palacio para venderlo; pero nada, no vino ningún genio. Entonces pensé que todo aquello no era más que una de las mentiras de Tow Sawyer. Supuse que él se creía lo de los árabes y los elefantes, pero yo no pienso igual que él. Aquello parecía cosa de la escuela dominical.

Bueno, pasaron tres o cuatro meses y ya estaba bien entrado el invierno. Había ido a la escuela casi todo el tiempo, me sabía las letras y leer y escribir un poco y me sabía la tabla de multiplicar hasta seis por siete treinta y cinco, y pensaba que nunca llegaría más allá, aunque viviera eternamente. De todas formas, las matemáticas no me gustan mucho.

Al principio me fastidiaba la escuela, pero poco a poco aprendí a aguantarla. Cuando me cansaba demasiado hacía novillos, y la paliza que me daban al día siguiente me sentaba bien y me animaba. Así que cuanto más tiempo iba a la escuela, más fácil me resultaba. También me estaba empezando a acostumbrar a las cosas de la viuda, que ya no me molestaban tanto. El vivir en una casa y dormir en una cama me resultaba casi siempre molesto, pero antes de que empezara a hacer frío solía escaparme a dormir en el bosque, de forma que me valía de descanso.

Me gustaban más las cosas de antes, pero también me estaban empezando a gustar las nuevas un poco. La viuda decía que yo progresaba lento pero seguro y que lo hacía muy bien. Dijo que no se sentía avergonzada de mí.

Una mañana por casualidad volqué el salero a la hora del desayuno. Pesqué un poco de sal en cuanto pude para tirarla por encima del hombro izquierdo y alejar la mala suerte, pero la señorita Watson se me adelantó para impedírmelo. Va y me dice: "Quita esas manos, Huckleberry; ¡te pasas la vida ensuciándolo todo!". La viuda trató de excusarme, pero aquello no iba a alejar la mala suerte, y yo lo sabía. Después de desayunar me fui, preocupado y temblando, preguntándome dónde me iba a caer y qué iba a hacer. Hay formas de escapar a algunos tipos de mala suerte, pero ésta no era una de ellas, así que no traté de hacer nada, sino que seguí adelante, muy desanimado y alerta a lo que pasaba.

Bajé por el jardín delantero y salté la puertecita por donde se pasa la valla alta. Había en el suelo una pulgada de nieve recién caída y vi las huellas de alguien. Venían de la cantera, se detenían ante la portezuela y después le daban la vuelta a la valla del jardín. Era curioso que no hubieran pasado después de haberse quedado allí. No lo entendía. En todo caso, resultaba extraño. Iba a seguirlas, pero primero me paré a examinarlas.

Al principio no vi nada; después sí. En el tacón de la bota izquierda había una cruz hecha con clavos para que no se acercara el diablo.

En un segundo me levanté y bajé corriendo el cerro. De vez en cuando miraba por encima del hombro, pero no vi a nadie. Llegué a casa del juez Thatcher en cuanto pude. Me dijo:

—Pero, chico, estás sin aliento. ¿Has venido a buscar los intereses?

—No, señor —respondí—; ¿me los tiene usted?

—Ah, sí, anoche llegaron los del semestre: más de ciento cincuenta dólares. Para ti, toda una fortuna. Más vale que me dejes invertirlos con tus seis mil, porque si te los doy te los vas a gastar.

—No, señor —dije—. No quiero gastármelos. No los quiero para nada; y tampoco los seis mil. Quiero que se los quede usted; quiero dárselos a usted: los seis mil y todo.

Pareció sorprenderse. Era como si no lo pudiera comprender. Va y dice:

—Pero, ¿qué quieres decir, muchacho? Y voy y le digo:

—Por favor, no me pregunte nada. Se lo queda usted; ¿verdad? Y va y dice:

—Bueno, no sé qué hacer. ¿Pasa algo?

—Por favor, quédeselo y no me pregunte nada... así no tendré que contar mentiras. Se lo pensó un rato y después dijo:

—¡Ah, ah! Creo que ya entiendo. Quieres venderme todos tus bienes; no dármelos. Eso es lo correcto.

Después escribió algo en un papel, que me leyó y que decía:

—Mira; verás que dice "por la suma convenida". Eso significa que te lo he comprado y te lo he pagado. Ten un dólar. Ahora fírmalo. Así que lo firmé y me fui.

Jim, el negro de la señorita Watson, tenía una bola de pelo del tamaño de un puño que habían sacado del cuarto estómago de un buey, y hacía cosas de magia con ella. Decía que dentro había un espíritu que lo sabía todo. Así que aquella noche fui a verlo y le dije que había vuelto padre, porque había visto sus huellas en la nieve. Lo que quería saber yo era qué iba a hacer y dónde pensaba dormir. Jim sacó su bola de pelo y dijo algo por encima de ella, y después la levantó y la dejó caer al suelo. Cayó de un solo golpe y no rodó más que una pulgada. Jim volvió a probar una vez y otra vez, siempre lo mismo.

Se arrodilló y acercó la oreja para escuchar. Pero nada; no quería hablar. Jim dijo que no hablaría si no le dábamos dinero. Le dije que tenía un viejo cuarto de dólar falso y liso que no valía nada porque se le veía un poco el cobre por debajo de la plata y nadie lo aceptaría, aunque no se le viera el cobre, porque estaba tan liso que se resbalaba y todo el mundo lo notaba (pensé no decirle nada del dólar que me había dado el juez). Le dije que era un dinero muy malo, pero que quizá la bola de pelo lo aceptaría, porque a lo mejor no entendía la diferencia. Jim lo olió, lo mordió, lo frotó y dijo que conseguiría que la bola de pelo creyese que era bueno porque iba a partir por la mitad una patata irlandesa cruda y a meter en medio la moneda y dejarla toda la noche, que a la mañana siguiente no se podría ver el cobre y ya no estaría tan resbaladiza, de forma que cualquiera del pueblo la aceptaría, conque más una bola de pelo. Bueno, yo ya sabía que las patatas valían para eso, pero se me había olvidado.

Jim colocó la moneda debajo de la bola de pelo, se agachó y volvió a escuchar. Esta vez dijo que la bola de pelo estaba bien. Dijo que me diría la buenaventura si yo quería. Voy y le digo que adelante. Entonces la bola de pelo le habló a Jim, y Jim me lo contó. Va y dice:

—Tu padre no sabe todavía lo que va a hacer. A veces piensa que se va a ir y luego va y piensa que se queda. Lo mejor es dejar las cosas y que el viejo haga lo que quiera. Hay dos ángeles que le dan güeltas. Uno de ellos es blanco y resplandeciente y el otro es negro. El blanco le hace ir por el buen camino un rato y después viene el negro y lo fastidia. No se puede saber cuál va a ser el último que lo coja. Pero a ti te irá bien.

Vas a tener muchos problemas en la vida y muchas alegrías. A veces te lo vas a pasar mal y a veces te vas a poner malo, pero cada vez te vas a poner bueno. Hay dos hembras que importan en tu vida. Una es clara y la otra oscura. Una es rica y la otra es probe. Tú te vas a casar primero con la probe y luego con la rica. Tienes que tener mucho cuidado con el agua y no tener aventuras, porque está escrito que te van a ahorcar.

Aquella noche, cuando encendí la vela y subí a mi habitación, allí estaba padre, ¡en persona!

"CUIDADO CÓMO ME HABLAS"

Yo había cerrado la puerta. Entonces me di la vuelta y allí estaba. Antes le tenía miedo porque me pegaba todo el tiempo. Pensé que ahora también se lo tendría, pero al cabo de un minuto vi que me había equivocado, o sea, después del primer susto, como quien dice, cuando me quedé sin aliento, porque no me lo esperaba para nada; pero en seguida me di cuenta de que no le tenía tanto miedo.

Tenía casi cincuenta años y los aparentaba. Llevaba un pelo largo, enredado y grasiento que le colgaba hasta el cuello, y por el medio se le veían los ojos que le brillaban como si estuviera escondido detrás de una parra. Lo tenía todo negro, sin canas; igual que la barba larga y desordenada. No tenía nada de color en la cara, donde se le veía; estaba todo blanco, no como otros hombres, sino de un blanco que daba asco, un blanco que le daba a uno picores, un blanco de sapo de árbol, de vientre de pez. Y de ropa: harapos y nada más. Tenía apoyado un tobillo en la otra rodilla; la bota de aquel pie estaba rota y se le veían dos de los dedos, que movía de vez en cuando. Había dejado el sombrero en el piso: un viejo chambergo con la copa toda hundida, como una tapadera.

Me quedé mirándolo; él siguió sentado mirándome, con la silla echada un poco atrás. Dejé la vela en el suelo. Vi que la ventana estaba levantada, así que había subido por el cobertizo. No hacía más que mirarme. Al cabo de un rato va y dice:

—Buena ropa llevas, muy buena. Te debes creer un pez gordo, ¿no?

—A lo mejor sí y a lo mejor no —respondí.

—No te pongas chulo —va y dice—. Desde que me marché te das muchas ínfulas. Ya te voy a bajar yo los humos antes de terminar contigo. Y me han dicho que estás educado: que sabes leer y escribir. Te crees que ahora vales más que tu padre, ¿no?, sólo porque él no sabe. Ya te enseñaré yo. ¿Quién te ha dicho que fueras por ahí, dándote aires?

¿Quién te ha dado permiso?

—La viuda. Me lo dijo ella.

—La viuda, ¿eh? Y, ¿quién ha venido a darle a la viuda vela en este entierro?

—No se la ha dado nadie.

—Bueno, ya le voy a enseñar yo a meterse en sus cosas. Y mira lo que te digo: deja de ir a la escuela, ¿te enteras? Ya voy a enseñar yo a ésos a educar a un chico para que se dé aires delante de su propio padre y haga como que vale más que él. Que no te vuelva a coger cerca de esa escuela, ¿te enteras? Tu madre no sabía leer, y tampoco sabía escribir y se murió tan tranquila. En la familia nadie aprendió a leer antes de morirse. Yo no sé, y ahí estás tú dándote aires. Y yo no soy hombre para aguantar eso, ¿te enteras? Oye, a ver cómo lees.

Saqué un libro y empecé a leer algo que hablaba del general Washington y de las guerras. Cuando llevaba leyendo aproximadamente medio minuto, me arrancó el libro de golpe y lo tiró al otro lado de la habitación. Y va y dice:

—Es verdad. Sí que sabes. Tenía mis dudas cuando me lo dijiste. Pues mira, déjate de ínfulas. No te lo voy a aguantar. Voy a estar muy atento, listillo, y si te pesco por esa escuela, te doy una paliza. Si sigues así, también te va a dar religiosa. Nunca he visto un chico igual.

Agarró un cromo azul y amarillo con unas vacas y un chico, y va y dice:

—¿Qué es esto?

—Me lo han dado por saberme bien la lección. Lo rompió y va y dice:

—Yo te voy a dar algo mejor: te voy a dar una buena tunda.

Se quedó sentado murmurando y gruñendo un rato y luego va y dice:

—Pero estás hecho todo un dandi, ¿no? Cama y sábanas, espejo y tu alfombra en el suelo, mientras que tu propio padre tiene que dormir con los cerdos en las tenerías. Nunca he visto un chico así. Seguro que tendrás menos ínfulas cuando acabe contigo. Pero si es que no paras de darte aires... Me han dicho que eres rico. ¿Eh?... ¿Cómo ha sido eso?

—Es mentira... así ha sido eso.

—Mira, ten cuidado cómo me hablas. Ya te estoy tolerando demasiado, así que no te pongas insolente. Llevo dos días en el pueblo y lo único que me han dicho todos es que eres rico. Y también lo he oído decir por el río. Por eso he venido. Mañana me traes ese dinero: lo quiero yo.

—No tengo dinero.

—Mentira. Lo tiene el juez Thatcher. Sí que lo tienes. Y yo lo quiero.

—No tengo nada de dinero. Te lo estoy diciendo. Pregúntaselo al juez Thatcher y te dirá lo mismo.

—Muy bien. Voy a preguntárselo y voy a hacer que apoquine, y si no ya me enteraré por qué. Oye, ¿cuánto llevas en el bolsillo? Dámelo.

—Sólo tengo un dólar y lo quiero para...

—No importa para qué lo quieras... Dámelo y basta.

Se lo di y lo mordió para ver si era bueno, y después dijo que iba a ir al centro del pueblo a tomarse un whisky; que no había bebido en todo el día. Cuando salió al cobertizo, volvió a meter la cabeza por la ventana y me maldijo por tener ínfulas y tratar de ser más que él, y cuando calculé que se había ido ya, volvió a meter la cabeza por la ventana y me dijo que cuidado con aquella escuela, porque iba a estar muy atento y me zurraría si no dejaba de ir.

Al día siguiente estaba borracho y fue a ver al juez Thatcher, a darle la lata tratando de hacer que le diese el dinero, pero no lo consiguió, y después juró que iba a hacer que la ley lo obligara.

El juez y la viuda fueron a la ley para que el tribunal le quitase la custodia y que uno de ellos fuera mi tutor, pero había llegado un juez nuevo y no conocía a mi viejo, así que dijo que los tribunales no debían intervenir para separar familias si podían evitarlo; dijo que prefería no separar a un hijo de su padre. Así que el juez Thatcher y la viuda tuvieron que renunciar al asunto.

El viejo estaba más contento que unas castañuelas. Dijo que me iba a estar zurrando hasta dejarme lleno de cardenales si no le conseguía algo de dinero. Le pedí prestados tres dólares al juez Thatcher, y padre se los llevó y se emborrachó y armó un lío por todas partes con sus palabrotas, sus gritos y sus escándalos, y así siguió por todo el pueblo, dándole a una cacerola hasta casi medianoche; entonces lo encarcelaron y al día siguiente lo llevaron al juzgado y lo volvieron a meter en la cárcel una semana. Pero dijo que estaba contento, que era quien mandaba en su hijo y que ya me arreglaría las cuentas.

Cuando salió, el nuevo juez dijo que iba a convertirlo en otro hombre. Así que se lo llevó a su casa, le dio ropa buena y limpia y lo invitó a desayunar y a comer y a cenar con la familia, y se portó como un hermano con él, como quien dice. Y después de cenar le habló de la templanza y cosas así hasta que el viejo se echó a llorar y dijo que había sido un idiota y que había desperdiciado su vida en idioteces, pero que ahora iba a cambiar totalmente y ser un hombre del que no se avergonzara nadie, y esperaba que el juez lo ayudara y no lo despreciara. El juez dijo que aquello le daba ganas de abrazarle y hasta él y su mujer se pusieron a llorar; padre dijo que había sido un hombre al que nadie había comprendido hasta entonces y el juez dijo que lo creía. El viejo dijo que lo que necesitaba un hombre caído era solidaridad, y el juez dijo que era cierto; así que se pusieron a llorar otra vez. Y cuando llegó la hora de acostarse el viejo se levantó y alargó la mano y va y dice:

—Mírenla, señoras y caballeros; tómenla en las suyas, dénselas. Esta mano era la de un cerdo, pero ya no lo es; es la de un hombre que ha empezado una nueva vida y que morirá antes que volver a la antigua. Recuerden estas palabras: no olviden que las he dicho yo. Ahora es una mano limpia; denme las suyas, no tengan miedo.

Así que todos le dieron la mano, uno tras otro, y lloraron. La mujer del juez se la besó. Después el viejo firmó una promesa: hizo su señal. El juez dijo que era el momento más sacrosanto que recordaba, o algo parecido. Después hicieron acostarse al viejo en una habitación muy bonita, que era la de los invitados, y aquella misma noche, un rato después, le dio una gran sed y se bajó por el tejado del porche, por una de las columnas, y cambió su chaqueta nueva por una jarra de whisky matarratas y volvió a la habitación y se lo pasó estupendamente, y hacia el amanecer volvió a salir, más borracho que una cuba, y se cayó rodando por el tejado del porche y se rompió el brazo izquierdo por dos sitios, y casi había muerto de congelación cuando alguien lo encontró después de salir el sol. Y cuando entraron a ver lo que había en aquella habitación para los invitados, tuvieron que buscar un piloto para que les indicara el camino.

El juez se sintió un poco amargado. Dijo que calculaba que alguien podría reformar al viejo con una escopeta, a lo mejor, pero que no sabía ninguna otra forma.

Bueno, el viejo no tardó en curarse y entonces se metió con el juez Thatcher en los tribunales para obligarle a que le diese aquel dinero, y luego conmigo por no dejar de ir a la escuela. Me agarró un par de veces y me zurró, pero de todos modos yo iba a la escuela y casi todas las veces me escondía de él o corría más. Antes no tenía tantas ganas de ir a la escuela. Pero ahora pensé que iría para fastidiar a padre. Lo del juicio iba muy despacio: parecía que nunca iba a empezar; de forma que de vez en cuando le pedía prestados dos o tres dólares al juez para dárselos y librarme de una paliza. Cada vez que tenía dinero se emborrachaba, y cada vez que se emborrachaba armaba un jaleo en el pueblo, y cada vez que armaba un jaleo le metían en la cárcel. Y él tan contento: ese tipo de vida era el que le gustaba.

Empezó a pasar demasiado tiempo rondando por casa de la viuda, así que ella por fin le dijo que si no dejaba de rondar por ahí le iba a buscar algún problema. Diablo cómo se puso. Dijo que iba a demostrar quién mandaba en Huck Finn. Así que un día me estuvo esperando en la fuente, me agarró y me llevó río arriba tres millas en un bote y cruzó al lado de Illinois, donde había bosques y no había más casas que una vieja cabaña de troncos en un sitio con tantos árboles que no se podía encontrar si no se sabía el camino ya antes.

Me llevaba siempre con él y nunca tuve la oportunidad de escaparme. Vivimos en aquella cabaña y siempre cerraba la puerta con llave; por las noches se acostaba con ella debajo de la almohada.

Tenía una escopeta que creo que había robado y me llevaba de pesca y de caza, que era de lo que vivíamos. De vez en cuando me dejaba encerrado y se iba a la tienda, que estaba a tres millas, donde pasaba el transbordador, y cambiaba pescado y caza por whisky, y se lo llevaba a casa y se emborrachaba, se lo pasaba muy bien y me daba una paliza. La viuda se enteró de dónde estaba y al cabo de un tiempo envió a un hombre para tratar de que me llevara, pero padre lo echó con la escopeta y no tardé mucho en acostumbrarme a estar donde estaba, y me gustaba... salvo la parte de las palizas.

Todo era muy tranquilo y se pasaba bien, tumbado todo el día, fumando y pescando, sin libros ni estudios. Pasaron dos meses o más y toda la ropa se me hizo jirones y se me puso sucia, y no entendía cómo me había gustado estar en casa de la viuda, donde había que lavarse y comer en un plato y peinarse e irse a la cama y levantarse a horas fijas y pasarse la vida con un tostón de libro mientras la vieja señorita Watson se metía con uno todo el tiempo. Ya no quería volver. Había dejado de decir palabrotas porque a la viuda no le gustaban, pero ahora volvía a decirlas porque padre no le veía nada de malo. Lo pasé bastante bien allí en el bosque, si se tiene todo en cuenta.

Pero poco a poco padre empezó a aficionarse demasiado a darme de palos y yo no podía aguantarlo. Estaba lleno de cardenales. También empezó a pasar mucho tiempo fuera, y me dejaba encerrado. Una vez me encerró y desapareció tres días seguidos. Me sentí horriblemente solo. Pensé que se había ahogado y que yo ya no iba a salir de allí nunca más. Tuve miedo. Decidí buscar alguna forma de marcharme. Había tratado de irme de aquella cabaña muchas veces, pero no encontraba la forma. No había una ventana lo bastante grande para que pasara ni un perro. No podía salir por la chimenea porque era demasiado estrecha. La puerta era gruesa, de planchas de roble macizo. Padre tenía mucho cuidado y nunca dejaba un cuchillo ni nada en la cabaña cuando se iba; supongo que yo había registrado por allí lo menos cien veces; bueno, la verdad era que me pasaba buscando todo el tiempo, porque era la única forma de entretenerse. Pero una vez, por fin encontré algo; encontré un viejo serrucho oxidado y sin mango; estaba metido entre una viga y las tejas de arriba.

Lo limpié y me puse al trabajo. Había una manta de caballo clavada en los troncos a un extremo de la cabaña, detrás de la mesa, para que el viento no entrase por las ranuras y apagase la vela. Me metí debajo de la mesa, levanté la manta y me puse a aserrar una sección del gran tronco de abajo, lo bastante grande para que cupiera yo. Bueno, me llevó mucho tiempo, pero ya estaba llegando al final cuando oí en el bosque la escopeta de padre. Escondí las huellas de mi trabajo, dejé caer la manta y el serrucho y en seguida llegó padre.

Padre no estaba de buen humor, o sea, que estaba como de costumbre. Dijo que había ido al centro del pueblo y que todo le iba mal. Su abogado le había dicho que calculaba que ganaría el pleito y conseguiría el dinero si el juicio empezaba alguna vez, pero que siempre había formas de irlo aplazando, y el juez Thatcher se las sabía todas. Dijo que según la gente iba a haber otro juicio para separarme de él y hacer que la viuda fuera mi tutora, y calculaban que esta vez ganaría ella.

Aquello me puso muy nervioso, porque ya no quería volver a casa de la viuda y a tanta disciplina y civilización, como la llamaban. Entonces el viejo se puso a maldecir todas las cosas y a la gente que se le ocurría, y después volvió a maldecirlos otra vez para estar seguro de que no se le había olvidado nadie, y terminó con una especie de maldición general contra todos, hasta un montón de gente que no sabía cómo se llamaba, así que cuando llegaba a ellos decía como se llame, y seguía maldiciendo.

Dijo que ya le gustaría a él ver cómo se me llevaba la viuda. Dijo que iba a estar atento y que, si trataban de hacerle esa faena, conocía un sitio a seis o siete millas de distancia donde esconderme, y donde podrían buscar hasta caerse muertos sin encontrarme.

Aquello volvió a ponerme nervioso, pero sólo un minuto; calculaba que para entonces yo ya no andaría por allí.

El viejo me hizo ir al bote a buscar lo que había traído. Había un saco de cincuenta libras de avena de maíz y un cuarto de tocino entreverado, municiones, una jarra de whisky de cuatro galones y un libro viejo y dos periódicos para rellenar ranuras, además de algo de estopa. Llevé una carga y luego volví a sentarme en la proa del bote a descansar. Volví a pensármelo todo y decidí escaparme con la escopeta y algunos sedales, y cuando me escapara me iría al bosque. Pensé que no me quedaría en un sitio fijo, sino que iría de un lado para otro del país, sobre todo de noche, cazando y pescando para tener comida, hasta llegar tan lejos que ni el viejo ni la viuda me pudieran encontrar nunca. Calculé que podía terminar de serrar y marcharme aquella noche si padre se emborrachaba lo suficiente, como suponía que iba a pasar. Me entusiasmé tanto que no me di cuenta del tiempo que pasaba hasta que el viejo se puso a gritar y me preguntó si me había dormido o ahogado.

Llevé todas las cosas a la cabaña y luego ya oscureció. Mientras yo cocinaba la cena el viejo se echó un par de tragos como para irse calentando y empezó a armar jaleo otra vez. Ya se había emborrachado en el pueblo y había pasado la noche en la cuneta, y verdaderamente era un espectáculo. Cualquiera pensaría que era Adán: no se veía de él nada más que barro. Cuando estaba bastante bebido casi siempre se metía con el gobierno. Aquella vez va y dice:

—¡Y a esto lo llaman gobierno!, pues no hay más que mirar para ver lo que es. Hacen una ley para quitarle a un hombre su hijo: su propio hijo, con todo el trabajo y todas las preocupaciones y los gastos que me ha llevado criarlo. Sí, y justo cuando ese hombre por fin ha criado a su hijo que ya está en edad de ponerse a trabajar y empezar a hacer algo por él para que pueda descansar, va la ley y se lo quita. ¡Y a eso lo llaman gobierno! Y no es todo. La ley apoya a ese viejo del juez Thatcher y le ayuda a quitarme mis bienes. Fijarse lo que hace la ley: la ley agarra a un hombre que tiene seis mil dólares o más y lo encierra en una vieja cabaña como ésta y deja que vaya vestido con una ropa que no es digna ni de un cerdo. ¡Y a eso lo llaman gobierno! Con un gobierno así no hay forma de que uno tenga derechos. A veces me da la tentación de marcharme del país para siempre. Sí, y se lo he dicho; se lo he dicho al viejo Thatcher a la cara. Me lo oyeron montones de personas y pueden decir que lo dije. Voy y digo: "Por dos centavos me iría de este maldito país y no volvería ni, aunque me pagasen". Eso fue exactamente lo que dije; "Mirar este sombrero —si es que se le puede llamar sombrero—, que se le levanta la tapa y el resto se baja hasta que se cae debajo de la barbilla y ya no es ni un sombrero ni nada, sino más bien como si me hubieran metido la cabeza en un tubo de chimenea. Mirarlo", voy y digo: "Vaya un sombrero para un tipo como yo, uno de los hombres más ricos de este pueblo si me se reconocieran mis derechos".

"Ah, sí, este gobierno es maravilloso, maravilloso y no hay más que verlo. Yo he visto a un negro libre de Ohio: un mulato, casi igual de blanco que un blanco. Llevaba la camisa más blanca que hayas visto en vuestra vida y el sombrero más lustroso, y en todo el pueblo no hay naide que tenga una ropa igual de buena, y llevaba un reloj de oro con su cadena y un bastón con puño de plata: era el nabab de pelo blanco más impresionante del estado. Y, ¿qué te crees?".

Dijeron que era profesor de una universidad, y que hablaba montones de idiomas y que sabía de todo. Y eso no es lo peor. Dijeron que en su estado podía votar. Aquello ya era demasiado. Digo yo: "¿Qué pasa con este país? Si fuera día de elecciones y yo pensara ir a votar si no estaba demasiado borracho para llegar, cuando me dijeran que había un estado en este país donde dejan votar a ese negro, yo ya no iría". Y voy y digo: "No voy a volver a votar". Eso fue lo que dije, palabra por palabra; me oyeron todos, y por mí que se pudra el país: yo no voy a volver a votar en mi vida. Y los aires que se daba ese negro: pero si no se abría del camino si no le hubiera dado yo un empujón. Y yo voy y le digo a la gente: "¿Por qué no mandan a subasta a este negro y lo venden? Me gustaría saberlo". Y, ¿sabes lo que dijeron? Pues dijeron que no se podía vender hasta que llevara seis meses en el estado y todavía no llevaba tanto tiempo. Pero vamos, para que veas. Y llaman a eso un gobierno cuando no se puede vender a un negro libre hasta que lleva seis meses en el estado. Pues vaya un gobierno que dice que es gobierno y hace como que es gobierno y se cree que es un gobierno y luego se tiene que quedar tan tranquilo seis meses enteros antes de echarle mano a un negro libre que anda por allí al acecho, robando, infernal, con sus camisas blancas, y...".

Padre estaba tan enfadado que no se dio cuenta de adónde le llevaban las piernas, así que se tropezó con el barril de cerdo salado y se despellejó los tobillos y el resto de su discurso fue una serie de insultos de lo más terrible, sobre todo contra el negro y el gobierno, aunque también le dedicó algunos al barril, intercalados de vez en cuando. Daba saltos por la cabaña como un loco, primero con una pierna y luego con la otra, agarrándose primero un tobillo y luego el otro, y por fin soltó una patada de repente con el pie izquierdo contra el barril. Pero no hizo bien, porque pegó con la bota por la que se le salían dos de los dedos del pie, así es que empezó a gritar de manera que se le ponían a uno los pelos de punta y se cayó al suelo, se echó a rodar agarrándose los dedos del pie y soltó peores maldiciones que todas las anteriores. Él mismo lo dijo después: había oído al viejo Sowberry Hagan en sus buenos tiempos y afirmó que también lo había superado, pero a mí me parece que a lo mejor exageraba algo.

Después de la cena padre le dio a la garrafa diciendo que allí tenía suficiente whisky para dos curdas y un delírium trémens. Era lo que decía siempre. Pensé que estaría totalmente borracho dentro de una hora, y entonces yo robaría la llave o me escaparía, una de las dos cosas. Siguió bebiendo y bebiendo y al cabo de un rato se tumbó encima de las mantas; pero no tuve suerte. No se durmió del todo, sino que se despertaba a ratos. Se pasó mucho rato gimiendo y quejándose y dando vueltas de un lado para otro. Por fin, me dio tanto sueño que no puede seguir con los ojos abiertos y sin darme cuenta me quedé totalmente dormido, con la vela encendida.

No sé cuánto tiempo estaría dormido, pero de pronto sonó un grito horrible y me desperté. Era padre, que parecía loco y saltaba de un sitio para otro gritando que allí había serpientes. Decía que se le subían por las piernas, y después daba un salto y un grito y decía que una le había mordido en la mejilla, pero yo no veía ninguna serpiente. Empezó a correr dando vueltas por la cabaña, gritando: "¡Quítamela de ahí! ¡Quítamela de ahí! ¡Me está mordiendo el cuello!". Nunca he visto a nadie con una mirada así de loca. En seguida se agotó y cayó al suelo jadeando; entonces se puso a dar vueltas a toda velocidad, pegando patadas por todas partes y golpeando el aire y agarrándolo con las manos, gritando y diciendo que se lo estaban llevando los diablos. Poco a poco comenzó a cansarse y se quedó callado un rato, quejándose. Después se mantuvo quieto y no hizo ni un ruido. A lo lejos, en el bosque, se oían los búhos y los lobos y todo parecía estar en un silencio terrible. Él estaba acostado en un rincón. Después de un rato se levantó en parte a escuchar, con la cabeza hacia un lado. Y va y dice, en voz muy baja:

—Paaam... Paaam... Paaam...; son los muertos, paaam... paaam...; vienen a buscarme, pero yo no me voy. ¡Ah, ahí están! ¡No me toques... no! Fuera esas manos... están frías; que me suelten. ¡Dejad en paz a este pobre diablo!

Después se puso a cuatro patas y se fue gateando, pidiéndoles que lo dejaran en paz, y se envolvió en la manta y se metió como pudo bajo la mesa de pino, mientras seguía rogándoles, y después se echó a llorar. Se le oía por debajo de la manta.

Luego salió rodando y se puso en pie de un salto con aire de loco, me vio y se me tiró encima. Me persiguió por toda la cabaña con una navaja de resorte, llamándose el Ángel de la Muerte y diciendo que me iba a matar, y ya no podría volver a buscarlo. Le rogué; le dije que no era más que Huck, pero se echó a reír con una risa chirriante, y no paró de rugir, de maldecir y perseguirme. Una vez, cuando frené de golpe y lo iba a esquivar por debajo del brazo, me echó mano y me agarró por la chaqueta entre los hombros y creí que allí acababa yo, pero me quité la chaqueta rápido como el rayo y me salvé. En seguida volvió a agotarse y se dejó caer de espaldas contra la puerta y dijo que iba a descansar un momento antes de matarme. Escondió la navaja donde estaba sentado y dijo que iba a dormir para recuperar fuerzas y después ya se vería quién era quién.

De forma que se quedó dormido muy rápido. Entonces yo saqué la silla vieja que tenía el asiento roto y me subí en ella con mucha calma, para no hacer nada de ruido, y bajé la escopeta. Le metí la baqueta para asegurarme de que estaba cargada y después la coloqué encima del barril de nabos, apuntando a padre, y me senté detrás de ella hasta que él se moviera. Y el tiempo fue pasando muy despacio, siempre en silencio.

LA ISLA DE JACKSON

—¡Arriba! ¿Qué haces?

Abrí los ojos y miré por todas partes, tratando de ver dónde estaba. Ya había salido el sol y yo me había dormido como un tronco. Padre estaba en pie a mi lado, con cara agria y aspecto de sentirse mal. Va y dice:

—¿Qué haces con esa escopeta?

Pensé que no sabía nada de lo que había pasado, así que fui y le dije:

—Trató de entrar alguien, así que estaba vigilando.

—¿Por qué no me has despertado?

—Bueno, lo intenté, pero no pude; no te enterabas.

—Está bien. No te quedes ahí de charla todo el día, vete afuera a ver si hay algún pescado en el sedal para el desayuno. Voy dentro de un momento.

Abrió la puerta y salí a la orilla del río. Vi pedazos de ramas y otras cosas que bajaban flotando y algunas cortezas de árbol, así que comprendí que el río había empezado a subir. Pensé que de haber estado en el pueblo me lo habría pasado estupendo. La crecida de junio siempre me traía suerte, porque en cuanto llega esa crecida bajan maderos cortados y pedazos de balsas de troncos: a veces una docena de troncos juntos; así que no hay más que cogerlos y vendérselos a la serrería y los carpinteros.

Subí por la orilla con un ojo atento a padre y otro a lo que pudiese traer la crecida. Va y de pronto llega una canoa; y además estupenda, de unos trece o catorce pies de largo, navegando muy tiesa como un pato. Salté de cabeza al agua como una rana, vestido y todo, y nadé hacia la canoa. Me imaginaba que llevaría alguien dentro, porque es lo que a veces hacen algunos para engañar a la gente, y cuando alguien está a punto de sacar un bote a la orilla, se levantan y se echan a reír. Pero aquella vez no. Era una canoa que iba a la deriva de verdad y me metí en ella y la llevé a la orilla. Pensé que el viejo se alegraría cuando la viera: valdría diez dólares. Pero cuando llegué a la orilla todavía no se veía a padre, y como yo me estaba metiendo con ella en un arroyo medio escondido, todo cubierto de sauces y de lianas, se me ocurrió otra idea: pensé en dejarla bien escondida y después, en lugar de irme al bosque cuando me escapara, bajaría unas cincuenta millas por el río y me quedaría acampado en un sitio para siempre, sin los problemas que da andar a pie de un lado para otro.

Aquello estaba muy cerca de la choza y todo el tiempo me parecía que oía llegar al viejo, pero logré esconderla y después salí y miré por entre un grupo de sauces y vi al viejo sendero abajo, apuntando a un pájaro con la escopeta. Así es que no había visto nada.

Cuando llegó, yo estaba tirando con todas mis fuerzas de un sedal puesto a la rastra. Me insultó un poco por ser tan lento, pero le dije que me había caído al río y que por eso había tardado tanto. Sabía que se iba a dar cuenta de que estaba mojado y que entonces se pondría a hacer preguntas. Sacamos de la rastra cinco peces gato y nos fuimos a casa.

Cuando nos echamos la siesta después de desayunar, porque los dos estábamos agotados, me puse a pensar que, si podía arreglármelas para que ni padre ni la viuda trataran de seguirme, estaría más a salvo que si confiara en la suerte para llegar muy lejos antes de que me echaran de menos; ya se entiende, podían pasar miles de cosas.

Bueno, durante un rato no se me ocurrió nada, pero después padre se levantó un momento a beberse otro barril de agua, y va y dice:

—Si vuelve otro hombre a espiarnos por aquí me despiertas, ¿te enteras? Ese hombre no ha venido para nada bueno. Yo le habría pegado un tiro. La próxima vez me despiertas, ¿te enteras?

Después se acostó y se volvió a dormir; lo que había dicho me dio la idea exacta que yo quería, así que me dije: "Puedo arreglarlo para que a nadie se le ocurra seguirme".

Hacia mediodía nos levantamos y subimos por la ribera. El río crecía a toda prisa y con el agua bajaban montones de cosas. Al cabo de un rato apareció un pedazo de una balsa: nueve troncos atados. Salimos con el bote y nos lo llevamos a tierra. Después comimos. Cualquiera que no fuese padre habría esperado a ver qué pasaba aquel día para llevarnos más cosas, pero ése no era su estilo. Con nueve troncos le bastaba para una vez; tenía que ir inmediatamente al pueblo a venderlos. Así que hacia las tres y media me encerró y se fue con el bote y empezó a remolcar la balsa. Calculé que aquella noche no volvería. Esperé hasta que me pareció que ya estaba lo bastante lejos y entonces saqué el serrucho y me volví a poner a trabajar en aquel tronco. Antes de que él terminara de cruzar el río yo ya había salido por el agujero; él y su balsa no eran más que una mancha en el agua, allá a lo lejos.

Agarré el saco de harina de maíz, lo llevé adonde estaba escondida la canoa y aparté las hojas de parra y las ramas y lo metí; después hice lo mismo con el cuarto de tocino ahumado, y luego con la garrafa de whisky. Me llevé todo el café y el azúcar que había, y todas las municiones. Me llevé el papel de relleno, el cubo y la cantimplora; saqué un caso, una taza de metal y mi viejo serrucho y dos mantas, la sartén y la cafetera. Agarré los sedales y las cerillas y otras cosas: todo lo que valía algo. Vacié la cabaña. Necesitaba un hacha, pero no había más que la del montón de leña y sabía por qué iba a dejarla allí. Saqué la escopeta y terminé.

Había dejado toda la tierra apisonada con la salida del agujero y con el transporte de tantas cosas. Así que lo arreglé como pude, echando tierra por encima, con lo que se disimulaba la parte apisonada y el serrín que había caído. Después volví a dejar en su sitio el pedazo de tronco y le puse dos piedras por debajo y otra de lado para que no se cayera, porque de esa parte era irregular y no daba del todo en el suelo. Si se quedaba uno a cuatro o cinco pies de distancia, sin saber que estaba aserrado, no se veía, y además aquélla era la parte trasera de la cabaña y no era probable que nadie se pusiera a mirar por allí.

Hasta llegar a la canoa no había más que hierba, así que no había dejado huellas. Di una vuelta para estar seguro. Me quedé en la ribera y miré río arriba y abajo. No había peligro. Así que agarré la escopeta y me metí un poco en el bosque. Estaba buscando pájaros que cazar cuando vi un cerdo asilvestrado; los cerdos se asilvestraban en seguida por aquella parte cuando se escapaban de las granjas de la pradera. A éste le pegué un tiro y me lo llevé al campamento.

Agarré el hacha y salté la puerta. La destrocé todo lo que pude. Metí dentro al cerdo y lo arrastré casi hasta la mesa y le corté el cuello con el hacha y lo dejé en tierra para que sangrara; digo en tierra porque era tierra: apisonada y sin tablones en el suelo. Después saqué un saco viejo y lo llené de piedras grandes —todas las que podía arrastrar—, empecé donde estaba el cerdo y lo arrastré a la puerta y por el bosque hasta el río, donde lo tiré; se hundió y desapareció. Era fácil ver que se había arrastrado algo por el suelo.

Pensé que ojalá hubiera estado Tom Sawyer allí; sabía que le interesaban estas cosas y que él pondría los detalles precisos. Nadie sabía adornar las cosas como Tom Sawyer en un asunto así.

Bueno, lo último que hice fue arrancarme algo de pelo, manchar el hacha de sangre y dejarla en la trasera, tirada en un rincón. Después agarré el cerdo y me lo tapé contra el pecho con la chaqueta (para que no goteara) hasta llegar bien lejos de la casa, y lo tiré al río. Después se me ocurrió otra cosa. Así que fui a sacar el saco de harina y el viejo serrucho de la canoa y los llevé a la casa. Dejé el saco donde solía estar y le hice un agujero en el fondo con el serrucho, porque allí no había cuchillos ni tenedores: padre lo cocinaba todo con la navaja.

Después llevé el saco unas cien yardas por la hierba, entre los sauces, hacia el este de la casa, a un lago poco profundo que tenía cinco millas de ancho y estaba lleno de juncos y también de patos cuando era temporada. Había un riachuelo o un arroyo que salía de allí por el otro lado y que recorría millas y millas, no sé por dónde, pero no iba al río. La harina iba moviéndose y dejando una pequeña huella todo el camino del lago. Allí tiré también la piedra de afilar de padre, para que pareciese algo accidental. Después cerré el agujero del saco de harina con un cordel para que no cayera más y me lo volví a llevar con el serrucho a la canoa.

Ya hacía casi oscuro, así que dejé la canoa río abajo tapada por unos sauces que caían sobre la ribera y esperé a que saliera la luna. Amarré la canoa a un sauce; después comí algo y al cabo de un rato me eché en la canoa a fumar una pipa y a hacer un plan. Y voy y me digo: "Van a seguir la pista de ese saco de piedras hasta la orilla y después dragarán el río para buscarme. Van a seguir la huella de harina hasta el lago, buscar por el arroyo que sale de él para encontrar a los ladrones que me mataron y se llevaron las cosas. No van a buscar en el río nada más que mi cadáver. Después se cansarán en seguida y ya no se preocuparán más por mí. Muy bien, puedo quedarme donde me apetezca. Con la isla de Jackson me basta; la conozco muy bien y aquí nunca viene nadie. Y después puedo ir al pueblo por las noches, buscar por ahí y llevarme lo que necesite. La isla de Jackson está bien".

Estaba bastante cansado y sin darme cuenta me quedé dormido. Cuando me desperté no supe durante un momento dónde estaba. Me senté y miré a los lados, un poco asustado. Después me acordé. El río parecía tener millas y millas de ancho. La luna brillaba tanto que podían contarse los troncos que bajaban a la deriva, negros y silenciosos, a cientos de yardas de la orilla. Todo estaba en un silencio total y parecía ser tarde, olía a que era tarde. Ya sabes a qué me refiero... No sé con qué palabras decirlo.

Bostecé y me estiré a gusto, y estaba a punto de desamarrar para ponerme en marcha cuando oí un ruido en el agua. Escuché. En seguida comprendí lo que era. Era ese ruido acompasado y sordo que hacen los remos en los toletes en el silencio de la noche. Miré entre las ramas de los sauces y allí estaba: un bote en el río. No veía cuánta gente llevaba. Seguía acercándose, y cuando llegó frente a mí sólo llevaba a un hombre. Y yo voy y pienso: "A lo mejor es padre", aunque no lo esperaba. Fue pasando río abajo con la corriente y al cabo de un rato llegó balanceándose a la orilla, donde el agua estaba tranquila, y pasó tan cerca que podría haberlo tocado alargando la escopeta. Bueno, pues sí que era padre, y encima sereno, por la forma en que dejó los remos.

No perdí el tiempo. Al momento siguiente iba río abajo, en silencio, pero rápido, a la sombra de la ribera. Recorrí dos millas y media y después me aparté un cuarto de milla más hacia el centro del río, porque en seguida iba a pasar por el desembarcadero del transbordador y podía verme gente y llamarme. Me puse entre las maderas que bajaban a la deriva y después me tumbé en el fondo de la canoa y dejé que ésta flotara sola. Allí me quedé, descansé bien y me fumé una pipa, contemplando el cielo; no había ni una nube. El cielo parece siempre tan profundo cuando se echa uno de espaldas a la luz de la luna; nunca me había dado cuenta hasta entonces. ¡Y cuántas cosas se oyen de lejos en noches así! Oí a gente que hablaba en el desembarcadero. Y oí lo que decían: cada una de sus palabras. Un hombre comentó que ya llegaban los días largos y también las noches cortas. El otro dijo que ésta no era de las cortas, calculaba, y después se echaron a reír y lo volvieron a decir una vez y otra y se volvieron a reír; después despertaron a otro y se lo dijeron riéndose, pero él no se rio; soltó algo de muy mal humor y lo dejaron en paz.

El primero de ellos dijo que, seguro que se lo decía a su vieja porque le iba a hacer mucha gracia, pero dijo que aquello no era nada en comparación con las cosas que había dicho en sus tiempos. Oí decir a un hombre que casi eran las tres y esperaba que la luz del día no tardará en llegar más de una semana. Después la conversación se fue alejando cada vez más, y yo ya no podía distinguir las palabras, pero sí el ruido y de vez en cuando también una risa, sólo que ahora todo parecía muy lejos.

Ya había pasado el transbordador. Me levanté y allí estaba la isla de Jackson, unas dos millas y media río abajo, llena de árboles y levantándose en medio del río, grande, oscura y sólida, como un barco de vapor sin ninguna luz. No había ni una señal en la barra de la punta: ahora todo aquello estaba sumergido.

No me llevó mucho tiempo llegar allí. Pasé junto a la punta a gran velocidad, dada la rapidez de la corriente, y después llegué a las aguas calmadas y desembarqué del lado que daba a la orilla de Illinois. Metí la canoa en una hendidura profunda de la ribera que ya había visto antes. Tuve que separar las ramas de los sauces para entrar, y cuando amarré nadie podía verla desde fuera.

Subí y me senté en un tronco en la punta de la isla a contemplar el gran río y el maderamen que pasaba y el pueblo, a tres millas de distancia, donde se veían parpadear tres o cuatro luces. Había una balsa enorme de troncos que flotaba una milla aguas arriba y que iba bajando con un farol encendido en medio. Vi cómo llegaba poco a poco, y cuando estaba casi enfrente de mí oí que un hombre decía: "¡Ohé, remos de popa! ¡virad la proa a estribor!". Lo oí igual de bien que si aquel hombre hubiera estado a mi lado.

Ahora ya se veía algo de gris en el cielo y yo me metí en el bosque y me eché una siesta antes de desayunar.

El sol estaba ya tan alto cuando me desperté que pensé que sería después de las ocho. Me quedé tumbado en la hierba a la sombra fresca, pensando en cosas y sintiéndome descansado y muy cómodo y satisfecho. Se veía el sol entre uno o dos agujeros, pero lo que había sobre todo eran grandes árboles por todas partes y en medio de ellos muchas sombras. Había sitios moteados en el suelo donde la luz se filtraba entre las hojas, y los sitios moteados cambiaban un poco, lo cual demostraba que soplaba algo de brisa. Un par de ardillas se sentaron en una rama y me parlotearon en plan muy amistoso.

Me sentía muy perezoso y cómodo: no quería levantarme a hacer el desayuno. Bueno, pues estaba a punto de volverme a dormir cuando me pareció que oía un "¡bum!" a lo lejos, río arriba. Me despierto y me apoyo en el codo y escucho; en seguida lo vuelvo a oír. Di un salto y fui a mirar por un hueco entre las hojas, y voy y veo un montón de humo por encima del agua, muy lejos río arriba: aproximadamente frente al transbordador. Y allí estaba el transbordador, lleno de gente, que bajaba flotando.

Entonces comprendí lo que pasaba. "¡Bum!": Vi el humo blanco que salía del costado del transbordador. O sea, que estaban disparando el cañón por encima del agua, tratando de hacer que mi cadáver saliera a la superficie.

Tenía bastante hambre, pero más me valía no hacer una hoguera, porque a lo mejor veían el humo. Así que me quedé sentado mirando el humo del cañón y escuchando el "bum". Allí el río medía una milla de ancho y siempre está muy bonito en una mañana de verano, así que me lo pasé bastante bien viendo cómo buscaban mis restos, y sólo me faltaba algo que comer. Bueno, entonces se me ocurrió pensar que siempre ponían mercurio en barras de pan y las echaban a flotar, porque suelen ir derechas adonde está el cadáver del ahogado y se quedan allí. Así que voy y digo: "Estaré atento, y si alguna de ellas me pasa cerca flotando, lo intento". Me cambié al lado de la isla que daba a Illinois para ver qué suerte tenía, y no me salió mal. Pasó una hogaza grande flotando y casi la agarré con un palo largo, pero se me resbaló un pie y siguió flotando.

Naturalmente, yo estaba donde la corriente más se acercaba a la ribera, porque sabía que era lo mejor. Pero al cabo de un rato pasó otra, y esta vez la enganché. Le quité el tapón para sacarle el trocito de mercurio y le hinqué el diente. Era "pan de tahona": del que come la gente fina; nada de pan de borona barato.

Me busqué un buen sitio entre las hojas y me quedé sentado en un tronco, mascando el pan y contemplando el transbordador, muy contento. Y entonces se me ocurrió algo.

Voy y digo: "Ahora supongo que la viuda o el párroco o alguien ha rezado para que este pan me encontrase, y eso es lo que ha pasado. Así que no cabe duda de que algo de verdad tiene esa historia: de que tiene algo de verdad cuando alguien como la viuda o el párroco rezan, pero conmigo no funciona, y supongo que sólo funciona con cierta gente".

Encendí una pipa y estuve un buen rato fumando mientras seguía mirando. El transbordador flotaba corriente abajo y pensé que tendría una oportunidad de ver quién iba a bordo cuando se acercase, porque se quedaría casi al lado, igual que había hecho el pan. Cuando avanzaron lo suficiente hacia mí, apagué la pipa y fui adonde había enganchado el pan y me escondí detrás de un tronco en la ribera en un pequeño claro.

Podía mirar por la parte en que el tronco se bifurcaba.

Al cabo de un rato llegaron, y el barco se acercó tanto que podían haber echado una plancha para bajar a tierra. En el barco estaban casi todos: padre y el juez Thatcher y Becky Thatcher, y Joe Harper, y Tom Sawyer y su vieja tía Polly y Sid y Mary y muchos más. Todo el mundo hablaba del asesinato, pero el capitán va y les interrumpe y dice:

—Atentos ahora; aquí es donde más se acerca la corriente y a lo mejor ha llegado flotando a la orilla y está enredado entre la maleza al borde del agua. Por lo menos, eso es lo que yo espero.

Yo no lo esperaba. Se amontonaron todos para mirar por encima de la barandilla, y casi me daban en la cara, y no hacían más que mirar, mirar con todas sus fuerzas. Yo los veía de primera, pero ellos a mí, no. Entonces el capitán gritó: "¡Apártense!", y el cañón soltó tal zambombazo justo a mi lado que me dejó sordo del ruido y casi ciego del humo, y creí que me iba a morir. Si hubieran puesto algo de carga, calculo que habrían conseguido el cadáver que buscaban. Bueno, vi que no estaba herido, gracias a Dios. El barco siguió flotando y desapareció por la punta de la isla. De vez en cuando oía los cañonazos, cada vez más lejos, y al cabo de un rato, una hora o así, ya no los oía. La isla tenía tres millas de largo. Pensé que habían llegado al final y renunciaban; pero todavía no. Dieron la vuelta a la isla y subieron a vapor río arriba por el lado de Missouri, soltando cañonazos de vez en cuando según avanzaban. Pasé a aquel lado y los miré.

Cuando llegaron a la otra punta de la isla dejaron de disparar y fueron hacia la ribera de Missouri y volvieron al pueblo.

Ahora comprendí que ya estaba a salvo. Nadie iba a venir a buscarme. Saqué las trampas de la canoa y me preparé un buen campamento en medio del bosque. Hice una especie de tienda con las mantas para poner mis cosas debajo de ella y que no las mojara la lluvia. Pesqué un pez gato, lo abrí con el serrucho y hacia el anochecer encendí mi hoguera y cené. Después eché un sedal para pescar algo que desayunar.

Cuando oscureció del todo me quedé sentado, fumando junto a la hoguera, y me sentí muy satisfecho; pero después de un rato empecé a sentirme solo, así que fui a sentarme a la ribera a oír el chapotear del agua y conté las estrellas y los troncos que bajaban a la deriva y las balsas y después me acosté; no hay mejor forma de pasar el tiempo cuando se siente uno solo; no se puede continuar así y al cabo de un rato se pasa.

Y así pasaron tres días con sus noches. Ningún cambio: siempre lo mismo. Pero al día siguiente fui a explorar toda la isla. Yo era el amo; todo era mío, como quien dice, y quería conocerla entera, pero sobre todo quería pasar el rato. Encontré montones de fresas, maduras y estupendas, y uvas verdes de verano y moras verdes, y ya estaban a salir las moras negras. Pensé que todo me vendría muy bien con el tiempo.

Bueno, fui entreteniéndome por dentro del bosque hasta que me pareció que no estaba lejos de la punta de la isla. Había llevado mi escopeta, pero no había disparado contra nada; era para protegerme; pensé que ya encontraría algo que cazar cerca de casa.

Entonces casi pisé una serpiente de buen tamaño, que se fue reptando entre la hierba y las flores, y yo detrás de ella, tratando de pegarle un tiro. Iba a buena marcha cuando de repente me encontré con las cenizas de una hoguera que todavía echaba humo.

Me dio un salto el corazón entre los pulmones. No esperé a seguir mirando más allá, sino que armé la escopeta y fui en silencio de puntillas a toda la velocidad que pude. De vez en cuando me paraba un momento entre las hojas y escuchaba, pero respiraba tan fuerte que no podía oír nada más. Seguí avanzando algo y volví a escuchar, y así una vez después de otra. Si veía un tocón creía que era un hombre; si pisaba una ramita y la rompía, me sentía como si alguien me hubiera cortado el aliento en dos y no me quedase más que la mitad, y encima la más corta.

Cuando llegué al campamento no me sentía muy tranquilo ni muy valiente, pero voy y digo: "No es momento para hacer el tonto". Así que volví a meter todas mis trampas en la canoa para que nadie las pudiera ver, apagué la hoguera y esparcí las cenizas por ahí para que pareciese un campamento antiguo, del año pasado, y después me subí a un árbol.

Creo que pasaría dos horas en el árbol, pero no vi nada. No oí nada; sólo me parecía haber oído y visto por lo menos mil cosas. Bueno, tampoco me podía quedar allí eternamente, así que por fin me bajé, pero seguí en el centro del bosque y alerta todo el tiempo. No podía comer más que moras y lo que quedaba del desayuno.

Cuando se hizo bien de noche tenía bastante hambre, así que cuando estaba oscuro del todo me metí en silencio en el agua antes de que saliera la luna y fui a remo a la ribera de Illinois: aproximadamente un cuarto de milla. Salí al bosque, me cociné algo que cenar y prácticamente me había decidido a pasar allí toda la noche cuando oí un clip clop y me dije que venían caballos; y después oí voces de gente. Metí todo en la canoa lo más rápido que pude y me arrastré por el bosque a ver si me enteraba de algo. No había avanzado mucho cuando oigo decir a alguien:

—Más nos vale acampar aquí si encontramos un buen sitio; los caballos están muy cansados. Vamos a mirar. No esperé, sino que me aparté y comencé a alejarme en silencio. Volví a amarrar en el sitio de antes y calculé que dormiría en la canoa.

No dormí mucho. No sé por qué, pero no podía, porque estaba pensando. Y cada vez que me despertaba creía que alguien me tenía agarrado por el cuello. Así que el sueño no me valió de nada. Al cabo de un rato voy y me digo: "No puedo seguir viviendo así; voy a enterarme de quién está en la isla conmigo; o me entero o me muero". Bueno, inmediatamente me sentí mejor.

Así que agarré el remo y bajé a sólo uno o dos pasos de la ribera, y después dejé que la canoa se metiera sola entre las sombras. Brillaba la luna, y donde no había sombra casi era como la luz del día. Estuve buscando casi una hora, en medio de un silencio como una tumba, mientras todo dormía. Bueno, para entonces ya había llegado casi a la punta de la isla. Empezó a soplar una brisa suave, rizada y fresca, que era como decir que estaba a punto de terminar la noche. Di un golpe de remo y acerqué la canoa a la ribera; después saqué la escopeta y fui deslizándome hasta el borde del bosque. Allí me quedé sentado en un tronco, mirando entre las hojas. Vi que la luna terminaba su turno y que el río empezaba a ponerse oscuro. Pero al cabo de un rato vi una franja pálida por encima de los árboles y supe que llegaba el día. Así que saqué la escopeta y avancé hacia donde me había encontrado con aquella hoguera, parándome a escuchar cada minuto o dos minutos. Pero no sé por qué no tuve suerte; era como si no pudiera encontrar el sitio.

Pero al cabo de un rato, por fin, vi un resto del resplandor del fuego entre los árboles. Fui hacia él, con mucho cuidado y calma. Poco después ya estaba lo bastante cerca para echar un vistazo, y allí había un hombre tumbado en el suelo. Casi me da un telele.

Tenía la cabeza envuelta en una manta, justo al lado del fuego. Me quedé sentado junto a unos matojos a unos seis pies de él sin parar de mirarlo. Ya estaba empezando a verse una luz gris del día. Poco después bostezó, se estiró y se quitó la manta, ¡y era Jim, el de la señorita Watson! ¡Vaya si me alegré de verle! Voy y digo:

—¡Hola, Jim! —y salí de un salto.

Él se levantó de golpe y me miró con los ojos desorbitados. Después se dejó caer de rodillas, juntó las manos y dijo:

—No me hagas daño, ¡por favor! Yo nunca le he hecho daño a un fantasma. Siempre he sido amigo de los muertos y he hecho lo que podía por ellos. Vuélvete al río otra vez, que es tu sitio, y no le hagas nada al viejo Jim, que siempre fue amigo tuyo.

Bueno, no tardé en hacerle comprender que no estaba muerto. Estaba muy contento de ver a Jim. Ya no me sentía solo. Le dije que no me daba miedo que él dijese a la gente dónde me había visto. Yo seguía hablando, pero él continuaba allí sentado, mirándome, sin decir ni una sola palabra. Entonces voy y digo:

—Ya es de día. Vamos a buscar el desayuno. Atiza bien la hoguera.

—¿De qué vale atizar la hoguera para cocinar fresas y cosas así? Pero tú tienes una escopeta, ¿no? Así podemos comer algo mejor que fresas.

—Fresas y cosas así —voy y digo yo—. ¿Estás viviendo de eso?

—Es lo único que encuentro —dice él.

—Pero, ¿cuánto tiempo llevas en la isla, Jim?

—Vine la noche después que te mataran.

—¿Cómo, tanto tiempo?

—Sí, señor.

—¿Y no has comido más que cosas de ésas?

—No, señor; nada más.

—Bueno, debes estar muriéndote de hambre, ¿no?

—Calculo que me podría zampar un caballo. De verdad que sí. ¿Cuánto tiempo llevas tú en la isla?

—Desde la noche que me mataron.

—¡No! y, ¿de qué has vivido? Pero tienes una escopeta. Ah, sí, tienes una escopeta. Está muy bien. Ahora tú matas algo y yo hago una hoguera.

Así que fuimos adonde estaba la canoa y mientras él organizaba la hoguera en un claro de la hierba entre los árboles, yo fui a buscar harina y tocino y café, y cafetera y sartén y azúcar y unas tazas de hojalata, y el negro se quedó muy asombrado, porque pensó que todo lo hacía por brujería. También atrapé un buen pez gato y Jim lo limpió con su navaja y lo frió.

Cuando el desayuno estuvo listo nos tumbamos en la hierba y lo comimos mientras estaba calentito. Jim se puso a comer con mucha gana, pues estaba medio muerto de hambre. Cuando nos quedamos bien llenos, descansamos y nos tumbamos.

Poco después va Jim y dice:

—Pero, oye, Huck, ¿a quién mataron en la cabaña si no fue a ti?

Entonces le conté toda la historia y me dijo que había sido muy astuto. Dijo que Tom Sawyer no podía inventarse un plan mejor que el mío. Después voy yo y digo:

—Y, ¿cómo es que estás tú aquí, Jim, ¿cómo has llegado? Pareció ponerse nervioso y no dijo nada durante un minuto. Después va y dice:

—A lo mejor más vale que no te lo cuente.

—¿Por qué, Jim?

—Bueno, hay motivos. Pero tú no te chivarías si te lo contara, ¿verdad, Huck?

—Por éstas que no, Jim.

—Bueno, te creo, Huck. Me... me he escapado.

—¡Jim!

—Pero acuérdate que dijiste que no lo dirías... sabes que dijiste que no lo dirías, Huck.

—Bueno, es verdad. Dije que no y lo mantengo. De verdad de la buena. La gente me llamará maldito abolicionista y me despreciará por no decir nada, pero no me importa. No voy a acusarte y de todos modos nunca voy a volver allí. Así que ahora cuéntamelo todo.

—Bueno, mira, pasó así. La moza vieja, o sea, la señorita Watson, se pasa el tiempo metiéndose conmigo y me trata muy mal, pero siempre dijo que no me vendería en Orleans. Pero he visto que había un tratante de negros que pasaba mucho tiempo por casa y empecé a ponerme nervioso. Bueno, una noche me acerco a la puerta muy tarde y la puerta no estaba cerrada del todo y oigo a la moza vieja que dice a la viuda que me va a vender en Orleans, aunque no quería, pero que me podía sacar ochocientos dólares, y era tanto dinero que no podía resistirse. La viuda trató de hacer que prometiese que no, pero yo no esperé a oír el resto. Te aseguro que me marché a toda velocidad.

"Me largué zumbando cuesta abajo, con la esperanza de robar un bote en la orilla, en alguna parte por arriba del pueblo, pero todavía había gente despierta, así que me escondí en el taller viejo del tonelero que está medio derrumbado en la orilla, a esperar que se fueran todos. Bueno, allí me pasé la noche. Siempre había alguien. Hacia las seis de la mañana empezaron a pasar botes, y hacia las ocho o las nueve todos los botes que pasaban contaban que tu papá había venido al pueblo a decir que te habían matado.

Estos últimos botes estaban llenos de señoras y de caballeros que iban a ver el sitio. A veces amarraban a la orilla para descansar antes de empezar el cruce, y me enteré de tu muerte por lo que decían. Sentí mucho que te hubieran matado, Huck, pero ahora ya no. Me quedé allí escondido todo el día, debajo de las virutas y el serrín. Tenía hambre, pero no miedo, porque sabía que la moza vieja y la viuda iban a ir al sermón del campamento poco después del desayuno y faltarían todo el día, y ellas sabían que yo salía con el ganado al amanecer, así que no esperarían verme por la casa y no me echarían de menos hasta después de la oscurecida. Los otros criados tampoco, porque se iban a ir de fiesta en cuanto las viejas no estuvieran en casa.

Bueno, cuando oscureció subí por la carretera del río, unas dos millas o más hasta donde ya no había casas. Había decidido lo que iba a hacer. O sea, si trataba de escaparme a pie, los perros me encontrarían; si robaba un bote para cruzar, lo echarían de menos, comprendes, y sabrían que iba a dar al otro lado y dónde buscarme la pista. Así que digo: *Lo que necesito es una balsa; eso no deja huellas.* Vi una luz que pasaba por la punta, así que me metí y empujé un tronco delante de mí y nadé más de la mitad del río y me metí entre el maderamen que bajaba, con la cabeza baja, y como que nadé contracorriente hasta que apareció la balsa. Entonces nadé a la popa para agarrarme. Llegaron nubes y estuvo oscuro un rato. Así que me subí a tumbar en las planchas. Los hombres estaban todos en el medio, donde el farol. El río estaba creciendo y había buena corriente, así que pensé que para las cuatro de la mañana estaría veinticinco millas río abajo y entonces volvería al agua antes de echarme otra vez a nadar y meterme en el bosque del lado de Illinois.

Pero no tuve suerte. Cuando habíamos llegado casi a la punta de la isla un hombre empezó a venir a popa con el farol. Vi que no valía de nada esperar, así que me dejé caer y me eché a nadar hasta la isla. Bueno, creía que podía hacer pie casi en cualquier parte, pero no; la ribera estaba demasiado empinada. Tuve que llegar casi al final de la isla antes de encontrar un buen sitio. Me metí en el bosque y pensé que no volvería a subirme en más balsas mientras siguieran andando por ahí con el farol. Tenía la pipa y un poco de picadura en la gorra que no se habían mojado, así que no había problema".

—¿Así que no has comido ni carne ni pan todo este tiempo? ¿Por qué no buscaste tortugas de río?

—¿Y cómo las iba a agarrar? No se les puede uno echar encima y agarrarlas; y, ¿cómo va uno a matarlas de una pedrada? ¿cómo se hace eso de noche? Y no iba a dejar que me vieran en la orilla de día.

—Bueno, es verdad. Claro, has tenido que seguir en el bosque todo el tiempo. ¿Oíste cómo disparaban el cañón?

—Ah, sí. Sabía que te buscaban a ti. Los vi pasar por aquí... los miré entre los arbustos. Pasaron unos pajaritos que volaban una yarda o dos cada vez y se volvían a posar. Jim dijo que era señal de que iba a llover. Dijo que eso significaba cuando lo hacían los pollitos, así que pensaba que era lo mismo cuando lo hacían los pajaritos. Yo iba a cazar algunos, pero Jim no me dejó. Dijo que traía la muerte. Dijo que su padre se puso muy enfermo una vez y alguien de su familia atrapó un pájaro y su abuelita dijo que su padre se moriría y eso fue lo que pasó.

Y Jim dijo que no había que contar las cosas que iba uno a cocinar para la cena, porque traía mala suerte. Lo mismo que si se sacudía el mantel después de anochecer. Y dijo que, si un hombre tenía una colmena y se moría ese hombre, había que decírselo a las abejas antes de que volviera a salir el sol a la mañana siguiente, porque si no las abejas se ponían enfermas y dejaban de trabajar y se morían. Jim dijo que las abejas no picaban a los idiotas, pero yo no me lo creí, porque me había metido con ellas docenas de veces y a mí nunca me picaban.

Algunas de esas cosas ya las había oído yo decir antes, pero no todas ellas. Jim se sabía montones de señales de ésas. Dijo que se las sabía casi todas. Yo dije que me parecía que todas las señales traían mala suerte, así que le pregunté si había alguna señal de buena suerte. Y va y dice:

—Muy pocas, y no le valen a nadie. ¿Para qué quieres saber cuándo viene la buena suerte? ¿Quieres que no llegue? —y añadió—: Si tienes los brazos peludos y el pecho peludo, es señal de que vas a ser rico. Bueno, eso vale de algo, porque siempre es para dentro de mucho tiempo. Sabes, a lo mejor tienes que ser pobre mucho tiempo antes, y entonces podrías desanimarte y matarte, si no supieras por esa señal que con el tiempo vas a ser rico.

—¿Tú tienes pelos en los brazos y en el pecho?

—¿Y para qué me lo preguntas? ¿No ves que sí?

—Bueno, ¿eres rico?

—No, pero fui rico una vez y voy a volver a serlo. Una vez tuve catorce dólares, pero me dediqué a especular y me arruiné.

—¿En qué especulaste, Jim?

—Bueno, empecé con valores.

—¿Qué clase de valores?

—Bueno, valores de verdad: ya sabes, ganado. Invertí diez dólares en una vaca. Pero no volveré a arriesgar dinero en valores. La vaca fue y se me murió.

—O sea, que perdiste los diez dólares.

—No, no los perdí todos. Sólo unos nueve. Vendí la piel y la cola por un dólar y diez centavos.

—Te quedaban cinco dólares y diez centavos. ¿Seguiste especulando?

—Sí. ¿Te acuerdas de ese negro del viejo señor Bradish que sólo tiene una pierna? Bueno, pues puso un banco y dijo que todo el que depositara un dólar recibiría cuatro dólares más al final del año. Bueno, todos los negros depositaron, pero no tenían mucho. Yo era el único que lo tenía. Así que deposité más de cuatro dólares y dije que si no me daba lo que me tocaba, yo abría mi propio banco. Bueno, claro que aquel negro no quería que yo le hiciera la competencia, porque decía que no había negocio bastante para dos bancos, así que dice que yo podía meter mis cinco dólares y él me pagaría treinta y cinco al final del año.

Así que eso hice. Después pensé que invertiría los treinta y cinco dólares para que las cosas siguieran moviéndose. Había un negro que se llamaba Bob que tenía una barca plana y su amo no lo sabía, y se la compré y le dije que le daría los treinta y cinco dólares a fin de año; pero alguien robó la barca aquellas noches y al día siguiente el negro cojo dijo que el banco había quebrado, así que todos nos quedamos sin el dinero.

—¿Qué hiciste con los diez centavos, Jim?

—Bueno, iba a gastármelos, pero tuve un sueño y el sueño me dijo que se los diera a un negro que se llama Balum, que lo llaman Asno de Balum; ya sabes, uno de esos medios tontos, pero dicen que tiene suerte, y ya estaba visto que yo no la tenía. El sueño dice que Balum invierta los diez centavos y haga que crezcan. Bueno, pues Balum se llevó el dinero, y cuando estaba en la iglesia oyó que el predicador decía que quien daba a los pobres prestaba al Señor y con el tiempo recibiría el dinero multiplicado por cien. Así que va el Balum y les da los diez centavos a los pobres y se queda esperando a ver qué pasa.

—Bueno, y, ¿qué pasó, Jim?

—No pasó nada. No conseguí que me devolviera ese dinero pa na, y Balum tampoco. No voy a volver a prestar más dinero hasta que me den un aval. ¡Y decía el predicador que te devolverían el dinero cien veces! Si me devolviera los diez centavos quedaríamos en paz y yo tan contento.

—Bueno, Jim, de todas maneras, no importa, si vas a volver a ser rico tarde o temprano.

—Sí, y ya soy rico ahora si lo piensa uno bien. Soy dueño de mí mismo y valgo ochocientos dólares. Ojalá tuviera el dinero; ya no querría más.

¿ESTÁ MUERTO O DORMIDO? ¡MUERTO!

Me apetecía ir a buscar un sitio que estuviera hacia el centro de la isla y que había visto cuando estaba explorando, así que nos pusimos en marcha y en seguida llegamos, porque la isla sólo medía tres millas de largo y un cuarto de milla de ancho.

Aquel sitio era un cerro bastante largo y empinado, de unos cuarenta pies de alto. Nos costó trabajo llegar arriba, de empinados que eran los lados y espesos los árboles.

Anduvimos buscando por todas partes y por fin encontramos una buena caverna en la roca, casi arriba del todo, en el lado que daba a Illinois. La caverna medía tanto como dos o tres habitaciones juntas, y Jim podía estar de pie sin darse en el techo. Era fresca. Jim era partidario de guardar allí nuestras trampas inmediatamente, pero le dije que no nos convenía andar subiendo y bajando todo el tiempo.

Jim dijo que, si teníamos la canoa escondida en un buen sitio y teníamos todas las trampas en la caverna, podríamos escondernos a toda prisa en ella si llegaba alguien a la isla, y que sin perros nunca nos encontrarían. Y, además, dijo que los pajaritos habían dicho que iba a llover y, ¿quería yo que se nos mojaran todas las cosas?

Así que volvimos, sacamos la canoa y llegamos frente a donde estaba la caverna y llevamos allí todas las trampas. Después buscamos un sitio cerca donde esconder la canoa, en medio de los grandes sauces. Algunos peces habían picado en los sedales; los cogimos y volvimos a poner el cebo y empezamos a prepararnos para la cena.

La entrada de la caverna era lo bastante grande para meter un barril, y a un lado de la entrada el piso estaba un poco más alto y era liso, o sea, un buen sitio para encender una hoguera. Así que allí la encendimos y preparamos la cena.

Dentro tendimos las mantas para que hicieran de alfombra y para comer allí. Pusimos todo lo demás a mano en la trasera de la cueva. Poco después oscureció y empezó a tronar y relampaguear, o sea, que los pájaros tenían razón. Inmediamente después empezó a llover y a llover con ganas, y nunca he visto un viento soplar así. Fue una de esas buenas tormentas de verano. Estaba tan oscuro que fuera todo parecía de un azul—negro precioso, y la lluvia caía tan densa que los árboles a poca distancia parecían sombras como de telarañas, y llegaban soplidos del viento que doblaban los árboles y hacían levantarse las hojas por el lado pálido de abajo, y después seguía una ráfaga feroz que hacía a las ramas agitar los brazos como si se hubieran vuelto locas, y después, cuando estaba de lo más azul y más negro, ¡fist! Se veía un resplandor como el de la gloria y las copas de los árboles que se agitaban a lo lejos en medio de la tormenta, a centenares de yardas más de distancia de lo que se podía ver antes; volvían a quedar negras como el pecado en un segundo y entonces se oía la vuelta del trueno con un tamborileo espantoso que continuaba gruñendo, rodando y tambaleando por el cielo hacia el otro lado del mundo, como si estuvieran haciendo rodar barriles escaleras abajo, ya sabéis, unas escaleras muy largas, donde los barriles rebotan mucho.

—Jim, esto está muy bien —dije—. No querría estar en ninguna otra parte del mundo. Dame otro trozo de pescado y algo de pan de borona caliente.

—Bueno, pues no estarías aquí si no fuera por Jim. Estarías ahí fuera en el bosque y encima casi ahogado; te lo aseguro, mi niño. Las gallinas saben cuándo va a llover y los pájaros también, niño.

El río siguió creciendo diez o doce días hasta que empezó a inundar las riberas. El agua tenía tres o cuatro pies de profundidad en la isla en los sitios bajos y en la ribera de Illinois. Por aquella parte medía muchas millas de ancho, pero del lado de Missouri era la misma distancia de siempre —media milla—, porque la costa de Missouri era como una muralla de acantilados.

De día dábamos la vuelta a la isla remando en la canoa. En medio del bosque hacía mucho fresco y siempre había sombra, aunque fuera nos quemara el sol. Íbamos dando vueltas entre los árboles y a veces las lianas caían tan gruesas que teníamos que retroceder y seguir otro camino. Bueno, en cada viejo árbol hendido se veían conejos y serpientes y esas cosas, y cuando la isla llevaba uno o dos días inundada estaban tan mansos, del hambre que tenían, que se podía llegar a donde estaban y acariciarlos si quería uno, pero no a las serpientes ni las tortugas, que se deslizaban por el agua. El cerro en el que estaba nuestra cueva estaba lleno de ellas. Podríamos haber tenido mascotas de sobra si hubiéramos querido.

Una noche cogimos un trozo de una balsa de troncos: buenos troncos de pino. Medía doce pies de ancho y quince o dieciséis de largo, y la parte más alta estaba a seis o siete pulgadas por encima del agua: una superficie sólida y nivelada. A veces veíamos cómo pasaban troncos aserrados a la luz del día, pero los dejábamos pasar, pues de día nunca salíamos.

Otra noche, cuando estábamos en la punta de la isla, justo antes de amanecer, apareció una casa de madera del lado del oeste. Tenía dos pisos y estaba muy inclinada. Fuimos remando y subimos a bordo: nos metimos por una de las ventanas de arriba. Pero todavía estaba demasiado oscuro para ver, así que amarramos la canoa y nos quedamos sentados a esperar el amanecer.

Empezó a llegar la luz antes de que alcanzáramos el otro extremo de la isla. Entonces miramos por la ventana. Vimos una cama y una mesa y dos sillas viejas y montones de cosas tiradas por el suelo, y había ropa colgada junto a la pared. En el piso del rincón más alejado había algo que parecía un hombre. Así que Jim dice:

—¡Eh, tú!

Pero no se movió. Así que volví a gritar yo, y después Jim dice:

—Ése no está dormido: está muerto. Tú quédate ahí, voy a ver.

Se acercó, se agachó a mirar y dijo:

—Está muerto. Sí, señor; y desnudo. Le han pegado un tiro por la espalda. Calculo que lleva muerto dos o tres días. Ven, Huck, pero no le mires a la cara. Es demasiado horrible.

No miré en absoluto. Jim le echó unos trapos viejos encima, pero no hacía falta; yo no quería verlo. Por todo el piso estaban tirados montones de cartas de baraja viejas y grasientas, y viejas botellas de whisky y un par de máscaras hechas de paño negro, y las paredes estaban llenas de letreros y dibujos de lo más torpe, hechos a carbón. Había dos viejos vestidos de calicó sucio y un bonete y algo de ropa interior de mujer colgado junto a la pared, y también ropa de hombre. Lo metimos todo en la canoa: podía servir de algo. En el suelo encontré un viejo sombrero de paja para muchacho; también lo recogí. Y además había una botella con leche y un tapón de trapo para que mamara un niño. Nos habríamos llevado la botella, pero estaba rota. Había una cómoda vieja y estropeada y un baúl viejo con las cerraduras rotas. Estaban abiertos, pero no quedaba nada que mereciese la pena. Por la forma en que estaban tiradas las cosas calculamos que la gente se había ido a toda prisa, sin tiempo para llevarse la mayor parte de sus cosas.

Nos llevamos un viejo farol de hojalata y un cuchillo de carnicero sin mango y una navaja Barlow completamente nueva que valdría veinticinco centavos en cualquier tienda y un montón de velas de sebo; una palmatoria de hojalata y una cantimplora; una taza de estaño y una vieja colcha deshilachada de la cama; un ridículo con agujas y alfileres y cera de abeja y botones e hilo y todas esas cosas; un hacha y unos clavos y un sedal gordo como mi dedo meñique con unos anzuelos enormes; un rollo de piel de ante y un collar de perro de cuero y una cerradura y muchos frascos de medicina que no tenían etiqueta, y cuando nos íbamos me encontré una almohaza bastante buena y Jim un arco de violín viejo y gastado y una pierna de madera. Se le habían caído los tirantes, pero salvo eso era una pierna bastante buena, aunque demasiado larga para mí y no lo bastante para Jim, y no logramos encontrar la otra, aunque la buscamos por todas partes. Así que, en general, conseguimos un buen cargamento. Cuando estábamos listos para marcharnos, ya nos encontrábamos a un cuarto de milla por debajo de la isla y era pleno día, así que hice que Jim se tumbara en la canoa y se tapara con la colcha, porque si se sentaba la gente podía ver desde lejos que era negro. Fui remando hasta el lado de Illinois y entre tanto gané media milla a la deriva. Subí por las aguas muertas bajo la ribera y no tuve accidentes ni herí a nadie. Llegamos a casa sanos y salvos.

Después de desayunar yo quería hablar del muerto y suponer cómo lo habrían matado, pero Jim no quería. Dijo que traía mala suerte, y además, dijo, podía venir a perseguirnos, porque un hombre que no estaba enterrado tenía más probabilidades de andar haciendo el fantasma que uno bien plantado y cómodo. Aquello parecía bastante razonable, así que no dije más, pero no pude dejar de pensar en aquello ni de tener ganas de saber quién le había pegado un tiro a aquel hombre y por qué.

Buscamos entre la ropa que nos habíamos llevado y encontramos ocho dólares en monedas cosidas en el forro de un viejo capote. Jim dijo que según él la gente de la casa había robado el capote, porque si hubieran sabido que estaba el dinero, no lo habrían dejado. Dije que, seguro que también ellos lo habían matado, pero Jim no quería hablar de aquello. Voy y digo:

—Bueno, tú crees que trae mala suerte, pero, ¿qué dijiste cuando traje la piel de serpiente que encontré en el cerro ayer? Dijiste que era la peor mala suerte del mundo tocar una piel de serpiente con las manos. Bueno, ¡pues mira la mala suerte! Nos hemos traído todo esto y encima ocho dólares. Ojalá tuviéramos una mala suerte así todos los días, Jim.

—No pienses más, mi niño, no pienses más. No te animes demasiado. Ya llegará. Recuerda lo que te digo, ya llegará.

Y sí que llegó. Fue un martes cuando hablamos de eso. Bueno, el viernes después de comer estábamos tumbados en la hierba en la cima del cerro y nos quedamos sin tabaco. Fui a la cueva a buscar algo y me encontré con una serpiente de cascabel. La maté y la puse enroscada al pie de la manta de Jim, de lo más natural, pensando lo que me divertiría cuando Jim la encontrase. Bueno, por la noche se me olvidó lo de la serpiente, y cuando Jim se tumbó en la manta mientras yo encendía un farol allí estaba la compañera de la serpiente y le picó.

Pegó un salto y un grito, y lo primero que vimos a la luz fue al bicho enroscado y listo para volver a picar. Lo maté en un segundo con un palo y Jim agarró la damajuana de whisky de padre y empezó a verterla.

Estaba descalzo y la serpiente le había picado en el talón. Y todo eso porque yo había sido tan idiota que no recordé que siempre que mata uno a una serpiente aparece su compañera, que se le enrosca encima. Jim me dijo que cortase la cabeza a la serpiente y la tirase y después le quitara la piel al cadáver y asara un trozo. Fue lo que hice, y se lo comió y dijo que serviría para curarlo. Me hizo quitar los cascabeles y atárselos a la muñeca. Dijo que eso también lo aliviaría. Después salí en silencio y tiré las serpientes muy lejos entre los arbustos, porque no iba a dejar que Jim se enterase de que todo era culpa mía, si podía evitarlo.

Jim chupó y chupó de la damajuana y de vez en cuando le daba la furia y se retorcía gritando, pero cada vez que volvía en sí chupaba de la garrafa. Se le hinchó mucho el pie y lo mismo le pasó con la pierna. Pero al rato le empezó a llegar la borrachera, así que pensé que estaba bien, aunque yo hubiera preferido que me mordiese una serpiente que el whisky de padre.

Jim estuvo acostado cuatro días con sus noches. Después le desapareció la hinchazón y empezó a andar otra vez. Decidí que nunca jamás volvería a agarrar una piel de serpiente con las manos, ahora que había visto lo que pasaba. Jim dijo que calculaba que la próxima vez le creería, porque andar tocando pieles de serpiente traía tanta mala suerte que a lo mejor todavía no se había terminado. Dijo que prefería ver la luna nueva por encima del hombro izquierdo, aunque fueran mil veces antes que tocar una piel de serpiente con la mano. Bueno, yo también estaba empezando a opinar lo mismo, aunque siempre he pensado que mirar a la luna nueva por encima del hombro izquierdo es una de las cosas más tontas y absurdas que se pueden hacer. El viejo Hank Bunker lo hizo una vez y presumió mucho de ello, y menos de dos años después se emborrachó, se cayó de la torre del agua y se quedó tan aplastado que parecía una hoja, por así decirlo, y lo tuvieron que poner de lado entre dos puertas de establo en lugar de ataúd y lo enterraron así, según dicen, pero yo no me lo creo. Me lo contó padre, pero de todas formas es lo que pasa por andar mirando así a la luna, como un idiota.

Bueno, fueron pasando los días y el río bajó otra vez entre las orillas, y una de las primeras cosas que hicimos fue cebar uno de los anzuelos grandes con un conejo despellejado y echarlo, y pescamos un pez gato igual de grande que un hombre, porque medía seis pies y dos pulgadas y pesaba más de doscientas libras. Claro que no podíamos tirar de él, porque nos hubiera lanzado a Illinois. Nos quedamos sentados mirando cómo se revolvía y se agitaba hasta que se ahogó. En el estómago le encontramos un botón de cobre, una pelota redonda y montones de cosas. Partimos la pelota con el hacha y dentro había un carrete. Jim dijo que se lo había tragado hacía mucho tiempo y por eso había ido haciendo una bola con él. Era uno de los peces más grandes que jamás se hubieran pescado en el Mississippi, creo. Jim dijo que nunca había visto otro mayor. En el pueblo habría valido mucho dinero. Esos peces los venden por libras en el mercado; todo el mundo compra algo; tienen la piel blanca como la nieve y fritos están muy buenos.

A la mañana siguiente dije que todo se estaba poniendo muy aburrido y que querría ver algo de movimiento. Dije que creía que iba a cruzar el río a ver qué pasaba. A Jim le gustaba la idea; pero dijo que tenía que ir de noche y estar muy atento. Después lo siguió pensando y añadió que podría ponerme algo de la ropa que teníamos y vestirme de niña. También aquello era una buena idea. Así que acortamos uno de los vestidos de calicó y yo me arremangué las piernas de los pantalones hasta las rodillas y me lo puse. Jim me lo abrochó por detrás con los corchetes, y me caía bien. Me puse el bonete y me lo até bajo la barbilla, y si alguien me miraba y me veía la cara era como mirar por un tubo de chimenea. Jim dijo que nadie me conocería, ni siquiera de día. Estuve entrenándome todo el día para acostumbrarme, y al cabo de un rato me quedaba bastante bien, sólo que Jim dijo que no andaba como las chicas, y que tenía que dejar de subirme las faldas para meterme las manos en los bolsillos. Le hice caso y me quedó mejor.

Me fui al lado de Illinois en la canoa justo después de oscurecer.

Salí hacia el pueblo desde un poco más abajo del desembarcadero del transbordador y la deriva de la corriente me dejó al extremo del pueblo. Eché amarras y me puse a andar por la orilla. Había una luz encendida en una cabaña en la que hacía mucho tiempo que no vivía nadie y me pregunté quién estaría allí. Me acerqué para mirar por la ventana.

Había una mujer de unos cuarenta años que hacía punto a la luz de una vela colocada sobre una mesa de pino. No la había visto nunca; era una desconocida, porque en aquel pueblo no había ni una cara que no conociera yo. Aquello fue una suerte, porque yo empezaba a sentir dudas. Me empezaba a dar miedo haber venido; la gente podría reconocerme por la voz. Pero si aquella mujer llevaba en un pueblo tan pequeño sólo dos días podría contarme todo lo que yo quisiera saber, así que llamé a la puerta y decidí no olvidar que era una niña.

—Adelante —dijo la mujer, y obedecí—. Siéntate.

Me senté. Me miró muy atenta con unos ojillos brillantes, y va y dice:

—Y, ¿cómo te llamas?

—Sarah Williams.

—¿Por dónde vives? ¿por aquí cerca?

—No, señora. En Hookerville, siete millas más abajo. He venido andando todo el camino y estoy cansadísima.

—Y te apuesto a que tienes hambre. Voy a buscar algo.

—No, señora. No tengo hambre. Tenía tanta que tuve que pararme dos millas más abajo de aquí en una granja, así que ya no tengo. Por eso llego tan tarde. Mi madre está mala y se ha quedado sin dinero ni nada y he venido a decírselo a mi tío Abner Moore. Vive en la parte alta del pueblo, me ha dicho mi madre. Yo nunca he estado aquí. ¿Usted lo conoce?

—No, pero todavía no conozco a todo el mundo. No llevo aquí ni dos semanas. De aquí a la parte alta del pueblo queda mucho camino. Más vale que pases aquí la noche.

Quítate el sombrero.

—No —dije—; voy sólo a descansar un rato y luego seguir. La oscuridad no me da miedo.

Dijo que no me dejaría marcharme solo pero que su marido llegaría más tarde, quizá dentro de una hora y media, y le diría que me acompañase. Después se puso a hablar de su marido y de sus parientes río arriba y de sus parientes río abajo y de que antes vivían mucho mejor y que no sabían si no se habían equivocado al venir a nuestro pueblo, en lugar de conformarse con seguir como estaban, y así sucesivamente, hasta que temí haberme equivocado pensando que ella me iba a dar noticias de lo que pasaba en el pueblo, pero luego se puso a hablar de padre y del asesinato y ahí sí que estaba yo dispuesto a dejar que siguiera dándole a la lengua. Me contó cómo Tom Sawyer y yo habíamos encontrado los doce mil dólares (sólo que ella dijo que eran veinte) y toda la historia de padre, y lo malo que era y lo malo que era yo y por fin llegó a la parte en que me asesinaban, y yo dije:

—¿Quién fue? En Hookerville se ha hablado mucho de todas esas cosas, pero no sabemos quién fue el que mató a Huck Finn.

—Bueno, supongo que aquí hay montones de gente que querrían saber quién le mató. Algunos dicen que fue el viejo Finn en persona.

—No ... ¿eso dicen?

—Al principio era lo que creían todos. Nunca sabrá lo cerca que estuvo de que lo lincharan. Pero en seguida cambiaron de opinión y decidieron que lo hizo un negro fugitivo que se llama Jim.

—Pero si él...

Me callé. Calculé que era mejor no decir nada. Siguió hablando y no se dio cuenta de que yo la había interrumpido:

—El negro se escapó la misma noche que murió Huck Finn. Así que ahora ofrecen una recompensa por él: trescientos dólares. También hay una recompensa por el viejo Finn: doscientos dólares. Fíjate que vino al pueblo la mañana después del asesinato y lo denunció, y se fue con los otros a buscarlo en el transbordador e inmediatamente va y se marcha. En seguida querían lincharlo, pero fíjate que ya había desaparecido. Bueno, al día siguiente se enteraron de que había huido el negro y de que nadie lo había visto desde las diez de la noche del asesinato. Así que entonces ofrecieron una recompensa por él, ya entiendes, y cuando estaban todos convencidos al día siguiente vuelve el viejo Finn y se fue llorando al juez Thatcher a pedir dinero para buscar al negro por todo Illinois. El juez le dio algo y aquella noche se emborrachó y se quedó hasta después de medianoche con dos desconocidos de muy mal aspecto y después se fue con ellos.

Bueno, desde entonces no ha vuelto ni lo esperan hasta que esto se haya pasado un poco, porque ahora la gente piensa que mató a su hijo y arregló las cosas para que todo el mundo se creyera que lo habían hecho unos ladrones y así podría llevarse el dinero de Huck sin tener que molestarse mucho tiempo con un pleito. La gente dice que no sería nada raro en él. Bueno, calculo que es muy listo. Si no vuelve en un año no le pasará nada. No se le puede probar nada, ya sabes; para entonces las cosas estarán más tranquilas y podrá marcharse con el dinero de Huck sin ningún problema.

—Sí, calculo que sí, señora. No creo que tenga problemas. ¿La gente ya no cree que lo hiciera el negro?

—Ah, no, no todos. Muchos creen que fue él. Pero al negro lo van a agarrar muy pronto y a lo mejor le meten miedo para que lo cuente.

—Pero, ¿todavía lo están buscando?

—Bueno, ¡sí que eres inocente! ¿Te crees que nacen trescientos dólares en los árboles todos los días? Algunos creen que el negro no ha ido muy lejos. Y yo tampoco... Pero no se lo he dicho a nadie. Hace unos días estaba yo hablando con un par de viejos que viven al lado en la cabaña de troncos y dijeron que casi nadie va a esa isla de allá que llaman la isla de Jackson. "¿Y ahí no vive nadie?", pregunto yo. "No, nadie", dicen. Yo no dije más; pero he estado pensándolo. Estaba casi segura de que había visto humo por allí, hacia la punta de la isla, hacía un día o dos, así que me digo: "A lo mejor el negro está escondido ahí; en todo caso", digo yo, "merece la pena buscar en esa isla". Desde entonces no he visto más humo, así que a lo mejor se ha ido, si es que era él; pero mi marido va a ir a verlo, con otro. Tuvo que ir río arriba, pero volvió hoy y se lo dije en cuanto llegó hace dos horas.

Me había puesto tan nervioso que no podía estarme quieto. Tenía que hacer algo con las manos, así que saqué una aguja de la mesa y me puse a enhebrarla. Me temblaban las manos y lo hice muy mal. Cuando la mujer dejó de hablar levanté la mirada y me estaba mirando muy curiosa y sonriendo un poco. Dejé la aguja y el hilo y puse cara de interés

Y la verdad es que estaba interesado y voy y digo:

—Trescientos dólares es un montón de dinero. Ojalá que lo tuviera mi madre. ¿Va a ir allí su marido esta noche?

—Ah, sí. Ha ido a la parte alta del pueblo con el hombre que te he dicho, a buscar un bote y ver si les prestan otra escopeta. Van a cruzar después de medianoche.

—¿No verían mejor si esperasen hasta que fuera de día?

—Sí. Y, ¿no vería también mejor el negro? Después de medianoche lo más probable es que esté dormido, y se pueden meter por el bosque y buscar su hoguera mejor si está oscuro, si es que tiene una hoguera.

—No se me había ocurrido.

La mujer me seguía mirando muy curiosa y yo no me sentía nada cómodo. Y después de un momento va y pregunta:

—¿Cómo habías dicho que te llamabas, guapa?

—M ... Mary Williams.

No sé por qué pero no me parecía haber dicho que era Mary antes, así que no levanté la vista... Me parecía que había dicho que era Sarah, así que me sentí como acorralado y tenía miedo de que a lo mejor se me notara. Tenía ganas de que la mujer dijera algo más; cuanto más tiempo pasaba callada más incómodo me sentía. Pero entonces va y dice:

—Guapa, creí que al llegar habías dicho que te llamabas Sarah.

—Ay, sí, señora, es verdad. Sarah Mary Williams. Me llamó Sarah de primer nombre. Algunos me llaman Sarah y otros Mary.

—Ah, ¿eso es lo que pasa?

—Sí, señora.

Ya me estaba sintiendo mejor, pero con ganas de marcharme de allí de todas maneras. Todavía no me atrevía a levantar la mirada.

Bueno, la mujer se puso a hablar de lo difíciles que estaban los tiempos y lo pobres que eran y cómo corrían las ratas por todas partes, como si la casa fuera de ellas, y de esto y de aquello, y me empecé a sentir más tranquilo. Tenía razón en lo de las ratas. A cada rato se veía una que asomaba el hocico por un agujero en un rincón. Dijo que tenía que tener cosas a mano para tirárselas cuando estaba sola, porque si no, no la dejaban en paz. Me enseñó una barra de plomo retorcido en forma de nudo y dijo que en general tenía buena puntería, pero que hacía uno o dos días se había dislocado un brazo y no sabía si ahora podía apuntar bien. Esperó una oportunidad y en seguida le tiró la barra a una rata, pero le falló por mucho y dijo, "¡ay!", que le dolía mucho el brazo. Entonces me pidió que probara yo con la siguiente. Yo quería marcharme antes de que volviera su viejo, pero claro que no lo dije. Agarré la barra y a la primera rata que asomó el hocico se la tiré, y de haberse quedado donde estaba no se habría sentido nada bien. Dijo que yo tiraba de primera y que calculaba que a la siguiente le daría. Se levantó a buscar la barra y la trajo y también una madeja de lana con la que quería que la ayudara yo.

Levanté las dos manos y ella me puso la madeja y siguió hablando de cosas suyas y de su marido. Pero se interrumpió para decir:

—Sigue atenta a las ratas. Más vale que tengas la barra a mano, en el regazo.

Así que me echó el trozo de plomo al regazo justo en aquel momento y yo apreté las piernas para acogerlo y ella siguió hablando. Pero sólo un minuto o así. Después me quitó la madeja y me miró a los ojos y me dijo muy amable:

—Vamos, ahora dime cómo te llamas de verdad.

—¿Cómo? ¿Cómo, señora?

—¿Cómo te llamas de verdad? ¿Bill o Tom, o Bob? ¿Cómo te llamas? Creo que me puse a temblar como una hoja, sin saber qué hacer. Pero dije:

—Por favor, no se ría de una pobre chica como yo, señora. Si le molesto, me...

—No, nada de eso. Siéntate y quédate donde estás. No voy a hacerte nada ni voy a delatarte. Me cuentas tu secreto y confías en mí. Yo te lo guardo, y, lo que, es más, te ayudo. Mi hombre, lo mismo, si tú quieres. Ya entiendo que eres un aprendiz y te has escapado y nada más. No es nada. No tiene nada de malo. Te han tratado mal y has decidido escaparte. Hijo mío, yo no te delataría. Ahora cuéntamelo todo, sé buen chico. Así que dije que no servía de nada seguir fingiendo y que me dejaría de mentiras y se lo contaría todo, pero que tenía que cumplir su promesa. Después le dije que mi padre y mi madre habían muerto y que la ley me había asignado a un campesino viejo y mezquino que vivía por lo menos a treinta millas del río y que me trataba tan mal que no lo pude seguir aguantando; se había ido un par de días y yo aproveché la oportunidad para robar un vestido viejo de su hija y largarme, y había tardado tres noches en recorrer las treinta millas. Viajaba de noche y me escondía a dormir de día, y la bolsa de pan y de carne que me había llevado me había durado todo el camino, y todavía me quedaba. Dije que creía que mi tío Abner Moore se haría cargo de mí y que por eso había venido a este pueblo de Goshen.

—¿Goshen, chico? Esto no es Goshen. Esto es Saint Petersburg. Goshen está diez millas río arriba. ¿Quién te dijo que esto era Goshen?

—Bueno, un hombre con el que me encontré al amanecer esta mañana, justo cuando iba a meterme en el bosque para dormir, como siempre. Me dijo que los caminos se dividían y que debía seguir el de la derecha y al cabo de cinco millas estaría en Goshen.

—Debía de estar borracho. Te dijo exactamente lo contrario de lo que es.

—Bueno, sí que parecía que estuviera borracho, pero ya no importa. Tengo que seguir. Llegaré a Goshen antes de que amanezca.

—Espera un momento. Voy a darte algo de comer. A lo mejor te hace falta. Así que me preparó algo de comer y dijo:

—Oye, cuando una vaca se echa, ¿por qué parte se levanta? Responde rápido, vamos; no te pares a pensarlo. ¿Por qué lado se levanta?

—Por el de atrás, señora.

—Bueno, ¿y un caballo?

—Por el de delante, señora.

—¿De qué lado de un árbol crece el musgo?

—Del norte.

—Si hay quince vacas pastando en una cuesta, ¿cuántas de ellas comen con las cabezas mirando en la misma dirección?

—Las quince, señora.

—Bueno, supongo que es cierto que has vivido en el campo. Creí que a lo mejor pensabas engañarme otra vez. ¿Y cómo te llamas de verdad?

—George Peters, señora.

—Bueno, George, trata de recordarlo. No te vayas a olvidar y a decirme que es Elexander antes de irte y luego quieras arreglarlo diciendo que es George Elexander cuando te pesque. Y no te acerques a mujeres con ese vestido viejo. Haces bastante mal de chica, pero quizá puedas engañar a los hombres. Y recuerda, hijo, que cuando te pongas a enhebrar una aguja no tienes que sostener el hilo quieto y llevar la aguja hacia él: ten quieta la aguja y pasa el hilo por ella; así es como lo hacen prácticamente todas las mujeres, pero los hombres siempre lo hacen al revés. Y cuando le tires algo a una rata o algo así, recuerda que te tienes que poner de puntillas y levantar la mano por encima de la cabeza lo más torpe que puedas y fallarle a la rata por seis o siete pies. Tira con el brazo tieso a partir del hombro, como si tuvieras un eje, como las chicas, y no con la muñeca y el codo con el brazo a un lado, como hacen los chicos. Y recuerda que cuando una chica trata de recoger algo en el regazo separa las rodillas, no las junta como hiciste tú cuando te tiré la barra de plomo. Pero hombre, si me di cuenta de que eras un chico en cuanto te pusiste a enhebrar la aguja, y las demás cosas las hice para estar segura. Ahora, vete corriendo con tu tío, Sarah Mary Williams George Elexander Peters, y si te metes en algún lío manda un recado a la señora Judith Loftus, que soy yo, y haré lo que pueda por sacarte de él. Sigue siempre por el camino del río, y la próxima vez que te eches a andar lleva zapatos y calcetines. La carretera del río tiene muchas piedras y calculo que vas a tener los pies hechos polvo cuando llegues a Goshen.

Fui por la ribera unas cincuenta yardas y deshice el camino para volver donde estaba mi canoa, bastante lejos por debajo de la casa. Me metí de un salto y salí corriendo. Fui río arriba lo bastante lejos para llegar a la punta de la isla, y después empecé a cruzar. Me quité el bonete, porque no quería ir como con orejeras. Cuando estaba hacia la mitad del camino oí que el reloj empezaba a dar las horas, así que me paré a escuchar; el ruido se oía débil por encima del agua, pero con claridad: las once. Cuando llegué a la punta de la isla no me paré a descansar, aunque estaba sin aliento, sino que me metí directamente donde estaba mi antiguo campamento y encendí una buena hoguera, en un sitio alto y seco.

Después salté a la canoa y fui a nuestro sitio, una milla y media más abajo, todo lo rápido que pude. Desembarqué y avancé entre los árboles hasta el cerro y llegué a la cueva. Allí estaba Jim, dormido como un tronco en el suelo. Lo desperté y le dije:

—¡Levántate y prepárate, Jim! No hay ni un minuto que perder. ¡Nos están buscando! Jim no hizo ninguna pregunta ni dijo una palabra; pero por la forma en que trabajó la media hora siguiente se veía que estaba asustadísimo. Para entonces teníamos en la balsa todo lo que poseíamos en el mundo y estábamos listos para sacarla de entre los sauces donde estaba escondida. Lo primero que hicimos fue apagar la hoguera de la cueva, y después ya no encendimos ni una vela.

Aparté la canoa de la orilla un poco y me puse a mirar; pero si por allí había un bote no podía verlo, porque las estrellas y las sombras no valen para ver mucho. Luego sacamos la balsa y bajamos entre las sombras, hasta el pie de la isla en total silencio, sin decir ni una palabra.

Debía de ser casi la una cuando por fin pasamos el final de la isla y la balsa parecía avanzar muy lenta. Si se acercaba un bote, el plan era meternos en la canoa y avanzar hacia la orilla de Illinois, y menos mal que no llegó ninguno, porque no se nos había ocurrido poner la escopeta en la canoa, ni un sedal para pescar, ni nada que comer.

Teníamos demasiada prisa para pensar en tantas cosas. No había sido muy inteligente ponerlo todo en la balsa.

Si los hombres iban a la isla, supongo que encontrarían la hoguera que había hecho yo y que esperarían toda la noche a que llegara Jim. En todo caso no se nos acercaron, y si aquella hoguera no los engañó, no era culpa mía. Yo había hecho todo lo posible por despistarlos.

Cuando se empezó a ver la primera luz del día amarramos a una barra de arena que había en una gran curva del lado de Illinois, cortamos ramas de alamillo con el hacha y tapamos la balsa con ellas para que pareciese que había habido un corrimiento de tierras por aquella orilla. En esas barras de arena hay alamillos tan apretados como los dientes de un rastrillo.

Veíamos montañas en el lado de Missouri y mucho bosque en el de Illionois, y el canal, por aquella parte, corría del lado de Missouri, de forma que no teníamos miedo de encontrarnos con nadie. Nos quedamos allí todo el día viendo las balsas y los barcos de vapor que bajaban por el lado de Missouri y los barcos de vapor que subían río arriba peleando contra la corriente en el centro. Le conté a Jim todo lo que había pasado cuando estuve hablando con la mujer y Jim dijo que era muy lista y que si fuese ella quien nos buscara no iba a quedarse sentada vigilando una hoguera; no, señor, iría con un perro. Bueno, entonces, dije yo, ¿por qué no podía decirle a su marido que buscara un perro? Jim dijo que seguro que se le ocurría cuando los hombres se pusieran en marcha, y que suponía que debía de haber ido a la parte de arriba del pueblo a buscar un perro, de forma que habían perdido todo aquel tiempo, o si no, no estaríamos allí en la barra de arena a dieciséis o diecisiete millas por debajo del pueblo; no, señor, estaríamos otra vez en el pueblo. Así que yo dije que no me importaba por qué no llegaban, mientras no llegaran.

Cuando empezó a oscurecer asomamos las cabezas entre los alamillos y miramos arriba y abajo y a los lados, pero no vimos nada, así que Jim sacó algunos de los troncos de arriba de la balsa y construyó un wigwam muy cómodo para refugiarnos cuando hiciese mucho calor o lloviera y para tener las cosas en seco. Jim preparó un suelo para el wigwam y lo levantó un pie más por encima del nivel de la balsa, de forma que las mantas y las trampas estaban fuera del alcance del oleaje de los barcos de vapor. Justo en medio del wigwam pusimos una capa de polvo de cinco o seis pulgadas de grueso y la rodeamos con un bastidor para que no se saliera; era para hacer fuego cuando lloviese o hiciera frío; con el wigwam no se podría ver. También preparamos un timón de repuesto, porque uno de los que teníamos podía romperse o engancharse o lo que fuera.

Preparamos un palo con una horquilla del que colgar el viejo farol, porque siempre tendríamos que encenderlo cuando viéramos un barco de vapor que venía río abajo, para que no nos pasara inadvertido, pero no teníamos que encenderlo para los que iban río arriba salvo que nos viéramos en lo que ellos llaman "entre corrientes", porque el río seguía muy alto y las riberas bajas continuaban sumergidas, de forma que los barcos que lo remontaban no subían siempre por el canal, sino que iban buscando aguas más fáciles.

La segunda noche navegamos entre siete y ocho horas, con una corriente que iba a más de cuatro millas por hora. Pescamos y charlamos y de vez en cuando nos echamos a nadar para no quedarnos dormidos. Era bastante solemne aquello de bajar por el gran río silencioso, echados de espaldas y mirando a las estrellas, y no nos daban ganas de hablar en voz alta ni nos reímos mucho, sólo alguna risa en voz baja. En general nos hizo muy buen tiempo y no nos pasó nada, ni aquella noche ni la siguiente ni la otra.

Todas las noches pasábamos junto a pueblos, algunos de ellos a lo lejos en cerros negros, sin ver nada más que el resplandor de unas luces, y ni una sola casa. La quinta noche pasamos junto a Saint Louis y era como si el mundo entero estuviera iluminado. En Saint Petersburg decían que Saint Louis tenía veinte o treinta mil habitantes, pero yo nunca me lo creí hasta que vi aquella maravillosa cantidad de luces a las dos de una noche silenciosa. No se oía ni un ruido: todo el mundo dormía.

Todas las noches yo me iba a la orilla junto a alguna aldea y compraba diez o quince centavos de harina o de tocino salado u otras cosas que comer, y a veces me llevaba prestado un pollo que no parecía sentirse cómodo. Padre siempre decía que había que llevarse un pollo cuando se tenía la oportunidad, porque si no lo quiere uno es fácil encontrar a alguien que lo quiera, y una buena obra nunca se olvida. No vi ni una sola vez que no lo quisiera padre, pero en todo caso eso es lo que decía.

Por las mañanas, antes del amanecer, me metía en los campos de maíz y me llevaba prestada una sandía, o un melón, o una calabaza, un poco de maíz nuevo o cosas así. Padre siempre decía que no tenía nada de malo llevarse prestadas cosas si se tenía la intención de pagarlas alguna vez; pero la viuda decía que aquello no era más que robar, por mucho que se disfrazara con palabras, y que las personas decentes no lo hacían. Jim dijo que calculaba que la viuda tenía una parte de razón y papá otra, así que lo mejor sería que escogiéramos dos o tres cosas de la lista y no las volviéramos a tomar prestadas, y entonces calculaba que no tendría nada de malo tomar prestadas las otras. Así que nos pasamos toda una noche hablando de eso, mientras íbamos río abajo, tratando de decidir si eliminábamos las sandías, las cantalupas, los melones, o qué. Pero para el amanecer lo teníamos todo resuelto satisfactoriamente y concluimos que eliminaríamos las reinetas y los caquis. Antes no nos habíamos sentido bien del todo, pero ahora ya estábamos tranquilos. Yo me alegré de haberlo resuelto así, porque las reinetas nunca están buenas y los caquis no estarían maduros hasta dentro de dos o tres meses.

De vez en cuando matábamos un ave acuática que se levantaba demasiado temprano por las mañanas o no se acostaba lo bastante temprano por las tardes. En general, vivíamos muy bien.

La quinta noche, río abajo de Saint Louis, hubo una gran tormenta después de medianoche, con montones de truenos y de relámpagos, y la lluvia caía como una sábana. Nos quedamos en el wigwam y dejamos que la balsa se manejara sola. Cuando brillaba un relámpago veíamos el río enorme y recto por delante y grandes acantilados a los dos lados. Y una vez voy yo y digo:

—Caray, Jim, ¡mira ahí!

Era un barco de vapor que había naufragado contra una roca. Nosotros íbamos directos hacia él. Con los relámpagos se veía muy claro. Estaba todo escorado, con una parte de la cubierta superior por encima del agua, y se veía cada uno de los cables de la chimenea con toda claridad y una silla junto a la campana grande, con un viejo chambergo que colgaba en el respaldo, cuando llegaban los relámpagos.

Bueno, como era tan tarde, había aquella tormenta y todo parecía tan misterioso, se me ocurrió lo mismo que a cualquier otro chico cuando vi aquel barco embarrancado tan triste y solitario en medio del río. Quería abordarlo y explorarlo un poco a ver lo que tenía dentro. Así que dije:

—Vamos a abordarlo, Jim.

Pero al principio Jim estaba totalmente en contra. Va y dice:

—No quiero andar metiendo las narices en un barco muerto. Nos va muy bien y más vale dejar que siga así, como dice el Libro. Seguro que hay un vigilante en ese barco.

—Vigilante, tu abuelita —dije yo—; no hay nada que vigilar más que la timonera y las camaretas superiores y, ¿te crees que nadie va a arriesgar la vida por una timonera y unas camaretas en una noche así, cuando lo más probable es que se parta en dos y se vaya río abajo en cualquier momento?

Jim no podía responder a aquello, así es que no lo intentó.

—Y, además —dije yo—, podríamos tomar algo prestado que mereciese la pena en el camarote del capitán. Seguro que hay puros, de los que cuestan cinco centavos cada uno y en dinero contante. Los capitanes de barco de vapor siempre son ricos y cobran sesenta dólares al mes y les importa un pito lo que cuesten las cosas, ya lo sabes, si les apetecen. Ponte una vela en el bolsillo, Jim; no me puedo aguantar hasta que lo hayamos registrado. ¿Te crees que Tom Sawyer se iría sin más de un sitio así? Ni hablar. Diría que era una aventura, eso es lo que diría, y abordaría ese barco aunque fuera lo último de su vida. Y seguro que lo haría con estilo; o, ¿no te crees que organizaría una de las buenas? Hombre, te creerías que era Cristóbal Colón descubriendo el Otro Mundo. Ojalá estuviera aquí Tom Sawyer.

Jim gruñó un poco, pero cedió. Dijo que no teníamos que hablar más que lo inevitable, y eso en voz muy baja. Los relámpagos volvieron a mostrarnos el barco naufragado justo a tiempo y nos agarramos a la cabria de estribor y amarramos allí.

La cubierta estaba muy alta de aquel lado. Bajamos despacio por la pendiente hacia babor, en la oscuridad, hacia las camaretas altas, tanteando el camino muy despacio con los pies y con los brazos muy abiertos para apartar las cuerdas, porque estaba tan oscuro que no veíamos nada. En seguida llegamos a la parte de delante de la claraboya y nos subimos a ella, y al paso siguiente nos quedamos enfrente de la puerta del capitán, que estaba abierta, y, ¡qué diablos, al otro extremo de las camaretas vimos una luz! ¡Y en el mismo momento pareció que oímos voces bajas a lo lejos!

Jim me susurró que se sentía muy mal y me dijo que nos fuéramos. Yo dije que de acuerdo, e íbamos a volver a la balsa cuando oí una voz que lloriqueaba y decía:

—¡Ay, por favor, no, muchachos! ¡Juro que no lo diré nunca!

Otra voz dijo, muy alta:

—Es mentira, Jim Turner. Ya has hecho lo mismo antes de ahora.

Siempre quieres más que tu parte del botín, y siempre te la has llevado, porque juraste que si no nos delatarías. Pero ahora lo has dicho una vez de más. Eres el perro más asqueroso y más traidor de este país.

Para entonces, Jim se había ido a la balsa. Yo estaba hirviendo de curiosidad. Y me dije que Tom Sawyer no se echaría atrás ahora, así que yo tampoco, y que iba a ver lo que pasaba. Así que me puse a cuatro patas en el pasillo y avancé en la oscuridad hasta que no había más que un camarote entre el cruce de las camaretas y yo. Entonces vi un hombre tirado en el suelo y atado de pies y manos y otros dos encima de él, y uno de ellos llevaba una linterna sorda en la mano y el otro tenía una pistola. Éste no hacía más que apuntar la pistola a la cabeza del que estaba en el suelo y decía:

—¡Ya me gustaría, y es lo que tendría que hacer, chivato de porquería! El hombre del suelo se encogía, diciendo:

—Ay, por favor, no, Bill; no voy a delataros nunca.

Y cada vez que decía aquello el del farol se reía y decía:

—¡Desde luego que no! En tu vida has dicho una verdad mayor, te lo aseguro —y una vez dijo—: ¡Escuchad cómo suplica! Pero si no lo tuviéramos dominado y atado, nos habría matado a los dos. ¿Y por qué? Por nada. Sólo porque defendimos nuestros derechos, por eso. Pero te apuesto, Jim Turner, a que no vas a volver a amenazar a nadie. Deja esa pistola, Bill.

Bill dice:

—No me apetece, Jake Packard. Estoy de acuerdo con matarlo, ¿no mató él al viejo Hatfield así, y no se lo merece?

—Pero yo no quiero matarlo, y tengo mis motivos.

—¡Bendito seas por esas palabras, Jake Packard! ¡No las olvidaré mientras viva! —dice el hombre del suelo, como tartamudeando.

Packard no hizo caso, sino que colgó el farol de un clavo y avanzó hacia donde estaba yo en la oscuridad y le hizo un gesto a Bill para que se le acercara. Yo retrocedí unas dos yardas lo más rápido que pude, pero el barco estaba tan escorado que no podía ir muy deprisa, así que para que no tropezase conmigo y me cogieran me metí en un camarote de la parte alta. El hombre vino a tientas en la oscuridad, y cuando Packard llegó a mi camarote dijo:

—Aquí, ven aquí.

Y allí entró, con Bill detrás. Pero antes de que entrasen ellos yo me había subido a la litera de arriba, arrinconado y lamentando haber ido. Entonces se quedaron allí con las manos en el borde de la litera, hablando. Yo no podía verlos, pero sabía dónde estaban por el olor a whisky que habían tomado. Me alegré de no beber whisky, aunque tampoco habría importado mucho, porque era casi imposible que me olieran porque no respiraba. Estaba demasiado asustado. Y, además, uno no podía respirar mientras oía aquello. Hablaban en voz baja y muy serios. Bill quería matar a Turner. Dice:

—Ha dicho que nos delataría y lo hará. Si le diéramos ahora a él nuestras partes, ya no importaría después de la pelea y de lo que le hemos hecho. Puedes estar seguro de que haría de testigo de cargo; ahora, escúchame. Yo soy partidario de quitarle las penas para siempre.

—Y yo también —dijo Packard, muy tranquilo.

—Maldita sea, había empezado a creer que no. Bueno, entonces no hay problema. Vamos con ello.

—Aguarda un momento; todavía no he dicho mi parte. Escúchame. Está bien pegarle un tiro, pero hay formas más discretas si es necesario hacerlo. Pero lo que yo digo es esto: no tiene sentido andar buscando que nos pongan una soga al cuello cuando puede uno conseguir lo mismo y no correr ningún peligro. ¿No es verdad?

—Seguro que sí. Pero, ¿cómo te las vas a arreglar esta vez?

—Bueno, he pensado lo siguiente: buscamos por todas partes y recogemos lo que se nos haya olvidado en los camarotes, nos vamos a la orilla y escondemos el botín. Después esperamos. Yo digo que no van a pasar más de dos horas antes de que esta ruina se parta en dos y baje flotando río abajo. ¿Entiendes? Se ahogará y no podrá denunciar a nadie. Me parece que es mucho mejor que matarlo. Yo no soy partidario de matar a alguien mientras se pueda evitar; no tiene sentido y no es moral. ¿Tengo razón o no?

—Supongo que sí. Pero, ¿y si no se rompe y baja flotando?

—Bueno, de todas formas, podemos esperar dos horas a ver qué pasa, ¿no?

—Está bien; vamos.

Así que se pusieron en marcha y yo me largué, empapado de sudor frío, tambaleándome hasta la proa. Estaba oscuro como boca de lobo, pero dije en una especie de susurro ronco: "Jim!". Respondió justo a mi lado con una especie de gemido y dije:

—Rápido, Jim, no hay tiempo que perder con quejidos; ahí hay una banda de asesinos, y si no encontramos su bote y lo echamos al río para que no se puedan marchar del barco, uno de ellos va a pasarlo muy mal. Pero si encontramos el bote podemos dejarlos a todos muy mal: los va a encontrar el sheriff. ¡Rápido... aprisa! Yo busco por el lado de babor y tú por el de estribor. Empieza por la balsa, y...

—Ay, señor mío, señor mío. ¿Balsa? Ya no queda balsa. ¡Se ha roto o ha desaparecido!

¡Y nosotros aquí!

EL BOTÍN ROBADO

Bueno, pegué un respingo y me desmayé. ¡Encerrados en un barco naufragado con una banda de asesinos! Pero no quedaba tiempo para andar con lloriqueos. Ahora teníamos que encontrar el bote y quedarnos nosotros con él. Bajamos temblando y tiritando por el lado de estribor y tardamos mucho: pareció que pasaba una semana antes de llegar a popa. No se veía ni señal del bote. Jim dijo que él no creía tener fuerzas para seguir: tenía tanto miedo que ya no podía más, dijo. Pero yo le dije: "Adelante, si nos quedamos aquí, seguro que lo pasamos mal". Así que seguimos buscando. Fuimos a la popa de la cubierta superior y lo encontramos; luego subimos como pudimos por la claraboya, agarrándonos a cada hierro, porque el borde de la claraboya ya estaba metido en el agua. Cuando estábamos bastante cerca del vestíbulo encontramos el bote, ¡por fin! Yo apenas si lo vi. Me sentí muy contento. Un segundo más y me habría subido a bordo, pero justo entonces se abrió la puerta. Uno de los hombres asomó la cabeza a sólo un par de pies de mí y creí que había llegado mi hora final, pero volvió a meterla y va y dice:

—¡Bill, esconde ese maldito farol!

Tiró al bote un saco con algo y después se subió y se sentó. Era Packard. Entonces salió Bill y se metió en el bote. Packard va y dice:

—Listos... ¡empuja!

Yo apenas si me podía agarrar a los hierros, de débil que me sentía. Pero Bill va y dice:

—Espera... ¿le has registrado?

—No. ¿Y tú?

—No. O sea que todavía tiene su parte de dinero.

—Bueno, pues vamos allá. No tiene sentido llevarnos las cosas y dejar el dinero.

—Oye, ¿no sospechará lo que estamos preparando?

—A lo mejor, no.

Así que desembarcaron y volvieron a entrar. La puerta se cerró de un portazo porque estaba del lado escorado y al cabo de medio segundo yo me encontraba en el bote y Jim se metió a tumbos detrás de mí. Saqué la navaja, corté la cuerda, ¡y nos fuimos!

No tocamos ni un remo ni hablamos ni susurramos, y casi ni siquiera respiramos. Bajamos deslizándonos muy rápido, en total silencio, más allá del tambor de la rueda y de la popa, y después, en un segundo o dos más, estábamos cien yardas por debajo del barco y la oscuridad lo escondió sin que se pudiera ver ni señal de él; estábamos a salvo y lo sabíamos.

Cuando nos encontrábamos a trescientas o cuatrocientas yardas río abajo vimos la linterna como una chispita en la puerta de la cubierta superior durante un segundo y supimos por eso que los bandidos habían visto que se habían quedado sin el bote y empezaban a comprender que ellos mismos tenían tantos problemas como Jim Turner. Después Jim se puso a los remos y comenzamos a buscar nuestra balsa. Fue entonces cuando empecé a preocuparme por los hombres: calculo que antes no había tenido tiempo. Empecé a pensar lo terrible que era, incluso para unos asesinos, estar en una situación así. Me dije que no sabía si yo mismo llegaría alguna vez a ser un asesino y entonces qué me parecería. Así que voy y le digo a Jim:

—La primera luz que veamos, desembarcamos cien yardas por debajo o por encima de ella, en un sitio donde os podáis esconder bien tú y el bote, y después yo iré a contarles algún cuento y conseguir que alguien vaya a buscar a esa banda y sacarlos de su situación, para que puedan ahorcarlos cuando llegue el momento.

Pero la idea fracasó, porque la tormenta volvió a empezar en seguida, y aquella vez peor que antes. La lluvia caía a chuzos y no se veía ni una luz; calculo que todo el mundo estaría en la cama. Bajamos por el río buscando luces y atentos a nuestra balsa. Al cabo de mucho rato, escampó la lluvia, pero continuó nublado y seguían viéndose relámpagos, y uno de ellos nos indicó algo negro que flotaba por delante y nos dirigimos allí.

Era la balsa, y nos alegramos mucho de volver a subir a ella. Entonces vimos una luz hacia abajo, en la orilla, a la derecha. Así que dije que fuéramos allí. El bote estaba medio lleno del botín que había robado aquella banda en el barco naufragado. Lo pusimos en la balsa todo amontonado y le dije a Jim que bajara a la deriva y sacara una luz cuando creyera que había recorrido dos millas y la tuviera encendida hasta que llegara yo; después me puse a los remos y fui hacia la luz. Cuando me acerqué vi tres o cuatro más en un cerro. Era un pueblo. Fui derecho a la luz de la orilla, dejé de remar y seguí flotando. Al pasar vi que era un farol que colgaba del mástil de un transbordador de doble casco. Me puse a buscar al vigilante, preguntándome dónde dormiría, y al cabo de un rato lo vi recostado en el bitón de proa, con la cabeza apoyada en las rodillas. Le di dos o tres golpecitos en el hombro y empecé a llorar.

Se empezó a desperezar como alarmado, pero cuando vio que era sólo yo, bostezó y se estiró bien y después dice:

—Eh, ¿qué pasa? No llores, chico. ¿Qué te pasa? Y yo digo:

—Padre y madre y mi hermanita...

Y volví a echarme a llorar. Va él y dice:

—Vamos, dita sea, no te pongas así; todos tenemos nuestros problemas y éste ya se arreglará. ¿Qué les pasa?

—Están... están... ¿es usted el vigilante del barco?

—Sí —dice, con un aire muy satisfecho—. Soy el capitán y el propietario y el segundo y el piloto y el vigilante y el marinero jefe, y a veces soy la carga y los pasajeros. No soy tan rico como Jim Hornback y no puedo ser tan generoso con todo el mundo y tirar el dinero como él, pero le he dicho muchas veces que no me cambiaría por él; porque, digo yo, lo mío es la vida de marinero, y que me cuelguen si iba a vivir a dos millas del pueblo, donde nunca pasa nada, con todos sus dineros y muchos más que tuviera. Digo yo...

Le interrumpo y digo:

—Están en una situación horrible, y...

—¿Quiénes?

—Pues padre y madre y mi hermanita y la señorita Hooker, y si fuera usted allí con su transbordador...

—¿Adónde? ¿Dónde están?

—En el barco que ha naufragado.

—¿Qué barco?

—Pues el único que hay.

—¿Cómo? ¿No te referirás al Walter Scott?

—Sí.

—¡Cielo santo! ¿Qué hacen ahí, por el amor de Dios?

—Bueno, no fueron a propósito.

—¡Seguro que no! Pero, Dios mío, ¡si no tienen ni una oportunidad si no se marchan a toda velocidad! Pero, ¿cómo diablos se han metido en eso?

—Es muy fácil. La señorita Hooker estaba de visita allá en el pueblo...

—Sí, en el desembarcadero de Booth... sigue.

—Estaba allí de visita en el desembarcadero de Booth y justo a media tarde se puso en marcha con su negra en el transbordador de caballos para pasar la noche en casa de su amiga, la señorita como se llame —no lo recuerdo—, y perdieron el timón y empezaron a dar vueltas y bajaron flotando, de popa, y se quedaron enganchadas en el barco naufragado, y el del transbordador y la negra y los caballos se perdieron, pero la señorita Hooker se agarró y se subió al barco. Bueno, como una hora después llegamos nosotros en nuestra gabarra de mercancías y estaba tan oscuro que no vimos el barco hasta que chocamos con él y nos quedamos enganchados, pero nos salvamos todos salvo Bill Whipple, con lo bueno que era... casi hubiera preferido ser yo, de verdad.

—¡Por Dios! Es lo más raro que he oído en mi vida. Y entonces, ¿qué hiciste?

—Bueno, gritamos y armamos mucho ruido, pero ahí el río es tan ancho que no nos oía nadie. Así que padre dijo que alguien tenía que ir a la costa a buscar ayuda. Yo era el único que sabía nadar, por eso me vine, y la señorita Hooker dijo que si no encontraba ayuda antes, que viniese aquí a buscar a su tío, que él lo arreglaría todo. Llegué a tierra una milla más abajo y vengo andando desde entonces, tratando de que la gente haga algo, pero todos dicen: "¿Qué? ¿con una noche así y con esta corriente? No tiene sentido; vete a buscar el transbordador de vapor". Si quisiera usted ir y...

—Por Dios que me gustaría y, dita sea, no sé si voy a ir, pero, ¿quién diablo lo va a pagar? ¿Crees que tu papá...?

—Bah, eso está arreglado. La señorita Hooker dijo que su tío Hornback...

—¡Diablos! ¿Ése es tío suyo? Mira, ve a esa luz que ves allá y gira al oeste al llegar, y aproximadamente un cuarto de milla después llegas a la taberna; diles que te lleven a toda prisa a casa de Jim Hornback y que él lo pagará todo. Y no pierdas el tiempo, porque querrá tener la noticia. Dile que tendré a su sobrina a salvo antes de que él pueda llegar al pueblo. Ahora vete rápido; voy ahí a la vuelta a despertar a mi maquinista.

Salí hacia la luz, pero en cuanto él se dio la vuelta retrocedí, me metí en el bote, achiqué el agua y luego me introduje en la parte tranquila del río a unas seiscientas yardas y me escondí entre algunos botes de madera, porque no podía quedarme tranquilo hasta ver que el transbordador se ponía en marcha. Pero, en general, me sentía bastante bien por haberme preocupado tanto de la banda, aunque mucha gente no lo hubiera hecho. Ojalá lo hubiera sabido la viuda. Pensé que estaría orgullosa de mí por ayudar a aquellos sinvergüenzas, porque los sinvergüenzas y los tramposos son la gente por la que más se interesan la viuda y la gente buena.

Bueno, en seguida apareció el barco naufragado, todo oscuro y apagado, que iba deslizándose a la deriva. Me recorrió el cuerpo un sudor frío y me dirigí hacia él. Estaba muy hundido, y al cabo de un momento vi que no había muchas posibilidades de que quedara nadie vivo a bordo. Le di una vuelta entera y grité un poco, pero no respondió nadie; había un silencio sepulcral. Me sentí un poco triste por los de la banda, aunque no mucho, pues calculé que si ellos podían aguantarlo yo también.

Entonces va y aparece el transbordador, así que me fui hacia la mitad del río, en una larga deriva aguas abajo, y cuando me pareció que ya no se me podía ver levanté los remos para mirar hacia atrás y vi que el transbordador daba vueltas y buscaba en torno al barco los restos de la señorita Hooker, porque el capitán sabría que su tío Hornback querría verlos, y después en seguida el transbordador abandonó y se dirigió a la costa; yo me puse a mi trabajo y bajé a toda velocidad por el río.

Me pareció que pasaba muchísimo tiempo hasta ver la luz de Jim, y cuando por fin apareció daba la sensación de estar a mil millas. Cuando llegué, el cielo estaba empezando a ponerse un poco gris hacia el este, así que nos dirigimos hacia una isla y escondimos la balsa, hundimos el bote, nos acostamos y nos quedamos dormidos como troncos.

Después, cuando nos levantamos, miramos en qué consistía el botín que había robado la banda en el barco naufragado y encontramos botas y mantas y ropa y toda clase de cosas distintas, un montón de libros y un catalejo y tres cajas de cigarros. Ninguno de los dos habíamos sido nunca así de ricos en la vida. Los cigarros eran de primera. Nos pasamos todo el principio de la tarde en el bosque, charlando, y yo leyendo los libros y en general pasándolo bien. Le conté a Jim todo lo ocurrido en el barco y en el transbordador y dijo que esas cosas eran aventuras, pero que no quería más.

Dijo que cuando yo me metí en la cubierta superior y él se volvió a rastras a la balsa y vio que había desaparecido casi se muere, porque pensó que pasara lo que pasara para él ya había acabado todo, pues si no se salvaba se ahogaría, y si se salvaba el que lo viera lo devolvería a casa para cobrar la recompensa y entonces seguro que la señorita Watson lo vendía en el Sur. Bueno, tenía razón; casi siempre tenía razón; tenía una cabeza de lo más razonable para un negro.

Le leí a Jim muchas cosas sobre reyes y duques y condes y todo eso, y lo bien que se vestían y lo elegantes que se ponían y cómo se llamaban unos a otros "su majestad", "su señoría", "su excelencia" y todo eso, en lugar de "señor", y a Jim se le salían los ojos y estaba muy interesado.

Va y dice:

—No sabía que había tantos. Casi nunca había oído hablar de ellos, más que del viejo aquel del rey Salamón, sin contar los reyes de la baraja. ¿Cuánto cobra un rey?

—¿Cobrar? —digo yo—; pues lo menos mil dólares al mes si quieren; pueden llevarse lo que quieran; todo es suyo.

—Estupendo, ¿no? Y ¿qué tienen que hacer, Huck?

—¡No hacen nada! ¡Qué cosas dices! Están ahí y nada más.

—No; ¿de verdad?

—Pues claro que sí. No hacen más que estar ahí, salvo a lo mejor cuando hay guerra; entonces se van a la guerra, o si no van de caza. Sí, con halcones y todo eso... ¡Shhh! ¿no has oído un ruido?

Salimos del bosque a mirar, pero no había nada más que el paleteo de la rueda de un buque de vapor a lo lejos, que daba la vuelta a la punta, así que volvimos.

—Si —dije—, y otras veces, cuando las cosas están aburridas, se meten con el Parlamento, y si no hacen las cosas como quieren ellos, les cortan la cabeza. Pero donde más tiempo pasan es en el harén.

—¿En el qué?

—En el harén.

—¿Qué es el harén?

—Donde tienen a sus mujeres. ¿No sabes lo que es el harén? Salomón tenía uno donde había por lo menos un millón de mujeres.

—Pues es verdad; me... me se había olvidado. Un harén es una pensión, supongo. Seguro que en el cuarto de los niños hay mucho jaleo. Y seguro que las mujeres se pelean mucho, de forma que hay más jaleo. Pero dicen que el Salamón era el hombre más sabio que ha vivido. Yo no me lo acabo de creer, porque, ¿para qué iba un tío tan sabio a querer vivir en medio de todo aquel escándalo? No... seguro que no. Un hombre sabio se haría construir una fábrica de calderas y entonces podría apagarlo todo cuando quisiera descansar.

—Bueno, pero en todo caso fue el hombre más sabio del mundo, porque me lo ha dicho la viuda, nada menos.

—Me da igual lo que haya dicho la viuda; no era tan sabio. Se le ocurrían algunas de las ideas más raras que he oído en mi vida. ¿Sabes lo del niño que quería partir en dos?

—Sí, la viuda me lo contó.

—¡Pues entonces! ¿No te parece la idea más idiota del mundo? No tienes más que pensarlo medio minuto. Ese tronco de allá, ése es una de las mujeres; ése eres tú, el otro tronco; yo soy Salamón, y ese billete de un dólar es el niño. Los dos lo queréis. ¿Qué hago yo? ¿Voy a buscar entre los vecinos para ver de quién es el billete y dárselo al dueño, como es normal, como haría cualquiera que tuviese la menor idea? No; voy y rompo el billete en dos y te doy una mitad a ti y la otra a la mujer. Eso es lo que iba a hacer el Salamón con el niño. Y lo que yo te digo: ¿De qué vale a naide medio billete? No se puede comprar nada con eso. ¿De qué vale medio niño? Yo no daría nada por un millón de medios niños.

—Pero, dita sea, Jim, es que no entiendes nada... Dita sea, es que no te enteras.

—¿Quién? ¿Yo? Vamos. No me vengas diciendo a mí que no lo entiendo. Creo que entiendo lo que es sentido común y lo que no. Y el hacer una cosa así no tiene sentido. La pelea no era por medio niño; la pelea era por un niño entero, y el hombre que crea que puede solucionar una pelea por un niño entero con medio niño es que no sabe lo que es la vida. No me hables a mí del tal Salamón, Huck. Ya he visto yo a muchos así.

—Pero te digo que no lo entiendes.

—¡Dale con que no lo entiendo! Yo entiendo lo que entiendo. Y, entérate, lo que hay que entender de verdad es más complicado; mucho más complicado. Es cómo criaron al Salamón. Piénsalo: un hombre tiene sólo uno o dos hijos; ¿va ese hombre a andar partiéndoles en dos? No, ni hablar; no se lo puede permitir. Él sabe apreciarlos. Pero un hombre que tiene cinco millones de hijos por toda la casa, ése es diferente. A ése le da igual partir en dos a un niño que a un gato. Quedan muchos más. Un niño o dos más o menos no le importaban nada al Salamón, ¡maldito sea!

Nunca he visto un negro así. Se le metía una cosa en la cabeza y ya no había forma de sacársela. Nunca he visto a un negro que le tuviera tanta manía a Salomón. Así que me puse a hablar de otros reyes y dejé en paz a ése. Le hablé de Luis XVI, al que le cortaron la cabeza en Francia hacía mucho tiempo, y de su hijo pequeño, el delfín, que habría sido rey, pero se lo llevaron y lo metieron en la cárcel y algunos dicen que allí se murió.

—Pobrecito.

—Pero otros dicen que se escapó y que vino a América.

—¡Eso está bien! Pero se sentirá muy solo... Aquí no hay reyes, ¿verdad, Huck?

—No.

—Entonces no puede conseguir trabajo. ¿Qué va a hacer?

—Bueno, no sé. Algunos se hacen policías y otros enseñan a la gente a hablar francés.

—Pero, Huck, ¿es que los franceses no hablan como nosotros?

—No, Jim; tú no entenderías ni una palabra de lo que dicen... ni una sola palabra.

—Bueno, ¡queme cuelguen! ¿Porqué?

—No lo sé, pero es verdad. He visto en un libro algunas de las cosas que dicen. Imagínate que viene un hombre y te dice "parlé vu fransé"; ¿qué pensarías tú?

—No pensaría nada; le partiría la cara; bueno, si no era blanco. A un negro no le dejaría que me llamara eso.

—Rediez, no te estaría llamando nada. No haría más que preguntarte si sabes hablar francés.

—Bueno, entonces, ¿por qué no lo dice?

—Pero si es lo que está diciendo. Así es como lo dicen los franceses.

—Bueno, pues es una forma ridícula de decirlo y no quiero seguir hablando de eso. No tiene sentido.

—Mira, Jim; ¿hablan los gatos igual que nosotros?

—No, los gatos no.

—Bueno, ¿y las vacas?

—No, las vacas tampoco.

—¿Hablan los gatos igual que las vacas o las vacas igual que los gatos?

—No.

—Lo natural y lo normal es que hablen distinto, ¿no?

—Claro.

—¿Y no es natural ni normal que los gatos y las vacas hablen distinto de nosotros?

—Hombre, pues claro que sí.

—Bueno, entonces, ¿por qué no es natural y normal que un francés hable diferente de nosotros? Contéstame a ésa.

—Huck, ¿son los gatos iguales que los hombres?

—No.

—Bueno, entonces, no tiene sentido que los gatos hablen igual que los hombres. ¿Son las vacas iguales que los hombres? ¿O son las vacas iguales que los gatos?

—No, ninguna de las dos cosas.

—Bueno, entonces no tienen por qué hablar como los hombres o los gatos. ¿Son hombres los franceses?

—Sí.

—¡Pues entonces! Dita sea, ¿por qué no hablan igual que los hombres? Contéstame tú a ésa.

Vi que no tenía sentido seguir gastando saliva: a los negros no se les puede enseñar a discutir. Así que lo dejé.

Calculamos que en tres noches arribaríamos a El Cairo, al final de Illinois, donde llegan las aguas del río Ohio, y eso era lo que buscábamos. Venderíamos la balsa y tomaríamos un barco de vapor para remontar el Ohio hasta los estados libres, y ahí ya no tendríamos problemas.

Bueno, como a la segunda noche empezó a bajar la niebla y fuimos a buscar una barra de arena donde amarrar, porque era inútil seguir adelante con la niebla; pero cuando me adelanté a remo en la canoa, con la cuerda para amarrar, no había más que unos tronquitos. Eché la cuerda a uno de ellos, justo junto al reborde de la orilla, pero allí la corriente era muy fuerte y la balsa bajaba a tanta velocidad que lo arrancó de raíz y siguió adelante. Vi que la niebla se hacía más densa y me sentí tan mal y tan asustado que no pude moverme durante casi medio minuto, según me pareció, y entonces ya no se veía la balsa; no se veía más allá de veinte yardas. Salté a la canoa y corrí a popa, agarré el remo y di una paletada, pero no se movía. Tenía tanta prisa que no la había desamarrado. Me puse en pie y traté de desamarrarla, pero estaba tan nervioso que me temblaban las manos de forma que casi no podía hacer nada con ellas.

En cuanto logré ponerme en marcha, me puse a perseguir la balsa a toda velocidad, directamente hacia la barra de arena. Aquello estaba bien pensado, pero la barra no mediría ni sesenta yardas de largo, y en cuanto la dejé atrás me metí en medio de aquella niebla blanca y densa sin tener ni la menor idea de adónde iba.

Pensé que no valía la pena remar; sabía que a las primeras de cambio iba a encallar en la orilla o en una barra de arena o algo así; me quedé inmóvil dejando que la canoa bajase a la deriva, pero se pone uno muy nervioso cuando no tiene nada que hacer con las manos en un momento así. Pegué un grito y escuché. A lo lejos, no sé dónde, oí otro grito apagado y me animé algo.

Fui allá a toda velocidad, escuchando atento por si lo volvía a oír. La siguiente vez que lo oí, vi que no me dirigía hacia él, sino hacia su derecha, y a la próxima hacia su izquierda, y tampoco avanzaba mucho, porque yo iba dando vueltas de acá para allá, mientras que aquella voz bajaba recta todo el tiempo.

Lo que yo quería era que al muy tonto se le ocurriera empezar a dar golpes seguidos en una sartén, pero no se le ocurrió, o a lo mejor sí, y lo que me preocupaba eran los silencios entre los gritos. Bueno, seguí adelante y en seguida oí el grito detrás de mí. Ahora sí que estaba yo hecho un lío. O había otra persona gritando o yo había dado la vuelta del todo.

Dejé el remo. Volví a oír el grito; seguía por detrás de mí, pero en un sitio distinto; sonaba una vez tras otra y siempre cambiaba de lugar, y yo seguía respondiendo, hasta que por fin volvió a quedar por delante de mí, y comprendí que la corriente le había dado la vuelta a la canoa al avanzar aguas abajo y que yo iba bien si es que era Jim y no otro balsero que pegaba gritos. Yo no entendía nada de las voces en la niebla, porque en una niebla no hay nada que parezca ni suene natural.

Siguieron los gritos y al cabo de un minuto o así me encontré bajando a toda velocidad frente a una orilla empinada y llena de fantasmas borrosos de grandes árboles, y la corriente me lanzó hacia la izquierda y siguió adelante, arrastrando un montón de troncos que bajaban atronando, por la velocidad a que los rompía la corriente. Al cabo de uno o dos segundos no se veía más que una masa blanca, y todo había quedado en silencio. Entonces me quedé sentado, totalmente inmóvil, escuchando los latidos de mi corazón, y creo que no respiré ni una sola vez en cien latidos.

Entonces renuncié. Sabía lo que pasaba. Aquella orilla empinada era una isla, y Jim había pasado al otro lado de ella. No era como una barra de arena que se podría tardar diez minutos en pasar. Tenía árboles grandes como una isla normal; podría medir cinco o seis millas de largo y más de media de ancho.

Me quedé en silencio, con el oído atento, unos quince minutos, calculo. Naturalmente, seguía flotando río abajo a cuatro o cinco millas por hora, pero en eso nunca piensa uno. No, uno se cree que está totalmente quieto en el agua, y si pasan unos palos al lado no se piensa en lo rápido que va, sino que pega un respiro y dice: "¡Vaya! qué rápido van esos palos". Si alguien se cree que estar solo de noche en medio de una niebla así no resulta de lo más triste y terrible, que lo pruebe una sola vez y se enterará.

Después, durante media hora más o menos, seguí gritando de vez en cuando, hasta que por fin oí una respuesta muy lejos, y traté de seguirla, pero no lo logré, e inmediatamente pensé que me había metido en medio de un laberinto de barras de arena, porque las veía borrosas a los dos lados: a veces con sólo un canal estrecho en medio, y otras que no veía, pero sabía que estaban allí porque oía la corriente chocar con viejos troncos secos y con basura que había en las orillas. Bueno, no tardé mucho en dejar de oír los gritos entre las barras de arena y sólo traté de seguirlas un ratito, en todo caso, porque aquello era peor que perseguir un fuego fatuo. En mi vida había oído un ruido tan difícil de seguir ni que cambiara de sitio tantas veces y a tal rapidez.

Cuatro o cinco veces tuve que apartarme a golpes de la orilla para no darme un topetazo con ellas, así que calculé que la balsa debía de estar chocando con la orilla de vez en cuando, porque si no, seguiría avanzando y ya no se la podría oír; era que flotaba un poco más rápido que yo.

Bueno, al cabo de un rato parecía que estaba otra vez en río abierto, pero no se oía ni un grito en ninguna parte. Calculé que a lo mejor Jim se había enganchado con un tronco y que para él había terminado todo. Yo estaba cansadísimo, así que me tiré en el fondo de la canoa y dije que no me iba a molestar más. Claro que no quería dormirme, pero tenía tanto sueño que no podía evitarlo, así que pensé que no me echaría más que una siestecita.

Pero calculo que fue más que una siesta, porque cuando me desperté las estrellas brillaban mucho, la niebla había desaparecido y yo bajaba dando vueltas por una gran curva del río con la popa por delante. Al principio no sabía dónde me encontraba. Creí que estaba soñando, y cuando empecé a recordar las cosas parecía que todo hubiera ocurrido hacía una semana.

Allí el río era monstruosamente grande, con árboles altísimos y muy apretados en las dos orillas; como una muralla sólida, hasta donde se podía ver a la luz de las estrellas. Miré río abajo y vi una mancha negra en el agua. Fui hacia ella, pero cuando llegué no era más que un par de troncos atados. Después vi otra mancha y la perseguí; después otra, y aquella vez acerté: era la balsa.

Cuando llegué, Jim estaba sentado con la cabeza entre las rodillas, dormido, con el brazo derecho colgando sobre el remo de gobernar. El remo se había roto y la balsa estaba llena de hojas, ramas y tierra. Así que lo había pasado mal.

Amarré y me tumbé en la balsa justo al lado de Jim, y empecé a bostezar y a estirar los brazos junto a él, y voy y digo:

—Hola, Jim, ¿me he dormido? ¿Por qué no me has despertado?

—Dios mío santo, ¿eres tú, Huck? Y no has muerto, no te has ahogado, ¿has vuelto? Es demasiado bonito para ser verdad, mi niño, es demasiado bonito para ser verdad.

Déjame que te mire, niño, déjame que te toque. No, no, ¡no has muerto! Has vuelto otra vez, sano y salvo, el mismo Huck de siempre... ¡el mismo Huck de siempre, gracias a Dios!

—¿Qué pasa, Jim? ¿Has bebido?

—¿Bebido? ¿Que si he bebido? ¿He tenido ni un momento para

beber?

—Bueno, entonces, ¿por qué dices cosas tan raras?

—¿Qué cosas raras digo?

—¿Cuáles? Pero si no haces más que hablar de que he vuelto y todo eso, como si me hubiera ido...

—Huck... Huck Finn, mírame a los ojos, mírame a los ojos. ¿No te has ido?

—¿Ido yo? Pero, ¿de qué diablos hablas? Yo no me he ido a ninguna parte, ¿adónde iba a ir?

—Bueno, mira, jefe, aquí pasa algo. ¿Yo soy yo, o quién soy yo? ¿Estoy yo aquí, o quién es el que está aquí? Eso es lo que quiero saber.

—Bueno, creo que estás aquí, sin duda, pero creo que eres un viejo chiflado.

—Ah, ¿conque sí? Bueno, contéstame a esto: ¿no sacaste el cabo de la canoa para amarrarlo a la barra de arena? —No. ¿Qué barra de arena? No he visto ninguna barra de arena.

—¿Que no has visto ninguna barra de arena? Mira, ¿no se soltó el cable de la balsa y bajó zumbando por el río y te dejó en la canoa detrás, en la niebla?

—¿Qué niebla?

—¡Pues la niebla! La niebla que hemos tenido toda la noche. ¿Y no estuviste pegando gritos y yo lo mismo, hasta que nos tropezamos con unas de las islas y uno de los dos se perdió y el otro como si se hubiera perdido, porque no sabía dónde estaba? ¿Y no estuve yo mirando por un montón de esas islas y lo pasé terrible y casi me ahogué? Dime que no es verdad, jefe, ¿no? Respóndeme a eso.

—Bueno, esto es demasiado para mí, Jim. Yo no he visto ninguna niebla, ni ninguna isla, ni he tenido ningún problema, ni nada. He estado sentado hablando contigo toda la noche hasta que te quedaste dormido hace unos diez minutos y creo que yo también. En ese tiempo no puedes haberte emborrachado, así que lo que pasa es que has estado soñando.

—Dita sea, ¿cómo voy a soñar todo eso en diez minutos? —Bueno, estamos fastidiados, pero sí que lo has soñado, porque no ha pasado nada de eso.

—Pero, Huck, lo veo tan claro como...

—No importa que lo veas claro; no es lo que ha pasado. Lo sé, porque he estado aquí todo el tiempo.

Jim no dijo nada durante unos cinco minutos, sino que se quedó sentado pensándolo. Después va y dice: —Bueno, entonces, calculo que lo he soñado, Huck; pero que me cuelguen si no ha sido el sueño más real que he visto en mi vida. Y nunca había tenido un sueño que me hubiera dejado tan cansado como éste.

—Bueno, es normal, porque a veces los sueños lo cansan a uno como un diablo. Pero éste ha sido un sueño de miedo; cuéntamelo entero, Jim.

Así que Jim se puso a la tarea y me lo contó todo del principio al fin, tal como había pasado, sólo que lo adornó mucho. Después dijo que tenía que ponerse a "terpretarlo", porque era una advertencia. Dijo que la primera barra de arena representaba a un hombre que trataría de hacernos algún bien, pero que la corriente era otro hombre que nos quería apartar de él. Los gritos eran advertencias que nos llegarían de vez en cuando, y si no tratábamos con todas nuestras fuerzas de comprenderlos, entonces nos darían mala suerte, en lugar de apartarnos de ella. El laberinto de barras de arena era por problemas que íbamos a tener con gente de malas pulgas y todo género de gente mala, pero que si nos ocupábamos de nuestros asuntos y no les respondíamos ni les hacíamos enfadarse, entonces saldríamos adelante y nos liberaríamos de la niebla y nos meteríamos en el río grande y claro, que eran los estados libres, y ya no tendríamos más problemas.

Después de mi vuelta a la balsa había oscurecido mucho, pero ahora volvía a aclarar.

—Bueno, ahora ya está todo interpretado hasta el final, Jim —digo yo—, pero, ¿qué representan esas cosas?

Eran las hojas y los restos que había en la balsa y el remo roto. Ahora se veían perfectamente.

Jim miró aquella basura y después me miró a mí y luego otra vez a la basura. Estaba ya tan convencido de que había sido un sueño que no parecía liberarse de él y volver a dejar otra vez las cosas en su sitio. Pero cuando por fin comprendió cuál era la realidad me miró muy fijo sin sonreír en absoluto y dijo:

—¿Qué representan? Voy a decírtelo. Cuando me agoté de tanto trabajar y de llamarte a gritos y me quedé dormido, casi se me partía el corazón porque te habías perdido y ya no me importaba lo que me pasara en la balsa. Y cuando me desperté y volví a verte, sano y salvo, me vinieron las lágrimas y podría haberme puesto de rodillas y besarte los pies, de agradecido que me sentía. Y a ti lo único que se te ocurría era cómo dejar en ridículo al viejo Jim con una mentira. Eso que ves ahí es basura, y basura es lo que es la gente que le mete estupideces en las cabezas a sus amigos y hace que se sientan avergonzados.

Después se levantó muy lento y fue hacia el wigwam y se metió en él sin decir más. Pero bastaba con aquello. Me hizo sentir tan ruin que casi podría haberle besado yo a él los pies para hacerlo cambiar de opinión.

Tardé quince minutos en decidirme a humillarme ante un negro, pero lo hice y después nunca lo lamenté. No hacía más que jugarle malas pasadas, y aquélla no se la habría jugado de haber sabido que se iba a sentir así.

Nos pasamos durmiendo casi todo el día y nos pusimos en marcha de noche, un poco detrás de una balsa monstruosamente larga que tardó en pasar tanto como una procesión. Llevaba cuatro remos largos a cada extremo, así que pensamos que probablemente viajarían en ella nada menos que treinta hombres. Tenía a bordo cinco grandes wigwams y una hoguera a cielo abierto en el centro, con un mástil grande de bandera a cada extremo. Resultaba muy elegante. El ir de balsero en una embarcación así significaba algo.

Bajamos a la deriva por una gran curva, la noche se nubló y empezó a hacer mucho calor. El río era muy ancho y estaba rodeado de bosques densísimos a los dos lados; no se veía en ellos ni un claro, ni siquiera una luz. Hablamos de El Cairo y nos preguntamos si lo reconoceríamos cuando llegáramos. Yo dije que no, porque había oído decir que no había más que una docena de casas, y si no tenían luces, ¿cómo íbamos a saber que pasábamos junto a un pueblo? Jim dijo que, si allí se reunían los dos grandes ríos, eso nos lo indicaría. Pero yo respondí que podríamos pensar que estábamos pasando por el extremo de una isla y volviendo al mismo río de siempre.

Aquello inquietó a Jim, y a mí también. Así que la cuestión era, ¿qué hacer? Yo dije que remar, remar a la costa en cuanto viéramos la primera luz y decirles que detrás venía padre, en una chalana mercante, y que era un novato en estas cosas y quería saber cuánto faltaba para El Cairo. Jim pensó que era una buena idea, así que nos pusimos a fumar para celebrarlo y nos dedicamos a esperar.

Ahora no quedaba nada que hacer más que estar muy atentos al pueblo y no pasar sin verlo. Jim dijo que estaba segurísimo de verlo, porque en cuanto lo viera sería hombre libre, pero si no lo veía, era que volvía a estar en zona de esclavitud y ya no llegaría a la libertad. A cada momento se ponía en pie de un salto y gritaba:

—¡Ahí está!

Pero no estaba. Eran fuegos fatuos o luciérnagas, así que volvía a sentarse y a observar igual que antes. Jim decía que el estar tan cerca de la libertad le hacía temblar y sentirse febril. Bueno, yo puedo decir que a mí también me hacía temblar y sentir fiebre el escucharlo, porque empezaba a darme cuenta de que era casi libre, y, ¿quién tenía la culpa? Pues yo. No podía quitarme aquello de la conciencia, hiciera lo que hiciese. Me preocupaba tanto que no podía descansar; no me podía quedar tranquilo en un sitio.

Hasta entonces nunca me había dado cuenta de lo que estaba haciendo. Pero ahora sí, y no paraba de pensarlo y cada vez me irritaba más. Traté de convencerme de que no era culpa mía porque no era yo quien había hecho a Jim escaparse de su legítima propietaria, pero no valía de nada, porque la conciencia volvía y decía cada vez: "Pero sabías que huía en busca de la libertad y podías haber ido a remo a la costa y habérselo dicho a alguien". Era verdad: aquello no había forma de negarlo. Ahí me dolía. La conciencia me decía: "¿Qué te había hecho la pobre señorita Watson para que vieras a su negro escaparse delante mismo de ti y no dijeras ni una sola palabra? ¿Qué te había hecho aquella pobre anciana para tratarla tan mal? Pues había tratado de que te aprendieras tu libro, había tratado de enseñarte modales, había tratado de que fueras bueno por todos los medios que ella conocía. Eso es lo que había hecho".

Me sentí tan mal y tan desgraciado que casi deseaba haberme muerto. Me paseé arriba y abajo de la balsa, insultándome para mis adentros, y Jim se paseaba arriba y abajo frente a mí. Ninguno de los dos podía quedarse quieto. Cada vez que él pegaba un salto y decía: "¡Eso es El Cairo!" era como si me pegaran un tiro, y pensaba que, si era El Cairo, me iba a morir del horror.

Jim hablaba en voz alta todo el tiempo mientras que yo hablaba solo. Según él, lo primero que haría cuando llegase a un estado libre sería ahorrar dinero y no gastarse ni un centavo, y cuando tuviera bastante compraría a su mujer, que era esclava en una granja cerca de donde vivía la señorita Watson, y después trabajarían los dos para comprar a sus dos hijos, y si el dueño de éstos no los quería vender, conseguirían que un abolicionista fuera a robarlos.

Al oír aquellas cosas casi se me helaba la sangre. Antes jamás se habría atrevido a decir todo aquello. Así era como había cambiado en cuanto pensó que casi era libre. Es lo que dice el dicho: "Dale a un negro la mano y se toma el codo". Yo pensaba: "Esto es lo que me pasa por no pensar". Ahí estaba aquel negro, al que prácticamente había ayudado yo a escaparse, que decía con toda la cara que iba a robar a sus hijos: unos niños que pertenecían a un hombre a quien yo ni siquiera conocía; un hombre que nunca me había hecho ningún daño.

Lamentaba oírle aquello, porque se rebajaba. Mi conciencia me empezó a doler más que nunca hasta que por fin le dije: "Déjame en paz... todavía no es demasiado tarde; en cuanto se haga de día voy a tierra y lo digo2. Inmediatamente me sentí tranquilo y feliz y ligero como una pluma. Habían desaparecido todos mis problemas. Volví a mirar muy atentamente si había una luz, canturreando para mis adentros. Al cabo de un rato se vio una. Jim gritó:

—¡Estamos a salvo, Huck, estamos a salvo! ¡Levántate y salta de alegría! ¡Por fin es El Cairo, estoy seguro!

Y yo voy y digo:

—Bien, voy a ir a ver con la canoa. Ya sabes, a lo mejor no es.

De un salto preparó la canoa y puso en el fondo su viejo capote para que me sentara en él, me dio el remo y cuando salí me dice:

—Dentro de poco estaré gritando de alegría y diré que todo es gracias a Huck; soy un hombre libre y nunca lo habría podido ser de no haber sido por Huck; ha sido Huck. Jim no lo olvidará nunca, Huck; eres el mejor amigo que ha tenido Jim en su vida y eres el único amigo que tiene ahora el viejo Jim.

Yo iba remando a toda prisa para delatarlo; pero cuando dijo aquello pareció que me quitase todas las fuerzas. Empecé a ir más lento y no estaba muy seguro de sentirme tan contento de haberme puesto en marcha. Cuando estaba a quinientas yardas, Jim va y dice:

—Ahí va mi fiel Huck; el único caballero blanco que ha cumplido sus promesas al viejo Jim.

Bueno, casi me pongo malo. Pero me dije: "Tengo que hacerlo; no puedo dejar de hacerlo". Justo entonces apareció un bote con dos hombres que llevaban escopetas y se pararon, y también yo. Uno de ellos va y dice:

—¿Qué es eso de ahí?

—Pues una balsa —contesté.

—¿Vas tú en ella?

—Sí, señor.

—¿Y van hombres en ella?

—Sólo uno, caballero.

—Bueno, pues hay cinco negros que se escaparon esta noche de allá arriba, donde está la curva. Tu hombre, ¿es blanco o negro?

No respondí inmediatamente. Lo intenté, pero no me salían las palabras. Traté un segundo o dos de hacer fuerzas y decirlo, pero no fui lo bastante hombre: estuve más cobarde que un conejo. Vi que no tenía fuerzas, así que dejé de intentarlo, y voy digo:

—Es blanco.

—Creo que vamos a verlo nosotros mismos.

—Ojalá —dije yo—, porque es padre el que va ahí y a lo mejor me ayudan ustedes a remolcar la balsa a tierra donde está esa luz. Está malo, y lo mismo les pasa a madre y a Mary Ann.

—¡Qué diablos! Tenemos prisa, chico. Pero supongo que es nuestro deber. Vamos, dale al remo y vamos allá. Agarré la paleta y ellos sus remos. Al cabo de un par de remadas les digo:

—Padre les estará muy agradecido, eso seguro. Cuando digo a alguien que me ayude a remolcar la balsa a tierra todo el mundo se va y yo solo no puedo.

—Pues vaya gente más mezquina; pero, qué raro. Oye, chico, ¿qué le pasa a tu padre?

—Es ... aaa... laaa... bueno, no es nada grave.

Dejaron de remar. Ya estábamos muy cerca de la balsa. Uno va y dice:

—Chico, estás mintiendo. ¿Qué le pasa a tu padre? Responde la verdad, que más te vale.

—Sí, señor, de verdad que sí..., pero, por favor no nos abandonen. Es la... laaa... caballeros, si se acercan un poco y me dejan que les eche la amarra no tienen que acercarse a la balsa; por favor.

—¡Vamos atrás, John, vamos atrás! —dijo uno de ellos. Retrocedieron—. No te acerques, chico; manténte a sotavento. Maldita sea, sólo falta que nos la haya traído el viento. Tu padre tiene la viruela y tú lo sabes de sobra. ¿Por qué no lo dijiste a la primera?

¿Quieres que se le contagie a todo el mundo?

—Bueno —respondí yo lloriqueando—, es lo que les he dicho a todos antes y se iban y nos dejaban.

—Pobre diablo, no te falta razón. Lo sentimos mucho por vosotros, pero es que... bueno, maldita sea, no queremos que nos dé la viruela, compréndelo. Mira, voy a decirte lo que puedes hacer. No trates de atracar tú solo o lo destrozarás todo. Sigue flotando río abajo unas veinte millas y llegarás a un pueblo al lado izquierdo del río. Para entonces ya habrá amanecido del todo, y cuando pidas ayuda diles que tu familia entera tiene escalofríos y fiebre. No vuelvas a hacer el tonto y dejar que la gente se suponga lo que pasa. Estamos tratando de hacerte un favor, así que sé bueno y vete veinte millas más allá. No te valdría de nada atracar donde está la luz: no es más que una serrería. Oye, calculo que tu padre es pobre y desde luego que está teniendo mala suerte. Mira, voy a poner una moneda de oro de veinte dólares en esta tabla y cuando flote a tu lado la recoges. No es que me guste dejarte, pero ¡qué diablos!, con la viruela no se juega, ¿comprendes?

—Espera, Parker —dijo el otro—, ten otros veinte para poner también en la tabla. Adiós, chico; haz lo que te ha dicho el señor Parker y seguro que todo os irá bien.

—Exactamente, chico; adiós, adiós. Si ves negros fugitivos, busca quien te ayude a atraparlos y sacarás algo de dinero.

—Adiós, caballero —respondí—; no dejaré que se me escape ningún negro fugitivo si puedo evitarlo.

Se marcharon y yo volví a subirme en la balsa, sintiéndome malo y traidor, porque sabía muy bien que había hecho mal, y veía que de nada valía que intentase aprender a hacer bien las cosas; cuando alguien no empieza bien cuando es pequeño no hay nada que hacer: cuando llega el momento no tiene en qué apoyarse y que lo mantenga, así que siempre pierde. Después lo pensé un minuto y me dije: "Un momento; supongamos que hubieras hecho bien y hubieras entregado a Jim, ¿te sentirías mejor que ahora?. "No, me dije, me sentiría mal, me sentiría igual que ahora. Bueno, entonces, me dije, ¿de qué sirve aprender a hacer bien las cosas cuando tienes problemas si las haces bien y ningún problema si las haces mal y el resultado es siempre el mismo?".

Estaba atrapado. No podía responder a aquello. Así que pensé que no me seguiría preocupando del asunto, y a partir de entonces siempre hago lo que me parece mejor en cada momento.

Entré en el wigwam; allí no estaba Jim. Miré en mi derredor y no lo vi por ninguna parte. Grité:

—¡Jim!

—Aquí estoy, Huck. ¿Ya no se les ve? No hables en voz alta.

Estaba en el agua, bajo el remo de proa, sin sacar más que la nariz. Le dije que ya no se los veía, así que subió a bordo. Me contó:

—He estado escuchando esa conversación y me metí en el agua y me iba a ir a la costa si subían. Después iba a volver a la balsa cuando se hubieran ido. Pero, ¡señor, cómo les has engañado, Huck! ¡Has sido de lo más astuto! Te digo chico que estoy seguro de que has salvado al viejo Jim... El viejo Jim no lo va a olvidar nunca, mi niño.

Después hablamos del dinero. No estaba nada mal: veinte dólares cada uno. Jim dijo que ahora podíamos tomar pasajes de cubierta en un barco de vapor y el dinero nos duraría hasta donde quisiéramos llegar en los estados libres. Dijo que veinte millas más no era mucha distancia para la balsa, pero que ojalá ya hubiéramos llegado.

Hacia el amanecer amarramos y Jim actuó con mucho cuidado para esconder bien la balsa. Después trabajó todo el día organizando las cosas en paquetes y preparándolo todo para seguir adelante sin la balsa.

Aquella noche, hacia las diez, llegamos a la vista de las luces de un pueblo en una curva del lado izquierdo.

Fui en la canoa a preguntar. En seguida me encontré con un hombre que había salido al río con un bote y estaba preparando unos sedales. Me acerqué y le pregunté:

—Caballero, ¿ese pueblo es El Cairo?

—¿El Cairo? No. Debes de ser idiota perdido.

—¿Cómo se llama ese pueblo, caballero?

—Si quieres enterarte, ve a preguntarlo. Si te quedas aquí molestándome medio minuto más, te vas a llevar una torta.

Volví a remo a la balsa. Jim se sintió muy desilusionado, pero le dije que no importaba, que, según mis cálculos, El Cairo sería el pueblo siguiente.

Pasamos otro pueblo antes del amanecer, y yo iba a volver a preguntar, pero estaba muy alto, así que no salí. "El Cairo no está en alto", dijo Jim. A mí se me había olvidado.

Nos quedamos parados el día entero en un islote de hierba bastante cerca de la orilla izquierda. Empecé a sospechar algo. Jim también. Yo dije:

—A lo mejor pasamos junto a El Cairo aquella noche de niebla. Y él contestó:

—No hablemos de eso, Huck. Los pobres negros nunca tenemos suerte. Siempre he sospechado que aquella piel de serpiente de cascabel no había terminado su trabajo.

—Ojalá no hubiera visto nunca aquella piel de serpiente, Jim... ojalá no le hubiera echado nunca la vista encima.

—No es culpa tuya, Huck; tú no lo sabías. No te eches la culpa de eso.

Cuando amaneció vimos el agua clara del Ohio junto a la costa, sin duda alguna, y al lado venía el gran río como siempre. Así que nada que ver con El Cairo.

Hablamos del asunto. No valía de nada ir a tierra; naturalmente, no podíamos llevar la balsa río arriba. No había nada que hacer más que esperar a que anocheciera, volvernos con la canoa y ver si teníamos suerte. Así que nos pasamos el día durmiendo entre los alamillos, para estar descansados para el trabajo, y cuando volvimos a la balsa al oscurecer, la canoa había desaparecido.

No dijimos ni una palabra durante un buen rato. No había nada que decir. Los dos sabíamos perfectamente bien que era otra vez cosa de la piel de la serpiente de cascabel, así que, ¿de qué valía hablarlo? Aquello no sería más que como si estuviéramos buscando algo a que echar la culpa, y sin duda nos traería todavía más mala suerte, y seguiría trayéndola hasta que comprendiésemos que lo mejor era no hablar del tema.

Después de un rato hablamos de lo que tendríamos que hacer y vimos que no había otra cosa que seguir adelante con la balsa hasta que pudiéramos comprar una canoa para deshacer el camino en ella. No íbamos a tomarla prestada cuando no había nadie por allí, como haría padre, porque entonces quizá nos persiguiera alguien.

Así que después de oscurecer salimos en la balsa.

Y el que no se crea todavía que es una estupidez andar manejando pieles de serpiente después de todo lo que aquella piel de serpiente nos hizo a nosotros lo creerá ahora si continúa leyendo y ve lo que nos siguió haciendo.

El sitio donde comprar canoas es donde haya balsas atracadas en la ribera. Pero no vimos ninguna balsa atracada, así que seguimos adelante tres horas o más. Bueno, la noche se puso gris y el aire muy denso, que es lo peor que puede haber después de una niebla. No se ve la forma en el río ni se aprecia la distancia. Se hizo muy tarde en medio del silencio, y entonces, de pronto, apareció un barco de vapor río arriba. Encendimos la farola y creímos que la vería. Los barcos que remontan generalmente no se nos acercaban; iban buscando las barras de arena en busca del agua fácil bajo los arrecifes; pero en noches así suben por medio del canal enfrentándose con todo el río.

Podíamos oír su motor, pero no lo vimos bien hasta que se acercó. Venía directo hacia nosotros. Muchas veces hacen eso y tratan de ver hasta dónde pueden acercarse sin tocarlo a uno; a veces la rueda arranca un tablón, y entonces el piloto asoma la cabeza y se echa a reír y se cree muy listo. Bueno, aquí viene, y decidimos que iba a tratar de afeitarnos, pero no parecía desviarse ni un poco. Era grande y venía a toda velocidad, como una nube negra con filas de luciérnagas a los lados; pero de pronto se vio entero, enorme que daba miedo, con una fila larga de portezuelas de hornos abiertas y brillantes como dientes al rojo y con los costados y las barandillas monstruosos justo encima de nosotros. Alguien nos gritó, y se oyó un ruido de campanas para frenar las máquinas, un montón de juramentos y el silbido del vapor, y justo cuando Jim saltaba de un lado y yo del otro, arremetió contra la balsa y la hizo añicos.

Salté y me propuse llegar hasta el fondo, porque me iba a pasar por encima una rueda de treinta pies y yo quería tener mucho margen. Siempre he podido aguantar un minuto debajo del agua; creo que aquella vez aguanté un minuto y medio. Después salí rápido a la superficie, porque estaba a punto de reventar. Saqué bastante la cabeza y me soplé el agua de la nariz, jadeando un poco. Naturalmente, había una corriente enorme, y naturalmente aquel barco volvió a ponerse en marcha diez segundos después de haber parado las máquinas, porque nunca se preocupaban mucho por los balseros, de forma que seguía chapaleando río arriba, invisible en medio de aquel aire denso, aunque todavía se podía oír el ruido que producía.

Llamé a Jim media docena de veces, pero sin recibir respuesta; así que agarré un tablón que me tocó mientras yo pedaleaba en el agua y me dirigí hacia tierra, bien agarrado a él. Pero logré ver que la corriente llevaba hacia la ribera de la izquierda, lo cual significaba que yo estaba en medio de un cruce de corrientes, así que cambié y seguí por allí.

Era uno de aquellos cruces largos, y regulares, de dos millas; así que tardé mucho en recorrerlo. Llegué bien a tierra y trepé por la orilla. Sólo podía ver a muy poca distancia, pero fui tanteando por un terreno pedregoso un cuarto de milla o más, y después me tropecé con una de esas casonas anticuadas de troncos que ni había visto. Iba a pasar corriendo lejos de allí, pero salió una jauría de perros que se puso a aullar y a ladrarme y comprendí que era mejor no moverme.

GEORGE JACKSON

Al cabo de un minuto alguien dijo por la ventana, sin sacar la cabeza:
—¡Basta, chicos! ¿Quién va? Y respondí:
—Soy yo.
—¿Quién es yo?
—George Jackson, caballero.
—¿Qué quieres?
—No quiero nada, caballero. No hacía más que pasar, pero los perros no me dejan.
—Y, ¿qué haces merodeando por aquí a estas horas de la noche, eh?
—No estaba merodeando, caballero; me he caído del barco de vapor.
—¿De verdad? ¡No me digas! Que alguien encienda una luz, ¿cómo has dicho que te llamabas?
—George Jackson, caballero. Soy un muchacho.
—Mira, si dices la verdad, no tienes por qué tener miedo: nadie va a

hacerte nada. Pero no intentes moverte; quédate donde estás. Que alguien despierte a Bob y a Tom y que traigan las armas. George Jackson, ¿hay alguien contigo?

—No, caballero, nadie.

Ahora se oía a gente que se movía por la casa y vi una luz. El hombre gritó:

—Aparta esa luz, Betsy, vieja idiota... ¿no tienes sentido común? Ponla en el suelo detrás de la puerta principal. Bob, si tú y Tom estáis listos, a vuestros puestos.

—Listos.

—Y ahora, George Jackson, ¿sabes quiénes son los Shepherdson?

—No, señor, nunca he oído hablar de ellos.

—Bueno, quizá digas la verdad y quizás mientas. Ahora, todos listos. Da un paso adelante, George Jackson. Y cuidadito, sin prisas... muy despacio. Si hay alguien contigo, que se quede ahí; si lo vemos, le pegamos un tiro. Ahora, adelante. Ven despacio; abre la puerta tú mismo. ... justo lo suficiente para entrar, ¿me oyes?

No corrí; no podría, aunque hubiera querido. Fui dando un paso lento tras otro y no se oía un ruido, sólo que a mí me pareció que oía los latidos de mi corazón. Los perros estaban igual de callados que las personas, pero me pisaban los talones. Cuando llegué a los tres escalones de troncos, oí que quitaban el cerrojo y la barra de la puerta. Puse la mano en la puerta, empujé un poco y después un poco más hasta que alguien dijo: "Vale, ya basta; enséñanos la cabeza". Lo hice, pero pensando que me la iban a arrancar.

La vela estaba en el suelo, y allí estaban todos, mirándome, y yo a ellos, y nos quedamos así un cuarto de minuto: tres hombrones apuntándome con sus armas, lo cual os aseguro que me dio escalofríos; la mayor era canoso y tendría unos sesenta años, y los otros dos treinta o más (todos ellos muy finos y muy guapos) y una señora anciana de pelo gris y con un aspecto de lo más bondadoso, que tenía detrás dos mujeres jóvenes a las que no logré ver bien. El señor mayor dijo:

—Vale; supongo que está bien. Entra.

En cuanto entré, el caballero anciano cerró la puerta y le echó el cerrojo y la barra, dijo a los jóvenes que entrasen con sus escopetas y todos fueron al gran salón que tenía una alfombra nueva de paño y se reunieron en un rincón apartado de las ventanas de la fachada: a los lados no había ni una. Agarraron la vela, me miraron bien y todos dijeron: "Pues no es un Shepherdson, no; no tiene nada de Shepherdson". Después el anciano dijo que esperaba que no me importase que me registrasen para ver si llevaba armas, porque no lo hacían con mala intención; era sólo para asegurarse. Así que no me metió las manos en los bolsillos, sino que únicamente me tocó por los lados con las manos y aseguró que estaba bien. Me dijo que me pusiera cómodo y me sintiera en mi propia casa y les hablase de mí, pero la señora vieja dijo:

—Pero, hombre, Saúl, pobrecito; está calado hasta los huesos y, ¿no crees que quizá tenga hambre?

—Tienes razón, Rachel; se me olvidaba. Así que la vieja dice:

—Betsy (era una negra), ve corriendo y trae algo de comer a toda prisa, pobrecito; y una de vosotras, las chicas, id a despertar a Buck y le decís... ah, aquí viene. Buck, llévate a este muchachito y quítale la ropa húmeda y dale algo tuyo que esté seco para que se lo ponga.

Buck parecía de la misma edad que yo más o menos: trece o catorce años, aunque era un poco más alto. No llevaba más que una camisa, y tenía el pelo todo revuelto. Llegó bostezando y pasándose una mano por los ojos, con una escopeta en la otra. Respondió:

—¿No hay Shepherdson por aquí? Dijeron que no, que era una falsa alarma.

—Bueno —dice—, si hubieran venido, seguro que me llevo a uno por delante. Todos se echaron a reír, y Bob dice:

—Pero Buck, nos podrían haber quitado el cuero cabelludo a todos, con lo que has tardado en llegar.

—Bueno, es que no me ha avisado nadie, y eso no está bien. Nunca me decís nada; no me dejáis hacer nada. —No importa, Buck, hijo mío —dice el viejo—, ya podrás hacer lo suficiente a su debido tiempo, no te preocupes por eso. Ahora vete a hacer lo que te ha dicho tu madre.

Cuando subimos las escaleras hasta su cuarto me dio una camisa gruesa, una cazadora y unos pantalones, y me lo puse todo. Entre tanto me preguntó cómo me llamaba, pero antes de que se lo pudiera decir empezó a contarme que anteayer había cogido en el bosque un estornino y un conejito y me preguntó dónde estaba Moisés cuando se apagó la vela. Dije que no lo sabía; no lo había oído nunca, de verdad.

—Bueno, pues supón —sugirió.

—¿Cómo voy a suponer —respondí— cuando nunca me lo ha dicho nadie antes?

—Pero puedes suponer, ¿no? Es igual de fácil.

—¿Qué vela? —pregunté.

—Pues cualquier vela —contestó.

—No sé dónde estaba —respondí—; ¿dónde estaba?

—Hombre, ¡estaba en tinieblas! ¡Ahí es donde estaba!

—Bueno, pues si ya sabías dónde estaba, ¿para qué me lo preguntas?

—Pero, hombre, es una adivinanza, ¿no entiendes? Oye, ¿cuánto tiempo vas a quedarte? Tienes que quedarte para siempre. Lo podemos pasar fenómeno... Ahora no hay escuela.

¿Tienes perro? Yo tengo un perro que sabe meterse en el río a traerte las cosas que le tiras. ¿Te gusta eso de peinarte los domingos y todas esas tonterías? Te aseguro que a mí no, pero madre me obliga. ¡Malditos pantalones! Supongo que tendré que ponérmelos, pero preferiría que no, con este calor. ¿Estás listo? Vale. Baja conmigo, compañero.

Pan de borona frío, carne salada fría, mantequilla y leche con abundante nata: eso es lo que me tenían preparado abajo, y en mi vida he comido nada mejor. Buck y su madre y todos los demás fumaban pipas de maíz, salvo la negra, que se había ido, y las dos mujeres jóvenes. Todos fumaban y hablaban, y yo comía y hablaba. Las dos mujeres jóvenes estaban envueltas en colchas y llevaban la melena suelta. Todos me hacían preguntas, y les dije que padre y yo y toda la familia vivíamos en una granja pequeña allá al otro lado de Arkansas y que mi hermana Mary Ann se había escapado para casarse y no habíamos vuelto a saber de ella, y que Bill fue a buscarlos y tampoco habíamos vuelto a saber de él, y que Tom y Mort habían muerto y ya no quedaba nadie más que yo y padre, y que él se había ido consumiendo con tantos problemas, así que cuando se murió me llevé lo que quedaba, porque la granja no era nuestra, y empecé a remontar el río con pasaje de cubierta y me había caído por la borda y que por eso estaba allí. Entonces me dijeron que ahí tenía mi casa mientras yo quisiera. Después se hizo casi de día y todo el mundo se fue a acostar y yo me fui con Buck, y cuando me desperté por la mañana, maldita sea, se me había olvidado cómo me llamaba. Así que me quedé allí tumbado una hora tratando de pensarlo, y cuando Buck se despertó le pregunté:

—¿Estás bien de ortografía, Buck?

—Sí —respondió.

—Seguro que no sabes escribir cómo me llamo —le dije.

—Te apuesto lo que quieras a que sí —contestó.

—Vale —dije—; vamos a verlo.

—G—e—o—r—g—e —J—a—x—o—n, para que te enteres —dijo.

—Vale —respondí—, sí que has sabido, pero no me lo creía. No te creas que es un nombre fácil de escribir así, sin estudiárselo.

Me lo apunté a escondidas, porque a lo mejor alguien quería que fuera yo quien lo escribiera, así que quería hacerlo de golpe, y soltarlo como si ya estuviera muy acostumbrado.

Era una familia muy simpática y la casa también era estupenda. Nunca había visto yo una casa tan buena y con tanto estilo. No tenía un pasador de hierro en la puerta principal, ni de madera con una cuerda de piel, sino un pomo de latón para darle la vuelta, igual que las casas de la ciudad. En el salón no había camas ni señales de ellas, aunque hay montones de salones en las ciudades donde se ven camas. Había una chimenea muy grande, revestida de ladrillos por abajo, que mantenían limpios a base de agua y de frotarlos con otro ladrillo; a veces los lavaban con una pintura de agua roja que llaman tierra de España, igual que en la ciudad. Tenían unos hierros de chimenea de bronce con los que se podía coger todo un tronco. En medio de la repisa había un reloj con la pintura de un pueblo en la parte de abajo de la tapa de cristal, y una apertura redonda en el medio para la esfera, y por detrás se veía el péndulo que oscilaba. Daba gusto oír el tictac de aquel reloj, y a veces cuando pasaba por allí un quincallero que lo limpiaba y lo ponía a punto comenzaba a sonar y daba ciento cincuenta campanadas antes de cansarse. No lo hubieran vendido por nada del mundo.

Y a cada lado del reloj había un loro muy raro hecho como de tiza y pintado de muchos colores. Al lado de uno de los loros había un gato de porcelana y al lado del otro un perro también de porcelana, y cuando se los apretaba chirriaban, pero no abrían la boca ni parecían distintos ni interesados. Detrás de ellos había dos abanicos de alas de pavo silvestre. En la mesa, en medio de la habitación, había una especie de cesto precioso de porcelana que tenía manzanas, naranjas, melocotones y uvas, todo amontonado, y mucho más rojo y amarillo y más bonito que la fruta real, pero no era de verdad porque se veía dónde habían saltado pedazos y por debajo la tiza blanca o lo que fuera.

Aquella mesa tenía un mantel de un hule precioso, con un águila roja y azul y una cenefa pintada todo alrededor. Decían que había llegado de Filadelfia. También había algunos libros, en montones muy ordenados a cada esquina de la mesa. Uno de ellos era una gran Biblia familiar llena de ilustraciones. Otro era el Progreso del peregrino, de un hombre que dejaba a su familia, pero no decía por qué. De vez en cuando me leía un montón de páginas. Lo que decía era interesante, pero difícil. Otro era la Ofrenda de la amistad, lleno de cosas muy bonitas y poesías, pero la poesía no me la leí. Otro eran los Discursos de Henry Clay y otro la Medicina en familia del doctor Gunn, donde decía todo lo que había que hacer si alguien se ponía malo o se moría. Había un libro de himnos y un montón de libros más. Y había unas sillas de rejilla muy bonitas, y además muy resistentes, no hundidas por el medio y rotas, como una cesta vieja.

En las paredes tenían colgados cuadros sobre todo de Washington y Lafayette y batallas y María reina de Escocia y otro que se llamaba La firma de la Declaración. Había algunos que llamaban pasteles, que había hecho una de las hijas, muerta cuando sólo tenía quince años. Eran diferentes de todos los cuadros que había visto yo antes: casi todos más oscuros de lo que se suele ver. Uno era de una mujer con un vestido negro ajustado, con un cinturón debajo de los sobacos y con bultos como una col en medio de las mangas y un gran sombrero negro en forma como de cofia, con un velo negro y los tobillos blancos y delgados vendados con una cinta negra y unas zapatillas negras muy pequeñas, como espátulas, y estaba inclinada pensativa sobre una losa de cementerio apoyándose en el codo derecho, bajo un sauce llorón, con la otra mano caída a un lado y en ella un pañuelo blanco y un ridículo, y debajo del cuadro un letrero que decía "Nunca volveré a verte, ay".

Otro era de una señorita joven con el pelo todo peinado en tupé y hecho un moño y atado por detrás a un peine grande como una espalda de silla que lloraba en un pañuelo y en la otra mano tenía un pájaro muerto de espaldas y patas arriba, y debajo del cuadro decía "Nunca volveré a oír tu dulce trino, ay". Había otro en que una señorita miraba a la luna por una ventana y se le caían las lágrimas por las mejillas, y en una mano tenía una carta abierta en cuyo borde se veía un sello de lacre negro, y se llevaba a la boca un guardapelo con una cadena y debajo del cuadro decía "Y te has ido, sí, te has ido, ay". Calculo que aquellos cuadros eran de mucho mérito, pero no sé por qué no me gustaban, porque cuando yo estaba algo desanimado siempre me daban canguelo. Todo el mundo estaba muy triste porque se había muerto, porque le quedaban muchos cuadros más por pintar, y por los que ya había pintado se veía lo que habían perdido. Pero yo calculaba que con aquel estado de ánimo lo estaría pasando mucho mejor en el cementerio. Estaba pintando el que decían que iba a ser su mejor cuadro cuando se puso mala, y todos los días y todas las noches rezaba para seguir viva hasta haberlo terminado, pero no tuvo la oportunidad. Era un cuadro de una muchacha con un vestido blanco largo, subida a la barandilla de un puente y lista para saltar, con la melena suelta a la espalda mirando la luna, con la cara bañada en lágrimas, que tenía dos brazos cruzados sobre el pecho, dos brazos alargados por delante y dos brazos que se dirigían a la luna, y de lo que se trataba era de ver qué par de brazos quedaría mejor y después borrar todos los demás, pero como estaba diciendo, se murió antes de decidirse y ahora tenían aquel cuadro encima de la cabecera de la cama en su habitación y cada vez que llegaba su cumpleaños le ponían flores todo alrededor. El resto del tiempo estaba tapado con una cortinilla. La muchacha del cuadro tenía una especie de cara simpática y agradable, pero a mí me parecía que tantos brazos le daban un aire un poco de araña.

Cuando la chica vivía había ido haciendo un libro de recortes en el que pegaba las noticias necrológicas y los accidentes y los casos de sufrimientos pacientes que habían ido saliendo en el Observador presbiteriano, con poesías que le habían inspirado y que ella escribía con su propia imaginación. Eran unas poesías muy buenas. Ésta es la que escribió sobre un chico que se llamaba Stephen Dowling Bots, que se cayó a un pozo y se ahogó:

ODA A STEPHEN DOWLING BOTS, DIFUNTO

¿Fue Stephen y enfermó?
¿De eso Stephen se murió?
¿Padeció su corazón?
¿La gente se entristeció?

No; no fue ése el destino de Stephen Dowling Bots;
aunque su triste muerte a muchos nos afligió,
no fue la enfermedad la que se lo llevó.
No fue la tos ferina la que nos lo arrebató,
tampoco fue el culpable el horrible sarampión;
ninguno de ellos doblegó a Stephen Dowling Bots.
Tampoco fue la pena de un no compartido amor
la que arrugara su frente de rabia y de dolor;
no fueron las angustias de la mala digestión
las que acabaron por siempre con Stephen Dowling Bots.

¡Ay, no! Escuchad atentos, tan llorosos como yo, el horrible destino que aquel pobre sufrió.

Cómo su alma el mundo frío y triste abandonó porque nuestro muchacho a hondo pozo se cayó.

En seguida acudieron a vaciarle el pulmón,
mas era ya muy tarde, ay, para el pobre corazón; su alma se elevaba en tres nubes de algodón adonde se celebra la celestial Reunión.

Si Emmeline Grangerford era capaz de escribir poesías así antes de cumplir los catorce años, Dios sabe lo que podría haber hecho con el tiempo. Buck decía que le salía la poesía con toda la facilidad. Ni siquiera tenía que pararse a pensar. Decía que escribía una línea y si no encontraba nada que rimase la tachaba y escribía otra y seguía adelante. No era nada exigente; podía escribir de cualquier cosa que le diera uno como tema, con tal de que fuera triste. Cada vez que se moría un hombre, o una mujer, o un niño, allí estaba ella con su "homenaje" antes de que se hubiera enfriado el cadáver. Los llamaba homenajes. Los vecinos decían que primero llegaba el médico, después Emmeline y después el de la funeraria; el de la funeraria nunca se le adelantó a Emmeline más que una vez, y fue porque ella no encontró forma de rimar con el nombre de alguien que se llamaba Whistler. A partir de entonces nunca volvió a ser la misma; nunca se quejó, pero empezó a ponerse melancólica y ya no vivió mucho tiempo. Pobrecita; yo subía muchas veces al cuartito que había sido el suyo y sacaba su pobre cuaderno de recortes y lo iba leyendo cuando sus cuadros me habían irritado y me sentía un poco enfadado con ella. Me gustaba toda aquella familia, los muertos y todo, y no iba a dejar que nada se interpusiera entre nosotros. La pobre Emmeline escribía poesías de todos los muertos cuando ella estaba viva y no me parecía bien que no hubiese nadie que le escribiese una ahora que se había muerto ella; así que traté de escribirle una o dos, pero no sé por qué no me salían. Siempre tenían el cuarto de Emmeline ordenado y limpio, con todas las cosas exactamente como le gustaban a ella cuando estaba viva, y allí nunca dormía nadie. La señora vieja se encargaba ella misma del cuarto, aunque había muchos negros, y se pasaba muchos ratos cosiendo y leyendo la Biblia, sobre todo.

Bueno, como iba diciendo del salón, en las ventanas había unas cortinas muy bonitas: blancas, con pinturas de castillos con hiedras por todas las murallas y ganado que iba a beber. También había un piano pequeño y viejo que sonaba como una carraca, y pasábamos unos ratos estupendos cuando las señoras jóvenes cantaban "El último vínculo se ha roto" y tocaban en él "La batalla de Praga". Todas las habitaciones tenían las paredes enyesadas y casi todas tenían alfombras, y toda la casa estaba encalada por fuera.

Era una casa doble, y el gran espacio abierto entre las dos partes tenía techo y estaba ensolado; a veces ponían allí la mesa al mediodía y era un sitio fresco y agradable. Era lo mejor del mundo. ¡Y encima guisaban muy bien y había montones de todo!

¿QUERÍAS MATARLO, BUCK?

El coronel Grangerford era un caballero, ¿comprenden? Era un caballero en todo, y lo mismo pasaba con su familia. Era de buena cuna, como dicen, y eso vale tanto en un hombre como en un caballo, como decía la viuda Douglas, y nadie ha negado que ella era de la primera aristocracia de nuestro pueblo, y padre siempre lo decía, también, aunque lo que es él no era de mejor familia que un gato callejero. El coronel Grangerford era muy alto y delgado y tenía la piel de un color moreno pálido, sin una sola mancha roja; todas las mañanas se afeitaba la cara entera, que tenía muy delgada, igual que los labios y las ventanillas de la nariz; tenía la nariz muy alta y unas cejas pobladas y ojos negrísimos, tan hundidos que parecía, como si dijéramos, que le miraba a uno desde el fondo de una caverna.

Tenía la frente despejada y el pelo canoso y liso, que le llegaba hasta los hombros. Tenía las manos largas y delgadas, y todos los días se ponía una camisa limpia y un terno entero de lino tan blanco que dolían los ojos al mirarlo, y los domingos, una levita azul con botones de cobre. Llevaba un bastón de caoba con pomo de plata. No era nada frívolo, ni un pelo, y nunca gritaba.

Era de lo más amable y se notaba, de forma que se fiaba uno de él. A veces sonreía y daba gusto verlo, pero cuando se ponía tieso como un mástil de bandera y empezaba a echar relámpagos por los ojos, primero pensaba uno en subirse a un árbol y después en enterarse de lo que pasaba. Nunca tenía que decirle a nadie que tuviera buenos modales: donde estaba él, todo el mundo siempre se comportaba bien. Y a todos les encantaba tenerlo cerca; casi siempre era como un rayo de sol: quiero decir, que con él parecía que hacía buen tiempo. Cuando se convertía en un nubarrón, se oscurecía medio minuto y con eso bastaba; en una semana nadie volvería a hacer nada mal.

Cuando él y la señora anciana bajaban por la mañana, toda la familia se levantaba de las sillas para darles los buenos días y no volvía a sentarse hasta que sentaban ellos.

Después Tom y Bob iban al aparador donde estaba el frasco de cristal y servían una copa de licor de hierbas y se lo daban, y él se quedaba con la copa en la mano, esperando hasta que Tom y Bob se servían la suya, y ellos hacían una reverencia y decían: "A la salud de ustedes, señor y señora", y ellos se inclinaban también una chispa y daban las gracias y bebían los tres, y Tom y Bob echaban una cucharada de agua en el azúcar y el poco de whisky o de licor de manzana que quedaba en el fondo de sus copas y nos lo daban a mí y a Buck, y nosotros también bebíamos a la salud de los mayores.

Bob era el mayor y después venía Tom: dos hombres altos y guapos con hombros muy anchos y caras curtidas, pelo negro largo y ojos negros. Iban vestidos de lino blanco de la cabeza a los pies, igual que el anciano caballero, y llevaban sombreros anchos de Panamá.

Después venía la señorita Charlotte; tenía veinticinco años y era alta, orgullosa y estupenda, pero buenísima cuando no estaba enfadada; aunque cuando lo estaba echaba unas miradas que le dejaban a uno helado, igual que su padre. Era guapísima.

También lo era su hermana, la señorita Sophia, pero de tipo distinto. Era tranquila y pacífica como una paloma, y sólo tenía veinte años.

Cada persona tenía su propio negro para servirla, y Buck también. Mi negro se lo pasaba la mar de bien, porque yo no estaba acostumbrado a que nadie me hiciera las cosas, pero el de Buck se pasaba el tiempo corriendo de un lado para otro.

Ésa era la familia que quedaba, pero antes eran más: tres hijos a los que habían matado y Emmeline, que había muerto.

El anciano caballero tenía un montón de granjas y más de cien negros. A veces llegaba un montón de gente a caballo, de diez o quince millas a la redonda, y se quedaban cinco o seis días, todo el tiempo divirtiéndose en el río o al lado, con bailes y picnics en los bosques durante el día y bailes en la casa por la noche. Casi todos eran parientes de la familia. Los hombres llegaban con sus armas. Os aseguro que aquella sí que era gente distinguida.

Por allí cerca había otro clan de aristócratas —cinco o seis familias— casi todos ellos llamados Shepherdson. Eran de tan buena cuna y tan finos, ricos y grandiosos como la tribu de los Grangerford. Los Shepherdson y los Grangerford utilizaban el mismo embarcadero, que estaba unas dos millas río arriba de nuestra casa, de forma que a veces cuando yo iba allí con muchos de los nuestros veía a un montón de Shepherdson que ya habían llegado con sus caballos de raza.

Un día Buck y yo estábamos en el bosque de caza y oímos que llegaba un caballo. Estábamos cruzando el camino, y Buck va y grita:

—¡Rápido! ¡Correa los árboles!

Nos echamos a correr y después miramos entre las hojas de los árboles. En seguida llegó un joven espléndido galopando por el camino, muy aplomado en la silla y con aire de soldado. Llevaba la escopeta cruzada encima del pomo de la silla. Ya lo había visto antes. Era el joven Harney Shepherdson. Oí que Buck disparaba la escopeta junto a mi oreja y a Harney se le cayó el sombrero de la cabeza. Agarró su arma y fue derecho a donde estábamos escondidos nosotros. Pero no esperamos. Echamos a correr por el bosque. El bosque no era muy poblado, así que miré por encima del hombro por si disparaba, y dos veces vi que Harney cubría a Buck con la escopeta y después daba la vuelta, supongo que, para recoger el sombrero, pero no lo pude ver. No dejamos de correr hasta que llegamos a casa. Al anciano le relampaguearon los ojos un minuto — creo que sobre todo de placer— y después suavizó algo el gesto y dijo con voz amable:

—No me gusta que hayas disparado desde detrás de un árbol. ¿Por qué no saliste al camino, hijo?

—Los Shepherdson no lo hacen, padre. Siempre se aprovechan.

La señorita Charlotte había mantenido la cabeza alta como una reina mientras Buck contaba su historia, con las aletas de la nariz muy abiertas, y ahora parpadeó. Los dos hombres más jóvenes tenían aire sombrío, pero no dijeron nada. La señorita Sophia palideció, pero recuperó el color cuando se enteró de que el hombre no estaba herido. En cuanto pude llevarme a Buck donde se guardaba el maíz y estábamos solos bajo los árboles le pregunté:

—¿Querías matarlo, Buck?

—Hombre, claro que sí.

—¿Qué te había hecho?

—¿Él? Nunca me ha hecho nada.

—Bueno, entonces, Buck, ¿por qué querías matarlo?

—Pues por nada, no es más que por la venganza de sangre.

—¿Qué es una venganza de sangre?

—Pero, ¿dónde te has criado? ¿No sabes lo que es una venganza de sangre?

—Nunca había oído hablar de eso... dime lo que es.

—Bueno —dijo Buck—, una venganza de sangre es algo así: un hombre se pelea con otro y le mata, entonces el hermano de ese otro lo mata a él; después los demás hermanos de cada familia se van buscando unos a otros, después entran los primos y al cabo de un tiempo han muerto todos y se acabó la venganza de sangre. Pero es como muy lento y lleva mucho tiempo.

—¿Y ésta dura desde hace mucho tiempo, Buck?

—¡Pues claro! Empezó hace treinta años o así. Hubo una pelea por algo y después un pleito para solucionarla, y el pleito lo ganó uno de los hombres, así que el otro fue y mató al que lo había ganado, que es naturalmente lo que tenía que hacer, por supuesto. Lo que haría cualquiera.

—Y, ¿cuál fue el problema, Buck? ¿Fue por tierras?

—Supongo que sería... no lo sé.

—Bueno, ¿quién mató a quién? ¿Fue un Grangerford o un Shepherdson?

—¿Cómo diablo voy a saberlo yo? Fue hace mucho tiempo.

—¿No lo sabe nadie?

—Ah, sí, padre lo sabe, supongo, y alguno de los otros viejos; pero ya no saben por qué fue la primera pelea.

—¿Ha habido muchos muertos, Buck?

—Sí; ha habido muchos funerales. Pero no siempre matan. Padre lleva algo de metralla dentro, pero no le importa porque de todos modos no pesa mucho. Bob tiene uno o dos tajos de cuchillo de caza y a Tom lo han herido una o dos veces.

—¿Ha muerto alguien ya este año, Buck?

—Sí; nosotros nos apuntamos uno y ellos otro. Hace unos tres meses mi primo Bud, que tenía catorce años. Iba por el bosque del otro lado del río y no llevaba armas, lo que es una estupidez, y cuando estaba en un sitio solitario oyó un caballo que venía por detrás y vio al viejo Baldy Shepherdson que le perseguía con la escopeta en la mano y el pelo blanco flotando al viento, y en lugar de saltar del caballo y echarse a correr, Bud se creyó que podía ir más rápido, así que la persecución continuó cinco millas o más y el viejo ganaba cada vez más terreno; al final Bud vio que no merecía la pena y se paró y le hizo cara para que las heridas fueran de frente, ya sabes, y el viejo lo alcanzó y lo mató. Pero no tuvo mucho tiempo para disfrutar con su suerte, porque en menos de una semana los nuestros lo mataron a él.

—Para mí que ese viejo era un cobarde, Buck.

—Pues para mí que no era un cobarde. Ni mucho menos. No hay ni un solo Shepherdson que sea un cobarde; ni uno. Ni tampoco hay un solo Grangerford que sea un cobarde.

Pero si una vez aquel viejo aguantó solo una pelea de media hora contra tres Grangerford y venció él. Estaban todos a caballo; él se apeó y se parapetó tras unas maderas y puso el caballo delante para que le dieran a él las balas; pero los Grangerford siguieron a caballo dando vueltas al viejo y disparándole y él disparándolos a ellos. Él y su caballo volvieron a casa bastante fastidiados y agujereados, pero a los Grangerford hubo que llevarlos a casa, uno de ellos muerto, y otro murió al día siguiente. No, señor; si alguien anda buscando cobardes, que no pierda el tiempo con los Shepherdson, porque ellos no crían de eso.

Al domingo siguiente fuimos todos a la iglesia, a unas tres millas, todos a caballo. Los hombres se llevaron las escopetas, y Buck también, y las mantuvieron entre las rodillas o las dejaron a mano apoyadas en la pared. Los Shepherdson hicieron lo mismo: fue un sermón de lo más corriente: todo sobre el amor fraterno y tonterías por el estilo; pero todo el mundo dijo que era un buen sermón y hablaron de él en el camino de vuelta, y tenían tantas cosas que decir de la fe y las buenas obras y la gracia santificante y la predeterminación y no sé qué más que me pareció uno de los peores domingos de mi vida.

Más o menos una hora después de comer todo el mundo dormía la siesta, algunos en sus sillas y otros en sus habitaciones, y resultaba todo muy aburrido. Buck y un perro estaban tirados en la hierba al sol, dormidos como troncos. Yo subí a nuestra habitación pensando en echarme también la siesta. Vi a la encantadora señorita Sophia de pie en su puerta, que estaba al lado de la nuestra, y me hizo pasar a su habitación, cerró la puerta sin hacer ruido y me preguntó si la quería, y yo le contesté que sí, y me preguntó si le haría un favor sin decírselo a nadie y le dije que sí. Entonces me contó que se había olvidado el Nuevo Testamento y lo había dejado en el asiento de la iglesia entre otros dos libros, y que si no querría yo salir en silencio e ir a buscárselo sin decirle nada a nadie. Le dije que sí. Así que me marché tranquilamente por el camino y en la iglesia no había nadie, salvo quizá un cerdo o dos, porque la puerta no tenía cerradura y a los cerdos les gustan los suelos apisonados en verano, porque están frescos. Si se fija uno, casi nadie va a la iglesia más que cuando es obligatorio, pero los cerdos son diferentes. Me dije: "Algo pasa; no es natural que una chica se preocupe tanto por un Nuevo Testamento", por eso lo sacudí y se cayó un trocito de papel que tenía escrito a lápiz: "A las dos y media". Seguí buscando pero no encontré nada más. Aquello no me decía nada, así que volví a poner el papel en el libro y cuando regresé a casa y subí las escaleras la señorita Sophia estaba en su puerta esperándome. Me hizo entrar y cerró la puerta; después buscó en el Nuevo Testamento hasta que encontró el papel, y en cuanto lo leyó pareció ponerse muy contenta; y antes de que uno pudiera darse cuenta, me agarró y me dio un abrazo diciendo que yo era el mejor chico del mundo y que no se lo contara a nadie. Se le enrojeció mucho la cara un momento, se le iluminaron los ojos y estaba muy guapa. Yo me quedé muy asombrado, pero cuando recuperé el aliento le pregunté qué decía el papel, y ella me preguntó si lo había leído, y cuando dije que no, me preguntó si sabía leer manuscritos y yo respondí que sólo letra de imprenta, y entonces ella dijo que el papel no era más que para señalar hasta dónde había llegado y que ya podía irme a jugar.

Bajé al río pensando en todo aquello y en seguida me di cuenta de que mi negro me venía siguiendo. Cuando perdimos de vista la casa, miró atrás y todo en derredor un segundo, y después llegó corriendo y me dijo:

—Sito George, si viene usted al pantano le enseño un montón de culebras de agua.

A mí me pareció muy curioso; lo mismo había dicho ayer. Tenía que saber que a uno no le gustan tanto las culebras de agua como para ir a verlas. ¿Qué andaría buscando? Así que le dije:

—Bueno; ve tú por delante.

Lo seguí media milla; después llegó al pantano y lo vadeó con el agua hasta los tobillos otra media milla más. Llegamos a un trozo de tierra llana y seca, llena de árboles, arbustos y hiedras, y me dijo:

—Dé usted unos pasos por ahí dentro, sito George; ahí es donde están. Yo ya las he visto bastante.

Después se alejó y en seguida quedó tapado por los árboles. Anduve buscando por allí hasta llegar a un sitio abierto, del tamaño de un dormitorio, todo rodeado de hiedra, y allí vi a un hombre que estaba dormido; y ¡por todos los diablos, era mi viejo Jim!

Lo desperté y creí que él se iba a sorprender mucho al verme, pero no. Casi lloró de alegría, pero no estaba sorprendido. Dijo que había nadado por detrás de mí aquella noche que había oído todos mis gritos, pero no se había atrevido a responder, porque no quería que nadie lo recogiera y lo devolviese a la esclavitud. Y siguió diciendo:

—Me hice algo de daño y no podía nadar rápido, así que hacia el final ya estaba muy lejos de ti; cuando llegaste a tierra calculé que podía alcanzarte sin tener que gritar, pero cuando vi aquella casa empecé a ir más lento. Estaba demasiado lejos para oír lo que te decían; me daban miedo los perros, pero cuando todo volvió a quedarse tranquilo comprendí que estabas en la casa, así que me fui al bosque a esperar que amaneciese. A la mañana temprano llegaron algunos de los negros que iban a los campos y me llevaron con ellos y me trajeron aquí, donde no me pueden encontrar los perros gracias al agua, y me traen cosas de comer todas las noches y me dicen cómo te va.

—Pero, ¿por qué no le dijiste a mi Jack que me trajera antes, Jim?

—Bueno, no merecía la pena molestarte, Huck, hasta que pudiéramos hacer algo, pero ahora ya está bien. Me he dedicado a comprar cacharros y comida cuando he podido y a arreglar la balsa por las noches cuando...

—¿Qué balsa, Jim?

—Nuestra vieja balsa.

—¿Vas a decirme que nuestra vieja balsa no se quedó hecha pedazos?

—No, na de eso. Se quedó bastante destrozada por uno de los extremos, pero no pasó nada grave, sólo que perdimos casi todas las trampas. Y si no hubiéramos buceado tanto y nadado tan lejos por debajo del agua, si la noche no hubiera sido tan oscura, no hubiéramos estado tan asustados ni nos hubiéramos puesto tan nerviosos, como aquel que dice, habríamos visto la balsa. Pero más vale así, porque ahora está toda arreglada y prácticamente nueva y tenemos montones de cosas nuevas en lugar de las que perdimos.

—Pero, ¿cómo volviste a conseguir la balsa, Jim? ¿La fuiste a atrapar?

—¿Cómo voy a atraparla si estoy en el bosque? No; algunos de los negros la encontraron embarrancada entre unas rocas ahí donde la curva y la escondieron en un regato entre los sauces, y tanto discutieron para saber cuál se iba a quedar con ella que en seguida me enteré yo, así que arreglé el problema diciéndoles que no era de ninguno de ellos, sino tuya y mía; y les pregunté si iban a quedarse con la propiedad de un joven caballero blanco, sólo para llevarse unos latigazos. Entonces les di diez centavos a cada uno y se quedaron muy satisfechos pensando que ojalá llegasen más balsas para volver a hacerse ricos. Estos negros se portan muy bien conmigo, y cuando quiero que hagan algo no tengo que pedírselo dos veces, mi niño. Ese Jack es un buen negro, y listo.

—Sí, es verdad. Nunca me ha dicho que estabas aquí; me dijo que viniera y que me enseñaría un montón de culebras de agua. Si pasa algo, él no tiene nada que ver. Puede decir que nunca nos ha visto juntos, y dirá la verdad.

No quiero contar mucho del día siguiente. Creo que voy a resumirlo. Me desperté hacia el amanecer e iba a darme la vuelta para volverme a dormir cuando noté que no se oía ni un ruido; era como si nada se moviera. Aquello no era normal. Después vi que Buck se había levantado y se había ido. Bueno, entonces me levanté yo extrañado y bajé la escalera y no había nadie; todo estaba más silencioso que una tumba. E igual afuera.

Pensé: "¿Qué significa esto?". Donde estaba la leña me encontré con mi Jack y le pregunté:

—¿Qué pasa? Me contestó:

—¿No lo sabe usted, sito George?

—No. No sé nada.

—Bueno, ¡pues la señorita Sophia se ha escapado! De verdad de la buena. Se ha escapado esta noche y nadie sabe a qué hora; se ha escapado para casarse con el joven ese Harney Shepherdson, ya sabe... por lo menos eso creen. La familia se enteró hace una media hora, a lo mejor algo más, y le aseguro que no han perdido tiempo; ¡en su vida ha visto manera igual de buscar escopetas y caballos! Las mujeres han ido a buscar parientes, el viejo señor Saul y los chicos se han llevado las escopetas y han salido a la carretera para tratar de cazar a ese joven y matarlo antes de que pueda cruzar el río con sita Sophia.

Me parece que vienen tiempos muy malos.

—Y Buck se marchó sin decirme nada.

—¡Hombre, pues claro! No iban a mezclarlo a usted en eso. El sito Buck cargó la escopeta y dijo que volvería a casa con un Shepherdson muerto. Bueno, seguro que va a haber muchos de ellos y que se trae a uno si tiene la oportunidad.

Eché a correr por el camino del río a toda la velocidad que pude. En seguida empecé a oír disparos bastante lejos. Cuando llegué al almacén de troncos y el montón de leña donde atracan los barcos de vapor, me fui metiendo bajo los árboles y las matas hasta llegar a un buen sitio y después me subí a la cruz de un alamillo donde no alcanzaban las balas, y miré. Había madera apilada a cuatro pies de alto un poco por delante de mí árbol, y primero me iba a esconder allí detrás, pero quizá fue una suerte que no lo hiciera.

En el campo abierto delante del almacén de troncos había cuatro o cinco hombres que daban vueltas en sus caballos, maldecían y gritaban y trataban de alcanzar a un par de muchachos que estaban detrás del montón de madera junto al desembarcadero, pero no podían llegar. Cada vez que uno de ellos se asomaba del lado del río del montón de leña, le pegaban un tiro. Los dos chicos se daban la espalda detrás de las maderas, para poder disparar en todos los sentidos.

Pasó un rato y los hombres dejaron de dar vueltas y gritar. Echaron a correr hacia el almacén, y entonces uno de los muchachos apuntó fijo por encima de las maderas y apeó a uno de la silla. Todos los hombres desmontaron de sus caballos, agarraron al herido y empezaron a llevarlo hacia el almacén, y en aquel momento los dos chicos echaron a correr. Se encontraban a mitad de camino del árbol en el que estaba yo antes de que los hombres se dieran cuenta. Entonces los vieron y saltaron a sus caballos y se lanzaron tras ellos. Fueron ganando terreno a los muchachos, pero no les valió de nada porque éstos les llevaban bastante ventaja; llegaron al montón de maderos que había delante de mí árbol y se metieron detrás de él, de forma que volvían a estar protegidos contra los hombres. Uno de los muchachos era Buck y el otro era un chico delgado de unos diecinueve años. Los hombres dieron vueltas un rato y después se marcharon. En cuanto se perdieron de vista llamé a Buck para que me viese.

Al principio no comprendía por qué le llegaba mi voz desde un árbol. Estaba la mar de sorprendido. Me dijo que permaneciera muy atento y que se lo dijera cuando volvieran a aparecer los hombres; dijo que estaban preparando alguna faena y que no iban a tardar. Yo prefería marcharme de aquel árbol, pero no me atrevía a bajar. Buck empezó a gritar y a maldecir, y juró que él y su primo Joe (que era el otro muchacho) iban a vengarse aquel mismo día. Dijo que habían matado a su padre y sus dos hermanos y que habían muerto dos o tres de los enemigos. Dijo que los Shepherdson los esperaban en una emboscada. Buck añadió que su padre y sus hermanos tenían que haber esperado a sus parientes, porque los Shepherdson eran demasiados para ellos. Le pregunté qué iba a pasar con el joven Harney y la señorita Sophia. Respondió que ya habían cruzado el río y estaban a salvo. Me alegré, pero Buck estaba enfadadísimo por no haber matado a Harney el día que le había disparado; en mi vida he oído a nadie decir cosas así.

De pronto, ¡bang! ¡bang! ¡bang!, sonaron tres o cuatro escopetas. ¡Los hombres habían avanzado juntos entre los árboles y venían por atrás con sus caballos! Los chicos corrieron hacia el río (heridos los dos), y mientras nadaban en el sentido de la corriente, los hombres corrían por la ribera disparando contra ellos y gritando: "¡Mátenlos, mátenlos!". Me sentí tan mal que casi me caí del árbol. No voy a contar todo lo que pasó porque si lo contara volvería a ponerme malo. Hubiera preferido no haber llegado nunca a la orilla aquella noche para ver después cosas así. Nunca las voy a olvidar: todavía sueño con ellas montones de veces.

Me quedé en el árbol hasta que empezó a oscurecer, porque me daba miedo bajar. A veces oía disparos a lo lejos, en el bosque, y dos veces vi grupitos de hombres que galopaban junto al almacén de troncos con escopetas, así que calculé que continuaba la pelea. Me sentía tan desanimado que decidí no volver a acercarme a aquella casa, porque pensaba que por algún motivo yo tenía la culpa. Pensaba que aquel trozo de papel significaba que la señorita Sophia tenía que reunirse con Harney en alguna parte a las dos y media para fugarse, y que tendría que haberle contado a su padre lo del papel y la forma tan rara en que actuaba, y que entonces a lo mejor él la habría encerrado y nunca habría pasado todo aquel horror.

Cuando me bajé del árbol, me deslicé un rato por la orilla, encontré los dos cadáveres al borde del agua y tiré de ellos hasta dejarlos en seco; después les tapé la cara y me marché a toda la velocidad que pude. Lloré un poco mientras tapaba a Buck, porque se había portado muy bien conmigo.

Acababa de oscurecer. No volví a acercarme a la casa, sino que fui por el bosque hasta el pantano. Jim no estaba en su isla, así que fui corriendo hacia el arroyo y me metí entre los sauces, listo para saltar a bordo y marcharme de aquel sitio tan horrible. ¡La balsa había desaparecido! ¡Dios mío, qué susto me llevé! Me quedé sin respiración casi un minuto. Después logré gritar. Una voz, a menos de veinticinco pies de mí, dice:

—¡Atiza! ¿Eres tú, mi niño? No hagas ruido.

Era la voz de Jim, y nunca había oído nada tan agradable. Corrí un poco por la ribera y subí a bordo; Jim me agarró y me abrazó de contento que estaba de verme y dice:

—Dios te bendiga, niño, estaba seguro que habías vuelto a morir. Ha estado Jack y dice que creía que te habían pegado un tiro porque no habías vuelto a casa, así que en este momento iba a bajar la balsa por el arroyo para estar listo para marcharme en cuanto volviese Jack y me dijera que seguro que habías muerto. Dios mío, cuánto me alegro de que hayas vuelto, mi niño.

Y voy yo y digo:

—Está bien; está muy bien; no me van a encontrar y creerán que he muerto y que he bajado flotando por el río... Allí arriba hay algo que les ayudará a creérselo, así que no pierdas tiempo, Jim, vamos a buscar el agua grande lo más rápido que puedas.

No me quedé tranquilo hasta que la balsa bajó dos millas por el centro del Mississippi. Después colgamos nuestro farol de señales y calculamos que ya volvíamos a estar libres y a salvo. Yo no había comido nada desde ayer, así que Jim sacó unos bollos de maíz y leche con nata, y carne de cerdo con col y berzas (no hay nada mejor en el mundo cuando está bien guisado) y mientras yo cenaba charlamos y pasamos un buen rato. Yo me alegraba mucho de alejarme de las venganzas de sangre, y Jim del pantano. Dijimos que no había casa como una balsa, después de todo. Otros sitios pueden parecer abarrotados y sofocantes, pero una balsa no. En una balsa se siente uno muy libre y tranquilo.

FARSANTES Y ESTAFADORES

Pasaron dos o tres días con sus noches; creo que podría decir que nadaron, de lo tranquilos, suaves y estupendos que se deslizaron. Voy a contar cómo pasábamos el rato. Por allí el río era monstruosamente grande: había sitios en que medía milla y media de ancho; navegábamos de noche, y descansábamos y nos escondíamos de día; en cuanto estaba a punto de acabar la noche dejábamos de navegar y amarrábamos, casi siempre en el agua muerta bajo un atracadero, y después cortábamos alamillos y sauces y escondíamos la balsa debajo. Luego echábamos los sedales. Más adelante nos metíamos en el río a nadar un rato, para lavarnos y refrescarnos; después nos sentábamos en la arena del fondo, donde el agua llegaba hasta las rodillas, y esperábamos a que llegara la luz del día. No se oía ni un ruido por ninguna parte, todo estaba en el más absoluto silencio, como si el mundo entero se hubiera dormido, salvo quizá a veces el canto de las ranas. Lo primero que se veía, si se miraba por encima del agua, era una especie de línea borrosa que eran los bosques del otro lado; no se distinguía nada más; después un punto pálido en el cielo y más palidez que iba apareciendo, y luego el río, como blando y lejano, que ya no era negro sino gris; se veían manchitas negras que bajaban a la deriva allá a lo lejos: chalanas y otras barcas, y rayas largas y negras que eran balsas; a veces se oía el chirrido de un remo, o voces mezcladas en medio del silencio que hacía que se oyeran los ruidos desde muy lejos; y al cabo de un rato se veía una raya en el agua, y por el color se sabía que allí había una corriente bajo la superficie que la rompía y que era lo que hacía aparecer aquella raya; y entonces se ve la niebla que va flotando al levantarse del agua y el Oriente se pone rojo, y el río, y se ve una cabaña de troncos al borde del bosque, allá en la ribera del otro lado del río, que probablemente es un aserradero, y al lado, los montones de madera con separaciones hechas por unos vagos, de forma que puede pasar un perro por el medio; después aparece una bonita brisa que le abanica a uno del otro lado, fresca y suave, que huele muy bien porque llega del bosque y de las flores; pero a veces no es así porque alguien ha dejado peces muertos tirados, lucios y todo eso, y huelen mucho, y después llega el pleno día y todo sonríe al sol, y los pájaros se echan a cantar.

A esa hora no importaba hacer un poco de humo porque no se veía, así que sacábamos los peces de los sedales y nos preparábamos un desayuno caliente. Y después contemplábamos la soledad del río y hacíamos el vago, y poco a poco nos íbamos quedando dormidos. Nos despertábamos, y cuando mirábamos para averiguar por qué, a veces veíamos un barco de vapor que venía jadeando río arriba, a tanta distancia al otro lado que lo único que se podía ver de él era si llevaba la rueda a popa o a los costados; después, durante una hora no había nada que oír ni que ver: sólo la soledad. Luego se veía una balsa que se deslizaba a lo lejos, y a veces uno de los tipos de a bordo cortando leña, porque es lo que hacen casi siempre en las balsas y se ve cómo el hacha brilla y baja, pero no se oye nada; se ve que el hacha vuelve a subir y cuando ya ha llegado por encima de la cabeza del hombre entonces se oye el hachazo, que ha tardado todo ese rato en cruzar el agua. Y así pasábamos el día, haciendo el vago, escuchando el silencio. Una vez bajó una niebla densa y las balsas y todo lo que pasaba hacían ruido con sartenes para que los buques de vapor no las pasaran por alto. Una chalana o una balsa pasaban tan cerca que oíamos lo que decía la gente de a bordo, sus maldiciones y sus risas, los oíamos perfectamente, pero no veíamos ni señal de ellos; era una sensación muy rara, como si fuesen espíritus hablando en el aire. Jim dijo que creía que lo eran, pero yo dije:

—No; los espíritus no dirían: "Maldita sea la maldita niebla".

En cuanto era de noche nos echábamos al río; cuando llevábamos la balsa aproximadamente el centro ya no hacíamos nada y dejábamos que flotase hacia donde la llevase la corriente; después encendíamos las pipas y metíamos las piernas en el agua y hablábamos de todo tipo de cosas; siempre íbamos desnudos, de día y de noche, cuando nos dejaban los mosquitos; la ropa nueva que me había hecho la familia de Buck era demasiado buena para resultar cómoda; de todos modos, a mí tampoco me gustaba mucho andar vestido.

A veces teníamos el río entero para nosotros solos durante ratos larguísimos. A lo lejos se veían las riberas y las islas, al otro lado del agua, y a veces una chispa que era una vela en la ventana de una cabaña, y a veces en medio del agua se veía una chispa o dos: ya se sabe, una balsa o una chalana, y se podía oír un violín o una canción que llegaba de una de aquellas embarcaciones. Es maravilloso vivir en una balsa. Arriba teníamos el cielo, todo manchado de estrellas, y nos echábamos de espaldas, las mirábamos y discutíamos si alguien las había hecho o habían salido porque sí. Jim siempre decía que las habían hecho, pero yo sostenía que habían salido; me parecía que llevaría demasiado tiempo hacer tantas. Jim dijo que la luna podría haberlas puesto; bueno, aquello parecía bastante razonable, así que no dije nada en contra, porque he visto ranas poner casi tantos huevos, así que desde luego era posible. También mirábamos las estrellas que caían y veíamos la estela que dejaban. Jim decía que era porque se habían portado mal y las habían echado del nido.

Por las noches veíamos uno o dos barcos de vapor que pasaban en la oscuridad, y de vez en cuando lanzaban todo un mundo de chispas por una de las chimeneas, que caían al río y resultaban preciosas; después el barco daba la vuelta a una curva y las luces guiñaban y el ruido del barco desaparecía y volvía a dejar el río en silencio, y luego nos llevaban las olas que había levantado, mucho rato después de que hubiera desaparecido el barco, que hacían moverse un poco la balsa, y después ya no se oía nada durante no se sabe cuánto tiempo, salvo quizá las ranas o cosas así.

Después de medianoche la gente de la costa se iba a la cama y durante dos o tres horas las riberas estaban en tinieblas: no había más chispas en las ventanas de las cabañas.

Aquellas chispas eran nuestro reloj: la primera que se volvía a ver significaba que llegaba el amanecer, así que inmediatamente buscábamos un sitio donde escondernos y amarrar.

Una mañana, hacia el amanecer, vi una canoa y yo crucé por un canal a la costa principal (no había más que doscientas yardas) y remé una milla hacia un arroyo entre los cipreses, para ver si conseguía unas moras. Justo cuando estaba pasando por un sitio donde una especie de senda de vacas cruzaba el arroyo apareció un par de hombres corriendo a toda la velocidad que podían. Pensé que me había llegado la hora, pues siempre que alguien buscaba a alguien me parecía que era a mí, o quizá a Jim. Estaba a punto de marcharme a toda prisa, pero ya estaban muy cerca de mí, y gritaron y me pidieron que les salvara la vida: dijeron que no habían hecho nada y que por eso los perseguían, que venían hombres con perros. Querían meterse directamente en mi canoa, pero les dije:

—No, ahora no. Todavía no oigo a los caballos y los perros; tienen ustedes tiempo para pasar por los arbustos y subir un poco arroyo arriba; después se meten en el agua y bajan vadeando hasta donde estoy yo y se vienen; así los perros perderán la pista.

Eso fue lo que hicieron, y en cuanto estuvieron a bordo salí hacia nuestro atracadero; al cabo de cinco minutos oímos a los perros y los hombres que gritaban a lo lejos. Los oímos ir hacia el arroyo, pero no podíamos verlos; parecieron dejarlo y ponerse a dar vueltas un rato, y después, mientras nos íbamos alejando todo el tiempo, ya casi no podíamos oírlos; cuando dejamos el bosque una milla atrás y llegamos al río todo estaba en calma y fuimos remando hasta la barra de arena y nos escondimos entre los alamillos, ya a salvo.

Uno de aquellos tipos tenía unos setenta años o más, y era calvo con una barba muy canosa. Llevaba un viejo chambergo y una camisa grasienta de lana azul, con pantalones vaqueros azules y viejos metidos en las botas, con tirantes hechos en casa; pero no, sólo le quedaba uno. Llevaba al brazo un viejo capote también de tela azul, con botones de cobre brillantes, y los dos llevaban bolsones de viaje grandes y medio desgastados.

El otro tipo tendría unos treinta años e iba vestido igual de ordinario. Después de desayunar nos tumbamos todos a charlar y lo primero que salió es que aquellos tipos no se conocían.

—¿Qué problema has tenido tú? —preguntó el calvo al otro.

—Bueno, estaba vendiendo un producto para quitarle el sarro a los dientes, y es verdad que lo quita, y generalmente también el esmalte, pero me quedé una noche más de lo que hubiera debido y estaba a punto de marcharme cuando me encontré contigo en el sendero de este lado del pueblo, me dijiste que venían y me pediste que te ayudara a escapar. Así que te dije que yo también esperaba problemas y que me marcharía contigo. Eso es todo. ¿Y tú?

—Bueno, yo llevaba una semana predicando sermones sobre la templanza y me llevaba muy bien con las mujeres, viejas y jóvenes, porque se lo estaba poniendo difícil a los bebedores, te aseguro, y sacaba por lo menos cinco o seis dólares por noche, a diez centavos por cabeza, niños y negros gratis, y hacía cada vez más negocio, cuando no sé cómo, anoche, empezaron a decir que no me desagradaba pasar un rato a solas con una jarra. Un negro me despertó esta mañana y me dijo que la gente se estaba reuniendo en silencio, con los perros y los caballos, y que iban a venir en seguida, me darían una ventaja de una media hora y después intentarían agarrarme, y que si me pescaban pensaban emplumarme y sacarme del pueblo en un rail. Así que no esperé al desayuno... no tenía hambre.

—Viejo —dijo el joven—, me parece que podríamos formar equipo; ¿qué opinas tú?

—No me parece mal. ¿A qué te dedicas tú, sobre todo?

—De oficio, soy oficial de imprenta; trabajo de vez en cuando en medicinas sin receta; actor de teatro: tragedia, ya sabes; de vez en cuando algo de mesmerismo y frenología, cuando hay una posibilidad; maestro de canto y de geografía para variar; una charla de vez en cuando... Bueno, montones de cosas; prácticamente todo lo que se presenta, siempre que no sea trabajo. ¿En qué te especializas tú?

—He trabajado bastante el aspecto de la medicina. Lo que mejor me sale es la imposición de manos para el cáncer, la parálisis y cosas así, y no me sale mal lo de echar la buenaventura cuando tengo a alguien que me averigüe los datos. También trabajo lo de los sermones, la prédica al aire libre y las misiones.

Durante un rato todos guardaron silencio; después el joven suspiró y dijo:

—¡Ay!

—¿De qué te quejas? —preguntó el calvo.

—Pensar que yo podría haber tenido tan regalada vida y verme rebajado a esta compañía—y empezó a secarse un ojo con un trapo.

—¡Dito seas! ¿No te parece buena esta compañía? —pregunta el calvo, muy digno y enfadado.

—Sí, es lo suficientemente buena; es lo más que merezco, pues, ¿quién me hizo descender tan bajo cuando yo nací tan alto? Yo mismo. No os culpo a vosotros, caballeros, lejos de mí; no culpo a nadie, lo merezco todo. Que el frío mundo perpetúe su venganza; una sola cosa sé: en algún lugar me espera una tumba. El mundo puede continuar como siempre lo ha hecho y arrebatármelo todo: los seres queridos, los bienes, todo; pero eso no me lo puede quitar. Algún día yaceré en ella y lo olvidaré todo, y mi pobre corazón destrozado podrá descansar —y siguió secándose un ojo.

—Dito sea tu pobre corazón destrozao —dice el calvo—; ¿de qué corazón destrozao nos hablas? Nosotros no hemos hecho na.

—No, ya sé que no. No os culpo, caballeros. Yo solo me he rebajado; sí, yo solo. Es justo que ahora sufra, perfectamente justo; no puedo quejarme.

—¿Rebajao de qué? ¿De qué te has rebajao?

—Ah, no me creerías; el mundo nunca cree... pero déjalo ; no importa. El secreto de mi nacimiento...

—¡El secreto de tu nacimiento! ¿Nos vas a decir...?

—Caballeros —dice el joven muy solemne—, os lo revelaré, pues considero que puedo tener confianza en vosotros. ¡En realidad, soy duque!

A Jim se le saltaron los ojos cuando lo oyó, y creo que a mí también. Entonces el calvo va y dice:

—¡No! ¡No lo dirás de verdad!

—Sí. Mi bisabuelo, hijo mayor del duque de Aguasclaras, huyó a este país a fines del siglo pasado, para respirar el aire puro de la libertad; casó aquí y falleció, dejando a un hijo en el mismo momento en que moría su propio padre. El segundo hijo del finado duque se apoderó de los títulos y de las fincas, y el verdadero duque, recién nacido, quedó desheredado. Yo soy el descendiente directo de aquel niño: soy el auténtico duque de Aguasclaras, ¡y aquí estoy, olvidado, arrancado de mis propios bienes, perseguido por los hombres, despreciado por el frío mundo, harapiento, gastado, con el corazón roto y rebajado a la compañía de unos delincuentes en una balsa!

Jim lo lamentó mucho por él y yo también. Tratamos de consolarlo, pero dijo que no valía de nada, que no se le podía consolar mucho; dijo que, si queríamos reconocer su dignidad, ello le serviría más de consuelo que nada del mundo, así que prometimos hacerlo si nos decía cómo. Dijo que debíamos hacer una reverencia cuando hablásemos con él y decir "su gracia", o "milord", o "su señoría", y que tampoco le importaba si le llamábamos sencillamente "Aguasclaras", porque, según dijo, eso era un título y no un nombre, y uno de nosotros tendría que servirles a las horas de comer y hacerle todas las cosillas que él quisiera.

Bueno, aquello resultaba fácil, así que lo hicimos. Toda la cena Jim se la pasó de pie, sirviéndole y diciendo: "¿Quiere su gracia probar un poco de esto o de aquello?", y demás, y era fácil ver que le resultaba muy agradable.

Pero el viejo se quedó muy silencioso; no tenía mucho que decir y no parecía estar muy contento con tantas atenciones como se llevaba el duque. Parecía estar pensando en algo. Así que por la tarde va y dice:

—Mira, Aguassucias —va y dice—, yo lo siento cantidad por ti, pero no eres el único que ha tenido problemas de ese tipo.

—¿No?

—No, no eres el único. No eres el único a quien se ha echado por las malas de las alturas.

—¡Ay!

—No, no eres el único que tiene un secreto de nacimiento —y juro que se echó a llorar.

—¡Espera! ¿A qué te refieres?

—Aguassucias, ¿puedo fiarme de ti? —pregunta el viejo todavía medio llorando.

—¡Hasta la más cruel de las muertes! —tomó al viejo de la mano, se la apretó y dijo—: Ese secreto tuyo: ¡habla!

—Aguassucias, ¡soy el delfín desaparecido!

Puedes apostar a que Jim y yo nos quedamos aquella vez con los ojos bien abiertos. Después el duque dice:

—¿Eres, ¿qué?

—Sí, amigo mío, es cierto: estás mirando en este momento al pobre delfín desaparecido, Luis el 17, hijo de Luis el 16, y la María Antoñeta.

—¡Tú! ¡A tu edad! ¡No! Quieres decir que eres el difunto Carlomagno; por lo menos debes tener seiscientos o setecientos años.

—Han sido tantos los problemas, Aguassucias, tantos los problemas que han hecho encanecer el pelo y traído esta calvorota prematura. Sí, caballeros, ante vosotros veis, vestido de vaqueros y en la miseria, al vagabundo, el exiliado, el perseguido y el sufriente rey legítimo de la Francia.

Bueno, se echó a llorar y se puso de tal modo que ni Jim ni yo sabíamos qué hacer, de pena que nos daba, y al mismo tiempo de lo contentos y orgullosos que estábamos de que fuera en la balsa con nosotros. Así que pusimos manos a la obra, igual que habíamos hecho antes con el duque, y tratamos de consolarlo también a él. Pero dijo que no valía la pena, que lo único que lo podía consolar era morir de una vez y acabar con todo; aunque dijo que a veces se sentía más a gusto y mejor si la gente lo trataba conforme a sus derechos y bajaba una rodilla para hablar con él, le llamaba siempre "vuestra majestad" y le servía el primero en las comidas y no se sentaba en su presencia hasta que él lo decía. Así que Jim y yo nos pusimos a "majestearlo", a hacer por él todo lo que nos pedía y a estar de pie hasta que nos decía que nos podíamos sentar. Aquello le sentó la mar de bien y se puso muy animado y contento. Pero el duque como que se enfadó con él y no pareció nada satisfecho con la forma en que iban las cosas; pero el rey estaba muy amistoso con él y dijo que el bisabuelo del duque y todos los demás duques de Aguassucias contaban con la mejor opinión de su padre y podían ir muchas veces al palacio, pero el duque siguió enfadado un buen rato, hasta que por fin el rey va y dice:

—Lo más probable es que vayamos a pasar mucho tiempo en esta balsa, Aguassucias, así que, ¿de qué vale enfadarse? Sólo sirve para fastidiarnos. No es culpa mía no haber nacido duque y no es culpa tuya no haber nacido rey, así que, ¿para qué preocuparnos? Lo que yo digo es que hay que aprovechar las cosas tal como son: ése es mi lema. Y no es mala suerte haber caído aquí: bien de comer y una vida fácil; vamos, dame la mano, duque, y seamos amigos.

El duque se la dio, y Jim y yo nos alegramos mucho de ver aquello. Así que dejamos de sentirnos molestos y nos alegramos mucho porque habría sido una pena no llevarse bien en la balsa; porque lo primero que hace falta en una balsa es que todo el mundo esté contento, que se sienta bien y se lleve bien con los demás.

No me hizo falta mucho tiempo para comprender que aquellos

mentirosos no eran reyes ni duques en absoluto, sino estafadores y farsantes de lo más bajo. Pero nunca dije nada ni lo revelé; me lo guardé para mis adentros; es lo mejor; así no hay peleas y no se mete uno en líos. Si querían que los llamáramos reyes y duques, yo no tenía nada que objetar, siempre que hubiera paz en la familia, y no valía de nada decírselo a Jim, así que no lo hice. Si algo aprendí de padre es que la mejor forma de llevarse bien con gente así es dejarla que vaya a su aire.

Nos hicieron un montón de preguntas; querían saber por qué escondíamos así la balsa y descansábamos de día en lugar de seguir adelante: ¿Es que Jim era un esclavo fugitivo? Contesté yo:

—¡Por Dios santo! ¿Iba un negro fugitivo a huir hacia el Sur?

No, reconocieron que no. Tenía que explicar las cosas de alguna forma, así que dije:

—Mi familia vivía en el condado de Pike, en Missouri, donde yo nací, y se murieron todos menos yo y padre y mi hermano Ike. Padre dijo que prefería marcharse e irse a vivir con el tío Ben, que tiene una casita junto al río, cuarenta y cuatro millas más abajo de Orleans. Padre era muy pobre y teníamos algunas deudas, así que cuando lo arregló todo no quedaban más que dieciséis dólares y nuestro negro, Jim. Con aquello no bastaba para viajar mil cuatrocientas millas, ni en cubierta ni de ninguna otra forma.

Bueno, cuando creció el río, padre tubo un golpe de suerte un día; se encontró con esta balsa, así que pensamos en ir a Orleans en ella. La suerte de padre no duró mucho; un barco de vapor se llevó la esquina de proa de la balsa una noche y todos caímos al agua y buceamos bajo la rueda; Jim y yo salimos bien, pero padre estaba borracho e Ike sólo tenía cuatro años, así que nunca volvieron a salir. Durante unos días tuvimos muchos problemas, porque no hacía más que llegar la gente en botes y trataba de llevarse a Jim, diciendo que creían que era un negro fugitivo. Por eso ya no navegamos de día; por las noches no nos molestan.

El duque va y dice:

—Dejadme que piense una forma de que podamos navegar de día si lo deseamos. Voy a pensar en ello e inventar un plan para organizarnos. Hoy seguiremos así porque naturalmente no queremos pasar por ese pueblo de ahí a la luz del día, quizás no fuera saludable.

Hacia la noche empezó a nublarse y pareció que iba a llover; los relámpagos recorrían el cielo muy bajo y las hojas estaban empezando a temblar: iba a ser bastante fuerte, resultaba fácil verlo. Así que el duque y el rey se pusieron a preparar nuestro wigwam para ver cómo eran las camas. La mía era de paja, mejor que la de Jim, que tenía el colchón de hojas de maíz; en esos colchones de maíz siempre quedan granos que se le meten a uno en la piel y hacen daño, y cuando se da uno la vuelta, las hojas de maíz secas suenan como si estuviera uno aplastando un lecho de hojas muertas y hacen tanto ruido que te despiertan. Bueno, el duque prefería quedarse con mi cama, pero el rey dijo que no. Señaló:

—Diría yo que la diferencia de graduación te sugeriría que un colchón de maíz no es lo más adecuado para mí. Vuestra gracia se quedará con la cama de maíz.

Jim y yo volvimos a preocuparnos un momento, pues temíamos que fuera a haber más problemas entre ellos, así que nos alegramos mucho cuando el duque va y dice:

—Es mi eterno destino: verme aplastado siempre en el lado bajo el férreo talón de la presión. El infortunio ha quebrado mi talante, antaño altivo; cedo, me someto; es mi destino. Estoy solo en el mundo: tócame sufrir y soportarlo puedo.

Nos fuimos en cuanto estuvo lo bastante oscuro. El rey nos dijo que fuéramos hacia el centro del río y que no mostrásemos ni una luz hasta haber pasado bastante lejos del pueblo. En seguida llegamos a la vista del grupito de luces que era el pueblo y nos deslizamos como a media milla de distancia, todo perfectamente, todo perfectamente. Cuando estábamos tres cuartos de milla más abajo usamos nuestro farol de señales, y hacia las diez empezó a llover, a soplar y a tronar, y a relampaguear como un diablo; así que el rey nos dijo que nosotros dos quedáramos de guardia hasta que mejorase el tiempo; después él y el duque se metieron a cuatro patas en el wigwam para pasar la noche. A mí me tocaba la guardia hasta las doce, pero no me habría acostado aunque tuviera una cama, porque no todos los días se ve una tormenta así, ni mucho menos.

¡Cielo santo, cómo aullaba el viento! Y cada uno o dos segundos se veía un resplandor que iluminaba las olas en media milla a la redonda y las islas parecían polvorientas en medio de la lluvia y los árboles se agitaban el viento; después sonaba un ¡brrruuum!...¡booom! ¡booom! ¡boom, boom, boom, boom, boom, boom! y los truenos se iban alejando, gruñendo y zumbando hasta desaparecer, y después, ¡zas!, se veía otro relámpago y sonaba otra descarga. A veces las olas casi me tiraban de la balsa, pero como yo no llevaba nada puesto, no me importaba. No teníamos ningún problema con los troncos que bajaban; los relámpagos lo iluminaban todo, de forma que veíamos llegar los maderos con tiempo más que suficiente para aproar acá o allá y evitarlos. Me tocaba la guardia en medio, ya sabéis, pero para esa hora tenía bastante sueño, así que Jim dijo que me haría la primera mitad; Jim siempre se portaba muy bien en ese sentido. Me metí a cuatro patas en el wigwam, pero el rey y el duque habían estirado tanto las piernas que no quedaba sitio, así que me quedé fuera; no me importaba la lluvia, porque hacía calor y ahora las olas no llegaban tan altas.

Pero hacia las dos volvieron a levantarse y Jim me iba a llamar, aunque cambió de opinión porque calculó que no eran lo bastante altas para hacernos ningún daño, pero en eso se equivocó porque muy pronto llegó una de esas enormes y me tiró al agua. Jim casi se murió de la risa. De todas formas, era el negro que más se reía de todos los que he conocido.

Tomé la guardia y Jim se tendió y se puso a roncar; al cabo de un rato la tormenta amainó y se fue, y en cuanto se vio la primera luz de una cabaña lo desperté y metimos la balsa en nuestro escondrijo para aquel día.

Después de desayunar el rey sacó una baraja toda sobada y él y el duque jugaron a las siete y media a cinco centavos la partida. Después se aburrieron y dijeron que iban a "planear una campaña", como lo llamaban ellos. El rey fue a buscar en su bolsón, de donde sacó un montón de octavillas impresas y las leyó. Una de ellas decía que "El famoso doctor Armand de Montalban, de París", daría una "conferencia sobre la Ciencia de la Frenología" en tal y tal sitio y en tal y cual fecha, a diez centavos la entrada, y que iba a "trazar gráficos de la personalidad a veinticinco centavos cada uno". El duque dijo que ése era él. En otra octavilla era el "actor trágico shakesperiano de fama mundial, Garrick el joven, de Drury Lane, Londres". En otras octavillas tenía otros nombres y hacía otras cosas maravillosas, como encontrar agua y oro con una "varita mágica", "exorcizar los hechizos de brujas", etcétera. Después va y dice:

—Pero mi favorita es la musa histriónica. ¿Tienes experiencia en las tablas, realeza?

—No —respondió el rey.

—Pues la tendrás antes de que pasen tres días, grandeza caída —dice el duque—. En el primer buen pueblo al que lleguemos alquilamos una sala y hacemos el duelo de "Ricardo III2 y la escena del balcón de "Romeo y Julieta". ¿Qué te parece?

—Yo hago lo que sea con tal de que dé dinero, Aguassucias; pero ya verás que no sé nada de interpretar ni nunca lo he visto hacer. Era demasiado pequeño cuando padre tenía teatro en el palacio. ¿Crees que me podrás enseñar?

—¡Fácil!

—Muy bien. De todas formas, ya tengo ganas de hacer algo nuevo. Podemos empezar inmediatamente.

Así que el duque le contó quién era Romeo y quién era Julieta y dijo que él estaba acostumbrado a ser Romeo, así que el rey podía hacer de Julieta.

—Pero si Julieta es una muchacha tan joven, duque, con esta calva y esta barba blanca a lo mejor parece demasiado raro.

—No, no te preocupes; estos campuzos ni se enteran. Además, ya sabes, irás disfrazado y eso lo cambia todo; Julieta está en el balcón contemplando la luz de la luna antes de irse a la cama y lleva puesto el camisón y el gorro de dormir con encajes. Aquí tengo los dos disfraces.

Sacó dos o tres trajes hechos con calicó para cortinas, que dijo que eran las armaduras medievales de Ricardo III, y el otro tío, un camisón de algodón largo y blanco y un gorro de dormir de volantes a juego. El rey se quedó convencido, así que el duque sacó su libro y leyó los papeles con un entusiasmo espléndido, dando saltos y representando al mismo tiempo, para enseñar cómo había que hacerlo; después le dio el libro al rey para que se aprendiera su papel de memoria.

A la vuelta de una curva había un pueblecito de nada, y después de comer el duque nos comunicó que ya había pensado cómo navegar de día sin que hubiera peligro para Jim; así que dijo que iría al pueblo para arreglarlo todo. El rey dijo que también iría a ver si sacaba algo en limpio. Como nos habíamos quedado sin café, Jim y yo dijimos que también nos íbamos con ellos a comprar algo.

Cuando llegamos no había nadie; las calles estaban vacías y totalmente muertas y silenciosas, como si fuera domingo. Encontramos a un negro enfermo tomando el sol en un patio y nos dijo que todos los que no eran demasiado jóvenes ni estaban demasiado enfermos o eran demasiado viejos habían ido a una misión en el bosque, a unas tres millas. El rey preguntó cómo se llegaba y dijo que iba a trabajar con aquella gente tan religiosa a ver lo que sacaba, y que yo podía acompañarlo.

El duque dijo que iba a buscar una imprenta. La encontramos; un taller pequeñito encima de una carpintería; todos los carpinteros y los impresores habían ido al sermón y las puertas estaban abiertas. El sitio estaba muy sucio y desordenado, con las paredes llenas de manchas de tinta y de octavillas con dibujos de caballos y de negros fugitivos. El duque se quitó la chaqueta y dijo que ya estaba todo arreglado. Así que el rey y yo nos fuimos a la reunión religiosa.

Llegamos en una media hora y empapados, porque hacía un calor horrible. Habría por lo menos mil personas que habían llegado de veinte millas a la redonda. El bosque estaba lleno de animales de tiro y carretas, atados por todas partes, comiendo lo que había en las carretas y coceando para alejar a las moscas. Había cobertizos hechos de palo y techados con ramas, donde vendían limonada y pan de jengibre, con montones de sandías, maíz verde y cosas así.

Los predicadores estaban en cobertizos del mismo tipo, aunque mayores y llenos de gente. Los bancos estaban hechos de pedazos de troncos, con agujeros en el lado de abajo, para introducir unos palos que hacían de patas. No tenían respaldo. Los predicadores disponían de unas tarimas altas para subirse a un extremo de los cobertizos. Las mujeres llevaban pamelas, y algunas, vestidos de un tejido de lino y lana, y algunas de las jóvenes, de calicó. Algunos de los muchachos iban descalzos, y había niños que no llevaban más ropa que una camisa de lino burdo. Algunas de las mujeres mayores tejían y las más jóvenes flirteaban a escondidas.

En el primer cobertizo al que llegamos el predicador estaba cantando un himno. Recitaba dos líneas, todo el mundo las cantaba, y resultaba muy bonito oírlo, porque había mucha gente y cantaba muy animada; después les recitaba otras dos líneas para que las cantaran, y así sucesivamente. La gente se iba despertando cada vez más y cantando cada vez más alto, y hacia el final algunos empezaron a gemir y otros a gritar.

Entonces el predicador empezó a predicar, y además en serio, y fue a zancadas primero a un lado de la tarima y después al otro, y luego se inclinó por encima de todos, moviendo los brazos y el cuerpo todo el tiempo y gritando con todas sus fuerzas, y de vez en cuando levantaba la Biblia, la abría y la pasaba de un lado para otro, gritando: "¡Es la serpiente de bronce del desierto! ¡Mírenla y vivan!". Y la gente gritaba: "¡Gloria! ¡Amén!".

El predicador seguía y la gente gemía, gritaba y decía amén:

—¡Ah, vengan al banco de las lamentaciones! ¡Venid, ennegrecidos por el pecado! (¡Amén!) ¡Vengan, los enfermos y los llagados! (¡Amén!) ¡Vengan, los cojos y los tullidos y los ciegos! (¡Amén!) ¡Vengan, los pobres y los necesitados, llenos de vergüenza! (¡Amén!) ¡Vengan, todos los que se sienten cansados, sucios y sufrientes! ¡Vengan con el ánimo destrozado! ¡Vengan con el corazón contrito! ¡Vengan con sus harapos, sus pecados y su suciedad! ¡Las aguas que purifican son gratuitas, las puertas del cielo están abiertas, ah, entren y descansen! (¡Amén!)

(¡Gloria, gloria, aleluya!).

Y así sucesivamente. Con tantos gritos y llantos ya no se entendía lo que decía el predicador. En medio del grupo había personas que se levantaban y llegaban a codazos hasta el banco de las lamentaciones, con las caras bañadas en lágrimas, y cuando todos se hubieron reunido allí en grupo en los primeros bancos, se pusieron a cantar, a gritar y a tirarse en la paja, totalmente enloquecidos y sin control.

Bueno, antes de que pudiera yo darme cuenta, el rey se había puesto en marcha y se le veía por encima de todos los demás, y después se subió de un salto a la plataforma y el predicador le pidió que hablase al público y lo hizo. Les dijo que era un pirata, que había sido pirata treinta años en el océano indico, y que casi se había quedado sin tripulación la primavera pasada en un combate y ahora había vuelto a casa a llevarse a algunos marineros nuevos, pero gracias a Dios anoche le habían robado y lo habían desembarcado de un buque de vapor sin un centavo, y ahora se alegraba; era lo mejor que le había pasado en su vida, porque ahora era un hombre cambiado y se sentía feliz por primera vez en la vida, y pese a lo pobre que era iba a empezar inmediatamente a trabajar para volver al Océano Índico y pasarse el resto de la vida tratando de hacer que los piratas volvieran al camino de la verdad, pues lo podía hacer mejor que nadie, porque conocía a todas las tripulaciones piratas de aquel océano, y aunque le llevaría mucho tiempo llegar allí sin dinero, iría de todos modos, y cada vez que convenciera a un pirata le diría: "No me des las gracias a mí, no me adjudiques ningún mérito; todo corresponde a esa estupenda gente de la reunión religiosa de Pokeville, hermanos naturales y benefactores de la raza, ¡y a ese querido predicador que veis ahí, el amigo más verdadero que jamás ha tenido un pirata!".

Y después se echó a llorar, y todo el mundo igual. Entonces alguien gritó: "¡Vamos a hacer una colecta! ¡una colecta!". Media docena saltaron para hacerla, pero alguien gritó: "¡Que pase el sombrero él!". Todo el mundo dijo lo mismo, y también el predicador.

Así que el rey pasó entre la gente con el sombrero, enjugándose los ojos y bendiciendo a la gente, elogiándola y dándole las gracias por ser tan buena con los pobres piratas de allá lejos, y a cada momento, las más guapas de las chicas, todas llorosas, iban y le preguntaban si les dejaba besarlo para tener un recuerdo de él, y él siempre las besaba, y a algunas de ellas las besaba y abrazaba por lo menos cinco o seis veces, y lo invitaron a quedarse una semana, y todo el mundo quería que se quedara a dormir en sus casas porque decían que era un honor, pero él dijo que como era el último día de la misión, ya no podía hacer ningún bien, y además tenía prisa por llegar al Océano Índico lo antes posible y ponerse a trabajar con los piratas.

Cuando volvimos a la balsa e hizo el recuento se encontró con que había reunido ochenta y siete dólares y setenta y cinco centavos. Y además se había llevado una damajuana de whisky de tres galones que había encontrado debajo de una carreta cuando venía a casa por el bosque. El rey dijo que entre unas cosas y otras era el día que mejor le había salido en el trabajo de las misiones. Dijo que no había nada que hacer, que los paganos no valen nada al lado de los piratas si quiere uno sacarle el jugo a una misión religiosa.

El duque había creído que a él le había ido bastante bien hasta que apareció el rey, pero después no se lo pareció tanto. Había preparado e impreso dos trabajillos para agricultores en aquella imprenta (para venta de caballos) y le habían pagado cuatro dólares. Había cobrado anuncios en el periódico por valor de diez dólares, que dijo poder rebajar a cuatro dólares si se los pagaban por adelantado, cosa que hicieron. El precio del periódico era dos dólares al año, pero aceptó tres suscripciones por medio dólar, a condición de que se las pagaran por adelantado; iban a pagar en madera y cebollas, como de costumbre, pero él les dijo que acababa de comprar la empresa y rebajado los precios todo lo que podía, de manera que tenía que cobrarlo todo en efectivo. Había impreso un pequeño poema inventado por él mismo de tres versos, muy sentimental y triste, que se titulaba "Sí, rompe, frío mundo, este corazón transido", y lo había dejado preparado para imprimir en el periódico, sin cobrar nada a cambio. Bueno, había sacado nueve dólares y medio y dijo que no estaba mal por una jornada entera de trabajo.

Después nos enseñó otra octavilla que había impreso y que no había cobrado, porque era para nosotros. Tenía un dibujo de un negro fugitivo con un hatillo al hombro y escrito debajo "Recompensa de doscientos dólares" . Todo trataba de Jim y lo describía exactamente. Decía que se había escapado de la plantación de Saint Jacques, cuarenta millas abajo de Nueva Orleans el invierno pasado, y probablemente se había ido al Norte, y quien lo capturase y lo devolviera podría cobrar la recompensa y los gastos.

—Y ahora —dijo el duque—, a partir de esta noche podemos navegar de día si queremos. Cuando veamos que llega alguien podemos atar a Jim de pies y manos con una cuerda y meterlo en el wigwam, enseñar esta octavilla y decir que lo capturamos río arriba y que éramos demasiado pobres para viajar en un barco de vapor, así que nuestros amigos nos dieron esta balsa a crédito y bajamos a cobrar la recompensa.

Estaría mejor con esposas y cadenas, pero eso no encajaría con la historia de que somos tan pobres. Eso sería como ponerle joyas. Lo correcto son unas cuerdas: hay que mantener las unidades, como decimos en el escenario.

Todos dijimos que el duque era muy listo y que no habría problemas navegando de día. Pensamos que aquella noche podíamos recorrer bastantes millas para alejarnos del jaleo que calculábamos que el trabajo del duque iba a organizar en la imprenta de aquel pueblo; después podíamos navegar cuando quisiéramos.

Seguimos escondidos y en silencio y no salimos hasta casi las diez; después nos deslizamos, a bastante distancia del pueblo, y no izamos el farol hasta que lo hubimos perdido de vista.

Cuando Jim me llamó para que le tomase la guardia de las cuatro de la mañana me dijo:

—Huck, ¿crees que vamos a encontrarnos con más reyes de éstos en este viaje?

—No —respondí—. Supongo que no.

—Bueno —continuó él—, entonces vale. No me importan uno o dos reyes, pero no quiero más. Éste es un borrachuzo y el duque tampoco le va muy detrás.

Me enteré de que Jim había intentado hacerle hablar en francés para ver a qué sonaba, pero dijo que llevaba tanto tiempo en este país y había tenido tantos problemas que se le había olvidado.

Era después del amanecer, pero seguimos adelante sin echar amarras. El rey y el duque acabaron por levantarse, con aspecto muy cansado, pero después de saltar al agua y nadar un rato parecían bastante más animados. Después de desayunar el rey se sentó en un rincón de la balsa, se quitó las botas, se subió los pantalones y dejó las piernas metidas en el agua, para estar cómodo, encendió la pipa y se puso a aprender de memoria su "Romeo y Julieta". Cuando ya se lo sabía bastante bien, él y el duque empezaron a ensayarlo juntos. El duque tenía que enseñarle una vez tras otra cómo echar cada discurso, y le hacía suspirar y llevarse la mano al corazón. Al cabo de un rato dijo que lo había hecho bastante bien: "Sólo que no debes gritar ¡Romeo! como si fueras un toro; tienes que decirlo suavemente y con languidez, así: ¡Roomeeo!; de eso se trata, porque Julieta no es más que una niña encantadora, ya sabes, y no se pone a rebuznar como un burro".

Bueno, después sacaron un par de espadas largas que el duque había hecho con listones de roble y empezaron a ensayar el duelo: el duque decía que él era Ricardo III, y resultaba estupendo verlos saltar y brincar por la balsa. Pero entonces el rey tropezó y se cayó al agua, y después descansaron y se pusieron a hablar de todas las aventuras que habían tenido por el río en otros tiempos.

Después de comer el duque dijo:

—Bueno, Capeto, queremos que éste sea un espectáculo de primera calidad, ya sabes, así que vamos a añadirle algo más. De todos modos nos hace falta contar con algo para responder a los bises.

—¿Qué es eso de bises, Aguassucias? El duque se lo contó y añadió:

—Yo puedo hacer un baile escocés o tocar la gaita del marinero y tú, vamos a ver... Ah, ya lo sé: puedes hacer el monólogo de Hamlet.

—¿El qué de Hamlet?

—El monólogo de Hamlet, ya sabes: lo más famoso de Shakespeare. ¡Ah, es sublime, sublime! Siempre los vuelve locos. No está en este libro, porque sólo tengo un volumen, pero creo que lo puedo recordar de memoria. Voy a ver si paseando puedo extraerlo de las arcas del recuerdo.

Así que se dedicó a pasear arriba y abajo, pensando y frunciendo el ceño horriblemente a cada momento; después levantaba las cejas; luego se apretaba la frente con la mano y se echaba atrás, como gimiendo; después suspiraba y derramaba una lágrima. Era maravilloso verlo. Por fin lo recordó. Nos dijo que lo escucháramos. Adoptó una actitud nobilísima, con una pierna adelantada, los brazos alargados y la cabeza echada hacia atrás, mirando al cielo, y empezó a gritar, a gemir y a rechinar los dientes, y después de eso, a lo largo de todo su discurso, estuvo aullando y moviéndose e inflando el pecho y la verdad es que fue la interpretación más maravillosa que he visto en mi vida. Éste fue su discurso, que me aprendí con facilidad mientras se lo enseñaba al rey:

Ser o no ser; ahí está el diantre
que convierte en calamidad tan larga vida;
pues, ¿quién soportaría su carga hasta que el bosque de Birnan llegue
a Dunsinane,
salvo que el temor de algo tras la muerte mate al inocente sueño,
segundo rumbo de la gran naturaleza.
¿Y nos haga preferir los dardos y flechas de la horrible
fortuna antes que huir hacia otros que no conocemos?
Ése es el respeto que nos debe calmar:
¡Despierta a Duncan con tu llamada! Ojalá pudiera; pues quien soporta el flagelo y el desprecio del tiempo, el mal del opresor, la contumelia del orgulloso,

los retrasos de la ley y la relajación que sus dolores causan, en el desierto muerto y en medio de la noche,

cuando bostezan los cementerios,

en sus galas acostumbradas de solemne luto,

salvo ese país no descubierto de cuyos confines ningún viajero vuelve,

que esparce su contagio por el mundo,

y así el tono nativo de la resolución, cual el pobre gato del adagio,

palidece de preocupación,

y todas las nubes que descendieron sobre nuestros pechos, con esta mirada sus corrientes desvían,

y pierden el nombre de acción.

Es un final que desear ansiosamente. Pero calma, dulce Ofelia:

no abras tus terribles mandíbulas de mármol, sino vete a un convento... ¡vete!

Bueno, al viejo le gustó el discurso y en seguida se lo aprendió para hacerlo de primera. Parecía que lo hubieran hecho a su medida, y cuando fue dominándolo y metiéndose en él, era maravillosa la forma en que gritaba, saltaba y se erguía al pronunciarlo.

A la primera oportunidad el duque hizo imprimir unas cuantas octavillas, y después, durante dos o tres días, mientras íbamos flotando, la balsa estaba de lo más animada, porque no había más que duelos y ensayos —como los llamaba el duque— todo el tiempo. Una mañana, cuando ya llevábamos bastante tiempo por el estado de Arkansaw, llegamos a la vista de un villorrio en una gran curva del río; así que amarramos a tres cuartos de milla río arriba, en la desembocadura de un arroyo que estaba cerrado como un túnel por los cipreses, y todos menos Jim nos metimos en la canoa y fuimos a ver si allí había alguna posibilidad de montar nuestro espectáculo.

Tuvimos mucha suerte; aquella tarde iban a montar un circo y ya estaban empezando a llegar los campesinos, en todo tipo de carros desvencijados y a caballo. El circo se marcharía antes de la noche, así que nuestro espectáculo tendría bastantes posibilidades. El duque alquiló la casa del juzgado y recorrimos el pueblo poniendo nuestros programas. Decían:

¡¡¡Vuelve Shakespeare!!!
¡Maravillosa atracción!
¡Sólo una noche!

Los actores de fama mundial,

David Garrick el joven del Teatro de Drury Lane, Londres, y Edmund Kean el viejo, del Teatro de Royal Haymarket, Whitechapel.

Puddin Lane, Piccadilly,

Londres, y los Teatros Continentales Reales, en su sublime espectáculo shakesperiano titulado

La escena del balcón de

¡¡¡Romeo y Julieta!!!

Romeo .... Mr. Garrick

Julieta .... Mr. Kean

Con la presencia de toda la compañía.

¡Nuevo vestuario, nuevo decorado, nuevos accesorios! Además:

El famoso, magistral, terrorífico, Duelo a espada

¡¡¡de Ricardo III!!!

Ricardo III .... Mr. Garrick

Richmond .... Mr. Kean

Además:

(a petición especial)

¡¡El inmortal monólogo de Hamlet!!

¡Por el ilustre Kean!

¡Representado por él 300 noches consecutivas en París! Una noche únicamente,

¡Por ineludibles compromisos en Europa! Entrada 25 centavos; niños y criados, 10 centavos.

Después nos estuvimos paseando por la ciudad. Las tiendas y las casas eran casi todas viejas, desvencijadas, de madera seca que nunca se había pintado; estaban separadas del suelo por pilotes de tres o cuatro pies de alto para que no les llegara el agua cuando crecía el río. Las casas tenían jardincillos, pero no parecía que cultivaran mucho en ellos, salvo estramonio, girasoles y montones de cenizas, además de botas, zapatos despanzurrados y trozos de botellas, trapos y latas ya inútiles. Las vallas estaban hechas de diferentes tipos de tablas, clavadas en diferentes épocas e inclinadas cada una de su lado, y las puertas, por lo general, no tenían más que una bisagra de cuero. Alguna de las vallas había estado blanqueada en algún momento, pero el duque dijo que probablemente había sido en tiempos de Colón. Por lo general, en el jardín había cerdos y gentes que intentaban echarlos.

Todas las tiendas estaban en una calle. Tenían delante toldos de fabricación casera, y los que llegaban del campo ataban los caballos a los postes de los toldos. Debajo de éstos había cajas de mercancías y vagos que se pasaban el día apoyado en ellos, marcándolos con sus navajas Barlowy mascando tabaco, con las bocas abiertas, bostezando y espiándose; gente de lo más ordinario. Por lo general, llevaban sombreros amarillos de paja casi igual de anchos que un paraguas, pero no llevaban chaquetas ni chalecos; se llamaban Bill, Buck, Hank, Joe y Andy, y hablaban en tono perezoso y arrastrado, con muchas maldiciones. Había prácticamente un vago apoyado en cada poste de toldo, casi siempre con las manos metidas en los bolsillos, salvo cuando las sacaba para prestar a alguien tabaco de mascar o para rascarse. Prácticamente su conversación se limitaba a:

—Dame una mascada de tabaco, Hank.

—No puedo; no me queda más que una. Pídele a Bill.

A lo mejor Bill le daba una mascada, o a lo mejor mentía y decía que no tenía. Alguno de esos vagos nunca tiene ni un centavo ni una mascada de tabaco propia. Lo que mascan es lo que les prestan; le dicen a alguien "Ojalá me pudieras dar de mascar, Jack; acabo de dar a Ben Thompson lo último que tenía", lo que es mentira casi siempre; con eso no engañan a nadie más que a los forasteros, pero Jack no es forastero, así que responde:

— Tú le has dado de mascar? Sería la abuela del gato de tu hermana. Si me devuelves todas las mascadas que ya me has pedido, Lafe Buckner, entonces te presto una o dos toneladas y encima no te cobro intereses.

—Bueno, sí que te devolví una vez.

—Sí, es verdad: unas seis mascadas. Me pediste tabaco comprado en la tienda y me devolviste del más negro que el alquitrán.

El tabaco comprado en la tienda es el de tableta negra lisa, pero esos tipos casi siempre mascan la hoja natural retorcida. Cuando piden una mascada, por lo general no la cortan con una navaja, sino que se meten la tableta entre los dientes y la van royendo y tirando de ella con las manos hasta que la parten en dos; entonces, a veces, el que ha prestado el tabaco lo mira melancólico cuando se lo devuelven y dice sarcástico:

—Eh, dame la mascada y tú te quedas con la tableta.

Todas las calles y los callejones eran de barro; no había nada más: barro negro como el alquitrán y casi un pie de hondo en algunos sitios, y por lo menos de dos o tres pulgadas en todas partes. Los cerdos se paseaban y hozaban por todas partes. Se veía una cerda llena de barro, con su camada, paseándose por la calle que se tiraba justo en el camino donde la gente tenía que desviarse y ella se estiraba, cerraba los ojos y movía las orejas mientras los cerditos mamaban, y parecía tan contenta como si estuviera cobrando un sueldo. Pero en seguida se oía a uno de los vagos que gritaba: "¡Eh! ¡hale, chico! ¡Duro con ella, Tige!", y la cerda se largaba con unos chillidos horribles, con uno o dos perros mordiéndole cada oreja y tres o cuatro docenas más que iban llegando, y entonces todos los vagos se levantaban y se quedaban mirando aquello hasta que se perdía de vista y se reían con tanta diversión y parecían celebrar mucho el ruido. No había nada que los despertase tan rápido y los divirtiera tanto a todos como una pelea de perros, salvo echarle trementina a un perro callejero y encenderla, o atarle una sartén a la cola y ver cómo se mataba a correr.

Del lado del río algunas de las casas se salían por encima de la ribera y estaban escoradas y desvencijadas y a punto de caerse. La gente las había abandonado. Debajo de otras, la ribera había ido desapareciendo bajo una de las esquinas, y aquella esquina estaba toda inclinada. En ésas todavía vivía gente, pero era peligroso, porque a veces se hunde un trozo de la ribera igual de ancho que una casa. A veces empieza a moverse una franja de tierra de un cuarto de milla de ancho que se va hundiendo hasta que un verano cae toda entera al río. Esos pueblos siempre tienen que retirarse hacia tierra, cada vez más atrás, porque el río se los va comiendo todo el tiempo.

Aquel día, cuanto más se acercaba el mediodía, más se iban llenando las calles de carretas y de caballos que no paraban de llegar.

Las familias se traían la comida desde el campo y la tomaban en las carretas. Corría mucho el whisky, y vi tres peleas. Al cabo de un rato alguien gritó:

—¡Ahí viene el viejo Boggs! Llega del campo a echarse su borrachera de todos los meses; ¡ahí viene, muchachos!

Todos los vagos parecieron alegrarse; calculé que estaban acostumbrados a divertirse con Boggs. Uno de ellos dijo:

—A ver a quién pretende matar esta vez. Si hubiera matado a todos los hombres a los que quería matar desde hace veinte años, sería de lo más famoso.

Otro dijo:

—Ojalá me amenazara a mí el viejo Boggs, porque entonces seguro que no me moría en mil años.

Apareció Boggs trotando en su caballo, gritando y aullando como un indio y anunciando:

—Abrir camino, vosotros. Estoy en el sendero de guerra y va a subir el precio de los ataúdes.

Estaba borracho y se tambaleaba en la silla; tenía más de cincuenta años y la cara muy colorada. Todo el mundo le gritaba y se reía y se burlaba de él, y él les devolvía las burlas y les decía que ya se ocuparía de ellos y los mataría cuando les llegara el turno, pero que ahora no podía esperar porque había ido al pueblo a matar al viejo coronel Sherburn, porque su lema era: "Primero la carne y después lo de cuchara para completar".

Me vio, fue adonde yo estaba y me preguntó:

—¿De dónde eres tú, chico? ¿Estás listo para morir?

Y se marchó. Me dio miedo, pero un hombre me dijo:

—No significa nada; siempre se pone así cuando está borracho. Es el viejo más simpático de Arkansaw y nunca le ha hecho daño a nadie, borracho ni sereno.

Boggs llegó hasta la tienda mayor del pueblo, bajó la cabeza para ver por debajo de la cortina del toldo y gritó:

—¡Sal aquí, Sherburn! Sal a ver al hombre al que has estafado. Eres el perro al que estoy buscando, ¡y también a ti te voy a llevar por delante!

Y así continuó, llamando a Sherburn todo lo que se le ocurría, con toda la calle llena de gente que escuchaba y se reía y se divertía. Al cabo de un rato un hombre de aspecto arrogante de unos cincuenta y cinco años (y era con mucho el mejor vestido del pueblo) sale de la tienda y la gente se hace a los lados de la calle para dejarlo pasar. Dice a Boggs, todo tranquilo y con calma:

—Estoy harto de esto, pero voy a soportarlo hasta la una. Hasta la una, fíjate: no más. Si vuelves a abrir la boca contra mí una sola vez después de esa hora, por muy lejos que te vayas, te encontraré.

Y se da la vuelta y vuelve a entrar. La gente pareció calmarse mucho; nadie se movió y no volvió a oírse ni una risa. Boggs se marchó maldiciendo a Sherburn a voz en grito por toda la calle; y poco después se volvió y se paró delante de la tienda, siempre con lo mismo. Algunos de los hombres se pusieron a su lado y trataron de hacer que se callara, pero no quiso; le dijeron que faltaba un cuarto de hora para la una, de forma que tenía que irse a casa; tenía que irse inmediatamente. Pero no valió de nada. Siguió jurando con todas sus fuerzas y tiró el sombrero al barro, hizo que su caballo lo pisoteara y después volvió a marcharse gritando por la calle, con el pelo canoso al viento. Todos los que pudieron hablar con él hicieron lo posible para convencerlo de que se apeara para que pudieran encerrarlo y serenarlo, pero no valió de nada: volvía calle arriba para seguir maldiciendo a Sherburn. Después a alguien se le ocurrió:

—¡Vayan a buscar a su hija! Rápido, a buscar a la hija; a veces a ella le escucha. Si hay alguien que pueda convencerlo, es ella.

Así que alguien salió corriendo. Yo bajé la calle un poco y me paré. Cinco o diez minutos después volvió a aparecer Boggs, pero no a caballo. Venía tambaleándose por la calle hacia mí, sin sombrero, con un amigo a cada lado agarrándolo del brazo y metiéndole prisa. Estaba callado y parecía intranquilo, y no se resistía, sino que también él corría. Alguien gritó:

—¡Boggs!

Miré a ver quién lo había dicho, y era aquel coronel Sherburn. Estaba perfectamente inmóvil en la calle, con una pistola levantada en la mano derecha, sin apuntarla, sino con el cañón mirando al cielo. En aquel mismo momento vi que llegaba corriendo una muchacha y con ella dos hombres. Boggs y los hombres se dieron la vuelta para saber quién lo había llamado; al ver la pistola los hombres saltaron a un lado y el cañón de la pistola fue bajando lentamente hasta ponerse a nivel: con el gatillo amartillado. Boggs levantó las manos y gritó: "¡Ay, señor, no dispare!". ¡Bang! Se oyó el primer disparo y Boggs se tambaleó hacia atrás, echando las manos al aire; ¡bang! sonó el segundo y se cayó de espaldas al suelo, todo de golpe, con los brazos abiertos. La muchacha dio un grito, llegó corriendo y se lanzó hacia su padre, llorando y diciendo: "¡Ay, lo ha matado, lo ha matado!". La gente fue formando grupo en torno a ellos, abriéndose paso a empujones, alargando el cuello para tratar de verlo, mientras los que estaban más cerca intentaban echarlos atrás, gritando: "¡Atrás, atrás! ¡Necesita aire, necesita aire!".

El coronel Sherburn tiró la pistola al suelo, se dio la vuelta y se marchó.

Llevaron a Boggs a una pequeña farmacia, con toda la gente también en grupo y con todo el pueblo detrás, y yo me eché a correr y conseguí un buen sitio en la ventana, donde estaba cerca y podía ver lo que pasaba. Lo tendieron en el suelo, le pusieron una gran Biblia bajo la cabeza y le abrieron otra sobre el pecho; pero primero le abrieron la camisa y vi dónde había entrado una de las balas. Dio como doce suspiros largos, levantando la Biblia con el pecho cuando trataba de respirar y bajándola cuando echaba el aire, y después se quedó inmóvil; había muerto. Entonces separaron de él a su hija, que gritaba y lloraba, y se la llevaron. Tendría unos dieciséis años y una cara muy agradable, pero estaba palidísima y llena de miedo.

Bueno, en seguida llegó todo el pueblo y la gente trataba de colarse, empujaba y se abría camino como podía para llegar hasta la ventana y echar un vistazo, pero la gente que ya estaba allí no quería marcharse y los que había detrás decían todo el tiempo: "Vamos, chicos, ya habrán visto bastante; no está bien ni es justo que os quedéis ahí todo el tiempo y no le deis una oportunidad a naide; los demás también tenemos nuestros derechos, igual que vosotros".

Se pusieron a discutir mucho, así que yo me marché, pensando que iba a haber jaleo. Las calles estaban llenas y todo el mundo muy nervioso. Todos los que habían visto los disparos contaban lo que había pasado, y había un gran grupo en torno a cada uno de aquellos tipos, y la gente alargaba el cuello para escuchar. Un hombre alto y desgarbado, con el pelo largo, un gran sombrero alto de piel blanca en la cabeza y un bastón de puño curvo, iba señalando en el suelo los sitios donde habían estado Boggs y Sherburn y la gente lo seguía de un sitio para otro o miraba todo lo que hacía, moviendo las cabezas para mostrar que comprendían e inclinándose un poco, con las manos apoyadas en los muslos para ver cómo señalaba los sitios en el suelo con el bastón; y después se volvió a erguir, muy tieso y rígido donde había estado Sherburn, frunciendo el ceño y pasándose el ala del sombrero encima de los ojos y gritó: "¡Boggs!", y después bajó el bastón hasta ponerlo a nivel y dijo "¡Bang!", se echó atrás, volvió a decir "¡Bang!" y se dejó caer al suelo de espaldas. La gente que lo había visto dijo que lo había hecho perfectamente; que así exactamente habían pasado las cosas. Entonces por lo menos una docena de personas sacaron botellas y lo invitaron.

Bueno, al cabo de un rato alguien dijo que habría que linchar a Sherburn. Después de un minuto decía lo mismo todo el mundo, así que se marcharon, rabiosos, gritando y arrancando todas las cuerdas de tender la ropa que veían para colgarlo con ellas.

Fueron en enjambre a casa de Sherburn, gritando y aullando como indios, y todo el mundo tenía que apartarse o echar a correr para que no los atropellaran y los pisotearan, y resultaba terrible verlo. Los niños iban corriendo delante de la multitud, gritando y tratando de apartarse, y en todas las ventanas del camino había mujeres que asomaban la cabeza y chicos negros en cada árbol y negros y negras adultos que miraban por encima de todas las vallas, y en cuanto llegaba la horda cerca de ellos, se apartaban y salían fuera de su alcance. Muchas de las mujeres y de las muchachas lloraban y gritaban, medio muertas del susto.

Llegaron frente a la valla de Sherburn, tan apretados que no cabía ni un alfiler y armando un ruido que no podía uno oír ni lo que pensaba. Era un patio pequeño de unos veinte pies. Alguien gritó: "¡Tiren la valla! ¡Tiren la valla!". Luego se oyó un ruido de maderas rotas, arrancadas y aplastadas y cayó la valla, y el primer grupo de la multitud empezó a entrar igual que una ola.

Justo entonces Sherburn aparece en el tejado del porchecito de la fachada, con una escopeta de dos cañones en la mano, y ahí se queda, tan tranquilo y calmado, sin decir ni palabra. Se terminó la escandalera y la ola de gente se echó atrás. Sherburn no dijo ni una palabra; se quedó allí, mirando hacia abajo. Aquel silencio daba nervios y miedo. Sherburn recorrió la multitud lentamente con la vista, y cuando tropezaba con los ojos de alguien éste intentaba aguantarle la mirada, pero no podía; bajaba los ojos, como si se le hubiera colado dentro. Y al cabo de un momento Sherburn como que se echó a reír, pero no con una risa agradable, sino con una de esas que le hace a uno sentir como si estuviera comiendo pan en el que se ha mezclado arena.

Y después va y dice, lento y despectivo:

—¡Mira que venir vosotros a linchar a nadie! Me da risa. ¡Mira que pensar vosotros que teníais el coraje de linchar a un hombre! Como sois tan valientes que os atrevéis a ponerles alquitrán y plumas a las pobres mujeres abandonadas y sin amigos que llegan aquí, os habéis creído que teníais redaños para poner las manos encima a un hombre.

¡Pero si un hombre está perfectamente a salvo en manos de diez mil de vuestra clase...! Siempre que sea de día y que no estéis detrás de él.

"¿Que si te conozco? Te conozco perfectamente. He nacido y me he criado en el Sur, y he vivido en el Norte; así que sé perfectamente cómo sois todos. Por término medio, unos cobardes. En el Norte dejas que te pisotee el que quiera, pero luego vuelves a casa, a buscar un espíritu humilde que lo aguante. En el Sur un hombre, él solito, ha parado a una diligencia llena de hombres a la luz del día y les ha robado a todos.

Tus periódicos te dicen que eres muy valientes, y de tanto oírlo crees que eres más valientes que todos los demás... cuando en realidad eres igual de valientes y nada más. ¿Por qué sus jurados no mandan ahorcar a los asesinos? Porque tienen miedo de que los amigos del acusado les peguen un tiro por la espalda en la oscuridad... que es exactamente lo que harían.

Así que siempre absuelven, y después un hombre va de noche con cien cobardes enmascarados a sus espaldas y lincha al sinvergüenza. Se equivocan en no haber traído con ustedes a un hombre; ése es su error, y el otro es que no han venido de noche y con caretas puestas. Han traído a parte de un hombre: ese Buck Harkness, y si no hubieran contado con él para empezar, se le habría ido la fuerza por la boca.

No querían venir. A los tipejos como ustedes no les gustan los problemas ni los peligros. A ustedes no les gustan los problemas ni los peligros. Pero basta con que medio hombre, como ahí, Buck Harkness, grite ¡A lincharlo, a lincharlo! y les da miedo echaros hacia atrás, les da miedo que se vea lo que son: unos cobardes, y por eso se ponen a gritar y se cuelgan de los faldones de ese medio hombre y vienen aquí gritando, jurando las enormidades que van a hacer. Lo más lamentable que hay en el mundo es una turba de gente; eso es lo que es un ejército: una turba de gente; no combate con valor propio, sino con el valor que les da el pertenecer a una turba y que le dan sus oficiales. Pero una turba sin un hombre a la cabeza da menos que lástima. Ahora lo que tienen que hacer es meter el rabo entre las piernas e irse a casa a meterse en un agujero. Si de verdad van a linchar a alguien lo harán de noche, al estilo del Sur, y cuando vengan, lo harán con las caretas y se traen a un hombre. Ahora, largo y llévense con ustedes a su medio hombre".

Al decir esto último se echó la escopeta al brazo izquierdo y la amartilló.

El grupo retrocedió de golpe y después se separó, y cada uno se fue a toda prisa por su cuenta, y Buck Harkness fue detrás de ellos, con un aire bastante derrotado. Yo podría haberme quedado si hubiera querido, pero no quería.

Fui al circo y me quedé dando vueltas por la trasera hasta que pasó el vigilante y después me metí por debajo de la lona. Tenía mi moneda de oro de veinte dólares y algo más de dinero, pero calculaba que más me valía ahorrarlo, porque nunca se sabe cuándo se va a necesitar cuando anda uno lejos de casa y entre desconocidos y esas cosas. Hay que andarse con mucho cuidado. Yo no tengo nada en contra de gastar el dinero en circos cuando no queda más remedio, pero tampoco tiene sentido tirarlo en ellos.

Era un circo verdaderamente estupendo. Era lo más maravilloso que se ha visto cuando llegaban todos a caballo de dos en dos, caballeros y damas al lado, los hombres en calzoncillos y camisetas, sin zapatos ni estribos y con las manos apoyadas en los muslos, tan tranquilos y tan cómodos, por lo menos veinte de ellos, y cada dama tan fina y todas tan guapas como una pandilla de reinas de verdad, con unos vestidos que costaban millones de dólares y todos llenos de diamantes. Verdaderamente daba gusto verlas; nunca he visto nada más bonito. Y después se fueron poniendo en pie uno por uno y fueron dando vueltas en torno al anillo, los hombres muy altos, esbeltos y erguidos, con las cabezas moviéndose un poco y casi rozando el techo de la carpa, y con los vestidos de color de hoja de rosa de las damas dándoles vueltas en las caderas e inflados, de forma que parecían unos parasoles preciosos.

Y después comenzaron a ir cada vez más rápido, bailando todos ellos, primero con un pie en el aire y luego con el otro, con los caballos cada vez más inclinados y el jefe de pista dando vueltas al poste central, chasqueando el látigo y gritando "¡Jai! ¡Jai!", y el payaso contando chistes detrás de él, hasta que todos dejaron caer las riendas y cada una de las damas se puso las manos en las caderas y cada uno de los caballeros se cruzó de brazos, ¡y entonces fueron los caballos y se inclinaron hasta quedar de rodillas! Así que fueron saltando al anillo uno después de otro, con las reverencias más bonitas que he visto en mi vida, y después se fueron y todo el mundo se puso a aplaudir como si se hubiera vuelto loco.

Bueno, todos los del circo hicieron las cosas más asombrosas, y todo el tiempo el payaso hacía unos chistes que la gente casi se moría. El jefe de pista no podía decirle una palabra sin que el otro le contestara rápido como el rayo con las cosas más divertidas del mundo, y lo que yo no podía entender en absoluto era cómo se le podían ocurrir tantas, tan de repente y tan oportunas. Hombre, si a mí no se me hubieran ocurrido en todo un año. Y después un borracho trató de meterse en la pista y dijo que quería montar a caballo, y que sabía montar tan bien como el mejor. Discutieron con él y trataron de impedírselo, pero él no les hizo caso y todo el espectáculo se paró.

Entonces la gente empezó a gritarle y a reírse de él, y él se enfadó y empezó a decir barbaridades, así que el público se enfadó y muchos hombres empezaron a bajar de los bancos hacia la pista, diciendo: "¡Que le den una paliza! ¡que lo echen!". Y una o dos mujeres empezaron a gritar. Entonces el jefe de pista hizo un discursito diciendo que esperaba que no hubiera incidentes, y que, si el hombre prometía que no armaría más jaleo, le dejaría montar a caballo si creía que no se iba a caer. Así que todo el mundo se echó a reír y dijo que bueno, y el hombre montó. En cuanto estuvo montado, el caballo empezó a saltar, brincar y corvetear, con los empleados del circo agarrados de la brida, tratando de frenarlo, y el borracho colgado del cuello del caballo, con los pies volando por el aire a cada salto, y toda la gente de pie, gritando y riéndose tanto que se le caían las lágrimas. Y por fin, claro, a pesar de los empleados del circo, el caballo se soltó y salió corriendo como un desesperado, con el borracho pegado a él y agarrado al cuello, primero con una pierna caída de un lado hasta tocar casi el suelo y después con la otra del otro lado y la gente muerta de la risa. A mí no me parecía nada divertido; gritaba del miedo que me daba. Pero en seguida logró volver a la silla y agarrarse a la brida, cayéndose primero de un lado y luego del otro, y al cabo de un momento dio un salto y dejó caer la brida, ¡y se puso en pie!, con el caballo corriendo como un loco. Ahí se quedó, en pie, dejando que el caballo corriese, tan tranquilo, como si nunca hubiera estado borracho en la vida, y después empezó a quitarse la ropa y tirarla al suelo. Se quitó tantas cosas que prácticamente llenaban el aire, y en total soltó diecisiete trajes.

Y ahí se quedó, esbelto y bien parecido, vestido de la forma más bonita y llamativa del mundo, y le dio al caballo con el látigo para hacerle correr todavía más, y después se bajó de un salto, hizo una reverencia y se fue bailando a los vestuarios, y todo el mundo venga de gritar de asombro y de alegría.

Entonces el jefe de pista vio que le habían engañado, y creo que nunca he visto a un jefe de pista tan desanimado. ¡Pero si era uno de sus propios hombres! Se le había ocurrido aquella broma por su cuenta, sin decírselo a nadie. Bueno, yo también me sentía bastante tonto por haberme dejado engañar, pero no hubiera querido estar en el lugar de aquel jefe de pista, ni por mil dólares. No sé; quizá haya circos mejores que aquél, pero todavía no he visto ninguno. En todo caso, para mí era buenísimo, y cuando vuelva a encontrármelo, puede contar con este cliente en cuanto que lo vea.

Bueno, aquella noche tocaba nuestro espectáculo, pero no había más que doce personas, justo lo suficiente para pagar los gastos. Y se estuvieron riendo todo el tiempo, con lo que el duque se cabreó, y, encima, todos se marcharon antes de que terminara la obra, salvo un muchacho que se había quedado dormido. Así que el duque dijo que aquellos campuzos de Arkansaw no entendían a Shakespeare; lo que les gustaba eran las bufonadas, según parecía. Dijo que ya veía por dónde respiraban. Así que a la mañana siguiente consiguió unas grandes hojas de papel de envolver y pintura negra, preparó octavillas y las distribuyó por todo el pueblo. Las octavillas decían:

¡EN LA SALA DEL JUZGADO!
¡Sólo tres noches!
Los actores de fama mundial
¡DAVID GARRICK EL JOVEN! Y
¡EDMUND KEAN EL VIEJO!
de los Teatros de Londres y del continente, en su emocionante tragedia de
EL CAMELOPARDO DEL REY O
¡¡LA REALEZA SIN PAR!!

Entrada 50 centavos.

Y al final, la línea más grande de todas, que decía:

PROHIBIDA LA ENTRADA DE SEÑORAS Y NIÑOS

—Vale —dijo—, si con esto último no vienen, ¡entonces es que no conozco Arkansaw!

Bueno, el rey y él estuvieron trabajando todo el día, montando un escenario y un telón y una fila de velas para que hicieran de candilejas; y aquella noche la sala se llenó de hombres en un momento. Cuando ya no cabían más, el duque dejó la taquilla, dio la vuelta por detrás, subió al escenario y se puso delante del telón, donde soltó un discurso en el que elogió la tragedia y dijo que era la más emocionante jamás vista, y después dándose aires con la tragedia y con Edmund Kean el viejo, que iba a interpretar el principal papel, y cuando por fin los tuvo a todos impacientes porque empezase, corrió el telón y al momento siguiente apareció el rey a cuatro patas, desnudo, pintado por todas partes de anillos y rayas de todos los colores, espléndido como un arco iris. Y... pero el resto de su atavío no importa; era una verdadera locura, aunque muy divertido. El público casi se murió de la risa, y cuando el rey terminó de hacer piruetas y desapareció detrás del escenario, se puso a gritar y a aplaudir, a patear y a carcajearse hasta que volvió y lo repitió, y después todavía le obligaron a repetirlo otra vez. Yo creo que hasta una vaca se habría reído con las tonterías que hacía aquel viejo idiota.

Después el duque bajó el telón, hizo una reverencia al público y dijo que la gran tragedia sólo se interpretaría dos noches más, por tener compromisos urgentes en Londres, donde estaban vendidas todas las entradas en Drury Lane, y después hizo otra reverencia, y dijo que si había logrado que se divirtieran y se instruyeran, les agradecería mucho que se lo mencionaran a sus amigos para que también fueran a verla. Veinte voces gritaron:

—¿Cómo, ha terminado? ¿Eso es todo?

El duque va y dice que sí. Entonces se armó una buena. Todo el mundo se puso a gritar: "¡Estafadores!" y se levantó furioso y se lanzó hacia el escenario y los actores trágicos. Pero un hombre corpulento y de buen aspecto saltó a un banco y gritó:

—¡Calma! Sólo una palabra, caballeros —y se detuvieron a escucharlo—. Nos han estafado, y estafado bien. Pero no queremos que todo el pueblo se ría de nosotros, creo yo, y que nos den la lata toda la vida. No. Lo que queremos es irnos de aquí con calma para hacer una buena propaganda del espectáculo, ¡y engañar al resto del pueblo!

Entonces estaremos todos en las mismas. ¿No les parece lo más sensato? ("¡Seguro que sí! ¡Tiene razón el juez!", gritaron todos.) Bueno, pues entonces, ni palabra a nadie de esta estafa. Todo el mundo a casa a decirles a los demás que vengan a ver la tragedia. Al día siguiente en el pueblo no se hablaba más que de lo espléndida que había sido la función. La sala volvió a llenarse aquella noche y la estafa se repitió igual que la anterior. Cuando el rey, el duque y yo volvimos a la balsa cenamos todos, y al cabo de un rato hicieron que Jim y yo la sacáramos flotando hasta la mitad del río y la escondiéramos unas dos millas abajo del pueblo.

La tercera noche la sala volvió a llenarse, y aquella vez no había espectadores nuevos, sino gente que ya había venido las otras dos. Me quedé con el duque en la taquilla y vi que todos los que pasaban llevaban los bolsillos llenos o algo escondido debajo de la chaqueta, y también me di cuenta de que no olían precisamente a rosas, ni mucho menos. Olí huevos podridos por docenas, coles podridas y cosas así, y si alguna vez he olido a un gato muerto, y aseguro que sí, entraron sesenta y cuatro de ellos. Aguanté un momento, pero era demasiado para mí; no podía soportarlo. Bueno, cuando ya no cabía ni un espectador más, el duque le dio a un tipo un cuarto de dólar, le dijo que se quedara en la taquilla un minuto y después fue hacia la puerta del escenario, conmigo detrás; pero en cuanto volvimos la esquina y quedamos en la oscuridad, va y me dice:

—Ahora echa a andar rápido hasta que ya no queden casas, ¡y después corre hacia la balsa como alma que lleva el diablo!

Así lo hice, y él igual. Llegamos a la balsa al mismo tiempo, y en menos de dos segundos íbamos deslizándonos río abajo, en la oscuridad y el silencio, avanzando hacia la mitad del río, todos bien callados. Calculé que el pobre rey lo iba a pasar muy mal con el público, pero ni hablar; un minuto después salió a cuatro patas del wigwam y dijo:

—Bueno, ¿cómo ha salido esta vez, duque? —ni siquiera había ido al pueblo.

No encendimos ni una luz hasta que estuvimos unas diez millas más abajo del pueblo. Allí cenamos, y el rey y el duque se desternillaron de la risa con la forma en que habían engañado a aquella gente. El duque decía:

—¡Pardillos, paletos! Ya sabía yo que los de la primera sesión no dirían nada y dejarían que engañásemos al resto del pueblo, y sabía que se iban a vengar la tercera noche, pensando que les había llegado la vez a ellos. Bueno, ya les llegó, y daría algo por saber cómo se lo van a tomar.

Ya me gustaría saber cómo van a aprovechar la oportunidad.

Siempre se pueden ir de merienda si quieren. Llevaron bastantes provisiones. Aquellos sinvergüenzas habían sacado cuatrocientos sesenta y cinco dólares en tres noches. Yo nunca había visto entrar el dinero así, a carretadas.

Después, cuando ya se habían dormido y roncaban, Jim va y dice:

—¿No te extraña cómo se porta ese rey, Huck?

—No —respondí—, nada.

—¿Por qué no, Huck?

—Bueno, pues no, porque lo llevan en la sangre. Calculo que son todos iguales.

—Pero, Huck, estos reyes nuestros son unos sinvergüenzas; eso es lo que son, unos sinvergüenzas.

—Bueno, eso es lo que decía; todos los reyes son prácticamente unos sinvergüenzas, que yo sepa.

—¿Es verdad?

—No tienes más que leer lo que han hecho para enterarte. Fíjate en Enrique VIII; este nuestro es un superintendente de escuela dominical a su lado. Y fíjate en Carlos II y Luis XIV, y Luis XV y Jacobo II y Eduardo II y Ricardo III y cuarenta más; además de todas aquellas heptarquías sajonas que andaban por ahí en la antigüedad armando jaleos. Pero tendrías que haber visto al tal Enrique VIII cuando estaba en forma. Era una joya. Se casaba con una mujer nueva cada día y le cortaba la cabeza a la mañana siguiente. Y le importaba tanto como si estuviera pidiendo un par de huevos. "Que traigan a Nell Gwynn", decía. Se la traían. A la mañana siguiente: "¡Que le corten la cabeza!". Y se la cortaban. "Que traigan a Jane Shore", decía, y ahí llegaba. A la mañana siguiente: "Que le corten la cabeza". Y se la cortaban. "Que traigan a la bella Rosamun", y la bella Rosamun respondía a la campana. A la mañana siguiente: "Que le corten la cabeza". Y hacía que cada una de ellas le contase un cuento cada noche y así hasta que reunió mil y un cuentos, y entonces los metió todos en un libro y lo llamó el Libro del juicio, que es un buen título, y que lo aclara todo. Tú no conoces a los reyes, Jim, pero yo sí; este pícaro nuestro es uno de los más decentes que me he encontrado en la historia. Bueno, al tal Enrique le da la idea de que quiere meterse en líos con este país. Y, ¿qué hace... avisa de algo? ¿Se lo dice al país? No. De golpe va y tira por la borda todo el té que hay en el puerto de Boston y se inventa una declaración de independencia y les dice que a ver si se atreven. Así era como hacía él las cosas. Nunca le daba una oportunidad a nadie. Sospechaba algo de su padre, que era el duque de Wellington. Y, ¿qué hace? ¿Le dice que se presente? No: lo ahoga en una barrica de malvasía, como si fuera un gato.

Imagínate que alguien dejase dinero olvidado donde estaba él; ¿qué hacía? Se lo guardaba. Imagínate que tenía un contrato para hacer algo y le pagabas y no te quedabas ahí sentado a ver cómo lo hacía; ¿qué hacía él? Siempre lo contrario. Imagínate que abría la boca; ¿qué pasaba? Si no la cerraba inmediatamente, soltaba una mentira por minuto. Así era de bicho el tal Enrique, y si hubiera estado él con nosotros en lugar de nuestros reyes, habría estafado a ese pueblo mucho más que los nuestros. No digo que los nuestros sean unos corderitos, porque no lo son y sería mentir, pero no son nada en comparación con aquel viejo cabrón. Lo único que te digo es que los reyes son los reyes y hay que dejarles un margen. Así, en bloque, son bastante gentuza. Es por cómo los crían.

—Pero éste apesta como un maldito, Huck.

—Pues igual que todos, Jim. Nosotros no podemos evitar que los reyes huelan así; la historia no nos dice cómo evitarlo.

—Pero el duque resulta como más simpático en algunas cosas.

—Sí, los duques son diferentes. Pero no mucho. Éste es una cosa media para duque. Cuando está borracho, un miope no podría distinguirlo de un rey.

—Bueno, en todo caso, no me apetece conocer a más tipos de éstos, Huck. Con éstos me basta y me sobra.

—Igual me pasa a mí, Jim. Pero nos han caído encima y tenemos que recordar lo que son y tener en cuenta las cosas. Ya me gustaría enterarme de que en algún país ya no quedan reyes.

¿Para qué contarle a Jim que no eran reyes ni duques de verdad? No habría valido de nada; además, era lo que yo había dicho: no se los podía distinguir de los de verdad. Me quedé dormido y Jim no me llamó cuando me tocaba el turno. Lo hacía muchas veces. Cuando me desperté, justo al amanecer, estaba sentado con la cabeza entre las rodillas, gimiendo y lamentándose. No le hice caso ni me di por enterado. Sabía lo que pasaba. Estaba pensando en su mujer y sus hijos, allá lejos, y se sentía desanimado y nostálgico, porque nunca había estado fuera de casa en toda su vida, y creo, de verdad, que quería tanto a su gente como los blancos a la suya. No parece natural, pero creo que es así. Muchas veces gemía y se lamentaba así por las noches, cuando creía que yo estaba dormido, y decía: "¡Probecita Lizabeth! ¡Probecito John! Es muy difícil; ¡creo que nunca os voy a ver más, nunca más!". Era un negro muy bueno, el Jim. Pero aquella vez no sé cómo me puse a hablar con él de su mujer y sus hijos y después de un rato va y dice:

—Me siento tan mal porque he oído allá en la orilla algo así como un golpe, o un portazo, hace un rato, y me recuerda la vez que traté tan mal a mi pequeña Lizabeth. No tenía más que cuatro años y le dio la ascarlatina y las pasó muy mal; pero se puso güena y un día voy y digo, dije:

"—Cierra esa puelta.

"Y no la cerró; se quedó allí, como sonriéndome. Me cabreé y le vuelvo a decir muy alto, voy y digo, dije:

"—¿No me oyes? ¡Cierra esa puelta!

"Y ella seguía allí, como sonriéndome. ¡Y yo con un cabreo! Y *voyydigo*, dije: "—¡Te vas a enterar!

"Y voy y le pego una bofetá que el tiro de espaldas. Entonces fui a la otra habitación y tardé en volver unos diez minutos, y cuando volví allí estaba la puelta todavía abierta, y la niña allí mismo, mirando al suelo y quejándose y llorando. ¡Dios, qué cabreo! Iba a darle otra vez, pero justo entonces, porque era una puelta que se abría hacia adentro, justo entonces va el viento y la cierra de un portazo detrás de la niña, ¡baaam! ¡Y te juro que la niña ni se movió! Casi me quedo sin aliento; y me sentí tan... no sé cómo me sentí. Salí de allí todo temblando y voy y abro la puelta muy despacio y meto el cabeza justo detrás de la niña, sin hacer ni un ruido, y de repente digo: "¡Baaam!", lo más alto que puedo. ¡Y ni se movió! Ay, Huck. Me eché a llorar y la agarré en brazos diciendo: "¡Ay, probecita! ¡Que el Señor y todos los santos perdonen al pobre Jim, porque él nunca se va a perdonar mientras viva!". Ay, se había quedado sordomuda, Huck, sordomuda del todo, ¡y yo tratándola así!

INVITACIÓN AL FUNERAL

Al día siguiente, hacia la noche, amarramos a un islote de sauces en el medio, donde había un pueblo a cada lado del río, y el duque y el rey empezaron a hacer planes para trabajar en aquellos pueblos. Jim habló con el duque y dijo que esperaba que no los llevara más que unas horas, porque le resultaba muy pesado tener que quedarse todo el día en el wigwam, atado con las cuerdas. Entienden, cuando lo dejábamos teníamos que atarlo, porque si alguien se lo encontraba solo y sin atar parecería que era un negro fugitivo, ya saben. Así que el duque dijo que efectivamente resultaba muy duro pasarse atado todo el día y que iba a pensar alguna forma de solucionarlo.

El tal duque era de lo más listo, y pronto se le ocurrió una idea. Vistió a Jim con el disfraz del rey Lear: una bata larga de calicó de cortina y una peluca blanca de crin de caballo, con sus barbas, y después sacó el maquillaje del teatro y le pintó la cara y las manos, las orejas y el cuello todo de un azul apagado y continuo, como un hombre que llevara ahogado nueve días. Que me cuelguen si no era la visión más horrible que se pueda uno imaginar. Después el duque escribió en una pizarra un letrero que decía:

ÁRABE ENFERMO;
INOFENSIVO CUANDO NO SE VUELVE LOCO.

Y clavó el letrero en un poste y puso el poste a cuatro o cinco pies por delante del wigwam. Jim se quedó muy contento. Dijo que era mucho mejor que estarse atado años y años todos los días y echarse a temblar cada vez que oía algo. El duque le dijo que hiciera lo que le apeteciese y que, si alguien venía a meter las narices, saliera saltando del wigwam y armase un poco de jaleo y pegase un aullido o dos como si fuera un animal salvaje, y calculaba que se irían y lo dejarían en paz. Lo cual era una idea bastante buena; pero la verdad es que un hombre normal no esperaría a que se pusiera a aullar. ¡Pero si no sólo parecía que se hubiera muerto, sino algo mucho peor todavía!

Aquellos sinvergüenzas querían volver a probar con el Sin Par porque dejaba mucho dinero, pero calcularon que no convenía, porque quizá se hubiera corrido ya la noticia. No se les ocurría ningún proyecto que resultara perfecto, así que al final el duque dijo que lo dejaba y que iba a pensarlo una hora o dos y ver si podía organizar algo en el pueblo de Arkansaw, y el rey dijo que él iría al otro pueblo sin ningún plan, pero confiaría en la Providencia para que le diese alguna idea lucrativa, o sea, que calculo que se refería al teatro. Todos habíamos comprado ropa en la tienda de la última parada, y ahora el rey se puso la suya y me dijo a mí que me pusiera la mía. Naturalmente lo hice. La ropa del rey era toda negra y tenía un aire muy elegante y almidonado. Hasta entonces nunca había comprendido yo cómo podía la ropa cambiar a la gente. Antes tenía el aire de ser el viejo sinvergüenza que era en realidad, pero ahora, cuando se quitaba su sombrero nuevo de castor y hacía una reverencia y sonreía, parecía tan elegante y tan piadoso que diría uno que acababa de salir del arca de Noé y que podía haber escrito el Levítico en persona. Jim limpió la canoa y me preparó el remo. En la costa había atracado un barco de vapor más allá del cabo, unas tres millas arriba del pueblo, que llevaba allí un par de horas, cargando material. Y el rey va y dice:

—Ya que voy vestido así, calculo que más vale llegar a Saint Louis o Cincinatti, o alguna otra gran ciudad. Vamos hacia el barco de vapor, Huckleberry; llegaremos al pueblo en él.

No hacía falta que me ordenasen dos veces dar un paseo en barco de vapor. Llegué a la ribera media milla más arriba del pueblo y después bajamos deslizándonos junto al acantilado, en el agua tranquila. En seguida nos encontramos con un joven campesino de aire inocente sentado en un tronco y quitándose el sudor de la cara, pues hacía mucho calor, con un par de maletones de tela en el suelo.

—Vamos a atracar —dijo el rey. Obedecí—. ¿A dónde va usted, joven?

—Al barco de vapor; tengo que ir a Orleans.

—Suba abordo —dijo el rey—. Un momento, mi criado le ayudará con las maletas. Salta a tierra y échale una mano al caballero, Adolfus —y vi que ése era yo.

Obedecí, y los tres volvimos a ponernos en marcha. El muchacho estaba muy agradecido; dijo que el andar con equipaje con aquel tiempo resultaba muy cansado. Preguntó al rey dónde iba él y el rey le dijo que había bajado por el río y desembarcado en el otro pueblo aquella mañana, y que ahora iba a recorrer unas millas para ver a un viejo amigo en una finca que había allí. El muchacho dijo:

—Cuando lo vi a usted me dije: "Seguro que es el señor Wilks que llega justo a tiempo". Pero luego me volví a decir: "No, calculo que no, pues no estaría remando río arriba".

¿No es usted, ¿verdad?

—No, yo me llamo Blodgett; Elexander Blodgett; reverendo Elexander Blodgett, supongo que debería decir, dado que soy uno de los pobres fámulos del Señor. Pero también puedo lamentar que el señor Wilks no haya llegado a tiempo, si es que eso le causa algún perjuicio, aunque espero que no.

—Bueno, no es que vaya a perder sus bienes, porque ésos le corresponden de todas formas, pero no podrá ver morir a su hermano Peter, cosa que a él quizá no le importe, nadie puede saberlo, pero su hermano habría dado cualquier cosa por verlo a él antes de morir; en estas tres semanas no ha hablado de otra cosa; no lo ve desde que eran niños y a su hermano William no lo ha visto en su vida, es decir, ése es el sordomudo, William, que no tiene más que treinta o treinta y cinco años. Peter y George fueron los únicos que vinieron aquí; George era el casado; él y su mujer murieron el año pasado. Ahora sólo quedan Harvey y William y, como le decía, no van a llegar a tiempo.

—¿Les ha avisado alguien?

—Ah, sí; hace uno o dos meses, cuando se puso enfermo Peter, porque Peter dijo entonces que le parecía como que esta vez no se iba a poner bueno. Ya ve usted, era muy viejo y las chicas de George eran demasiado jóvenes para hacerle mucha compañía, salvo Mary Jane, la pelirroja; así que se sentía muy solo cuando se murieron George y su mujer, y no parecía tener muchas ganas de vivir. Estaba desesperado por ver a Harvey, y de hecho también a William, porque era de esos que no soportan hacer testamento. Dejó una carta para Harvey y dijo que en ella le contaba dónde estaba escondido el dinero y cómo quería que se dividiese el resto de la propiedad para que las chicas de George quedaran bien, porque George no había dejado nada. Y aquella carta fue lo único que lograron que escribiese.

—¿Por qué cree usted que no ha venido Harvey? ¿Dónde vive?

—Ah, vive en Inglaterra, en Sheffield; es predicador y no ha vuelto nunca a este país. No ha tenido demasiado tiempo, y además, ya sabe, a lo mejor ni siquiera le ha llegado la carta.

—Una pena, una pena que no pudiera vivir para ver a sus hermanos, pobrecillo. ¿Y dice usted que va a Orleans?

—Sí, pero eso no es más que el principio. El miércoles que viene tomo un barco para Río Janiero, donde vive mi tío.

—Es un viaje bastante largo. Pero será muy bonito; ojalá pudiera ir yo. ¿Es Mary Jane la mayor? ¿Qué edad tienen las otras?

—Mary Jane, diecinueve años; Susan, quince, y Joanna unos catorce... ésa es la que se dedica a las buenas obras y tiene un labio leporino.

—¡Pobrecitas! Quedarse así solas en este frío mundo...

—Bueno, peor podrían estar. El viejo Peter tenía amigos, y no van a permitir que les pase nada. Están Hobson, el predicador baptista, y el diácono Lot Hovey, y Ben Rucker y Abner Shackleford y Levi Bell, el abogado, y el doctor Robinson y sus mujeres, y la viuda Bartley y.... bueno, montones; pero ésos eran los más amigos de Peter y de los que hablaba a veces cuando escribía a casa. Así que Harvey sabrá dónde buscar amigos cuando llegue.

Bueno, el viejo siguió haciendo preguntas hasta que prácticamente se lo sacó todo al muchacho. Maldito si no preguntó por todos y por todo de aquel pobre pueblo, todo lo relativo a los Wilks y cuál era el negocio de Peter, que era curtidor; y el de George, que era carpintero; y el de Harvey, que era pastor de una iglesia disidente, etcétera, etcétera. Después dijo:

—¿Por qué quería ir usted a pie todo el camino hasta el barco de vapor?

—Porque es uno de los barcos grandes de Orleans y temía que no parase allí. Los grandes no paran cuando se los llama. Los de Cincinnati sí, pero éste es de Saint Louis.

—¿Era rico Peter Wilks?

—Ah, sí, bastante rico. Tenía casas y tierras, y se calcula que dejó tres o cuatro mil dólares en efectivo escondidos en alguna parte.

—¿Cuándo dijo usted que había muerto?

—No lo dije, pero fue anoche.

—Entonces el funeral será mañana.

—Sí, hacia mediodía.

—Bueno, es todo muy triste, pero todos tenemos que irnos en un momento u otro. Así que lo que hemos de hacer es estar preparados y entonces la paz será con nosotros.

—Sí, señor, es lo mejor. Mi madre siempre decía lo mismo.

Cuando llegamos al barco casi había terminado de cargar y en seguida zarpó. El rey no dijo nada de subir a bordo, así que después de todo me quedé sin paseo. Cuando hacía rato que se había ido el barco, el rey me hizo remar otra milla río arriba, a un sitio solitario, y después bajó a la ribera y dijo:

—Ahora vuelve corriendo y tráete al duque con las maletas de lona nuevas. Y si se ha ido al otro lado, vete allí a buscarlo. Dile que se prepare para venir pase lo que pase. Vamos, vete.

Comprendí lo que estaba preparando él, pero, naturalmente, no dije nada. Cuando volví con el duque escondimos la canoa y ellos se sentaron en un tronco y el rey se lo contó todo, igual que se lo había contado el joven: hasta la última palabra. Y todo el tiempo tratando de hablar como un inglés, y le salía bastante bien, para ser un vagabundo. No puedo imitarlo, así que no lo voy a intentar, pero de verdad que lo hacía muy bien.

Después dijo:

—¿Qué tal te sale el sordomudo, Aguassucias?

El duque dijo que podía confiar en él. Dijo que había hecho el papel de sordomudo en el escenario. Así que se quedaron esperando a que llegase un barco de vapor.

Hacia la primera hora de la tarde aparecieron dos barcas, pero no venían de demasiado lejos río arriba; por fin apareció una grande y la llamaron. Envió la yola y embarcamos; era de Cincinnati, y cuando se enteraron de que sólo queríamos recorrer cuatro o cinco millas se pusieron furiosos y nos maldijeron y dijeron que no nos desembarcarían. Pero el rey dijo muy tranquilo:

—Si los caballeros se pueden permitir un dólar por milla cada uno para que los suban y los bajen en una yola, entonces un barco de vapor puede permitirse transportarlos, ¿no? Así que se ablandaron y dijeron que bueno, y cuando llegamos al pueblo nos llevaron a la ribera en la yola. Cuando la vieron llegar, unas dos docenas de hombres bajaron a verla, y cuando el rey dijo:

—¿Puede alguno de ustedes, caballeros, decirme dónde vive el señor Peter Wilks? —se miraron entre sí, asintiendo con las cabezas, como diciendo: "¿qué te había dicho?". Entonces uno de ellos dice, con voz muy amable:

—Lo siento, caballero, pero lo máximo que podemos hacer es decirle dónde vivía hasta ayer noche.

En un abrir y cerrar de ojos el viejo caradura se puso a temblar, se dejó caer contra el hombre, apoyándole la barbilla en el hombro y llorándole en la espalda, y dijo:

—¡Ay, ay, nuestro pobre hermano... ¡Se ha ido y nunca logramos verlo! ¡Ay, esto es demasiado, demasiado!

Y se da la vuelta lloriqueando y hace una serie de señales idiotas al duque con las manos, y que me cuelguen si el duque no dejó caer una de las maletas y se echó a llorar. De verdad que eran la pareja de estafadores más siniestra que he visto en mi vida.

Bueno, los hombres formaron un grupo y les dieron el pésame, les dijeron todo género de cosas y les subieron las maletas por la cuesta y les dejaron que se apoyaran en ellos y llorasen, y cuando le contaron al rey todos los detalles de los últimos momentos de su hermano, él se lo volvió a contar todo con las manos al duque y los dos lloraban por aquel curtidor muerto como si hubieran perdido a los doce discípulos. Bueno, es que, si me vuelvo a encontrar algo así, es que yo soy un negro. Aquello bastaba para sentir vergüenza del género humano.

La noticia circuló por todo el pueblo en dos minutos y se veía a gente que llegaba corriendo de todas partes, algunos poniéndose la chaqueta. En seguida nos encontramos en medio de una multitud y el ruido de las pisadas era como el de la marcha de un regimiento. Las ventanas y las puertas estaban llenas, y a cada minuto alguien preguntaba, por encima de una valla:

—¿Son ellos?

Y alguien que llegaba trotando con el grupo respondía:

—Apuesto a que sí.

Cuando llegamos a la casa, la calle estaba llena de gente y en la puerta estaban las tres muchachas. Mary Jane era pelirroja, pero eso no importa: era la más guapa, y tenía la cara y los ojos encendidos por la alegría de ver llegar a sus tíos. El rey abrió los brazos y Mary Jane saltó a ellos, y la del labio leporino se lanzó a los del duque, ¡y allí se armó! Casi todo el mundo, por lo menos las mujeres, se echó a llorar de alegría al verlos reunidos otra vez por fin, y tan a gusto todos.

Después el rey le hizo una seña en privado al duque (yo lo vi) y miró a su alrededor para ver el ataúd, colocado en un rincón sobre dos sillas; entonces él y el duque, cada uno apoyado con una mano en el hombro del otro y la otra en los ojos, se acercaron lentos y solemnes y todo el mundo retrocedió para hacerles sitio y dejó de hablar y de hacer ruido mientras se oía "¡chisss!", y todos los hombres se quitaban los sombreros y bajaban las cabezas, de modo que se habría oído caer un alfiler. Y cuando llegaron se inclinaron y miraron el ataúd, y a la primera mirada se echaron a llorar que se los podía haber oído hasta en Orleans, o casi, y después se echaron el brazo al cuello el uno del otro, apoyando las barbillas en el hombro del otro, y durante tres minutos, o quizá cuatro, en mi vida he visto a dos hombres sollozar como aquéllos. Y, cuidado, que todo el mundo hacía lo mismo, y aquello empezó a rezumar humedad como nunca he visto nada igual. Después uno de ellos se puso a un lado del ataúd y el otro al otro, y se arrodillaron y apoyaron las frentes en el ataúd y empezaron a hacer como que rezaban en silencio. Bueno, cuando pasó aquello, la gente se emocionó como no he visto en mi vida, todo el mundo rompió a llorar y siguió llorando en voz alta; también las pobres muchachas, y casi todas las mujeres fueron hacia ellas, sin decir una palabra, y las besaron, muy solemnes, en la frente, y después les llevaron las manos a las cabezas mirando hacia el cielo, todas llenas de lágrimas, y salieron gimiendo y tambaleándose para dejar el turno a otras. Nunca he visto nada igual de asqueroso.

Bueno, al cabo de un rato el rey se levanta, se adelanta un poco, coge fuerzas y empieza a soltar un discurso tembloroso, todo lleno de lágrimas y de bobadas, diciendo lo duro que les resulta a él y a su pobre hermano perder al muerto, y no haber logrado verlo vivo después de un largo viaje de cuatro mil millas, pero es una prueba que se ve suavizada y santificada por esta gran solidaridad y por estas lágrimas sagradas, así que les da las gracias de todo corazón, el suyo y el de su hermano, porque con la boca no pueden, porque las palabras son demasiado débiles y frías, y todo ese género de bobadas y tonterías, hasta que resulta estomagante, y después gimotea un piadoso amén, amén, Señor, y se deja ir y se pone otra vez a llorar como un loco.

Y en el momento en que soltó aquello, alguien del grupo empezó a cantar el Gloria Patri, y todo el mundo se sumó con todas sus fuerzas, de forma que confortaba mucho y se sentía uno como en la iglesia. La música es una cosa tan buena que después de todas aquellas bobadas y mentiras, nunca he visto cosa que limpiara más el ambiente y que sonara más honrado y más animado.

Después el rey empezó a darle otra vez a la sin hueso diciendo que él y sus sobrinas celebrarían que algunos de los principales amigos de la familia cenaran con ellos allí esa noche y les ayudaran a velar los restos del difunto, y que si su pobre hermano allí yacente pudiera hablar él sabe quién diría, porque eran nombres que les resultaban muy queridos y que mencionaba a menudo en sus cartas, así que los dirá él mismo, o sea, los siguientes: el reverendo señor Hobson y el diácono Lot Hovey, y el señor Ben Rucker, y Abner Shackleford, y Levi Bell, y el doctor Robinson y sus esposas y la viuda Bartley. El reverendo Hobson y el doctor Robinson estaban en el otro extremo del pueblo, cazando juntos; o sea, quiero decir que el médico estaba enviando a un enfermo al otro mundo y el predicador le estaba enseñando el camino más recto para llegar. El abogado Bell estaba en Louisville por cuestión de trabajo. Pero los demás estaban todos allí, así que vinieron a estrechar la mano del rey y le dijeron las gracias y hablaron con él, y después estrecharon la mano al duque y no dijeron nada, sino que se quedaron sonriendo y asintiendo con la cabeza como un montón de idiotas mientras él hacía todo género de signos con la mano y decía: "Guu—guuu—guu—guuu" todo el tiempo, como un bebé que no sabe hablar.

Así que el rey siguió parloteando y se las arregló para preguntar prácticamente por toda la gente y hasta por los perros del pueblo; sabía cómo se llamaban todos, y mencionó todo género de cosas que habían pasado una vez u otra en el pueblo o que le había ocurrido a la familia de George o a la de Peter. Y siempre sugería que Peter se las había dicho en sus cartas, pero era mentira; todo se lo había sacado a aquel pobre idiota con el que fuimos en canoa hasta el barco de vapor.

Después Mary Jane trajo la carta que había dejado su padre y el rey la leyó en voz alta y se echó a llorar con ella. Dejaba la vivienda y tres mil dólares en oro a las muchachas, y la fábrica de curtidos (que era un buen negocio), junto con otras casas y tierras (por valor de unos siete mil) y tres mil dólares en oro a Harvey y William, y decía dónde estaban escondidos en el sótano los seis mil dólares en monedas. Así que los dos estafadores dijeron que iban a buscarlo para que todo quedase bien claro y me mandaron que fuese yo con una vela. Cerramos la puerta del sótano al entrar, y cuando se encontraron con la bolsa, la abrieron en el suelo y fue un espectáculo maravilloso ver tanto oro junto: ¡Cómo le brillaban los ojos al rey! Le da una palmada en el hombro al duque y dice:

—¡Esto sí que vale la pena! ¡Ay, sí, claro que sí! Bueno, Biljy, es mejor que el Sin Par, ¿no?

El duque reconoció que sí. Acariciaron las monedas y se las dejaron resbalar entre los dedos y resonar en el suelo, y el rey dice:

—No hay que darle vueltas; lo que nos conviene a ti y a mí, Aguassucias, es ser hermanos de un muerto rico y representantes de los únicos herederos extranjeros que quedan. Esto se lo debemos a la Providencia. A la larga, lo mejor es confiar en ella. Lo he probado todo, y no hay mejor solución.

Casi cualquiera se hubiera quedado contento con aquel montón y se habría fiado de la cuenta, pero no, ellos tenían que contarlo. Así que lo cuentan y resulta que faltan cuatrocientos quince dólares. Y va y dice el rey:

—Dita sea, ¿qué habrá hecho con esos cuatrocientos quince dólares?

Se quedaron pensándolo un rato, buscándole una explicación. Después el duque dice:

—Bueno, estaba bastante enfermo y probablemente se equivocó... Calculo que eso fue lo que pasó. Lo mejor es dejarlo y no decir nada. No nos hace falta.

—Ah, claro, sí, no nos hace falta. A mí eso no me importa. En lo que estoy pensando es en la cuenta. En este caso tenemos que actuar con mucha claridad, ya sabes. Lo que necesitamos es llevar este dinero arriba y contarlo delante de todo el mundo para que no puedan sospechar nada. Pero cuando el muerto dice que hay seis mil dólares, ya sabes que no nos conviene...

—Un momento —dice el duque—. Podemos poner lo que falta —y empieza a sacar monedas de oro del bolsillo.

—Esa idea es de lo más acertada, duque... Tienes la cabeza muy bien puesta —dice el rey—. Bendito sea el Sin Par que vuelve a ayudarnos — y empieza a sacarse monedas de oro del bolsillo y a amontonarlas.

Casi se quedan sin dinero, pero llegaron a los seis mil dólares exactos.

—Oye —dice el duque—, se me ocurre otra idea. Vamos arriba, contamos el dinero y después se lo damos a las chicas.

—¡Por Dios santo, duque, deja que te dé un abrazo! Es la idea más brillante del mundo. Desde luego, tienes la cabeza pero que muy bien puesta. Ahora que sospechen lo que quieran... Así se convencerán.

Cuando subimos, todo el mundo se reunió en torno a la mesa y el rey lo contó y lo amontonó, a trescientos dólares por montón: veinte montoncitos muy elegantes. Todo el mundo los miró con envidia, relamiéndose los labios. Después volvieron a meterlo todo en la bolsa y vi que el rey empezaba a inflarse para lanzar otro discurso. Va y dice:

—Amigos todos, mi pobre hermano que ahí yace ha sido generoso con los que quedamos detrás en este valle de lágrimas. Ha sido generoso con estas corderitas que ha amado y protegido y que ahora quedan sin padre ni madre. Sí, y los que lo conocíamos sabemos que él habría sido más generoso con ellas de no haber temido herirnos a su querido William y a mí. ¿No es verdad? A mí no me cabe duda. Bueno, entonces, ¿qué clase de hermanos serían los que se opusieran a su voluntad en un momento así? ¿Y qué clase de tíos serían los que robarían, sí, robarían, a unas pobres corderitas como éstas, que él tanto amaba, en un momento así? Si conozco a William, y creo que sí ... él ... bueno, voy a preguntárselo.

Y se da la vuelta y empieza a hacerle un montón de señales al duque con las manos y el duque lo contempla con gesto estúpido e inexpresivo un rato, y luego de repente parece comprender lo que dice y salta encima del rey, diciendo "guu—guuu" de alegría con todas sus fuerzas y le da unos quince abrazos antes de soltarlo. Después, el rey va y dice:

—Ya lo sabía; calculo que esto convencerá a todo el mundo de lo que él piensa. Vamos, Mary Jane, Susan, Joanna, tomad el dinero... tomadlo todo. Es el regalo de quien ahí yace, frío pero contento.

Mary Jane se lanzó hacia él y Susan y la del labio leporino hacia el duque y se pusieron a darles tales besos y abrazos como nunca he visto. Y todo el mundo se amontonó con los ojos llenos de lágrimas y dándoles las manos a aquellos estafadores, diciendo todo el tiempo:

—¡Almas bondadosas! ¡Qué buenos! ¡Cómo han podido!

Bien, en seguida todos volvieron a hablar del difunto y de lo bueno que era y qué gran pérdida representaba y todo eso, y un poco después llegó un hombretón de mandíbula cuadrada que se quedó escuchando y mirando sin decir nada, y nadie le decía tampoco nada a él, porque el rey estaba hablando y todos estaban ocupados en escuchar. El rey seguía diciendo, en mellio de algo que ya había empezado:

—...amigos en especial del difunto. Por eso están invitados aquí en esta tarde, pero la verdad queremos que vengan todos... todo el mundo; pues él respetaba a todo el mundo, quería a todo el mundo, y por eso procede que sus orgías funerarias sean públicas.

Y siguió diciendo estupideces, porque le gustaba escucharse. Y a cada rato volvía a sacar otra vez lo de las orgías funerarias, hasta que el duque ya no lo pudo aguantar y escribió en un trocito de papel: "Exequias, viejo idiota", y lo dobló y fue haciendo "guu—guu" y se lo pasó por encima de la cabeza de los demás. El rey lo leyó, se lo metió en el bolsillo y dijo:

—Pobre William, pese a su aflicción, su corazón siempre acierta. Me pide que invite a todos a venir al funeral... quiere que les dé la bienvenida a todos. Pero no necesita preocuparse, era justo eso lo que estaba haciendo.

Y después continuó con su discurso, tan tranquilo, y vuelve a hablar de sus orgías funerarias una vez tras otra, exactamente igual que antes. Ya la tercera vez dice:

—Digo orgías, no porque sea el término vulgar, que no lo es, el término vulgar es exequias, sino porque orgías es el término exacto. En Inglaterra ya no se dice exequias... Esa palabra ha caído en desuso. En Inglaterra ahora decimos orgías. Orgías es mejor porque significa con más exactitud lo que uno quiere decir. Es una palabra compuesta del griego orgo, fuera, abierto, al aire libre, y el hebreo geesum, plantar, cubrir; de ahí enterrar. De manera que como ven ustedes, las orgías funerarias son un funeral público, ejem, abierto.

Era lo más caradura que he visto. Bueno, el de la mandíbula cuadrada se le rio en la cara. Todo el mundo se escandalizó. Todo el mundo dijo: "¡Pero, hombre, doctor!", y Abner Shackleford dijo:

—Pero, Robinson, ¿no has oído la noticia? Éste es Harvey Wilks. El rey sonrió de oreja a oreja, le alargó la pezuña y dijo:

—¿Es el querido amigo y médico de mi pobre hermano? Yo...

—¡No me toque! —respondió el médico—. Pretende usted hablar como un inglés, ¿no? Es la peor imitación que he oído en mi vida. ¿Usted el hermano de Peter Wilks? Es usted un estafador, ¡eso es lo que es!

¡Bueno, la que se armó! Se agruparon en torno al médico y trataron de tranquilizarlo explicándoselo todo y contándole que Harvey había demostrado de cuarenta formas que era Harvey y conocía a todo el mundo por su nombre y hasta cómo se llamaban los perros, y le suplicaron una vez tras otra que no hiriese los sentimientos de Harvey ni los de las pobres chicas y todo eso. Pero de nada valió; siguió pegando gritos y diciendo que si alguien pretendía ser inglés y no sabía imitar la forma en que hablaban los ingleses mejor que aquél es porque era un estafador y un mentiroso. Las pobres chicas se agarraban al rey y lloraban, y de pronto el médico va y se vuelve contra ellas. Va y dice:

—Yo era amigo de su padre y soy su amigo, y les advierto como amigo, y amigo honesto que quiere protegerles y evitarles disgustos y sufrimientos, que vuelvan las espaldas a ese sinvergüenza y no tengán nada que ver con él, con ese vagabundo ignorante, con esas idioteces de griego y de hebreo, dice él. Es el impostor más evidente: ha llegado aquí con un montón de nombres vacíos y de datos que ha conseguido en alguna parte, y creen que son pruebas. Y esos amigos bobos que deberían ser más inteligentes los ayudan a engañaros. Mary Jane Wilks, sabes que soy amigo de ustedes, y que no soy un amigo egoísta. Ahora escúchenme; echen a patadas a este sinvergüenza sin escrúpulos... Les ruego que lo hagan. ¿Están dispuestas?

Mary Jane se irguió y, ¡caray qué guapa era!, respondió:

—Ésta es mi respuesta —agarró la bolsa del dinero, se la puso al rey en las manos y dijo—: Tome estos seis mil dólares e inviértalos por mí y mis hermanas como usted quiera, y no nos hace falta que nos dé ningún recibo.

Después tomó al rey de un brazo y Susan y la del labio leporino hicieron lo mismo del otro. Todo el mundo aplaudió y pateó en el suelo, con un ruido como una tormenta, mientras el rey levantaba la cabeza con una sonrisa arrogante. El médico dijo:

—Muy bien; yo me lavo las manos. Pero os advierto que llegará el momento en que os sentiréis mal cada vez que recordéis este día —y se fue.

—Muy bien, doctor —dijo el rey, como burlándose de él—; entonces alguien irá a buscarlo a usted —con lo cual todos se rieron mucho y dijeron que era muy ingenioso.

Bueno, cuando se hubieron ido todos, el rey preguntó a Mary Jane si había alguna habitación libre y ella le dijo que tenía una, que serviría para el tío William, y que le dejaría la suya al tío Harvey, que era un poco más alto, porque ella se iría al cuarto de sus hermanas a dormir en una cama turca, y que en la buhardilla había un cuartito con un jergón. El rey dijo que el jergón le bastaría a su vale, o sea, a mí.

Así que Mary Jane nos hizo subir y nos enseñó sus habitaciones, que eran sencillas pero agradables. Dijo que mandaría sacar de su habitación sus vestidos y demás cosas si molestaban al tío Harvey, pero él dijo que no. Los vestidos estaban colgados junto a una pared, tapados por una cortina de calicó que llegaba hasta el suelo. En un rincón había un viejo baúl de crin, y en otro, un estuche de guitarra; el resto estaba lleno de adornos y de esas cosas con las que les gusta a las muchachas alegrar una habitación. El rey dijo que resultaba mucho más hogareño y agradable con aquellos adornos, así que no había que cambiarlos. La habitación del duque era muy pequeña, pero más que suficiente, igual que mi cubículo.

Aquella noche celebraron una gran cena en la que estuvieron todos los hombres y las mujeres, yo me quedé detrás de las sillas del rey y del duque para servirlos y los negros se encargaron de todos los demás. Mary Jane se sentó a la cabecera de la mesa, con Susan a su lado, comentando lo malos que eran los bollos y lo pobres que eran las conservas y lo ordinarios y duros que resultaban los pollos fritos, y todo ese género de bobadas, como hacen siempre las mujeres en busca de cumplidos, pero la gente sabía que estaba todo magnífico y se lo dijo: "¿Cómo consigues que los bollos te salgan tan tostaditos y tan bien?", y "¿dónde has conseguido estos encurtidos tan estupendos?" y todas esas bobadas que la gente dice por decir en las cenas, ya se sabe.

Y cuando todo se acabó, la del labio leporino y yo nos comimos las sobras en la cocina, mientras los demás ayudaban a los negros a limpiar las cosas. La del labio leporino se puso a preguntarme cosas de Inglaterra, y que me cuelguen si no me pareció que a veces las cosas se estaban poniendo difíciles. Va y dice:

—¿Has visto al rey alguna vez?

—¿A quién? ¿A Guillermo IV? Hombre, y tanto que sí: va a nuestra iglesia.

—Yo sabía que había muerto hacía años, pero no hice comentarios. Así que cuando dije que iba a nuestra iglesia ella preguntó:

—¿Cómo... siempre va?

—Sí, siempre. Tiene el banco frente al nuestro, al otro lado del púlpito.

—Creía que vivía en Londres.

—Hombre, claro. ¿Dónde iba a vivir?

—Pero yo creía que vosotros vivíais en Sheffield.

Vi que me tenía acorralado. Tuve que hacer como que me atragantaba con un hueso de pollo, para pensar en cómo salir de aquélla. Entonces dije:

—Quiero decir que siempre va a nuestra iglesia cuando está en Sheffield. Eso es sólo en verano, cuando va a darse baños de mar.

—Pero qué cosas dices... Sheffield no está en el mar.

—Bueno, ¿y quién ha dicho que sí?

—Pues tú.

—Eso no es verdad.

—¡Sí!

—No.

—Sí.

—Yo no he dicho nada parecido.

—Bueno, entonces, ¿qué has dicho?

—Dije que iba a tomar los baños de mar; eso es lo que dije.

—Bueno, entonces, ¿cómo va a tomar los baños de mar si no está en el mar?

—Mira —respondí—, ¿has tomado alguna vez agua mineral?

—Sí.

—Bueno, ¿y tuviste que ir a una mina a buscarla?

—Pues no.

—Bueno, pues tampoco tiene Guillermo IV que ir al mar para darse un baño de mar.

—Entonces, ¿cómo se los da?

—Hace lo mismo que la gente de aquí para beber agua mineral: en barricas. Allí en el palacio de Sheffield tienen unos hornos bien calientes y le gusta que el agua esté caliente. No se puede hervir toda el agua que hay en el mar. Allí no hay máquinas suficientes.

—Ah, ya entiendo. Podías haberlo dicho para empezar y habríamos ahorrado tiempo. Cuando dijo aquello, vi que me había librado del asunto, así que me sentí más cómodo y contento. Después preguntó:

—¿Tú también vas a la iglesia?

—Sí, siempre.

—¿Dónde te sientas?

—Hombre, en nuestro banco.

—¿El banco de quién?

—Pues el nuestro; el de tu tío Harvey.

—¿El suyo? ¿Y para qué necesita él un banco?

—Para sentarse en él. ¿Para qué creías que lo necesitaba?

—Hombre, creí que estaba en el púlpito.

Maldita sea, se me había olvidado que era predicador. Vi que me había vuelto a atrapar, así que volví a atragantarme para pensármelo, y después dije:

—Caramba, ¿te crees que no hay más que un predicador en una iglesia?

—Pero, ¿para qué necesitan más?

—¡Cómo! ¡Para predicar cuando va el rey! Nunca he visto una chica así. Tienen nada menos que diecisiete.

—¡Diecisiete! ¡Dios mío! Pues yo no aguantaría oír a tantos, aunque nunca fuese al paraíso. Debe de llevarles una semana.

—Caramba, no predican todo el mismo día: sólo uno de ellos.

—Bueno, y ¿qué hace el resto?

—Bah, no mucho. Se pasean, pasan la bandeja, y cosas así. Pero en general no hacen nada.

—Bueno, entonces, ¿para qué están allí?

—Hombre, es cuestión de clase. ¿Es que no sabes nada?

—Bueno, no quiero saber cosas tontas. ¿Cómo tratan a los criados en Inglaterra? ¿Los tratan mejor que nosotros a nuestros negros?

—¡No! Allí un criado no es nada. Los tratan peor que a perros.

—¿No les dan días de fiesta como nosotros, por la semana de Navidad y Año Nuevo y el 4 de julio?

—¡Qué cosas dices! Sólo con eso se nota que nunca has estado en Inglaterra. Pero, labio le ...; pero, Joanna, si no tienen ni un día de fiesta al año; nunca van al circo, ni al teatro, ni a espectáculos para negros, ni a ninguna parte.

—¿Ni a la iglesia?

—Ni a la iglesia.

—Pero tú siempre vas a la iglesia.

Bueno, me había vuelto a agarrar. Se me había olvidado que yo era el criado del viejo. Pero al momento siguiente se me ocurrió una especie de explicación de que un vale era diferente de un criado corriente y tenía que ir a la iglesia quisiera o no y sentarse con la familia, porque eso decía la ley. Pero no me salió muy bien y cuando terminé no la vi convencida. Dijo:

—La verdad, ahora, ¿no me has estado contando mentiras?

—De verdad que no —repliqué.

—¿Ni una sola?

—Ni una sola. No te he contado ni una mentira.

—Pon la mano en este libro y repítelo.

Vi que no era más que un diccionario, así que puse la mano encima y lo repetí. Entonces pareció un poco más convencida y dijo:

—Bueno, entonces creeré algo de lo que has dicho, pero la verdad es que no me voy a creer el resto.

—¿Qué es lo que no te vas a creer, Jo? —preguntó Mary Jane, que entraba con Susan detrás—. No está bien ni es nada amable que le hables así a un forastero que está tan lejos de su casa. ¿Qué te parecería a ti que te trataran así?

—Eso es lo que dices siempre, Maim: siempre vas en ayuda de alguien antes de que le pase nada. No le he hecho nada. Calculo que ha contado algunas exageraciones y dije que no me las iba a tragar todas, es todo lo que he hecho. Supongo que podrá aguantarlo, ¿no?

—No me importa que le hayas dicho mucho o poco; está en nuestra casa y es un forastero, y no está bien que digas esas cosas. Si estuvieras tú en su lugar, te daría vergüenza, así que no tienes que decir a otras cosas que les den vergüenza a ellos.

—Pero, Maim, ha dicho...

—No importa lo que haya dicho; no es eso. Lo que importa es que lo trates con amabilidad, y no andes diciendo cosas que le recuerden que no está en su propio país y entre su propia gente.

Me dije para mis adentros: "¡Y ésta es la muchacha a la que voy a dejar que ese viejo reptil le robe todo su dinero!". Entonces entró Susan en el asunto, y podéis creerme que le puso a labio leporino las peras al cuarto.

Y yo me dije: "¡Y ésta es otra a la que voy a dejar que le robe su dinero!".

Después Mary Jane pasó a otras cosas y se volvió a poner toda encantadora, que era su verdadero estilo. Pero cuando terminó, el pobre labio leporino estaba prácticamente deshecha. Así que se puso a gritar.

—Muy bien, pues entonces —dijeron las otras chicas no tienes más que pedirle perdón. Y fue lo que hizo, y lo hizo muy bien, tan bien que daba gusto escucharla, y ojalá pudiera volverle a contar mil mentiras para que lo repitiese otra vez.

Y me dije: "Ésta es otra a la que le estoy dejando que le robe el dinero". Y cuando terminó se pusieron todas ellas a hacer que me sintiera en casa y que supiera que estaba entre amigos. Me sentí tan bajo y tan vil que me dije: "Está decidido; o les consigo ese dinero o reviento".

Así que me largué; a dormir, dije, sin especificar el momento. Cuando me quedé solo me puse a pensar las cosas. Me pregunté: "¿Voy a ver a ese médico, en secreto, y delato a estos sinvergüenzas? No, eso no saldría bien. Podría decir quién se lo había dicho y entonces el rey y el duque se encargarían de mí. ¿Iré a decírselo en secreto a Mary Jane? No... No me atrevo. Seguro que lo revelaría con algún gesto; ellos ya tienen el dinero y se largarían con él. Si fuera en busca de ayuda, seguro que me encontraría metido en el asunto. No, no hay más que una forma. Tengo que robar ese dinero como pueda y de forma que no sospechen de mí. Aquí han encontrado un buen filón y no van a irse hasta que le hayan sacado a esta familia y a este pueblo todo lo que puedan, así que tengo tiempo suficiente para buscar una solución. Voy a robarlo y a esconderlo y después, cuando esté río abajo, escribiré una carta y le diré a Mary Jane dónde está escondido. Pero más vale que lo saqué esta noche si puedo, porque a lo mejor el médico no ha renunciado como ha dicho y todavía puede que les meta el miedo en el cuerpo y los eche. Así que —pensé— voy a buscar en sus habitaciones".

Aunque el pasillo de arriba estaba oscuro, encontré la habitación del duque y empecé a rebuscar con las manos, pero recordé que tal como era el rey, no dejaría que nadie más que él se hiciera cargo del dinero, así que fui a su habitación y empecé a rebuscar. Pero vi que no podía hacer nada sin una vela y, naturalmente, no me atreví a encender una. Así que pensé en hacer lo otro: quedarme a la espera y escuchar lo que decían. Casi en aquel momento oí que subían y decidí esconderme debajo de la cama; fui hacia ella, pero no estaba donde yo creía, toqué la cortina detrás de la que estaban los vestidos de Mary Jane, así que salté detrás, me arrebujé entre los vestidos y me quedé allí muy calladito.

Entraron, cerraron la puerta y lo primero que hizo el duque fue agacharse a mirar debajo de la cama. Entonces me alegré de no haberla encontrado cuando la buscaba. Y eso que, ya sabéis, parece que lo natural es esconderse debajo de la cama cuando uno quiere que no lo encuentren. Después se sentaron y el rey dice:

—Bueno, ¿qué pasa?, y no te alargues, porque más vale que nos levantemos bien tempranito por la mañana para que no tengan oportunidad de hablar de nosotros.

—Bueno, se trata de lo siguiente, Capeto. No es fácil; no me siento tranquilo. No logro olvidarme de ese médico. Quería saber qué planes tenías. Tengo una idea y me parece que está bien.

—¿Cuál es, duque?

—Que más nos vale largarnos de aquí antes de las tres de la mañana y bajar al río con lo que ya tenemos. Sobre todo, dado que lo hemos conseguido tan fácilmente que nos lo han dado, podría decirse que nos lo han metido a la fuerza, cuando nosotros pensábamos que tendríamos que volverlo a robar. Creo que más vale que nos marchemos cuanto antes.

Aquello me hizo sentir bastante mal. Una hora o dos antes habría sido algo distinto, pero ahora hacía que me sintiera mal y desencantado. El rey pega un grito y dice:

—¡Cómo! ¿Y no vender el resto de la herencia? ¿Marcharnos como un par de idiotas y dejar ocho o nueve mil dólares en tierras esperando a que alguien se las lleve?; ¡cuando todo se puede vender en un momento!

El duque se puso a gruñir, dijo que con la bolsa de oro ya bastaba y que no quería meterse en más jaleos; que no quería robar a unas huérfanas todo lo que tenían.

—¡Qué cosas dices! —replicó el rey—. No les vamos a robar más que este dinero. Perderán los que compren esas propiedades, porque en cuanto se averigüe que no eran nuestras, que será al poco de habernos ido, la venta no será válida y todo volverá al patrimonio. Estas huérfanas se quedarán otra vez con su casa, y a ellas les basta con eso; son jóvenes y fuertes, y se pueden ganar la vida fácilmente. No van a perder nada. Pero, hombre, piénsalo; hay miles y miles de personas que no tienen ni la mitad. Te aseguro que éstas no tienen ningún motivo de queja.

El rey le dio tantos argumentos que acabó por ceder y dijo que bueno, pero que creía que era una estupidez seguir allí, con aquel médico sospechando de ellos. Pero el rey dice:

—¡Al diablo con el médico! ¿Qué nos importa ése? ¿No tenemos de nuestra parte a todos los tontos del pueblo? ¿Y no es una mayoría suficiente en cualquier pueblo? Así que se prepararon a volver a bajar. El duque dice:

—No creo que hayamos dejado el dinero en un buen sitio.

Aquello me animó. Había empezado a pensar que no me iban a dar ni una pista que me ayudara. El rey dice:

—¿Por qué?

—Porque a partir de ahora Mary Jane estará de luto y lo primero que va a hacer es decirle al negro que limpie las habitaciones, que meta esa ropa en una caja y se la lleve; y, ¿te crees tú que un negro va a encontrarse con el dinero y no tomar prestado algo?

—Vuelves a tener la cabeza bien puesta, duque —dice el rey.

Se puso a buscar debajo de la cortina a dos o tres pies de donde estaba yo. Me apreté contra la pared sin hacer ningún ruido, aunque temblaba, y me pregunté lo que me dirían aquellos tipos si me pescaban tratando de pensar lo que tendría que hacer entonces. Pero el rey encontró la bolsa antes de que se me ocurriera ni media idea, y nunca se sospechó que anduviera yo por allí. Agarraron la bolsa y la metieron por un desgarrón que había en el jergón de paja, debajo del colchón de plumas, y la dejaron metida como un pie o dos entre la paja y dijeron que ya estaba bien, porque los negros sólo hacen el colchón de plumas y no le dan la vuelta al jergón más que una o dos veces al año, así que ahora ya no había peligro de que se lo robaran.

Pero no contaban conmigo. Lo saqué antes de que hubieran llegado al final de la escalera. Fui a tientas hasta mi cubículo y lo escondí allí hasta que se me ocurriera algo mejor. Pensé que más valía esconderlo fuera de la casa en alguna parte, porque si lo echaban de menos iban a registrar la casa a fondo; de eso estaba convencido. Después me acosté con toda la ropa puesta, pero no podría quedarme dormido, aunque lo quisiera, de ganas que tenía de terminar con todo aquel asunto. Al cabo de un rato oí que subían el rey y el duque, así que me bajé del petate y me quedé con la barbilla apoyada en el último peldaño de la escalera para ver si pasaba algo. Pero no pasó nada.

Así me quedé hasta que dejaron de oírse los últimos ruidos y todavía no habían empezado los primeros, y después bajé la escalera en silencio.

Fui en silencio hasta sus puertas a escuchar; estaban roncando. Así que seguí de puntillas y bajé las escaleras. No se oía un ruido por ninguna parte. Miré por una rendija de la puerta del comedor y vi a los hombres que velaban el cadáver, todos dormidos en sus sillas. La puerta daba a la sala donde estaba el cuerpo y había una vela en cada habitación. Seguí adelante hasta la puerta de la sala, que estaba abierta, pero vi que allí no había nadie más que los restos de Peter, así que continué: la puerta principal estaba cerrada y no se veía la llave. Justo entonces oí que alguien bajaba las escaleras detrás de mí. Corrí a la sala, miré rápidamente por allí y el único sitio que vi donde esconder la bolsa fue en el ataúd. La tapa estaba corrida como un pie y dejaba al descubierto la cara del muerto con un paño húmedo por encima y la mortaja. Metí la bolsa del dinero debajo de la tapa, justo más allá de donde tenía las manos cruzadas, cosa que me dio repelús; estaban heladas, y después volví a cruzar corriendo la habitación y me escondí detrás de la puerta.

La que entró fue Mary Jane. Fue junto al ataúd, andando despacito, se arrodilló y miró dentro; después sacó el pañuelo y vi que empezaba a llorar, aunque no la podía oír y me daba la espalda. Salí de mi escondite y al pasar junto al comedor pensé en asegurarme de que los del velatorio no me habían visto, así que miré por una rendija y todo estaba en orden. No se habían ni movido.

Me fui a la cama, bastante triste, por cómo estaban saliendo las cosas después de haberme preocupado yo tanto y haber corrido tantos peligros. Me dije: "Si pudiera quedarse donde está, muy bien; porque cuando lleguemos al río, a cien o doscientas millas, podría escribir a Mary Jane y ella podría desenterrarlo y sacarlo, pero eso no es lo que va a pasar; lo que va a pasar es que encontrarán el dinero cuando vayan a cerrar la tapa. Entonces el rey volverá a quedarse con él y no va a darle a nadie otra oportunidad de que se lo birle".

Naturalmente, yo quería bajar y sacarlo de allí, pero no me atrevía a intentarlo. A cada minuto se acercaba el amanecer y dentro de muy poco algunos de los del velorio empezarían a moverse y quizá me pescaran con seis mil dólares en las manos cuando nadie me había encargado a mí del dinero. "Maldita la falta que me hace verme metido en una cosa así", me dije.

Cuando bajé por la mañana, el salón estaba cerrado y los del velorio se habían ido. No quedaba nadie más que la familia, la viuda Bartley y nuestra tribu. Les miré a las caras a ver si había pasado algo, pero no logré ver nada.

Hacia el mediodía llegó el enterrador con su ayudante y colocaron el ataúd en medio del salón apoyado en un par de sillas; luego pusieron todas nuestras sillas en filas y pidieron más prestadas a los vecinos hasta que el recibidor, el comedor y el salón estuvieron llenos. Vi que la tapa del ataúd estaba igual que antes, pero no me atreví a mirar lo que había debajo de ella, con tanta gente delante.

Entonces empezó a llegar la gente y las autoridades y las chicas ocuparon asientos en la fila de delante, junto a la cabecera del ataúd, y durante media hora la gente fue pasando en fila india y contemplando un momento la cara del muerto, y algunos derramaron una lágrima, todo muy en silencio y muy solemne, y las chicas y las autoridades eran los únicos que se llevaban pañuelos a los ojos, mantenían la cabeza baja y gemían un poco. No se oía ningún otro ruido, salvo el roce de los pies en el suelo y las narices que sonaban, porque la gente siempre se suena más las narices en un funeral que en ningún otro sitio, salvo en la iglesia.

Cuando la casa estuvo llena, el enterrador se paseó por todas partes con sus guantes negros y sus modales blandos y tranquilizantes, añadiendo los últimos toques, poniendo todas las cosas en orden y haciendo que la gente se sintiera cómoda, sin hacer ruido, como un gato. No decía ni una palabra; cambiaba a la gente de sitio, encontraba lugar para los últimos en llegar, abría pasillos, y todo ello con gestos de la cabeza y de las manos. Después ocupó su puesto apoyado en la pared. Era el hombre más blando, resbaladizo y untuoso que he visto en mi vida; y nunca sonreía, era como un pedazo de carne.

Habían pedido prestado un armonio que estaba bastante mal; cuando todo estuvo dispuesto una joven se sentó a él y lo empezó a tocar, pero no soltaba más que chirridos y ventosidades, y todo el mundo se puso a cantar. Peter era el único que se lo pasó bien, según me pareció. Después le tocó el turno al reverendo Hobson, que empezó a hablar lento y solemne, e inmediatamente se oyó en el sótano el ruido más horroroso que se pueda imaginar: no era más que un perro, pero armaba un escándalo de miedo y no paraba; el cura tuvo que quedarse allí junto al ataúd y esperar: no se podía oír otra cosa. Era verdaderamente terrible y pareció que nadie sabía qué hacer. Pero en seguida vieron que aquel enterrador tan alto hacía una señal al cura como para decirle: "No se preocupe; aquí estoy yo". Después se inclinó y empezó a deslizarse junto a la pared; no se veían más que sus hombros por encima de las cabezas de la gente. Así que siguió deslizándose, con aquel escándalo cada vez más horroroso, y por fin, cuando recorrió dos lados de la habitación, desapareció hacia el sótano. Después, al cabo de unos dos segundos, oímos un golpetazo y el perro terminó con un ladrido o dos de lo más raro, y después todo el mundo se quedó quieto y el cura retomó su charla solemne donde la había interrumpido. Al cabo de un minuto o dos reaparecen la espalda y los hombros del enterrador deslizándose otra vez junto a la pared, y siguió deslizándose por tres lados de la habitación; después se levantó, hizo bocina con las manos y, alargando el cuello hacia el cura, dijo con una especie de susurro ronco, por encima de las cabezas de la gente: "¡Tenía una rata!". Después volvió a deslizarse junto a la pared para volver a su sitio. Se notaba que aquello resultaba muy satisfactorio para la gente, porque naturalmente quería saber de qué se trataba. Esas cosillas no cuestan nada y son las que le consiguen admiración y respeto a un hombre. En todo el pueblo no había nadie más popular que aquel enterrador.

Bueno, el sermón funerario resultó muy bien, pero horriblemente largo y cansado; después se metió el rey y soltó unas cuantas de sus tonterías de costumbre, y por fin terminó el asunto y el enterrador se acercó al ataúd con su destornillador. Yo me puse a sudar y lo miré muy atento. Pero no vio nada, se limitó a correr la tapa, suave como si estuviera engrasada, y la atornilló bien atornillada. ¡Así estábamos! No sabía si el dinero estaba allí dentro o no. Entonces me dije: "¿Y si alguien se ha llevado la bolsa a escondidas? ¿Como sé yo si escribir a Mary Jane o no? ¿Y si lo desentierra y no encuentra nada, qué va a pensar de mí? Dita sea", me dije, "lo mismo me buscan y me encierran: más me vale quedarme bien calladito y no escribir nada; ahora todo está hecho un lío y por tratar de mejorarlo lo he dejado cien veces peor que antes; ojalá lo hubiera dejado todo en paz. ¡Maldito sea todo el asunto!".

Lo enterraron, volvimos a casa y me dediqué otra vez a mirar las caras a todos; no podía evitarlo ni quedarme tranquilo. Pero no pasó nada; las caras no me decían nada.

El rey estuvo viendo a mucha gente aquella tarde, tranquilizando a todos, muy amistoso, y les dio a entender que en Inglaterra sus feligreses estarían preocupados por él, así que tenía que darse prisa y resolver inmediatamente lo de la herencia antes de marcharse.

Lamentaba mucho tener tantas prisas, y lo mismo les pasaba a los demás; querían que se quedara más tiempo, pero decían que entendían que era imposible. Y dijo que naturalmente William y él se llevarían a las chicas a casa con ellos, lo cual también agradó mucho a todos, porque entonces las chicas estarían bien protegidas y entre sus propios parientes, y también agradó a las chicas; les gustó tanto que prácticamente se ve que tenían algún problema en el mundo y le dijeron que lo vendiera todo en cuanto quisiera, que ellas estaban dispuestas. Las pobrecillas estaban tan contentas y felices que me dolía el corazón de ver cómo las engañaban y las mentían tanto, pero no veía una forma segura de intervenir y hacer que cambiara el estado general de cosas.

Bueno, maldito si el rey no puso inmediatamente la casa y los negros y todas las tierras en subasta inmediatamente, dos días después del funeral; pero todo el mundo que quisiera podía comprar en privado antes si quería.

Así que el día después del funeral, hacia el mediodía, las muchachas se llevaron la primera sorpresa. Apareció un par de tratantes de esclavos y el rey le vendió los negros a precio razonable, por letras a tres días, según dijeron ellos, y se los llevaron: los dos hijos río arriba, a Menphis, y su madre río abajo, a Orleans. Creí que aquellas pobres muchachas y los negros se iban a quedar con el corazón roto de la pena; lloraban juntos y estaban tan tristes que casi me puse malo de verlo. Las chicas dijeron que jamás habían soñado con ver a aquella familia separada o vendida lejos del pueblo. Nunca me podré borrar de la memoria la visión de aquellas pobres chicas y los negros tan tristes, abrazados y llorando; creo que no lo habría podido soportar, sino que habría reventado y delatado a nuestra banda de no haber sabido que aquella venta no valía y que los negros estarían de vuelta a casa dentro de una o dos semanas.

Aquello también llamó mucho la atención en el pueblo y muchos vinieron corriendo a decir que era un escándalo separar así a la madre y los hijos. Les sentó mal a los farsantes, pero el viejo se empeñó en seguir adelante, pese a lo que dijera o hiciese el duque, y os aseguro que el duque se sentía muy incómodo.

Al día siguiente era el de la subasta. Ya bien entrada la mañana, el rey y el duque subieron a la buhardilla a despertarme y por su gesto vi que había problemas. El rey va y dice:

—¿Estuviste en mi habitación anteanoche?

—No, vuestra majestad —que era como siempre lo llamaba cuando no había delante más que gente de nuestra banda.

—¿Estuviste allí ayer o anoche?

—No, vuestra majestad.

—Tu palabra de honor; sin mentir.

—Mi palabra de honor, vuestra majestad. Le digo la verdad. No he estado cerca de su habitación desde que la señorita Mary Jane le llevó allí con el duque para enseñársela. El duque va y dice:

—¿Has visto entrar en ella a otra persona?

—No, vuestra gracia, no que yo recuerde, creo.

—Piénsalo con calma.

Estuve pensándolo un momento y al ver mi oportunidad dije:

—Bueno, he visto entrar allí varias veces a los negros. Los dos dieron un saltito, como si jamás se lo hubieran esperado, y después como si pareciera que sí. Después el duque va y dice:

—¿Cómo, todos ellos?

—No, o sea, por lo menos no todos de una vez; creo que nunca los vi salir juntos, más que una vez.

—¡Vaya! ¿Cuándo fue eso?

El día del funeral, por la mañana. No fue temprano porque yo dormí hasta tarde. Estaba empezando a bajar las escaleras cuando los vi.

—Bueno, sigue, ¡sigue! ¿Qué hicieron? ¿Qué pasó después?

—No hicieron nada. Y tampoco pasó nada especial, que yo viera. Se marcharon de puntillas; así que vi muy bien que habían ido a hacer la habitación de vuestra majestad algo así, si es que ya se había levantado, y al ver que no se había levantado, esperaban desaparecer y no meterse en jaleos en lugar de despertarle, si es que ya no le habían despertado.

—¡Diablo, ésta sí que es buena! —dice el rey, y los dos se quedaron con un gesto desesperado y bastante tonto. Se quedaron allí pensando y rascándose las cabezas, y el duque soltó una especie de risita carraspeante y dijo:

—Es fabuloso cómo han jugado su baza esos negros. ¡Hicieron como que estaban tan tristes por marcharse de esta región! Y yo creí que lo estaban de verdad, igual que tú e igual que todo el mundo. Que nadie me vuelva a decir que los negros no tienen talento histriónico. Han hecho una interpretación que engañaría a cualquiera. Para mí que valen una fortuna. Si yo tuviera capital y un teatro no querría mejores actores... Y los hemos vendido por una ganga. Sí, y ni siquiera podemos tocar esa ganga todavía. Oye, ¿dónde está esa ganga... esa letra?

—En el banco esperando al cobro. ¿Dónde iba a estar?

—Bueno, entonces no importa, gracias a Dios. Yo pregunté, como tímido:

—¿Ha pasado algo?

El rey se volvió hacia mí y exclamó:

—¡No es asunto tuyo! Tú cierra la boca y métete en tus cosas... Si es que las tienes. Y mientras estés en este pueblo, que no se te olvide, ¿entiendes? —y después dice al duque—: tenemos que aguantar y no decir nada; tenemos que mantenernos callados. Cuando empezaron a bajar la escalera, el duque volvió a reírse y dijo:

—¡Ventas rápidas y pequeños beneficios! Es un buen negocio. Sí. El rey le soltó un bufido y le dijo:

—Cuando los vendí tan rápido estaba tratando de hacer lo que más nos convenía. Si resulta que no hay beneficios, que no sacamos nada y no nos llevamos nada, ¿tengo más culpa yo que tú?

—Bueno, si se me hubiera escuchado, ellos seguirían en esta casa y nosotros no.

El rey le respondió lo mejor que pudo y después se dio la vuelta y volvió a meterse conmigo. Me pegó un rapapolvo por no decirle que había visto a los negros salir de su habitación de aquella manera, que hasta un idiota habría comprendido que pasaba algo. Y después volvió a cambiar y se maldijo sobre todo a sí mismo durante un rato, y dijo que todo había pasado por no haberse quedado en la cama hasta tarde y haber descansado todo lo que necesitaba aquella mañana, y que maldito si volvía a hacerlo en su vida. Así que se marcharon de charla y yo me sentí contentísimo de haberle echado toda la culpa a los negros sin por eso haberles hecho ningún daño.

PERO NI EL MISMO TOM SAWYER

Poco a poco fue llegando la hora de que se levantaran todos. Así que descendí las escaleras hacia el piso de abajo, pero al llegar frente a la habitación de las chicas la puerta estaba abierta y vi a Mary Jane sentada junto a su viejo baúl de crin, que estaba abierto y en el que había estado metiendo cosas, preparándose para ir a Inglaterra. Pero ahora se había parado con un vestido doblado en el regazo y tenía la cara entre las manos mientras lloraba. Me sentí muy mal al ver aquello; naturalmente, lo mismo que habría sentido cualquiera. Entré y dije:

—Señorita Mary Jane, usted no soporta ver cómo sufre la gente y yo tampoco: casi nunca. Cuéntemelo todo. Así que me lo contó y eran los negros, lo que yo esperaba. Dijo que aquel viaje tan maravilloso a Inglaterra ya no le hacía casi ilusión; no sabía cómo iba a ser feliz allí, sabiendo que la madre y los niños no volverían a verse jamás, y después se puso a llorar más fuerte que nunca, y abrió las manos y dijo:

—¡Ay, Dios mío, Dios mío, ¡pensar que no volverán a verse nunca jamás!

—Pero sí que se verán, y dentro de dos semanas, ¡y yo lo sé! —respondí.

¡Dios mío, se me había escapado sin pensarlo! Y antes de que pudiera ni moverme me había echado los brazos al cuello pidiéndome que lo repitiera, otra vez, lo repitiera otra vez, ¡lo repitiera otra vez!

Comprendí que había hablado demasiado y antes de tiempo y que me había metido en una encerrona. Le pedí que me dejara pensarlo un minuto; ella se quedó sentada, muy impaciente y nerviosa, tan guapa, pero con un aire feliz y tranquilo, como una persona a quien le acaban de sacar un diente.

Entonces me puse a estudiarlo. Me dije: "Calculo que alguien que va y dice la verdad cuando está en una encerrona está corriendo un riesgo considerable, aunque yo no tengo experiencia y no lo puedo afirmar con seguridad, pero en todo caso es lo que me parece, y de todas formas ésta es una ocasión en que me ahorquen si no parece que la verdad es mejor y de hecho más segura que la mentira. Tengo que recordarlo y volverlo a pensar cuando tenga tiempo, porque es de lo más extraño e irregular. En mi vida he visto cosa igual. Bueno, me dije por fin, voy a correr el riesgo; esta vez voy a decir la verdad, aunque esto es como sentarse encima de un barril de pólvora y encenderlo para ver qué pasa después". Entonces fui y dije:

—Señorita Mary Jane. ¿Hay algún sitio fuera del pueblo, no muy lejos, donde pudiera pasar usted tres o cuatro días?

—Sí; en casa del señor Lothrop. ¿Por qué?

—Todavía no importa el porqué. Si le digo cómo sé que los negros van a volver a verse, dentro de dos semanas aquí en esta casa, y demuestro cómo lo sé, ¿irá usted a casa del señor Lothrop a quedarse cuatro días?

—¡Cuatro días! —respondió—. ¡Un año me quedaría!

—Muy bien —añadí—, lo único que le pido es su palabra: me vale más que el juramento de otra persona por la Biblia. —Sonrió y se ruborizó un poco, muy linda, y continué—: Si no le importa, voy a cerrar la puerta, y con el candado.

Después volví a sentarme y dije:

—No grite. Quédese ahí sentada y tómeselo como un hombre. Tengo que decir la verdad y tiene usted que prepararse bien, señorita Mary, porque es una mala cosa y le va a resultar difícil, pero no hay forma de evitarlo. Esos tíos de usted no son tíos en absoluto; son un par de farsantes, impostores de toda la vida. Bueno, ya hemos pasado lo peor, y el resto lo podrá soportar usted con más facilidad.

Naturalmente, aquello la dejó absolutamente pasmada, pero ahora ya había dicho lo más difícil, así que continué mientras a ella se le encendían los ojos cada vez más y le conté absolutamente todo, desde la primera vez que nos encontramos con el muchacho idiota que iba al buque de vapor hasta cuando ella se había lanzado a los brazos del rey en la puerta principal y él la había besado dieciséis o diecisiete veces, y entonces saltó, con la cara llameante como un atardecer, y dijo:

—¡Malvado! Vamos, no pierdas un minuto, ni un segundo, ¡vamos a hacer que los pinten de brea, los emplumen y los tiren al río!

Yo contesté:

—Claro. ¿Pero quiere usted decir antes de ir a casa del señor Lothrop o....?

—¡Ah —respondió ella—, en qué estaré yo pensando! —y volvió a sentarse—. No hagas caso de lo que he dicho, te lo ruego. ¿No lo harás, verdad?

Me puso la manita suave en la mía de tal forma que respondí que antes preferiría morirme.

—No me he parado a pensarlo de enfadada que estaba —añadió—; ahora sigue y te prometo que no volveré a actuar así. Cuéntame lo que tengo que hacer y haré todo lo que me digas.

—Bueno —dije yo—, estos dos estafadores son unos tipos duros y no me queda más remedio que seguir viajando con ellos algo más, quiéralo o no; prefiero no decirle a usted por qué; y si los denunciara usted, este pueblo me liberaría de sus garras y yo quedaría perfectamente; pero habría otra persona que usted no sabe y que tendría unos problemas terribles. Bueno, ¿tenemos que salvar a esa persona, ¿no? Claro. Bueno, entonces no podemos denunciarlos.

Al decir aquello se me ocurrió una buena idea. Vi cómo podría conseguir que Jim y yo nos liberásemos de los farsantes; hacer que se quedaran en la cárcel de allí y luego marcharnos. Pero no quería navegar en la balsa de día sin nadie más que yo a bordo para responder las preguntas, así que no quería que el plan empezase a funcionar hasta bien entrada la noche. Seguí diciendo:

—Señorita Mary Jane, le voy a decir lo que vamos a hacer y tampoco tendrá usted que quedarse tanto tiempo en casa del señor Lothrop. ¿A qué distancia está?

—A poco menos de cuatro millas, justo ahí en el campo.

—Bueno, está bien. Ahora vaya usted allí y quédese sin decir nada hasta las nueve o las nueve y media de la noche y después haga que la vuelvan a traer a casa: dígales que se le ha olvidado algo. Si llega antes de las once, ponga una vela en esta ventana y espere hasta las once; si después no aparezco, significa que me he ido y que está usted a salvo. Entonces sale, da la noticia y hace que metan en la cárcel a esos desgraciados.

—Muy bien —respondió—, eso haré.

—Y si da la casualidad de que no logro escaparme, pero me pescan con ellos, tiene usted que decir que se lo había dicho todo antes y defenderme en todo lo que pueda.

—¡Defenderte! Desde luego. ¡No te van a tocar ni un pelo! —dijo, y vi que se le abrían las aletas de la nariz y le brillaban los ojos al decirlo.

—Si me escapo, no estaré aquí —señalé— para demostrar que esos sinvergüenzas no son los tíos de usted, y si estuviera aquí, no podría demostrarlo. Podría jurar que eran unos tramposos y unos vagabundos, y nada más, aunque eso ya es algo. Bueno, hay otros que pueden hacerlo mejor que yo, y son personas de las que no dudarán con tanta facilidad como de mí. Le voy a decir cómo encontrarlas. Páseme un lápiz y un trozo de papel. Eso es: "La Realeza Sin Par, Bricksville". Guárdelo y no lo pierda. Cuando el juez quiera saber algo de esos dos, que manden a alguien a Bricksville y digan que tienen a los hombres que actuaron en "La Realeza Sin Par", y en cuanto a testigos, conseguirá usted que venga todo el pueblo en un abrir y cerrar de ojos, señorita Mary. Y dispuestos a todo, además.

Calculé que ya lo teníamos todo encaminado y dije:

—Déjelos usted con su subasta y no se preocupe. Nadie tendrá que pagar lo que compre hasta un día después de la subasta, al haberse anunciado con tantas prisas, y no se van a marchar hasta que consigan ese dinero; tal como lo hemos arreglado la venta no va a contar y no van a conseguir ningún dinero. Es igual que lo que pasó con los negros: no vale la venta y los negros volverán dentro de muy poco. Fíjese que todavía no pueden cobrar el dinero de los negros... Están en una situación malísima, señorita Mary.

—Bueno —respondió ella—, voy a bajar a desayunar y después me iré directamente a casa del señor Lothrop. —Eso no puede ser, señorita Mary Jane —le indiqué—, en absoluto; váyase antes del desayuno.

—¿Por qué?

—¿Por qué cree usted que quería yo que hiciera todo esto, señorita Mary Jane?

—Bueno, no se me había ocurrido... Y ahora que lo pienso, no lo sé. ¿Por qué?

—Pues porque no es usted una caradura. A mí me gusta su cara tal como es. Puede uno sentarse a leerla como si estuviera escrita en letras mayúsculas. ¿Cree usted que puede ir a ver a sus tíos cuando vayan a darle los buenos días con un beso y no...?

—¡Vamos, vamos, no sigas! Sí, me marcharé antes del desayuno y muy contenta. ¿Y dejo a mis hermanas con ellos?

—Sí, no se preocupe por ellas. Tienen que seguir aguantando un tiempo. Podrían sospechar algo si desaparecieran todas ustedes. No quiero que usted los vea a ellos, ni a sus hermanas ni a nadie del pueblo; si un vecino le pregunta cómo están sus tíos esta mañana, a lo mejor usted les revelaba algo con un gesto. No, váyase inmediatamente, señorita Mary Jane, y ya lo arreglaré yo con todos ellos. Le diré a la señorita Susan que salude afectuosamente a sus tíos y que diga que se ha marchado usted unas horas a descansar un poco y cambiarse, o a ver a una amiga, y que volverá esta noche o a primera hora de la mañana.

—Está bien lo de que he ido a ver a unos amigos, pero no quiero que los salude de mi parte.

—Bueno, pues que no les diga nada.

Aquello se lo podía decir a ella, porque no hacía daño a nadie, era algo sin importancia y que no traía problemas, y son las cosas sin importancia las que le facilitan la vida a la gente aquí abajo; Mary Jane se quedaría tranquila, y no costaba nada. Después añadí:

—Queda otra cosa: la bolsa con el dinero.

—Bueno, eso ya lo tienen, y me siento muy tonta al pensar cómo la han conseguido.

—No, ahí se equivoca. No la tienen.

—Pues, ¿quién la tiene?

—Ojalá lo supiera, pero no lo sé. La tuve yo, porque se la robé, y se la robé para dársela a usted, y sé dónde la escondí, pero me temo que ya no está allí. Lo siento muchísimo, señorita Mary Jane, no lo puedo sentir más; pero hice todo lo que pude; de verdad que sí. Casi me pillaron y tuve que meterla en el primer sitio que encontré y echar a correr, pero no era un buen sitio.

—Bueno, deja de echarte la culpa; te hace sentir mal y no te lo consiento; no pudiste evitarlo; no fue culpa tuya. ¿Dónde la escondiste?

No quería que volviera a pensar en sus problemas y no podía conseguir que mi boca le dijera algo que volvería a hacer que viese aquel cadáver con la bolsa de dinero en el estómago. Así que durante un momento no dije nada y después respondí:

—Prefiero no decirle dónde la puse, señorita Mary Jane, si no le importa perdonarme; pero se lo escribiré en un trozo de papel y puede leerlo camino de casa del señor Lothrop, si quiere. ¿Le parece bien así?

—Ah, sí.

Así que escribí: "La puse en el ataúd. Allí estaba cuando se pasó usted la noche llorando. Yo estaba detrás de la puerta y me sentía muy triste por usted, señorita Mary Jane".

Se me saltaron un poco las lágrimas al recordar cómo se había quedado llorando allí sola toda la noche mientras aquellos diablos dormían bajo su propio techo, engañándola y robándola, y cuando doblé la nota y se la di vi que también a ella se le habían saltado las lágrimas, y me agarró de la mano muy fuerte y me dijo:

—Adiós. Voy a hacer todo exactamente como me has dicho, y si no vuelvo a verte, jamás te olvidaré y pensaré en ti muchas, muchísimas veces, ¡y siempre rezaré por ti! — y se fue.

¡Rezar por mí! Pensé que si me conociera se habría impuesto una tarea más digna de ella. Pero apuesto a que de todos modos lo hizo: ella era así. Tenía fuerzas para rezar por judas si se le ocurría, y nunca se echaba atrás. Pueden decir lo que quieran, pero para mí era la chica más valiente que había conocido; para mí que estaba llena de valor. Parece un halago, pero no lo es. Y en cuanto a belleza —y también a bondad— tenía más que nadie en el mundo. No la he vuelto a ver desde aquella vez que salió por la puerta; no, no la he vuelto a ver desde entonces, pero creo que he pensado en ella muchos, muchísimos millones de veces y en cómo dijo que iba a rezar por mí, y si alguna vez se me hubiera ocurrido que valdría de algo el que yo rezase por ella, seguro que o rezo o reviento.

Bueno, calculo que Mary Jane se fue por la puerta de atrás, porque nadie la vio salir. Cuando me encontré con Susan y la del labio leporino les dije:

—¿Cómo se llama esa familia del otro lado del río que vais a ver a veces? Contestaron:

—Hay varias; pero sobre todo la familia Proctor.

—Ése es el nombre —dije—; casi se me olvidaba. Bueno, la señorita Mary Jane me encargó que os dijera que había tenido que irse a toda prisa: hay alguien enfermo.

—¿Cuál?

—No lo sé: o si lo sé se me ha olvidado; pero creo que es...

—Dios mío. ¡Espero que no sea Hanna!

—Siento decirlo —añadí—, pero es precisamente ella. —¡Dios mío, con lo bien que estaba la semana pasada! ¿Está muy enferma?

—No tengo ni idea. Se quedaron sentados con ella toda la noche, dijo la señorita Mary Jane, y no creen que dure muchas horas.

—¡Quién iba a pensarlo! ¿Qué le pasa?

No se me ocurrió nada razonable que decir inmediatamente, así que contesté:

—Tiene paperas.

—¡Paperas tu abuela! La gente no se queda a acompañar a las personas con paperas.

—¿Conque no, ¿eh? Pues apuesto a que sí cuando son paperas como las suyas. Estas paperas son diferentes. Son de un tipo nuevo, me dijo la señorita Mary Jane.

—¿Qué tipo nuevo?

—Mezcladas con otras cosas.

—¿Qué otras cosas?

—Bueno, sarampión, tos ferina, erisipela y consunción y la inciricia y fiebre cerebral y no sé qué más.

—¡Dios mío! ¿Y a eso lo llaman paperas?

—Es lo que dijo la señorita Mary Jane.

—Bueno, y, ¿por qué diablo lo llaman paperas?

—Bueno, porque son las paperas. Empieza por ahí.

—Bueno, pues no tiene sentido. Alguien podría pincharse en el pie, infectarse, caerse por un pozo y romperse el cuello y que se le salieran los sesos y entonces vendría un imbécil a decir que se había muerto porque se había cortado en un pie. ¿Tendría sentido eso? No, y esto tampoco tiene sentido. ¿Es contagioso?

—¿Que si es contagioso? Qué cosas decís. ¿Se puede uno enganchar con un rastrillo en la oscuridad? Si no le pega uno en un diente le pega en el otro, ¿no? Y no se puede uno quitar el diente sin arrastrar todo el rastrillo, ¿no? Bueno, pues las paperas de este tipo son como una especie de rastrillo, como si dijéramos, y no un rastrillito de juguete, sino que cuando te quedas con él te quedas enganchado de verdad.

—Bueno, pues me parece horrible —dijo la del labio leporino—; voy a ver al tío Harvey y...

—Ah, sí —dije—. Es lo que haría yo. Naturalmente que sí. No perdería ni un momento.

—Bueno, ¿por qué no?

—No tienes más que pensarlo un minuto y a lo mejor lo entiendes. ¿No están vuestros tíos obligados a volver a Inglaterra lo antes que puedan? ¿Y creéis que van a ser lo bastantes mezquinos como para marcharse y dejaros que hagáis todo ese viaje solas? Sabéis que os esperarán. Muy bien. Vuestro tío Harvey es predicador, ¿no? Muy bien, entonces. ¿Va un predicador a engañar a un empleado de la línea de barcos? ¿Va a engañar al sobrecargo de un barco? ¿Para conseguir que dejen embarcar a la señorita Mary Jane? Sabéis perfectamente que no. ¿Entonces qué va a hacer? Pues dirá: "Es una pena, pero las cosas de mi iglesia tendrán que arreglárselas como puedan, porque mi sobrina ha estado expuesta a esas horribles paperas pluribusunum, de manera que tengo la obligación de quedarme aquí esperando los tres meses que hacen falta para ver si le han contagiado". Pero no importa, si creéis que es mejor decírselo a vuestro tío Harvey...

—Eso, y quedarnos aquí haciendo el tonto cuando podríamos estar divirtiéndonos en Inglaterra mientras esperábamos si a Mary Jane le habían dado o no. Qué tonterías dices.

—Bueno, en todo caso, a lo mejor tendríais que decírselo a alguno de los vecinos.

—Mira ahora lo que dice. Eres lo más estúpido que he visto. ¿No entiendes que ellos lo contarían todo? Lo único que hay que hacer es no decírselo a nadie.

—Bueno, a lo mejor tienes razón... Sí, creo que tienes razón.

—Pero creo que de todas formas tendríamos que decirle al tío Harvey que se ha ido un tiempo para que no se intranquilice por ella.

—Sí, la señorita Mary Jane quería que se lo dijerais. Me ha dicho: "Decidle que saluden al tío Harvey y al tío William de mi parte y que les den un beso y les digan que he ido al otro lado del río a ver al señor... Al señor...": ¿Cómo se llama esa familia tan rica a la que estimaba tanto vuestro tío Peter?... Me refiero a la que...

—Hombre, debes referirte a los Apthorp, ¿no?

—Naturalmente, malditos nombres, no sé por qué, pero la mitad del tiempo se me olvidan. Sí, me encargó que dijerais que ha ido a ver a los Apthorp para decirles que estén seguros de que vienen a la subasta y de que compran esta casa, porque sabe que su tío Peter preferiría que la tuvieran ellos mejor que nadie, y que va a quedarse con ellos hasta que digan que van a venir, y después, si no está demasiado cansada, volverá a casa, y si está cansada volverá por la mañana de todas formas. Me encargó que no dijese nada de los Proctor, y que no hablase más que de los Apthorp, lo cual es perfectamente verdad, porque va a ir allí a hablar de la compra de la casa; lo sé porque me lo dijo ella misma.

—Muy bien —dijeron, y se marcharon a buscar a sus tíos y a darles los saludos y los besos y contarles el recado.

Ahora todo estaba en orden. Las chicas no dirían nada porque querían ir a Inglaterra, y el rey y el duque preferirían que Mary Jane se hubiera ido a trabajar para que saliera bien la subasta y no estuviera al alcance del doctor Robinson. Yo me sentía estupendo, y calculaba que lo había hecho muy bien... Calculaba que ni el mismo Tom Sawyer lo podría haber hecho mejor. Naturalmente, él lo habría hecho con más estilo, pero eso a mí no me sale fácil, porque no me he educado de esa forma.

Bueno, organizaron la subasta en la plaza pública, hacia media tarde, y duró y duró; y allí estaba el viejo, con sus aires de santurrón, justo al lado del subastador, citando de vez en cuando algo de las Escrituras o algún dicho piadoso, y el duque iba de un lado a otro haciendo "gu—gu" para que todo el mundo sintiera compasión, y sonriéndoles a todos.

Pero poco a poco fueron acabándose las cosas y vendiéndose todas, salvo unas pocas que quedaban en el cementerio. Entonces se pusieron a tratar de vender aquello; en mi vida he visto ni siquiera una jirafa como el rey, tan dispuesta a tragárselo todo. Y cuando estaban en ésas atracó un barco de vapor y unos dos minutos después llegó un grupo pegando gritos y chillidos, riéndose y armando jaleo y gritando:

—¡Aquí llega la oposición! Ahora tenemos dos grupos de herederos de Peter Wilks:

¡Pasen, paguen y vean!

Traían a un caballero anciano de muy buen aspecto y a otro más joven también de buen aspecto, con el brazo derecho en cabestrillo. ¡Dios mío, cómo gritaba y reía aquella gente, sin parar un momento! Pero yo no le veía la gracia y supuse que al duque y al rey también les costaría trabajo verla. Me daba la sensación de que se iban a poner pálidos. Pero no, ellos no palidecieron. El duque no dejó ver que sospechaba lo que pasaba, sino que siguió haciendo "gu—gu" a la gente, feliz y contento, como un cántaro del que se vierte la leche, y en cuanto al rey, no hizo más que mirar con pena a los recién llegados, como si le doliese el estómago sólo de pensar que podía haber en el mundo gente con tan poca vergüenza. ¡Ah!, lo hizo admirablemente. Muchos de los personajes del pueblo fueron junto al rey para demostrarle que estaban de su parte. El viejo caballero que acababa de llegar parecía muerto de confusión. En seguida empezó a hablar y vi inmediatamente que tenían un acento igual que el de un inglés, no al estilo del rey, aunque el rey hacía muy bien las imitaciones. No sé escribir exactamente lo que dijo el anciano, ni puedo imitarlo, pero se volvió hacia la gente y va y dice algo así:

—Ésta es una sorpresa que no me esperaba, y reconozco con toda sinceridad que no estoy muy bien preparado para reaccionar a ella y responder, pues mi hermano y yo hemos sufrido algunas desgracias; él se ha roto el brazo y anoche dejaron nuestro equipaje en un pueblo más arriba por equivocación. Soy Harvey, el hermano de Peter Wilks, y éste, su hermano William, que es sordomudo, y ahora ni siquiera puede hablar mucho por señas, dado que sólo tiene una mano libre. Somos quienes decimos que somos, y dentro de un día o dos, cuando llegue el equipaje, podré demostrarlo. Pero hasta entonces no voy a decir más, sino que me voy al hotel a esperar.

Así que él y el nuevo mudo se pusieron en marcha, y el rey se echa a reír y suelta:

—Con que se ha roto el brazo, vaya, justo a tiempo, ¿no? Y muy cómodo para un mentiroso que tiene que hablar por señas y que no se las ha aprendido. ¡Han perdido su equipaje! ¡Ésa sí que es buena! Y resulta muy ingenioso, en estas circunstancias.

Así que volvió a reírse, igual que todo el mundo, salvo tres o cuatro, o quizá media docena. Uno de ellos era el médico, otro un caballero de aspecto astuto, con una bolsa de tela de esas anticuadas, hecha de tejido para alfombra, que acababa de desembarcar del barco de vapor y que hablaba con el médico en voz baja, mientras miraban al rey de vez en cuando y hacían gestos con la cabeza: era Levi Bell, el abogado que había ido a Louisville, y otro era un tipo alto y robusto que se había acercado a oír lo que decía el anciano y que ahora escuchaba al rey. Y cuando terminó el rey, el tipo robusto va y dice:

—Oiga, una cosa: si es usted Harvey Wilks, ¿cuándo llegó usted al pueblo?

—El día antes del funeral, amigo mío —dice el rey.

—Pero, ¿a qué hora?

—Por la tarde, una hora o dos antes del anochecer.

—¿Cómo llegó?

—Vine en el Susan Powell desde Cincinnati.

—Entonces, ¿cómo es que estaba usted aquella mañana en la Punta, en una canoa?

—Aquella mañana yo no estaba en la Punta.

—Miente.

Unos cuantos se le echaron encima y le dijeron que no hablara así a un viejo que además era predicador.

—De predicador, nada; es un mentiroso y un estafador. Aquella mañana estaba en la Punta. Yo vivo allí, ¿no? Bueno pues allí estaba yo y allí estaba él, y yo lo vi. Llegó en una canoa, con Tim Collins y un muchacho.

El médico va y dice:

—¿Reconocería usted al muchacho si volviera a verlo, Hines?

—Calculo que sí, pero no lo sé. Vaya, ahí está. Lo reconozco perfectamente. Y me señaló. El médico dice:

—Vecinos, no sé si estos nuevos son dos mentirosos o no, pero si no lo son, es que yo soy idiota, es lo que digo. Creo que tenemos que impedir que se vayan de aquí hasta que lo hayamos aclarado todo. Vamos, Hines; venid todos vosotros. Vamos a llevar a estos tipos a la taberna a enfrentarlos con los otros dos y seguro que antes de terminar habremos averiguado algo.

A la gente le encantó aquello, aunque quizá no a los amigos del rey; así que nos pusimos en marcha. Era hacia el atardecer. El médico me llevó de la mano y estuvo muy amable, pero nunca me soltó.

Entramos todos en una gran habitación del hotel y encendieron unas velas e hicieron venir a los dos nuevos. Primero el médico dice:

—No quiero ser demasiado duro con estos dos hombres, pero yo creo que son unos estafadores y quizá tengan cómplices de los que no sabemos nada. En tal caso, ¿no se escaparán los cómplices con el saco de oro que dejó Peter Wilks? No sería raro. Si estos hombres no son estafadores, no se opondrán a que vayamos a buscar el dinero y lo guardemos hasta que demuestren que no lo son; ¿no os parece?

Todo el mundo estuvo de acuerdo. Así que pensé que desde el primer momento habían metido a nuestra banda en un apuro bien serio. Pero el rey no hizo más que poner cara de pena y decir:

—Caballeros, ojalá estuviera ahí el dinero, pues yo no soy de los que ponen obstáculos a una investigación justa, abierta y a fondo de este triste asunto; pero, por desgracia, el dinero no está; pueden enviar a buscarlo, si quieren.

—¿Dónde está, pues?

—Bueno, cuando mi sobrina me lo dio para que se lo guardara, lo escondí en el colchón de mi cama, porque no quería llevarlo al banco sólo para unos días y pensé que la cama sería un lugar seguro, pues no estamos acostumbrados a los negros y supuse que eran honestos, igual que los criados ingleses. Los negros lo robaron a la mañana siguiente, cuando yo bajé, y cuando los vendí todavía no me había dado cuenta de que faltaba, así que se fueron con él. Aquí mi criado se lo puede confirmar, caballeros.

El médico y varios dijeron "¡vaya!", y vi que nadie se lo creía del todo. Un hombre me preguntó si había visto a los negros robarlo. Dije que no, pero que los había visto salir a escondidas de la habitación y marcharse y que nunca había pensado nada malo, porque creí que se habían asustado de haber despertado a mi amo y trataban de marcharse antes de que él los reprendiera. No me preguntaron nada más. Entonces el médico se volvió hacia mí y preguntó:

—¿Tú también eres inglés?

Dije que sí y él y otros se echaron a reír y dijeron: "¡Bobadas!".

Bueno, entonces siguieron con la investigación general, que continuó con sus altibajos, hora tras hora, y nadie dijo ni palabra de cenar, parecía que ni siquiera se acordaban de ello, así que siguieron y siguieron y resultó de lo más complicado. Hicieron que el rey contara su versión, y después que el anciano contara la suya, y cualquiera que no hubiera sido una mula llena de prejuicios habría visto que el caballero anciano decía la verdad y el otro mentiras. Y luego me obligaron a contar lo que yo sabía. El rey me miró de reojo y me di cuenta de qué era lo que me convenía decir. Empecé a hablar de Sheffield y de cómo vivíamos allí y de todos los Wilks que había en Inglaterra, y todo eso; pero no había dicho gran cosa cuando el médico se echó a reír y después Levi Bell, el abogado, va y dice:

—Siéntate, muchacho; yo que tú no me cansaría. Calculo que no estás acostumbrado a mentir y no te resulta fácil; te falta práctica. Lo haces bastante mal.

Aquel cumplido no me agradó mucho, pero en todo caso celebré que me dejaran en paz. El médico empezó a decir algo y luego se da la vuelta y dice:

—Si hubieras estado en el pueblo desde el principio, Levi Bell... El rey interrumpió, alargó la mano y dijo:

—Pero, ¿éste es el viejo amigo de mi pobre hermano que en paz descanse, del que me decía tantas cosas en sus cartas?

El abogado y él se dieron la mano y el abogado sonrió con aire satisfecho y estuvieron charlando un rato y después se apartaron a un lado y hablaron en voz baja, y por fin el abogado habla en voz alta y dice:

—Así se arreglarán las cosas. Hacemos el pedido y lo enviamos, junto con el de su hermano, y así verán que todo está en orden.

Así que trajeron un papel y una pluma, y el rey se sentó, hizo la cabeza a un lado, se mordió la lengua y garrapateó algo; después le pasaron la pluma al duque, y por primera vez puso cara de apuro. Pero tomó la pluma y escribió. Entonces el abogado se vuelve al anciano recién llegado y le dice:

—Usted y su hermano escriban, por favor, una línea o dos y firmen con su nombre. El anciano caballero escribió, pero nadie logró leer lo que decía. El abogado pareció asombradísimo y dijo:

—Bueno, no lo entiendo —y se sacó del bolsillo un montón de cartas antiguas y las examinó; después examinó lo que había escrito el anciano y después otra vez las cartas, y va y dice—: Estas cartas antiguas son de Harvey Wilks, y aquí vemos estas dos letras; todos podéis ver que ninguno de los dos escribió las cartas (el rey y el duque pusieron cara de tontos engañados, os aseguro, al ver cómo les había hecho morder el cebo el abogado), y ésta es la letra de ese caballero, y todos podéis ver sin dificultad que tampoco las escribió él; de hecho, los garabatos que hace ni siquiera pueden calificarse de escritura. Aquí tenemos unas cartas de...

El anciano nuevo va y dice:

—Por favor, permítanme explicarlo. Mi letra no la entiende nadie, pero aquí mi hermano me copia las cartas. Lo que está usted enseñando es su letra, no la mía.

—¡Bien! —dice el abogado—. Así están las cosas. Aquí tengo también algunas de las cartas de William, de manera que, si puede usted decirle que escriba una línea o dos, entonces podemos compa...

—No puede escribir con la mano izquierda —dice el caballero anciano—. Si pudiera utilizar la mano derecha, verían que escribía sus propias cartas y también las mías. Por favor, compárelas usted y verá que están escritas con la misma letra.

El abogado las comparó, y dice:

—Creo que sí, y si no es así, en todo caso hay un parecido mucho más grande de lo que yo había advertido hasta ahora. ¡Bien, bien, bien! Creía que estábamos en la pista de una solución, pero ahora ha desaparecido, al menos en parte. Pero, en todo caso, hay una cosa que está demostrada: ninguno de esos dos es un Wilks —con un gesto de la cabeza hacia el rey y el duque.

Bueno, ¿qué os voy a contar? El tozudo del viejo idiota no estaba dispuesto a confesar ni entonces. De verdad que no. Dijo que aquella prueba no era justa. Dijo que su hermano William se pasaba el tiempo bromeando y no había intentado escribir, y que estaba seguro de que William iba a gastar una de sus bromas en cuanto cogiera el papel. Y se fue calentando y dándole a la lengua hasta el punto de que empezaba a creerse él mismo lo que decía; pero en seguida el nuevo caballero lo interrumpió, y dice:

—Se me acaba de ocurrir algo. ¿Hay alguien aquí que ayudase a vestir a mi her... que ayudase a vestir al difunto señor Peter Wilks para el entierro?

—Sí —dijo alguien—, Ab Turner y yo. Aquí estamos los dos.

Entonces el anciano se vuelve hacia el rey y dice:

—¿Podría este caballero decirme lo que llevaba tatuado en el pecho?

Que me ahorquen si el rey no tuvo que reaccionar a toda velocidad, o se habría hecho pedazos como un terrón de tierra cuando se cae al río, de lo repentino que fue; y os aseguro que era algo que habría hecho pedazos a cualquiera si le hubieran dado un golpe así sin ninguna advertencia; porque, ¿cómo iba él a saber lo que llevaba tatuado aquel hombre? Palideció un poco; no pudo evitarlo; y se hubiera podido oír el vuelo de una mosca, porque todo el mundo se inclinó un poco hacia adelante a ver qué decía. Yo me dije: "Ahora va a tener que tirar la esponja; ya no tiene nada que hacer". ¿Nada que hacer? Casi resulta imposible creerlo, pero allí siguió. Calculo que su idea era seguir adelante con aquello hasta cansar a la gente para que fuera marchándose y entonces él y el duque pudieran fugarse y escapar. En todo caso, allí siguió, y al cabo de un momento empezó a sonreír y dice:

—¡Hum! ¡Vaya una pregunta más difícil! Sí, señor, puedo decirle lo que llevaba tatuado en el pecho. Era una flecha pequeña, muy fina, de color azul... Eso era; y si no se mira muy de cerca no se ve. Y ahora, ¿qué me dice usted?

La verdad es que en mi vida he visto a nadie con tanta cara dura como aquel desaprensivo.

El anciano, con la mirada encendida, se da la vuelta inmediatamente hacia Ab Turner y su compañero, como pensando que esta vez sí que tiene atrapado al rey, y va y dice:

—¡Bien, ya han oído lo que ha dicho! ¿Había un tatuaje así en el pecho de Peter Wilks? Los dos respondieron:

—No vimos nada parecido.

—¡Bien! —dice el anciano caballero—. Lo que sí vieron que llevaba tatuado en el pecho era una P mayúscula pequeña medio borrada y una B mayúscula (que es una inicial que dejó de usar cuando era joven) y una W mayúscula, con guiones entre ellas puestas así: P—B—W. Y lo escribió en una hoja de papel. Vamos, ¿no fue eso lo que vieron?

Los otros dos volvieron a hablar y dijeron:

—No, no lo vimos. No vimos ningún tatuaje en absoluto.

Bueno, ahora todo el mundo estaba de pésimo humor y empezaron a gritar:

—¡Son todos unos estafadores! ¡Al estanque con ellos! ¡Vamos a ahogarlos! ¡Vamos a sacarlos en un raíl! —Todo el mundo gritaba a la vez, con un escándalo imponente. Pero el abogado se sube a la mesa de un salto y dice a gritos:

—¡Caballeros... Caballeros! Permítanme una palabra: una sola palabra... ¡POR FAVOR! Todavía podemos verlo: vamos a desenterrar el cadáver para ver el tatuaje.

Aquello los convenció.

—¡Hurra! —gritaron todos, y se pusieron en marcha, pero el abogado y el médico exclamaron:

—¡Calma, calma! Agarrad fuerte a estos cuatro hombres y al muchacho para que también vengan ellos.

—¡Eso es! —gritaron todos—, y si no encontramos el tatuaje vamos a linchar a toda la banda.

Os aseguro que ahora yo tenía miedo. Pero no había forma de escaparse. Nos agarraron a todos y nos hicieron ir con ellos directamente al cementerio, que estaba a una milla y media río abajo, y nos seguía todo el pueblo, porque hacíamos mucho ruido y no eran más que las nueve de la noche.

Al pasar junto a nuestra casa sentí haber mandado fuera del pueblo a Mary Jane, porque si ahora le pudiera hacer una seña vendría a salvarme y podría denunciar a nuestros estafadores.

Bueno, llegamos en masa al camino del río, armando más ruido que unos gatos salvajes, y para que diera más miedo el cielo se estaba oscureciendo y empezaban a verse unos relámpagos temblorosos, y el viento hacía temblar las hojas. Era la situación más terrible y más peligrosa en que me había visto en mi vida, y me sentía como atontado; todo iba muy diferente de lo que yo había pensado; en lugar de ocurrir de forma que yo pudiera tomarme el tiempo necesario y divertirme con lo que pasaba, con Mary Jane respaldándome para salvarme y devolverme la libertad cuando las cosas se pusieran feas, ahora no había nada en el mundo que se interpusiera entre la muerte repentina y yo, salvo aquellos tatuajes. Si no los encontraban...

No podía soportar pensar en aquello y, sin embargo, no sé por qué no podía pensar en otra cosa. Cada vez se iba poniendo más oscuro y era un momento estupendo para escaparme de aquella gente, pero el fortachón (Hines) me tenía agarrado de la muñeca y era como tratar de escaparse de Golías. Prácticamente me llevaba a rastras, de nervioso que estaba, y para no caerme tenía que correr tras él.

Cuando llegaron se metieron en el cementerio y lo llenaron de una oleada. Y al llegar a la tumba vieron que tenían cien veces más palas de las que necesitaban, pero a nadie se le había ocurrido traer un farol. Pero de todos modos se pusieron a cavar a la luz de los relámpagos y enviaron a alguien a la casa más cercana, que estaba a media milla, a buscar una luz.

Así que cavaron y siguieron cavando como forzados, y la noche se puso negra como boca de lobo y empezó a llover y el viento silbaba y rugía y los relámpagos se veían cada vez más claros mientras tamborileaban los truenos; pero aquella gente no hacía ni caso de entusiasmada que estaba con el asunto; y tan pronto se veía todo y las caras de todo el mundo en aquella multitud con las paletadas de tierra que salían de la tumba, como al segundo siguiente la oscuridad lo borraba todo y no se veía nada en absoluto. Por fin sacaron el ataúd y empezaron a desatornillar la tapa, y la gente se amontonó tanto dándose codazos y empujones para coger sitio y mirar lo que pasaba como nunca he visto en mi vida, y aquello, en medio de la oscuridad, resultaba terrible. Hines me hizo mucho daño en la muñeca a fuerza de tirar de ella, y calculo que se había olvidado de mi existencia, de nervioso y jadeante que estaba.

De pronto, los relámpagos lo iluminaron todo con una luz blanca y alguien gritó:

—¡Por Dios vivo, ahí está la bolsa de oro, en el pecho!

Hines lanzó un aullido, igual que todos los demás, y me soltó la muñeca mientras pegaba un empujón para abrirse camino a mirar, y os aseguro que nunca se ha visto a nadie salir disparado como yo en busca del camino en la oscuridad.

Tenía el camino para mí solo y prácticamente fui volando; por lo menos lo tenía para mí solo, salvo aquellas tinieblas densas y los relámpagos de vez en cuando y el golpeteo de la lluvia y las ráfagas de viento y el cañonazo de los truenos, ¡y podéis creerme si digo que corrí con toda mi alma!

Cuando llegué al pueblo, vi que no había nadie con aquella tormenta, así que no busqué callejas escondidas, sino que seguí corriendo por la calle principal, y cuando empecé a llegar hacia donde estaba nuestra casa guiñé los ojos y la vi. Ni una luz; la casa estaba toda oscura, lo que me hizo sentir triste y desencantado, no sé por qué. Pero por fin, justo cuando pasaba al lado, ¡se enciende de repente la luz en la ventana de Mary Jane! Y me empezó a palpitar el corazón como si me fuera a reventar, y un segundo después la casa y todo lo demás habían quedado detrás de mí en la oscuridad y ya nunca volvería a verla en este mundo. Era la mejor chica que he visto en mi vida, y la más valiente.

En cuanto estuve lo bastante lejos del pueblo para ver que podía llegar al banco de arena, empecé a buscar atentamente un bote que tomar prestado, y al primero que vi a la luz de un relámpago que no estaba encadenado, me metí en él y empujé. Era una canoa y sólo estaba atada con una cuerda. El banco de arena estaba bastante lejos, allá en medio del río, pero no perdí el tiempo, y cuando por fin llegué a la balsa estaba tan agotado que si hubiera podido me habría quedado allí tumbado a recuperar el aliento.

Pero no podía. Al saltar a bordo, grité:

—¡Sal, Jim, y suelta amarras! ¡Bendito sea Dios, nos hemos librado de ellos!

Jim salió corriendo y se me acercaba con los brazos abiertos de alegría, pero cuando lo vi a la luz de un relámpago se me subió el corazón a la boca y me caí al agua de espaldas, pues se me había olvidado que era el rey Lear y un árabe ahogado, todo al mismo tiempo, y me dio un susto mortal. Pero Jim me sacó del agua e iba a abrazarme y a bendecirme, y todo eso de alegría al ver que había vuelto y que nos habíamos librado del rey y el duque, pero voy y digo:

—Ahora no, dejémoslo para el desayuno, ¡para el desayuno! ¡Corta amarras y deja que se deslice la balsa!

Así que en dos segundos fuimos bajando por el río y la verdad era que daba gusto volver a ser libres y estar solos en el gran río sin nadie que nos molestase. Me puse a dar saltos y carreritas y a chocar los talones en el aire unas cuantas veces, porque no podía evitarlo; pero hacia la tercera vez oí un ruido que conocía muy bien, y contuve el aliento y escuché a ver qué pasaba, y claro, cuando estalló el siguiente relámpago encima del agua, ¡ahí llegaban!, ¡venga de darle a los remos de forma que su bote corría como una bala! Eran el rey y el duque.

Así que me caí deshecho entre los troncos y renuncié a todo; tuve que aguantarme mucho para no echarme a llorar.

Cuando subieron a bordo, el rey se me echó encima, me agarró del cuello de la camisa y dijo:

—¡Conque tratando de huir, muchachito! Te habías cansado de nosotros, ¿verdad? Y yo respondí:

—No, majestad, no es así... ¡Por favor, pare, majestad!

—Entonces, ¡cuéntanos rápido qué pensabas hacer, o te saco las tripas a pedazos!

—De verdad, le voy a decir justo lo que pasó, majestad. El hombre que me sujetaba se portó muy bien conmigo y no hacía más que decir que tenía un hijo de mi edad que se había muerto el año pasado y que le resultaba muy triste ver a un muchacho en una situación tan peligrosa, y cuando se quedaron sorprendidos al encontrar el oro y se abalanzaron hacia el ataúd, me soltó y me dijo: "Vete corriendo, o seguro que te cuelgan", y yo me largué. No parecía que valiese de nada quedarme... Yo no podía hacer nada y no quería que me ahorcasen si podía evitarlo. Así que no paré de correr hasta encontrar la canoa, y cuando llegué aquí le dije a Jim que se diera prisa o todavía podrían venir a agarrarme y ahorcarme, y dije que temía que el duque y usted ya no estuvieran vivos y me puse muy triste, igual que Jim; por eso me he alegrado mucho al verles llegar; pregúntele a Jim si no es verdad.

Jim dijo que así era, y el rey le mandó cerrar la boca y añadió: "¡Ah, sí, seguro!", y me volvió a dar de sacudidas y a decir que estaba pensando en ahogarme. Pero el duque va y dice:

—¡Suelta al muchacho, viejo idiota! ¿Habrías hecho tú otra cosa? ¿Preguntaste tú por él cuando te largaste? Yo no lo recuerdo.

Así que el rey me soltó y empezó a maldecir a aquel pueblo y a todos sus habitantes. Pero el duque va y dice:

—Más vale que te maldigas a ti mismo porque eres el que más lo merece. Desde el principio no has hecho ni una cosa con sentido, salvo cuando te inventaste tan tranquilo aquello del tatuaje de la flecha azul. Aquello sí que estuvo bien; estuvo fenómeno.

Y fue lo que nos salvó. Porque de no haber sido por eso nos habrían metido en la cárcel hasta que llegara el equipaje de los ingleses, y entonces, ¡te apuesto a que de allí a la penitenciaría! Pero aquel truco les hizo ir al cementerio y lo del oro nos vino todavía mejor, pues si no se hubieran puesto tan nerviosos y nos hubieran soltado cuando se abalanzaron a mirar lo que había, esta noche habríamos dormido con las corbatas puestas, y corbatas de las que duran para siempre, o sea, más de lo que nos convenía.

Se quedaron callados un momento pensándolo; después el rey va y dice, como recordando algo:

—¡Vaya! ¡Y nosotros creíamos que lo habían robado los negros! ¡Yo me puse nerviosísimo!

—Sí —dice el duque, así como lentamente y sarcástico—, eso pensábamos. Al cabo de medio minuto el rey suelto:

—Por lo menos, eso pensaba yo. El duque dice, con el mismo tono:

—Por el contrario, lo pensaba yo. El rey se irrita y dice:

—Mira, Aguassucias, ¿a qué te refieres? Y el duque contesta, muy firme:

—Si nos ponemos en eso, quizá me permitas preguntarte a qué te referías tú.

—¡Caray! —dice el rey, muy sarcástico—, pues no lo sé: a lo mejor estabas dormido y no sabías lo que hacías.

Entonces el duque se enfadó de verdad y contestó:

—Bueno, basta ya de estupideces. ¿Me tomas por un imbécil? ¿Te crees que no sé quién escondió el dinero en el ataúd?

—¡Sí, señor! ¡Sé que lo sabes porque lo hiciste tú mismo!

—¡Mentira! —y el duque se le echa encima. El rey grita:

—¡Quita esas manos! ¡Suéltame el cuello! ¡Lo retiro todo! El duque va y dice:

—Bueno, primero tienes que confesar que escondiste aquel dinero, y que te proponías separarte de mí un día de éstos y volver y desenterrarlo para quedártelo todo.

—Hombre, un minuto, duque: respóndeme a esta pregunta, con toda sinceridad: si no pusiste tú allí el dinero, dilo y te lo creo y retiro todo lo que he dicho.

—Viejo sinvergüenza, no fui yo y tú lo sabes. ¡Que quede claro!

—Bueno, entonces te creo. Pero contéstame sólo una cosa más, y no te enfades. ¿No se te ocurrió llevarte el dinero y esconderlo?

El duque se quedó un momento en silencio y respondió:

—Bueno, no importa que se me ocurriera o no, porque en todo caso no lo hice yo. Pero a ti no sólo se te ocurrió, sino que lo hiciste.

—Que me muera si fui yo, duque, y te lo digo de verdad. No te digo que no fuera a hacerlo, porque sería mentira, pero tú —o quien fuera— te me adelantaste.

—¡Mentira! Fuiste tú y tienes que decirlo o... El rey empezó a gorgotear y luego jadeó:

—¡Basta! ¡Confieso!

Me alegré mucho cuando lo dijo; me hizo sentir mucho más tranquilo que antes. Así que el duque le quitó las manos de encima y dice:

—Si lo vuelves a negar, te ahogo. Está muy bien que te quedes ahí sentado llorando como un niño. Es lo que te corresponde después de lo que has hecho. En mi vida he visto ni a un avestruz que se lo tragara todo, y yo confiando en ti todo el tiempo, como si fueras mi propio padre. Debería darte vergüenza haberte quedado ahí y oír cómo le echaban la culpa a un montón de pobres negros, sin decir ni una palabra por ellos. Me siento ridículo recordando que fui tan imbécil que me creí aquella estupidez. Maldito seas, ahora entiendo por qué estabas tan dispuesto a arreglar lo del déficit: querías quedarte con el dinero que yo había sacado del "sin par" y con una cosa y otra quedarte con todo.

El rey va y dice, todo tímido y todavía con voz jadeante:

—Pero, duque, fuiste tú el que dijiste lo de compensar el déficit, no yo.

—¡Cállate! ¡No quiero oírte ni una palabra! —dice el duque—. Y ahora mira lo que has conseguido. Han recuperado todo el dinero, y encima el nuestro, salvo unas perras.

¡Vete a dormir y no me vuelvas a hablar de déficit ni no déficit en toda tu vida!

Así que el rey volvió al wigwam y buscó compañía en su botella, y poco después el duque empezó a darle a la suya, y al cabo de una media hora volvían a estar tan amigos, y cuantos más amigos más cariñosos, hasta que quedaron roncando, abrazados el uno al otro. Los dos se pusieron muy parlanchines, pero vi que el rey no lo estaba tanto como para olvidarse de que no tenía que repetir que no había sido él quien había escondido la bolsa con el dinero. Aquello me hizo sentir tranquilo y satisfecho. Naturalmente, cuando se pusieron a roncar nosotros estuvimos hablando mucho rato y se lo conté todo a Jim.

Durante días y días no nos atrevimos a parar en ningún otro pueblo, sino que seguimos bajando por el río. Ya habíamos llegado al Sur, donde hacía calor y estábamos muy lejos de casa. Empezamos a encontrar árboles llenos de musgo negro, que les caía de las ramas como grandes barbas grises. Era la primera vez que los veía, y aquello daba al bosque un aspecto solemne y triste. Los sinvergüenzas calcularon que ya estaban fuera de peligro y empezaron a trabajar otra vez en los pueblos.

Primero dieron una conferencia sobre la templanza; pero no sacaron lo suficiente para emborracharse los dos. Después, en otro pueblo pusieron una escuela de baile, pero bailaban peor que un canguro, así que a la primera pirueta el público se les echó encima y los expulsó del pueblo. Otra vez quisieron dar lecciones de locución, pero no "locucionaron" mucho, porque el público se levantó y los empezó a maldecir e hizo que se marchasen. Probaron a hacer de misioneros, hipnotizadores, médicos, echadores de la buenaventura y un poco de todo, pero parecía que no tenían suerte. Así que, por fin, se quedaron prácticamente sin dinero y no hacían más que estar tumbados en la balsa mientras ésta bajaba flotando, pensando y pensando, sin decir ni una palabra en todo el día, tristísimos y desesperados.

Por fin empezaron a cambiar y se pusieron a hablar en el wigwam en tono bajo y confidencial dos o tres horas seguidas. Jim y yo nos pusimos nerviosos. No nos gustaba aquello. Pensamos que estarían estudiando alguna faena peor que las anteriores. Lo hablamos muchas veces y por fin decidimos que iban a atracar la casa o la tienda de alguien o que pensaban falsificar dinero, o algo parecido. Entonces nos dio mucho miedo y decidimos que no tendríamos nada que ver con aquello, y que si se presentaba la menor oportunidad nos despediríamos a la francesa y los abandonaríamos. Bueno, una mañana a primera hora escondimos la balsa en un buen sitio a seguro, a unas dos millas por debajo de una aldea que se llamaba Pikesville, y el rey fue a tierra y nos dijo a todos que siguiéramos escondidos mientras él iba al pueblo a ver si alguien se había enterado ya de lo que era "La Realeza Sin Par" ("una casa que robar, a eso te refieres", me dije yo, "y cuando termines de robarla vas a volver y te vas a preguntar qué ha sido de mí y de Jim y de la balsa, y ya puedes esperarnos sentados"). Y dijo que, si no volvía al mediodía, el duque y yo sabríamos que todo iba bien y tendríamos que reunirnos con él.

Así que nos quedamos donde estábamos. El duque estaba nervioso, sudoroso y de pésimo humor. Nos reñía por todo y nada de lo que hacíamos le parecía bien; todo lo encontraba mal. Desde luego que estaban preparando algo. Me alegré mucho cuando llegó el mediodía y no había vuelto el rey; ahora iban a cambiar las cosas, y a lo mejor encima se presentaba una oportunidad. Así que el duque y yo fuimos al pueblo y nos pusimos a buscar al rey; al cabo de un rato lo encontramos en la trastienda de una taberna de mala muerte, medio bebido, con un montón de borrachos que lo provocaban para divertirse mientras él los maldecía y los amenazaba con todas sus fuerzas, tan bebido que no podía ni andar ni hacerles nada. El duque se metía con él por ser un viejo idiota y el rey le respondía, así que en cuanto vi que aquello se calentaba, me fui a toda mecha y corrí por el camino del río abajo como un ciervo, porque había visto nuestra oportunidad y decidí que ya podían esperarnos sentados antes de volver a vernos a Jim y a mí. Llegué sin aliento, pero contentísimo y grité:

—¡Suelta amarras, Jim; todo está arreglado!

Pero nadie me respondió ni salió del wigwam. ¡Jim había desaparecido! Pegué un grito y luego otro y otro, y me puse a correr por el bosque arriba y abajo pegando voces y gritos, pero para nada: Jim había desaparecido. Entonces me senté y me eché a llorar; no pude evitarlo. Pero no me pude quedar sentado mucho tiempo. Al cabo de un rato volví al camino tratando de pensar lo que tendría que hacer, me encontré con un muchacho que iba andando y le pregunté si había visto a un negro desconocido vestido de tal y tal forma, y él va y dice:

—Sí.

—¿Dónde? —pregunté.

—Por la casa de Silas Phelps, dos millas más abajo. Es un esclavo fugitivo y lo han pescado. ¿Lo estabas buscando?

—¡Y tanto! Me lo encontré en el bosque hace una o dos horas y me dijo que si gritaba me iba a sacar los hígados y que me quedase quieto, donde estaba, que es lo que he hecho. Allí he estado desde entonces, porque me daba miedo salir.

—Bueno —va y dice él—, ya no tienes que tenerle miedo porque lo han pescado. Se fugó de no sé dónde en el Sur.

—Menos mal que lo han agarrado.

—¡Hombre, y tanto! Daban una recompensa de doscientos dólares por él. Es como encontrarse dinero en el suelo.

—Sí, es verdad, y podría haber sido mío si yo hubiera sido mayor. Yo lo vi primero. ¿Quién lo pescó?

—Un tipo raro, un desconocido, que vendió su derecho a él por cuarenta dólares porque tiene que ir río arriba y no puede esperar. ¡Imagínate! Pues yo sí que esperaría, aunque fueran siete años.

—Lo mismo digo yo —respondí—. Pero a lo mejor es que sus derechos no valen tanto si los vende por tan poco. A lo mejor es que ahí hay algo que no es legal.

—Pues te digo que no, que es de lo más legal. Yo mismo he visto el anuncio de la recompensa. Da todos los detalles de él, hasta el último, como si fuera en un cuadro, y dice de qué plantación viene, más allá de Nueva Orleans. No, señor, ya puedes apostar a que no hay nada raro. Oye, dame tabaco para mascar, ¿tienes?

No me quedaba nada, así que se marchó. Fui a la balsa y me senté en el wigwam a pensar. Pero no se me ocurría nada. Pensé hasta que me dolió la cabeza, pero no veía forma de salir de aquel problema. Después de todo el viaje y lo que habíamos hecho por aquellos desalmados, todo se había terminado, todo se había deshecho y destrozado, porque habían tenido la mala sangre de jugarle una pasada así a Jim y volver a convertirlo en un esclavo para toda su vida, y encima entre desconocidos, por cuarenta sucios dólares.

Una vez me dije que sería mil veces mejor que Jim fuera esclavo en casa, donde estaba su familia, si es que tenía que ser esclavo, así que mejor sería escribirle una carta a Tom Sawyer para que dijese a la señorita Watson dónde estaba. Pero en seguida renuncié a la idea por dos cosas: estaría indignada y enfadada por su mala fe y su ingratitud al escaparse de ella, así que lo volvería a vender río abajo, y si no, todo el mundo desprecia naturalmente a un negro ingrato y se lo recordarían a Jim todo el tiempo, para que se sintiera desgraciado y deshonrado. Y, ¡qué pensarían de mí! Todo el mundo se enteraría de que Huck Finn había ayudado a un negro a conseguir la libertad, y si volvía a ver a alguien del pueblo tendría que ser para agacharme a lamerle las botas de vergüenza. Así son las cosas: alguien hace algo que está mal y después no quiere cargar con las consecuencias. Se cree que mientras pueda esconderse no tendrá que pasar vergüenza. Y ésa era mi situación. Cuanto más lo estudiaba más me remordía la conciencia, y más malvado, rastrero y desgraciado me sentía. Y, por fin, cuando de repente me di cuenta del todo de que era la mano de la Providencia que me daba en la cara y me decía que mi maldad era algo conocido de siempre allá en el cielo, porque le había robado su negro a una pobre vieja que nunca me había hecho nada malo, y ahora me demostraba que siempre hay Alguien que lo ve todo y que no permite que se hagan esas maldades más que hasta un punto determinado, casi me caí al suelo de miedo que me dio. Bueno, hice todo lo que pude para facilitarme las cosas diciéndome que me habían criado mal, de manera que no era todo culpa mía, pero dentro de mí había algo que repetía: "Estaba la escuela dominical y podrías haber ido; y si hubieras ido te habrían enseñado que a la gente que hace las cosas que tú has hecho por ese negro le espera el fuego eterno".

Aquello me hizo temblar. Y decidí ponerme a rezar y ver si podía dejar de ser un mal chico y hacerme mejor. Así que me arrodillé. Pero no me salían las palabras. ¿Por qué no? No valía de nada tratar de disimulárselo a Él. Ni a mí tampoco. Sabía muy bien por qué no salían de mí. Era porque mi alma no estaba limpia; era porque no me había arrepentido; era porque estaba jugando a dos paños. Hacía como si fuera a renunciar al pecado, pero por dentro seguía empeñado en el peor de todos. Trataba de obligar a mi boca a decir que iba a hacer lo que estaba bien y lo que era correcto y escribir a la dueña de aquel negro para comunicarle dónde estaba; pero en el fondo sabía que era mentira, y Él también. No se pueden rezar mentiras, según comprendí entonces.

De manera que estaba lleno de problemas, todos los problemas del mundo, y no sabía qué hacer. Por fin tuve una idea y me dije: "Voy a escribir la carta y después intentaré rezar". Y, bueno, me quedé asombrado de cómo me volví a sentir ligero como una pluma inmediatamente, y sin más problemas. Así que agarré una hoja de papel y un lápiz, sintiéndome muy contento y animado, y me senté a escribir:

"Señorita Watson, su negro fugitivo Jim está aquí dos millas abajo de Pikesville y lo tiene el señor Phelps, que se lo devolverá por la recompensa si lo manda a buscar.

"HUCK FINN"

Me sentí bien y limpio de pecado por primera vez en toda mi vida y comprendí que ahora ya podía rezar. Pero no lo hice inmediatamente, sino que puse la hoja de papel a un lado y me quedé allí pensando: pensando lo bien que estaba que todo hubiera ocurrido así y lo cerca que había estado yo de perderme y de ir al infierno. Y seguí pensando. Y me puse a pensar en nuestro viaje río abajo y vi a Jim delante de mí todo el tiempo: de día y de noche, a veces a la luz de la luna, otras veces en medio de tormentas, y cuando bajábamos flotando, charlando y cantando y riéndonos. Pero no sé por qué parecía que no encontraba nada que me endureciese en contra de él, sino todo lo contrario. Le vi hacer mi guardia además de la suya, en lugar de despertarme, para que yo pudiera dormir más, y vi cómo se alegró cuando yo volví en medio de la niebla, y cuando volvimos a encontrarnos otra vez en el pantano, allá lejos donde la venganza de sangre, y todos aquellos momentos, y cómo siempre me llamaba su niño y me acariciaba y hacía todo lo que podía por mí, y lo bueno que había sido siempre, hasta que llegué al momento en que lo había salvado cuando les dije a los hombres que teníamos la viruela a bordo y lo agradecido que estuvo y que había dicho que yo era el mejor amigo que tenía en el mundo el viejo Jim, y el único que tiene ahora, y después, cuando miraba al azar de un lado para el otro, vi la hoja de papel.

Me costó trabajo decidirme. Agarré el papel y lo sostuve en la mano. Estaba temblando, porque tenía que decidir para siempre entre dos cosas, y lo sabía. Lo miré un minuto, como conteniendo el aliento, y después me dije:

"¡Pues vale, iré al infierno!", y lo rompí.

Eran ideas y palabras terribles, pero ya estaba hecho. Así lo dejé, y no volví a pensar más en lo de reformarme. Me lo quité todo de la cabeza y dije que volvería a ser malo, que era lo mío, porque así me habían criado, y que lo otro no me iba. Para empezar, iba a hacer lo necesario para sacar a Jim de la esclavitud, y, si se me ocurría algo peor, también lo haría, porque una vez metidos en ello, igual daba ocho que ochenta.

Después me puse a pensar en cómo conseguirlo y le di un montón de vueltas en la cabeza, hasta que encontré un plan que me iba bien. Así que vi cuál era la posición de una isla arbolada que estaba un poco río abajo, y en cuanto empezó a oscurecer un poco salí a escondidas con mi balsa y la escondí allí, y después me acosté. Dormí toda la noche y me levanté antes de que amaneciera, desayuné, me puse la ropa de la tienda y el resto en un hatillo y tomé la canoa para ir a tierra. Llegué a donde me pareció que debía de estar la casa de Phelps y escondí el hatillo en los bosques;

después llené la canoa de agua y de piedras y la hundí donde pudiera volver a encontrarla cuando quisiera, más o menos un cuarto de milla abajo de un pequeño molino de vapor que había en la orilla.

Después me puse en camino, y cuando pasé por el molino vi un letrero que decía "Serrería de Phelps", y cuando llegué a las casas, dos o trescientas yardas más allá, estuve muy atento, pero no se veía a nadie, aunque ya había amanecido del todo. Pero no me importó porque todavía no quería encontrarme con nadie: sólo quería ver cómo era todo aquello. Según mi plan iba a aparecer allí, viniendo del pueblo, y no desde el río. Así que eché un vistazo y me encaminé derecho al pueblo. Bueno, al primero que vi al llegar fue al duque. Estaba poniendo un cartel de "La Realeza Sin Par" (tres representaciones), igual que la otra vez. ¡Qué cara más dura tenían aquellos dos sinvergüenzas! Me planté a su lado antes de que él pudiera ni moverse. Pareció asombrarse y dijo:

—¡Hola! ¿De dónde sales tú? —y después añade, como si estuviera muy contento—: ¿Dónde está la balsa? ¿La has puesto en buen sitio? Y yo contesté:

—Hombre, eso era lo que iba a preguntar yo a vuestra gracia. Entonces no pareció estar tan contento y preguntó:

—¿Por qué me lo ibas a preguntar a mí?

—Bueno —voy y digo yo—, cuando vi al rey ayer en aquella taberna me dije que tardaríamos horas en llevárnoslo a casa hasta que se hubiera serenado, así que me puse a dar vueltas por el pueblo para hacer tiempo y esperar. Vino un hombre que me ofreció diez centavos si lo ayudaba a llevar un bote al otro lado del río y a volver con una oveja, así que me fui con él; pero cuando la estábamos llevando al bote y el hombre me dio la cuerda y fue detrás del bote para empujar, la oveja resultó demasiado para mí solo y se soltó y se echó a correr, y nosotros detrás de ella. No teníamos perro, así que tuvimos que correr tras ella por todo el campo hasta que se cansó. No la pescamos hasta el anochecer; después la llevamos al otro lado y yo me fui hacia la balsa. Cuando llegué y vi que había desaparecido me dije: "Se han metido en líos y se han tenido que ir, y se han llevado a mi negro, que es el único negro que tengo en el mundo, y ahora estoy en un país extraño y no tengo nada mío, no me queda nada de nada ni tengo forma de ganarme la vida", así que me senté a llorar. Me quedé dormido en el bosque toda la noche. Pero, entonces, ¿qué ha pasado con la balsa? ... Y Jim. ¡Pobre Jim!

—Que me ahorquen si lo sé; me refiero a lo que ha pasado con la balsa. El viejo imbécil hizo un negocio y sacó cuarenta dólares, y cuando lo encontramos en la taberna, unos patosos se habían puesto a jugarse medios dólares con él y le habían sacado hasta el último centavo salvo lo que se había gastado en whisky, y cuando fui a llevarlo a casa a última hora de la noche y vimos que había desaparecido la balsa nos dijimos: "Ese pequeño sin vergüenza nos ha robado la balsa y se nos ha escapado río abajo".

—No me iba a escapar sin mi negro, ¿no? El único negro que tenía en el mundo, mi única propiedad.

—Eso no se nos había ocurrido. La verdad es que calculo que habíamos llegado a considerarlo como nuestro negro; sí, eso es; Dios sabe que nos habíamos molestado bastante por él. Así que cuando vimos que había desaparecido la balsa y nosotros sin un centavo, no quedaba más remedio que intentar otra vez "La Realeza Sin Par". Y aquí ando desde entonces, más seco que un desierto. ¿Dónde están esos diez centavos?

Dámelos.

Yo tenía bastante dinero, así que le di diez centavos, pero le rogué que se lo gastara en algo que comer y que me diera algo, porque no tenía más dinero y no comía desde ayer. No dijo ni palabra. Al momento siguiente se me echó encima diciendo:

—¿Crees que ese negro se va a chivar de nosotros? ¡Como se chive le sacamos la piel a tiras!

—¿Cómo va a chivarse? ¿No se ha escapado?

—¡No! El viejo imbécil lo vendió y no lo repartió conmigo y ahora ya no queda nada.

—¿Que lo ha vendido? —dije, y me eché a llorar—; pero si era mi negro, así que era mi dinero. ¿Dónde está? Quiero a mi negro.

—Bueno, no te va a llegar tu negro y se acabó, así que basta de lloriquear. Vamos: ¿crees que te atreverías a chivarte de nosotros? Que me cuelguen si me fío de ti. Caray, si fueras a chivarte de nosotros...

Se calló, pero nunca había visto al duque lanzar una mirada tan horrible. Yo seguí llorando y dije:

—No quiero chivarme de nadie, y además no tengo tiempo de hacerlo; tengo que buscar a mi negro.

Parecía como molesto y se quedó con los programas revoloteándole encima del brazo, pensando y arrugando la frente. Por fin dijo:

—Te voy a decir una cosa. Tenemos que pasar aquí tres días. Si prometes que no te vas a chivar y que no vas a dejar que se chive el negro, te digo dónde está.

Así que se lo prometí y él continuó:

—Un campesino que se llama Silas Ph...

Y después se calló. O sea, que había empezado a contarme la verdad, pero cuando se calló y empezó a pensar y a reflexionar, calculé que estaba cambiando de opinión. Y eso era. No se fiaba de mí; quería asegurarse de que no le iba a crear problemas los tres días enteros. Así que al cabo de un momento va y dice:

—El hombre que lo compró se llama Abram Foster, Abram G. Foster, y vive cuarenta millas campo a través, en el camino de Lafayette.

—Muy bien —dije yo—. Eso lo puedo recorrer en tres días. Y me marcho esta misma tarde.

—No, ni hablar, te marchas ahora mismo, y no pierdas el tiempo ni te pongas por ahí a charlar. Ten la boca bien cerrada y ponte en marcha; ¿así no tendrás ningún problema con nosotros, me oyes?

Ésa era la orden que quería yo recibir y la que estaba esperando. Quería libertad para llevar a cabo mis planes.

—Así que largo —dice—, y puedes contarle al señor Foster lo que quieras. A lo mejor consigues que se crea que Jim es tu negro, porque hay idiotas que no exigen documentos, o por lo menos eso me han dicho que pasa aquí en el Sur. Y cuando le digas que la octavilla y la recompensa son falsos, a lo mejor te cree cuando le expliques por qué se repartieron. Ahora largo y dile lo que quieras, pero cuidado con darle a la sin hueso en ninguna parte, hasta que llegues allí.

Así que eché a andar hacia el campo. No miré atrás, pero tuve la sensación de que me estaba vigilando. Pero sabía que podía conseguir que se cansara de mirarme. Seguí andando hacia el campo lo menos una milla antes de pararme; después deshice el camino por el bosque hacia la casa de Phelps. Calculé que más valía empezar con mi plan sin pérdida de tiempo porque quería evitar que Jim dijera nada hasta que se marcharan aquellos tipos. No quería problemas con gente así. Ya estaba harto de ellos y quería perderlos de vista para siempre.

Cuando llegué estaba todo en calma, como si fuera domingo, hacía calor y brillaba el sol; los esclavos se habían ido a los campos y no se oía más que ese zumbido de los insectos y las moscas en el aire que le hace a uno sentir tan solo como si todo el mundo se hubiera muerto y desaparecido, y si sopla una brisa y hace temblar las hojas, se siente uno triste porque es como si fueran los espíritus que dicen algo, unos espíritus que llevan muertos muchos años, y siempre piensas que están hablando de ti. En general, le dan a uno ganas de estar muerto, y de haber acabado con todo.

La casa de Phelps era una de esas plantaciones de algodón muy pequeñas, que son todas iguales. Una valla de troncos en torno a un patio de dos acres; una entrada hecha de troncos aserrados y puestos en el suelo, como escalones de diferentes alturas para pasar por encima de la valla y para que se suban en ella las mujeres cuando van a montar a caballo; unos matojos de hierba en el patio, pero en general todo muy árido y liso, como un sombrero viejo y desgastado; una casa grande de troncos dobles para los blancos: troncos acabados con los agujeros tapados con adobe o mortero y con esas separaciones que se encalan de vez en cuando; una cocina de troncos redondos con un pasillo ancho y abierto pero techado que llevaba a la casa, una cabaña de troncos para ahumar carnes detrás de la cocina, tres pequeñas cabañas de troncos para los negros, puestas en una fila al otro lado de la cabaña para ahumar, otra cabaña aislada contra la valla de atrás y unas casetas del otro lado; un depósito para la cal viva y un gran caldero en el que hervir el jabón junto a la caseta; un banco junto a la puerta de la cocina, un cubo de agua y una calabaza; un perro dormido al sol; más perros dormidos a un lado y al otro, arbustos y moreras en un sitio junto a la valla; al otro lado de la valla, un huerto y un plantel de sandías, y después los campos de algodón y más allá los bosques.

Di la vuelta y trepé por encima de la portezuela de atrás junto a donde estaba la cal viva, y fui a la cocina. Al cabo de unos pasos oí el zumbido sordo de una rueca y entonces comprendí que más me valdría estar muerto, porque es el ruido más solitario de todo el mundo.

Seguí adelante, sin hacerme ningún plan concreto, confiando sólo en que la Providencia me pusiera las palabras acertadas en la boca cuando llegara el momento, pues había advertido que la Providencia siempre me ponía en la boca las palabras exactas si la dejaba en paz.

Cuando estaba a mitad de camino, primero un perro y después otro se levantaron, así que naturalmente me paré frente a ellos, totalmente inmóvil. ¡Y menudo jaleo armaron! Al cabo de un cuarto de minuto se podría decir que yo era como el eje de una rueda y que los radios eran los perros, un círculo de quince de ellos que me daba vueltas, con los cuellos y las narices apuntados hacia mí, ladrando y aullando, y llegaban cada vez más; se los veía saltar las vallas y salir de las esquinas por todas partes.

De la cocina salió corriendo una negra con un rodillo de amasar en la mano gritando: "¡Fuera! ¡Tú, Tige! ¡Tú, Spot! ¡Fuera, digo!". Y le dio un golpe primero a uno y luego a otro, que se fueron aullando, y después siguió el resto, y al cabo de un segundo la mitad de ellos volvieron, meneando las colas y haciéndose amigos míos. La verdad es que los perros no son malos bichos.

Y detrás de la mujer aparecieron una niña negra y dos niños negros que no llevaban nada puesto más que unas camisas de lino y se agarraban al vestido de su madre y me miraban desde detrás de las faldas muy tímidos, como hacen todos. Entonces salió corriendo de la casa la mujer blanca, que tendría cuarenta y cinco o cincuenta años, sin sombrero y con el uso de la rueca en la mano, y detrás de ella sus hijos blancos, que eran igual de tímidos que los negros. Sonreía de oreja a oreja, y va y dice:

—¡Eres tú por fin! ¿Verdad?

Solté un "sí, señora" antes de pensármelo.

Me abrazó y después me tomó de las dos manos y me las estrechó muchas veces, sin parar de decir: "No te pareces tanto a tu madre como yo creía, pero la verdad es que no me importa nada. ¡Me alegro tanto de verte! ¡Dios mío, Dios mío, ¡si es que podría comerte! ¡Niños, es su primo Tom! A ver si lo saludan".

Pero agacharon las cabezas, se llevaron los dedos a la boca y se escondieron detrás de las faldas de su madre. Entonces ella siguió diciendo:

—Lize, deprisa, prepárale un desayuno caliente ahora mismo. ¿O ya desayunaste en el barco?

Dije que había desayunado en el barco. Entonces ella fue hacia la casa agarrándome de la mano, y los niños vinieron detrás. Cuando llegamos me hizo sentar en una silla de rejilla y ella se sentó en un taburete bajo frente a mí, agarrándome de las dos manos, y va y dice:

—Ahora puedo mirarte bien y, Dios me bendiga, tenía tantísimas ganas de verte todos estos años, y ¡por fin has llegado! Llevábamos esperándote dos días o más. ¿Por qué has tardado tanto? ¿Es que embarrancó el barco?

—Sí, señora... es que...

—No me digas sí señora; dime tía Sally. ¿Dónde embarrancó?

No sabía exactamente qué decir, porque no sabía si el barco vendría río arriba o río abajo. Pero hago muchas cosas por instinto, y mi instinto decía que vendría río arriba desde Orleans más o menos. Pero aquello tampoco me servía de mucho, porque no sabía cómo se llamaban las barras de esa parte. Vi que tendría que inventarme una barra u olvidarme de cómo se llamaba en la que habíamos embarrancado o... Entonces se me ocurrió una idea y la solté.

—No fue lo de embarrancar... Aquello no nos hizo retrasar casi. Fue que reventó la cabeza de un cilindro.

—¡Dios mío! ¿Algún herido?

—No, señora. Mató a un negro.

—Bueno, menos mal; porque a veces esas cosas matan a alguien. Las Navidades pasadas hizo dos años que tu tío Silas venía de Nueva Orleans en el viejo Lally Rook y reventó la cabeza de un cilindro y dejó inválido a un hombre. Y creo que después murió. Era baptista. Tu tío Silas conocía a una familia de Baton Rouge que conocía muy bien a la suya. Sí, ahora recuerdo que efectivamente se murió. Le dio la gangrena y le tuvieron que amputar. Pero ni así se salvó. Sí, fue la gangrena, eso fue. Se puso todo azul y se murió con la esperanza de una resurrección gloriosa. Dicen que daba miedo verlo. Tu tío ha ido al pueblo todos los días a buscarte, y acaba de volver a salir hace sólo una hora; debe de estar a punto de volver. Debes de habértelo encontrado por la carretera, ¿no? Ya mayor, con una...

—No, no he visto a nadie, tía Sally. El barco llegó justo al amanecer, dejé mi equipaje en el muelle y fui a darme una vuelta por el pueblo y también por el campo para hacer tiempo y no llegar demasiado temprano; por eso he llegado por la parte de atrás.

—¿A quién le diste el equipaje?

—A nadie.

—¡Pero, niño, te lo van a robar!

—No, donde lo escondí no lo creo —dije.

—¿Cómo es que desayunaste tan temprano en el barco? Aquello se estaba poniendo difícil, pero respondí.

—El capitán me vio levantado y pensó que más valía que comiese algo antes de desembarcar, así que me llevó a las camaretas de arriba, donde comen los oficiales, y me dio todo lo que quería.

Me estaba poniendo tan nervioso que no estaba atento. Pensaba todo el tiempo en los niños; quería llevármelos a sacarles algo de información para averiguar quién era yo. Pero no había forma. La señora Phelps no hacía más que hablar. Al cabo de un rato me dieron escalofríos por todo el cuerpo porque dijo:

—Pero aquí estamos venga de hablar y todavía no me has dicho nada de mi hermana ni de los demás. Ahora pararé de darle a la lengua y te toca a ti; cuéntamelo todo, dime cómo están todos hasta el último de ellos, cómo les va y lo que hacen y lo que te han dicho que me digas y todo lo que recuerdes.

Bueno, comprendí que estaba en un auténtico apuro. La Providencia me había apoyado hasta ese momento, pero ahora me tocaba arreglármelas como pudiera. Vi que no valía de nada tratar de empezar: tenía que confesar la verdad. Así que me dije: Ahora tengo que arriesgarme otra vez a decir la verdad. Abrí la boca para empezar a hablar, pero ella me agarró, me escondió detrás de la cama, y va y dice:

—¡Aquí llega!, agacha más la cabeza; bueno, así está bien, ahora no te puede ver. Que no note que estás aquí. Quiero gastarle una broma. Niños, no digan ni una palabra.

Vi que me estaba metiendo en otra buena pero no valía de nada preocuparse; no había nada que hacer más que quedarme callado y tratar de escapar cuando estallara la tormenta.

Apenas pude ver al viejo cuando entró porque después me lo tapó la cama. La señora Phelps dio un salto y preguntó:

—¿Ha llegado?

—No —respondió su marido.

—¡Santo cielo! —dijo ella—, ¿qué puede haberle pasado?

—No me lo puedo imaginar —dijo el anciano—, y debo confesar que no me siento nada tranquilo.

—¡Tranquilo! —dijo ella— ¡Yo estoy a punto de volverme loca! Tiene que haber llegado, lo que pasa es que no lo has visto por el camino. Estoy segura de que ha sido eso. Algo me lo dice.

—Pero, Sally, es imposible que no lo haya visto, y lo sabes.

—Pero, ay Dios mío, Dios mío, ¿qué dirá mi hermana? Tiene que haber llegado. Tiene que ser que no lo has visto. Tiene...

—Bueno, no me preocupes más de lo que ya estoy. No sé cómo demonio entenderlo. Ya no sé qué pensar y no me importa reconocer que estoy asustadísimo. Pero no es posible que haya llegado porque no podría llegar sin que lo hubiera visto yo. Sally, esto es horrible, sencillamente horrible... ¡Seguro que le ha pasado algo al barco!

—¡Mira, Silas! ¡Mira allí! ¡Por el camino! ¿No viene alguien?

Él saltó a la ventana junto a la cabecera de la cama y le dio a la señora Phelps la oportunidad que buscaba ella. Se inclinó a los pies de la cama y me dio un tirón para hacerme salir; y cuando su marido se volvió de la ventana allí estaba ella, toda sonriente y radiante como un sol, y yo a su lado, calladito y sudoroso. El anciano me contempla y dice:

—Pero, ¿quién es ése?

—¿Quién te crees que es?

—No tengo ni idea. ¿Quién es?

—¡Es Tom Sawyer!

¡Os juro que casi me caigo al suelo! Pero no tuve tiempo de cambiar de táctica; el viejo me agarró de la mano y me la estrechó una y otra vez, y todo el tiempo la mujer bailaba en torno a nosotros riéndose y llorando; después se pusieron los dos a preguntarme montones de cosas acerca de Sid y de Mary y del resto de la tribu.

Pero si ellos se alegraron, aquello no era nada en comparación conmigo, porque era como volver a nacer. Me alegré montones de enterarme de quién era. Bueno, se me quedaron pegados dos horas, y por fin, cuando tenía la lengua tan cansada que casi no podía ni moverla, les había dicho ya más cosas de mi familia (quiero decir de la familia Sawyer) de las que hubieran podido ocurrir a seis familias Sawyer juntas. Y les expliqué todos los detalles de cómo se había reventado la cabeza de un cilindro en la desembocadura del río Blanco y nos había llevado tres días arreglarlo. Lo cual estaba muy bien y funcionó estupendamente, porque ellos no sabían si hacían falta tres días para arreglarlo. Si les hubiera dicho que habíamos reventado un perno les habría dado igual.

Ahora yo me sentía muy tranquilo por una parte y muy intranquilo por la otra. El ser Tom Sawyer me resultaba fácil y cómodo y lo siguió siendo hasta que al cabo de un rato oí que bajaba por el río un barco de vapor. Entonces me dije: "¿Y si viene Tom Sawyer en ese barco? ¿Y si llega en cualquier momento y me llama por mi nombre antes de que pueda hacerle un guiño para que no diga nada?".

Bueno, no podía dejar que pasara, porque lo fastidiaría todo. Tenía que ir al camino y pararlo a tiempo. Así que le dije a aquellos dos que iría al pueblo a buscar mi equipaje. El anciano quería venir conmigo, pero le dije que no, que podía conducir yo mismo el caballo y que prefería que no se molestara por mí.

"¿ME JURAS QUE NO ERES UN FANTASMA?"

Así que me puse en marcha hacia el pueblo con la carreta, y cuando estaba a mitad de camino vi que venía otra carreta, y efectivamente era Tom Sawyer, así que me paré y esperé hasta que llegó. Le dije: "¡Frena!", y se paró a mi lado, abrió una boca de a palmo, y así se quedó; tragó saliva dos o tres veces, igual que un cura cuando se le seca la garganta, y después dijo:

—Yo nunca te hice nada malo. Y tú lo sabes. Así que, ¿por qué has vuelto a perseguirme?

Le respondí:

—No he vuelto... Nunca me fui.

Cuando oyó mi voz se tranquilizó algo, pero todavía no estaba convencido del todo. Dijo:

—No me hagas nada malo, porque yo no te lo haría a ti. ¿Me juras que no eres un fantasma?

—Te lo juro —respondí.

—Bueno... Yo... Bueno, claro que debería bastar con eso, pero la verdad es que no entiendo nada. Mira, ¿es que nunca te asesinaron?

—No. Nunca me asesinaron... Fue un truco mío. Acércate a tocarme si no me crees. Eso fue lo que hizo, y se quedó convencido, y se puso tan contento de volver a verme que no sabía qué hacer. Quería enterarse de todo inmediatamente, porque era una gran

aventura misteriosa, de manera que era lo que le gustaba. Pero yo le dije que dejara todo aquello para más tarde y le dije a su cochero que esperase, y nos apartamos algo y le conté el problema que tenía y le pregunté qué le parecía mejor hacer. Dijo que se lo dejara pensar un momento y no le dijera nada. Así que se quedó pensando y pensando, y al cabo de un momento va y dice:

—Está bien; ya lo tengo. Pon mi baúl en tu carreta y di que es el tuyo; y vuelve despacito, para llegar a la casa hacia la hora calculada; yo voy a deshacer un poco de camino para volver a empezar y llegar un cuarto de hora o media hora después que tú, y al principio no tienes que decir que me conoces.

Respondí:

—Muy bien, pero espera un momento. Queda algo más: algo que no sabe nadie más que yo, y es que ahí hay un negro que quiero robar para liberarlo, y se llama Jim; el Jim de la vieja señorita Watson.

Y él va y dice:

—¡Cómo! pero si Jim ya...

Se paró y siguió pensándolo, y luego voy yo y digo:

—Ya sé lo que vas a decir. Vas a decir que es un asunto sucio y ruin, pero, ¿qué me importa a mí? Yo soy ruin y voy a robarlo y quiero que te quedes callado y no digas nada. ¿Quieres?

Se le iluminó la mirada y dijo:

—¡Te voy a ayudar a robarlo!

Me quedé como de piedra, como si me hubieran pegado un tiro. Aquello era lo más asombroso que había oído en mi vida, y tengo que decir que Tom Sawyer decayó mucho en mi estima. Sólo que no podía creérmelo. ¡Tom convertido en un ladrón de negros!

—¡Bueno, vamos! —dije—. Estás de broma.

—De broma, nada.

—Bueno, pues —dije yo—, bromas o no, si oyes decir algo de un negro fugitivo no olvides que tú no sabes nada de él y yo tampoco.

Entonces él sacó su baúl y lo puso en mi carreta, y se marchó por su camino y yo por el mío. Pero, naturalmente, se me olvidó que tenía que ir despacio de lo contento y lo lleno de ideas que estaba, así que llegué a casa demasiado temprano para un viaje tan largo.

El viejo estaba en la puerta y dice:

—¡Hombre, qué maravilla! ¡Quién habría pensado que esa yegua era capaz de correr tanto! Ojalá le hubiéramos tomado el tiempo. Y no ha sudado ni una gota, ni una gota. Es una maravilla. Hombre, ahora no aceptaría ni cien dólares por esa yegua, de verdad que no, y sin embargo antes la habría vendido por quince y me habría quedado tan contento. No dijo nada más. Era la persona más inocente y más buena que he visto en mi vida.

Pero no era de sorprender, porque no sólo era agricultor, sino también predicador, y tenía una iglesita de troncos en la trasera de la plantación que había construido él de su propio bolsillo para que sirviera de iglesia y de escuela, y nunca cobraba nada por predicar, y la verdad era que lo hacía muy bien. Allá en el Sur había muchos agricultores—predicadores, como él, que también hacían lo mismo.

Al cabo de una media hora apareció la carreta de Tom en la puerta principal y la tía Sally la vio por la ventana, porque sólo estaba a unas cincuenta yardas, y dijo:

—¡Vaya, ha venido alguien! ¿Quién será? Pues parece que es un desconocido. Jimmy — que era uno de sus hijos—, ve corriendo a decirle a Lize que ponga otro plato para la comida.

Todo el mundo echó a correr a la puerta principal porque, naturalmente, no llegan desconocidos todos los años, así que resultan más interesantes que la fiebre amarilla. Tom ya había cruzado la puerta e iba hacia la casa; la carreta se volvía hacia el pueblo y todos estábamos amontonados a la entrada. Tom llevaba la ropa comprada en la tienda y tenía un público, que era lo que más le gustaba en el mundo a Tom Sawyer. En circunstancias así no le resultaba nada difícil darse todos los aires que hiciera falta. No era un chico para llegar manso como una oveja; no, llegaba con calma y con aires de importancia, como un carnero. Cuando llegó delante de nosotros se quitó el sombrero muy elegante y muy fino, como si fuera la tapadera de una caja dentro de la que hubiera mariposas durmiendo y no quisiera molestarlas, y va y dice:

—¿El señor Archibald Nichols, supongo?

—No, muchacho —dijo el anciano—. Siento decirte que tu conductor te ha engañado; la casa de Nichols está unas tres millas más allá. Pasa, pasa.

Tom echó una mirada por encima del hombro y dice:

—Demasiado tarde, ya no se ve.

—Sí, se ha ido, hijo mío, y debes entrar y comer con nosotros, y después engancharemos la yegua y te llevamos a casa de Nichols.

—Ah, no puedo causarles tanta molestia; ni pensarlo. Iré a pie... No me importa la distancia.

—Pero no te vamos a dejar que vayas a pie; eso no sería la hospitalidad del Sur. Pasa sin más.

—Sí, por favor —dijo la tía Sally—; no es ninguna molestia. Debes quedarte. Son tres millas largas y hay mucho polvo; no podemos dejar que vayas a pie. Y, además ya les he dicho que pongan otro plato cuando te vi llegar, así que no debes desilusionarnos. Pasa adentro, que estás en tu casa.

Así que Tom les dio las gracias con mucha animación y cortesía y se dejó persuadir; una vez dentro dijo que era de Hicksville, Ohio, y que se llamaba William Thompson, e hizo otra reverencia.

Bueno, no dejó de hablar y de hablar y de hablar inventándose cosas de Hicksville y de toda clase de gente que se le iba ocurriendo, y yo me iba poniendo nervioso y preguntándome cómo me iba a ayudar aquello a salir del apuro; por fin, mientras seguía hablando, se levantó y le dio a tía Sally un beso en plena boca y después volvió a sentarse en su silla tan tranquilo e iba a seguir hablando; pero la tía Sally dio un salto, se limpió la boca con el dorso de la mano y dijo:

—¡Atrevido, maleducado!

Él pareció dolerse, y va y dice:

—Me sorprende, señora.

—Te sorpre... Pero, ¿quién te crees que soy? Me dan buenas ganas de agarrar y... Pero,

¿qué es eso de darme un beso? Él pareció encogerse, y dijo:

—No era con mala intención, señora. No quería disgustarla, yo ... yo... Creí que le gustaría.

—¡Menudo idiota! —agarró el huso de la rueca y pareció que iba a darle un golpe con él—

—. ¿Por qué iba a gustarme?

—Bueno, no sé. Es que... Es que... Me dijeron que así sería.

—Te dijeron que así sería. Pues el que te lo dijera es otro lunático. Nunca he oído nada igual. ¿Quiénes te lo dijeron?

—Bueno, todo el mundo. Eso fue lo que dijeron, señora.

Ella apenas podía aguantarse, echaba fuego por los ojos y movía los dedos como si quisiera arañarlo, y dijo:

—¿Quién es todo el mundo? Dame sus nombres o habrá un idiota menos en este mundo. Tom se levantó, con aire apurado, dándole vueltas al sombrero, y dijo:

—Lo siento, y no me lo esperaba. Me lo dijeron. Me lo dijeron todos. Todos me dijeron "dale un beso", y dijeron que le gustaría. Lo dijeron todos, hasta el último, pero lo siento, señora, y no volveré a hacerlo. De verdad que no.

—¿Conque no volverás a hacerlo, ¿verdad? ¡Hombre, te lo aseguro!

—No, lo digo de verdad; no volveré a hacerlo jamás hasta que me lo pida usted.

—¡Hasta que te lo pida yo! ¡Bueno, no he oído cosa igual en toda mi vida! Te aseguro que vas a ser el Matusalén más tonto de la creación antes de que yo te pida nada semejante... Ni a ti ni a nadie como tú.

—Bueno —dice Tom—, me sorprende muchísimo. No sé por qué, pero no lo entiendo. Dijeron que le gustaría y yo también lo creí. Pero... —se calló y miró lentamente a un lado y a otro, como si quisiera encontrar una mirada amistosa en alguna parte, y por fin se detuvo en el anciano y le preguntó—: ¿No creía usted, caballero, que le gustaría que la besara?

—Pues no; yo... yo... creo que no.

Entonces siguió mirando hasta que se detuvo en mí y preguntó:

—Tom, ¿no creías tú que la tía Sally abriría los brazos y diría: "Sid Sawyer..."?

—¡Dios mío! —dijo ella, interrumpiéndole y dando un salto hacia él—, criatura insolente, mira que engañarla a una así... —e iba a darle un abrazo, pero él la apartó y dijo:

—No, primero me lo tiene que pedir.

Así que ella no perdió el tiempo, sino que se lo pidió y lo llenó de abrazos y de besos una y otra vez, y después se lo pasó al viejo, que hizo lo propio. Y cuando volvieron a tranquilizarse un poco dijo ella:

—Pero Dios mío, nunca he visto una sorpresa igual. No te estábamos esperando a ti en absoluto, sino únicamente a Tom. Mi hermana nunca me dijo que fuera a venir más que él.

—Porque sólo pensó enviar a Tom —dijo él—, pero yo le supliqué y le supliqué y a última hora me dejó venir también; así que cuando bajábamos por el río, Tom y yo pensamos que sería una gran sorpresa que llegase él primero a la casa y después apareciera yo como de repente, haciéndome el desconocido. Pero nos equivocamos, tía Sally. Esta casa no es sana para los desconocidos.

—No, ni para los niños insolentes, Sid. Tendría que haberte dado una bofetada; sabe Dios desde cuándo no me llevaba una sorpresa así. Pero no importa, no me importa la forma: estoy dispuesta a aguantar mil bromas así con tal de que estéis aquí. ¡Menuda función habéis representado! No voy a negarlo, casi me quedo petrificada de asombro cuando me diste el beso.

Cenamos en aquel ancho pasaje abierto entre la casa y la cocina, y en la mesa había suficiente para siete familias y todo estaba caliente; nada de esa carne fibrosa y dura que se guarda en una fresquera en un sótano húmedo toda la noche y que por la mañana sabe igual que un pedazo de caníbal viejo y frío. El tío Silas rezó una acción de gracias muy larga, pero mereció la pena, y las cosas no se enfriaron ni pizca, como he visto que pasa montones de veces con ese tipo de interrupciones.

Pasamos toda la tarde hablando; Tom y yo estuvimos alerta todo el tiempo, pero no valió de nada, porque no dijeron ni palabra del negro fugitivo y nos daba miedo ser nosotros quienes sacáramos el tema. Pero aquella noche, a la hora de cenar, uno de los muchachos va y dice:

—Padre, ¿no podemos Tom y Sid y yo ir a ver la función?

—No —contestó el viejo—. Creo que no va a haberla, y aunque la hubiera no podríais ir, porque el negro fugitivo nos ha contado a Burton y a mí todo lo que pasa en esa función escandalosa, y Burton dijo que se lo iba a decir a la gente, así que creo que hemos echado del pueblo a esos gandules presumidos.

¡Así estaban las cosas! Pero no podíamos hacer nada. Tom y yo teníamos que dormir en la misma habitación y en la misma cama, así que como estábamos cansados nos despedimos y nos fuimos a acostar inmediatamente después de cenar, salimos por la ventana y bajamos por el pararrayos para ir al pueblo, pues no creía que nadie fuera a decirles ni palabra al rey y al duque, así que, si no corría yo a avisarles, seguro que se iban a meter en un buen jaleo.

Por el camino Tom me contó que todo el mundo se había creído lo de mi asesinato y que padre había desaparecido en seguida y no había vuelto, y el jaleo que se armó cuando Jim se escapó, y yo le conté a Tom toda la historia de nuestros caraduras de "La Realeza Sin Par", y todo lo que me dio tiempo a contarle de nuestro viaje en balsa, y cuando llegamos al pueblo, hacia la parte del centro (serían ya las ocho y media), apareció un montón de gente corriendo con antorchas, dando gritos y aullidos y golpeando cacerolas y soplando en cuernos; nos hicimos a un lado para dejarlos pasar y vi que llevaban al rey y el duque montados en un rail, es decir, supe que eran el rey y el duque, aunque los habían embadurnado de alquitrán y plumas y no parecían seres de este mundo, sino una especie de plumeros monstruosos. Bueno, lamenté verlos y lo sentí por aquellos pobres sinvergüenzas, como si ya no pudiera tener nada contra ellos. Resultaba horrible contemplarlo. Los seres humanos pueden ser terriblemente crueles unos con otros.

Vimos que habíamos llegado tarde, que no podíamos hacer nada ya. Preguntamos a algunos de los rezagados qué había pasado y dijeron que todo el mundo había ido a la función con caras de inocentes y se habían quedado tan tranquilos y en silencio hasta que el pobre del rey estaba en medio de sus piruetas en el escenario; entonces alguien dio una señal y todo el público se levantó y se lanzó contra ellos.

Así que volvimos a casa y yo ya no me sentí tan orgulloso como antes, sino como encogido y avergonzado y como si tuviera la culpa, aunque no había hecho nada. Pero es lo que pasa siempre; no importa que uno haga las cosas bien o mal, porque la conciencia no tiene sentido común y siempre se le echa a uno encima pase lo que pase. Si yo tuviera un perro amarillo que no fuera más inteligente que la conciencia de las personas, lo envenenaría. Ocupa más espacio que todo lo demás, y sin embargo, no sé por qué, no vale para nada. Tom Sawyer dice lo mismo.

Dejamos de hablar y nos pusimos a pensar. Al cabo de un rato Tom dice:

—Oye, Huck, ¡somos tontos de no haberlo pensado antes! Te apuesto a que sé dónde está Jim.

—¡No! ¿Dónde?

—En aquella cabaña que hay junto a la de la cal viva. Escucha una cosa: cuando estábamos comiendo, ¿no viste que un negro iba a llevar algo de comida?

—Sí.

—¿Para quién te crees que era la comida?

—Para un perro.

—Yo también. Bueno, no era para un perro.

—¿Por qué?

—Porque también llevaba una sandía.

—Es verdad, ya lo vi. Mira que, no habérseme ocurrido que los perros no comen sandías. Eso demuestra que uno puede ver las cosas y no verlas al mismo tiempo.

—Bueno, el negro abrió el candado al entrar y lo volvió a cerrar al salir. Cuando nos levantamos de la mesa le devolvió al tío una llave, y te apuesto a que era la misma. La sandía indica que es un hombre; la cerradura, que está preso, y no es probable que haya dos presos en una plantación tan pequeña donde toda la gente es tan buena y tan amable. El preso es Jim. Muy bien, me alegro de haberlo averiguado como los detectives; de otra forma no me gustaría. Ahora tienes que empezar a pensarlo y estudiar un plan para robar a Jim; yo estudiaré otro y seguiremos el que más nos guste.

¡Qué cabeza para no ser más que un muchacho! Si yo tuviera la cabeza de Tom Sawyer, no la cambiaría por ser duque, ni piloto de un barco de vapor, ni payaso de circo, ni nada que se me pueda ocurrir. Me puse a pensar un plan, pero sólo por hacer algo. Sabía muy bien de dónde iba a venir el mejor plan. En seguida Tom va y dice:

—¿Listo?

—Sí —respondí.

—Bueno, cuéntamelo.

—Mi plan es éste —dije—. Podemos enterarnos fácil de si es Jim el que está ahí. Después, mañana por la noche saco mi canoa y traemos mi balsa de la isla. A la primera noche oscura que tengamos le sacamos la llave de los pantalones al viejo cuando se vaya a la cama y nos vamos río abajo con Jim, escondiéndonos de día y navegando de noche, como hacíamos antes Jim y yo. ¿No funcionaría ese plan?

—¿Funcionar? Claro que funcionaría, como dos y dos son cuatro. Pero es demasiado sencillo; no dice nada. ¿De qué nos vale un plan que no plantee ningún problema?

Resulta demasiado soso. Hombre, Huck, no crearía más sensación que si fuera un robo en una fábrica de jabón.

No dije nada, porque no esperaba nada diferente, pero sabía muy bien que cuando él tuviera su plan listo, no se le podría hacer ninguna de esas objeciones.

Y así pasó. Me dijo lo que era y en un momento comprendí que valía por quince de los míos en cuanto a elegancia, y que dejaría a Jim igual de libre que mi plan, y que además podrían matarnos a todos. Así que me quedé muy contento y dije que podíamos ir adelante con él. No necesito contar aquí lo que era porque sabía que iría cambiando.

Sabía que lo cambiaría a cada momento según fuéramos avanzando, metiendo nuevas aventuras en cuanto tuviera una oportunidad. Y así lo hizo.

Bueno, había una cosa de la que no cabía duda, y era que Tom Sawyer hablaba en serio y que efectivamente iba a ayudar a robar al negro para liberarlo. Aquello era lo que me dejaba asombrado. Se trataba de un chico que era respetable y bien criado y que tenía una reputación que perder, y allá en casa tenía familia también con reputación, y era listo y no un atontado, y sabía cosas, no era un ignorante, y no era mezquino sino amable, y sin embargo ahí estaba sin ningún orgullo ni santurronerías ni sentimientos, dispuesto a meterse en un asunto así y a llenarse de vergüenza y llenar de vergüenza a su familia, delante de todo el mundo. Yo no podía comprenderlo en absoluto. Era absurdo y comprendía que tendría que decírselo y demostrarle que era buen amigo suyo y dejar que lo abandonara donde estaba y se salvara. Y empecé a decírselo, pero me hizo callar y respondió:

—¿Te crees que no sé lo que hago? ¿No sé lo que hago en general?

—Sí.

—¿No he dicho que iba a ayudar a robar al negro?

—Sí.

—Pues eso.

No dijo más y yo tampoco. Ya no valía la pena, porque cuando decía que iba a hacer algo siempre lo hacía. Pero aunque no entendía cómo estaba dispuesto a meterse en una cosa así, lo dejé y no me volví a preocupar de aquello. Si estaba decidido a hacerlo, yo no podía evitarlo.

Cuando volvimos, la casa estaba toda apagada y en silencio, así que fuimos a la cabaña junto a donde estaba la cal viva para examinarla. Cruzamos el patio para ver lo que hacían los perros. Ya nos conocían y no hicieron más ruido que cualquier perro de campo cuando aparece alguien por la noche. Cuando llegamos a la cabaña miramos por la parte de delante y por los dos lados, y del que yo no conocía (que daba al norte) vimos el agujero cuadrado de una ventana, bastante alto, con una sola plancha de madera clavada. Voy y digo:

—Esto está muy bien. Ese agujero es lo bastante grande para que Jim salga por él si arrancamos la tabla. Y va Tom y dice:

—Eso es más sencillo que andar a pie y más fácil que engañar a un tonto. Yo díría que podemos encontrar una forma algo más complicada, Huck Finn.

—Bueno, entonces —respondí—. ¿Qué te parece si hacemos un agujero entre los troncos como aquella vez que me asesinaron?

—Eso ya es algo —dijo—. Resulta misterioso, complicado y está bien, pero seguro que podemos encontrar algo que dure por lo menos el doble. No hay prisa, vamos a seguir mirando.

Entre la cabaña y la valla, por el lado de atrás, había un cobertizo pegado a la cabaña por la parte del tejado y hecho de planchas de madera. Era igual de largo que la cabaña, pero estrecho: sólo unos seis metros de ancho. La puerta estaba del lado sur y tenía un candado. Tom fue al caldero del jabón y anduvo buscando, y volvió con esa cosa de hierro con que levantan la tapadera, así que hizo saltar una de las agarraderas del candado. Se cayó la cadena, abrimos la puerta y entramos, la cerramos y al encender una cerilla vimos que el cobertizo sólo estaba construido junto a la cabaña, sin paso hacia ella, que no tenía un suelo, y no había nada más que unas cuantas azadas y palas oxidadas, unos picos y un arado roto. Se apagó la cerilla y nosotros nos fuimos y volvimos a poner la agarradera, de forma que la puerta quedó cerrada igual de bien que antes. Tom estaba encantado, y va y dice:

—Ahora todo está en orden. Lo vamos a sacar por un túnel. ¡Nos llevará una semana! Después fuimos a la casa y yo entré por la puerta trasera (no hay más que tirar de una cuerda de cuero, porque allí no cierran las puertas), pero a Tom Sawyer no le pareció lo bastante romántico, y lo único que le valía era subir trepando por el pararrayos. Pero después de trepar hasta la mitad tres veces y fallar y caerse las tres, y en la última casi romperse la cabeza, pensó que mejor sería renunciar, pero después de descansar decidió que lo intentaría una vez más a ver cómo le iba, y esa vez logró llegar.

Por la mañana nos levantamos al amanecer y bajamos a las cabañas de los negros para acariciar a los perros y hacernos amigos del negro que le llevaba la comida a Jim, si es que era a Jim al que se la llevaba. Los negros acababan de terminar de desayunar y empezaban a ir a los campos, y el negro de Jim estaba llenando una escudilla de metal con pan y carne y otras cosas, y mientras los otros se marchaban le llevaron la llave de la casa.

El negro tenía cara de buenos amigos, muy sonriente, y llevaba el pelo todo atado en ricitos con pedazos de hilo. Era para alejar a las brujas. Dijo que aquellas noches las brujas se lo estaban haciendo pasar muy mal y haciéndole ver todo género de cosas raras y oír todo género de palabras y ruidos raros, y que según creía nunca había estado tanto tiempo embrujado en toda su vida. Se puso tan nervioso hablando de sus problemas que se olvidó de todo lo que tenía que hacer. Entonces Tom le dijo:

—¿Para quién es esa comida? ¿Vas a darles de comer a los perros?

El negro empezó a sonreír lentamente hasta que se le llenó la cara, como cuando se tira un ladrillo a un charco de barro, y dijo:

—Sí, señorito Sid, a un perro. Un perro muy curioso. ¿Quiere venir a verlo?

—Sí.

Le di un golpe a Tom y le dije en voz baja:

—¿Vas a ir ahí al amanecer? Ése no era el plan.

—No, no lo era, pero ahora sí es el plan.

Así que, maldita sea, allí fuimos, pero no me gustó lo más mínimo. Cuando llegamos casi no se veía nada de oscuro que estaba, pero allí estaba Jim, sin duda alguna, y nos podía ver, y gritó:

—¡Pero, Huck! ¡Y Dios mío! ¿No es ése el sito Tom?

Yo sabía lo que iba a pasar, era lo que esperaba. No sabía qué hacer, y aunque lo supiera no lo habría hecho, porque apareció el negro diciendo:

—¡Por todos los santos! ¿Los conoce a ustedes, señoritos?

Ahora ya se veía bastante bien. Tom miró al negro, muy fijo y como preguntándose algo, y va y dice:

—¿Quién nos conoce?

—Pues este negro fugitivo.

—No creo; pero, ¿por qué se te ha ocurrido?

—¿Que por qué? ¿No acaba de decir ahora mismo que les conocía? Tom va y dice, como extrañado:

—Bueno, esto sí que es curioso. ¿Quién ha dicho nada? ¿Cuándo lo ha dicho? ¿Qué ha dicho? —y se vuelve hacia mí, muy tranquilo, y va y me dice—: ¿Has oído tú a alguien decir algo?

Naturalmente, no podía decir más que una cosa, así que respondí:

—No; yo no he oído a nadie decir nada.

Después se vuelve hacia Jim y lo mira de arriba abajo como si nunca lo hubiera visto antes y le pregunta: —¿Has dicho algo tú?

—No, señor —dice Jim—; yo no he dicho nada, señor.

—¿Ni una palabra?

—No, señor, no he dicho ni una palabra.

—¿Nos has visto antes de ahora?

—No, señor; no que yo sepa.

Así que Tom se vuelve hacia el negro, que estaba todo apurado y confundido, y dice, muy severo:

—Pero, ¿qué te pasa? ¿Por qué has pensado que alguien ha dicho algo?

—Ay, son esas malditas brujas, señorito, y ojalá que me hubiera muerto, de verdad. Siempre están con ésas, señorito, y casi me matan de los sustos que me dan. Por favor, no se lo diga usted a naiden, señorito, o si no el viejo señor Silas me va a reñir porque él dice que no existen las brujas. Ojalá que estuviera aquí ahora... ¡A ver qué decía!

Seguro que no encontraba forma de explicarlo esta vez. La gente que es terca se muere de terca; nunca quieren mirar las cosas a ver qué es lo que pasa de verdad, y cuando uno lo ve y se lo cuenta, van y no se lo creen.

Tom le dio diez centavos y le dijo que no se lo diríamos a nadie y que fuera a comprarse más hilo para atarse el pelo, y después mira a Jim y va y dice:

—Me pregunto si el tío Silas va a ahorcar a este negro. Si yo agarrase a un negro lo bastante ingrato para escaparse, no lo entregaría; lo ahorcaría yo.

Y mientras el negro iba a la puerta a mirar la moneda de diez centavos y morderla para ver si era buena le susurra a Jim en voz baja:

—Que no se enteren de que nos conoces. Y si oyes cavar por las noches somos nosotros que vamos a ponerte en libertad.

Jim no tuvo tiempo más que para agarrarnos de las manos y apretárnoslas. Después volvió el negro y dijimos que volveríamos otra vez si él quería y dijo que sí, sobre todo si era de noche, porque las brujas le atacaban de noche, y entonces sí que le convenía tener gente a su lado.

Faltaba todavía casi una hora para desayunar, así que nos fuimos al bosque, porque Tom dijo que necesitábamos algo de luz para ver mientras cavábamos pero que un farol daba demasiada y nos podía meter en jaleos, así que necesitábamos reunir un montón de esa madera podrida fosforescente que llaman "fuego de zorro" y que no da más que una especie de resplandor suave cuando se coloca en un sitio oscuro. Sacamos un montón, la escondimos entre las hierbas y nos sentamos a descansar, cuando Tom va y dice, como descontento:

—Maldita sea, todo esto es de un fácil que da asco. Por eso resulta tan difícil organizar un plan complicado. No hay un guardián al que drogar y tendría que haber un guardián. Ni siquiera un perro al que darle algo para que se duerma. Y luego, Jim está encadenado por una pierna, con una cadena de diez pies, a la pata de la cama; ¡pero si basta con levantar la cama y quitar la cadena! Y el tío Silas se fía de todo el mundo. Manda la llave a ese negro de chorlito y no manda a nadie a vigilar al negro. Jim podría haberse escapado por esa ventana antes de ahora, sólo que no puede echar a correr con una cadena de diez pies en la pierna. Maldita sea, Huck, es el sistema más absurdo que he visto. Tiene uno que inventarse todas las dificultades. Bueno, no podemos evitarlo, tenemos que hacerlo lo mejor que podamos con el material que tenemos. En todo caso nos queda algo: es más honorable sacarlo en medio de dificultades y peligros cuando la gente que tenía la obligación de crearlos no lo ha hecho y ha tenido uno que inventárselos por sus propios medios. Basta con pensar en el asunto ese del farol. Si no vemos más que los hechos en sí, sencillamente tenemos que fingir que eso del farol es peligroso. ¡Pero podríamos trabajar con una procesión de antorchas si quisiéramos, creo yo! Ahora que lo pienso tenemos que buscar en cuanto podamos algo que haga de serrucho.

—¿Para qué necesitamos un serrucho?

—¿Que para qué necesitamos un serrucho? ¿No tenemos que aserrar la pata de la cama de Jim, para quitar la cadena?

—Pero si has dicho que basta con levantar la cama y sacar la cadena...

—Bueno, eso es típico de ti, Huck Finn. Se te ocurren las mismas cosas que a un niño de escuela. ¿Es que no has leído un libro en tu vida? ¿El barón Trenck, o Casanova, Benvenuto Cellini, o Enrique IV, o cualquiera de esos héroes? ¿Quién ha oído hablar de liberar a un preso de una forma tan sencilla? No, la forma en que lo hacen las mejores autoridades es aserrar la pata de la cama en dos y dejarla así y comerse uno el serrín, para que no lo puedan encontrar, y poner algo de polvo y grasa en torno al sitio, para que ni el senescal más astuto perciba la menor señal de que está aserrado y se crea que la pata de la cama está perfectamente bien. Después, la noche que está uno listo, da una patada a la pata y se cae la cama, se saca la cadena y ya está. No hay más que hacer que llevar la escala de cuerda a las murallas, bajar por ella, romperse la pierna en el foso, porque las escalas de cuerda siempre miden diecinueve pies menos de lo necesario, ya sabes, y allí están los caballos y los vasallos de confianza que te recogen, te montan y te llevan a tu Languedoc o tu Navarra o donde hayas nacido. Es una gozada, Huck. Ojalá que esta cabaña tuviera un foso. Si hay tiempo, la noche de la fuga cavamos uno.

Y yo voy y digo:

—¿Para qué queremos un foso cuando vamos a sacarlo por debajo de la cabaña?

Pero no me oyó. Se había olvidado de mí y de todo lo demás. Tenía la barbilla apoyada en la mano y pensaba. Al cabo de un momento da un suspiro y menea la cabeza; después vuelve a suspirar y dice:

—No, eso no estaría bien; no es del todo necesario.

—¿El qué? —pregunté.

—Hombre, cortarle la pierna a Jim —me contestó.

—¡Caray! —dije—, no veo ninguna necesidad. Y, además, ¿para qué le quieres cortar la pierna?

—Bueno, es lo que hacen algunos de los autores más autorizados. No le pueden arrancar la cadena, así que le cortan la mano y tiran. Y una pierna sería todavía mejor. Pero nosotros tendremos que renunciar a eso. En este caso no hay suficiente necesidad, y además Jim es negro y no comprendería los motivos ni la costumbre europea, así que lo dejaremos pasar. Pero, en cambio, otra cosa sí: podemos hacer tiras las sábanas y confeccionarle una escala de cuerda muy fácil. Y se la podemos enviar dentro de un pastel; casi siempre se hace así. He comido pasteles peores.

—Pero, Tom Sawyer, qué cosas dices —comenté—; a Jim no le vale de nada una escala de cuerda.

—Tiene que valerle de algo. Más bien qué cosas dices tú; no sabes nada de esto. Necesita una escala de cuerda; les pasa a todos.

—¿Qué diablos va a hacer con ella?

—¿Hacer con ella? La puede esconder en la cama, ¿no? Es lo que hacen todos y tiene que hacerlo él también. Huck, parece como si nunca quisieras hacer las cosas bien; quieres inventártelo todo a cada vez. Supongamos que no hace nada con ella. ¿No la tiene ahí en la cama para dejar una pista cuando haya desaparecido? ¿Y no calculas que buscarán pistas? Pues claro que sí. Y, ¿no les piensas dejar ninguna? ¡Eso sí que estaría bien, te lo aseguro! Nunca he oído nada por el estilo.

—Bueno —dije yo—, si eso es parte del reglamento y la necesita, pues le hacemos una, porque yo no quiero faltar a los reglamentos; pero te digo una cosa, Tom Sawyer, si nos ponemos a rasgar sábanas para hacerle a Jim una escala nos vamos a meter en líos con la tía Sally, de eso puedes estar seguro. A mí me parece que una escalera de corteza de nogal no cuesta nada y no hay que estropear nada, y se puede meter igual dentro de un pastel y esconder en un colchón de paja o igual de bien que cualquier escala de cuerda, y en cuanto a Jim, no tiene experiencia, así que a él no le importa qué tipo de...

—Ay, caray, Huck Finn, si yo fuera tan ignorante como tú cerraría la boca, te lo aseguro.

¿Quién ha oído hablar de un prisionero de Estado que se escape con una escalera de corteza de nogal? Resulta totalmente ridículo.

—Bueno, está bien, Tom, hazlo como quieras, pero si quieres seguir mi consejo, deja que le lleve prestada una sábana de las que están tendidas.

Dijo que estaba bien, y eso le dio otra idea, y dijo:

—Toma prestada una camisa también.

—¿Para qué queremos una camisa?

—Para que Jim escriba un diario.

—Diario, tu abuelita... Jim no sabe escribir.

—Supongamos que no sabe... Puede hacer palotes en la camisa ¿no? Sobre todo si le hacemos una pluma con una cuchara vieja de peltre o con el trozo de una duela de barril viejo.

—Pero, Tom, le podemos arrancar una pluma a un ganso, y resulta mejor, y más rápido, además.

—Los prisioneros no tienen gansos corriendo por las mazmorras para ponerse a arrancarle plumas, so tonto. Siempre hacen las plumas con el trozo más duro, más difícil y más complicado de un viejo candelabro de cobre o algo a lo que le puedan echar mano, y les lleva semanas y semanas y meses y meses afilarlo, porque tienen que hacerlo frotándolo contra la pared. Ellos no utilizarían una pluma de ganso aunque la tuvieran. No está bien.

—Bueno, entonces, ¿con qué le hacemos la tinta?

—Muchos lo hacen con el orín del hierro y lágrimas, pero eso son los prisioneros más vulgares y las mujeres; los autores más autorizados utilizan su propia sangre. Jim puede hacerlo, y cuando quiera enviar cualquier mensaje misterioso de lo más corriente para que el mundo sepa dónde está cautivo, lo puede escribir en el fondo de un plato de estaño con un tenedor y tirarlo por la ventana. Es lo que hacía siempre la Máscara de Hierro, y además resulta estupendo.

—Jim no tiene platos de estaño. Le dan de comer en una escudilla.

—Eso no importa, le podemos conseguir algunos.

—Y nadie podrá leer lo que dice en el plato.

—Eso no tiene nada que ver con el asunto, Huck Finn. Lo único que tiene que hacer él es escribir en el plato y tirarlo. No hay que leerlo. Pero si la mitad de las veces no se puede leer nada de lo que escriben los prisioneros de Estado en un plato de estaño, ni en ninguna otra parte.

—Bueno, entonces, ¿para qué vale echar a perder esos platos?

—Pero, maldita sea, no son los platos del prisionero.

—Pero son de alguien, ¿no?

—Bueno, supongamos que sí. ¿Qué más le da al prisionero?

Y entonces se interrumpió porque oímos que sonaba el cuerno del desayuno. Así que nos fuimos a la casa.

Aquella mañana tomé prestadas una sábana y una camisa blanca del tendedero y encontré un saco viejo para meterlas; bajamos a buscar el "fuego de zorro" y también lo metimos en el saco. Yo decía que aquello era tomar prestado, porque así lo llamaba siempre padre, pero Tom decía que no era tomar prestado sino robar. Dijo que estábamos representando a prisioneros y que a los prisioneros no les importa cómo consiguen las cosas con tal de conseguirlas y que a nadie le parece mal. No es ningún crimen que un prisionero robe lo que necesita para fugarse, dijo Tom; está en su derecho, y mientras estuviéramos representando a un prisionero teníamos perfecto derecho a robar cualquier cosa que hubiera por allí si nos valía para salir de la cárcel. Dijo que si no fuéramos prisioneros sería muy diferente, y que había que ser mezquino y ordinario para robar cuando no se era prisionero. Así que nos pusimos de acuerdo en robar todo lo que nos valiese de algo. Y sin embargo, un día, después de aquello, organizó un lío tremendo cuando yo robé una sandía del huerto de los negros y me la comí, y me hizo ir a darles a los negros diez centavos sin explicarles por qué. Tom dijo que lo que había querido decir es que podíamos robar cualquier cosa que necesitáramos. "Bueno", dije yo, "yo necesitaba la sandía". Pero él dijo que no la necesitaba para salir de la cárcel; ahí estaba la diferencia. Dijo que si hubiera querido esconder dentro un cuchillo y pasársela a Jim para matar con él al senescal, habría estado bien. Así que lo dejé, aunque no le veía la ventaja a representar el papel de prisionero si tenía que ponerme a pensar en cosas tan difíciles de distinguir cada vez que viera una oportunidad de llevarme una sandía.

Bueno, como iba diciendo, aquella mañana esperamos hasta que todo el mundo se fue a trabajar y no se veía a nadie en el patio. Después Tom llevó el saco al cobertizo mientras yo me quedaba unos pasos atrás para hacer la guardia. Al cabo de un rato salió y nos sentamos a hablar en el montón de leña. Va y dice:

—Ahora ya está todo en orden, salvo las herramientas, y eso es fácil.

—¿Herramientas? —pregunté.

—Sí.

—¿Herramientas para qué?

—Hombre, para cavar. No vamos a hacer un túnel con los dientes, ¿verdad?

—¿No nos basta con esos picos y esas palas viejos para sacar a un negro?

Se volvió hacia mí, con una cara de pena que daban ganas de llorar, y va y dice:

—Huck Finn, ¿has oído hablar en tu vida de un prisionero que tenga picos y palas y todas esas comodidades en el armario para hacer un túnel? Lo que te quiero preguntar, de suponer que todavía te quede un mínimo de razón, es qué motivo sería ése para convertirlo en un héroe. Hombre, pues también le podrían prestar la llave y se acabó. Picos y palas... Pero si no se las darían ni a un rey.

—Bueno, entonces —dije yo—, si no necesitamos picos y palas, ¿qué es lo que necesitamos?

—Un par de cuchillos de cocina.

—¿Para hacer un túnel por debajo de esa cabaña?

—Sí.

—Maldita sea, Tom, eso es una bobada.

—No importa que sea una bobada, es lo correcto y es como se hacen las cosas. No existe otra forma que yo sepa, y eso que he leído todos los libros que dan información sobre

esas cosas. Siempre lo hacen con un cuchillo, y no cavando en la tierra, fíjate; por lo general, es en la piedra. Les lleva semanas y semanas y semanas, y todo el tiempo sin parar y sin parar. No tienes más que fijarte en uno de esos prisioneros de los calabozos subterráneos del castillo Deef, en el puerto de Marsella, que fue así como hizo un túnel;

¿cuánto tiempo calculas que se pasó cavando?

—No lo sé.

—Bueno, pues echa un cálculo.

—No lo sé. Un mes y medio.

—Treinta y siete años... Y salió en la China. Eso es lo que está bien. Ojála que el fondo de esa fortaleza fuera de piedra.

—Jim no conoce a nadie en la China.

—¿Qué tiene que ver eso? Tampoco aquel tipo. Pero siempre te vas por las ramas. ¿Por qué no hablas del asunto principal?

—Bueno... A mí no me importa dónde salga, con tal de que salga; y calculo que a Jim tampoco. Pero de todas formas hay otra cosa: Jim es demasiado viejo para aguantar hasta que hagamos un túnel con un cuchillo. No durará tanto.

—Pues sí que durará. No creerás que va a llevarnos treinta y siete años hacer un túnel en la tierra, ¿verdad?

—¿Cuánto tiempo nos llevará, Tom?

—Bueno, no podemos arriesgarnos a tardar todo lo que deberíamos, porque a lo mejor el tío Silas no tarda tanto en recibir noticias de Nueva Orleans. Se enterará de que Jim no es de allí. Entonces lo que hará será poner un anuncio sobre Jim, o algo parecido. Así que no podemos arriesgarnos a tardar tanto en el túnel como deberíamos. Para hacerlo bien, calculo que tendríamos que tardar un par de años; pero no podemos. Con las cosas tan en el aire, lo que yo recomiendo es que nos pongamos a cavar de verdad a toda la velocidad que podamos y después podemos decirnos que tardamos treinta y siete años. Luego podemos sacarlo y llevárnoslo corriendo en cuanto haya una alarma. Sí, calculo que eso es lo mejor.

—Bueno, tiene sentido —dije yo—. Hacer como que fueron treinta y siete años no cuesta nada; no hay problema, y si hace falta, no me importa fingir que tardamos ciento cincuenta años. A mí no me cuesta ningún trabajo si me pongo a ello. Así que voy a irme a buscar un par de cuchillos de cocina.

—Búscate tres —dice él—; nos hace falta uno para convertirlo en serrucho.

—Tom, si no va contra el reglamento ni contra la religión que te lo sugiera —dije yo—, hay un serrucho viejo y oxidado medio tapado debajo de la tejavana que está detrás del ahumador de carne.

Me miró como cansado y desalentado y dijo:

—No se te puede enseñar nada, Huck. Ve a buscar los cuchillos, y que sean tres —y así lo hice.

Aquella noche, en cuanto calculamos que todos se habían dormido, bajamos por el pararrayos, nos encerramos en el cobertizo y sacamos nuestro montón de "fuego de zorro" y nos pusimos a trabajar. Despejamos todo a nuestro alrededor, unos cuatro o cinco pies a lo largo del tronco de abajo. Tom dijo que ya estábamos justo detrás de la cama de Jim y que cavaríamos por debajo, y cuando llegáramos allí nadie se daría cuenta de que había un agujero, porque la colcha de Jim colgaba casi hasta el suelo y habría que levantarla para mirar por debajo para verlo. Así que nos pusimos a cavar con los cuchillos hasta casi medianoche, cuando nos sentimos cansadísimos, con las manos llenas de ampollas, y sin embargo casi no se notaba lo que habíamos hecho. Por fin dije yo:

—Esto no va a durar treinta y siete años; este trabajo es para treinta y ocho años, Tom Sawyer.

No dijo nada. Pero suspiró y en seguida dejó de cavar y luego vi que pensaba durante un rato. Después dijo:

—Esto no marcha, no va a funcionar. Si fuéramos prisioneros funcionaría, porque tendríamos todos los años que quisiéramos sin ninguna prisa, y no podríamos cavar más que unos minutos al día, mientras cambiaban la guardia, de forma que no nos saldrían ampollas en las manos, y podríamos seguir constantemente, un año tras otro, y hacerlo bien, como hay que hacer las cosas. Pero nosotros no podemos perder tiempo, tenemos que darnos prisa; no tenemos tanto tiempo. Si pasamos otra noche igual, tendríamos que descansar una semana para que se nos curasen las manos; tardaríamos todo ese tiempo en volver a tocar un cuchillo de cocina.

—Entonces, ¿qué vamos a hacer, Tom?

—Te lo voy a decir. No está bien, y no es moral, y no me gustaría que se supiera, pero es la única forma: tenemos que sacarlo con los picos y hacer como que son cuchillos de cocina.

—¡Eso es hablar! —dije yo—. Cada vez piensas mejor, Tom Sawyer. Lo que conviene son los picos, sean morales o no, y lo que es a mí me importa un pito la moral. Cuando se me ocurre robar un negro, o una sandía, o un libro de la escuela dominical, no me importa mucho cómo con tal de hacerlo. Lo que quiero es mi negro o mi sandía o mi libro de la escuela dominical, y si lo que mejor viene es un pico, con eso es con lo que voy a sacar a ese negro, o esa sandía, o ese libro de la escuela dominical, y me importa un pimiento lo que digan de eso los autores más autorizados.

—Bueno —va y dice—, hay una excusa para utilizar los picos y hacer como que son otra cosa en un caso así; si no, yo no lo aprobaría, ni permitiría que se infringiera el reglamento, porque lo que está bien está bien y lo que está mal está mal, y uno no tiene por qué hacer las cosas mal cuando no es ignorante y sabe lo que está bien. Estaría bien que tú sacaras a Jim con un pico, sin fingir que es otra cosa, porque no sabes qué es lo que está bien, pero no estaría bien que lo hiciera yo, porque sí lo sé. Pásame un cuchillo de cocina.

Tenía el suyo a su lado, pero le pasé el mío. Lo tiró al suelo y dijo:

—Dame un cuchillo de cocina.

Yo no sabía qué hacer, pero después lo pensé. Busqué entre las herramientas viejas y encontré un pico, se lo pasé y él lo agarró y se puso a trabajar sin decir ni una palabra. Siempre era así de especial. Todo principios.

Entonces yo agarré una pala y nos pusimos a dar al pico y la pala, por turnos, como posesos. Así seguimos una media hora, que fue todo lo que aguantamos; pero a cambio habíamos hecho un buen agujero. Cuando subí al piso de arriba miré por la ventana y vi que Tom hacía todo lo que podía con el pararrayos, pero no conseguía subir de lo agrietadas que tenía las manos. Por fin dijo:

—Es inútil, no puedo. ¿Qué crees que debo hacer? ¿No se te ocurre nada?

—Sí —dije yo—, pero supongo que no está en el reglamento. Sube por las escaleras y haz como que son un pararrayos.

Así lo hizo.

Al día siguiente, Tom robó una cuchara de peltre y un candelabro de cobre de la casa para hacerle unas plumas a Jim, además de seis velas de sebo, y yo me quedé en torno a las cabañas de los negros esperando una oportunidad y robé tres platos de estaño. Tom dijo que no bastaba, pero yo le contesté que nadie vería jamás los platos que tirase Jim, porque caerían entre los matojos y las malas hierbas debajo de la ventana, así que los podíamos recuperar para que los volvieran a utilizar otra vez. Entonces Tom se convenció. Después, va y dice:

—Ahora lo que tenemos que estudiar es cómo llevarle las cosas a Jim.

—Se las damos por el agujero —dije—, cuando lo hayamos terminado.

Me miró despectivo y dijo algo así como que nunca había oído una idea tan idiota, y después se puso a estudiarlo. Al cabo de un rato anunció que ya había descubierto dos o tres formas, pero que todavía no era necesario decidirse por una. Dijo que primero teníamos que avisar a Jim.

Aquella noche bajamos por el pararrayos poco después de las diez, con una de las velas, escuchamos bajo la ventana y oímos roncar a Jim, así que se la tiramos adentro y no lo despertamos. Después nos pusimos a darle al pico y la pala, y al cabo de unas dos horas y media habíamos terminado el trabajo. Nos metimos en la cabaña por debajo del catre de Jim y estuvimos buscando hasta que encontramos la vela y la encendimos, y nos quedamos mirando un rato a Jim hasta comprobar su aspecto fuerte y sano, y después lo despertamos lentamente y con suavidad. Se alegró tanto de vernos que casi se echó a llorar y nos llamó sus niños y todas las cosas cariñosas que se le ocurrieron, y nos pidió que buscáramos un cortafrío para quitarle la cadena de la pierna inmediatamente y que él se pudiera marchar sin perder tiempo. Pero Tom le demostró que aquello no sería reglamentario y se sentó a contarle nuestros planes y cómo podíamos cambiarlos en un momento si había motivos de alarma y que no tuviera ningún temor, porque nos encargaríamos de que se escapara, sin duda. Entonces Jim dijo que estaba bien y nos quedamos un rato charlando de los viejos tiempos, y después Tom hizo un montón de preguntas, y cuando Jim le dijo que el tío Silas venía a diario o cada dos días a rezar con él y que tía Sally le visitaba para ver si estaba cómodo y tenía suficiente comida y que los dos eran muy amables, Tom dijo:

—Ahora ya sé cómo organizarlo. Te enviaremos algunas cosas con ellos.

—Ni se te ocurra; es una de las ideas más idiotas que he oído en mi vida —dije yo, pero no me hizo caso y siguió adelante. Era lo que pasaba cuando había hecho un plan.

Entonces le dijo a Jim que tendríamos que pasarle el pastel con la escala de cuerda y otras cosas de buen tamaño con Nat, el negro que le llevaba la comida, y tenía que estar alerta y no sorprenderse ni dejar que Nat lo viera cuando las abría, y que las cosas pequeñas las meteríamos en los bolsillos de la chaqueta del tío y tenía que robárselas, y que si teníamos la oportunidad ataríamos cosas en las cintas del mandil de la tía o se las pondríamos en el bolsillo del mandil, y le dijo lo que serían y para qué. También le pidió que llevase un diario escrito con sangre en la camisa y todas esas cosas. Se lo dijo todo. Jim no entendía la mayor parte, pero reconoció que como éramos blancos sabíamos más que él, así que se quedó tan contento y afirmó que lo haría todo tal como se lo había dicho Tom.

Jim tenía bastantes pipas de maíz y tabaco, así que lo pasamos muy bien en su compañía; después salimos a cuatro patas por el agujero y fuimos a acostarnos, con las manos en carne viva. Tom estaba muy animado. Dijo que aquello era lo más divertido de su vida y lo más intelectual, y que si pudiera arreglárselas nos pasaríamos la vida en ello y dejaríamos a Jim para que lo sacaran nuestros hijos, pues creía que a Jim le gustaría cada vez más a medida que se fuera acostumbrando. Dijo que de seguir así duraría por lo menos ochenta años y batiría todos los récords de tiempo. Y añadió que nos haría famosos a todos los que hubiéramos intervenido en aquello.

Por la mañana fuimos al montón de leña, partimos el candelabro de cobre en varios pedazos más manejables y Tom se los metió en el bolsillo con la cuchara de peltre. Después fuimos adonde estaban las cabañas de los negros, y mientras yo distraía a Nat.

Tom metió un trozo del candelabro en medio del pan de borona que había en la escudilla para Jim y fuimos con Nat a ver cómo salía el asunto, que funcionó estupendamente; cuando Jim le dio un mordisco casi se rompió todos los dientes, y aquello era señal de lo bien que marchaba todo. Lo dijo el propio Tom. Jim no dijo de qué se trataba, sino que hizo como que era una piedrecita o alguna de esas cosas que se meten siempre en el pan, ya sabéis; pero a partir de entonces nunca le pegó un mordisco a nada sin antes haberle clavado el tenedor tres o cuatro veces.

Y mientras estábamos de pie en aquella penumbra, aparecieron dos de los perros que se habían metido en el agujero debajo del catre de Jim y siguieron llegando y llegando hasta que hubo once de ellos y apenas quedaba sitio ni para respirar. ¡Diablos, se nos había olvidado cerrar la puerta del cobertizo! El negro Nat no hizo más que gritar "Brujas" una sola vez y se arrodilló en el suelo entre los perros y empezó a gemir como si se estuviera muriendo. Tom abrió la puerta de golpe, tiró por ella un trozo de la carne de Jim y los perros se lanzaron a buscarla, y en dos segundos él mismo salió, volvió y cerró la puerta, y comprendí que también había cerrado la otra. Después se puso a hablarle al negro, en plan muy comprensivo y cariñoso, preguntándole si se había imaginado que había vuelto a ver algo. El negro levantó la cabeza, parpadeó y dijo:

—Sito Sid, se va usted a creer que soy un tonto, pero que me muera aquí mismo si no me ha parecido ver casi un millón de perros, o de diablos o de algo. Le aseguro que sí, sito Sid. Los toqué... Los toqué, señorito; estaban por todas partes. Dita sea, ojalá pudiera echarle la mano encima a una de esas brujas sólo una vez, una vez nada más, es lo único que pido. Pero sobre todo que me dejen en paz, eso sería lo mejor.

Tom va y dice:

—Bueno, te voy a decir lo que pienso. ¿Por qué vienen aquí precisamente a la hora del desayuno de este negro fugitivo? Es porque tienen hambre, y nada más. Tienes que hacerles un pastel de brujas. Eso es.

—Pero, por Dios, sito Sid, ¿cómo voy a hacerles un pastel de brujas? No sé cómo se hace. En mi vida había oído hablar de nada semejante.

—Bueno, entonces tendré que hacerlo yo mismo.

—¿Querrá usted hacerlo, mi niño? ¿Querrá de verdad? ¡Besaré el suelo que pisa usted, de verdad!

—Muy bien, te lo haré porque se trata de ti y porque te has portado bien con nosotros y nos has enseñado al negro fugitivo. Pero tienes que andarte con mucho cuidado. Cuando aparezcamos tienes que volverte de espaldas, y entonces, pongamos lo que pongamos en la escudilla, tienes que hacer como que no lo ves. Y no tienes que mirar cuando Jim vacíe la cazuela, porque puede pasar algo. No sé qué. Sobre todo, no toques las cosas de las brujas.

—¿Tocarlas, sito Sid? ¿Qué me dice usted? No les pondría ni un dedo encima, aunque tuviera cien mil millones de dólares, de verdad.

Aquello quedó arreglado. Entonces nos fuimos al vertedero del patio de atrás, donde tienen las botas viejas, los trapos, las botellas rotas y las cosas gastadas y todo eso, y estuvimos buscando hasta que encontramos una palangana vieja de estaño, tapamos los agujeros lo mejor que pudimos para hacer el pastel en ella y la bajamos al sótano para llenarla de harina robada, y cuando íbamos a desayunar encontramos un par de clavos que, según Tom, vendrían muy bien para que un prisionero escribiera su nombre y sus penas en las paredes de la mazmorra, y dejamos uno de ellos en el bolsillo del mandil de la tía Sally, que estaba colgado en una silla, y el otro lo clavamos en la cinta del sombrero del tío Silas, que estaba en el escritorio, porque oímos decir a los niños que su padre y su madre pensaban ir aquella mañana a ver al negro fugitivo, y después fuimos a desayunar y Tom dejó la cuchara de peltre en el bolsillo de la chaqueta del tío Silas, pero como tía Sally todavía no había llegado tuvimos que esperar un rato.

Cuando llegó estaba toda acalorada, colorada y de mal humor, y casi no pudo esperar a la bendición de la mesa, sino que se puso a servir el café con una mano y a darle con el dedal en la cabeza al niño que tenía más cerca, mientras decía:

—He buscado por todas partes y no entiendo qué ha pasado con tu otra camisa.

Se me hundió el corazón entre los pulmones y los hígados y todo eso y se me clavó en la garganta un trozo duro de corteza de maíz, así que me puse a toser, la eché por toda la mesa y le di a uno de los niños en un ojo, de forma que se retorció como si fuera un gusano en el anzuelo y soltó un grito como un indio en pie de guerra, y Tom se puso rojo como una amapola, y entonces se armó un buen lío durante un cuarto de minuto o así y yo por mí lo habría confesado todo allí mismo a las primeras de cambio. Pero después todo se volvió a arreglar, porque la sorpresa nos había agarrado a todos en frío. El tío Silas dijo:

—Resulta de lo más curioso. No puedo comprenderlo. Sé perfectamente que me la quité, porque...

—Porque ahora no tienes más que una puesta. ¡Qué cosas dices! Ya sabía yo que te la habías quitado y lo recuerdo mejor que tú, porque ayer estaba en el tendedero y la he visto yo misma. Pero ha desaparecido y no hay más que hablar, así que tendrás que ponerte una roja de franela hasta que encuentre el tiempo para hacerte otra. Y será la tercera que te haga en dos años. Sólo en coserte camisas me paso la mitad del tiempo, y lo que no entiendo es qué diablo haces con ellas. Lo lógico sería que a tu edad ya hubieras aprendido a cuidarlas un poco.

—Ya lo sé, Sally, y lo intento todo lo que puedo. Pero no debe de ser todo culpa mía, porque ya sabes que no las veo ni tengo nada que ver con ellas salvo cuando las llevo puestas, y no creo que haya perdido ninguna llevándola encima.

—Bueno, eso no es culpa tuya; ya las habrías perdido si pudieras, creo yo. Además no ha desaparecido sólo la camisa. También falta una cuchara, y no es eso todo. Había diez y ahora sólo quedan nueve. A lo mejor la ternera se ha comido la camisa, pero lo que te aseguro es que la ternera no se ha comido la cuchara.

—¿Qué más falta, Sally?

—Faltan seis velas, eso es lo que falta. Las velas se las pueden haber comido las ratas, y calculo que eso es lo que ha pasado; me pregunto por qué no se lo llevan ya todo, porque tú te pasas la vida diciendo que les vas a tapar los agujeros y nunca lo haces, y si no fueran idiotas se dormirían en tu cabeza, Silas, y ni te enterarías; pero no les puedes echar a las ratas la culpa de lo de la cuchara, de eso estoy segura.

—Bueno, Sally, será culpa mía y lo reconozco; lo he dejado pasar, pero te aseguro que mañana tapono todos los agujeros.

—No corre prisa; con que los tapes el año que viene basta. ¡Matilda Angelina Araminta Phelps!

Golpe de dedal y la niña saca los dedos del azucarero sin decir ni palabra. Justo entonces llega al pasaje la negra y dice:

—Señora, falta una sábana.

—¡Falta una sábana! ¡Bueno, qué pasa aquí!

—Hoy mismo taparé los agujeros —dice el tío Silas, con cara de arrepentimiento.

—¡Vamos, cállate! ¿Te crees que las ratas se han llevado la sábana? ¿Dónde ha desaparecido, Lize?

—Le juro por Dios que no tengo ni idea, sita Sally. Ayer estaba en el tendedero, pero ha desaparecido; ya no está ahí.

—Esto parece el fin del mundo. Jamás he visto cosa así. Una camisa, una sábana, una cuchara y seis ve...

—Sita —llega diciendo una negra clara—, falta un candelabro de bronce.

—Fuera de aquí, descarada, ¡o te doy con una sartén!

Bueno, estaba hecha una furia. Empecé a esperar una oportunidad. Pensé que lo mejor era irme al bosque hasta que mejorase el tiempo. Siguió gritando, organizando una insurrección ella sola, mientras todos los demás estábamos mansos y callados, hasta que el tío Silas, con aire muy sorprendido, se sacó la cuchara del bolsillo. La tía se calló, con la boca abierta y alzando las manos, y lo que es yo, ojalá hubiera estado en Jerusalén o donde fuera. Pero no mucho tiempo, porque va ella y dice:

—Ya me lo esperaba. Así que la tenías en el bolsillo, y seguro que tienes todas las demás cosas. ¿Cómo ha llegado ahí?

—De verdad que no lo sé, Sally —dice él, como pidiendo excusas—, o sabes muy bien que te lo diría. Estaba estudiando mi texto de Hechos 17 antes de desayunar y calculo que la metí allí, sin darme cuenta, cuando lo que quería era poner mi Nuevo Testamento, y debe de ser eso porque lo que no tengo es el Nuevo Testamento, pero lo comprobaré, y si el Nuevo Testamento está donde estaba antes, sabré que no lo guardé y eso demostrará que dejé el Nuevo Testamento en la mesa y que agarré la cuchara y...

—¡Bueno, por el amor de Dios! ¡Déjame en paz! Ahora fuera todos y no volváis a acercaros a mí hasta que me haya tranquilizado un poco.

Yo la habría oído aunque estuviera hablando sola, y tanto más cuanto que lo dijo en voz alta, y me habría levantado para obedecerla aunque me hubiera muerto. Mientras pasábamos por la sala, el viejo agarró el sombrero y se le cayó el clavo, pero él se limitó a recogerlo y dejarlo en la repisa sin decir ni palabra, y se marchó. Tom lo vio, se acordó de la cuchara y dijo:

—Bueno, ya no vale de nada enviar cosas con él, porque no es de fiar —y añadió—, pero en todo caso nos ha hecho un favor con lo de la cuchara, sin saberlo, así que vamos a hacerle uno nosotros sin que lo sepa él: vamos a tapar los agujeros de las ratas.

Había montones de ellos en el sótano y nos llevó toda una hora, pero hicimos el trabajo bien, sin olvidar nada. Después oímos unos pasos en las escaleras, apagamos la luz, nos escondimos y apareció el viejo, con una vela en una mano y un montón de estopa en la otra, igual de distraído que siempre. Empezó a buscar por todas partes, primero uno de los agujeros y luego otro, hasta verlos todos. Después se quedó inmóvil unos cinco minutos, quitándole el sebo a la vela y pensando, hasta que se dio la vuelta lento y pensativo hacia las escaleras diciendo:

—Bueno, la verdad es que no recuerdo cuándo lo hice. Ahora podría demostrarle que no es culpa mía lo de las ratas. Pero no importa: dejémoslo así. Calculo que no valdría de nada.

Subió las escaleras hablando solo y después nos marchamos nosotros. Era un viejo muy simpático, y sigue siéndolo.

A Tom le preocupaba mucho cómo encontrar otra cuchara, porque decía que la necesitábamos; así que se puso a pensar. Cuando se decidió, me dijo lo que teníamos que hacer; después fuimos a esperar a donde estaba el cesto de las cucharas hasta que vimos que llegaba la tía Sally y Tom se puso a contar las cucharas y a ponerlas a un lado mientras yo me escondía una en la manga, y Tom va y dice:

—Oye, tía Sally, sigue sin haber más que nueve cucharas. Y ella responde:

—Vamos, seguid jugando y no me molestéis. Yo sé las que hay. Las he contado yo misma.

—Bueno, yo las he contado dos veces, tía, y no me salen más que nueve.

Ella pareció perder la paciencia, pero naturalmente vino a contarlas, como hubiera hecho cualquiera.

—¡Por el amor del cielo, no hay más que nueve! —dijo—. Pero, qué demonio, ¿qué pasa con estas cosas? Voy a volver a contarlas.

Entonces yo volví a meter la que había escondido y cuando terminó de contar dijo:

—Por todos los demonios, ¡ahora hay diez! —dijo, muy irritada e inquieta al mismo tiempo. Pero Tom va y dice:

—Pero, tía, yo no creo que haya diez.

—No seas tonto, ¿no me has visto contarlas?

—Ya lo sé, pero...

—Bueno, voy a volverlas a contar.

Así que yo mangué una y no salieron más que nueve, igual que la otra vez. Ella se puso nerviosísima y se echó a temblar por todas partes de enfadada que estaba. Pero siguió contando y contando hasta que se confundió tanto que contó también el cesto como si fuera una cuchara, así que tres veces le salió bien la cuenta y tres veces le salió mal.

Entonces agarró el cesto, lo tiró al otro lado de la habitación y le pegó una patada al gato, y dijo que nos fuéramos y la dejáramos en paz, y que si volvíamos a fastidiarla, nos iba a despellejar vivos. Así que nos quedamos con la cuchara que faltaba y se la dejamos en el bolsillo del mandil mientras ella nos ordenaba que nos marcháramos, y a Jim le llegó junto con el clavo antes del mediodía. Estábamos muy contentos con todo aquello, y Tom dijo que valía el doble de los problemas que nos había causado, porque ahora no podría volver a contar las cucharas dos veces sin confundirse ni aunque le fuese la vida; y aunque las contara bien, no se lo iba a creer, y dijo que cuando se le hubiera cansado la cabeza de contar, renunciaría y amenazaría con matar a cualquiera que le pidiese que volviera a contarlas otra vez.

Así que aquella noche volvimos a poner la sábana en el tendedero y le robamos una del armario, y seguimos metiéndola y sacándola un par de días hasta que ya no sabía cuántas sábanas tenía y ni siquiera le importaba porque no se iba a amargar la vida con aquello ni a contarlas otra vez aunque le costara la vida; antes preferiría morir.

Así que ahora todo estaba en orden en cuanto a la camisa y la sábana, la cuchara y las velas, con la ayuda de la ternera; las ratas y las cuentas que no salían, y en cuanto a lo del candelabro no importaba, con el tiempo se olvidarían de él.

Pero lo del pastel nos dio mucho trabajo; no nos creaba más que problemas. Lo preparamos en el bosque y lo cocinamos allí, y por fin lo tuvimos hecho y muy satisfactorio; pero nos llevó más de un día y hubo que utilizar tres palanganas llenas de harina antes de terminar con él, y nos quemamos por todas partes y el humo se nos metía en los ojos; porque la cuestión es que no queríamos sacar más que una costra y no lográbamos que se mantuviera bien, porque siempre se hundía. Pero, naturalmente, por fin se nos ocurrió algo que saldría bien, que era cocinar la escala también con el pastel. Así que aquella noche fuimos a ver a Jim, rasgamos la sábana en tiritas y las retorcimos todas juntas, y antes de que amaneciera teníamos una cuerda estupenda que bastaría para ahorcar a alguien. Hicimos como que nos había llevado nueve meses trenzarla.

Por la mañana la llevamos al bosque, pero no entraba en el pastel. Como estaba hecha de toda una sábana, había cuerda suficiente para cuarenta pasteles si hubiéramos querido, y encima quedaría para la sopa, para salchichas o para lo que quisiera uno.

Podríamos haberla utilizado para toda una cena.

Pero no necesitábamos tanta. Lo único que necesitábamos era suficiente para el pastel, así que el resto lo tiramos. No cocinamos ninguno de los pasteles en la palangana, porque temíamos que se fundiera la parte soldada, pero el tío Silas tenía un calentador de cobre estupendo que estimaba mucho, porque había pertenecido a uno de sus antepasados, y que tenía un mango largo de madera que había llegado de Inglaterra con Guillermo el Conquistador en el Mayflower o en uno de esos barcos de los peregrinos y estaba escondido en el desván, con un montón de cacharros antiguos y de cosas valiosas, no porque valiesen para nada, que no lo valían, sino porque eran como reliquias, ya sabéis, y lo sacamos en secreto y lo llevamos al bosque, pero nos falló en los primeros pasteles porque no sabíamos usarlo bien, aunque en el último funcionó estupendo. Pusimos pasta por todos los bordes, la llenamos con una cuerda de trapos y luego lo cubrimos todo con pasta y cerramos la tapa, y encima le pusimos unas ascuas y nos apartamos cinco pies, con el mango largo, tan tranquilos y tan cómodos, y al cabo de quince minutos nos salió un pastel que daba gusto verlo. Pero quien se lo comiera tendría que llevarse un par de barriles de palillos para los dientes, porque si aquella escala de cuerda no se los tapaba todos es que yo no sé de lo que estoy hablando, y encima le iba a quedar un dolor de estómago para los restos.

Nat no miró cuando pusimos el pastel de brujas en la escudilla de Jim y colocamos los tres platos de estaño en el fondo de la cazuela debajo de la escudilla, así que a Jim le llegó todo perfectamente, y en cuanto se quedó solo rompió el pastel y escondió la escala de cuerda en el colchón de paja, marcó unos garabatos en un plato de estaño y lo tiró por el agujero de la ventana.

LAS CARTAS ANÓNIMAS

Lo de preparar las plumas fue un trabajo bien difícil, igual que pasó con el serrucho, y Jim dijo que lo de la inscripción iba a ser lo más difícil de todo. Era lo que tenía que grabar el prisionero en la pared. Pero era necesario; Tom dijo que tenía que hacerlo; no había ni un solo caso de un prisionero de Estado que no dejara una inscripción, con su escudo de armas.

—¡Mira lady Jane Grey —va y dice—; mira Gilford Dudley; mira el tal Northumberland! Pero, Huck, digamos que es mucho trabajo. ¿Qué vas a hacerle? ¿Cómo te las vas a arreglar? Jim tiene que dejar su inscripción y su escudo de armas. Es lo que hacen todos. Y Jim va y dice:

—Pero, sito Tom, yo no tengo escudo de armas; no tengo nada más que esta vieja camisa y ya sabe usted que ahí tengo que escribir el diario.

—Bueno, Jim, es que no comprendes; un escudo de armas es muy diferente.

—Bueno —dije yo—, en todo caso Jim tiene razón cuando dice que no tiene escudo de armas, porque no lo tiene.

—Eso ya lo sabía yo —dice Tom—, pero te apuesto a qué ya lo tendrá antes que salga de aquí, porque va a salir como está mandado, sin ninguna mancha en su historial.

Así que mientras Jim y yo íbamos afilando las plumas en un ladrillo, Jim la suya con el cobre y yo la mía con la cuchara, Tom se puso a trabajar pensando en el escudo de armas. Al cabo de un rato dijo que se le habían ocurrido tantos que no sabía cuál escoger, pero había uno que le parecía su favorito. Va y dice:

—En el escudo pondremos una barra de oro en la base diestra, un aspa morada en el faquín, con un perro, couchant, en franquís, y bajo el pie, una cadena almenada, por—la esclavitud, con un chevron vert con una punta dentada y tres líneas vectores en campo de azur, con las puntas de los dientes rampantes en una dancette; de timbre, un negro fugitivo, sable, con el hatillo al hombro sobre barra de bastardía, y un par de gules de apoyo, que somos tú y yo; de lema, Maggiore fretta, minore atto. Lo he sacado de un libro; significa que no por mucho madrugar amanece más temprano.

—"Recontradiablo" —dije yo—, pero, ¿qué significa todo el resto?

—No tenemos tiempo que perder con eso —va y dice él—; hay que ponerse a cavar como condenados.

—Bueno, en todo caso —pregunté—; por lo menos dime algo, ¿qué es un falquín?

—Un falquín... Un falquín es... Tú no necesitas saber qué es un falquín. Ya le enseñaré yo a hacerlo cuando llegue el momento.

—Caramba, Tom —dije yo—; creí que lo podrías contar. ¿Qué es una barra de bastardía?

—Ah, no lo sé. Pero es necesaria. La tiene toda la nobleza.

Así era él. Si no le venía bien explicar una cosa, no la explicaba. Ya podía uno pasarse una semana preguntándosela, que no importaba.

Como tenía arreglado todo aquello del escudo de armas, empezó a rematar aquella parte de la tarea, que consistía en planear una inscripción muy triste, porque decía que Jim tenía que dejarla, igual que habían hecho todos. Se inventó muchas, que escribió en un papel, y cuando las leyó, decían:

"1. Aquí se le rompió el corazón a un cautivo.

"2. Aquí un pobre prisionero, abandonado por el mundo y los amigos, sufrió una vida de penas.

"3. Aquí se rompió un corazón solitario y un espíritu deshecho marchó a su eterno descanso, al cabo de treinta y siete años de cautiverio en solitario.

"4. Aquí, sin casa ni amigos, al cabo de treinta y siete años de amargo cautiverio, pereció un noble extranjero, hijo natural de Luis XIV".

A Tom le temblaba la voz al leerlo, y casi se echó a llorar. Cuando terminó no había forma de que decidiera cuál tenía que escribir Jim en la pared, porque todas eran estupendas, pero por fin decidió que dejaría que las escribiese todas. Jim dijo que le llevaría un año escribir tantas cosas en los troncos con un clavo, porque además él no sabía hacer letras; pero Tom le prometió dibujárselas para que Jim no tuviera más que seguir el dibujo. Y poco después dijo:

—Ahora que lo pienso, esos troncos no valen; en las mazmorras no tienes troncos; tenemos que hacer las inscripciones en una piedra. Tenemos que traer una piedra.

Jim dijo que la piedra era peor que los troncos; que le llevaría tantísimo tiempo escribirlas en la piedra que jamás se escaparía. Pero Tom dijo que me dejaría ayudarle. Después echó un vistazo para ver cómo nos iba a mí y a Jim con las plumas. Era un trabajo de lo más latoso, duro y lento, no me venía nada bien para quitarme las llagas de las manos, y casi no parecíamos avanzar, así que Tom va y dice:

—Ya sé cómo arreglarlo. Necesitamos una piedra para el escudo de armas y las inscripciones melancólicas, y podemos matar dos pájaros de un tiro. Donde el molino hay una piedra enorme de moler que podemos traer para escribir las cosas en ella y además afilar las plumas y el serrucho.

No era mala idea, y tampoco era mala piedra de moler, pero decidimos intentarlo. Todavía no era medianoche, así que nos fuimos al molino y dejamos a Jim con su trabajo. Agarramos la piedra y empezamos a llevarla rodando a casa, pero resultaba de lo más difícil. A veces, hiciéramos lo que hiciéramos, no podíamos impedir que se cayera, y a cada momento estaba a punto de aplastarnos. Tom dijo que seguro que se llevaba a uno de nosotros por delante antes de que lográsemos terminar. Llegamos a medio camino y ya estábamos agotados y casi ahogados de sudor. Vimos que no había nada que hacer; teníamos que ir a buscar a Jim. Así que levantó la cama, sacó la cadena de la pata del catre, se la puso al cuello y salimos a rastras por el agujero hasta donde estaba la piedra, y Jim y yo nos pusimos a empujarla y la hicimos correr de lo más fácil, mientras Tom supervisaba. Era el chico que mejor supervisaba del mundo. Sabía hacer de todo.

Nuestro agujero ya era bastante grande, pero no lo suficiente para meter por él la piedra; entonces Jim agarró el pico y en seguida lo agrandó. Después Tom dibujó las frases en ella con el clavo y puso a Jim a trabajar, con el clavo haciendo de buril y un perno de martillo; dijo que trabajara hasta que se acabara la vela y que después podía acostarse y esconder la piedra de molino debajo del colchón y dormir encima de ella. Luego le ayudamos a volver a poner la cadena en la pata del catre y nos preparamos para acostarnos. A Tom se le ocurrió algo, y va y dice:

—Ah, ¿hay arañas aquí?

—No, señor, gracias a Dios que no, sito Tom.

—Muy bien, ya te traeremos algunas.

—Pero, por Dios, mi niño, no quiero arañas. Me dan miedo. Prefiero hasta las serpientes de cascabel.

Tom se quedó pensando un momento, y va y dice:

—Es una buena idea. Y calculo que ya se ha hecho alguna vez. Tiene que haberse hecho; es lógico. Sí, es una idea fenomenal. ¿Dónde la tendrías?

—¿Tener qué, sito Tom?

—Hombre, una serpiente de cascabel.

—¡Por todos los santos del cielo, sito Tom! Pero es que yo si veo que entra aquí una serpiente de cascabel salgo volando por esa pared de troncos, aunque tenga que romperla a cabezazos.

—Hombre, Jim, al cabo de un tiempo ya no le tendrías miedo. Podrías domesticarla.

—¡Domesticarla!

—Sí, es fácil. Todos los animales agradecen los gestos de cariño y las caricias; ni se les ocurriría hacer daño a una persona que las acaricia. Lo puedes ver en cualquier libro. Inténtalo, es lo único que digo;

inténtalo dos o tres días. Puedes hacer que al cabo de poco tiempo te quiera, que duerma contigo y no se separe de ti ni un momento; que te deje ponértela en el cuello y meterte la cabeza en la boca.

—Por favor, sito Tom... ¡No diga esas cosas! ¡No puedo aguantarlo! Me dejaría que le metiera la cabeza en mi boca, ¿cómo un favor, verdad? Apuesto a que tendría que esperar mucho tiempo antes de que se lo pidiera yo. Y, además, no quiero que duerma conmigo.

—Jim, no seas tonto. Un prisionero tiene que tener un animalito de compañía, y si nunca se ha probado con una serpiente de cascabel, puedes alcanzar más gloria por ser el primero en intentarlo que de cualquier otra forma que se te pueda ocurrir de salvar la vida.

—Pero, sito Tom, yo no quiero esa gloria. La serpiente va y le muerde en la barbilla a Jim, y entonces, ¿dónde está la gloria? No, señor, no quiero hacer nada de eso.

—Maldita sea, ¿no puedes intentarlo? Sólo quiero que lo intentes... No necesitas seguir adelante si no sale bien.

—Pero el problema se acaba si la serpiente me muerde mientras yo lo estoy intentando. Sito Tom, yo estoy dispuesto a intentar casi cualquier cosa que parezca razonable, pero si usted y Huck me traen una serpiente para que la domestique, me largo, eso se lo aseguro.

—Bueno, entonces déjalo, déjalo, ya que te pones tan terco. Podemos conseguirte unas culebras y atarles unos botones en las colas y hacer como que son serpientes de cascabel; supongo que tendremos que contentarnos con eso.

—Eso lo podría aguantar, sito Tom, pero maldito si no podría arreglármelas sin ellas, le aseguro. Nunca había comprendido que esto de estar preso fuera tanto lío.

—Bueno, siempre lo es cuando se hacen bien las cosas. ¿Hay ratas por qui?

—No, señor, no he visto ninguna.

—Bueno, te traeremos algunas ratas.

—Pero, sito Tom, yo no quiero tener ratas. Son los bichos más asquerosos que hay, y se le suben a uno encima y le muerden en los pies cuando está tratando de dormirse. No, señor, prefiero las culebras, si es que hace falta, pero nada de ratas; no me gustan para nada, y lo digo de verdad.

—Pero, Jim, tiene que haber ratas... Lo dice en todos los libros. Así que no armes más jaleo con eso. A los prisioneros nunca les faltan ratas. No hay ni un solo caso. Y las domestican, las acarician y les enseñan trucos, y así aprenden a ser de lo más sociable. Pero hay que tocarles algo de música. ¿Tienes algo para tocar música?

—No tengo más que un peine de madera, un pedazo de papel y un birimbao, y no creo que vaya a gustarles mucho un birimbao.

—Seguro que sí. A ellas les da igual la clase de música. Un birimbao resulta fenómeno para una rata. A todos los animales les gusta la música, y en las cárceles les encanta. Sobre todo, la música triste, y con un birimbao es la única música que se puede tocar. Siempre les interesa; salen a ver qué te pasa. Sí, te va a ir muy bien, lo tienes todo. Lo que hace falta es que te sientes en la cama por las noches antes de dormirte, y que por la mañana hagas lo mismo y toques el birimbao; toca "Se ha roto el último eslabón", que es lo que les encanta a las ratas, y cuando lleves tocando dos minutos verás que todas las ratas, las serpientes y las arañas y todo eso empiezan a preocuparse por ti y salen. Y vendrán todas a hacerte compañía, y lo pasarán estupendo.

—Sí, supongo que ellas sí, sito Tom, pero, ¿cómo se lo va a pasar Jim? Que me ahorquen si lo entiendo. Pero si es necesario lo haré. Calculo que más vale tener a los animales contentos y no andar con problemas en casa.

Tom se quedó pensando si faltaba algo, y al cabo de un momento va y dice:

—Ah, se me ha olvidado una cosa. ¿Crees que podrías criar una flor aquí?

—No sé, pero a lo mejor sí, sito Tom, aunque aquí está bastante oscuro y no me vale de mucho una flor, y me iba a resultar muy difícil.

—Bueno, inténtalo de todas formas. Ya lo han hecho algunos otros prisioneros.

—Calculo que aquí podría crecer uno de esos barbascos que echan colas como un gato, sito Tom, pero no merecería la pena ni la mitad del trabajo que daría.

—No lo creas. Te traeremos una pequeñita y la plantas en ese rincón y la vas cultivando. Y no la llamas barbasco, sino pitchiola, que es un nombre que hace muy bonito en una cárcel. Lo mejor es que la riegues con tus lágrimas.

—Pero si tengo montones de agua de la fuente, sito Tom.

—No necesitas agua de la fuente; lo que hace falta es que la riegues con tus lágrimas. Es lo que hacen todos.

—Pero, sito Tom, yo puedo criar un barbasco así de grande con agua de la fuente, mientras que con las lágrimas apenas crecerá.

—No se trata de eso. Hay que hacerlo con lágrimas.

—Se me morirá, sito Tom, seguro que sí; porque yo casi nunca lloro.

Así que Tom no sabía qué hacer. Pero lo pensó y dijo que Jim tendría que llorar todo lo que pudiera con una cebolla. Prometió que iría a las cabañas de los negros y le pondría una en secreto en el café de Jim por la mañana. Jim dijo que preferiría que pusiera tabaco en el café, y puso tantos problemas con aquello, y con lo del trabajo y el problema de cultivar el barbasco, lo del birimbao y las ratas y lo de acariciar a las serpientes y las arañas y todo lo demás, encima de lo que tenía que hacer con las plumas y las inscripciones y los diarios y todo aquello, que dijo que estar prisionero era lo más difícil que había hecho en su vida, hasta que Tom perdió la paciencia con él y le respondió que había recibido más oportunidades que ningún prisionero del mundo para hacerse famoso y sin embargo no sabía agradecerlo, y que con él no se podía hacer más que perder el tiempo. Así que Jim dijo que lo sentía y que no volvería a portarse igual, y después Tom y yo nos fuimos a la cama.

Por la mañana fuimos al pueblo, compramos una ratonera de alambre, la llevamos a casa y destapamos el mejor de los agujeros de las ratas, y al cabo de una media hora ya habíamos metido en la ratonera quince de las mejores; después la agarramos y la pusimos a salvo debajo de la cama de tía Sally. Pero mientras estábamos buscando arañas, el pequeño Thomas Franklin Benjamin Jefferson Elexander Phelps la encontró y abrió la portezuela para ver si salían las ratas, y salieron, y cuando volvimos la tía Sally estaba subida en la cama armando la de todos los diablos mientras las ratas hacían todo lo que podían para que no se aburriera. Entonces nos sacudió con el palo y tardamos por lo menos otras dos horas en atrapar otras quince o dieciséis, por culpa de aquel tonto de crío, y tampoco eran las mejores, porque el primer cargamento había sido inmejorable. En mi vida he visto un grupo de ratas mejor que el de aquel primer cargamento.

Conseguimos una variedad espléndida de arañas, escarabajos, ranas y orugas, entre una cosa y otra, y casi nos llevamos un nido de avispas, pero no lo conseguimos. La familia estaba en casa. No renunciamos inmediatamente, sino que aguantamos todo lo que pudimos, porque intentamos cansarlas o que nos cansaran a nosotros, como ocurrió al final. Entonces nos fuimos a poner una pomada en las picaduras y casi volvimos a quedar bien, aunque no podíamos sentarnos a gusto. Luego salimos a buscar las serpientes y agarramos un par de docenas de serpientes de agua y de serpientes domésticas y las pusimos en un saco en nuestra habitación, con lo que dio la hora de la cena después de un día entero de trabajo; ¿que si teníamos hambre? ¡No, naturalmente que no! Cuando volvimos no quedaba ni una maldita serpiente; no habíamos atado bien el saco y no sé cómo habían encontrado la salida y se habían ido. Pero no importaba mucho, porque tenían que seguir por alguna parte de la casa. Así que pensamos que ya las volveríamos a encontrar. No, durante muchos días no escasearon las serpientes en aquella casa. Se las veía colgando de las vigas y otras veces metidas en algún sitio, y generalmente se le caían a uno en el plato o se le metían por el cuello, casi siempre donde no era apetecible. Bueno, eran todas muy bonitas con sus rayas y todo, y aunque hubiera un millón no le habrían hecho daño a nadie, pero eso a la tía Sally no le importaba; le daban asco las serpientes, fueran de la raza que fuesen, y no las aguantaba en ninguna forma, y cada vez que se le caía una encima, estuviera haciendo lo que fuese, dejaba de hacerlo y se iba corriendo. Nunca he visto una mujer así; se oían sus gritos hasta Jericó. Ni siquiera era capaz de agarrar una con las tenazas. Si se daba la vuelta y se encontraba con una en la cama echaba a correr y se ponía a pegar gritos de forma que daba la impresión de que se había incendiado la casa. Fastidiaba tanto al viejo que dijo que casi le daban ganas de que no se hubieran creado las serpientes. Pero hombre, si después de que ya no quedara ni una sola en la casa desde hacía una semana la tía Sally todavía no se había repuesto; tan asustada seguía que cuando estaba sentada pensando en algo, si le tocaba uno en la nuca con una pluma pegaba un salto que se salía de los zapatos. Era muy curioso. Pero Tom dijo que todas las mujeres eran iguales. Dijo que por algún motivo u otro estaban hechas así.

Nos daba una paliza cada vez que se encontraba con una de las serpientes, y decía que eso no era nada en comparación con lo que nos iba a hacer si le volvíamos a llenar la casa de ellas. Las palizas no me importaban, porque en realidad no eran nada, pero sí me importaba lo difícil que nos resultó encontrar otro montón. Pero las conseguimos, junto con los demás bichos, y en vuestra vida habéis visto una cabaña tan animada como la de Jim cuando todas salían a oír la música y se acercaban a él. A Jim no le gustaban las arañas y a las arañas no les justaba Jim; así que se quedaban esperando y después le hacían la vida imposible. Y él decía que entre las ratas y las serpientes y la rueda de molino casi no le quedaba sitio en el catre, y en lo que le quedaba no se podía dormir, porque aquello no paraba, y que aquello no paraba porque ellas nunca dormían todas al tiempo, sino que hacían turnos, de forma que cuando se dormían las serpientes estaban de guardia las ratas y cuando se acostaban las ratas les tocaba de guardia a las serpientes, así que siempre tenía un montón de bichos debajo de él y el otro montón haciendo un circo encima, y si se levantaba para buscar un sitio nuevo las arañas se le echaban encima al hacer el cambio. Dijo que, si alguna vez se escapaba, no volvería a ser prisionero ni aunque le pagaran un sueldo.

Bueno, al cabo de tres semanas todo estaba en perfecta forma. La camisa le había llegado en seguida dentro de un pastel, y cada vez que una rata mordía a Jim éste se levantaba y escribía algo en el diario mientras la tinta estaba fresca; las plumas estaban hechas, las inscripciones y todo lo demás se había quedado ya grabado en la piedra; la pata del catre estaba cerrada en dos y nos habíamos comido el serrín, que nos dio un dolor de estómago de miedo. Creíamos que nos moriríamos todos, pero no. Era el serrín más indigesto que he visto en mi vida, y Tom decía lo mismo. Pero también decía que teníamos todo el trabajo hecho, por fin, aunque estábamos todos agotados, sobre todo Jim. El viejo había escrito dos veces a la plantación al sur de Orleans para que fueran a buscar a su negro fugitivo, pero no había recibido respuesta, porque esa plantación no existía, así que dijo que pondría un anuncio sobre Jim en los periódicos de Saint Louis y de Nueva Orleans, y cuando mencionó los de Saint Louis me dieron escalofríos y vi que no teníamos tiempo que perder. Tom dijo que había llegado el momento de las cartas anónimas.

—¿Qué es eso? —pregunté.

—Advertencias a la gente de que va a pasar algo. Unas veces se hace de una forma y otras de otra. Pero siempre hay algún espía que advierte al gobernador del castillo. Cuando Luis XVI se iba a escapar de las Telerías, fue una criada. Así está muy bien, y las cartas anónimas también. Haremos las dos cosas. Lo normal es que la madre del prisionero se cambie de ropa con ellas y se quede dentro del castillo, y él saldrá vestido con la ropa de la madre. Vamos a hacerlo también.

—Pero, oye, Tom, ¿para qué queremos avisar a nadie de que va a pasar algo? Que se enteren ellos solos, es cosa suya.

—Sí, ya lo sé. Pero no puedes contar con ellos. Es lo que han hecho desde el principio: nos han dejado que lo hagamos todo nosotros. Están tan confiados y tan atontados que ni siquiera se fijan en nosotros. Así que si no se lo avisamos, no habrá nada ni nadie que se entrometa, y después de todo el trabajo y de lo que nos hemos preocupado con esta fuga, saldrá como si no hubiera pasado nada; no tendrá ningún valor... ¡No llamará la atención!

—Pues lo que es por mí, Tom, eso es lo mejor.

—¡Caray! —exclamó, con aire de desagrado, así que le dije:

—Pero no voy a quejarme. Lo que tú decidas vale para mí. ¿De dónde vamos a sacar a la criada?

—Eso te toca a ti. Te cuelas en mitad de la noche y te llevas eal vestido de esa chica de piel clara.

—Pero, Tom, entonces tendrá problemas por la mañana, porque puede que no tenga otro.

—Ya lo sé, pero no te hace falta más que un cuarto de hora para llevar la carta nónima y meterla por debajo de la puerta principal.

—Entonces, muy bien, de acuerdo; pero igual la podría llevar sin cambiarme de ropa.

—Entonces no parecerías una criada, ¿no?

—No, pero de todas formas nadie va a ver lo que parezco o dejo de parecer.

—Eso no tiene nada que ver. Lo que importa es que cumplamos con nuestro deber y no nos preocupemos de si alguien nos ve hacerlo o no. ¿Es que no tienes principios?

—Muy bien, no digo nada; yo soy la criada. ¿Quién es la madre de Jim?

—La madre soy yo. Me pondré un vestido de la tía Sally.

—Bueno, entonces tendrás que quedarte en la cabaña cuando nos marchemos Jim y yo.

—No mucho tiempo. Rellenaré de paja la ropa de Jim y la dejaré en la cama en representación de su madre disfrazada; Jim me quitará a mí el vestido de la negra, se lo pondrá y nos evadiremos juntos. Cuando un prisionero fino se escapa, se llama una evasión. Por ejemplo, es lo que dicen siempre cuando se escapa un rey. Y lo mismo pasa con el hijo de un rey; no importa que sea un hijo natural o antinatural.

Así que Tom escribió la carta anónima y aquella noche yo robé el vestido de la chica de color claro, me lo puse y metí por debajo de la puerta principal lo que me había dicho Tom. Decía:

"Cuidado. Se acercan problemas. Estad muy atentos. UN AMIGO DESCONOCIDO"

A la noche siguiente clavamos en la puerta principal un dibujo de una calavera y unas tibias que hizo Tom con sangre, y a la otra noche clavamos en la puerta de atrás otro dibujo de un ataúd. Jamás había visto a una familia tan asustada. No podían haber estado más asustados, aunque la casa se hubiera llenado de fantasmas esperándolos detrás de cada mueble y debajo de las camas o flotando en el aire. Si una puerta daba un portazo, la tía Sally pegaba un salto y decía "¡ay!", y si caía algo, pegaba un salto y decía "¡ay!", y cuando uno la tocaba antes de que ella se diera cuenta, hacía lo mismo; no podía mirar a un lado y quedarse satisfecha, porque decía que siempre había algo detrás de ella, así que se pasaba el tiempo dándose la vuelta de repente y diciendo "¡ay!", y antes de terminar de darse la vuelta se volvía a retorcer y decía lo mismo, y le daba miedo acostarse, pero tampoco se atrevía a quedarse sentada. Así que las cosas marchaban muy bien, dijo Tom; según él, nunca había visto nada igual de bien.

Comentó que en eso se veía las cosas bien hechas.

Así que, dijo, ¡a ponerlo todo en marcha! Así que, a la mañana siguiente, justo al amanecer, preparamos otra carta, y estábamos pensando cuál era la mejor forma de entregarla, porque a la hora de cenar les habíamos oído decir que iban a poner a un negro de guardia en cada puerta toda la noche. Tom se bajó por el pararrayos para ver cómo estaban las cosas, y como el negro de la puerta trasera estaba dormido se la metió en la camisa por detrás y volvió. La carta decía:

"No me traicionen, deseo ser su amigo. Hay una banda desperada de asesinos del territorio indio que van a robarles su negro fugitivo esta noche, y han intentado meterles miedo para que se queden en casa y no les molesten. Yo soy de la banda, pero me he arrepentido y quiero dejarla y volver a llevar una vida honrada y quiero traicionar sus proyectos infernales. Llegarán a medianoche exacta desde el norte, junto a la valla, con una llave falsa, e irán a la cabaña del negro para llevárselo. Yo tengo que quedarme atrás y tocar una corneta si veo que hay peligro, pero lo que voy a hacer es balar como una oveja en cuanto lleguen y no tocar la corneta; entonces, mientras le quitan las cadenas, ustedes pueden ir a dejarlos encerrados y matarlos cuando quieran. No hagan más que lo que les digo yo; porque si no seguro que sospechan algo y organizan un desastre. No deseo ninguna recompensa, sino saber que he actuado bien.

UN AMIGO DESCONOCIDO"

Después de desayunar nos sentíamos tan bien que sacamos la canoa para ir a pescar al río, con unos bocadillos, y nos divertimos mucho; fuimos a donde estaba la balsa, vimos que estaba bien y llegamos a casa tarde para la cena, y los vimos tan asustados y preocupados que ya ni sabían a dónde mirar y nos obligaron a irnos a la cama en cuanto terminamos de cenar sin decirnos lo que pasaba, ni palabra de la nueva carta, pero no hacía falta, porque estábamos más enterados que nadie, y en cuanto subimos la mitad de la escalera y la tía Sally se dio la vuelta nos fuimos a la alacena del sótano, sacamos abundante comida, la subimos a nuestra habitación y nos acostamos. Hacia las once y media nos levantamos y Tom se puso el vestido de la tía Sally que había robado para irse con la comida, pero dijo:

—¿Dónde está la mantequilla?

—Saqué un buen pedazo —dije— en un trozo de pan de borona.

—Bueno, pues la dejaste ahí puesta; aquí no está.

—Podemos pasar sin ella —respondí.

—También podemos pasar con ella —dijo él—, así que vuelve al sótano y tráela. Después te bajas por el pararrayos y te vienes. Voy a poner la paja en la ropa de Jim para que represente a su madre disfrazada y estar listo para balar como una oveja y largarnos en cuanto llegues tú.

Así que se marchó y yo me fui al sótano. El trozo de mantequilla, del tamaño de un puño, estaba donde lo había dejado, así que me fui con el trozo de pan de borona donde lo había puesto y subí al piso principal, pero apareció la tía Sally con una vela y yo lo metí todo en el sombrero y me lo calé en la cabeza. Cuando me vio dijo inmediatamente:

—¿Has bajado al sótano?

—Sí, señora.

—¿Qué estabas haciendo allí?

—Nada.

—¡Nada!

—No, señora.

—Bueno, entonces, ¿qué es lo que te ha dado para bajar a estas horas de la noche?

—No lo sé.

—¿No lo sabes? No me digas esas cosas, Tom. Quiero saber lo que estabas haciendo ahí abajo.

—No estaba haciendo nada, tía Sally. Que me muera si no es verdad.

Calculé que ahora me dejaría marchar, y en general es lo que habría hecho, pero supongo que estaban pasando tantas cosas raras que todo lo que no fuera transparente como un cristal le ponía nerviosa, así que va y dice, muy decidida:

—Entra ahí en la sala y quédate hasta que vuelva yo. Has ido a hacer algo que no debías y te apuesto a que me entero de lo que era antes de haber terminado contigo.

Así que se marchó mientras yo abría la puerta y entraba en la sala. ¡Dios mío, cuánta gente había allí! Quince labradores, y cada uno de ellos con un arma. Me sentí de lo más mal, me dejé caer en una silla y me quedé sentado. También ellos estaban sentados, algunos hablando un poco, en voz baja, y todos inquietos y nerviosos, tratando de fingir que no lo estaban; pero yo sabía que sí porque no hacían más que quitarse los sombreros y volvérselos a poner, rascarse las orejas y cambiar de asiento y abrocharse y desabrocharse. Yo tampoco estaba tranquilo, pero de todas formas no me quité el sombrero.

Lo que me apetecía era que llegara la tía Sally y me diera la paliza para acabar con el asunto, si quería, y me dejara marcharme a decirle a Tom cómo habíamos exagerado todo y en menudo avispero que nos habíamos metido, de forma que pudiésemos dejar de hacer el tonto y largarnos con Jim antes de que a aquellos palurdos se les acabara la paciencia y se nos echaran encima.

Por fin llegó y empezó a hacerme preguntas, pero yo no podía contestarlas a derechas y no sabía qué decir, porque aquellos hombres estaban tan nerviosos que algunos querían empezar inmediatamente y lanzarse encima de aquellos bandoleros, porque como decían no faltaban más que unos minutos para la medianoche, mientras otros trataban de frenarlos y esperar a que llegara el balido; mientras tanto, allí estaba la tía Sally venga de hacer preguntas, y yo todo tembloroso y a punto de desmayarme de miedo que tenía, y cada vez hacía más calor y la mantequilla estaba empezando a derretirse y a correrme por el cuello y por detrás de las orejas, hasta que uno de aquéllos va y dice:

—Yo estoy por ir primero a la cabaña inmediatamente y agarrarlos allí cuando lleguen. Casi me desmayé y me goteó un chorro de mantequilla por la frente. Cuando la tía Sally lo vio se puso blanca como una sábana, y va y dice:

—Por el amor del cielo, ¿qué le pasa a este chico? ¡Seguro que tiene la fiebre cerebral y se le están saliendo los sesos! Todo el mundo vino corriendo a ver qué pasaba, ella me quitó el sombrero y con él salió el pan y lo que quedaba de la mantequilla; entonces me abrazó, diciendo:

—¡Qué susto me has dado! Y cuánto me alegro de que no sea nada peor, porque no tenemos más que problemas, y es que las desgracias nunca vienen solas, y cuando he visto eso creí que te ibas a morir, porque imaginaba por el color que era como si los sesos se te fueran a ... Dios mío, Dios mío, ¿por qué no me dijiste lo que habías bajado a buscar? No me habría importado. ¡Ahora vete a la cama y que no te vuelva yo a ver hasta mañana!

Subí las escaleras en un segundo, bajé por el pararrayos en otro y busqué el cobertizo en medio de la oscuridad. Casi no podía ni hablar de preocupado que estaba, pero le dije a Tom lo más rápido que pude que teníam os que largarnos sin perder ni un minuto: ¡la casa estaba llena de hombres armados!

Le brillaron mucho los ojos, y va y dice:

—¡No! ¿De verdad? ¡Hombre, Huck, si tuviéramos que hacerlo otra vez, seguro que hacíamos venir a doscientos! Si pudiéramos aplazarlo...

—¡Rápido! ¡Rápido! —contesté—. ¿Dónde está Jim?

—Ahí a tu lado; si alargas el brazo lo puedes tocar. Ya está vestido y todo lo demás está. Podemos irnos y dar la señal del balido.

Pero entonces oímos las pisadas de los hombres que se acercaban a la puerta y el ruido que hacían al abrir el candado y que uno de ellos decía:

—Te he dicho que era demasiado temprano; no han llegado: la puerta está cerrada. Vamos, algunos de vosotros vais a la cabaña, los esperas en la oscuridad y los matas cuando lleguen, y el resto se dispersa por ahí y ponen atención para oírlos llegar.

Así que entraron, pero en la oscuridad no nos podían ver y casi todos nos pisaron mientras nosotros tratábamos de meternos debajo de la cama. Pero conseguimos meternos allí y salir por el agujero, rápido, pero sin hacer ruido. Jim primero, yo después y Tom el último, que era lo que había ordenado Tom. Ya estábamos en el cobertizo y oímos las pisadas de los que andaban al lado. Así que nos arrastramos hasta la puerta y Tom nos paró allí y se puso a mirar por la grieta, pero no veía nada de oscuro que estaba, y nos susurró que escucharía hasta que los pasos se alejaran más, y cuando nos diera un codazo Jim tenía que salir el primero y él el último. Así que arrimó la oreja a la grieta y escuchó, escuchó y escuchó, y los pasos seguían dando vueltas al lado todo el tiempo; por fin nos dio un codazo y nos marchamos doblados en dos, sin respirar ni hacer el menor ruido, avanzando a escondidas en fila india hacia la valla hasta que llegamos allí y Jim y yo la saltamos; pero Tom se enganchó los pantalones en una astilla que había en el tronco de arriba, así que tuvo que tirar para soltarse, de forma que la astilla se le rompió e hizo un ruido, y cuando se dejó caer para seguirnos, alguien gritó:

—¿Quién va? ¡Responde o disparo!

Pero no respondimos; nos pusimos en pie y echamos a correr. Entonces oímos unas carreras y un ¡bang, bang, bang!, y, ¡cómo silbaban las balas! Les oímos gritar:

—¡Ahí están! ¡Van al río! ¡A seguirlos, muchachos, y soltad los perros!

Así que se echaron a correr a toda velocidad. Los oíamos bien porque llevaban botas y pegaban gritos, pero nosotros ni llevábamos botas ni gritábamos. Íbamos camino del molino, y cuando se nos acercaron mucho nos metimos entre las matas, dejamos que pasaran y luego nos pusimos detrás de ellos. Habían tenido a los perros bien callados para que no asustaran a los ladrones, pero ahora ya los habían soltado y llegaban haciendo tanto ruido que era como si fueran un millón, pero eran los nuestros, así que nos paramos hasta que nos alcanzaron, y cuando vieron que no éramos más que nosotros y que no les ofrecíamos ninguna aventura, se limitaron a saludar y salieron corriendo hacia donde sonaban los ruidos y los gritos, y nosotros volvimos a remontar hacia el río, corriendo detrás de ellos hasta que casi llegamos al molino y luego salimos entre los arbustos adonde estaba atada mi canoa, nos metimos en ella y echamos a remar como locos hacia mitad del río, sin hacer más ruido que el necesario. Luego pusimos la proa con toda tranquilidad hacia la isla donde estaba mi balsa y los oímos gritarse y ladrarse los unos a los otros ribera arriba, hasta que estábamos tan lejos que los ruidos fueron apagándose y desapareciendo. Cuando llegamos a la balsa, voy y digo:

—Ahora, viejo Jim, vuelves a estar libre, y te apuesto a que nunca volverás a ser esclavo.

—Y lo has hecho muy bien, Huck; estuvo muy bien planeado y muy bien hecho y no hay naide en el mundo que pueda hacer un plan tan complicado y espléndido como éste. Todos estábamos muy contentos, pero Tom el más contento de todos porque le habían dado un balazo en una pantorrilla.

Cuando Jim y yo nos enteramos no nos sentimos tan contentos como antes. Le hacía mucho daño y sangraba, así que lo tendimos en el wigwam y desgarramos una de las camisas del duque para vsendarlo, pero él va y dice:

—Denme esas tiras; lo puedo hacer yo solo. Ahora no paren, no se queden por aquí, con una evasión que va tan bien. ¡A los remos y en marcha! ¡Muchachos, ha salido estupendo! De verdad que sí. Ojalá nos hubieran encargado a nosotros la evasión de Luis XVI, y entonces en su biografía no habrían escrito eso de "Hijo de San Luis, asciende al cielo"; no, señor; le habríamos hecho cruzar la frontera, eso es lo que habríamos hecho con él y además con toda facilidad: ¡a los remos... a los remos!

Pero Jim y yo estábamos consultándonos, y pensando, y al cabo de un minuto o así voy y digo:

—Dilo tú, Jim. Y él dice:

—Bueno, esto es lo que me parece a mí, Huck: si fuera él al que estábamos liberando y le pegasen un tiro a uno de los muchachos, ¿diría él: "Adelante, ¿sálvenme y no piensen en un médico para salvar a ese otro"? ¿Haría eso el sito Tom Sawyer? ¿Diría eso?

¡Puedes apostar a que no! Bueno, entonces, ¿vas a decirlo, Jim? No, señor, yo no doy un paso fuera de aquí sin un médico; aunque tardemos cuarenta años.

Yo ya sabía que por dentro era blanco y calculaba que iba a decir lo que había dicho, así que ahora todo estaba bien y le dije a Tom que iba a buscar a un médico. Se puso a armar un jaleo, pero Jim y yo nos pusimos firmes y no quisimos ceder; así que él dijo que se apearía y que desamarraría la balsa él solo; pero no le dejamos. Después nos echó una bronca, pero no valió de nada.

Así que cuando me vio que estaba preparando la canoa dijo:

—Bueno, entonces, si tienes que ir, les voy a decir lo que debes hacer cuando lleguen al pueblo. Cierran la puerta y le vendas los ojos al médico, bien vendados y le haces jurar que sus labios están sellados; le dan una bolsa llena de monedas de oro y después lo sacan y lo llevan haciéndole dar vueltas por todas las callejas en la oscuridad. Luego lo traen aquí en la canoa, dando vuelta entre las islas, lo registran y le quitan la tiza y no se la devuelvas hasta que haya vuelto al pueblo, porque, si no, marcará la balsa con tiza para volverla a encontrar. Es lo que hacen todos.

Así que le dijimos que lo haríamos y nos marchamos, y Jim tenía que esconderse en el bosque cuando viera venir al médico hasta que volviera a marcharse.

RESCATAN AL NEGRO JIM DE LA MUERTE

El médico era viejo; un anciano muy simpático y amable. Cuando lo desperté le dije que mi hermano y yo estábamos en la Isla Española de caza ayer por la tarde y habíamos acampado en un trozo de balsa que encontramos, pero que, hacia medianoche, debía de haberle dado un golpe a la escopeta mientras soñaba, porque se había disparado y le había dado en la pierna. Queríamos que fuese a curársela sin decir nada ni comentárselo a nadie, porque pretendíamos volver a casa aquella tarde para sorprender a la familia.

—¿De qué familia eres? —pregunta.

—De la familia Phelps, río abajo.

—Ah —dice, y al cabo de un minuto repite—: ¿Cómo dices que se pegó un tiro?

—Tuvo un sueño y se disparó —le respondí.

—Extraño sueño —comentó.

Así que encendió el farol, agarró el botiquín y nos pusimos en marcha. Pero cuando vio la canoa no le gustó; dijo que estaba muy bien para una persona, pero que no parecía segura para dos. Y yo voy y digo:

—Ah, no tenga usted miedo, señor, nos llevó a los tres con toda facilidad.

—¿Qué tres?

—Pues a mí y a Sid... y.... y las escopetas; eso quería decir.

—Ah.

Pero puso el pie en la regala y la hizo moverse, meneó la cabeza y dijo que buscaría otra mayor. Pero todas estaban con cadena y candado, así que se metió en mi canoa y dijo que esperase hasta que volviera, o que, si no podía seguir buscando, o que quizá más valiera que volviese a casa y preparase a la familia para la sorpresa, si es lo que quería. Pero le dije que no, así que le expliqué cómo encontrar la balsa y él se puso en marcha.

En seguida se me ocurrió una idea. Me dije: "¿Y si no puede arreglarle la pierna en dos patadas, como dice el dicho? ¿Y si le lleva tres o cuatro días? ¿Qué vamos a hacer?

¿Quedarnos esperando hasta que se lo cuente a alguien? No, señor; ya sé lo que voy a hacer. Esperaré, y cuando vuelva, si dice que tiene que volver, me iré con él aunque sea a nado, lo atamos y nos lo llevamos río abajo, y cuando Tom ya esté curado le pagamos lo que sea, o todo lo que tengamos, y después le dejaremos desembarcar".

Entonces me metí en un montón de leña para dormir algo, y cuando me desperté, el sol ya estaba bien alto. Salí corriendo a casa del médico, pero me dijeron que se había ido por la noche y todavía no había vuelto. "Bueno", pensé, "parece que a Tom le va mal, así que me voy derecho a la isla". Y me puse en marcha, pero al dar la vuelta a la esquina casi me doy de frente con el tío Silas. Va y dice:

—¡Hombre, Tom! ¿Dónde has estado todo este tiempo, pillastre?

—No he estado en ninguna parte —dije—, más que a la caza del negro fugitivo con Sid.

—Bueno, ¿dónde has ido? —pregunta—. Tu tía estaba preocupada.

—Pues no tenía motivo —dije yo—, porque estaba muy bien. Seguimos a los hombres y a los perros, pero corrieron más que nosotros y nos perdimos, pero creímos que los habíamos oído en el agua, así que sacamos una canoa, los seguimos y cruzamos al otro lado, pero no los vimos; entonces seguimos ribera arriba hasta que nos cansamos, dejamos atada la canoa y nos quedamos dormidos, y no nos hemos despertado hasta hace una hora; entonces vinimos remando a ver qué pasaba y Sid ha ido a la oficina de correos a ver si se entera de algo y yo ando dando una vuelta a ver si consigo algo de comer antes de ir a casa.

Así que nos fuimos a la oficina de correos a buscar a "Sid", pero tal como yo sospechaba, no estaba allí; así que el viejo retiró una carta que le había llegado y nos quedamos esperando un rato más. Como Sid no apareció, el viejo dijo que nos fuéramos y que Sid volviera a casa a pie, o en la canoa, cuando terminase de hacer el tonto por el pueblo, pero que nosotros volveríamos en la carreta. No conseguí que me dejase quedarme a esperar a Sid, porque dijo que no serviría de nada, y tenía que volver con él para que la tía Sally viese que estábamos bien.

Cuando llegamos a casa, la tía Sally se alegró tanto de verme que se echó a reír y llorar al mismo tiempo mientras me abrazaba y me daba una de aquellas palizas suyas que ni se notaban, y luego dijo que a Sid le iba a hacer lo mismo cuando volviera a casa.

La casa estaba llena de agricultores y sus mujeres que habían ido a comer y que no paraban de hablar. La peor era la vieja señora Hotchkiss, que le daba a la sin hueso como una descosida. Va y dice:

—Bueno, hermana Phelps, he registrado esa cabaña por todas partes y creo que el negro estaba loco. Se lo he dicho a la hermana Damrell, ¿no es verdad, hermana Damrell? Le he dicho, está loco, con estas mismas palabras. Ya me haban oído todos: está loco, es lo que digo; y es que se nota en todo. No hay más que ver esa piedra de molino, es lo que digo; que naide me diga que no está loco alguien que va y se pone a escribir todas las locuras en una piedra de molino, es lo que digo yo. Aquí a tal y tal persona se le partió el corazón, y tal y cual sufrió treinta y siete años, y todo eso: hijo natural de Luis no sé qué, y todas esas bobadas. Está chalado, eso es lo que yo digo y lo digo para empezar, en medio y para terminar: ese negro está loco; está loco; más loco que Naducobonosor, eso es lo que digo yo.

—Si no hay más que ver esa escala hecha de trapos, hermana Hotchkiss —dice la vieja señora Damrell—; ¿para qué dimonios iba a querer...

—Lo mismo que estaba yo diciendo hace un momento a la hermana Utterback, y si no que lo diga ella. Ella ha visto esa escala de trapos, es lo que digo yo; sí, miradla, eso es lo que digo yo; ¿qué iba a hacer con ella? La hermana Hotchkiss dice...

—Pero, cómo dimonios metieron esa piedra de molino allí? Y, ¿quién hizo el agujero? Y, ¿quién...?

—¡Es lo que digo yo, hermano Penrod! Estaba diciendo, pásame ese platito de melaza, por favor, estaba diciendo a la hermana Dunlap hace un minuto, ¿cómo metieron allí esa rueda de molino? Y sin ayuda, fijaos, ¡sin ayuda! Ahí está el asunto. No me digáis a mí, digo yo; tuvieron ayuda, digo yo, y mucha ayuda, eso es lo que digo yo; montones de ayuda, digo yo; a ese negro le han ayudado una docena, y lo que es yo, les daría de latigazos a todos los negros que hay aquí hasta averiguar quiénes fueron, eso es lo que digo yo; y, además, digo yo...

—¡Una docena dices! Ni cuarenta podrían haber hecho tantas cosas. No hay más que ver esos serruchos hechos con cuchillos de cocina y todo lo demás, el cuidado con que están hechos; no hay más que ver la pata de ese catre serrada con ellos, que es una semana de trabajo para seis hombres... No hay más que ver esa muñeca negra hecha de paja en la cama y no hay más que ver...

—¡Tienes toda la razón, hermano Hightower! Es lo que le estaba diciendo aquí al hermano Phelps. Dice, "¿qué le parece todo esto, hermana Hotchkiss?", dice. ¿Qué me parece qué, hermano Phelps?, digo yo. "¿Qué te parece la cama de ese catre serrada así?", dice él. ¿Que qué me parece?, digo yo. Lo que me parece es que no se ha cerrado sola, digo yo; alguien lo ha hecho, digo yo; ésa es mi opinión, valga lo que valga; quizá no valga nada, digo yo, pero valga o no valga, es mi opinión, digo yo, y si a alguien se le ocurre otra mejor, digo yo, que la diga, digo yo, y nada más. Le digo a la hermana Dunlap, digo yo...

—Bueno, que me ahorquen, tiene que haber habido toda una pandilla de negros que se hayan pasado todas las noches de cuatro semanas para haber hecho tanto trabajo, hermana Phelps. No hay más que ver esa camisa; ¡toda llena hasta la última pulgada con esa escritura africana secreta hecha con sangre! Tiene que haber habido un montón de ellos todo el tiempo, o casi. Hombre, daría dos dólares porque alguien me la leyese, y en cuanto a los negros que la escribieron, les daría de latigazos hasta...

—¡Gente que lo ayudara, hermano Marples! Bueno, de eso podrías estar seguro si hubieras estado en esta casa de un tiempo a esta parte. Pero si robaban todo lo que podían, y eso que nosotros estábamos atentos todo el tiempo. ¡Robaron esa camisa del tendedero!, y en cuanto a la sábana con la que hicieron la escala, Dios sabe cuántas veces la robaron; y harina y velas y candelabros y cucharas y el calentador antiguo y casi mil cosas que ya ni recuerdo, mi vestido nuevo de calicó, y eso que yo y Silas y mi Sid y mi Tom estábamos vigilando todo el día y toda la noche, como os estaba diciendo, y ninguno pudimos ver ni oír nada de lo que hacían, y ahora, en el último minuto, se nos escapan en nuestras narices y nos engañan, y no sólo nos engañan a nosotros, sino también a los ladrones del territorio indio, y van y se escapan con ese negro sin que nadie les toque un pelo, ¡y eso con dieciséis hombres y veintidós perros persiguiéndolos justo cuando se escapaban! Les digo que en mi vida he oído cosa igual. Ni unos espíritus podían haberlo hecho mejor ni con más inteligencia. Y calculo que tienen que haber sido espíritus, porque vosotros ya conocéis a vuestros perros y no los hay mejores; ¡y esos perros no les encontraron la pista ni una vez! ¡Que me lo explique quien lo entienda! ¡A ver quién sería capaz de entenderlo!

—Bueno, la verdad es que...

—Por Dios santo, jamás...

—Dios me bendiga, no lo hubiera cre...

—Ladrones de casas, además de...

—Por Dios y todos los santos, a mí me daría miedo vivir en una...

—¡Miedo vivir! Hombre, si yo tenía tanto miedo que casi ni me atrevía a acostarme, ni a tenderme, ni a sentarme, hermana Ridgeway. Pero si es que robaban hasta... Dios mío, pueden imaginaros en qué estado me encontraba yo ayer a medianoche. ¡Les juro que tenía miedo de que se llevaran a alguien de la familia! Había llegado a un punto en que ya no podía ni razonar. Ahora de día, parece una bobada, pero me decía: "Ahí están mis dos pobrecitos chicos dormidos, ellos solitos en el piso de arriba, en ese cuarto", y de verdad os digo que me daba tanto miedo que subí las escaleras y los cerré con llave. Eso fue lo que hice, y lo que haría cualquiera. Porque, saben, cuando tiene una tanto miedo cada vez es peor porque la cabeza empieza a dejar de funcionarle a una, se le ocurren las cosas más absurdas, y con el tiempo llega una a pensar: "Supongamos que yo fuera un muchacho y estuviera ahí arriba con la puerta sin cerrar y fuese...". —Se calló con un aire como asombrado, y después volvió la cabeza lentamente, y cuando me miró a mí... me levanté y me fui a dar un paseo.

Me dije: "Podré explicar mejor cómo es que no estábamos esta mañana en la habitación si me voy a un lado y lo pienso un poco", y así lo hice. Pero no me atreví a irme muy lejos, porque me había mandado a buscar. Se fue haciendo tarde, se marchó toda la gente y entonces yo entré y le dije que a Sid y a mí nos habían despertado los gritos y los ruidos, y como la puerta estaba cerrada y queríamos ver lo que pasaba, bajamos por el pararrayos y los dos nos hicimos un poco de daño, así que no podríamos hacerlo más. Después fui a contarle todo lo que le había dicho antes al tío Silas, y entonces ella dijo que nos perdonaba y que de todas formas era lo lógico y lo que cabía esperar de unos muchachos, porque todos los chicos éramos unos locos, que ella supiera, y con tal de que no nos hubiera pasado nada, creía que era mejor sentirse agradecida de que estuviéramos vivos y bien y de seguir queriéndonos, en lugar de preocuparse por cosas que ya habían pasado. Me besó, me acarició la cabeza, se quedó muy pensativa y al cabo de un momento pega un salto y dice:

—¡Dios me bendiga, casi es de noche y todavía no ha llegado Sid! ¿Qué le habrá pasado a ese chico?

Ahí vi mi oportunidad, así que también yo di un salto y voy y digo:

—Voy al pueblo, a traerlo —digo.

—No, ni hablar —dice ella—. Te quedas donde estás; ya basta con que se pierda uno. Si no llega para la hora de cenar, irá tu tío.

Bueno, no llegó a la hora de cenar, así que inmediatamente después salió el tío. Volvió hacia las diez un poco intranquilo: no había encontrado ni rastro de Tom. Tía

Sally está muy intranquila; pero el tío Silas dijo que no había motivo, que eran cosas de muchachos y que éste aparecería por la mañana sano y salvo. Así que ella tuvo que callarse, pero dijo que en todo caso se quedaría sentada a esperarlo y dejaría una luz encendida para que pudiera verla.

Y después, cuando me fui a la cama, subió conmigo y trajo su vela, me arropó y me trató tan bien que me sentí un ruin, como si no pudiera mirarla a los ojos. Se sentó en la cama para quedarse charlando un rato largo conmigo y dijo que qué chico más espléndido era Sid; parecía como si no quisiera dejar de hablar de él, venga de preguntarme de vez en cuando si yo creía que se podría haber perdido o hecho daño, o quizá ahogado, y que ahora mismo podría estar sufriendo en alguna parte, o muerto, sin tenerla a ella para ayudarlo, mientras le caían las lágrimas en silencio, y yo le decía que Sid estaba bien y que seguro que volvería a casa por la mañana. Ella me apretaba una mano, o me daba un beso, y me pedía que lo repitiera y que no parase, porque le hacía mucho bien y lo estaba pasando muy mal. Cuando se iba a marchar me miró a los ojos muy fija y muy afectuosa, y va y dice:

—Tom, no voy a cerrar la puerta con llave, y ahí están la ventana y el pararrayos, pero vas a ser bueno, ¿verdad? ¿Y no te vas a ir? Hazlo por mí.

Dios sabe cuánto quería yo salir a ver lo que pasaba con Tom, y que no pretendía otra cosa; pero después de aquello no me habría ido ni aunque me hubieran dado reinos enteros.

Pero no podía dejar de pensar en ella y en Tom, así que dormí muy inquieto. Aquella noche me bajé por el pararrayos dos veces y fui a la entrada principal, y allí la vi sentada con su vela a la ventana, mirando al camino sin parar de llorar, y pensé que ojalá pudiera hacer algo por ella, pero no podía, salvo jurar que jamás haría nada para volver a apenarla. La tercera vez que desperté fue al amanecer, bajé por el pararrayos y allí seguía ella, con la vela casi terminada, con la vieja cabeza apoyada en la mano; se había quedado dormida.

El viejo volvió al pueblo antes de desayunar, pero no encontró ni huellas de Tom, y los dos se quedaron sentados a la mesa, pensando sin decir nada, con un aire muy triste mientras se les enfriaba el café, y sin comer nada. Al cabo de un rato el viejo va y dice:

—¿Te he dado la carta?

—¿Qué carta?

—La que me dieron ayer en la oficina de correos.

—No, no me has dado ninguna carta.

—Bueno, se me debe de haber olvidado.

Se puso a buscar en los bolsillos y luego fue a alguna parte a buscar dónde la había dejado, la trajo y se la dio. Va ella y dice:

—Pero si es de Saint Petersburg, de mi hermana.

Decidí que otro paseo me sentaría bien, pero no podía ni moverme. Antes de que pudiera abrirla la dejó caer y se echó a correr, porque había visto algo. Y yo también. Era Tom Sawyer acostado en un colchón y el viejo médico y Jim con el vestido de calicó de ella, con las manos atadas a la espalda, y un montón de gente. Escondí la carta detrás de lo primero que se me ocurrió y salí corriendo. Ella se lanzó hacia Tom, llorando, y va y dice:

—¡Ay, ha muerto, ha muerto, seguro que ha muerto!

Tom volvió la cabeza un poco y dijo algo que demostraba que no estaba bien de la cabeza, y ella subió las manos al cielo y dijo:

—¡Está vivo, gracias a Dios! ¡Y con eso me basta! Le dio un beso y se fue corriendo a la casa a preparar la cama, dando órdenes a derecha y a izquierda a los negros y a todo el mundo, a toda la velocidad que podía y a cada paso que daba.

Seguí a los hombres para saber lo que iban a hacer con Jim, y el viejo médico y el tío Silas siguieron a Tom a la casa. Los hombres estaban rabiosos y querían ahorcar a Jim para dar un ejemplo a todos los demás negros de los alrededores, para que no trataran de escaparse como había hecho Jim ni organizaran tantos jaleos y tuvieran a toda una familia casi muerta del susto días y noches. Pero los otros dijeron: "No, eso no se puede hacer; ese negro no es nuestro, y seguro que aparece el dueño y nos hace que paguemos por él". Así que se enfriaron un poco, porque la gente que tiene más ganas de ahorcar a un negro que ha hecho algo es siempre la misma que no quiere pagar por él cuando ya les ha servido para lo que querían.

Llamaron de todo a Jim y le dieron de golpes en la cabeza de vez en cuando, pero Jim no decía nada; nunca se le escapó que me conocía. Se lo llevaron a la misma cabaña, le pusieron su propia ropa y lo volvieron a encadenar, pero esta vez no a la pata de un catre, sino a una argolla enorme clavada en el tronco de abajo, y también le encadenaron las manos y las dos piernas y dijeron que no le darían nada de comer más que pan y agua hasta que apareciese su dueño o lo vendieran en una subasta, si es que no llegaba al cabo de un cierto tiempo, y rellenaron el agujero que habíamos hecho y dijeron que todas las noches habría un par de agricultores con escopeta vigilando la cabaña y con un bulldog a la puerta. Para entonces ya habían terminado su trabajo, y estaban a punto de marcharse con una especie de maldición general de despedida cuando apareció el médico viejo, que vio todo aquello y va y dice:

—No lo traten peor de lo necesario, porque no es un mal negro. Cuando llegué donde encontré al muchacho vi que no podía sacarle la bala sin algo de ayuda y que tampoco estaba en condiciones de dejarlo para ir a buscarla, y fue empeorando y empeorando, y al cabo de un rato perdió la cabeza y ya no dejaba que me acercara; decía que si le marcaba la balsa con una tiza me mataría y todo género de absurdos. Cuando vi que no podía hacer nada por él, me dije: "Necesito que alguien me ayude", y justo entonces apareció ese negro no sé de dónde y dijo que me ayudaría, y bien que me ayudó. Claro que pensé que debía de ser un negro fugitivo, pero así estaban las cosas, y tuve que quedarme allí todo el resto del día y toda la noche. ¡Les aseguro que ha resultado difícil! Tenía un par de pacientes con las fiebres y naturalmente me habría gustado ir al pueblo a verlos, pero no me atrevía porque el negro podía escapar y entonces sería culpa mía; sin embargo, no se me acercó ni un esquife al que pudiera llamar. De manera que allí tuve que quedarme hasta que amaneció esta mañana, y nunca he visto un negro que supiera cuidar mejor de un enfermo ni fuera más fiel, aunque para eso tenía que poner en peligro su libertad, y encima estaba agotado y se veía claramente que en los últimos tiempos había tenido mucho que hacer. Por eso me gustó ese negro; y os aseguro, caballeros, que un negro así vale mil dólares y debe recibir buenos tratos. Yo no tenía todo lo que necesitaba y el muchacho iba recuperándose igual que si estuviera en casa, y quizá mejor porque había mucha tranquilidad, pero allí estaba yo con los dos en mis manos, y allí tuve que quedarme hasta que amaneció; entonces aparecieron unos hombres en un esquife, y la suerte fue que el negro estaba sentado junto al jergón con la cabeza apoyada en las rodillas, dormido como un tronco; así que les hice señales en silencio, y se acercaron, lo agarraron y lo ataron sin que él se enterase de lo que pasaba, y no hemos tenido ningún problema. Como el muchacho también estaba medio dormido, envolvimos los remos con unos trapos, enganchamos la balsa y la remolcamos en silencio, y el negro no armó ningún jaleo ni dijo ni una palabra desde el principio. No es un mal negro, caballeros; eso es lo que tengo que decir de él.

Alguien dijo:

—Bueno, eso dice mucho de él, doctor, todo hay que decirlo.

Entonces también los demás se ablandaron un poco, y me alegré mucho de que el viejo médico se portara así de bien con Jim, y también de que aquello coincidiera con lo que había pensado de él, porque me pareció que era un hombre de buen corazón desde que lo vi. Entonces todos decidieron que Jim había actuado muy bien y que merecía alguna compensación. Así que todos prometieron, inmediatamente y de todo corazón, que no volverían a maldecirlo.

Después salieron y lo encerraron. Esperé que dijeran que podían quitarle una o dos de las cadenas, porque eran pesadísimas, o que podría comer algo de carne y de verdura con el pan y el agua, pero ni se les ocurrió, y calculé que más me valía no meterme en el asunto, sino contarle la historia del médico a la tía Sally como pudiera en cuanto pasara la tormenta que se me echaba encima; me refiero a las explicaciones de cómo se me había olvidado mencionar que a Sid le habían pegado un tiro cuando me puse a contar cómo habíamos pasado aquella noche él y yo remando entre las islas en busca del negro fugitivo.

Pero tenía tiempo de sobra. La tía Sally se quedó con el enfermo todo el día y toda la noche, y cada vez que veía al tío Silas con aquella cara tan larga, me escapaba de él.

A la mañana siguiente me enteré de que Tom iba mucho mejor, y dijeron que la tía Sally había ido a echarse una siesta. Entonces fui a la habitación y, si lo encontraba despierto, calculé que podíamos inventarnos una historia que la familia se tragara. Pero estaba dormido y además muy pacífico, y pálido, no con la cara toda encendida como cuando llegó. Así que me senté y esperé a que despertara. Al cabo de una media hora llegó en silencio la tía Sally y allí estaba yo, ¡otra vez en un aprieto! Me hizo un gesto para que no dijera nada y se sentó a mi lado, y empezó a susurrar que ahora todos podíamos estar contentos, porque todos los síntomas iban muy bien y llevaba mucho tiempo durmiendo, cada vez mejor y más tranquilo, y que apostaba diez a uno a que cuando se despertara ya habría recuperado todo el sentido.

Nos quedamos allí mirándolo y al cabo dé un rato se movió un poco, abrió los ojos con toda naturalidad, miró alrededor y dijo:

—¡Hola! ¡Pero si estoy en casa! ¿Cómo ha sido? ¿Dónde está la balsa?

—Todo va bien —respondí yo.

—¿Y Jim?

—Igual —dije, pero sin mucho convencimiento. Pero él no se dio cuenta y dijo:

—¡Bien! ¡Espléndido! ¡Ahora estamos en orden y a salvo! ¿Se lo has dicho a la tita? Iba a decir que sí, pero intervino ella y va y dice:

—¿El qué, Sid?

—Hombre, cómo lo organizamos todo.

—¿Qué todo?

—Hombre, todo lo que ha pasado. Es lo único que contar; cómo pusimos en libertad al negro entre Tom y yo.

—¡Dios mío! ¿Que lo pusiste en ...? ¡De qué habla este chico! ¡Dios mío, Dios mío, ¡se le ha vuelto a ir la cabeza!

—No, no se me ha ido la cabeza; sé perfectamente lo que digo. Sí que lo pusimos en libertad entre Tom y yo. Decidimos hacerlo y lo hicimos. Y además con mucho estilo. —Se había puesto en marcha y ella no logró pararlo, sino que se quedó allí sentada mirándolo y mirándolo y dejó que siguiera adelante. Comprendí que no tenía ningún sentido que interviniera yo—. Pero, tita, nos ha costado muchísimo trabajo, semanas enteras, horas y horas todas las noches, mientras todos dormíais. Tuvimos que robar velas y la sábana y la camisa y tu vestido y las cucharas y los platos de estaño y los cuchillos de cocina y el calentador, la piedra de moler y la harina y todo género de cosas, y no puedes imaginarte el trabajo que nos costó hacer los serruchos y las plumas y las inscripciones y todo lo demás; no tienes ni idea de lo que nos divertimos. Tuvimos que hacer los dibujos de los ataúdes y lo demás, las cartas nónimas de los ladrones y subir y bajar por el pararrayos, y hacer el agujero de la cabaña y la escala de cuerda y meterla cocinada dentro de un pastel y enviarle cucharas y cosas para que trabajase, que te metíamos en los bolsillos del mandil...

—¡Dios me ampare!

—...Y llenarle la cabaña de ratas y de serpientes y todo lo demás para que le hicieran compañía a Jim, y después tú le hiciste a Tom quedarse tanto tiempo aquí con la mantequilla dentro del sombrero que casi lo estropeaste todo, porque los hombres llegaron antes de que hubiéramos salido de la cabaña y tuvimos que salir corriendo y nos oyeron y nos dispararon y a mí me dieron, y nos apartamos del camino y dejamos que pasaran, y cuando llegaron los perros no les parecimos interesantes, sino que se fueron adonde más ruido había; nosotros sacamos la canoa y fuimos a la balsa y estábamos a salvo y Jim era un hombre libre, ¡y lo hicimos todo solos y fue estupendo, tía!

—Bueno, ¡en mi vida he oído cosa igual! Así que fuisteis vosotros, granujas, los que organizasteis todo este jaleo y nos habéis dejado a todos sin saber qué pensar, casi muertos del susto. Me dan más ganas que nunca de hacéroslo pagar en este mismo momento. ¡Pensar que me he pasado aquí, noche tras noche... espera a ponerte bien del todo, bribón, y verás cómo te saco el diablo del cuerpo a palos!

Pero Tom estaba tan orgulloso y tan contento que no podía pararse, y siguió dándole a la lengua mientras ella intervenía y escupía fuego todo el tiempo, los dos a la vez, como una reunión de gatos, y al final ella dice:

—Bueno, pásatelo todo lo bien que puedas ahora, porque te aseguro que como vuelva a cogerte hablando con él...

—¿Hablando con quién? —pregunta Tom, dejando de sonreír y con aire sorprendido.

—¿Con quién? Pues con el negro fugitivo, claro. ¿Qué te creías?

Tom me miró muy grave, y va y dice:

—Tom, ¿no me acabas de decir que estaba bien? ¿No se ha escapado?

—¿Él? —dice la tía Sally— ¿el negro fugitivo? Claro que no. Aquí lo han vuelto a traer sano y salvo, y está en la misma cabaña, a pan y agua, ¡y cargado de cadenas hasta que vengan a reclamarlo o lo vendamos!

Tom se sentó de golpe en la cama, con la mirada encendida y abriendo y cerrando las ventanillas de la nariz como si fueran agallas, y me grita:

—¡No tienen derecho a tenerlo encerrado! ¡Largo!, y no pierdas un minuto. ¡Suéltalo! No es ningún esclavo. ¡Es tan libre como el que más!

—¿De qué habla este chico?

—Lo digo de verdad, tía Sally, y si no va nadie iré yo. Lo he conocido toda la vida igual que aquí Tom. La vieja señorita Watson murió hace dos meses y sintió vergüenza de haber pretendido venderlo río abajo y lo dijo, y le dio la libertad en su testamento.

—Entonces, ¿para qué demonios querías ponerlo en libertad, si ya era libre?

—¡Bueno, ésa sí que es una pregunta, he de decirlo, típica de una mujer! Hombre, pues porque quería probar la aventura, y habría sido capaz de meterme en sangre hasta el cuello para... ¡Dios santo, TÍA POLLY!

¡Que me muera ahora mismo si no estaba allí, justo al lado de la puerta, con un aire tan complaciente y satisfecho como un ángel que se acabase de hartar de pastel!

La tía Sally saltó hacia ella y casi le arrancó la cabeza de un abrazo. Se puso a llorar con ella, y yo encontré un buen sitio debajo de la cama, porque me dio la sensación de que aquello se estaba poniendo bastante difícil para nosotros. Miré por debajo y al cabo de un rato la tía Polly se soltó y se quedó contemplando a Tom por encima de las gafas, ya sabéis, como si estuviera haciéndolo pedacitos. Y después va y dice:

—Sí, más te vale mirar a otro lado; es lo que haría yo en tu caso, Tom.

—¡Ay Dios mío! —dice la tía Sally— ¿es que ha cambiado tanto? Pero si ése no es Tom, es Sid; Tom está... pero, ¿dónde está Tom? Estaba aquí hace un momento.

—Quieres decir dónde está Huck Finn.. . ¡a ése te refieres! Calculo que no he criado a un bribón como mi Tom todos estos años para no conocerlo cuando lo veo. Estaría bueno. Sal de debajo de la cama, Huck Finn.

Eso fue lo que hice. Pero no me sentía muy contento.

La tía Sally se convirtió en una de las personas que menos comprendía nada que yo haya visto en mi vida, salvo una, y ése fue el tío Silas, cuando vino y se lo contaron todo. Podría decirse que fue como si se emborrachase, y todo el resto del día se pasó sin comprender nada. Aquella noche predicó un sermón en la reunión de la iglesia que le dio una reputación fenomenal, porque no lo habría entendido ni la persona más vieja del mundo. Así que la tía Polly le dijo a todo el mundo quién era yo, y tuve que confesar que estaba en una situación tan mala que cuando la señora Phelps me tomó por Tom Sawyer... —y entonces ella intervino y dijo: "Vamos, vamos, llámame tía Sally, ya estoy acostumbrada y no hay por qué cambiar las cosas"—, que cuando la tía Sally me tomó por Tom Sawyer tuve que aceptarlo, porque no podía hacer otra cosa, y yo sabía que a Tom no le importaría, al contrario, le encantaría por tratarse de un misterio y lo convertiría todo en una aventura y se quedaría contentísimo. Así salieron las cosas, y él hizo como que era Sid y me las facilitó todo lo que pudo.

Su tía Polly dijo que Tom tenía razón en lo que había dicho de que la vieja señorita Watson había declarado libre a Jim en su testamento, así que, claro, Tom Sawyer se había metido en todo aquel lío y toda aquella aventura para liberar a un negro que ya era libre, y por eso yo no lograba entender hasta aquel momento y aquella conversación cómo podía Tom ayudar alguien a poner en libertad a un negro con la forma en que lo habían educado a él.

Bueno, la tía Polly dijo que cuando la tía Sally le escribió que Tom y Sid habían llegado sanos y salvos se había dicho: "¡Vaya vaya! Era de esperar, por haber dejado que se marchara solo sin nadie que lo vigilase. Así que ahora tengo que ponerme a recorrer todo el río abajo, mil cien millas, y averiguar en qué está metido el muchacho esta vez, porque no había modo de que tú me contestaras".

—Pero si aquí no llegaban noticias tuyas —va y dice la tía Sally.

—¡Vaya, ¡qué raro! Pero si te he escrito dos veces para preguntarte a qué te referías al decir que había llegado Sid.

—Bueno, hermana, pero nunca me llegaron.

La tía Polly se dio la vuelta muy lenta y severa, y va y dice:

—¡Tú, Tom!

—Bueno... ¿qué? —contesta él, como enfadado.

—No me vengas preguntando qué, insolente; dame esas cartas.

—¿Qué cartas?

—Esas cartas. Te aseguro que, si tengo que echarte mano, te voy a...

—Están en el baúl. Ya está dicho. Y están igual que estaban cuando me las dieron en correos. No las he visto. No las he tocado. Pero sabía que iban a crear problemas y pensé que no te corrían prisa y que...

—Bueno, te mereces una paliza, de eso no hay duda. Te escribí otra para decirte que iba a venir, y supongo que...

—No, llegó ayer; todavía no la he leído, pero llegó bien, ésa la tengo yo.

Yo hubiera apostado dos dólares a que no, pero calculé que quizá era más seguro no apostar. Así que no dije nada. La primera vez que pude ver a Tom a solas le pregunté en qué había pensado cuando lo de la evasión, qué pensaba hacer si la evasión salía bien y lograba poner en libertad al negro que ya antes era libre. Respondió que lo que había planeado desde un principio, si lográbamos sacar a Jim y ponerlo a salvo, era seguir con él por el río en la balsa y tener montones de aventuras allí, y después decirle que era libre y llevarlo de vuelta a casa en un barco de vapor, bien fino, y pagarle por todo el tiempo que había perdido y escribir por adelantado para que todos los negros fueran a recibirlo y a llevarlo bailando al pueblo con una procesión de antorchas y una banda de música. Entonces sería un héroe y nosotros también. Pero yo calculé que ya estaba bien tal como estaban las cosas.

No tardamos nada en quitarle las cadenas a Jim, y cuando la tía Polly, el tío Silas y la tía Sally se enteraron de lo bien que había ayudado al médico a cuidar de Tom, le hicieron muchas zalemas y lo mimaron mucho y le dieron de comer todo lo que quería para que lo pasara bien y no tuviese que hacer nada. Le hicimos subir al cuarto del enfermo, donde estuvimos charlando mucho tiempo, y Tom le dio a Jim cuarenta dólares por haber hecho de prisionero con nosotros con tanta paciencia y haberlo hecho todo tan bien, y Jim casi se murió de contento y se puso a gritar:

—Vaya, Huck, ¿qué te decía? ¿Lo que te dije en la isla de Jackson? Te dije que tengo muchos pelos en el pecho y que eso es una buena señal, y te dije que había sido rico una vez y que iba a volver a ser rico otra vez, y ahora se ha cumplido, ¡míralo! ¿Te enteras? No me digas que no: las señales son señales y no lo olvides; ¡yo sabía que iba a volver a ser rico, tan seguro como que el sol sale por el Este!

Después Tom se puso a hablar y hablar y dijo que una de aquellas noches nos podíamos escapar los tres y reunir una banda en busca de aventuras estupendas entre los indios, en su territorio, durante dos semanas o tres. Yo dije que muy bien, que me iba perfectamente, pero no tenía dinero para comprarme la ropa y calculaba que no me lo iban a mandar de casa, porque probablemente padre ya habría vuelto y el juez Thatcher se lo habría dado todo y él se lo habría bebido.

—No, nada de eso —y va y dice Tom—; ahí sigue todito: seis mil dólares y más; tu padre no volvió nunca. Por lo menos hasta que me vine yo aquí.

Jim dijo, como muy solemne:

—No va a volver más, Huck. Y yo voy y digo:

—¿Por qué, Jim?

—No importa por qué, Huck, pero no va a volver más. Pero yo insistí, así que al final él va y dice:

—¿No te acuerdas de aquella casa que estaba flotando río abajo y había dentro un hombre, todo tapado, y yo entré y lo destapé y no te dejé que pasaras? Bueno, pues ya puedes pedir tu dinero cuando quieras, porque era él. Tom ya está casi bien y lleva la bala colgada al cuello con una caja de reloj, y siempre mira qué hora es, así que ya no hay nada más que escribir. Yo me alegro cantidad, porque si hubiera sabido lo difícil que era escribir un libro, no me habría puesto a ello, y no pienso volver a hacerlo. Pero calculo que tengo que marcharme al territorio antes que naide, porque la tía Sally va a adoptarme y a cevilizarme, y no lo aguanto. Ya sé lo que es pasar por eso.

PARTE II: EL PRÍNCIPE Y EL MENDIGO

Voy a contarles un cuento, tal como me fue relatado por cierta persona que lo sabía por su padre, el cual, a su vez, se lo había oído igualmente explicar a su progenitor... y así sucesivamente, de generación en generación, durante más de trescientos años, los padres lo transmitían a los hijos, y éstos lo conservaban en la memoria. Tal vez se trata de una historia, quizá únicamente de una leyenda o de una tradición, pero pudo haber ocurrido. Es posible que los sabios y los perspicaces lo creyeran cierto, pero también puede ser que únicamente los ignorantes y los ingenuos lo encontraran agradable y lo creyeran real.

NACIMIENTO DEL PRÍNCIPE Y DEL MENDIGO

En la antigua ciudad de Londres, cierto día de otoño del segundo cuarto del siglo, nació un niño en el hogar de una familia pobre, apellidada Canty, que no lo deseaba. El mismo día nació otro niño inglés en una familia acaudalada conocida por el nombre de Tudor, que sí lo deseaba. Y no lo esperaba con menos anhelo todo Inglaterra. Gran Bretaña lo había ansiado y lo había pedido a Dios durante tanto tiempo, que el pueblo, al ver su ilusión realizada, se volvió medio loco de alegría. Durante varios días y varias noches, personas que apenas se conocían, se abrazaban y se besaban llorando, todo el mundo se tomó un día de jubilosa holganza, aristócratas y vasallos, ricos y pobres lo celebraron con festines, con danzas, canciones y borracheras. De día, Londres ofrecía un espectáculo digno de verse: alegres ondeaban las banderas en balcones y azoteas, y espléndidos desfiles recorrían las calles. Por la noche, había otro espectáculo no menos digno de admiración: grandes hogueras en todas las esquinas, rodeadas de gentío que armaba gran algazara. No se hablaba en toda Inglaterra más que del recién nacido Eduardo Tudor, príncipe de Gales, que se hallaba tendido entre sedas y rasos, ignorante de todo aquel bullicio y de las atenciones y cuidados que le prodigaban grandes lores y distinguidas damas, ajenos por esta razón a la diversión general. Pero no se hablaba en absoluto del otro pequeño, Tom Canty, envuelto en miserables andrajos, excepto entre sus familiares mendigos, a quienes venía a perturbar con su presencia.

LA INFANCIA DE TOM

Pasemos por alto unos cuantos años.

Londres contaba ya mil quinientos de existencia y era una gran ciudad, al menos para aquella época. Tenía cien mil habitantes, y según algunos, el doble de esta cifra. Las calles eran muy angostas, sinuosas y sucias, particularmente en el barrio donde vivía Tom Canty, no lejos del Puente de Londres. Las casas eran de madera, con el segundo piso más saliente que el primero, y el tercero asomando los codos por encima del segundo. Cuanto más altas, más anchas eran las casas. Eran esqueletos de gruesas vigas entrecruzadas, con sólido material intermedio, revestido de yeso. Dichas vigas estaban pintadas de rojo, de azul o de negro, según el gusto del dueño, y esto daba a aquellas casas un aspecto muy pintoresco.

Las ventanas, pequeñas y con vidrieras formadas por cristalitos en forma de rombo, se abrían hacia el exterior, sobre goznes, como las puertas.

La casa en que vivía el padre de Tom estaba situada en un inmundo callejón sin salida, llamado Offal Court, cercano a Pudding Lane. Era pequeña, vetusta y destartalada, pero albergaba numerosas familias indigentes que vivían en ella lamentablemente hacinadas. La tribu de Canty ocupaba una habitación en el tercer piso. La madre y el padre tenían una especie de camastro en un rincón, pero Tom, la abuela de éste y sus dos hermanas, Bet y Nan, no sufrían tal restricción, pues disponían de todo el cuarto y podían dormir donde mejor les parecía. Había allí los restos de una o dos, mantas y algunos haces de paja vieja y sucia, pero a aquello no podía llamársele propiamente camas, porque no estaban dispuestas debidamente; eran montones de paja, acumulada por la mañana a puntapiés y repartida por la noche en pilas para que sirviera de lecho.

Bet y Nan eran gemelas y tenían quince años. Dos muchachitas de buen corazón, desaseadas, harapientas y muy ignorantes. Su madre se parecía a ellas, pero el padre y la abuela eran un par de demonios que se embriagaban siempre que tenían ocasión de hacerlo, y entonces se pegaban o dirigían sus golpes al primero que se interponía entre ellos; borrachos o serenos blasfemaban y echaban maldiciones sin parar. Juan Canty era ladrón y su madre pordiosera. Convirtieron en mendigos a sus hijos, pero no lograron que fueran ladrones. Entre la horrible chusma que vegetaba en aquella morada se hallaba un bondadoso sacerdote anciano, a quien el rey había dejado sin casa ni hogar, con sólo una pensión de unos cuantos peniques; éste solía preocuparse de los niños y les enseñaba en secreto a encaminarse por la senda del bien. El padre Andrés enseñó también a Tom algo de latín y a leer y escribir; y lo mismo hubiera hecho con las niñas si éstas no hubieran temido burla de sus jóvenes amigas, que no habrían podido sufrir un beneficio moral tan peligroso para ellas.

Todo Offal Court era una colmena en todo igual a la casa de Canty. Las borracheras, las peleas y los altercados estaban, no a la orden del día, sino de toda la noche. Las cabezas rotas eran, en aquel lugar, cosa tan corriente como el hambre. Sin embargo, el pequeño Tom no era desdichado. Lo pasaba muy mal, pero no se daba cuenta de su situación. Todos los muchachos de Offal Court se hallaban en idénticas circunstancias y, por lo tanto, suponía que aquella vida era normal y agradable. Cuando por la noche volvía a su casa con las manos vacías, sabía que su padre le maldeciría y le propinaría una paliza en concepto de bienvenida, y cuando él se hubiese cansado de azotarle, su repulsiva abuela repetiría el vapuleo corregido y aumentado; no ignoraba tampoco que en el silencio de la noche, su madre hambrienta se acercaría cautelosamente a él para darle a escondidas algún miserable mendrugo que hubiera podido guardarle, aunque hambre no le faltaba para comérselo ella misma y a pesar de que era con frecuencia descubierta al llevar a cabo aquella especie de traición y brutalmente golpeada por su marido.

No, la vida de Tom transcurría bastante bien, particularmente en verano. Mendigaba únicamente lo necesario para comer, pues las leyes contra la mendicidad eran muy severas y las penas muy graves, y pasaba largas horas escuchando las encantadoras leyendas y los viejos cuentos y fábulas que le relataba el buen padre Andrés, pobladas de gigantes, hadas, enanos, genios, castillos encantados, y fastuosos reyes y príncipes. Su cabeza se fue llenando de visiones fantásticas, y más de una noche, tendido en su yacija inmunda, en plena oscuridad, fatigado, hambriento y dolorido por la acostumbrada paliza, daba rienda suelta a su imaginación infantil y, olvidando su sufrimiento y sus pesares, pronto se representaba deliciosas escenas de la vida regalada de un príncipe mimado. Entonces comenzó a sentirse dominado, noche y día, por el deseo de ver por sus propios ojos un príncipe de carne y hueso. Comunicó una vez su ardiente anhelo a uno de sus compañeros de Official Court, pero éstas le hicieron objeto de tal rechifla, que desde entonces Tom decidió guardar para sí el secreto de sus sueños.

Leía con frecuencia los viejos libros del sacerdote, y conseguía que éste se los explicara detalladamente. Poco a poco, los sueños y las lecturas produjeron un cambio en su temperamento. Los personajes que veía en sueños eran tan elegantes que empezó a lamentar su propio modo de vestir tan harapiento y desaseado, y al compararse con ellos sintió el deseo de verse limpio y mejor trajeado. Pero siguió jugando y divirtiéndose en el lodo. Sin embargo, en vez de echarse al Támesis únicamente para solazarse braceando, como solía hacerlo, empezó ahora a considerar el baño como un medio de aseo muy apreciable.

Tom podía, pues, ir ahora a las ferias y fiestas de mayo de Cheapside y de otros distritos, y de cuando en cuando, entre los habitantes de Londres, tenía ocasión de ver alguna parada militar, cuando algún personaje caído en desgracia era llevado a la Torre, prisionero, por tierra o en bote. Cierto día de verano vio quemar a la pobre Ana Askew y a tres hombres en una hoguera en Smithfield. Y oyó el sermón de un antiguo obispo, que no le interesó en absoluto. Sí, en conjunto, la vida de Tom era variada y bastante agradable.

Poco a poco, las lecturas y los sueñas de Tom sobre la vida principesco produjeron a éste un efecto tan profundo que comenzó, inconscientemente, a actuar como un príncipe. Su manera de hablar y sus modales se volvieron curiosamente corteses y ceremoniosos, lo cual produjo sorpresa e hilaridad entre sus familiares. Pero la influencia de Tom entre aquellos jovenzuelos iba en aumento de día en día, y con el tiempo acabaron por mirarle con cierto temor respetuoso, como a un ser superior. ¡Parecía tan instruido! ¡Y hablaba y obraba tan admirablemente! Y, además, ¡era tan reflexivo y sabio! Los consejos, advertencias y actos de Tom eran comunicados por los niños a sus padres, y éstos comenzaron a contar todo lo que se refería al muchacho, considerando a Tom Canty como una criatura extraordinaria y prodigiosa. Las personas mayores sometían sus dificultades al juicioso criterio de Tom, y quedaban con frecuencia asombradas ante el acierto de sus sabias decisiones. Por ello se convirtió en un héroe para todos los que le conocían, excepto para su propia familia, porque ésta no sabía descubrir en él nada extraordinario.

Por su cuenta, al cabo de algún tiempo, Tom organizó una corte figurada, en la que él era el príncipe, y sus compañeros más apreciados actuaban de guardias de palacio, de escuderos, de cortesanos y de familia real. Diariamente el supuesto príncipe era recibido con muy estudiada ceremonia, que Tom había copiado de sus lecturas novelescas. También eran debatidos, cada día, los problemas de aquel reino de pantomima en real consejo, y cotidianamente Su Alteza fingida, dictaba decretos a sus ejércitos, a su marina y a sus virreyes imaginarios. Después de todo lo cual se escabullía con sus andrajos para ir a pedir limosna, para lograr algunos peniques y comer su acostumbrado mendrugo, seguido de las consabidas maldiciones y de la paliza, para echarse, finalmente, encima del montón de paja nauseabunda donde, en sueños, volvía a repetirse su delirio de grandezas.

Y día tras día, fue aumentando su deseo ansioso de ver un príncipe verdadero, de carne y hueso, hasta que llegó a absorber todos sus demás anhelos y se convirtió en la única aspiración de su vida.

Cierto día de enero, en su habitual recorrido de pordiosero, vagabundeando melancólicamente por el distrito de Mincing Lane y de Little East Cheap, descalzo y aterido, contemplaba los escaparates de un fonducho y se extasiaba ante las empanadas de cerdo y otros manjares torturadores, puesto que todas aquellas cosas exquisitas estaban, indudablemente, destinadas a los ángeles, a juzgar por su delicioso aroma, y él nunca había tenido la suerte de poder comer ninguna. Caía una lluvia helada, la atmósfera era sombría y el día en extremo desapacible; Tom, por la noche, llegó a su casa tan empapado, abatido y hambriento, que su padre y su, abuela no pudieron contemplar su deplorable estado sin sentirse conmovidos, aunque a su manera, y se apresuraron a propinarle una gran paliza y le mandaron a la cama. Durante largo rato, el hambre, el dolor que le producían los golpes recibidos y las blasfemias que oía resonar en el edificio, le impidieron conciliar el sueño.

Pero, por fin, sus pensamientos se elevaron, muy lejos, hacia países imaginarios y se durmió en compañía de jóvenes príncipes y soñó que vivían en vastos palacios, atendidos por criados que les halagaban constantemente o iban volando a ejecutar sus órdenes; y entonces, como de costumbre, soñó que él era también príncipe, y durante toda la noche se meció en el deleite esplendoroso de su condición regia; se hallaba rodeado de encopetados caballeros y de distinguidas damas, en un ambiente de luz, de perfumes y de música religiosa, y correspondiendo con sonrisas y ligeras reverencias principescas a las respetuosas cortesías de que le hacía objeto aquella multitud de cortesanos que se apartaba ceremoniosamente para permitirle el paso.

Y cuando se despertó por la mañana y se dio cuenta de la miseria que le rodeaba, su sueño principesco produjo el efecto habitual: intensificó mil veces la sordidez de todo lo que le rodeaba. Y entonces vino la amargura, el tormento del corazón y las lágrimas.

ENCUENTRO DE TOM Y EL PRÍNCIPE

Tom se levantó hambriento, y hambriento abandonó también su pocilga, pero con el pensamiento acariciado por los esplendores de sus dulces sueños nocturnos. Vagabundeó de un lado a otro de la ciudad, sin fijarse apenas hacia dónde se dirigía o en lo que ocurría a su alrededor. La gente le daba empujones y le prodigaba insultos, pero todo pasaba desapercibido para aquel muchacho meditabundo. Poco a poco se fue alejando hasta llegar a Temple Bar, el distrito más apartado de su casa, que alcanzaba la primera vez en aquella dirección. Se detuvo y reflexionó un momento, y sumido de nuevo en sus fantasías franqueó las murallas de Londres. Strand, en aquella época, había dejado de ser una carretera y se consideraba como una calle, pero de construcción muy irregular, pue, aunque tenía una hilera bastante compacta de casas en uno de sus lados, en el otro sólo había unos cuantos grandes edificios muy distanciados, palacios de nobles acaudalados, con hermosos parques anchurosos que se extendían hasta el río, parques que actualmente se hallan cubiertos de vulgares casuchas de piedra y ladrillo.

Allí divisó Tom el villorio de Charing, y se quedó contemplando la espléndida cruz que hizo instalar en aquel lugar un amargado soberano de tiempos antiguos. Luego siguió lentamente por una agradable carretera que, dejando atrás el majestuoso palacio del gran cardenal, llevaba a otro palacio todavía mayor y más imponente, que se alzaba más allá de Westminster. Tom quedó asombrado ante aquella mole gigantesca de mampostería, con sus extensas alas, los amenazadores bastiones y torrecillas, la gran entrada de piedra con sus rejas doradas, magníficamente ornamentada con colosales leones de granito y otros símbolos y emblemas de la realeza inglesa. ¿Iba por fin a ver realizado el anhelo que atormentaba su alma? Aquello era, en efecto, el palacio de un rey. ¿No le cabía ahora la esperanza de ver a un príncipe de carne y hueso, si tenía a bien concedérselo la Providencia?

A cada lado de aquella verja dorada había una estatua viviente, es decir, un hombre en armas, tieso, erguido, majestuoso e inmóvil, cubierto dé pies a cabeza por una armadura de bruñido acero. A respetuosa distancia se hallaban numerosos campesinos y gente de la ciudad, esperando la ocasión de ver Fugazmente a algún personaje regio. Espléndidos carruajes con personas de calidad en el interior y elegantes lacayos llegaban y salían por otras varias puertas suntuosas que daban paso al real recinto.

El pobre Tom, con su aspecto harapiento, se acercó allí y, con el corazón palpitante, se deslizaba poco a poco, tímidamente y con esperanza creciente, por delante de los centinelas, cuando de pronto vio a través de las doradas rejas un espectáculo que casi le hizo prorrumpir en gritos de júbilo. Dentro del real recinto había un muchacho esbelto, de tez morena, curtida por los ejercicios deportivos y los juegos al aire libre cuyo traje de seda y raso resplandecía cubierto de joyas. Llevaba espada y daga al cinto, calzaba lindas zapatillas con tacones rojos y ostentaba en la cabeza un elegante sombrerito carmesí con graciosas plumas colgantes sujetados por relucientes gemas. Junto a él había varios caballeros que lucían vistosos trajes... y que, indudablemente, eran sus criados. ¡Oh! ¡Era un príncipe, un príncipe de veras, vivo, real..., no cabía duda! ¡Por fin había escuchado la Providencia la plegarla de un desdichado niño mendigo!

Tom no podía apenas respirar a causa de su extrema excitación y en sus ojos brillaban destellos de admiración y de delicia. En su espíritu sólo quedó lugar para un único deseo, el de acercarse al príncipe y contemplarlo con mirada devoradora. Antes de darse cuenta de lo qué hacía, tenía ya la cara pegada a los barrotes de la reja, pero inmediatamente uno de los centinelas le apartó de allí con violencia y, de un empujón, lo mandó dando tumbos contra la multitud de aldeanos babiecas y de ociosos ciudadanos londinenses.

—¡Ten cuidado con lo que haces, mocoso pordiosero!

La muchedumbre hizo muecas y prorrumpió en carcajadas, pero el joven príncipe se precipitó hacia la verja con el rostro encendido y los ojos echando chispas de indignación y exclamó:

—¡Cómo te atreves a tratar de esta manera a un pobre muchacho! ¡Cómo te atreves, aunque fuese el más insignificante de los vasallos de mi padre! ¡Abre la verja y déjale entrar!

Entonces habrían visto cómo aquella multitud voluble se descubrió respetuosamente y comenzó a aplaudir con gritos Tic: ¡Viva el príncipe de Gales!":

Los soldados presentaron armas con sus a las bardas, abrieron la verja y volvieron a presentar armas cuando el pequeño príncipe de la pobreza, cubierto de harapos, entró y estrechó la mano al príncipe de la abundancia ilimitada.

Eduardo Tudor dijo:

—Me parece que estás fatigado y hambriento y que sufres malos tratos. Ven conmigo.

Media docena de criados se abalanzaron para... ignoro para qué; indudablemente para interponerse, pero el príncipe los hizo a un lado con un gesto verdaderamente regio que les dejó clavados en el sitio donde se hallaban, como si de otras estatuas se tratara. Eduardo acompañó a Tom a una rica estancia de palacio, que dijo era su gabinete, y, por orden suya trajeron manjares como Tom no había saboreado ni visto jamás, a no ser en los libros que leía. El príncipe, con delicadeza y educación principescas, mandó a los criados que se retiraran con objeto de que su humilde huésped no se sintiera avergonzado por sus miradas de reprobación; luego se sentó a su lado y empezó a hacer preguntas a Tom mientras éste comía:

—¿Cómo te llamas, muchacho?

—Tom Canty, para servirle, señor.

—Tienes un nombre extraño. ¿Dónde vives?

—En la ciudad, con su venia, señor. En Offal Court, cerca de Pudding Lane.

—¿Offal Court? Este nombre también es raro. ¿Tienes padres?

—Tengo padre y madre, señor, y, además, una abuela que no me merece el menor aprecio, y Dios me perdone si cometo pecado al decir tal cosa... Tengo también dos hermanas gemelas, Nan y Bet.

—Entonces, por lo que veo, tu abuela no se muestra muy bondadosa para contigo...

—Ni para con nadie, y perdone Su Alteza. Tiene un corazón perverso y no pasa un momento sin planear alguna fechoría.

—¿Te maltrata?

—A veces no, porque está ebria o dormida, pero cuando recobra el juicio me lo compensa con tremendas palizas.

Los ojos del príncipe brillaron de indignación, al mismo tiempo que exclamaba:

—¡Cómo! ¿Palizas?

—En efecto, señor.

—¡Propinarte palizas a ti, que eres tan pequeño y tan débil! Te aseguro que antes de anochecer esa vieja estará encerrada en la Torre. Mi padre, el rey...

—Perdone, señor, pero olvida su baja condición. La Torre es sólo para los grandes.

—Es verdad. No he caído en eso. Meditaré otro castigo. ¿Y tu padre te trata con cariño?

—Ni más ni menos que mi abuela, señor.

—Por lo visto, todos los padres se parecen. El mío, por ejemplo, tampoco se queda manco. Corrige con mano dura, pero a mí no me castiga, aunque, a decir verdad, a veces me dedica epítetos atroces. ¿Y tu madre, cómo te trata?

—Es muy buena, señor, y no me da disgustos ni me causa penas de ninguna clase. Y en esto Nan y Bet son como ella.

—¿Qué edad tienen?

—Quince arios, señor.

—La princesa Isabel, mi hermana, tiene catorce años, y mi prima Juana Grey tiene la misma edad que yo. Es muy bonita y graciosa. En cambio, mi hermana María, con su aspecto taciturno y... Escucha. ¿Prohíben tus hermanas a sus criados que sonrían para que el pecado no corrompa sus almas?

—¿Mis hermanas? ¡Oh, señor! Pero ¿cree que mis hermanas tienen criados? El príncipe se quedó contemplando al pequeño mendigo y luego le dijo:

—¿Y por qué no he de creerlo? ¿Quién las desnuda al acostarse y quién las viste cuando se levantan?

—Nadie señor. ¿Os parece que tendrían que quitarse su vestido y dormir desnudas como las bestias?

—¿Su vestido? Pero ¿es que no tienen más que uno?

—¡Oh, Alteza! ¿Qué harían con más de uno? La verdad es que cada una de ellas no tiene más que un cuerpo.

—¡Vaya idea curiosa y sorprendente! Dispensa, chico, no lo he dicho en tono de mofa. Pero tu buena Nan y tu Bet tendrán en breve excelentes trajes y lacayos; yo haré que mi mayordomo se cuide de ello. Y no me des las gracias, porque no vale la pena. Té expresas con corrección y con gracia. ¿Estás bien instruido?

—Ignoro si lo estoy o no lo estoy, señor. Un buen sacerdote, a quien llaman el padre Andrés, tuvo la bondad de enseñarme lo que explican sus libros.

—¿Sabes latín?

—Sí, pero muy poco, señor.

—Apréndelo, muchacho. Es difícil solamente al principio. El griego es más complicado, pero ni éste ni ningún otro idioma son difíciles, creo yo, para la princesa Isabel y para mi prima.

¡Ya oirás cómo hablan! Pero explícame lo de Offal Court. ¿Llevas allí una vida agradable?

—Sí, en verdad, señor, excepto cuando paso hambre. Se dan representaciones de títeres y de monos... ¡Qué animalitos estrafalarios, pero ¡qué bien vestidos van! Además, hay comedias en las que los actores vociferan y se pelean hasta matarse todos... Es un espectáculo muy bonito y no cuesta más que un cuarto de penique, aunque muchas veces uno no puede disponer de esta moneda.

—Cuéntame más cosas.

—De vez en cuando los chicos de Offal Court nos liamos a palos con una estaca, a la manera de principiantes, señor.

Los ojos del príncipe centellearon.

—¡Caramba! Pues eso no me desagradaría –contestó—. Continúa, continúa.

—Nos desafiamos a correr, señor, para ver cuál de nosotros es el más veloz.

—Eso también me gustaría mucho. Ve diciendo.

—En verano, señor, vadeamos y nadamos en los canales y en el río, y nos chapuzamos y nos remojamos los unos a los otros a manotazos, sumergiéndonos entre gritos y piruetas, y...

—Daría yo todo el reino de mi padre para poder disfrutar ahora mismo de todo eso. Continúa, continúa.

—Bailamos y cantamos en torno de la alegoría de mayo en Cheapside; jugamos en la arena, cubriendo cada cual con ella a su vecino, y a veces hacemos tortas de barro. ¡Oh, qué barro delicioso, no hay otro igual en el mundo para divertirse jugando! Nos revolcamos casi en él, y perdone Su Alteza.

—¡Cállate, por favor! ¡Qué delicioso! Si yo pudiera vestirme con unos harapos como los tuyos, descalzarme y chapotear en el barro, aunque no fuera más que una sola vez, una sola, sin que nadie me regañase, creo que sería capaz de renunciar a la corona.

—Y si yo pudiera vestirme como vos, señor, únicamente una vez...

—¡Ah! ¿Te gustaría? Pues lo lograrás. Quítate tus andrajos y ponte mi ropa esplendorosa. Será una felicidad muy pasajera, pero no por ello dejaremos de disfrutarla menos. Nos divertiremos los dos tanto como nos sea posible durante unas horas, y volveremos a cambiarnos los trajes antes de que venga alguien a molestarnos.

Pocos minutos más tarde, el joven príncipe de Gales se había ataviado con los lamentables harapos de Tom y el pequeño príncipe de la pobreza vestía el lujoso traje y ostentaba las plumas de la realeza. Los dos fueron a contemplarse ante un espejo y, ¡oh, milagro!, no parecía haber cambio ni diferencia alguna entre ambas. Se miraron uno a otro, dirigieron luego la vista al cristal, y se miraron de nuevo. Por fin, el príncipe, asombrado, dijo:

—¿Qué te parece?

—¡Ah, generoso señor, no me pida que conteste! Un muchacho de mi condición no debe ni puede decir lo que piensa.

—Pues ya te lo diré yo. Tienes el mismo cabello, los mismos ojos, la misma voz, idénticas maneras e igual perfil, estatura y rostro que yo. Si saliésemos por ahí desnudos, nadie sería capaz de reconocer cuál de los dos es el príncipe de Gales. Y ahora que llevo puesta tu ropa me parece que mis sentimientos concuerdan más con los tuyos cuando aquel soldado bruto... Pero ¿qué es eso? Tienes una contusión en la mano...

—Sí, pero no tiene importancia, y Su Alteza ya sabe que el pobre soldado...

—¡Nada, nada! ¡Ha sido un gesto vergonzoso y cruel! —exclamó el joven príncipe, golpeando el suelo con el pie descalzo—. Si el rey... Bueno, no des un paso hasta que yo vuelva. ¡Es una orden!

En un abrir y cerrar de ojos cogió un pliego de importancia nacional que había encima de la mesa, lo guardó, cruzó el umbral, y echando a correr por los jardines, salió de palacio cubierto con sus guiñapos, con el rostro encendido y los ojos brillantes. Al llegar a la verja, asió los barrotes de la misma y, pretendiendo moverlos violentamente, gritó:

—¡Abran, abran la verja!

El soldado que había maltratado a Tom obedeció inmediatamente, y al cruzar el príncipe la puerta, muy sofocado de indignación, el soldado le dio un pescozón contundente, que le hizo rodar dando tumbos hasta la carretera, al mismo tiempo que le decía:

—Toma eso, demonio de mendigo, por lo que por tu culpa me ha reprochado Su Alteza.

La multitud prorrumpió en una estrepitosa risotada. Entonces el príncipe se levantó del barro donde había ido a caer y abalanzándose furioso contra el centinela, gritó:

—¡Soy el príncipe de Gales, mi persona es sagrada, y te van a ahorcar por haberte atrevido a ponerme la mano encima!

El soldado presentó armas con la alabarda y con tono de mofa exclamó:

—Saludo a Vuestra Alteza. —Y en seguida añadió, irritado—: ¡Largo de ahí, rufián inmundo!

En aquel momento la multitud se congregó con bulliciosa hilaridad en torno del príncipe y comenzó a darle empellones, carretera abajo, al mismo tiempo que gritaba burlonamente:

"¡Paso a Su Alteza! ¡Paso al príncipe de Gales!".

PRIMERAS TRIBULACIONES DEL PRÍNCIPE

Después de varias horas de persecución y hostigamiento, el joven príncipe se vio por fin libre de la turba y quedó solo. Mientras pudo aplacar su cólera contra el populacho dirigiéndole amenazas de soberano y órdenes que provocaban la hilaridad general, el príncipe refociló extraordinariamente a la multitud, pero cuando al fin la fatiga le obligó a guardar silencio, ya no sirvió de diversión a sus atormentadores, que fueron en busca de recreo a otra parte. El príncipe, entonces, miró a su alrededor, pero no consiguió reconocer el distrito en que se encontraba; únicamente sabía que estaba en Londres. Continuó andando sin rumbo, y al cabo de un rato, las casas y los transeúntes empezaron a escasear. Bañó sus pies ensangrentados en el arroyo que había en aquella época en el lugar que ocupa hoy la calle de Farringdon, descansó luego unos momentos, volvió después a andar y no tardó en llegar a una gran explanada donde sólo había unas cuantas casas diseminadas aquí y allí y una iglesia que era un verdadero prodigio. El jovencito reconoció aquel templo.

Estaba ahora rodeado de andamios, por los que pululaban una multitud de obreros que estaban procediendo a reparar el edificio cuidadosa y minuciosamente. El príncipe se animó en seguida, pensando que se habían acabado sus contratiempos, y dijo para sus adentros:

"Esta es la antigua iglesia de los monjes franciscanos, que el rey, mi padre, tomó a los referidos frailes para destinarla a asilo de niños pobres y abandonados, y que ahora es conocida por Hospicio de Cristo. Supongo que acogerán muy gustosamente al hijo del rey que tan generosamente se portó con ellos..., tanto más cuanto q e ese hijo se ve tan pobre y abandonado como cualquiera de los que alberga hoy este asilo, o de os que pueda albergar en lo sucesivo".

No tardó en hallarse en medio de una multitud de muchachos que corrían y brincaban jugando a la pelota y a saltacabrillas, y se entregaban a otras diversiones en extremo ruidosas. Todos iban vestidos de la misma manera y según la moda de aquellos tiempos entre los criados y aprendices: se cubrían con gorra plana, del tamaño de un plato salsero, que no servía para taparse, dadas sus escasas dimensiones, ni tampoco; de adorno; por debajo de ella les pendía el cabello hasta mitad de la frente, sin raya, y cortado alrededor; llevaban una cinta monacal a manera de cuello, una falda corta azul, muy ceñida que llegaba sólo hasta las rodillas, mangas completas, un ancho cinturón rojo, medias de color chillón, sujetadas por encima de las rodillas, y zapatos bajos con grandes hebillas de metal. Era un uniforme de bastante mal gusto.

Los muchachos interrumpieron sus juegos y se agruparon en torno del príncipe que, con su innata dignidad, dijo:

—Escuchen, buenos chicos, decid al director que Eduardo, príncipe de Gales, desea hablarle.

Hubo una risotada general estentóreo, y uno de aquellos mozalbetes, de aspecto rudo, exclamó:

—¿Vas a ser tú, quizá, pobre mendigo, mensajero de Su Alteza?

El rostro del príncipe se puso encendido de indignación, y su mano hizo el gesto de empuñar la espada que, naturalmente, no llevaba. Se produjo de nuevo una tempestad de risas y otro de aquellos muchachos dijo:

—¿No se habéis fijado? Se figuraba que ceñía espada... Tal vez sea verdaderamente el príncipe.

Estas palabras provocaron nuevas risotadas. Entonces el pobre Eduardo se irguió muy altanero y dijo:

—Soy el príncipe, y hacen muy mal en tratarme de esta vergonzosa manera, precisamente ustedes que viven de la bondadosa compasión de mi padre.

Lo dicho por el príncipe provocó nueva hilaridad demostrada por repetidas carcajadas. El muchacho que había hablado primeramente vociferó a sus compañeros:

—¡Vamos a ver, cerdos esclavos, pensionistas del padre de Su Alteza! ¿Qué hicieron de sus modales? ¡Póstrense todos de rodillas y hagan completa reverencia a su aspecto regio y a sus reales andrajos!

Con gran bullicio burlesco cayeron a un tiempo todos de rodillas y rindieron a su víctima burlona pleitesía. El príncipe dio un puntapié al muchacho más próximo y gritó, iracundo:

—Toma eso de momento, mientras llega el día de mañana en que te haré preparar la horca.

¡Ah! Aquello no era, pues, ya una chanza... e iba perdiendo el carácter de diversión. La risa cesó instantáneamente para dar paso a la furia.

Una docena de muchachos gritaron: "¡Agárrenlo! ¡Al abrevadero de los caballos! ¿Dónde están los perros? ¡Búscalo, ′León′! ¡Búscalo, ′Colmillos′! »

Y a estos gritos siguió un espectáculo nunca visto hasta entonces en Inglaterra: la sagrada persona del heredero del trono maltratada por manos plebeyas y atacada y mordida por los perros.

Cuando fue negra noche, el príncipe se encontró muy en el interior de la parte populosa de la capital. Tenía el cuerpo magullado, las manos ensangrentadas y sus andrajos con múltiples salpicaduras de lodo. Siguió vagabundeando, cada vez más desorientado y rendido por la fatiga, tan débil que apenas podía dar un paso.

Había cesado de hacer preguntas a los transeúntes, pues con ellas no conseguía más que insultos en lugar de información. No cesaba de repetir, muy quedo: "¡Offal Court! Este es el nombre. Si puedo llegar allí antes de que mis fuerzas estén completamente agotadas y me desplome al suelo, estaré salvado, porque la familia de Tom me llevará a palacio y demostrará que no soy de los suyos, sino el verdadero príncipe, y recobraré lo que me pertenecen Y de vez en cuando volvía a pensar en los malos tratos de que le habían hecho objeto los muchachos salvajes del Hospicio de Cristo, y se decía: ʹCuando yo sea rey, no solamente se les dará pan y albergue, sino también enseñanza, porque de poco sirve tener la tripa llena cuando el cerebro y el corazón están hambrientos. No se borrará nunca de mi memoria lo que me ha ocurrido hoy; será una lección que jamás olvidaré. Mi pueblo sufre las consecuencias de su ignorancia, y la instrucción enternece el corazón e induce al hombre a ser noble y caritativo ʹ".

Las luces de la ciudad comenzaron a parpadear, se puso a llover, sopló el viento y la noche se volvió cruda y tormentosa. El príncipe sin hogar, el desamparado heredero del trono de Inglaterra continuaba andando, hundiéndose más y más en el laberinto de destartalados callejones en que se apiñaba un hormiguero de pobreza y de miseria.

De repente, un rufián robusto, borracho, le asió por el cuello y le dijo:

—¡Otra vez por la calle a estas horas y sin traer ni un céntimo a casa! ¡Ya me lo figuro! ¡Si es así, y no te rompo todos los huesos de tu cuerpo mezquino, es que no soy Juan Canty!

El príncipe se desprendió de sus garras de un tirón, y frotándose instintivamente su hombro profanado, exclamó con angustiosa impaciencia:

—¡Ah! ¿Eres verdaderamente su padre? ¡Dios quiera que sea así, pues entonces irás por él y me restituirás a mi palacio!

—¿Su padre? ¿Qué quieres decir con eso? Lo que sí sé es que soy tu padre, como vas en seguida a comprobar...

—¡Oh, no se burlen , no hagan chanzas, ni se entretengan! Estoy muy cansado y herido. No puedo resistir más. ¡Condúzcanme ante el rey, mi padre, y él los recompensará enriqueciéndolos como nunca pudieron soñar! ¡Créanme, no miento, digo la verdad! ¡Ayúdenme y sálvenme! Soy el príncipe de Gales.

El hombre le miró asombrado, movió la cabeza y masculló:

—Se ha vuelto loco.

Y cogiéndole otra vez por el cuello, con una carcajada sarcástica y una blasfemia, añadió:

—¡Pero loco o cuerdo, yo y tu abuela Canty encontraremos los sitios más blandos donde tienes los huesos, o no soy un hombre!

Dicho esto arrastró al príncipe, que no dejaba de resistirse frenéticamente, y desapareció en un patio, seguido por una caterva de sabandijas humanas que expresaba su regocijo bulliciosamente.

TOM EN PALACIO

Tom Canty, al quedar solo en el gabinete del príncipe, supo aprovechar la ocasión. Comenzó a contemplarse por un lado y por otro delante de un gran espejo, admirando su esbeltez y su elegancia. Luego anduvo de un lado para otro imitando al distinguido porte innato del príncipe y sin dejar de observar el efecto que producía en el cristal. Desenvainó después la preciosa espada, hizo una reverencia, besó la hoja de acero y se la puso sobre el pecho, como había visto hacer a un caballero noble, que saludó al lugarteniente de la Torre, hacía unas cinco o seis semanas, cuando puso en sus manos a los grandes lores de Norfolk y Surrey en calidad de prisioneros. Tom se puso a juguetear con la daga adornada con piedras preciosas que pendía de su cinto, examinó los fastuosos adornos de la estancia, probó uno por uno todos los lujosos sillones, y pensó cuán orgulloso se sentiría si la grey de Offal Court pudiera asomarse y verle rodeado de todas aquellas grandezas. Se preguntaba si al volver a su casa creerían el relato de aquella maravillosa circunstancia, o si moverían la cabeza dudando, y dirían quizá que su imaginación exaltada había al final turbado su razón.

Al cabo de media hora se dio cuenta súbitamente de que hacía ya mucho rato que el príncipe estaba ausente, y en el mismo instante empezó a sentirse solo. No tardó en ponerse a escuchar ansioso y dejó de jugar con las bonitas cosas que le rodeaban. Se iba sintiendo cada vez más inquieto, más a disgusto y más desesperado. Si alguien se presentara en aquel momento —pensaba— y lo encontrara allí ataviado con los trajes del príncipe, sin que éste se hallara presente para explicar lo ocurrido, ¿no le ahorcarían inmediatamente, sin contemplaciones, para averiguar después lo sucedido? Había oído decir que los grandes tenían procedimientos muy expeditivos en los asuntos de poca importancia. Sus temores fueron en aumento, y, tembloroso, abrió cautelosamente la puerta de la antecámara, decidido a huir para ir en busca del príncipe y hallar con él protección y libertad. Seis criados distinguidos y lujosamente trajeados y dos pajes de alto rango, vestidos como mariposas, se pusieron instantáneamente de pie y le hicieron grandes reverencias. Entonces el muchacho retrocedió precipitadamente y cerró la puerta, diciéndose:

"¡Oh! Se están burlando de mí. Ahora irán a contarlo todo. ¿Por qué vine aquí a perder la vida?".

Se puso a andar por el aposento, dominado por indecibles temores, escuchando y sobresaltándose al más ligero rumor. De pronto se abrió la puerta y un paje vestido de seda anunció:

—La princesa Juana Grey.

Se cerró de nuevo la puerta al mismo tiempo que una linda joven, ricamente vestida, se dirigió hacia Tom saltando alegremente, pero se detuvo de pronto, con acento compungido, preguntó:

—¡Oh! ¿Qué es lo que le entristece, mi señor?

A Tom le faltó casi el aliento, pero hizo un esfuerzo para balbucear:

—¡Oh! ¡Ténganme compasión! No soy señor, sino únicamente el pobre Tom Canty del barrio de Offal Court. les suplico que me permitan ver al príncipe, que tendrá a bien devolverme mis andrajos y me dejará salir de aquí indemne. ¡Tengan piedad y sálvenme!

Y en esta imploración fervorosa, el muchacho se postró de rodillas ante la joven, con los ojos y las manos levantadas a tono con la vehemencia de sus palabras, La joven pareció horrorizada y exclamó:

—¡Oh, mi señor! ¡De rodillas... y a mis pies!

Dicho esto, huyó, asustada. Y Tom, anonadado por la desesperación, se desplomó al suelo, murmurando:

—Nadie me ayuda, estoy perdido. Ahora vendrán y se me llevarán preso.

Mientras yacía allí, paralizado por el terror, corrían por el palacio muy alarmantes noticias. El susurro (porque era siempre susurro) volaba de criado en criado, de dama a caballero, por los largos corredores, de piso en piso y de salón en salón. "¡El príncipe se ha vuelto loco!". Pronto, en cada salón, en cada vestíbulo de mármol formaron grupos los caballeros y las señoras encopetados y también las personas de menor rango, igualmente elegantes, conversando afanosamente, pero muy quedo, con aire de desaliento.

En aquel momento apareció por entre los grupos un pomposo oficial que pronunció la solemne proclama:

—¡En nombre del Rey! ¡Que nadie dé crédito y divulgue o hable de esa torpe suposición, ¡bajo pena de muerte! ¡En nombre del rey!

Los cuchicheos cesaron instantáneamente como si los murmuradores hubieran quedado mudos.

Poco después hubo un murmullo general a lo largo de los corredores:

—¡El príncipe! ¡Miren, viene el príncipe!

El pobre Tom avanzó lentamente por entre los grupos de palaciegos que le saludaban con respetuosas reverencias, mientras él trataba de corresponder a la atención contemplando con humildad aquella extraña escena con ojos lánguidos y llenos de asombro. A ambos lados de él iban grandes caballeros nobles que le ofrecían el brazo para sostener sus pasos. Tras del muchacho venían los médicos de la corte y algunos criados.

Tom entró en una suntuosa sala del palacio, cuya puerta se cerró así que hubo atravesado el umbral con sus acompañantes. A poca distancia, delante de él, había un hombre recostado muy alto y obeso, con cara ancha y abotargada y expresión severa. El pelo de su voluminosa cabeza era completamente gris, y la barba, que le ceñía el rostro como un marco, era también canosa. Vestía traje de rica tela, pero vieja y algo deshilachado en alguno de sus pliegues. Una de sus piernas hinchadas descansaba apoyada sobre un almohadón y estaba envuelta con vendas. Reinaba el silencio y no hubo cabeza que no se inclinara con reverencia, excepto la de aquel hombre. Aquel inválido de rostro sereno era el temido Enrique VIII. Tomó, al empezar a hablar, una expresión afable y dijo:

—¿Cómo va mi señor, mi príncipe Eduardo? ¿Te has propuesto engañarme, burlar a tu padre, el buen rey, que tanto te quiere y tan bien te trata, con una lamentable chunga?

El pobre Tom prestó al comienzo de aquella peroración toda la atención que le permitió la turbación de sus sentidos, pero al oír las palabras de "el buen rey", palideció y cayó instantáneamente de rodillas, como alcanza o por un disparo. Entonces, alzando las manos, exclamó:

—¿Tú eres el rey? ¡Así pues, estoy perdido!

Estas palabras parecieron desconcertar al monarca. Sus ojos comenzaron a vagar de rostro en rostro, extraviados, y luego, atontado, se quedó mirando fijamente al muchacho, y dijo por fin, con tono de profunda decepción:

—¡Ay! Me figuraba que el rumor no tenía visos de verosimilitud, pero temo que no es así. Y con un profundo suspiro y voz afable, prosiguió:

—Acércate a tu padre, muchacho, no te encuentras bien.

Sostenido por algunos de los presentes, Tom pudo levantarse y se acercó, humilde y tembloroso, a Su Majestad de Inglaterra. El rey cogió entre sus manos la cabeza de rostro asustado del muchacho, la contempló un momento con fijeza y cariño, como si buscara en ella alguna señal de que recobraba la razón, y estrechándola después tiernamente contra su pecho, dijo:

— ¿No conoces a tu padre, hijo mío? No destroces el corazón de este anciano; di que me conoces, ¿no es verdad?

—Sí, tú eres mi temido señor rey, que Dios guarde.

—Es cierto, es cierto..., está muy bien..., cálmate, no tiembles de esta manera. No hay nadie aquí que pretenda hacerte daño. Todos te queremos... ¿Te encuentras mejor? Ha pasado ya la pesadilla, ¿verdad? Y sabes también quién eres tú, ¿no es eso? ¿No volverás a olvidar quién eres como dicen que te ha ocurrido hace poco rato?

—Suplico a Su Majestad que me crea. He dicho la pura verdad, mi muy temido señor, pues soy el más insignificante de tus súbditos. Nací mendigo y me hallo aquí por casualidad y por una muy sensible desgracia en la que nada hay que reprocharme. Soy demasiado joven para morir, y tú, señor, puedes salvarme con una sola palabra. ¡Pronúnciela, señor!

—¿Morir? Pero no digas eso, mi querido príncipe... ¡Cálmate, tranquiliza tu corazón trastornado, no morirás!

Tom volvió a caer de rodillas con un grito de alegría.

— ¡Dios premie su bondad, oh, rey mío, y lo salve para bien de su reino!

Entonces se puso de pie de un brinco, miró con cara, jubilosa a los dos palaciegos que le acompañaban y exclamó:

— ¿Lo han oído? No me matarán. Lo ha dicho el rey.

Nadie hizo más movimiento que el de una respetuosa reverencia, ni fue pronunciada una sola palabra. El muchacho vaciló, algo turbado, y volviéndose tímidamente hacia el monarca, le preguntó:

— ¿Me puedo marchar ahora?

— ¿Marcharte? Naturalmente, si éste es tu deseo... Pero ¿por qué no te quedas aquí un momento? ¿A dónde quieres ir?

Tom, entornando los párpados, contestó humildemente

—Quizá no he comprendido bien, pero me creía libre y me disponía a ir en busca de la pocilga donde nací y fui criado en la más completa miseria, pero alberga a mi madre y a mis hermanas, y por eso es mi hogar, mientras que toda esta fastuosidad a la que no estoy acostumbrado... ¡Oh, señor, déjeme marchar!

El rey guardó silencio y estuvo largo rato taciturno. Sus facciones dejaban traslucir la inquietud creciente. Por fin dijo con tono esperanzado:

—Quizá su locura se reduce a este punto, y en todo lo demás razona cuerdamente. ¡Dios lo haga! Tendremos que hacer la prueba.

Seguidamente hizo una pregunta a Tom en latín y el muchacho le contestó débilmente en la misma lengua. El rey expresó su satisfacción y lo mismo hicieron los lores y los médicos. El monarca dijo:

—No lo ha hecho con la perfección que exigen su instrucción y su talento, pero la respuesta demuestra que su cerebro está enfermo, pero no completamente desquiciado. ¿Qué te parece a tí, doctor?

El médico a quien el soberano consultaba hizo una gran reverencia y contestó:

—Estoy plenamente convencido, señor, de que ha adivinado la verdad.

Esta declaración alentadora pareció dejar al monarca muy complacido, oída de boca de autoridad tan competente, y prosiguió, muy animado:

—Ahora fíjense bien todos; vamos a hacer otra prueba.

Dirigió a Tom una pregunta en francés. El muchacho guardó silencio un momento, turbado al ver todos los ojos que le tenían fija la mirada, y luego dijo con timidez:

—No tengo la menor noción de este idioma, Majestad. El monarca se dejó caer de espalda en el sofá.

Los criados corrieron en su auxilio, pero apartándolos, dijo:

—No me molesten. No es más que un desfallecimiento sin importancia. Levántenme y nada más. Acércate, pequeño. Apoya tu pobre cabeza perturbada sobre el corazón de tu padre y cálmate. Pronto te repondrás. Esto no es más que un ligero desvarío. No tengas miedo. Pronto recobrarás la salud.

Y volviéndose hacia los presentes, cambié su bondadosa actitud, y con ojos que lanzaban chispas de mal presagio, exclamó:

—¡Óiganme todos! Mi hijo está loco, pero su demencia no es permanente. Es el resultado de un exceso de estudio y también, tal vez, de su vida de confinamiento. ¡Basta, pues, de libros y de profesores! Que cada cual cuide de lo que ordeno. Entreténgalo con juegos deportivos y con toda clase de distracciones amenas, para que pueda recobrar la salud.

Luego, irguiéndose aún con más arrogancia, prosiguió, enérgico:

—Está loco, pero es mi hijo y el heredero del trono de Inglaterra. ¡Loco o cuerdo, reinará! Es más, y oigan bien mis palabras y proclámenlas por doquier: ¡todo el que comente su enfermedad labora contra la paz y el orden de mis dominios y será condenado a las galeras! Denme de beber..., que me estoy abrasando. Esta pena agota mis fuerzas. Retiren la copa..., aguántenme. Así está bien. ¿Conque está loco? Pues, aunque lo estuviera de remate, mil veces, no dejaría de ser el príncipe de Gales, y yo el rey lo confirmaré. Mañana mismo será consagrado en su dignidad de príncipe con el ceremonial tradicional. Den las órdenes oportunas inmediatamente, caballero Hertford.

Uno de los nobles palaciegos hincó la rodilla ante el regio diván, y dijo:

—Su Majestad sabe que el gran heraldo hereditario de Inglaterra se halla encarcelado en la Torre, y no conviene que un prisionero...

— ¡Silencio! ¡No ofendan mis oídos con ese nombre odioso! ¿Por ventura ese hombre ha de vivir eternamente? ¿Se han de poner obstáculos a mi voluntad? ¿Y tiene que verse el príncipe privado de su dignidad porque, ¡maldita sea!, no hay en el reino un heraldo sin la mácula de la traición para investirle de sus honores? ¡No, por la gloria de Dios! Ordenad a los miembros de mi Parlamento que antes de la nueva aurora me traigan la sentencia de muerte de Norfolk, pues de lo contrario recaerá sobre ellos la sentencia.

—La voluntad del rey es ley —declaró lord Hertford, y, levantándose, volvió a ocupar su puesto.

Gradualmente, la expresión de ira del viejo monarca se fue disipando y dijo:

—Dame un beso, querido príncipe. Vamos, ¿qué temes? ¿No soy tu padre cariñoso?

—Eres demasiado bueno para conmigo y no soy digno de tu generosidad. ¡Oh, poderoso y magnánimo señor! Conozco tu benevolencia, pero... pero... me horroriza pensar en el que va a morir, y...

—¡Ah! Esos son tus sentimientos, que dicen mucho en tu favor. Sé que tu corazón continúa siendo el mismo, aunque tu espíritu se haya perturbado, porque siempre tuviste un temperamento muy bondadoso, pero ese duque se interpone entre tú y los honores que te corresponden. Pondré en su lugar otro que no deshonre su elevado cargo. Consuélate, príncipe mío, no tortures más tu cerebro con este asunto.

—Pero ¿no soy yo el que precipita su muerte, señor? A no ser por mí, ¿cuánto tiempo hubiera vivido?

—No te preocupes por él, príncipe mío, que no lo merece. Bésame otra vez, y ve a jugar y a divertirle, porque mi enfermedad me hace padecer. Ve con tu tío Hertford y tu séquito, y vuelve a mi lado cuando mi cuerpo sienta algún alivio.

Llevaron a Tom fuera de la presencia del monarca con el corazón oprimido, porque la última frase fue un golpe mortal para la esperanza de verse libre que tenía momentos antes. Nuevamente oyó murmurar: "¡Viene el príncipe, viene el príncipe!".

Y su ánimo fue decayendo a medida que iba avanzando entre las dos flamantes hileras de respetuosos cortesanos que le hacían reverencia, pues se dio cuenta de que ahora era verdaderamente un cautivo, y de que podía quedar para siempre encerrado en su dorada jaula, como un príncipe abandonado y sin amigos, a no ser que Dios, siempre bondadoso, se apiadara de él y le dejara en libertad.

Y hacia dondequiera que se volviese le parecía ver flotando en el aire el rostro conocido del gran duque de Norfolk en la cabeza cortada del tronco, con los ojos mirándole fijamente con expresión de profundo reproche.

¡Sus antiguos sueños habían sido muy agradables, pero la realidad era tan lúgubre!

TOM RECIBE INSTRUCCIONES

Tom fue conducido al aposento principal de una serie de estancias fastuosas, donde le hicieron sentar, lo cual le repugnaba en gran manera, puesto que se hallaban en presencia de caballeros ancianos y de personas de alto rango. El muchacho les suplicó que se sentaran también, pero todo el mundo permaneció de pie, limitándose a expresar las gracias muy quedo y con repetidas reverencias. Se disponía a insistir, pero su «tío» el conde de Hertford susurró a su oído:

—No insistas, señor, la etiqueta cortesana no admite que se sienten en vuestra presencia. Anunciaron a lord Saint John, quien, después de rendir pleitesía a Tom, dijo:

—Vengo por mandato del rey para un asunto privado. ¿Quiere Su Alteza real dignarse despedir a los presentes, excepto mi señor el conde de Hertford?

Observando que Tom parecía no saber cómo salir del paso, Hertford le dijo en voz baja que hiciera una seña con la mano y no se molestase en hablar a menos que le pareciera bien hacerlo. Cuando se hubieron retirado los allí presentes, lord Saint John dijo:

—Su Majestad ordena que, por poderosas razones de Estado, Vuestra Alteza tiene que ocultar su enfermedad por todos los medios que se hallen a su alcance, hasta que recobre la salud y Vuestra Alteza vuelva a ser el mismo de antes. Por lo tanto, Su Alteza no negará a nadie que es el verdadero príncipe y heredero de la grandeza de Inglaterra, mantendrá alta su dignidad principesco, y acogerá sin palabra ni ademán de protesta, la reverencia y pleitesía que se le deben por derecho y por antigua costumbre; no habrá de hacer mención a nadie de ese origen y de esa vida miserables que su dolencia ha creado falsamente en su imaginación sobrecargada; tendrá, además, que procurar urgentemente recordar los rostros conocidos, y cuando no lo consiga, guardará silencio, sin descubrir con expresión de sorpresa o en cualquiera otra forma que los ha olvidado; y en las ceremonias de Estado, siempre que ignore lo que tiene que hacer o decir, no demostrará la menor inquietud a los espectadores curiosos, sino que habrá de pedir consejo sobre el particular a lord Hertford o a mí mismo, vuestro humilde servidor, que tenemos mandato del rey para tal servicio y que habremos de estar siempre al lado de Su Alteza hasta que quede anulada la presente orden. Así lo dispone Su Majestad el rey, que envía sus saludos a Vuestra Alteza Real y ruega a Dios que le conceda la gracia de devolver la salud prontamente a Vuestra Alteza y de teneros ahora y siempre bajo su santa protección.

Lord Saint John hizo una reverencia y se apartó a un lado. Tom contestó resignadamente:

—El rey lo ha ordenado. Nadie puede desobedecer los mandatos del soberano, ni ajustarlos a su propia conveniencia, como tampoco puede burlarlos con pícaras evasivas cuando éstos le resultan enojosos. El rey será obedecido.

Entonces lord Hertford dijo:

—Respecto a lo que acaba de ordenar Su Majestad el rey sobre los libros y otras cosas serias, ¿le sería tal vez grato a Su Alteza pasar el tiempo con tranquilas diversiones, con objeto de que al asistir al banquete no se sienta fatigado?

Las facciones de Tom expresaron extrañeza y cierto rubor al ver que los ojos de lord Saint John se fijaban en él, apesadumbrados. Su Excelencia dijo:

—La memoria le es todavía infiel, pues ha demostrado sorpresa, pero no se preocupe, porque es un defecto que quedará corregido tan pronto como haya mejorado su dolencia. Milord de Hertford se refiere al banquete de la ciudad, al cual Su Majestad el rey prometió que asistiría Vuestra Alteza, hará cosa de dos meses... ¿No se acuerda ahora?

—Lamento tener que confesar que lo he olvidado —contestó el muchacho, vacilando y poniéndose colorado.

En aquel preciso momento fue anunciada la presencia de la princesa

Isabel y de la princesa Juana Grey. Los dos lores cambiaron una mirada significativa y Hertford avanzó rápidamente hacia la puerta. Cuando las jóvenes pasaron por delante de él, les dijo muy quedo:

—Le ruego, altezas, que no haga caso de su estado de ánimo y de sus extravagancias, pues le dolerá notar que tropieza con toda clase de futilezas.

Mientras tanto, lord Saint John susurraba al oído a Tom:

—Le suplico, señor, que no se olvide del deseo de Su Majestad. Haga lo posible para recordarlo todo... y finja recordar lo que no le venga a la memoria. Procure que no se den cuenta de cuán cambiado está comparado con su modo de ser de antes, pues ya sabe cuán tiernamente lo tienen en su corazón sus antiguos compañeros de juegos y cuál sería la pesadumbre que les causaría. ¿Quiere, señor, que me quede a su lado... y su tío también?

Tom expresó su asentimiento con un ademán y una palabra murmurada muy quedo, pues iba aprendiendo ya lo que tenía que hacer, y su corazón ingenuo estaba decidido a salir lo más airosamente posible en lo que el rey le había ordenado.

A pesar de todas las precauciones, la conversación entre los jóvenes fue en algunos momentos bastante embarazoso. En efecto, en más de una ocasión, Tom estuvo a punto de confesar su incapacidad para representar aquel papel terrible, pero le salvó el tacto de la princesa Isabel o una simple palabra de uno u otro de los dos lores vigilantes, pronunciada, aparentemente, como por casualidad. Una de las veces, la princesita Juana se volvió de cara a Tom y le aturrulló con esta pregunta:

—¿Ha presentado ya hoy sus respetos a Su Majestad la reina, señor?

Tom vaciló, se mostró apurado, y estaba a punto de decir cualquier cosa, fuere o no acertada, cuando lord Saint John tomó la palabra para contestar por él, con la soltura del cortesano acostumbrado a afrontar situaciones delicadas y a saber salir del paso.

—Sí, en efecto, señora, y Su Majestad la reina le ha animado mucho respecto al estado de salud de Su Majestad el rey. ¿Verdad, señor?

Tom barboteó unas palabras muy confusas que fueron interpretadas como una aquiescencia a lo dicho por el cortesano, pero comprendió que iba por un terreno peligroso. Poco después se habló de que Tom abandonaría interinamente sus estudios, y la princesita exclamó:

—¡Qué lástima! ¡Qué lástima! ¡Tantos progresos que hacía! Pero tenga paciencia, porque esto no durará mucho tiempo. No tarda en tener tantos conocimientos como su padre y en dominar tantos idiomas como él, mi buen príncipe.

—¡Mi padre! —exclamó Tom, que estaba en aquel instante distraído—. Estoy seguro que no sabe hablar ni su propia lengua más que para que le entiendan únicamente los cerdos que hay en el cuchitril. Y en lo tocante a otra clase de instrucción...

Alzó los ojos y vio una solemne advertencia en la mirada de milord Saint John. Guardó silencio, se sonrojó, y luego prosiguió lenta y tristemente:

—¡Ah, vuelve a perseguirme mi dolencia y mi espíritu desvaría! No he pretendido manifestar irreverencia para con Su Majestad el rey.

—Ya lo sabemos, señor —repuso entonces la princesa Isabel, cogiendo entre las suyas la mano de su "hermano", respetuosamente, pero con cariño—. No se turbe por eso. La culpa no es suya, sino de la enfermedad que sufre.

—Eres muy amable al consolarme de esta manera, encantadora joven —contestó Tom, agradecido—, y mi corazón me induce a darle las gracias, si es que puedo ser tan atrevido.

Una vez la atolondrada princesita Juana dijo a Tom una sencilla frase en griego. La perspicacia de la princesa Isabel comprendió en seguida por la serena impasibilidad de la frente de Tom que la flecha no había dado en el blanco, y soltó tranquilamente una verdadera andanada de griego a favor de Tom y en seguida desvió la conversación hacia otro tema.

En general, el tiempo transcurrió agradablemente y sin dificultades. Los escollos y los arrecifes fueron cada vez menos frecuentes, y Tom se sintió poco a poco más a sus anchas al ver que todos estaban tan cariñosamente dispuestos a auxiliarle y a pasar por alto sus equivocaciones. Cuando se traslució que las damitas le acompañarían por la noche al banquete ofrecido al alcalde de la ciudad, el corazón le dio un salto de consuelo y de alegría, pues pensó que ahora, entre toda aquella multitud de extranjeros, no se hallaría falto de amigos, mientras que una hora antes, la sola idea de que las dos princesas iban a acompañarle le hubiera causado un terror insoportable.

Los ángeles guardianes de Tom, los dos lores, habían estado menos tranquilos durante la entrevista que los demás personajes que a ella asistieron. Les parecía que estaban gobernando el timón de una gran embarcación por un canal muy peligroso. Estaban ojo avizor constantemente y se daban cuenta de que su misión no era un juego de niños. Por consiguiente, cuando la visita de las jóvenes tocaba ya a su fin, y fue anunciada la presencia de lord Guilford Dudley, no sólo pensaron que habían llevado a cabo su cometido suficientemente, sino que, además, no se hallaban en la mejor de las disposiciones para poner su barco rumbo al punto de partida y emprender de nuevo una angustiosa travesía.

Por lo tanto, aconsejaron respetuosamente a Tom que se excusara, lo que éste hizo de muy buena gana, aunque habría podido observarse una leve sombra de decepción en el semblante de la princesa Juana, cuando oyó que le era negada la admisión al elegante joven.

Hubo una pausa, un silencio expectante, que Tom no acertó a comprender. Miró a lord Hertford, y éste le hizo una seña, pero tampoco logró entenderla. Isabel acudió en su auxilio con su despejada donosura habitual. Hizo una reverencia y dijo:

— ¿Tenemos permiso de Su Alteza, mi hermano, para marcharnos? Tom contestó:

—Vuestras señorías pueden obtener de mí todo cuanto gusten con sólo pedirlo, pero preferiría concederos cualquier otra cosa que estuviera en mis pobres atribuciones antes que autorizaros para privarme de la luz y el deleite bienhechor de vuestra presencia. ¡Dios os guíe y esté siempre con vosotras!

Dicho esto, sonrió, pensando:

"No en vano viví únicamente entre príncipes en mis lecturas y aprendí en ellas el florido léxico de la realeza".

Cuando las ilustres damitas se hubieron retirado, Tom se volvió con aire fatigado a sus guardianes, y dijo:

—¿Tendrán sus señorías la amabilidad de permitirme que me vaya a descansar en cualquier rincón?

—A Su Alteza le corresponde mandarnos a nosotros obedecer. En efecto, es necesario que descansen, puesto que muy en breve tendrá que emprender el viaje a la ciudad.

Tocó una campanilla y se presentó un paje, a quien se dio orden de llamar a sir William Herbert. Este caballero apareció inmediatamente y condujo a Tom a un aposento interior. El primer gesto de Tom fue alcanzar un vaso de agua, pero antes que él, lo cogió un criado vestido de seda y terciopelo que, hincando la rodilla, se lo ofreció en una bandeja de oro.

Luego, el fatigado cautivo se dispuso a quitarse las zapatillas, después de pedir permiso con una mirada tímida, pero otro criado, igualmente vestido de seda y terciopelo, se arrodilló también ante él y le ahorró aquella molestia. El muchacho intentó dos o tres veces más servirse a sí mismo, pero como siempre se le anticipaban con presteza, acabó por ceder con un suspiro de resignación y murmuró:

—¡Me asombra que no se empeñen también en respirar por mi cuenta!

En babuchas y envuelto en lujosa bata, se tendió por fin para descansar, pero no pudo dormir, porque su cabeza bullía de pensamientos y la habitación estaba demasiado llena de gente. Como no podía librarse de los primeros, éstos continuaron en su cerebro, y no teniendo bastante tacto para despedir a los segundos, también éstos se quedaron allí con gran contrariedad del príncipe... y de ellos mismos.

Al retirarse Tom habían quedado solos sus dos guardianes, que estuvieron durante un momento meditabundos, paseando por la estancia, moviendo repetidamente sus respectivas cabezas, y, de pronto, lord Saint John dijo:

—Francamente, ¿qué está pensando?

—Pues francamente estoy pensando que el rey se halla en el umbral de la muerte. Mi sobrino está loco..., loco subirá al trono, y continuará demente. ¡Dios proteja a Inglaterra, que mucho lo necesitará!

—Así parece, en verdad, pero... ¿no lo asaltan las dudas sobre si..., no presiente que...?

El personaje vacilaba y acabó por guardar silencio. Evidentemente, se daba cuenta de que pisaba un terreno resbaladizo. Lord Hertford se quedó parado delante de él, le miró el rostro fijamente, con ojos de franqueza, y dijo:

—Prosigue..., nadie puede oírte..., ¿dudas respecto a qué?

—Me repugna manifestar lo que estoy pensando, mucho más, puesto que usted es de su misma sangre, milord... pero después de pedirle disculpa, si es que lo ofendo, me permitiré preguntarle: ¿no le parece extraño que la demencia pueda haber cambiado hasta tal punto su porte y sus modales? No es que su actitud y sus palabras no corresponden a las de un príncipe, pero difieren siempre en una u otra cosa insignificante de las que le eran peculiares al príncipe anteriormente. ¿No le parece inexplicable, por ejemplo, que la locura haya borrado de su memoria las inconfundibles facciones de su padre, las costumbres y las observancias que a éste le deben todos los que le rodean, y que, dejándole el latín, le haya hecho olvidar el griego y el francés? No se ofenda, milord, pero calme mi inquietud y reciba ya por ello mis más expresivas gracias. No puedo olvidar su insistente afirmación de que no es el príncipe y, naturalmente...

—Calla, milord, porque tus palabras indican traición. ¿Olvidaste el mandato del rey? Recuerda que al escucharte me hago cómplice de tu crimen.

Saint John palideció y se apresuró a añadir:

—He faltado, lo confieso. Pero que su cortesía me conceda la gracia de no delatarme. No volveré a hablar de eso, ni siquiera a pensarlo. No ose mostréis inclemente para conmigo, milord, pues de lo contrario estoy perdido.

—Estoy satisfecho, milord, y si no faltas de nuevo, aquí o en presencia de otras personas, será como si no hubieras dicho ni una palabra. Pero no debes sentir recelos; es hijo de mi hermana. ¿No me son familiares desde que nació, su voz, sus facciones y toda su figura? La locura puede producir esos extraños fenómenos que notas en él y muchos más todavía.

¿Por ventura has olvidado que el viejo barón Marley, al volverse loco, olvidó su propio modo de ser, al que estaba acostumbrado desde hacía sesenta años, hasta el extremo de creer que sus maneras eran las de otra persona? Como sabes, afirmaba que era el hijo de María Magdalena, y que su cabeza era de vidrio español. Por cierto que no podía sufrir que nadie le tocara, por temor de que una mano atolondrada pudiera romperle la cabeza por inadvertencia. Déjate de presunciones y de sospechas, mi buen milord. Este es el príncipe auténtico... le conozco perfectamente, y no tardará en ser tu rey. No te conviene pensar más en esto que en lo otro...

Después de un rato más de conversación, durante la cual lord Saint John enmendó su yerro lo mejor, que pudo con repetidas protestas de que su fe quedaba desde aquel momento completamente arraigada y que, por lo tanto, no podría sentir nuevos recelos, lord Hertford relevó a su compañero de custodia, y continuó la vigilancia solo. No tardó en quedar sumido en una profunda meditación, y era evidente que, cuanto más reflexionaba, más aturrullado se sentía. De pronto, comenzó a pasear por la estancia y a murmurar para sí:

— ¡Ah, sí, debe ser el príncipe! ¿Puede haber en el reino alguien capaz de sostener la posibilidad de que existan dos seres tan maravillosamente iguales sin haber nacido en la misma cuna ni ser le la misma sangre? Y aunque fuera así, resultaría aún milagro más extraño que la casualidad hubiese puesto el uno en el lugar del otro. No, ¡es locura, locura, locura!

Y luego siguió diciendo para sus adentros:

—Porque si fuese un impostor y se llamara príncipe, sería cosa muy natural, muy lógica, pero ¿hubo por ventura alguna vez en que alguien, al ser llamado príncipe por el rey, por toda la corte y por todo el mundo, negara su dignidad y suplicase que prescindieran de su exaltación? ¡No!

¡Ni pensarlo! Decididamente, éste es el verdadero príncipe que se ha vuelto loco.

LA PRIMERA COMIDA REGIA DE TOM

Poco después de la una de la tarde, Tom sufrió resignadamente la tradicional costumbre palaciega de que le vistieran para comer. Se vio cubierto de ropas tan ricas como las que llevaba momentos antes, pero todas distintas, todas cambiadas, desde la golilla hasta las medias. Luego fue conducido pomposamente a una sala espaciosa decorada con gran fastuosidad, en la que había ya una mesa preparada para una sola persona. El servicio era de oro macizo, embellecido con dibujos que le daban un valor incalculable, puesto que eran obra del famoso Benvenuto Cellini. La estancia estaba medio llena de nobles servidores.

Un capellán bendijo la mesa, y Tom se disponía a caer sobre ella con avidez, impulsado por el hambre, que era crónica en él desde hacía mucho tiempo, cuando fue retenido por milord el conde de Berkeley, que le sujetó una servilleta alrededor del cuello, porque el elevado cargo de Mantelero de Su Alteza el Príncipe de Gales era hereditario en la familia de aquel noble. Se hallaba allí presente el copero del príncipe que se anticipaba solícito a todas las tentativas de Tom de servirse vino. También estaba allí el catador de Su Alteza el Príncipe de Gales, dispuesto a probar, si así se lo ordenaban, cualquier manjar que pareciera sospechoso, corriendo el riesgo de envenenarse. En la referida época no era más que un apéndice decorativo, y eran muy raras las veces que tenía que cumplir el cometido que le imponía su profesión; pero había habido épocas, y no precisamente muy remotas, en que el oficio de catador tenía sus peligros y no era un alto cargo muy envidiable.

Parece extraño que no echaran mano de un perro o de un plebeyo cualquiera, pero todas las costumbres de la realeza son singulares. Milord d'Argy, primer paje de cámara, también se hallaba en la sala, Dios sabrá el porqué de su presencia, pero allí estaba, y esto basta. El lord jefe despensero estaba igualmente allí, de pie detrás de la silla que ocupaba Tom, vigilando el servicio, bajo las órdenes del lord primer mayordomo y del lord cocinero—jefe, también de pie a poca distancia. Además de éstos, Tom tenla a su servicio trescientos ochenta y cuatro criados, que no estaban, naturalmente, todos presentes en la sala, ni siquiera la cuarta parte, de los mismos y cuya existencia Tom ignoraba.

Todos los que se hallaban allí presentes habían sido severamente advertidos de que no tenían que olvidar que el príncipe sufría demencia temporal y no debían demostrar sorpresa ante sus antojos extravagantes. Estos antojos no tardaron en ponerse de manifiesto a los criados, en quienes no despertaron hilaridad, sino compasión y pesadumbre. Se sintieron profundamente afligidos al ver a su amado príncipe en tan lamentable estado.

El pobre Tom comía casi siempre con los dedos, pero sus modales vulgares no hacían sonreír a nadie y todos fingían no verlos. Se quedó observando con interés y curiosidad su servilleta, porque era una pieza de tejido muy hermoso y fino y dijo con ingenuidad:

—Llévensela, se los ruego, porque tengo miedo de mancharla distraídamente.

El mantelero hereditario retiró la servilleta con actitud respetuosa sin pronunciar palabra u objeción de ninguna clase.

El muchacho examinó con mucho interés los nabos y la lechuga y preguntó qué era aquello y si era comestible; y su ignorancia no era de extrañar, porque hacía poco tiempo que se había comenzado a cultivar aquella especie de vegetales en Inglaterra, en vez de importarlos de Holanda como artículo de lujo. La pregunta de Tom fue contestada con profundo respeto y sin demostrar sorpresa. Cuando hubo terminado los postres, el muchacho llenó sus bolsillos de nueces, pero nadie pareció prestar atención a lo que estaba haciendo. Pero unos momentos después, fue él quien se mostró contrariado, porque se dio cuenta de que aquél había sido el único servicio que durante la comida le hablan permitido llevar a cabo por sus propias manos, y no le cabía duda de que acababa de cometer una incorrección impropia de un príncipe. En aquel preciso instante, su nariz tuvo un temblor nervioso, y en esta situación Tom comenzó a dar señales de hallarse muy apurado. Miró con aire suplicante primero a uno y después a otro de los lores que se hallaban a su lado, y asomaron lágrimas en sus ojos. Los lores, acercándose más a él con la ansiedad pintada en el rostro, le rogaron que les indicara cuál era el motivo de su disgusto. Tom dijo con verdadera angustia:

—Pido su indulgencia, pero la nariz me pica a rabiar... ¿Cuáles son los usos y costumbres en este caso? ¡Contesta pronto, porque no voy a poder aguantarlo mucho rato!

Nadie sonrió. Todos se quedaron perplejos y se miraron unos a otros pidiéndose consejo, atribulados. No hay que olvidar que aquella circunstancia era algo así como un muro enorme y la historia inglesa no explicaba la manera de franquearlo. No se hallaba presente el maestro de ceremonias y no había nadie que se aventurara a meterse en aquel mar inexplorado o se atreviera a correr el riesgo de intentar solucionar un problema de tal trascendencia. ¡Ay, no había rascador hereditario! Entretanto, las lágrimas habían desbordado su dique y empezaban a deslizarse por las mejillas de Tom. La nariz contraída de éste estaba pidiendo auxilio con más urgencia que nunca. Por fin, la Naturaleza derribé las barreras de la etiqueta. Tom elevó mentalmente una plegaria de perdón por si estaba obrando mal, y tranquilizó los angustiosos corazones de sus cortesanos decidiéndose a rascarse la nariz por sí mismo.

Al terminar la comida, se presentó un lord con una ancha jofaina de oro que contenía fragante agua de rosas, para que el príncipe se enjuagara la boca y se lavara los dedos, y milord el mantelero hereditario se acercó y le ofreció una servilleta para secarse. Tom miró intrigado la jofaina durante unos dos segundos, y luego la cogió, y, acercándola a sus labios, bebió gravemente un sorbo. Pero se la devolvió en seguida al lord y le dijo:

—No me gusta, milord. Tiene un aroma agradable, pero le falta fuerza.

Esta nueva extravagancia de la mente perturbada del príncipe dejó muy apesadumbrados los corazones de todos los presentes, y el triste espectáculo, a la vez grotesco, no despertó la hilaridad de nadie.

La siguiente torpeza inconsciente de Tom fue levantarse y abandonar la mesa en el preciso momento en que el capellán se situaba detrás de la silla del príncipe, y con las manos levantadas y los ojos en alto, pero con los párpados medio entornados, se disponía a comenzar la acción de gracias. Sin embargo, nadie pareció darse cuenta de que el príncipe acababa de cometer un acto indebido.

A petición suya, nuestro amigo fue conducido a su gabinete particular, donde le dejaron solo y a sus anchas. De unos garfios que había en el friso de madera pendían varias piezas de una bruñida armadura de acero, toda cubierta de hermosos dibujos exquisitamente incrustados de oro. Aquella panoplia marcial pertenecía al verdadero príncipe, y era un regalo reciente de madame Parr, la reina. Tom se puso las grebas, los guanteletes, el yelmo empenachado y todas las demás piezas de que pudo revestirse sin valerse de nadie y hubo un momento en que sintió la tentación de llamar para que le ayudaran a completar su singular atavío. Pero de pronto se acordó de las nueces que se había reservado durante la comida, y pensó con alegría que iba a poder comérselas sin que nadie le estuviera contemplando y sin grandes hereditarios que le importunaran con sus atenciones oficiosas que él no requería. Volvió, pues, a colocar las flamantes piezas en su lugar respectivo, y en seguida se puso a cascar nueces, sintiéndose, naturalmente, feliz por primera vez desde que Dios le había convertido en príncipe como castigo por sus pecados. Cuando hubo terminado de comerse las nueces, se fijó en unos libros llamativos que había en una estantería, y entre los cuales figuraba uno relativo a la etiqueta en la corte de Inglaterra. Aquello era un hallazgo afortunado. El muchacho cogió el volumen, se tendió en un suntuoso diván y comenzó a hojearlo para instruirse con honrada intención y muy fervoroso celo. Dejémosle, pues, ahí por ahora.

LA CUESTIÓN DEL SELLO

A eso de las cinco, Enrique VIII despertó después de una siesta agitada, y murmuró para sí:

"¡Pesadillas, pesadillas! Mi fin se acerca. Así lo anuncian esas advertencias de mal presagio y mi pulso débil lo confirma".

Y con ojos que lanzaban chispas de perversidad, añadió:

"Sin embargo, no moriré antes de que él me preceda".

Al observar sus servidores que el monarca estaba despierto, uno de ellos le preguntó qué se debía hacer con el lord canciller que estaba esperando.

—¡Que pase, que pase! —exclamó el rey, con vehemencia.

El lord canciller entró y fue a arrodillarse ante el lecho del soberano, diciendo:

—He dado las órdenes oportunas y, cumpliendo los mandatos de Su Majestad, los pares del reino, en traje de ceremonia, se hallan en estos momentos en los estrados de la Cámara, donde después de confirmar la sentencia contra el duque de Norfolk, esperan humildemente lo que se digne disponer Su Majestad.

En las facciones del monarca se reflejó una alegría feroz. Este dijo:

— ¡Levántenme! Quiero ir al Parlamento para sellar allí con mi propia mano la orden que ha de librarme de…

Su voz se fue apagando y una palidez cenicienta borró el color de sus mejillas. Sus servidores se apresuraron a recostarle cómodamente sobre sus almohadas y le administraron diversos reconstituyentes.

Al cabo de un rato, el monarca, apesadumbrado, dijo:

—¡Ay! ¡Con qué impaciencia he estado esperando este momento delicioso! Y ahora llega demasiado tarde y me veo privado de aprovechar una ocasión tan anhelada. ¡Pero no tengo tiempo que perder! ¡Que cumplan otros el feliz cometido que yo no puedo realizar! Voy a entregar mi gran sello a la comisión, y a elegir los lores que han de formarla para que actúen inmediatamente. ¡Pronto, pronto! Antes de que el sol salga y se ponga de nuevo, que me traigan su cabeza para que yo pueda verla.

—Todo se hará de conformidad con lo que Su Majestad ordena —dijo el lord canciller—. Pero ¿te dignaras ordenar que me sea devuelto el sello para que yo pueda resolver el asunto?

— ¡El sello! ¿Quién guarda el sello sino tú?

—Recuerde Su Majestad que me lo quitó hace dos días y me dijo que no haría falta para nada hasta que la propia mano de Su Majestad lo empleara para sellar la sentencia contra el duque de Norfolk.

—Sí, en efecto, así lo hice, lo recuerdo. Pero ¿dónde guardé el sello? Estoy muy débil... Estos últimos días la memoria me falla muy a menudo. Es extraño, muy extraño...

El rey se puso a balbucear vocablos inarticulados, moviendo de vez en cuando ligeramente su cabeza canosa, esforzándose en recordar qué había hecho del sello. Por fin milord Hertford se aventuró a arrodillarse y a ofrecer detalles informativos.

—Perdone mi atrevimiento, señor, pero varios de los presentes recordarán, sin duda, como yo mismo, que pusiste el gran sello en manos de Su Alteza el príncipe de Gales para que lo guardase hasta el día en que...

— ¡Es verdad, muy cierto! —interrumpió el rey—. ¡Ve por él, corre, que el tiempo pasa volando!

Lord Hertford salió aceleradamente en busca de Tom, pero no tardó en volver a presentarse ante el rey, turbado y con las manos vacías, y explicó lo siguiente:

—Lamento profundamente, señor mío y rey, traerle tan malas noticias, pero la voluntad de Dios es que la dolencia del príncipe subsista todavía, y Su Alteza no puede recordar que le fue entregado el sello. Por eso he venido inmediatamente a comunicárselo, pues creí que sería perder un tiempo precioso intentar registrar la larga serie de gabinetes, dormitorios y salones que pertenecen a Su Alteza...

Un quejido del rey vino a interrumpir al lord en este punto, y al cabo de un rato Su Majestad dijo, con tono de profunda melancolía:

—¡No le molestes más, pobre muchacho! La mano de Dios pesa con fuerza sobre él, mi corazón se deshace en cariñosa compasión y sufro horriblemente al pensar que no me es posible librarle de esa carga poniéndola sobre mis viejos hombros agobiados para devolverle la paz!

Cerró los ojos, se puso a murmurar y acabó guardando silencio. Al cabo de un rato volvió a abrirlos, miré vagamente a su alrededor, y al vean que el lord canciller estaba todavía allí arrodillado, su rostro se encendió de cólera y gritó:

— ¿Aún estás aquí? Por la gloria de Dios, que, si no vas a escape a solventar el asunto de ese traidor, su mitra holgará mañana por no tener cabeza que ceñir.

El canciller contestó temblando:

—Imploro el perdón de Su Majestad, pero estaba esperando el sello.

—¿Has perdido el juicio? El sello pequeño que yo acostumbraba antes a llevar conmigo cuando me ausentaba, está en mi tesoro, y puesto que el gran sello se ha perdido, ¿no bastará el pequeño? ¿Has perdido el juicio? Vete y no olvides... que no tienes que volver aquí hasta que me traigas su cabeza.

El pobre canciller no tardó en alejarse de aquella peligrosa vecindad. Tampoco perdió tiempo la comisión en dar el beneplácito real a la obra del Parlamento esclavizado y en fijar la fecha del día siguiente para la decapitación del primer par de Inglaterra, el infortunado duque de Norfolk.

EL FESTIVAL EN EL RÍO

A las nueve de la noche, toda la extensa ribera del Támesis frente al palacio resplandecía con vivos fulgores de iluminación fastuosa. El mismo río, en toda la distancia que podía alcanzar la vista en dirección a la ciudad, estaba tan lleno de botes y barcas de recreo, adornados con farolillos de colores y movido suavemente por las olas, que parecía un inmenso jardín de flores mecidas por el aire estival. La gran terraza, cuya escalinata de peldaños de piedra servía de embarcadero, era lo bastante espaciosa para dar cabida a todo el ejército de un principado alemán, era un espectáculo digno de verse, con sus filas de alabarderos que ostentaban sus bruñidas armaduras y toda una pléyade de servidores lujosamente trajeados, que iban de un lado a otro con la presteza de los preparativos urgentes.

De pronto se dio una orden e inmediatamente no quedó ni un alma en los peldaños de la escalinata. Había gran expectación. Hasta donde alcanzaba la vista, se observaba que los ocupantes de los botes se levantaban, y, protegiendo sus ojos contra el excesivo resplandor de faroles y antorchas, dirigían la mirada hacia palacio.

Una hilera de unas cuarenta a cincuenta barcas vino a atracar en el embarcadero de la terraza. Iban ricamente adornadas y sus proas y popas encasilladas lucían primorosas esculturas. Algunas iban empavesadas con banderas y gallardetes, otras lucían brocados y tapices con escudos de armas, y en muchas flotaban banderolas de seda con innumerables campanillas de plata, formando una cascada de sones armoniosos, y otras, en fin, de mayores pretensiones, pues pertenecían a nobles al servicio inmediato del príncipe, tenían sus costados pintorescamente protegidos por flamantes escudos fastuosamente blasonados de armas e insignias. Cada una de estas suntuosas barcas iba remolcada por un bote.

Además de los remeros, iban en el bote cuatro hombres con cascos, corazas y armas relucientes y también una banda de música.

Apareció luego un grupo de alabarderos, vanguardia del esperado desfile, que se situó en el amplio portal de la terraza. Formaban dos largas hileras que llegaban hasta el borde del agua. Luego fue extendida una grueso alfombra de rayas entre las dos referidas hileras de alabarderos, colocada allí cuidadosamente por criados que iban ataviados con libreas escarlata y oro, colores distintivos del príncipe. Una vez hecho esto, resonó un toque armonioso de trompetas y siguió en seguida un alegre preludio ejecutado por los músicos de las barcas. Dos ujieres con sendas varas blancas salieron del anchuroso portal con paso lento y solemne. Iban seguidos por un oficial que llevaba la maza cívica, detrás del cual iba otro con la espada de la ciudad. Luego varios sargentos de la guardia de la villa y el rey de armas, seguidos de varios caballeros de la Orden del Baño, que ostentaban un lazo blanco en la manga, y tras de ellos sus escuderos, después los jueces con sus togas escarlata y sus pelucas, el lord gran canciller de Inglaterra, una comisión de regidores y, finalmente, los jefes de las distintas compañías cívicas en traje de ceremonia. Bajaron después por la escalinata doce caballeros franceses que vestían ricos jubones de damasco blanco listado de oro y capas cortas de terciopelo carmesí, forradas de tafetán violeta. Constituían el séquito del embajador de Francia e iban seguidos por doce caballeros del sé quito del embajador de España, con traje de terciopelo negro sin el menor adorno. Detrás de éstos venían varios grandes nobles ingleses con toda su servidumbre.

Se dejó oír nuevamente el toque de las trompetas, y el tío del príncipe, el futuro gran duque de Somerset, salió de la verja ataviado con un jubón negro bordado de oro y una capa de raso carmesí con flores también de oro, ribeteada de redecilla de plata y, quitándose su sombrero de plumas, se volvió, hizo una muy parsimoniosa reverencia, y empezó a bajar de espaldas; saludando a cada paso. Siguió un prolongado y muy sonoro toque de trompetas, y una voz gritó, "¡Paso a Su Alteza Real, el lord Eduardo, príncipe de Gales!". En lo alto de los muros de palacio se vio en seguida una larga hilera de rojas lenguas de fuego y, simultáneamente, se dejó oír un estruendo atronador; la multitud apiñada en el río prorrumpió en un griterío de bienvenida entusiasta Y ensordecedora; y Tom Canty, el admirado personaje objeto de todo aquel júbilo ruidoso, apareció a la vista de todos e hizo con su cabeza principesco una ligera reverencia.

Iba magníficamente ataviado, con un justillo de raso blanco, pechera de púrpura y oro con diamantes y ribetes de armiño. Sobre el justillo llevaba una capa de blanco brocado de oro, cubierto con un sombrero rematado por un penacho de tres plumas, forrado de raso azul y adornado con perlas y piedras preciosas, y sujetado con un broche de brillantes. De su cuello pendía la insignia de la Orden de la Jarretera y ostentaba también varias condecoraciones extranjeras, y cada vez que le daba la luz, las joyas resplandecían con deslumbrantes destellos. ¡Oh, Tom Canty, nacido en una pocilga, criado en el arroyo de Londres y familiarizado con los andrajos, la inmundicia y la miseria! ¿Qué espectáculo es ése?

LOS APUROS DEL PRÍNCIPE

Dejamos a Juan Canty arrastrando al verdadero príncipe a Offal Court, seguido por la plebe entregada al bullicio y a la hilaridad. No hubo entre la turba más que una persona que elevara la voz en favor del cautivo, pero no fue escuchada, ni apenas pudo oírse en medio de aquel enorme barullo. Continuó el príncipe luchando por su libertad y protestando por el brutal trato de que se le hacía objeto, hasta que Juan Canty perdió la poca paciencia que le quedaba y con repentino furor levantó su estaca de roble sobre la cabeza del príncipe, disponiéndose a asestarle un golpe. El único defensor del muchacho dio un salto para detener el brazo de aquel bruto y recibió el golpe en su propia muñeca. Canty refunfuñó:

— ¿Pretendes entrometerte? ¡Pues ahí tienes tu recompensa!

La estaca cayó sobre la cabeza del mediador. Se oyó un gemido, y un cuerpo se desplomó al suelo entre los pies de la multitud, y pocos momentos después yacía allí solo en la oscuridad. La turba siguió dándose empellones sin que su algazara fuese interrumpida por aquel incidente.

Poco después, el príncipe se hallaba en la morada de Juan Canty, con la puerta cerrada para alejar a los curiosos. A la tenue luz de una bujía de sebo ajustada en una botella, contempló los detalles del inmundo cubiche y sus moradores. Dos muchachas desgreñadas y una mujer de edad madura estaban acurrucados en un rincón, apoyadas en la pared, con el aspecto de animales acostumbrados a los malos tratos, que están siempre esperando con temor. En otro rincón había una bruja cubierta de harapos, con cabello enmarañado y mirada maligna.

Juan Candy, dirigiéndose a ésta, dijo:

— ¡Espera! Vamos a divertirnos de lo lindo. No lo vayas a echar a perder antes de empezar; después deja caer tu mano pesada tanto como te plazca. Ven aquí, pilluelo; repite tus majaderías, si no las has olvidado. Dime cómo te llamas. ¿Quién eres?

El insulto a su dignidad hizo subir la sangre a las mejillas del príncipe, que miró con fijeza e indignación el semblante de aquel rufián y dijo:

La mala crianza propia de los individuos de tu calaña se demuestra aquí en que me mandes a mí que hable. Te repito ahora, como ya te dije antes, que soy Eduardo, príncipe de Gales, y basta.

El asombro que causó a la bruja esta contestación le dejó los pies clavados en el suelo y el pecho casi sin aliento. Se quedó contemplando al príncipe con tal estupefacción, que el bergante de su hijo prorrumpió en una risotada estrepitosa. Pero el efecto fue distinto en la madre y en las hermanas de Tom Canty. Su temor a los daños corporales dio paso a una angustiosa preocupación de distinta índole. Se abalanzaron sobre el príncipe con semblante compungido y exclamaron, lastimeras:

— ¡Oh, Pobre Tom! ¡Pobre muchacho!

La madre cayó de rodillas ante el príncipe, le puso las manos sobre los hombros y le miré la cara con fijeza, con los ojos llenos de lágrimas.

—¡Oh, pobre hijo mío! –exclamó—. ¡Tus descabelladas lecturas te han llevado al final a esta desgracia! ¡Te han perturbado la razón! ¿Por qué no escuchaste mis advertencias? ¡Has destrozado el corazón de tu madre!

El príncipe la miró a la cara y le dijo cariñosamente:

—Tu hijo goza de perfecta salud, no ha perdido el juicio, buena mujer. Tranquilízate. Llévame a palacio, donde se halla ahora, y el rey mi padre te lo devolverá inmediatamente.

—¡El rey tu padre! ¡Oh, hijo mío! No repitas estas palabras, que pueden acarrear tu muerte y la de todos los que te rodean. Aparta de tu mente esa pesadilla horrible y, recobra tu perdida memoria. Mírame. ¿No soy yo tu madre, la que te dio la vida y que tanto te quiere?

El príncipe movió ligeramente la cabeza y dijo, apesadumbrado:

—Dios sabe cuánto lamento afligir tu corazón, pero la verdad es que nunca había visto tus facciones.

La mujer se desplomó sobre el suelo, sentada, y ocultando los ojos entre sus manos, prorrumpió en llanto desgarrador.

—¡Siga la comedia! —exclamó Canty—. ¡A ver, Nan! ¡A ver, Bet! ¡Tías groseras! ¿Te atreves a permanecer de pie en presencia del príncipe? ¡De rodillas, miserables pordioseras!

¡Hazle reverencia!

Dicho esto, Canty soltó una carcajada. Las muchachas comenzaron tímidamente a intervenir en favor de su "hermano".

—Como quieras, padre —dijo Nan—, pero déjale que se acueste, que descanse, y el sueño curará su locura. Te lo suplico, déjale dormir.

— ¡Oh, sí, padre! —intervino Bet—. Está más fatigado que de costumbre. Mañana volverá a ser el mismo, mendigará con diligencia y no volverá a casa con las manos vacías.

Esta observación detuvo la hilaridad del padre y le indujo a meditar sobre lo positivo. Entonces, volviéndose, indignado, de cara al príncipe, le dijo:

—Mañana tendremos que pagar dos peniques al dueño de este cubinche, óyelo bien, ¡dos peniques! Y todo ese dinero únicamente para el alquiler de medio año, de lo contrario nos echarán de aquí. ¡A ver, enséñame lo que has logrado reunir con tu manera perezosa de mendigar!

El príncipe contestó:

—No me ofendas con tus sórdidas elucubraciones. Te vuelvo a repetir que soy el hijo del rey.

Un manotazo brutal dado por Canty al hombro del príncipe hizo caer a éste, tambaleando, en brazos de la bondadosa mujer del bárbaro atropellador, que lo estrechó contra su pecho y lo defendió cuanto pudo de una verdadera lluvia de puñetazos y pescozones interponiendo su propia persona. Las muchachas, asustadas, fueron a acurrucarse en su acostumbrado rincón, pero la abuela se apresuró, rabiosa, a ir a ayudar a su hijo en el vapuleo. Entonces el príncipe se separó de la madre de Tom y dijo:

—No has de sufrir por mi culpa, señora. Déjame solo que esos cochinos hagan conmigo lo que se les antoje.

Estas palabras irritaron de tal manera a los aludidos cochinos, que, enfurecidos, pusieron manos a la obra sin pérdida de tiempo. Entre ambos zarandearon y golpearon a más y mejor al pobre muchacho, luego dieron también una tunda a las dos chicas y a su madre por haber demostrado simpatía por la víctima.

—Ahora —dijo Canty— ¡todo el mundo a la cama! La diversión me ha cansado.

Apagaron la luz y todos se acostaron. Tan pronto como los ronquidos del cabeza de familia y de la abuela demostraron que los dos estaban durmiendo, las muchachas se deslizaron sigilosamente hacia el rincón donde yacía el príncipe y le resguardaron tiernamente del frío con paja y pingajos. También la madre llegó furtivamente hasta él, le acarició el cabello y vertió lágrimas sobre su cuerpo, al mismo tiempo que le susurraba al oído palabras entrecortadas de compasión y de consuelo. Le había guardado, además, un bocado para que se lo comiera, pero los dolores que sentía el muchacho habían dejado a éste sin apetito..., por lo menos para comer mendrugos negros y sosos. Se sintió conmovido por la valiente y sufrida actitud de aquella buena mujer al defenderle y por la conmiseración que le demostraba, y le testimonió su gratitud con palabras nobles y principescas, rogándole luego que se fuera a dormir y olvidara sus sinsabores. Añadió que el rey su padre no dejaría sin recompensa su bondadosa abnegación y su lealtad. Esta vuelta a su "demencia" desgarró de nuevo el corazón de la buena mujer, que estrechó repetidamente al muchacho contra su pecho y, por fin, volvió a su yacija sumida en lágrimas

Mientras se hallaba tendida meditando con tristeza, empezó a sentir su espíritu atormentado por la idea de que aquel muchacho tenía algo indefinible que no era por cierto lo que distinguía a Tom Canty, loco o cuerdo. No le era posible determinar de qué se trataba y, sin embargo, su inteligente instinto maternal lo observaba y parecía descubrirlo. ¿Y si el muchacho no fuese realmente su hijo?. Pero no, ese pensamiento era absurdo. Y esta idea casi le hizo sonreír, a pesar de su aflicción y de sus penas. Pero aquel pensamiento no se desvanecía y persistía en atormentarla. La perseguía continuamente, la acosaba, se pegaba a ella, la dominaba y se negaba a alejarse de su cerebro y a ser olvidado. Al fin comprendió que su espíritu no podría calmarse hasta que pudiera hacer una prueba con la cual le fuese dable comprobar de una manera que no dejase lugar a dudas si aquel muchacho era o no su hijo. Ah, sí, éste era el mejor modo de salir del atolladero. Se puso, pues, a reflexionar cuál sería la mejor manera de llevar a cabo la prueba. Pero resultaba más difícil el proyecto que la realización. Iba meditando distintas formas, pero se veía obligada a desecharlas todas, pues ninguna ofrecía una seguridad completa, y una prueba imperfecta no podía satisfacerle. Evidentemente estaba atormentando en vano su cabeza y parecía indudable que iba a tener que desistir de su propósito. Pero mientras se sentía desanimada por esta preocupación, llegó hasta sus oídos la acompasada respiración del muchacho, que venía a anunciarle que éste se había dormido. Luego, al escuchar su regular resoplido, el niño exhaló un grito tenue de espanto, como el suspiro que interrumpe, a veces, la pesadilla de un sueño agitado. Este hecho casual sugirió a la buena mujer una idea luminosa, mil veces mejor que todos los planes que hasta entonces habíase forjado. Se puso, pues, en seguida febril y silenciosamente manos a la obra: encendió de nuevo la vela y dijo para sí: «Si entonces le hubiese visto, le habría reconocido. Desde aquel día, cuando era tan pequeño, en que se inflamó la pólvora en su cara, no se sobresaltó, tanto en sueños como despierto, sin taparse los ojos con las manos, como lo hizo aquel día, y no precisamente como lo harían otros chiquillos, con las palmas de la mano hacia dentro, sino siempre con las palmas de la mano hacia fuera. Lo observé centenares de veces y nunca dejó de hacerlo de la misma manera. Sí, ahora podré comprobarlo.»

Y con este pensamiento se deslizó hasta llegar junto al muchacho dormido, ocultando con la mano la llama de la bujía que llevaba en la otra. Se inclinó sobre él muy cautelosamente, conteniendo la respiración y la angustiosa excitación que lo dominaba y, súbitamente, acercó la luz a la cara del muchacho, al mismo tiempo que daba un golpe suave en el suelo con los nudillos de sus dedos. Los ojos del príncipe se abrieron completamente y dirigieron la mirada a su, alrededor, pero no hizo ningún gesto singular con sus manos.

La pobre mujer se quedó anonadada de sorpresa y de dolor, pero logró disimular sus emociones y tranquilizar al muchacho hasta hacerle nuevamente conciliar el sueño. Luego se apartó y se puso a meditar muy afligida sobre el desastroso resultado de su experimento. Procuraba convencerse de que la locura de Tom había disipado en éste su gesto habitual, pero no conseguía admitir esta posibilidad.

"No —decía para sus adentros—, sus manos no están locas y no pueden haberse desacostumbrado en tan poco tiempo a un gesto que le era habitual desde hacía tantos años. ¡Oh, qué día aciago para mí!".

Pero la esperanza era tan persistente en la pobre mujer como lo había sido antes la duda. No podía resignarse a admitir el veredicto de aquella prueba. Tendría que hacer otro ensayo porque tal vez el fracaso era debido a un accidente. Despertó, pues, al muchacho segunda y por tercera vez, a intervalos, con idéntico resultado, y al fin se arrastró hasta su yacija y, profundamente afligida, acabó por dormirse, diciendo:

—¡No puedo renunciar a él! ¡Tiene que ser mi hijo!

Habiendo cesado las interrupciones de la pobre madre y también, gradualmente, el dolor de su cuerpo vapuleado, el príncipe, con extrema facilidad, quedó sumido en un profundo sueño tranquilo. Transcurrió una hora tras otra y el muchacho seguía tan inmóvil como si estuviera muerto.

Pasaron así cuatro o cinco horas y, al fin, su estupor comenzó a aligerarse. De pronto, medio dormido y medio despierto, murmuró:

—¡Sir William!

Y al cabo de un rato, añadió:

—¡Hola, sir William Herbert! ¿Estás ahí? Ven y escucha el sueño más raro que... ¿Me oyes, sir William? He soñado que me convertía en mendigo y que... ¡Hola, guardias! ¡Sir William! ¿Cómo? ¿No hay aquí ningún caballero de servicio? ¡Ay! ¡Qué fastidio!

— ¿Qué te pasa? —susurró una voz junto a su lecho—. ¿A quién estás llamando?

—A sir William Herbert. ¿Quién eres tú?

— ¿Quién voy a ser sino tu hermana Nan? ¡Oh, Tom ¡Se me había olvidado! ¡Todavía estás loco! ¡Pobre chico! ¡Ojalá no hubiera despertado nunca más para no verte en este estado! Pero te suplico que domines tu lengua para que no nos azoten a todos hasta matamos.

El príncipe, estupefacto, se incorporó de un salto, pero el vivo dolor de sus contusiones le hizo darse cuenta de la realidad, y entonces, hundiéndose en el montón de paja inmunda en que descansaba, exclamó con un gemido:

— ¡Ay! ¡Entonces no era un sueño!

Inmediatamente todo el pesar y la miseria que el sueño había disipado volvieron a anonadarle, y comprendió que no era ya un príncipe mimado en su palacio, con los ojos adoradores de todo un pueblo fijos en él, sino un simple pordiosero, un paria cubierto de pingajos, prisionero en una guarida propia sólo para bestias y en compañía de mendigos y de ladrones.

En medio de su aflicción empezó a notar gran barullo y voces de hilaridad que resonaban, al parecer, a una o dos travesías de distancia. En aquel preciso momento se oyeron varios golpes dados a la puerta, y Juan Canty, cesando de roncar, preguntó:

— ¿Quién llama? ¿Qué quieres? Una voz contestó:

— ¿Sabes quién es la persona contra la cual descargaste el golpe con tu estaca?

—No lo sé ni me importa saberlo.

—Es posible que pronto cambies de parecer. Y sólo con la fuga podrás salvar tu gañote. En este momento el agredido está entregando el alma a Dios. ¡Es el cura, el padre Andrés!

— ¡Válgame Dios! —exclamó Canty.

Despertó en seguida a su familia y ordenó, bruscamente:

— ¡Levántenses todos y huyamos! ¡A no ser que quieran quedarse aquí para que nos maten a todos!

Apenas habían transcurrido cinco minutos que ya toda la familia Canty se hallaba en la calle huyendo para salvar su vida. Juan llevaba al príncipe de la mano y, haciéndole correr por los callejones sombríos, le iba diciendo, muy quedo:

— ¡Cuidado con tu lengua, maldito loco, y no pronuncies tu nombre! Yo tomaré otro nombre para despistar a los sabuesos de la ley. ¡Cuidado con tu lengua! ¡Y que, no tenga que repetírtelo!

Y dirigiéndose a los demás de su familia, añadió, refunfuñando:

—Si por casualidad llegamos a separarnos, que cada cual vaya al puente de Londres, y el que se encuentre primero frente a la última tienda de lencería que se ve desde el puente, que espere allí hasta que aparezcan los demás, para podernos escapar todos juntos hacia Southwark.

En aquel momento, la atolondrada familia salió de la oscuridad a la luz, y no sólo a la luz, sino en medio de una multitud que, en la orilla del río, cantaba, bailaba y vociferaba jubilosamente. Una línea interminable de hogueras se extendía a uno y otro lado del Támesis hasta perderse de vista. El puente de Londres y el de Southwark estaban iluminados. Todo el río resplandecía con el fulgor continuamente variable de los farolillos de colores y de los fuegos artificiales que esparcían por el firmamento su complicada luminosidad multicolor entre una copiosa lluvia de chispas deslumbrantes. Una inmensa muchedumbre invadía las calles.

Juan Canty lanzó una furiosa maldición y ordenó retirada, pero era demasiado tarde. Él y su tribu fueron engullidos por aquel inmenso océano humano y separados irremediablemente en un abrir y cerrar de ojos.

No incluimos, naturalmente, al príncipe al hablar de "tribu", pues Canty no lo soltaba ni un momento. En aquellos instantes, el corazón del muchacho latía vivamente con la esperanza de poder escapar. Un barquero robusto que a la sazón se hallaba muy exaltado por el exceso de licor, se vio rudamente empujado por Canty, que se esforzaba en abrirse paso entre la multitud, y poniendo su manaza sobre el hombro de éste, dijo:

—¿A dónde vamos con tanta prisa, amigo? ¿Está quizá tu alma gangrenándose por sórdidas preocupaciones mientras los hombres leales expresan su sincera alegría?

—Mis preocupaciones son cosa mía y nada te importan a ti —contestó Canty, con aspereza—. Quita tu mano de mi hombro y déjame pasar.

—Pues ya que demuestras tan mal humor, no pasarás hasta que hayas bebido y brindado a la salud del príncipe de Gales —replicó el barquero, cerrándole el paso resueltamente.

—¡Venga, pues, la copa, pero deprisa, de prisa!

Esta escena había llamado la atención de varios curiosos, que exclamaron:

—¡La copa de los brindis! ¡La copa de los brindis! ¡Que beba ese rufián con la copa de dos asas, si no quiere que le echemos al río para que sea pasto de los peces!

Trajeron la copa tradicional de dos asas, con la cual en la antigüedad se obligaba al bebedor a emplear sus dos manos, impidiendo así a éste que pudiera llevar a cabo alguna añagaza con una mano mientras bebía con la otra. El barquero, cogiendo la enorme copa por una de sus asas y fingiendo sostener con la otra mano el extremo de una servilleta imaginaria, se la ofreció a Canty en la forma empleada en otros tiempos. Este tuvo que coger la otra asa y quitar la tapa, como se hacía en la antigüedad, lo cual dejó libre al príncipe durante un segundo, y éste, sin perder tiempo, se sumergió en el mar de piernas que le rodeaba y desapareció. Un momento después no habría resultado más difícil encontrar una moneda de seis peniques perdida en el fondo del Atlántico que hallar al muchacho en medio de aquel enorme torbellino humano.

El príncipe se dio pronto cuenta de esta circunstancia, y olvidando en seguida a Juan Canty, se puso a reflexionar sobre su propia situación. Inmediatamente pensó en otra cosa: que en toda la ciudad, y en su lugar, se estaba festejando a un falso príncipe de Gales, y dedujo de ello que, sin duda, el golfillo pordiosero Tom Canty había aprovechado deliberadamente aquella preciosa ocasión para convertirse en usurpador. Por lo tanto, no había más que un camino a seguir, y éste era el que conducía al Ayuntamiento, donde él podría darse a conocer y denunciaría al impostor. También resolvió que concedería a Tom un tiempo prudencial para que pudiera pedir perdón a Dios y arrepentirse, y luego sería ahorcado, arrastrado y descuartizado, como era costumbre para los casos de alta traición en aquella época.

EN EL AYUNTAMIENTO

La gran barcaza real, remolcada y custodiada por su fastuosa flotilla se encaminó por el Támesis hacia abajo entre la espesura de botes iluminados. Resonaba en el aire la música, y toda la orilla del río resplandecía con el reflejo de alegres llamaradas. La ciudad se veía al lejos envuelto en una nube suavemente luminosa producida por sus innumerables fogatas invisibles. Por encima de ella se elevaban hasta el cielo finas espirales incrustadas de brillantes lucecitas, que, a lo lejos, producían el efecto de enhiestas lanzas cubiertas de joyas. La suntuosa flotilla era continuamente saludada con vítores entusiásticos y salvas de artillería.

Para Tom Canty, medio enterrado en almohadones de seda, aquellos sonidos y aquel espectáculo eran una sorprendente maravilla sublime e indecible, pero para las dos amiguitas que tenía a su lado, la princesa Isabel y Juana Grey, todo aquello no tenía nada de particular.

Al llegar a Dowgate, la flotilla subió por el límpido Walbrook (cuyo canal, durante dos siglos, ha ido quedando invisible entre una larga extensión de compactos edificios) hasta Bucklers—bury, dejando atrás una casa tras otra y pasando por debajo de puentes repletos de público bullicioso y espléndidamente iluminados. Por fin se detuvo en una ensenada, conocida hoy por Barge Yard (recinto de gabarras), que se halla en el centro de la antigua ciudad de Londres. Allí desembarcó Tom, y seguido de su fastuosa comitiva atravesó Cheapside y anduvo poco trecho a través de la Old Jewry (Vieja Judería) y la Basinghall Street hasta el Guilhall.

Tom y las jóvenes damas que le acompañaban fueron recibidos con la debida ceremonia por el alcalde y los patricios de la villa, que lucían sus cadenas de oro y sus lujosas vestiduras escarlata. Fueron conducidos hasta un dosel instalado en lo alto del gran salón, precedidos por heraldos que iban dando voces para abrir paso, y por el portador de la maza y de la espada de la ciudad.

Los lores y las damas que habían de atender a Tom y a sus dos amiguitas se situaron detrás de sus señores. Ante una mesa más baja tomaron asiento los grandes de la Corte y otros huéspedes de alto rango y los magnates de la ciudad. Los parlamentarios ocuparon una porción de mesas en el piso principal del vestíbulo. Desde su elevado puesto, los gigantes Gog y Magog, antiguos guardianes de la villa, contemplaban aquel espectáculo al cual estaban ya acostumbrados los ojos de muchas generaciones. Hubo un toque de clarín, y después de anunciarlo el heraldo, apareció el despensero, seguido de sus ayudantes transportando solemnemente un regio solomillo de buey, humeante y preparado para el cuchillo.

Después de la oración de acción de gracias, Tom, que había sido ya oportunamente instruido, se levantó, y toda la concurrencia se puso también en pie. Bebió con la princesa Isabel en una espléndida copa de oro de dos asas. Luego la copa pasó de ellos a Juana Grey y después fue pasando por todas las manos de los allí reunidos. Así comenzó el banquete.

A medianoche el festín alcanzó su punto álgido. Entonces tuvo lugar uno de aquellos pintorescos espectáculos tan admirados antiguamente. Así lo describe en singulares palabras, el cronista que lo presenció:

"Se despejó el centro de la sala, e hicieron su entrada un barón y un conde ataviados a la turca, con largas túnicas bordadas en oro, turbantes de terciopelo carmesí con rodetes de oro, y que ceñían dos cimitarras. Detrás de ellos venían otro barón y otro conde, vestidos con trajes de satén amarillo cruzados por franjas de satén blanco, al estilo ruso. Se tocaban con gorros de piel gris, llevaban un hacha y calzaban botas con una larga punta vuelta hacia arriba. Les seguía un caballero, y el lord almirante acompañado de cinco nobles con escotados jubones de terciopelo carmesí abrochados en el pecho con cadenas de plata; sobre ellos llevaban cortas capas del mismo color, y en la cabeza, sombreros adornados con plumas de pavo real, como los danzarines. Estos iban ataviados al estilo de Prusia. Los portadores de antorchas, que serían unos cien, iban vestidos de satén rojo y verde, como los moros, y sus rostros estaban ennegrecidos.

Después apareció una mommarye y luego los juglares, también disfrazados, ejecutaron una danza. Las damas y caballeros se pusieron asimismo a bailar con tal frenesí, que era un placer contemplarlos".

Y mientras Tom presenciaba desde su elevado sitial aquellas danzas "salvajes", admirando el destello deslumbrador de los colores calidoscópicos de aquel impetuoso torbellino de figuras llamativas y vistosas, el harapiento, pero verdadero príncipe de Gales estaba exponiendo sus derechos y sus agravios en el umbral del Ayuntamiento, denunciando al impostor y rogando a gritos qué se le dejara franquear la verja de Guildhall. La multitud, extraordinariamente divertida con este episodio, se apretujaba afanosamente y estiraba el cuello hasta desnudarse para ver al pequeño alborotador. Los curiosos empezaron en seguida a dirigirle improperios y a burlarse de él con objeto de exasperarle todavía más, lo cual aumentaba la hilaridad de aquella gente.

Lágrimas de mortificación asomaron a los ojos del muchacho, pero se mantuvo firme y adoptó ante la plebe una actitud regia muy retadora. Pero continuaron las mofas, y el príncipe, cada vez, más ofendido, exclamó:

—¡Les repito, manada de perros de mala ralea, que soy el príncipe de Gales! Y a pesar de verme desamparado y sin amigos, sin ni siquiera alguien que pronuncie una sola palabra de compasión o de auxilio hacia mí, nadie me hará abandonar mi puesto, que conservaré a toda costa.

—Tanto si eres príncipe como si no lo eres, pues lo mismo me da, me resultas un muchacho valiente y no te han de faltar amigos. Aquí estoy yo a tu lado para demostrarlo. Y he de decirte que por más que anduvieras buscando llegarías a cansar tus piernas sin encontrar mejor amigo que Miles Hendon. No te esfuerces en convencerles con tu palabrería, hijo mío. Yo sé hablar perfectamente el lenguaje de esa repugnante jauría.

El que se expresaba en estos términos era una especie de hidalgo castellano, tanto por su traje corno por su porte y todo su aspecto. Era alto, esbelto y musculoso. Su jubón y sus calzones eran de tela rica, pero pelada y descolorida, y sus adornos de encaje de oro estaban lastimosamente desastrados, Su golilla estaba estropeada, y la pluma de su chambergo estaba rota y tenía un aspecto lamentable de suciedad y de abandono. Llevaba al costado un largo estoque en una vaina de hierro oxidada, y tenía en conjunto la apariencia inmediata e inconfundible de un espadachín pendenciero.

Las palabras de aquel individuo estrafalario fueron acogidas por un estallado de exclamaciones burlescas y carcajadas. Hubo alguien que gritó: "¡Es otro príncipe disfrazado. ¡Domina tu lengua, amigo! ¡Parece ser peligroso!... ¡Mira qué ojos tiene!". Y: "¡Aparten al muchacho!". "¡Llevemos al zopenco al abrevadero!":

Al instante, inducida por esta luminosa idea, una mano cayó sobre el príncipe, pero al propio tiempo el forastero desenvainó la espada y el mal intencionado instigador cayó al suelo a consecuencia de un fuerte golpe de plano con la hoja de acero. Inmediatamente se oyeron muchas voces que gritaban a coro:"¡Maten a ese perro! ¡Mátenlo, mátenlo!". Y la turba se abalanzó sobre el valiente que, poniéndose de espaldas a una tapia, comenzó a blandir la espada como un loco. Sus víctimas caían aquí y allí, pero la turba se precipitaba contra el campeón con furia incesante. Los momentos de vida de éste eran contados, su muerte cierta, cuando, inesperadamente, sonó un toque de clarín y una voz gritó: "¡Paso al mensajero del rey!", y dicho esto se presentó en seguida un grupo de jinetes que, realizando una carga contra la muchedumbre, la dispersó en un instante, pues todo el mundo corría a más y mejor para ponerse a salvo. El intrépido desconocido tomó al príncipe en sus brazos y pronto se halló lejos del peligro y de la multitud.

Volvamos al interior del Ayuntamiento. De repente, dominando la estrepitosa alegría popular y el bullicio atronador del festival, se dejó oír la nota aguda del clarín. Hubo un momento de silencio, un prolongado siseo, y luego una sola voz, la del mensajero de palacio, comenzó a pronunciar una proclama que fue escuchada de pie por toda la muchedumbre.

El mensajero anunció solemnemente:

— ¡El rey ha muerto!

Todo aquel gentío inclinó la cabeza sobre su pecho y así permaneció unos momentos en silencio, hasta que todo el mundo cayó simultáneamente de rodillas, y tendiendo las manos hacia Tom resonó un grito estruendoso que pareció hacer estremecer al edificio:

— ¡Viva el rey!

Los ojos asombrados del pobre Tom vagaron de una a otra parte ante el sorprendente espectáculo y, finalmente, se fijaron, soñadores, en las dos princesas que tenía junto a él, arrodilladas, y luego en el conde de Hertford. Sus facciones revelaron una intención repentina. Y acercándose al oído del conde le susurró muy quedo:

—Contéstame lealmente, por tu fe y por tu honor. Si yo diera ahora aquí una orden que sólo un rey pudiera tener el privilegio de dictar, ¿sería obedecido mi mandato sin que nadie opusiera objeciones?

—Nadie en todo este reino las opondría, señor. En tu persona reside la Majestad de Inglaterra. Eres el rey y tu palabra es ley.

Tom contestó en voz alta, con energía y vivacidad:

—Entonces, en lo sucesivo, la ley del rey será ley de perdón y nunca más ley de sangre. ¡Levántate! Ve a la Torre y anuncia que el rey ha decretado que el duque de Norfolk no sea ejecutado.

Estás palabras pasaron rápidamente de boca en boca de un extremo a otro del salón, y cuando Hertford salió a toda prisa para cumplir la orden, estalló otro grito unánime de entusiasmo:

— ¡El reinado sangriento ha terminado! ¡Viva el rey Eduardo de Inglaterra!

EL PRÍNCIPE Y SU LIBERTADOR

Tan pronto como Miles Hendon y el joven príncipe se vieron libres de la turba se dirigieron hacia el río por callejones angostos. No hallaron obstáculos en el camino hasta que estuvieron cerca del puente de Londres, y entonces volvieron a meterse entre la multitud, pero Hendon no soltó todavía al príncipe, es decir, al rey, que llevaba cogido de la mano.

La gran noticia se había divulgado ya por doquier, y Eduardo se enteré de ella por millares de voces que exclamaban al unísono "¡El rey ha muerto!". El anuncio de este importante suceso hizo estremecer el corazón, del pobre muchacho desamparado, que comenzó a temblar por efecto de la intensa emoción. Dándose cuenta de su pérdida incalculable, se sintió dominado por un muy profundo pesar, porque el tirano cruel que había aterrorizado a todo su pueblo le había demostrado siempre a él generosidad y cariño. Asomaron las lágrimas a sus ojos y le turbaron la vista. Durante unos instantes se juzgó la más abandonada e infeliz de las criaturas de Dios. Poco después resonó en la noche hasta muchas millas a la redonda otro grito atronador de "¡Viva el rey Eduardo!" y esto hizo centellear los ojos del muchacho y le estremeció de orgullo hasta las yemas de los dedos.

— ¡Ah! —pensó—. ¡Cuán extraordinario e inexplicable parece! ¡Soy rey!

Nuestros héroes se abrieron paso lentamente por entre la multitud que ocupaba por completo el puente. Aquella construcción, que contaba seiscientos años de existencia y había sido durante todo ese tiempo un lugar muy frecuentado y ruidoso, era curioso, porque había en él toda una hilera de tiendas y de almacenes, con habitaciones para las familias en su piso superior, que se extendía a ambas orillas del río. Aquel puente constituía, por sí solo una especie de ciudad, con sus hosterías, sus mercados, sus cervecerías y panaderías, sus manufacturas e incluso su iglesia. Se hallaba entre los dos distritos vecinos que ponía en comunicación, Londres y Southwark, a los que parecía considerar sus propios suburbios, sin concederles, desde luego, particular importancia. Era una especie de sociedad cerrada, por así decirlo; era una ciudad estrecha, de una sola calle de una quinta parte de milla de largo; su población no era más que la de un simple villorrio, y todo el mundo en ella conocía íntimamente a sus conciudadanos, y había tratado con igual intimidad a sus padres antes que a ellos, perfectamente enterado de los más ínfimos asuntos familiares del prójimo. Tenía, naturalmente, también su aristocracia, sus distinguidas y viejas familias de carniceros, panaderos y otros comerciantes por el estilo que venían ocupando aquellos mismos locales desde hacía quinientos o seiscientos años, y conocían de cabo a rabo la gran historia del puente, con todas sus extrañas leyendas. Aquella gente había acabado por hablar un lenguaje particular creado en el puente, y hasta sus pensamientos y su afición peculiar a mentir eran también propias del puente. Era una especie de población que por fuerza tenía que ser tan jactancioso como ignorante.

Los niños nacían en el puente, se criaban en él Y allí llegaban a viejos sin haber puesto los pies en ninguna parte del mundo que no fuera el Puente de Londres. La vecindad en cuestión se imaginaba, naturalmente, que la interminable procesión bulliciosa que circulaba por su calle noche y día, con su confuso barullo de voces, gritos, relinchos y pateos, era la cosa más grande del mundo, y que ella, en cierto modo, era la dueña de aquel lugar. Y así lo era, en efecto... o por lo menos como tales podían considerarse sus moradores desde sus ventanas, particularmente cuando un rey o un héroe que regresaban daban motivo a algunos festejos, pues no había mejor sitio que aquél para poder presenciar perfectamente el desfile de las largas y pomposas comitivas.

Los que habían nacido en el puente, cuando se alejaban de él, encontraban la vida aburrida e insoportable. La historia nos habla de uno de esos habitantes del puente que lo abandonó a la edad de setenta y un años para ir a vivir retirado en el campo, pero el silencio de la campiña le puso nervioso, y como por la noche le impedía conciliar el sueño, desesperado y casi enfermo, decidió por fin volver a su antiguo hogar. Su carácter se había vuelto intratable y se había convertido en un espectro macilento. Cuando se halló de nuevo en Londres, se entregó al descanso reparador y a los sueños deliciosos, mecido por el agradable rumor de las aguas y por el bullicio atronador del Puente de Londres.

Por aquel entonces, el puente suministraba "lecciones prácticas" de historia de Inglaterra a los niños, al permitirles contemplar las lívidas y putrefactas cabezas de los hombres famosos, hincadas en las afiladas puntas de sus portalones de hierro. Pero me estoy apartando de mi narración.

Hendon se hospedaba en la pequeña posada del puente. Al acercarse, pues, al umbral de ésta, acompañado de su amiguito, se oyó una voz bronca que decía:

—¡Ah! ¡Por fin has vuelto! ¡Ahora ya no vas a escaparte más! ¡Te lo aseguro! Y ten por cierto también que voy a machacarle los huesos hasta hacerlos papilla para que aprendas a no hacerme esperar en otra ocasión cualquiera.

Y dicho esto, Juan Canty alargó la mano con intención de agarrar al muchacho, pero Miles Hendon se interpuso, diciendo:

—No tan de prisa, amigo. Me parece que no tienes necesidad de ser tan brusco. ¿Qué te importa a ti este muchacho?

—Si tu ocupación es meterte en los asuntos de los demás, te diré que este chico es mi hijo.

—¡Es mentira! —exclamó, indignado, el reyecito.

—Muy bien dicho y te creo, hijo mío, tanto si tu cabecita está sana como si la tienes trastornada. Pero poco importa que ese rufián sea o no sea tu padre, pues no te entregaré a él para que te pegue y te maltrate como amenaza, si es que prefieres quedarte conmigo.

—¡Sí quiero quedarme con vos! ¡No conozco a ese hombre, me repugna, y antes que ir con él prefiero morir!

—Entonces, asunto concluido. No hay más que hablar.

—¡Eso ya lo veremos! —vociferó Juan Canty, acercándose a Hendon con intención de coger al muchacho—. De buen grado o por la fuerza.

—Si te atreves a tocarlo, desperdicio viviente, te ensartaré como a un pato —repuso Hendon, cerrándole el paso y empuñando la espada.

Canty retrocedió y Hendon continuó diciendo

—Te advierto que he tomado a este muchacho bajo mi protección cuando una turba de individuos de tu calaña pretendía maltratarlo y quizá lo habría matado. ¿Te figuras, pues, que ahora voy a entregarlo a un destino peor? Porque tanto si eres su padre como no... y me permito decir y creer que eso es una mentira, una muerte decorosa e instantánea sería mucho mejor para él que la vida en manos tan brutales como las tuyas. Sigue, pues, tu camino y pronto, porque no me gusta hablar en vano ni me sobra la paciencia.

Juan Canty optó por alejarse refunfuñando maldiciones y amenazas hasta que desapareció entre la muchedumbre. Hendon subió tres tramos de escalera hasta llegar a su habitación acompañado del chiquillo, después de ordenar que les sirvieran de comer. Era un cuarto pobre con una cama destartalada y alguna que otra pieza suelta de mobiliario viejo. Estaba muy tenuemente iluminado por dos cabos de vela. El reyecito se arrastró hasta la cama y se tendió en ella, casi exhausto de hambre y de fatiga. Había estado de pie una gran parte del día y de la noche, pues eran entonces las dos o las tres de la madrugada y, además, no había probado bocado. Soñoliento, murmuró:

—Les ruego que me llamen cuando esté puesta la mesa. Y dicho esto se quedó profundamente dormido.

Hendon, con una sonrisa en los labios, murmuró para sí:

— ¡Vaya con el pordioserillo ese! Se mete en el aposento del prójimo y le usurpa la cama con una graciosa desenvoltura tan natural como si fuese el dueño, sin ni siquiera decir "con permiso", "discúlpenme" o algo por el estilo. En el desvarío de su demencia, ha afirmado que era el príncipe de Gales, y lo cierto es que sostiene gallardamente su rango. ¡Pobre ratoncillo sin amigos! Sin duda los malos tratos han perturbado su cerebro. Pues bien, yo seré su amigo. Le he salvado y hay en él algo que me atrae irresistiblemente. Siento cariño por ese golfillo procaz. ¡Con qué actitud marcial ha hecho frente a la chusma y le ha lanzado su reto arrogante! ¡Y qué cara tan bonita, tan dulce y fina tiene ahora que el sueño ha disipado sus contratiempos y sus pesares! Yo le educaré, curaré su enfermedad... Sí, seré su hermano mayor, le cuidaré y velaré por él constantemente. ¡Y quien pretenda avergonzarse o hacerle algún daño, ya puede encargar su propia mortaja, porque la necesitará, aunque por ello me condenen a ser quemado vivo!

Se inclinó sobre el chiquillo, le contempló con interés bondadoso y compasivo, le dio unos suaves golpecitos en la mejilla, y le desenmarañó cuidadosamente los rizos con su manaza de piel morena. Un ligero escalofrío recorrió el cuerpo del joven, y Hendon dijo para sus adentros:

"¡Vaya torpeza la mía! ¡Dejarlo yacer aquí sin taparlo, para que el reuma se apodere de su cuerpo! ¿Qué voy a hacer ahora? Si lo cojo y lo meto dentro de la cama, se despertará; y necesita, indudablemente, descansar".

Miró a su alrededor en busca de ropa para cubrirlo, y no encontrando nada, se quitó el jubón y envolvió con él al muchacho, diciendo para sí: "Como estoy acostumbrado a las punzadas del viento y a la falta de abrigo, no sufriré mucho por el frío". Y se puso a andar por el cuarto con objeto de mantener su sangre en continua moción, mientras seguía su monólogo.

"Su mente perturbada le hace creer que es el príncipe de Gales. Será algo muy original continuar teniendo aquí a un príncipe de Gales ahora que el que era príncipe ha dejado de serio, para convertirse en rey. Porque su pobre cerebro tiene sólo una idea fija, y en su desvarío no razonará que ahora tiene que dejar de llamarse príncipe y considerarse rey. Si mi padre vive todavía, después de estos siete años en que no he sabido nada de mi casa en mi mazmorra extranjera, acogerá bien al infeliz muchacho, y en atención a mí, consentirá en albergarlo en casa. Lo mismo hará mi buen hermano mayor, Arturo. Mi otro hermano, Hugo..., pero si se interpone le voy a romper la crisma, por zorro y mal intencionado. Sí, hacia allí nos iremos, y más que de prisa".

Entró un criado con comida humeante; la colocó encima de una mesita, arrimó a ésta las sillas y se retiró, dejando que los modestos huéspedes se sirvieran ellos mismos. Cerré la puerta tras de él con tal estrépito, que el muchacho se sentó en la cama y miró alegremente a su alrededor. Pero en seguida sus facciones expresaron una profunda aflicción y sus labios murmuraron:

—¡Ay! ¡No era más que un sueño! ¡Qué desgraciado soy!

Se fijó luego en el jubón de Miles Hendon que le cubría, y mirando al dueño de la prenda, comprendió e sacrificio que éste había hecho por él, y le dijo, cariñosamente:

—Eres muy bueno para conmigo, sí, muy bueno. Toma esto y pótenlo, yo ya no lo necesito.

Entonces se levantó, y dirigiéndose a un rincón donde había un palanganero, se quedó allí esperando. Hendon, muy animado, le dijo:

—Bien, ahí tenemos una sopa sabrosa y un buen bocado, todo humeante y oloroso. Eso y tu sueño reparador volverán a hacer de ti un hombrecito intrépido.

El muchacho no contestó y sólo dirigió una mirada de sorpresa y de cierta impaciencia al alto caballero de la espada. Hendon preguntó extrañado

— ¿Qué te pasa?

—Buen señor, quisiera lavarme.

— ¡Ah! ¿Nada más que eso? No pidas permiso a Miles Hendon para nada que te apetezca. Bienvenido a esta casa. Puedes hacer lo que te convenga con entera libertad.

Pero el muchacho seguía inmóvil, es más: una o dos veces pateó ligeramente con impaciencia. Hendon, perplejo, preguntó:

—Pero ¿qué esperas?

—Te ruego que eches el agua en el palanganero y no gastes tantas palabras.

Hendon contuvo una risotada y dijo para sus adentros: "¡Por todos los santos del cielo, eso es admirable!". Se adelantó presuroso y cumplió la orden del pequeño insolente. Luego se quedó como atontado por una especie de estupefacción, hasta que una nueva orden le despertó de su azoramiento.

—¡La toalla... pronto!

Cogió la toalla bajo las mismas narices del muchacho y se la entregó sin chistar. Después procedió a lavarse, a su vez, la cara, y mientras lo estaba haciendo, su hijo adoptivo se sentó a la mesa y se dispuso a comer. Hendon terminó su aseo con presteza y luego, cogiendo otra silla, se disponía a sentarse también cuando el muchacho, indignado, le advirtió:

—¿Qué es eso? ¿Te atreves a sentarte en presencia del rey?

Este golpe llegó hasta lo más hondo del alma de Hendon, pero pensó: "La locura de este pobre chiquillo está a la altura de las circunstancias actuales. Ha variado con el gran cambio habido en el reino, y ahora se le antoja que es el monarca... Pero le seguiremos la corriente, puesto que no hay más remedio... ¡no vaya a ser que me mande a la Torre!".

Y encontrando esta broma agradable, apartó la silla de la mesa, se situó detrás del rey y se dispuso a servirle con los modales más cortesanos de que se viera capaz.

Mientras el rey comía, el rigor de su real dignidad disminuyó un poco, y con una satisfacción que iba en aumento, sintió el deseo de hablar y dijo.

—Si no me equivoco, tengo entendido que te llamas Miles Hendon.

—Sí, señor —repuso Miles mientras iba pensando: "Para seguirle la corriente a este muchacho loco tendré que llamarle ′señor′ y ′majestad′. No conviene hacer las cosas a medias y no he de detenerme ante nada de lo que se refiere al papel que estoy representando, pues, de lo contrario, cumpliré mal mi cometido y no serviré bien esta causa bondadosa y caritativa.

El rey se reanimó con un nuevo vaso de vino, y dijo:

—Me gustaría saber quién eres. Cuéntame tu historia. Tienes un carácter generoso e hidalgo.

¿Naciste noble?

—Nos hallamos en la cola de la nobleza, Majestad. Mi padre es barón, uno de los lores de menor importancia que obtuvo el título por servicios caballerescos. Se llamaba Ricardo Hendon, de Hendon Hall, junto a Monk's Holm, en el condado de Kent.

—No recuerdo tal nombre. Continúa. Cuéntame tu historia.

—No es muy larga, Majestad, pero tal vez te pueda distraer, a falta de otra. Mi padre, sir Ricardo era muy rico, y de carácter en extremo generoso. Mi padre falleció cuando yo era todavía un niño. Tengo dos hermanos: Arturo, el mayor, con un alma igual a la del padre, y Hugo, menor que yo, que es un espíritu mezquino, codicioso, traidor, vicioso, astuto... un verdadero reptil. Así nació en su cuna, y tal vez era hace diez años, cuando le vi por última vez: un rufián de diecinueve años. En aquel entonces yo tenía veinte y Arturo veintidós. No tengo más familia, exceptuando a mi prima lady Edith, que a la sazón era una joven de dieciséis abriles, hermosa y muy buena muchacha. Es hija de un conde, la última de su estirpe, heredera de una gran fortuna y de un título prescrito. Mi padre era su tutor. Yo le amaba y ella también me quería, pero quedó prometida a Arturo desde la cuna; y sir Ricardo no consintió que se deshiciera el contrato. Arturo estaba enamorado de otra joven, y nos alentaba con dulces esperanzas, prediciendo que con el tiempo la suerte favorecería nuestros propósitos. Hugo codiciaba la fortuna de lady Edith, pero fingía amar a mi prima. Siempre tuvo la costumbre de decir lo contrario de lo que pensaba. Pero su picardía no consiguió burlar a la doncella. Pudo engañar a mi padre, pero a nadie más. Mi padre le quería más a él que a los demás, y le tenía una confianza ciega, porque era el hijo menor y los demás le odiaban, circunstancias éstas que en todas las épocas fueron siempre suficientes para granjearse el amor de un padre. Hugo tenía una manera de hablar muy afable y persuasiva y una disposición extraordinaria para la mentira, cualidades que constituyen una buena ayuda para conseguir el más acendrado de los afectos. Yo estaba furioso..., podría decir más que furioso, furiosísimo, aunque era un furor salvaje, pero ingenuo, puesto que a nadie perjudicaba como no fuera a mí mismo, ni trajo baldón ni pérdida, ni germen alguno de crimen o de bajeza que no alcanzara a mi noble condición.

"Sin embargo, mi hermano Hugo supo sacar partido de estos defectos y de mi indignación, al ver que la salud de nuestro hermano Arturo dejaba mucho que desear, pues esperaba que su muerte podría beneficiarle si yo le dejaba el camino expedito, de manera que..., pero éste sería un relato demasiado largo que no vale la pena explicar. Diré, pues, brevemente, que mi hermano procuró exagerar mis defectos hasta convertirlos en crímenes y terminó su labor miserable y calumniosa fingiendo haber hallado en mi habitación una escalera de seda, que él mismo puso en mi dormitorio, y convenció a mi padre con ella y con la falsa declaración de algunos criados sobornados y otros villanos, de que yo proyectaba raptar a Edith para casarme con ella, en manifiesto desacato a la voluntad paterna.

"Como consecuencia de todo eso, mi padre dijo que tres años de destierro lejos de mi hogar y de Inglaterra podrían convertirme en un soldado, en un hombre entero y al mismo tiempo prudente. Sufrí duras pruebas en las guerras continentales, durante las cuales aprendí lo que eran los rudos golpes, las terribles privaciones y las arriesgadas aventuras, pero en la última batalla fui hecho prisionero, y durante los siete años que han transcurrido desde entonces, he vivido en tierra extraña encerrado en una mazmorra. Con ingenio e intrepidez logré evadirme y vine directamente aquí, donde acabo de llegar falto de recursos, y de ropa, y más falto todavía de noticias relativas a Hendon Hall, de cuyos moradores no he sabido nada durante esos siete años sombríos. Y con esto, señor, queda explicada mi insignificante historia.

—Te hicieron víctima de un vergonzoso ultraje —exclamó el pequeño monarca, con ojos centelleantes. Pero yo te vengaré... ¡Te lo juro por la cruz! ¡Lo ha dicho el rey!

Entonces, enardecido por el relato de los agravios de Miles, dio rienda suelta a su lengua y se vertió la historia de sus recientes desgracias en los oídos de su atónito interlocutor.

Cuando hubo acabado, Miles se dijo para sus adentros:

"¡Caramba, qué imaginación tiene el muchacho! Decididamente no es un espíritu vulgar, pues si lo fuera, loco o cuerdo, no le sería posible pintar un cuadro tan real y pintoresco, ni representar una escena tan original. ¡Pobre cabecita enferma! ¡No te faltará un amigo y un amparo mientras yo figure entre los vivos! Te tendré siempre a mi lado. Serás mi niño mimado, mi pequeño compañero... Y recobrarás la salud. Entonces se hará un nombre y yo podré decir: Sí, este muchacho es mío, yo lo recogí cuando era un miserable golfillo sin hogar, pero comprendí que anidaban en su alma ideas muy elevadas y que llegaría un día en que sería famoso... Miradle, observadle... ¿Tuve o no tuve razón?".

El rey habló con voz mesurada y semblante pensativo:

—Me has librado de la injuria y de la vergüenza y, tal vez, me has salvado también la vida, y con ello mi corona. Un favor como éste merece muy espléndida recompensa. Dime qué deseas, y tu pretensión está al alcance de mis atribuciones reales, será complacida.

Esta proposición fantástica sacó a Hendon de sus meditaciones. Estaba ya a punto de dar gracias al rey y dejar la cuestión de lado, manifestando que no había hecho más que cumplir con su deber y que no anhelaba recompensa, cuando, de pronto, acudió a su mente una idea más sensata, y pidió permiso para guardar silencio durante unos momentos y reflexionar la generosa oferta, a lo cual accedió gravemente el monarca, considerando que era mejor no precipitarse en un asunto de tanta importancia.

Miles meditó durante breves instantes y dijo para sus adentros: "Sí, ese es. Por cualquier otro medio me sería imposible lograrlo... y por cierto que la experiencia de estas últimas horas pasadas me ha demostrado que sería penosísimo e inconveniente seguir como ahora. Sí, lo propondré... Fue una casualidad afortunada que no dejara perder la ocasión".

Después de pensado esto, Miles hincó la rodilla y dijo:

—Mi pobre servicio no ha llegado a más que al simple deber de un vasallo y, por lo tanto, no tiene ningún mérito; pero puesto que Vuestra Majestad considera que merece una recompensa, voy a permitirme hacer una petición a tal efecto: Hará cosa de unos cuatrocientos años, como Vuestra Majestad no ignora, estando enemistados Juan, rey de Inglaterra, y el rey de Francia, se decretó que dos campeones; tendrían que combatir en el palenque con objeto de poner fin a la disputa con lo que se dio en llamar juicio de Dios.

Reunidos, pues, los dos mencionados monarcas y el rey de España para ser testigos del combate y juzgarlo, apareció el campeón francés, tan temible, que nuestros caballeros ingleses se negaron a medir sus armas con él. Por ello, aquella cuestión, por cierto, muy grave, estuvo a punto de ser fallada en contra del soberano inglés por falta de contrincante en la lucha decisiva. Lord de Courcy, el más potente brazo de Inglaterra, se hallaba a la sazón en la Torre, despojado de sus honores y de sus posesiones y consumiéndose en largo cautiverio. Se recurrió, pues, a él, que accedió y se presentó armado de punta en blanco para el combate, y apenas contempló el francés su cuerpo hercúleo y oyó su famoso nombre, huyó más que de prisa, y el rey de Francia perdió su causa. Entonces el rey Juan restituyó a De Courcy sus títulos y sus posesiones y le dijo: "Dime lo que deseas y te lo concederé, aunque haya de costarme la mitad de mi reino". A lo cual De Courcy, hincando la rodilla como ahora yo estoy haciendo, contestó a su soberano: "Pido una sola cosa, señor, y es que yo y mis sucesores tengamos y conservemos el privilegio de permanecer cubiertos delante del rey de Inglaterra mientras perdure el trono". Como Su Majestad no ignora, la merced fue concedida, y como en estos cuatrocientos años a la familia nunca le ha faltado hasta el día de hoy el jefe de la antigua casa lleva ante la majestad del rey la cabeza cubierta con el sombrero o el yelmo, sin la menor dificultad y sin que nadie más pueda hacerlo. Invocando, pues, este precedente, en apoyo de mi petición, suplico a Su Majestad que me otorgue esta gracia y privilegio... como más que suficiente recompensa para mí... y ninguna otra cosa más, sino sólo que yo y mis herederos tengamos para siempre autorización para sentarnos en presencia del rey de Inglaterra.

—Levántate, sir Afiles Hendon, caballero —dijo gravemente el rey, dando a aquél el espaldarazo con su propia espada—. Levántate y siéntate. Tu petición queda concedida. Mientras Inglaterra exista y continúe su corona, su privilegio no desaparecerá.

Su Majestad se apartó y comenzó a andar por la habitación, cavilando, y Hendon, dejándose caer en una silla, se quedó contemplándole, pensando: "Ha sido una idea acertada que me ha procurado un gran consuelo, porque mis piernas están fatigadísimas. De no habérseme ocurrido, indudablemente habría tenido que estar de pie durante semanas enteras, hasta que el cerebro del pobre muchacho hubiera recobrado la salud... ¡Y heme aquí convertido en un caballero del reino de los sueños y de las sombras! Para un hombre tan realista como yo, esta situación es, en verdad, muy particular y extraña. No quiero reírme, ¡Dios me libre!, porque esto que para mí es tan inverosímil, tan insustancial, para el muchacho es real. Y para mí, de cierto modo, tampoco es una falsedad, porque refleja fielmente el espíritu dulce y generoso de este jovencito.

—Y después de una pausa, reflexionó finalmente—: ¡Ah, si me llamara con mi elevado título delante de la gente! ¡Vaya contraste entre mi gloria y mis pobres prendas de vestir! Pero no importa, llámeme como quiera, si éste es su gusto, estaré muy contento".

LA DESAPARICIÓN DEL PRÍNCIPE

Una profunda modorra adormecía ahora a los dos compañeros.

—Quítenme esos harapos —dijo el reyecito, refiriéndose a su lamentable atavío.

Hendon desnudó al muchacho sin objetar nada, sin pronunciar palabra, le tendió en la cama, lo arropó y, mirando en torno de la habitación, dijo para sus adentros, tristemente:

"¡Otra vez me vuelve a quitar mi cama! ¿Y qué hago yo ahora?".

El reyecito se dio cuenta, de su perplejidad y la disipó con la siguiente indicación que pronunció soñoliento:

—Tú dormirás atravesado en la puerta y la guardarás celosamente.

Poco después se hallaba ya libre de sus desazones, sumido en un profundo sueño.

"¡Caramba con el muchacho! ¡Decididamente habría tenido que nacer rey —se dijo Hendon, admirado—, pues representa su papel a las mil maravillas!".

Y se tendió en el suelo de parte a parte de la puerta, pensando con alegre resignación: "Peor cama tuve durante siete años. Encontrar esto insoportable —sería una ingratitud hacia el Altísimo".

No concilió el sueño hasta el amanecer. Hacia el mediodía se levantó, destapó muy cautelosa mente a su protegido y tomó la medida de su cuerpo con un cordel. Pero no había terminado todavía la operación cuando el rey se despertó, se quejó de frío y le preguntó qué estaba haciendo.

—Ya he terminado, señor, —repuso Hendon—. Y ahora tengo que ir a hacer alguna diligencia, pero vuelvo en seguida. Duerme de nuevo, que bien lo necesitas. Permíteme que te tape también la cabeza y así entrarás más pronto en calor.

No había Hendon terminado de hablar que el rey vagaba ya por la región de los sueños. Entonces aquél salió silenciosamente y volvió, a entrar con gran sigilo al cabo de unos treinta o cuarenta minutos, con un traje completo de niño adquirido en una tienda de saldos: era de tela de baja calidad y mostraba señales patentes de haber sido usado, pero limpio y apropiado a la estación del año. Se sentó y se puso a examinar su compra, al mismo tiempo que se decía:

—Una bolsa más repleta habría comprado cosa mejor, pero cuando uno no dispone de buen caudal se ha de contentar con lo que le permiten obtener sus medios...

"Había una mujer en nuestra ciudad En nuestra ciudad habitaba... Parece que se ha movido. Tendré que cantar más quedo. No conviene turbar el sueño cuando le espera un viaje tan pesado y, además, el pobre chico está excesivamente cansado... Esta prenda está bastante bien; con un remiendo aquí y otro allí, quedará magnífica. Esta otra es mejor, pero no estará de más un pequeño repaso. Estos zapatos están en buen estado, y con ellos tendrá sus pies secos y calientes. Serán algo nuevo para él, porque, indudablemente, está acostumbrado a ir descalzo en verano y en invierno... ¡Ah, si el hilo fuese pan! ¡Con qué poco dinero se compra lo que se necesita para un año! Y, además, regalan una aguja tan linda como ésta. Pero ahora me va a costar una eternidad enhebrarla".

Y, en efecto, así fue. Como les ha ocurrido siempre a los hombres y probablemente les seguirá ocurriendo por los siglos y los siglos. Pero al cabo de muchas pruebas logró enhebrarla y cogiendo la prenda se la puso encima de las rodillas y comenzó a coser.

—La posada está pagada, incluido el desayuno que nos han de traer y, aún me queda bastante dinero para comprar un par de borricos y sufragar los pequeños gastos de viaje durante los dos o tres días de camino que nos separan de la abundancia que nos está esperando en Hendon Hall.

"Amaba a su es...

"¡Uy! Me he clavado la aguja en la uña..., pero no importa; no me viene de nuevo, aunque no por eso me hace mucha gracia... ¡Allí seremos muy felices! No te quepa duda, pequeño... Tus desazones se habrán acabado y tu malhumor también.

"Amaba a su esposo con pasión, pero otro hombre...

"¡Eso sí que son puntadas magníficas! —exclamó, admirando la prenda que remendaba—

Tiene una grandeza majestuosa a cuyo lado esos puntos mezquinos del sastre tienen un aspecto desdeñable y plebeyo.

"Amaba a su esposo con pasión, pero otro hombre la amaba a ella.

"¡Vamos, ya está! No puede negarse que ha sido un remiendo rápido y perfecto. Ahora voy a despertar al pequeño, le vestiré, le refrescaré, le daré de comer y nos dirigiremos al mercado que hay cerca de la posada del Tabardo, en Southwark y... Dígnese levantarse, señor... ¡No contesta! ¿Qué es eso? Tendré forzosamente que profanar su sagrada persona con mi tacto, puesto que su sueño le ha vuelto sordo... ¡Cómo!

Apartó la ropa... ¡El muchacho había desaparecido!

Hendon miró a su alrededor, anonadado y durante unos momentos no pudo expresar en palabras su estupefacción. Notó también entonces que faltaban las ropas harapientas de su protegido y entonces comenzó a echar maldiciones y a llamar furioso al posadero. En aquel preciso momento se presentó un criado con el desayuno.

—¡Habla, aborto de Satanás! ¡Habla o ha llegado tu hora! ——rugió Hendon, al mismo tiempo que daba tan salvaje salto hacia el camarero, que éste quedó mudo de sorpresa y de espanto durante unos momentos ¿Dónde está el muchacho?

Balbuceando sílabas confusas y entrecortadas, el criado dio con voz temblorosa la información que se le exigía.

—Apenas habías salido de aquí, señor, cuando se presentó un muchacho corriendo y dijo que su voluntad era que el pequeño que dormía aquí fuese a reunirse con vos en el extremo del puente, por el lado de Southwark. Yo lo traje aquí, y cuando, el pequeño se despertó y le di el recado, se mostró algo contrariado por haber sido despertado "tan temprano", según dijo, pero se puso precipitadamente sus andrajos y se marchó con el muchacho desconocido, murmurando que mejor hubiera sido que usted hubiera venido en persona en lugar de enviar a un extraño..., de modo que...

—¡De modo que eres un necio, un insensato, un bobo que se deja engañar fácilmente! ¡Maldita sea toda tu casta! Pero quizá no le han hecho daño... Voy en su busca. Mientras tanto, prepara la mesa. Pero, espera... La ropa de la cama estaba puesta en forma que pareciera tapar a alguien. ¿Fue casualidad o está hecho adrede?

—Lo ignoro, señor. Yo he visto que el muchacho desconocido revolvía la ropa de la cama.

—¡Rayos y truenos! Lo hicieron sin duda para engañarme, y procuraron ganar tiempo. Oye, ¿iba solo el rapaz en cuestión?

—Completamente solo, señor.

— ¿Estás seguro?

—Segurísimo.

—Reflexiónalo bien, procura recordar..., tómalo con calma.

Después de meditar un momento, el criado declaró:

—Cuando ha llegado no iba nadie con él, pero ahora recuerdo que al salir los dos, antes de confundirse entre la multitud que había en el puente, un hombre con aspecto de rufián ha salido de un sitio próximo y en el preciso momento en que se reunía con ellos...

—¿Y qué ha ocurrido entonces? ¡Acaba de una vez! —gritó Hendon, interrumpiéndole, con voz de trueno.

—Pues que en aquel momento la multitud les ha rodeado y no me ha sido posible ver nada más, porque me ha llamado mi amo, furioso al darse cuenta de que había olvidado un cuarto de pollo encargado por el escribano, aunque yo tomo a todos los santos por testigos de que regañarme por tal distracción es como llevar a juicio a un niño antes de nacer por sus futuros pecados...

—¡Quítate de mí vista, idiota! ¡Tu charla estúpida me vuelve loco! Pero espera... ¿A dónde vas tan de prisa? ¿No puedes aguardar un instante? ¿Se fueron hacia Southwark?

—En efecto, señor..., pues como iba diciendo, respecto a aquel maldito cuarto de pollo, el niño que no ha nacido no tiene ni más ni menos culpa que...

—¿Aún estás aquí? ¡Y todavía charlando! ¡Procura desaparecer si no quieres que te estrangule!

El criado se retiró. Y tras de él salió Hendon, que pasó por su lado y le adelantó bajando los escalones de dos en dos, al mismo tiempo que refunfuñaba:

—¡Ha sido ese villano ruin que lo reclamaba cómo hijo suyo! ¡Te he perdido, mi pequeño señor demente... y ése es un pensamiento muy amargo! ¡Con lo que me había encariñado ya contigo! Pero, ¡no! ¡Por los clavos de Cristo! ¡No te he perdido! No te he perdido porque voy a registrar cada rincón de Inglaterra hasta encontrarte... ¡Pobre muchacho! Allí ha quedado su almuerzo... y el mío, pero ya no tengo apetito... que se lo coman los ratones... ¡De prisa, de prisa! ¡Esta es la palabra!

Mientras se abría paso hacia el puente entre la multitud tumultuosa, dijo varias veces para sí, aferrándose a este pensamiento como si le resultara agradable:

"Regañó, se quejó, pero si se ha marchado es porque ha creído que Miles Hendon le llamaba... ¡Simpático muchacho! Estoy seguro que no hubiera obedecido la indicación de nadie más...".

"¡EL REY HA MUERTO! ¡VIVA EL REY!"

Aquella misma mañana, al amanecer, Tom Canty despertó pesadamente de un profundo sueño y abrió los ojos en las tinieblas. Permaneció en silencio unos momentos, tratando de analizar sus ideas confusas y sus impresiones y de encontrarles relación. De pronto, exclamó, con voz de exaltación feliz, pero contenida:

— ¡Ahora lo veo todo claro! ¡Lo veo todo claro! ¡Por fin desperté, gracias a Dios! ¡Ven, alegría! ¡Márchate, pesadumbre! ¡Oh, Nan, Bet! Abandonad vuestra yacija y venid a mi lado para que pueda hacer llegar a vuestros oídos incrédulos el sueño más fantástico que forjaron jamás los espíritus de la noche para dejar asombrada la mente humana. ¡Nan, Bet!

Una forma confusa apareció a su lado, y una voz dijo:

—¿Se digna a darme sus órdenes?

—¿Mis órdenes? ¡Oh, desdichado de mí! Conozco tu voz. ¡Habla! ¿Quién soy yo?

—¿Usted, señor? En verdad que ayer era el príncipe de Gales, pero hoy es mi magnánimo y muy venerado rey Eduardo de Inglaterra.

Tom hundió su cabeza en la almohada y exclamó con voz lastimera:

— ¡Ay! ¡No era un sueño! Ve a descansar y déjame con mis penas.

Tom se durmió nuevamente, y al cabo de un rato tuvo el siguiente sueño agradable: Su fantasía le transportó a la hermosa pradera llamada Goodman's Fields donde se le antojó estar jugando en pleno verano. De pronto vio aparecer un enano de sólo unos dos palmos de estatura, con larga barba y muy jorobado.

—Cava junto a este tronco —le dijo.

Así lo hizo Tom y encontró doce peniques nuevos y relucientes. ¡Una gran fortuna! Pero no fue esto lo mejor, pues el gnomo prosiguió:

—Te conozco. Eres un buen muchacho y mereces ser dichoso. Tu existencia desgraciada ha terminado. Ha llegado el día de la recompensa. Ven a cavar aquí cada siete días, y siempre encontrarás el mismo tesoro: doce peniques nuevos, y brillantes. No lo digas a nadie... guarda el secreto.

Cuando hubo desaparecido el enano, Tom fue volando a Offal Court con su premio, diciendo para sus adentros: "Daré cada noche un penique a mi padre. Se figurará que lo he ganado pidiendo limosna, estará contento y no recibiré más palizas. Cada semana daré un penique al buen sacerdote que se dedicó a instruirme, y los otros cuatro peniques serán para mi madre, Bet y Nan, ¡Basta ya de sufrir hambre y de llevar andrajos! ¡Se acabaron los temores, los apuros y las brutalidades!".

Llegó en sueños a su sórdido hogar, jadeante, pero con los ojos centelleantes de entusiasmo y de gratitud. Echó cuatro de sus peniques en el halda de su madre y dijo:

—Todos son para ti y para Nan y Bet... obtenidos honradamente, sin pedir limosna ni robarlos.

La madre, feliz y asombrada, le estrechó contra su pecho y exclamó:

—Se está haciendo tarde. ¿Quiere levantarse Su Majestad?

¡Ah, no era ésta la contestación que Tom esperaba! El sueño se había disipado, estaba despierto... estaba despierto.

Abrió los ojos y vio al primer lord de cámara arrodillado junto a su lecho, y ricamente vestido. El encanto del delicioso sueño se desvaneció y el pobre muchacho se dio cuenta de que todavía era cautivo y monarca. La estancia estaba llena de cortesanos que lucían capas de púrpura, el color del luto en la corte, y de nobles servidores del soberano. Tom se sentó en la cama, y por entre las gruesas cortinas de seda, observó el lujo de las personas allí reunidas.

Comenzó la complicada operación de vestir al rey, y mientras tanto uno tras otro, los cortesanos fueron hincando la rodilla para rendir homenaje y testimoniar al joven monarca el pésame por la irreparable pérdida sufrida. Al principio, el primer escudero del servicio tomó una camisa, que pasó al primer lord de las jaurías, éste la entregó al segundo caballero de cámara, quien, a su vez, la pasó al guarda mayor del bosque de Windsor, y éste al canciller real del ducado de Lancaster, quien la entregó al jefe del guardarropa, quien la pasó a uno de los heraldos jefes, y éste, al condestable de la Torre, quien la pasó al mayordomo jefe de servicio, que, a su vez, la entregó al gran mantelero hereditario, quien la pasó al lord gran almirante de Inglaterra, y éste al arzobispo de Canterbury, el cual la pasó al primer lord de cámara, que tomó lo que quedaba de la prenda y se la puso a Tom.

Al pobre muchacho esta escena le hizo pensar en el caso del cubo que pasa de mano en mano cuando se pretende apagar un incendio.

Cada prenda tuvo que sufrir este solemne proceso lento, inacabable, y Tom se aburrió de lo lindo con aquella fastidiosa ceremonia. Tal era su tedio, que llegó a experimentar casi un sentimiento de gratitud cuando al fin vio que aparecían las largas medias de seda y supuso que tocaba ya a su fin toda aquella mojiganga. Pero se alegró demasiado pronto, pues el primer lord de cámara recibió las medias y se disponía ya a ponerlas en las piernas de Tom, cuando súbitamente su semblante se puso colorado, y devolviéndolas, avergonzado, al arzobispo de Canterbury, murmuró: "Mira, señor". Este palideció y pasó las medias al lord gran almirante, cuchicheando: "Fíjese, milord". A su vez, el gran almirante las entregó al gran mantelero hereditario que, lleno de asombro, apenas le quedó aliento para decir: "¡Mire, milord!", y de este modo, las medias, como había ocurrido con la camisa, comenzaron a desfilar por las manos de todos aquellos personajes, hasta que llegaron a manos del primer escudero del servicio, quien, contemplándolas, anonadado, balbució:

"¡Cielo santo! ¡Se ha escapado un punto! ¡A la Torre con el custodio mayor de las medias del rey!". Y dicho esto, se apoyó en el hombro del primer lord de las jaurías, mientras recobraba fuerzas y traían otras medias sin ningún defecto.

Pero todas las cosas tienen su fin, y por ello Tom, Canty, después de tan engorrosa circunstancia, pudo abandonar el lecho. Entonces, el funcionario encargado del servicio echó agua al palanganero, otro funcionario de igual categoría presentó la toalla, después de lo cual, Tom se halló preparado para recibir los servicios del peluquero real. Cuando por fin el muchacho salió de las manos de aquel maestro del tocado, presentaba una bella figura, tan fina que parecía una niña, con su capa y su pantaloncito corto de raso púrpura y su sombrero con plumas del mismo color. Se dirigió fastuosamente al comedor del desayuno, entre dos hileras de cortesanos que, a su paso, hincaban la rodilla. Después del desayuno fue conducido con toda pompa al salón del trono, donde comenzó a despachar los asuntos de Estado. Su "tío", lord Hertford, se situó junto al trono para ayudar a la mente real con prudentes consejos.

Se presentaron los ilustres magnates nombrados albaceas por el difunto rey, para solicitar, por pura fórmula, la aprobación de Tom sobre determinados actos. El arzobispo de Canterbury se refirió al decreto del consejo de albaceas relativo a las exequias de Su difunta Majestad, y acabó por dar lectura a las firmas de los albaceas que eran: el arzobispo de Canterbury; el lord Canciller de Inglaterra; lord William Saint John; lord John Rusell; conde Eduardo de Hertford; vizconde John Lisle y el obispo de Durham, Cuthbert.

Tom no prestaba atención, porque estaba absorto reflexionando una de las primeras cláusulas del documento que le indujo a preguntar, muy intrigado y en voz baja a lord Hertford:

—¿Qué día han dicho que ha quedado fijado para el entierro?

—El 16 del mes próximo, señor.

—¡Qué desatino! Pero, ¿va a conservarse el cadáver?

El pobre muchacho desconocía las costumbres de la realeza. Sólo sabía que en Offal Court los muertos eran sacados de allí en forma sencilla y extraordinariamente expedita. Sin embargo, lord Hertford le hizo comprender las cosas con dos palabras. Un secretario de Estado presentó una orden del Consejo señalando el día siguiente, a las once de la mañana, para la recepción de los embajadores extranjeros, y solicitó la conformidad del rey.

Tom dirigió una mirada interrogadora a Hertford, y éste le susurró al oído:

—Su Majestad tiene que dar su consentimiento. Vienen a testimoniar el dolor de sus respectivos monarcas por el gran infortunio que aflige a Vuestra Majestad y a Inglaterra.

Así lo hizo Tom.

Otro secretario de Estado expuso los gastos de la casa del difunto monarca, que durante los seis meses anteriores, ascendieron a veintiocho mil libras esterlinas, cantidad fabulosa que dejó a Tom con la boca abierta, y más asombrado quedó todavía cuando oyó declarar que veinte mil libras esterlinas estaban aún pendientes de pago, pero su pasmo aumentó, si cabe, al enterarse de que las arcas estaban vacías y de que los mil doscientos criados de la familia real se hallaban en grave apuro por falta de pago de sus salarios.

Tom, muy preocupado dijo:

—No cabe duda que iremos a parar a la más absoluta miseria. Conviene, pues, alquilar una casa más pequeña y despedir a la servidumbre, porque los criados no sirven más que para demorarlo todo y para fastidiarle a uno con servicios aparatosos e interminables, como si uno fuese un muñeco con cabeza y manos, pero que no pudiera servirse de ellas. Ahora recuerdo una casita en Billingsgate, situada frente al mercado de pescado...

Una fuerte presión en el brazo de Tom obligó a éste a interrumpir sus palabras y le hizo sentirse avergonzado, pero ninguno de los presentes pareció haberse dado cuenta de las extrañas consideraciones del joven soberano.

Un secretario dio cuenta de que, en atención a que el difunto rey había dispuesto en su testamento que fuese conferido el título de duque al conde de Hertford y se elevara a su hermano sir Thomas Seymour a la dignidad de par, y al hijo de Hertford a la de conde, junto con similares concesiones a otros grandes servidores de la corona, el Consejo había decidido celebrar, sesión el 16 de febrero para la confirmación y entrega de dichos honores, y que, por lo tanto, no habiendo fijado el difunto rey, por escrito, cláusulas convenientes para el sostenimiento de las referidas dignidades, el Consejo, que sabía cuáles eran los deseos del monarca fallecido sobre este particular, había resuelto conceder a Seymour terrenos por valor de quinientas libras esterlinas, y al hijo de Hertford terrenos por valor de ochocientas libras, y trescientas libras del terreno del primer obispado que quedaría vacante..., si Su Majestad se dignaba dar su real conformidad.

Tom se disponía a decir algo relativo a la conveniencia de empezar por el pago de las deudas del difunto rey antes de malgastar todo aquel dinero, pero un suave golpecito oportuno dado al brazo del muchacho por el previsor Hertford evitó esta indiscreción; por consiguiente, Tom dio el asentimiento real sin comentarios, aunque muy contrariado.

Mientras se hallaba sentado meditando sobre la facilidad con que estaba realizando extraños milagros sorprendentes, cruzó por su cerebro una idea luminosa. ¿Por qué no nombrar a su madre duquesa de Offal Court y darle la correspondiente hacienda? Pero instantáneamente un pensamiento triste borró esta idea. Él no era rey más que de nombre, y aquellos sesudos ancianos y nobles encopetados eran sus amos. Como para ellos su madre no era más que la criatura imaginaria de una mente perturbada, escucharían simplemente su proposición con incredulidad y mandarían llamar al médico inmediatamente.

La aburrida labor prosiguió con tedio exasperante. Se dio lectura a peticiones, proclamas, patentes y a toda clase de fastidioso papelamen relativo a asuntos públicos, y por fin Tom suspiró patéticamente diciendo para sus adentros: "¿Qué pecado habré cometido para que Dios haya decidido privarme de los campos, del aire libre y de la luz del sol, encerrándome aquí para convertirme en rey y desesperarme de esta manera?".

Su pobre cabeza trastornada se movió un momento y acabó por inclinarse dormida sobre un hombro. Y los asuntos del reino quedaron en suspenso por falta del augusto factor: el poder que tenía que ratificarlos. Se hizo el silencio en torno del jovencito dormido, y los sabios del reino interrumpieron sus deliberaciones.

Antes del mediodía, Tom pasó una hora deliciosa, con el consentimiento de sus guardianes Hertford y Saint John, en compañía de la princesa Isabel y la princesa Juana Grey, aunque el ánimo de las dos muchachas estaba bastante decaído por el gran infortunio que acababa de caer sobre la casa real. Al final de la visita, su "hermana mayor", que fue posteriormente

"María la sanguinaria", de la cual nos habla la historia, le dejó perplejo con una solemne entrevista que, a sus ojos, no tenía más que un mérito: la brevedad. Tom permaneció unos instantes solo y luego fue admitido a su presencia un niño de unos doce años, cuyo traje, excepto la nívea golilla y los encajes de las mangas, era negro; con su jubón, sus medias y demás. No ostentaba más señal de luto que un lazo de cinta morada en el hombro. Avanzó, vacilando, con la cabeza descubierta e inclinada en reverencia. Hincó la rodilla delante de Tom. Este le contempló un momento y le dijo:

—Levántate, muchacho. ¿Quién eres y qué deseas?

El niño se levantó con graciosa desenvoltura, pero con semblante temeroso, y contestó:

—Por fuerza debe acordarse de mí, señor. Soy su "niño de azotes".

—¿Mi "niño de azotes"?

—El mismo, señor. Soy Humphrey... Humphrey Marlow.

Tom pensó que aquel muchacho era alguien respecto al cual sus guardianes habrían tenido que darle instrucciones. La situación era, pues, delicada. ¿Qué hacer? ¿Fingir que le conocía para luego demostrar ya con las primeras palabras que no le había visto jamás? No, no resultaba conveniente. Pero una idea vino a ayudarle. Trances como aquél le ocurrirían probablemente muy a menudo, cuando asuntos perentorios apartaran de su lado a Hertford y a Saint John, que eran miembros del Consejo de albaceas. Por lo tanto, lo mejor sería quizá que preparara él mismo un plan para salir airoso de tales apuros. Iba a probarlo ya con aquel muchacho. Se pasó, pues, la mano por la frente con aire de perplejidad y al cabo de un momento dijo:

—Ahora creo acordarme algo de ti..., pero el sufrimiento nubla mi memoria.

—¡Ah, mi pobre señor! —exclamó el "niño de azotes" con sentimiento compasivo. Y añadió para sus adentros: "Entonces es verdad lo que dicen... ¡Se ha vuelto loco! Pero ¡desgraciado de mí! ¡Olvidaba que me han indicado que está absolutamente prohibido demostrar que uno se ha dado cuenta de su demencia!".

—Es extraño cómo me falla la memoria estos días —dijo Tom—. Pero no hagas caso..., ya voy corrigiéndome..., y a veces, con un pequeño indicio cualquiera consigo recordar de nuevo las cosas y los nombres que había olvidado. (Y no sólo ésos —pensó Tom—, sino hasta los que nunca oí... como podrá ver este muchacho.) Dime qué motivo te trae aquí.

—Es asunto de poca importancia, señor, pero lo expondré a Su Majestad si se digna escucharme. Hace dos días, cuando Su Majestad se equivocó tres veces en sus lecciones matinales de griego... ¿Se acuerda Su Majestad?

—Sí..., me pa...rece que sí. (Y no miento mucho, porque si me llego a meter con el griego, no me habría equivocado sólo tres veces, sino cuarenta.) Sí, sí, ahora me acuerdo... Continúa.

—El profesor, indignado por lo que él llamaba su desidia estúpida, dijo que me azotaría de lo lindo, y...

—¿Azotarte a ti? —exclamó Tom, asombrado hasta perder su presencia de ánimo—. ¿Por qué te han de azotar a ti por faltas mías?

—¡Ah! Su Majestad olvida nuevamente... Cuando no sabe la lección me propinan una gran paliza

—Cierto, cierto..., lo había olvidado. Tú me das lecciones particulares y, claro, si luego me equivoco, deducen que no tienes aptitud para instruirme, y...

—¡Oh, Majestad! ¿Qué palabras son ésas? ¿Yo, el más humilde de sus criados, iba a atreverme a educarlo a usted?

—Entonces, ¿qué te pueden reprochar? ¿Qué enigma es éste? ¿Me he vuelto loco de veras o eres tú el que ha perdido la razón? Explícate..., explícate.

—Pero, Majestad, huelga toda explicación... Nadie puede poner la mano en la sagrada persona del príncipe de Gales; por lo tanto, cuando él comete una falta, los golpes impuestos como castigo los recibo yo, y así ha de ser y me conviene a mí que así sea, porque éste es mi oficio y mi medio de vida.

Tom se quedó contemplando al muchacho, pensando:

"Este es un caso extraordinario, una profesión singular y muy curiosa; me extraña que no hayan contratado también un muchacho para que se peine y se vista por mí... ¡Ojalá lo hagan! Si así fuese, sería capaz de aceptar los azotes en mi cuerpo y daría gracias a Dios por el cambio".

Y prosiguió, en voz alta:

—¿Y te han pegado, pobre amigo mío, de conformidad con la promesa?

—No, señor. Mi castigo fue fijado para hoy, y tal vez será anulado en atención a los días de luto que atravesamos. Lo ignoro, y por esto me he permitido venir para recordar a Su Majestad su generosa promesa de interceder en mi favor...

—¿Con el maestro, para librarte de los azotes?

—¡Ah, Su Majestad lo recuerda!

—Como puedes ver, mi memoria se enmienda

Puedes estar tranquilo... Ya me preocuparé de que tu espalda quede sana y salva.

—¡Oh, gracias, mi buen señor! —exclamó el chiquillo, hincando nuevamente la rodilla—. Tal vez me he excedido en mi atrevimiento y, sin embargo...

Tom, al ver que Humphrey vacilaba, le animó para que continuara hablando, diciéndole que se sentía "inclinado a las concesiones".

—Entonces voy a hablar sinceramente porque se trata de algo que me interesa en gran manera. Puesto que no es ya príncipe de Gales, sino rey, puede ahora ordenarlo todo a su capricho y voluntad, sin que nadie se pueda oponer a sus deseos... Por lo tanto, no hay motivo para que, en lo sucesivo, se tome la molestia de estudiar fastidiosamente... Queme, pues, los libros y deje que su cerebro piense cosas más divertidas. Pero entonces, naturalmente, yo quedaré en la miseria, y mis pobres hermanas, huérfanas igualmente, en la indigencia conmigo.

—¿En la miseria? ¿Por qué?

—Porque mi espalda es mi pan. ¡Oh, generosa Majestad! Si quedo sin empleo voy a morir de hambre. Si usted deja de estudiar, perderé mi ocupación, puesto que no necesitará "niño de azotes". ¡No me despida!

Tom se sintió conmovido por esta súplica patética, y con un arranque de regia generosidad, dijo:

—No te preocupes por eso, muchacho. Tu oficio será permanente y seguirá siendo siempre tu especialidad.

Dicho esto, dio al muchacho el espaldarazo con la parte plana de su espada y exclamó:

—¡Levántate, Humphrey Marlow, gran "niño de azotes", hereditario de la casa real de Inglaterra! Cierra el paso a tus penas! Yo volveré a hojear mis libros, pero estudiaré tan mal, que tendrán, muy merecidamente, que triplicar tu salario, pues procuraré que tengas mucho trabajo.

El agradecido Humphrey contestó fervorosamente:

—¡Gracias, oh, nobilísimo señor! Su magnanimidad de príncipe viene a cumplir sobradamente mis anhelos y ensueños de fortuna. Ahora voy a ser dichoso durante toda mi vida y también, después de mí, la casa de Marlow.

Como Tom tenía suficiente perspicacia para comprender que aquel muchacho podía serle útil, incitó a Humphrey a que siguiera hablando, a lo cual, el pobre chico no tenía el menor reparo que oponer, pues sentía una gran satisfacción al figurarse que contribuía a que el rey recobrara la salud, pues siempre al acabar de relatar a éste los diversos detalles de su experiencia y aventuras en la regia sala de clase o en cualquier otro lugar de palacio, observaba que Su Majestad, a pesar de su mente perturbada, recordaba todas las circunstancias con perfecta clarividencia. Al cabo de una hora, Tom se halló perfectamente informado respecto a los personajes y a los asuntos de la Corte y, por consiguiente, decidió enterarse cada día por medio de la misma fuente. Y con este objeto dio orden de que Humphrey fuera admitido a la regia presencia siempre que lo deseara, excepto en las ocasiones en que Su Majestad de Inglaterra se encontrara, ocupada con otras personas. Pero apenas había despedido a Humphrey, cuando entró lord Hertford con nuevas molestias para Tom.

Venía a comunicarle que los lores del Consejo, temiendo que algún informe exagerado sobre la mente perturbada del rey hubiera trascendido al exterior y se hubiera divulgado, estimaban conveniente que Su Majestad empezara a comer en público uno e dos días después... ya que su aspecto sano y su paso firme, añadido a un talante sereno, a unos modales estudiados y a una actitud gentil, tranquilizarían seguramente la opinión general, en caso de que hubiesen circulado graves rumores, mucho mejor que de cualquier otra manera que pudiera imaginarse.

Luego, el conde, muy discreta y delicadamente, procedió a instruir a Tom sobre el modo de comportarse en esta clase de ceremonias regias, con el pretexto bastante vulgar de "recordarle" cosas que él de sobra sabía. Pero, con gran satisfacción, se dio cuenta de que Tom, sobre este punto, necesitaba muy pocas instrucciones... Se había valido de Humphrey, que le comunicó que dentro de pocos días iba a tener que comenzar a comer en público, pues lo había oído murmurar por la Corte. Y Tom conservó estos datos para su gobierno.

Al ver la memoria del rey tan mejorada, el conde se aventuró a hacer algunas pruebas, fingiendo no hacerlo adrede, con objeto de observar hasta qué grado alcanzaba su mejoría. Los ensayos tuvieron un resultado feliz en los puntos en que subsistían las huellas de Humphrey, y en conjunto el conde se sintió muy satisfecho y animado, hasta el extremo de exclamar, con acento de completa confianza:

—Ahora estoy persuadido de que si Su Majestad se digna poner un poco más a prueba su memoria conseguirá descubrir el enigma del gran sello, una pérdida de gran importancia en días pasados, aunque no la tenga ahora porque sus servicios terminaron al fallecer nuestro hoy difunto rey. ¿Quiere Su Majestad dignarse hacer la prueba?

Tom se encontraba entre la espada y la pared, porque el gran sello era para él un objeto completamente desconocido. Después de estar un momento vacilando, levantó inocentemente la vista, y preguntó:

—¿Cómo era, milord?

El conde se estremeció casi imperceptiblemente y dijo para sus adentros:

—¡Ay! ¡Su juicio ha vuelto a abandonarle! Ha sido un desatino ponerlo a prueba.

Y hábilmente encauzó la conversación hacia otros asuntos, con el propósito de borrar el desdichado sello de los pensamientos de Tom..., lo cual consiguió fácilmente.

TOM ACTÚA COMO REY

Al día siguiente se presentaron los embajadores extranjeros con sus fastuosas comitivas, y Tom, despavorido, les recibió sentado en su trono. Sin embargo, el esplendor de la escena deleitó sus ojos y exaltó su imaginación, pero como la audiencia fue larga y fastidiosa, con sus interminables discursos y demás, lo que al principio resultaba agradable acabó poco a poco por trocarse en extremo aburrimiento y profunda nostalgia. Tom, de vez en cuando, repetía las palabras que le dictaba Hertford, y procuraba salir del aprieto lo más airosamente posible; pero en tales cuestiones era un verdadero novato, y estaba, además, demasiado desconcertado para conseguir siquiera un éxito regular. Su aspecto era bastante regio, pero en su fuero interior no lograba sentirse rey. Su corazón experimentó un gran alivio cuando hubo terminado la engorrosa ceremonia.

El tercer día del reinado de Tom transcurrió muy parecidamente a los demás, pero en cierto modo se disipó algo la nube que envolvía al muchacho, y éste se sintió menos molesto y apurado que al principio, pues, poco a poco, iba acostumbrándose a las circunstancias y al ambiente que le rodeaba. Le dolían aún las posaderas, pero no continuamente, y encontraba que la presencia y el homenaje de los grandes le contrariaba y apuraba menos a cada hora que pasaba.

A no ser por cierto acto que temía, habría podido ver acercarse el cuarto día de su reinado sin gran sobresalto...: la comida en público fijada para dicho día. Figuraban en el programa graves asuntos: iba a tener que presidir un consejo para exponer su parecer respecto a la política a seguir con las naciones extranjeras. Luego, Hertford tendría que ser elegido oficialmente para el importante cargo de lord protector. Pero todo lo que había de llevarse a cabo aquel día no tenía gran importancia comparado con el engorro de tener que comer solo, ante una multitud de curiosos que tendrían los ojos fijos en él mientras andarían cuchicheando comentarios respecto a sus actos y a sus errores, si por desgracia llegaba a cometerlos.

Y como nada podía detener el cuarto día, éste, naturalmente, llegó y encontró al pobre Tom cabizbajo y abstraído, y sin poder dominar su malhumor. Los deberes ordinarios de la mañana le aburrieron extraordinariamente, y volvió a sentir la pesadumbre de su cautiverio.

Unas horas más tarde estuvo en la sala de la audiencia conversando con el conde Hertford y esperando que sonara la hora señalada para una visita de ceremonia de gran número de cortesanos y de altos funcionarios de palacio.

Al cabo de un rato, Tom, que se había asomado a una ventana y contemplaba con interés la vida y el movimiento de la carretera real que pasaba junto a las puertas de palacio (y no con interés ocioso, sino con ferviente anhelo de tomar parte en aquel bullicio en plena libertad), observó la vanguardia de una turba alborotada de hombres, mujeres y chiquillos de la más pobre y baja ralea, que iba aproximándose por la carretera.

—Quisiera saber qué ocurre —exclamó con la curiosidad de un niño ante tal suceso.

—Eres el rey —repuso con solemnidad el conde con una reverencia—. ¿Puedo contar con vuestra venia para actuar?

—¡Oh, si, encantado! —exclamó Tom con exaltación, añadiendo para sí con viva satisfacción:

"Verdaderamente, ser rey no significa siempre aburrimiento, pues tiene sus compensaciones y sus ventajas".

El conde llamó a un paje y le encargó que llevara al capitán de la guardia la siguiente orden:

—Que se cierre el paso a la muchedumbre y se pregunte el motivo de ese barullo. ¡De orden del rey!

Unos segundos más tarde, una larga procesión de guardias reales, cubiertos de bruñido acero, salió al exterior de las verjas, y quedaron formados a través de la carretera frente a la multitud. Volvió un mensajero para anunciar que aquel gentío venía siguiendo a un hombre, a una mujer y a una niña que iban a ser ejecutados por delitos cometidos contra la paz y la dignidad del reino.

¡La muerte... y una muerte violenta... para aquellos desgraciados! Esta idea conmovió las fibras del corazón de Tom Se sintió dominado por un sentimiento de piedad, con exclusión de toda otra clase de consideraciones. No pensó en la ley quebrantada, ni en el daño que aquellos tres criminales habían causado a sus víctimas. No le era posible pensar en nada más que en la horca y en el horrendo destino que pendía sobre las cabezas de los condenados. Su interés le hizo olvidar durante unos momentos que no era más que la falsa sombra de un rey, no su esencia, y sin darse cuenta de lo que hacía dio la orden vociferando:

—¡Tráiganlos aquí!

Luego se sonrojó. Iba a brotar de sus labios cierta excusa, pero al observar que su orden no había sorprendido al conde ni al paje que estiba esperando, contuvo las palabras que se disponía a pronunciar. El paje, de la manera más natural, hizo una profunda reverencia y salió de la sala para dar la orden. Tom experimenté entonces un sentimiento emocionado de orgullo, y meditando sobre las ventajas compensadoras que ofrecía la profesión de monarca, se dijo:

"Realmente es lo que yo acostumbraba a figurarme cuando leía los cuentos del viejo sacerdote y se me antojaba que era príncipe y que dictaba leves y daba órdenes a todo el mundo, diciendo: Hágase esto, hágase lo otro, sin que nadie opusiera objeciones a mi voluntad".

Se abrieron las puertas de par en par, y, uno tras otro, fueron, anunciándose varios títulos altisonantes, a medida que iban entrando los personajes que los ostentaban. El aposento quedó pronto lleno de gente noble y distinguida. Pero Tom apenas se dio cuenta de la presencia de aquellas personas encopetadas; tan abstraído estaba en aquel otro asunto más interesante. Tomó asiento en su regio sillón, con aire distraído, y dirigió la mirada a la puerta con muestras de expectación e impaciencia, en vista de lo cual los allí presentes no se atrevieron a molestarle, y optaron por iniciar una charla entre sí, que era una mezcla de chismes y de consideraciones sobre los asuntos públicos.

Al cabo de poco rato se dejaron oír unos pasos mesurados de hombres de armas que iban acercándose, y los reos entraron a presencia del rey, custodiados por un alguacil y un piquete de la guardia real. El funcionario civil hincó la rodilla ante el monarca y se apartó a un lado. Los tres delincuentes se arrodillaron también y así permanecieron mientras la guardia se situaba detrás del sillón de Tom. Este contempló con mirada escudriñadora a los prisioneros. En el traje y en la apariencia del condenado había algo que despertó en él algún recuerdo, "Me parece haber visto a ese hombre en otra ocasión, pero no viene a mi memoria cómo ni cuándo", pensaba Tom.

En aquel preciso momento el reo levantó la vista y volvió a bajar los ojos rápidamente, avergonzado de hallarse en presencia del monarca, pero aquel vistazo fugaz a su rostro fue suficiente para que Tom le reconociera. Este dijo para sus adentros: "¡Ahora me acuerdo! ¡Es el desconocido que en aquel día crudo y ventoso de Año Nuevo se echó al Támesis y salvó la vida a Giles Witt! Fue un acto humanitario y valeroso. ¡Lástima que haya ahora cometido alguna acción tan baja que le ha conducido a esta triste situación! No he olvidado nunca ni el día ni la hora en que llevó a cabo aquel acto heroico, porque, un poco más tarde, al dar las once, la abuela Canty me propinó una paliza de tal magnitud, que todas las que me había dado antes y las, que me dio después, comparadas con aquélla, resultaban tiernos mimos y caricias".

Tom ordenó, pues, que la mujer y la niña se retiraran un momento y, dirigiéndose al alguacil, dijo:

—¿Qué delito ha cometido este hombre?

El alguacil hincó la rodilla y contestó:

—Señor, ha envenenado a un súbdito de Su Majestad.

La compasión de Tom por el preso y la admiración que le inspiraba éste por el abnegado arrojo que demostró al salvar al muchacho que se ahogaba experimentaron los lamentables efectos de la decepción.

—¿Se ha comprobado su culpabilidad? —preguntó.

—Con la mayor evidencia, señor.

Tom suspiró y dijo:

—Llévatelo, porque se ha hecho merecedor de la pena capital. Es una lástima, porque tenía un corazón valeroso... bueno..., quiero decir que parece ser intrépido.

El preso juntó repentinamente las manos con energía y, retorciéndolas con desesperación extrema, imploró al rey con frases de espanto, entrecortadas:

—¡Oh, señor, mi rey! ¡Si puede apiadarse de los perdidos, tenga compasión de mí! ¡Soy inocente! Se me acusa de un crimen del que no existe la menor prueba. Pero no me refiero a eso. Se ha dictado sentencia contra mí, y ésta no puede ser alterada. Pero en los últimos momentos de mi destino aciago, le suplico una gracia, porque esto excede de lo que puede soportarse. ¡Una gracia, una gracia, oh, mi señor y rey! ¡Que su piedad regia acceda a mi ruego! ¡Dé orden de que me ahorquen!

Tom quedó perplejo. No era esto ni mucho menos lo que esperaba.

—Por mi vida que es bien extraña la gracia que pides. ¿No era, pues, ésta la muerte que te estaba reservada?

—¡Oh, mi señor! ¡No era ésta! Se ha ordenado que me hiervan vivo.

La sorpresa, que le causó esta declaración horrible casi hizo saltar a

Tom de su asiento. Tan pronto como pudo serenarse, exclamó:

—¡Se cumplirá tu deseo, pobre desdichado! Aunque hubieras envenenado a cien hombres, no tendrías que sufrir una muerte tan espantosa.

El prisionero se inclinó hasta dar con el rostro en tierra, y prorrumpió en apasionadas exclamaciones de gratitud, que terminaron con estas palabras:

—Si alguna vez, ¡Dios no lo quiera!, llegaras s a sufrir una desdicha, ¡ojalá el Todopoderoso recuerde su buena acción para conmigo en el día de hoy y así recompense su bondad!

Tom, dirigiéndose al conde Hertford, le dijo:

—Milord, ¿puede creerse que se haya dictado una sentencia tan cruel contra ese hombre?

—Así lo ordena la ley contra los envenenadores, señor. En Alemania los falsificadores de moneda son hervidos en aceite hasta que mueren, pero no echándolos de repente dentro de la caldera, sino sumergiéndolos poco a poco con una cuerda. Primeramente, los pies, luego las piernas, luego.

—¡Basta, milord! ¡Te ruego que no prosigas! No puedo seguir escuchándote —exclamó Tom, tapándose los ojos con las manos, como para borrar la visión de aquella horrible escena—. Te ruego que des orden de que se cambie esta ley... ¡Que no haya más infelices criaturas que puedan sufrir semejante tortura!

Las facciones del conde expresaron una profunda satisfacción, porque era hombre de instintos generosos y compasivos, cualidad poco corriente en su clase social en aquella época de costumbres feroces.

—Sus nobles palabras, señor —dijo Hertford—, han sellado la derogación de esta ley. La historia lo recordará en honor de su real casa.

El alguacil se disponía a llevarse al preso, pero Tom le hizo una señal de que esperara, y le dijo:

—Quiero cerciorarme mejor sobre los detalles de este asunto. El acusado afirma que no existen pruebas del crimen que se le imputa. Cuéntame lo que sepas sobre el particular.

Con la venia de Vuestra Majestad: En el juicio quedó demostrado que ese hombre penetró en una casa de la aldea de Islington, en la que había un enfermo. Hay tres testigos que declaran que entró allí a las diez de la mañana, y otros dos afirman que fue unos minutos más tarde. El paciente se hallaba a la sazón solo y durmiendo. El acusado no tardó en salir de la casa y en proseguir su camino. Al cabo de una hora, el enfermo falleció entre horribles espasmos y violentas convulsiones.

—¿Vio alguien el líquido ponzoñoso? ¿Se encontró el veneno?

—No, señor.

—Entonces ¿cómo se sabe que murió intoxicado?

—Porque los doctores certificaron que nadie muere con esos síntomas si no es por el veneno.

En aquella época de credulidad esto equivalía a la evidencia. Tom comprendió el carácter extraordinario de la declaración, y dijo:

—Los doctores saben su oficio y, por consiguiente, deben tener razón. El asunto se presenta mal para este hombre.

—Pero no fue eso todo, señor. Hay algo más y peor. Muchas personas declararon que una bruja, que después desapareció de la aldea y cuyo paradero se ignora, predijo que el enfermo moriría envenenado, es más: indicó que el envenenador sería un desconocido de pelo castaño que vestiría ropa vulgar muy usada, y no cabe duda que esas señas coinciden exactamente con las del preso. Dígnese Su Majestad reconocer el valor que tiene esta circunstancia, puesto que fue predicha por la bruja.

Era éste un argumento de gran consistencia en aquellos tiempos de superstición. Tom consideró que el asunto estaba resuelto y que, si para algo servían las pruebas, la culpabilidad de aquel hombre quedaba bien demostrada. Sin embargo, ofreció al prisionero una esperanza de salvación, diciéndole:

—Si puedes alegar algo en defensa propia, habla.

—Es inútil, mi rey y señor. Soy inocente, pero no puedo demostrarlo. No tengo amigos; si los tuviera podría probar que no estuve el día del crimen en Islington. También podría probar que a la hora citada me hallaba a más de una legua de distancia: estaba en la Antigua Escalera de Wapping. Es más señor: me sería dable probar que cuando dicen que estaba quitando una vida, estaba, al contrario, salvándola a un, muchacho que se ahogaba...

—¡Calla! Alguacil, dime en qué día se cometió el delito.

—El día primero de año, señor. A las diez de la mañana o unos minutos más tarde...

—Sí es así, el preso queda libre. ¡Lo manda el rey!

Un nuevo sonrojo de Tom siguió a estas palabras tan impropias de un monarca, pero el muchacho disimuló su indiscreción lo mejor que pudo, añadiendo:

—¡Me indigna que se pueda ahorcar a un hombre con pruebas de su culpa tan poco convincentes!

Un murmullo de admiración corrió por el auditorio. No era precisamente admiración por el decreto dictado por el "soberano", pues la necesidad o la inconveniencia de perdonar a un preso convicto y confeso era cosa que ninguno de los presentes se habría creído con derecho a discutir o a admirar, no. La admiración de los allí presentes era debida a que se daban cuenta de la inteligencia y el ánimo que Tom acababa de demostrar. Algunos de los comentaristas decían muy quedo:

—Este rey no está loco; está en su perfecto juicio

—¡Con qué acierto ha hecho las preguntas!

—¡Y qué propia de su peculiar modo de ser ha sido esta manera brusca e imperiosa de solventar el asunto!

—¡Alabado sea Dios! ¡Su enfermedad se ha curado! Este no es un ser débil, sino un rey enérgico. Ha obrado a semejanza de su difunto padre.

Como reinaba en el ambiente una absoluta aprobación, forzosamente tuvieron que llegar algunas de las ponderaciones a oídos de Tom, lo cual le tranquilizó y le causó una satisfacción inmensa. Sin embargo, su curiosidad infantil dominó pronto su satisfacción y sus agradables pensamientos, y le indujo a enterarse de qué clase de delito podían haber cometido la mujer y la niña, también presas, y, por orden suya, trajeron a las dos desventuradas criaturas aterrorizadas y llorosas.

—Y estás, ¿qué has hecho? —preguntó al alguacil.

—Se les acusa, señor, de un crimen tenebroso y bien probado, por lo cual los jueces, con arreglo a la ley, las han condenado a la horca. Se han vendido al diablo. Este es su crimen.

Tom se estremeció. Le habían enseñado a aborrecer a todos aquellos que cometían acción tan depravada. Pero como no quería privarse del gusto de satisfacer su curiosidad, preguntó:

—¿Dónde fue eso... y cuándo?

—En una noche de diciembre, señor, y en una iglesia en ruinas. Tom se estremeció nuevamente.

—¿Quién estaba presente? —preguntó.

—Únicamente esas dos, señor..., y el otro.

—¿Se han confesado culpables?

—No, señor. Lo niegan.

—Entonces ¿cómo se sabe?

—Porque varios testigos las vieron encaminarse hacia allá, señor. Esto despertó sospechas, y los hechos las han confirmado y justificado. En particular, es evidente que, con el maligno poder que de este modo obtuvieron, invocaron y consiguieron provocar una tormenta que devastó toda la comarca. Más de cuarenta testigos han declarado que hubo, en efecto, tempestad, y se hubieran podido encontrar fácilmente, mil, porque todos tuvieron motivo para recordarla, puesto que fueron víctimas de la misma.

—Verdaderamente es un caso muy grave.

Tom estuvo meditando durante unos momentos aquel caso de truhanería y luego preguntó:

—¿Y no fue también esa mujer víctima de la tormenta?

Varias cabezas de personas ancianas allí presentes se movieron indicando que aprobaban aquella pregunta juiciosa, pero el alguacil, que no acertó a comprender la importancia que tenía, contestó sin vacilar:

—Sí, ciertamente, Majestad, y más que nadie. Su casa fue barrida por el agua y el viento, de modo que tanto ella como la niña quedaron sin albergue.

—A mi modo de ver las cosas, considero que le costó muy cara la facultad de poder provocar la tormenta. Por poco que pagara para tener dicha facultad, le engañaron, y si pagó nada menos que con su alma y la de su hija, esto demuestra que está loca, y estando loca no sabe lo que hace, y por lo tanto no comete crimen ni pecado.

Los ancianos aprobaron de nuevo con la cabeza la sensatez de Tom, y uno de ellos dijo:

—Si el rey está loco, como dicen, su demencia me resulta de tal especie que la considero más apreciable que la cordura de algunos que, si Dios lo permitiera, podrían mejorar su cerebro cambiándolo con el de Su Majestad.

—¿Qué edad tiene la niña? —preguntó Tom.

—Nueve años, señor.

—Según las leyes de Inglaterra, ¿puede una niña realizar pactos y venderse a sí misma, milord? —preguntó Tom a un juez competente…

—La ley no permite que una niña establezca ningún convenio importante ni intervenga en el mismo, señor, pues considera que su juicio no está capacitado para tratar con un cerebro maduro ni puede ser capaz de entender las intenciones perversas de los mayores. El diablo puede comprar una niña, si así se le antoja, y ella accede, pero no un inglés, pues en este último caso el trato no tendría ningún valor, sería nulo.

—Parece una cosa impía y desatinada —replicó Tom, con exaltación honesta— que la ley de Inglaterra niegue a los ingleses privilegios que concede al diablo.

Esta nueva apreciación acertada del asunto hizo sonreír a muchos de los presentes y quedó grabada en su memoria para ser repetida después en la corte como prueba de la originalidad de Tom y de los progresos de su mente, que iba recobrando la razón.

La mujer culpable había dejado de llorar y estaba ahora pendiente de, la palabra de Tom con excitado interés y esperanza creciente. El muchacho lo notó en seguida y sintió una irresistible simpatía hacia aquella mujer indefensa y en situación muy peligrosa. De pronto, preguntó:

—¿Cómo consiguieron provocar la tormenta?

—Quitándose las medias, señor.

Esto dejó intrigado a Tom y aumentó su curiosidad febril.

—¡Esto es prodigioso! —exclamó con vehemencia—. ¿Y produce siempre tan terribles efectos?

—Siempre, señor. Por lo menos, si la mujer lo desea y pronuncia las imprescindibles palabras con la lengua o sólo con el pensamiento.

Tom se volvió de cara a la mujer y le ordenó con tono de imposición absoluta:

—¡Ejerce tu poder!... ¡Quisiera ver una tempestad!

Las mejillas de los supersticiosos circunstantes palidecieron súbitamente, y hubo entre éstos un deseo general muy vivo, aunque inexpresado, de huir de allí más que de prisa. Pero a Tom todo esto le pasó desapercibido, porque sólo pensaba en él cataclismo que acababa de proponer. Al ver el asombro de la pobre mujer, añadió, excitado:

—No temas..., nadie te va a regañar. Además, quedarás libre y nadie te tocará... No sufrirás ningún daño. ¡Demuestra tu poder!

—¡Oh, señor, mi rey! ¡No tengo tal poder, se me ha acusado falsamente!

—Tienes miedo. Anímate. Te repito que no sufrirás ningún daño. Haz estallar la tormenta..., por pequeña que sea..., ¡no importa! No deseo una tempestad devastadora, más bien prefiero lo contrario. Hazlo y salvarás tu vida; quedaréis en libertad tú y tu hija, con el perdón, del rey y a salvo de toda violencia o malignidad de quienquiera que sea del reino.

La mujer se prosternó ante Tom y protestó, sollozando, de que no tenía poder para producir el milagro, pues de no ser así, salvaría anhelosamente la vida de su hija, resignándose a perder la suya, si por su obediencia al mandato del rey, pudiera alcanzar tan preciada gracia.

Tom insistió con impaciencia, pero la mujer repitió de nuevo su declaración de impotencia. Al fin el muchacho dijo:

—Me parece que esta mujer ha dicho la verdad. Si mi madre estuviera en su lugar y asumiera funciones del diablo, no habría vacilado ni un momento en desencadenar la tempestad y en dejar todo el país desolado, con tal de lograr la salvación de mi vida. Nadie ignora que todas las madres fueron hechas con el mismo molde. Quedas libre, buena mujer..., y también tu hija, porque te creo inocente... Ahora ya no tienes nada que temer, una vez perdonada. ¡Quítate las medias, y si puedes provocar una tormenta, serás rica!

La perdonada expresó su gratitud con voz de exaltación jubilosa y se dispuso a obedecer, mientras Tom la contemplaba con expectación ansiosa y cierto temor. Al mismo tiempo, los cortesanos demostraban una intranquilidad perfectamente visible. La mujer desnudó sus pies y los de la niña e hizo cuanto pudo con fervor para recompensar la generosidad del rey con un terremoto, pero todo resultó un fracaso y una decepción completa. Entonces, Tom suspiró y dijo:

—No te molestes más, buena mujer. Está visto que tu poder te ha abandonado. Vete en paz, y si alguna vez vuelvo a verte, no me olvides y provócame una tempestad.

LA COMIDA REGIA

La hora de la comida se aproximaba, y aunque parezca extraño, esta circunstancia no hacía sentir a Tom más que una ligera contrariedad, pero no le asustaba apenas. Lo que le había sucedido por la mañana había aumentado prodigiosamente su confianza. El pobre novato estaba ya más acostumbrado a aquel singular ambiente, después de cuatro días de entrenamiento, que lo hubiera estado una persona madura después de un mes de prueba.

Jamás se vio un ejemplo más extraordinario de la facilidad de un niño para acomodarse a las circunstancias.

Aprovechando nuestro privilegio, apresurémonos a pasar a la gran sala del banquete, para dar un vistazo mientras preparan a Tom para una ocasión tan solemne. Es un aposento espacioso, con columnas y pilastras doradas y paredes y techos con pinturas. En el umbral, unos guardias, gallardos mocetones, custodian la entrada, rígidos como estatuas, ataviados con ricos y pintorescos trajes, y provistos de sus flamantes alabardas. En una galería alta, que circunda toda la sala, hay una orquesta y mucho público elegante. En el centro de la sala, encima de una plataforma, está instalada la mesa de Tom. Dejemos ahora que hable el viejo cronista:

"Un caballero entra en la estancia con una vara, y tras de él va otro con un mantel. Después de haber hincado ambos la rodilla tres veces con la mayor veneración, cubren la mesa con el mantel y se retiran luego después de arrodillarse otra vez con profundo respeto. Entran seguidamente otros dos, uno también ostentando la vara, y el otro con un salero, un plato y pan. Después dé la consabida genuflexión y de colocar lo que llevan encima de la mesa, se retiran con la misma ceremonia que los anteriores. Por fin se presentan dos nobles ricamente vestidos, uno de los cuales lleva un trinchante, y después de haberse postrado tres veces con elegante y muy respetuosa reverencia, se acercan a la mesa y la frotan con pan y sal con tan humilde cautela como si en ella estuviera ya presente el rey".

Así terminan los solemnes preliminares. Luego, en el fondo de los corredores resonantes, repercute el toque del clarín y el grito confuso de: "¡Paso al rey! ¡Paso a Su Augusta Majestad!". Estos sonidos se van oyendo cada vez más cerca y en seguida, casi junto a nosotros, retruena el toque marcial del clarín y se repite el grito "¡Paso al rey!". Al momento, aparece la brillante comitiva y entra desfilando con medido paso. Dejemos que prosiga el cronista: "Primero vienen los caballeros, barones, condes y miembros de la Orden de la Jarretera, todos ricamente vestidos y descubiertos; les sigue el Canciller, entre dos hombres, uno de los cuales lleva el cetro real y el otro la espada del Estado en su vaina roja con flores de lis en oro. Luego se presenta el propio rey, que es saludado con el toque de doce trompetas y el redoble de numerosos tambores entre un gran clamor de bienvenida.

¡Dios salve al rey! Tras él vienen los nobles más ligados a su persona, y a izquierda y derecha marcha su guardia de honor, sus cincuenta caballeros becados, con doradas hachas de combate".

Era un espectáculo hermoso y agradable. El corazón de Tom latía con fuerza, y una mirada de júbilo iluminaba sus ojos. Su porte era esbelto y sus ademanes tenían una graciosa desenvoltura, tanto más puesto que no se daba cuenta de sus gestos, porque su pensamiento estaba absorto y embelesado con todo el esplendor y los sonidos armoniosos que le rodeaban. Recordando las instrucciones recibidas, correspondió a los saludos con una leve inclinación de cabeza y un cortés: "Gracias, mi buen pueblo".

Se sentó a la mesa sin quitarse el sombrero ni mostrarse cohibido por ello, pues comer con la cabeza cubierta era la única costumbre regia en que los reyes y los Canty tenían en común, ya que ninguno de ellos aventajaba a los otros en cuanto a la antigua familiaridad con la gorra y el sombrero. La comitiva se dispersó y vino a agruparse pintorescamente, con la cabeza descubierta.

Al son de alegre música entró luego la guardia de palacio, formada por los alabarderos, "los hombres más altos y más fornidos de Inglaterra, seleccionados por su apariencia"..., pero devolveremos la palabra al cronista para que nos hable de, ello:

Los alabarderos entraron descubiertos, vestidos de escarlata, con rosas doradas a la espalda; comenzaron a ir y venir trayendo cada uno de ellos un manjar distinto servido en vajilla de plata. El catador, entonces, daba a comer a cada alabardero un bocado del plato que había traído, por temor al veneno".

Tom comió magníficamente, a pesar de que se daba cuenta de que centenares de ojos estaban observando cada bocado que llegaba a sus labios, con un interés que no hubiera podido ser mayor si se hubiese tratado de un explosivo mortífero v hubiera estado esperando que el rey saltara hecho añicos esparcidos por el regio aposento. Tuvo buen cuidado en no precipitarse ni hacer nada por su propia iniciativa, sino esperar que el funcionario competente hincara la rodilla y lo hiciera en su lugar. Salió, pues, del paso sin cometer el menor yerro... ¡impecable e importantísimo triunfo!

Cuando por fin la comida hubo terminado y salió de la estancia en medio de una brillante comitiva, ensordecido por el clamor feliz de las aclamaciones, de los tambores y de los clarines, Tom se dijo que, si ya había pasado lo peor de la comida en público, era aquélla una prueba que no tendría el menor inconveniente en sufrir varias veces al día, con tal que con ella pudiera librarse de alguna de las más formidables exigencias de su profesión real.

FU-FÚ

Miles Hendon se dirigió apresuradamente hacia el extremo del puente por la parte de Southwark, con los ojos muy abiertos en busca de las personas que perseguía y que confiaba no tardaría en alcanzar. Sin embargo, sus esperanzas quedaron defraudadas, pues, aunque a fuerza de preguntar logró seguir sus huellas hasta un buen trecho del camino a través de Southwark, perdió allí la pista y se quedó perplejo, sin saber qué hacer. Pero, a pesar de todo, continuó sus pesquisas lo mejor que pudo durante el resto del día. Al anochecer se encontró con las piernas rendidas, medio muerto de hambre y con su deseo más lejos que nunca de verse realizado. En tal situación, cenó en la posada del Tabardo y se fue a acostar, decidido a salir muy temprano a la mañana siguiente para registrar la ciudad hasta sus últimos rincones. Entretanto, tendido en la cama, razonaba de esta manera:

"Si le es posible, el muchacho se escapará de manos de aquel rufián que pretende ser su padre, y tal vez volverá a Londres en busca de su antiguo albergue. Pero no, no lo hará, para evitar que le capturen nuevamente. Entonces ¿qué va a hacer? No habiendo tenido nunca amigos ni protector alguno en el mundo hasta que me encontró a mí, procurará, naturalmente, volverme a hallar con tal que su tentativa no le obligue a acercarse a Londres, es decir, al peligro. Se dirigirá a Hendon Hall, sí, esto es lo que seguramente hará, porque sabe que yo me propongo regresar a mi hogar y allí puede esperar encontrarme".

Sí, para Hendon el caso era sencillo: No tenía que perder más tiempo en Southwark, sino atravesar inmediatamente Kent, en dirección a Monk's Holm, registrando el bosque por todas partes y sin dejar de preguntar a quienquiera que encontrara en su camino.

Volvamos ahora al desaparecido reyecito.

El rufián a quien el mozo de la posada del puente había visto "a punto de alcanzar" al rapaz desconocido y al rey, no se unió precisamente a ellos, sino que se quedó detrás y fue siguiendo sus pasos sin pronunciar palabra. Llevaba su brazo izquierdo en cabestrillo y el ojo también izquierdo tapado con un gran parche verde. Iba cojeando un poco y se apoyaba en un bastón de roble. El rapaz condujo al rey por un camino sinuoso a través de Southwark hasta más allá de la carretera real. El joven monarca, indignado, dijo que iba a detenerse allí, porque era a Hendon a quien tocaba ir tras de él y no él tras de Hendon. No toleraría semejante insolencia y se quedaría allí mismo. Entonces el mozalbete dijo:

—¿Quieres quedarte aquí, mientras tu amigo yace herido en aquel bosque de allá abajo? Está bien, como tú quieras...

El rey cambió de actitud instantáneamente y exclamó:

—¡Herido! ¿Y quién se ha atrevido a hacerle daño? Pero ésta es otra cuestión. ¡Sigamos!

¡Sigamos! ¡Más de prisa! ¿Llevas zapatos de plomo? ¿Has dicho que está herido? ¡Aunque su agresor resulte ser el hijo de un duque, se arrepentirá de lo que ha hecho!

Quedaba todavía alguna distancia hasta el bosque, pero la recorrieron rápidamente. El rapaz miró a su alrededor, vio una rama que pendía casi tocando al suelo y que tenía un harapo atado y siguió avanzando por el interior del bosque buscando ramas en aquella misma forma para guiarse en el camino. Las iba hallando de trecho en trecho. Indudablemente eran señales para encontrar el lugar hacia donde se dirigían. Llegaron luego a un espacio despejado, desde donde se distinguían las viejas paredes ruinosas de una granja y cerca de ésta un granero que empezaba a desmoronarse. Por ninguna parte se notaban señales de vida y reinaba por doquier un profundo silencio. El rapaz penetró en el granero, seguido muy de cerca por el rey lleno de angustia. No había nadie allí. El monarca dirigió al mozalbete una mirada punzante de sorpresa y de sospecha y preguntó:

—¿Dónde está?

La contestación fue una estrepitosa carcajada burlona. El rey, súbitamente enfurecido, cogió un tronco y se disponía a atacar al golfo cuando llegó a sus oídos otra risotada de mofa lanzada por el rufián que les venía siguiendo, cojeando, a cierta distancia. El rey se volvió, irritado, y preguntó:

—¿Quién eres tú? ¿Qué vienes a hacer por aquí?

—No te hagas más el loco —dijo aquel individuo— y cálmate. Mi disfraz no es tan perfecto como para que me puedas hacer creer que no reconoces a tu padre.

—Tú no eres mi padre, no te conozco, soy el rey. Si has secuestrado a mi criado, tráelo aquí en seguida o va a costarte muy caro lo que has hecho, Juan Canty replicó con voz mesurada y enérgica:

—Es evidente que estás loco, y me duele castigarte, pero si me provocas te castigaré. Tu charla aquí no puede perjudicarnos, porque no hay quien pueda oír tus necedades..., pero más te valdrá que tu lengua se acostumbre a hablar con cautela, para que no pueda perdernos cuando vayamos a vivir a otra parte. He matado a un hombre y no puedo permanecer en casa, ni tú tampoco, porque necesito tus servicios. Como medida de prudencia he cambiado de nombre. Ahora me llamo Hobbs, Juan Hobbs, y tú vas a llamarte Jack... Procura no olvidarlo. Dime dónde está tu madre y tus hermanas. No se presentaron en el lugar de la cita. ¿Sabes adónde fueron?

El rey contestó malhumorado:

—No me fastidies con esos acertijos. Mi madre falleció, y mis hermanas están en palacio.

El mozalbete soltó una carcajada burlona y el rey le hubiera agredido, a no ser por Canty... o Hobbs, como se llamaba ahora, que lo impidió, diciendo:

—Déjalo. Hugo, no le importunes. Su mente está perturbada y tus cosas le exaltan. Siéntate, Jack, y cálmate, que pronto vas a comer un bocado.

Hobbs y Hugo se pusieron a hablar en voz baja, y el rey se separó tanto como pudo de su desagradable compañía. Se retiró a la semioscuridad del rincón más apartado del granero donde encontró que el pavimento de tierra estaba cubierto con un montón de paja de un palmo y medio de altura. Allí se tendió y cubrió su cuerpo con la paja a manera de manta. No tardó en quedar abstraído con sus cavilaciones. Sufría muchas penas, pero las más leves quedaban casi olvidadas ante la más grande de todas ellas: la pérdida de su padre. El nombre de Enrique VIII producía escalofríos a todo el mundo, pues todos veían en él a un ogro, cuyas fauces respiraban destrucción y cuyas manos repartían azotes y causaban la muerte, pero para aquel niño el nombre de su progenitor traía a su memoria sensaciones de placer. La figura cuyo recuerdo evocaba tenía una expresión de afecto y de bondad.

Recordó una larga serie de escenas de cariño entre su padre y él, y se deleitó pensando en ellas, mientras asomaban las lágrimas a sus ojos, atestiguando cuán profundo y sinceró era el dolor que torturaba su corazón. A medida que fue transcurriendo la tarde, el muchacho, agobiado por sus pesares, se fue quedando sumido en un sueño tranquilo y reparador.

Al cabo de largo rato (no hubiera podido decir cuánto) sus sentidos pugnaron por volver a la realidad, y mientras, con los ojos cerrados, se preguntaba a sí mismo vagamente dónde estaba y qué le había sucedido, notó un rumor confuso, el ruido de la lluvia que azotaba ininterrumpidamente el techo. Experimenté en aquel momento una agradable sensación de bienestar, inmediatamente interrumpida por un coro de chillidos burlescos y de bruscas risotadas. Esto le sobresaltó desagradablemente y le hizo asomar la cabeza para ver de dónde procedía la interrupción. Sus ojos contemplaron un espectáculo sombrío y repulsivo. Al otro extremo del granero, en el suelo, ardía con grandes llamas una fogata y en torno de ella, fantásticamente iluminados por sus rojizos resplandores, chillaban, sacaban la lengua y se hacían caer uno a otro interponiendo las piernas, una porción de rufianes de ambos sexos que formaban grupos abigarrados, gente harapienta y soez, de la más baja calaña que el reyecito hubiera podido soñar o ver descritos en sus lecturas. Había hombres fornidos, de piel curtida por la intemperie, con largas greñas y cubiertos de andrajos; mozos de estatura regular y semblante truculento; mendigos ciegos; lisiados con piernas de palo o muletas; enfermos y heridos cubiertos de vendas; un buhonero, un afilador, un barbero, y entre las mujeres, jovencitas, casi niñas; otras viejas, verdaderas brujas arrugadas, y tanto unas como otras, todas morenas, sucias, chillonas y deslenguadas. Además, tres niños enfermizos y un par de perros con cuerda al cuello, que servían para guiar a los ciegos.

Había llegado la noche; la pandilla acababa de cenar y comenzaba una orgía. El jarro de aguardiente pasaba de boca en boca. Se dejó oír un grito general: "¡Venga, una canción! ¡Que canten Dick y el Murciélago y luego los demás!".

Uno de los ciegos se levantó y quitándose los parches que ocultaban sus excelentes ojos y la tablilla que indicaba su fingida triste condición, se dispuso a cantar. A su vez, el Murciélago se quitó la pata de palo, y ostentando sus dos piernas sólidas, se acercó a su compañero y se preparó también para el "concierto". Su canción fue coreada por todos los presentes en estado de semiembriaguez, con tal clamor disonante que aquel estruendo de voces hizo temblar las vigas del granero.

Después comenzó con gran barullo una plática en la que quedaba demostrado que el pretendido "Juan Hobbs" no era ni mucho menos un advenedizo, pues en otro tiempo se había adiestrado en la cuadrilla. Este les relató su última hazaña, y cuando manifestó que "por accidente" había matado a un hombre, todos demostraron gran alborozo, y al añadir que su víctima era un sacerdote, hubo grandes aplausos y la consiguiente invitación general a la bebida.

Los viejos amigos le saludaron jubilosamente y los que no le conocían se sentían orgullosos de poder estrecharle la mano. Le preguntaron la razón de su prolongada ausencia, y él contestó:

—Londres es mejor que el campo, y, desde hace algunos años, se está allí más seguro. ¡Las leyes son tan duras y se aplican con tanto rigor! A no ser por el referido accidente no me hubiera movido de la capital.

Preguntó cuántos eran los miembros de la pandilla y el jefe de ésta contestó:

—Veinticinco pillastres redomados. La mayoría de ellos está aquí, pero los demás se han puesto en camino hacia el este. Nosotros emprenderemos la marcha, para seguirles, al amanecer.

—No veo a Wen entre toda esta gente honrada que me rodea. ¿Dónde está?

—¡Pobre chico! ¡Estiró la pata! Lo mataron en una reyerta a mediados del verano último. ¡Qué mal me sabe! Era un hombre inteligente y valeroso.

—Lo era, ciertamente. Black Bess, su fulana, es todavía de los nuestros, pero ahora está también de camino hacia el este; una linda muchacha, de impecable comportamiento y conducta ordenada, nadie la ha visto nunca bebida más de cuatro días por semana.

—Era muy estricta, lo recuerdo bien, muy trabajadora y digna de todo encomio. Su madre era más liberal y menos escrupulosa; una vieja bruja enojosa y endiablada, pero de un ingenio fuera de lo común.

—Por eso la perdimos. Su afición a la quiromancia y otras clases de adivinación acabaron por crearle fama de bruja. Un tribunal la condenó a morir asada a fuego lento. Me enterneció ver la gallardía con la que fue al encuentro de su fin..., maldecía e insultaba a la muchedumbre que la rodeaba en boquiabierta contemplación, mientras las llamas lamían su rostro y crujían alrededor de su vieja y gris cabeza... ¿Maldecía, he dicho? ..., ¡Les maldecía! Podrías vivir mil años y no oirías maldiciones tan impresionantes como aquéllas. Desgraciadamente su arte murió con ella. Pueden encontrarse burdas imitaciones, pero no verdaderas blasfemias.

El jefe de la chusma suspiró, y una tristeza general tuvo un momento en silencio a los concurrentes, pero pronto un buen trago hizo recobrar el ánimo a los plañideros.

—¿Hay algún otro amigo más en desgracia? —preguntó Hobbs.

—Sí, alguno. Particularmente los recién llegados, hambrientos y sin hogar. Vagaban por el mundo porque les quitaron las tierras para convertirlas en campos de pasto para las ovejas. Pedían limosna y fueron azotados, atados en la parte posterior de una carreta, desnudos de cintura para arriba, hasta hacerles manar sangre. Luego, a pesar de esto, volvieron a mendigar, y esta vez sufrieron nuevos azotes y les fue cortada una oreja. Como reincidieron por tercera vez (¿qué otra cosa podía hacer los pobres diablos?), fueron señalados en las mejillas con hierro candente y luego vendidos como esclavos. Se evadieron, los pillaron de nuevo y murieron en la horca. Es una historia breve que pronto está contada. Otros lograron escapar, aquí los tenemos: Yokel, Burns, Hodge, venid y enseñad vuestros adornos.

Estos avanzaron, se acabaron de rasgar sus harapos y dejaron al descubierto su espalda flagelada por el látigo, otro se levantó el cabello y dejó ver el lugar donde antes había tenido una oreja, luego otro mostró el estigma en forma de V, marcado con hierro candente en su hombro y también una oreja mutilada. El tercero dijo:

—Yo soy Yokel, antiguo granjero que en otro tiempo supo lo que era la prosperidad y la dicha. Tenía una esposa que me amaba y varios hijos. Ahora mi situación es muy distinta. Mi mujer y mis hijos fallecieron. Tal vez estén en el cielo, o quizá... en otro sitio, pero gracias pueden ser dadas a Dios porque no viven ya en Inglaterra. Mi buena madre, que era una mujer de conducta intachable, procuró ganarse el pan cuidando enfermos, pero uno de ellos murió sin que los, médicos supieran la causa y mi pobre madre fue condenada a morir quemada por bruja en presencia de mis hijos que lloraban amargamente al ver el horrible suplicio. ¡Las leyes inglesas! ¡Brindemos, amigos, por las leyes misericordiosas que libraron a mi madre del infierno de Inglaterra! ¡Gracias, camaradas, gracias a todos! Yo fui pidiendo limosna de casa en casa, con mi mujer y mis hijos hambrientos, pero como en Inglaterra tener hambre es un delito, nos desnudaron y nos llevaron por tres ciudades dándonos azotes. ¡Bebamos todos por las piadosas leyes inglesas, pues su látigo absorbió la sangre de mi María, así vino pronto su bendita libertad! Ahora ella y mis hijos, que murieron de hambre, duermen en la tierra acogedora a salvo de todo daño. Como más tarde volví a mendigar, aquí, en la mejilla, me marcaron con hierro candente una E que es el estigma del esclavo, y que podríais ver claramente si me lavara esta mancha que la cubre para disimularla... ¡Esclavo! ¿Comprenden esta palabra? ¡Me he escapado de mi amo y si me encuentran me ahorcarán!

De pronto, en aquel ambiente lóbrego se dejó oír una voz vibrante:

—¡No serás ahorcado! ¡Y desde hoy esta ley quedará abolida!

Todos se volvieron y se quedaron contemplando la fantástica figura del reyecito que se acercaba presuroso. Cuando salió a la luz y se le pudo ver con claridad, hubo una explosión general de preguntas.

—¿Quién es?

—¿Qué está diciendo ése?

—¿Quién eres tú, muñeco?

El muchacho se plantó serenamente en medio de todos aquellos ojos que le miraban con sorpresa y curiosidad, y con dignidad regia, contestó:

—Soy Eduardo, rey de Inglaterra. Estas palabras provocaron un barullo ensordecedor de carcajadas, en parte de mofa y en parte de satisfacción alegre por lo graciosa que resultaba la chanza. El joven monarca se sintió espoleado y replicó severamente:

—¿Es así como agradecéis la merced real que acabo de prometeros, vagabundos groseros?

Dijo mucho más, con voz indignada y ademanes violentos, pero todo se perdió en el torbellino de risotadas y de exclamaciones burlonas. Juan Hobbs, intentó varias veces hacerse oír en medio de aquella algarabía, y por fin lo logró, diciendo:

—¡Compañeros! ¡Es mi hijo, un soñador, un desequilibrado, un loco de remate! No le hagas caso. Se le antoja que es rey.

—Lo soy, en efecto —replicó Eduardo, volviéndose de cara a él—, como vas a saberlo oportunamente y a tu pesar. ¡Has confesado un asesinato y por, este crimen vas a ser ahorcado!

—¿Tú me harás traición? ¿Tú? Si llego a ponerte la mano encima...

—¡Basta! ¡Basta! —gritó el fornido jefe de la pandilla, interponiéndose a tiempo para salvar al joven monarca y acentuando este servicio con un tremendo puñetazo que derribó a Hobbs—. ¿No tienes respeto ni a reyes ni a jefes? Si vuelves a ofenderme te estrangularé con mis propias manos.

Luego, dirigiéndose a Su Majestad, añadió:

—Haces mal en dirigir amenazas a tus compañeros, muchacho. Ten la lengua y guárdate de decir mal de ellos sea donde fuere. Sé rey, si eso satisface tu locura, pero no te conviertas en un demente peligroso. No vuelvas a atribuirte el supremo título que acabas de mencionar, porque es traición. Nosotros podemos ser malos en algunas cosas de poca importancia, pero no llegamos al extremo de cometer la villanía de traicionar al rey. Sobre este punto somos perfectamente leales. Fíjate si digo la verdad. Ahora... gritemos todos juntos: ¡Viva Eduardo, rey de Inglaterra!

—¡Viva Eduardo, rey de Inglaterra!

El grito estentóreo de la abigarrada cuadrilla fue tan estridente que el desvencijado recinto repitió el eco. Las facciones del reyecito expresaron una viva satisfacción, y con una ligera inclinación de cabeza, dijo con grave sencillez:

—Gracias, mi buen pueblo.

Esta respuesta inesperada provocó nuevamente la hilaridad bulliciosa de los allí reunidos. Cuando de nuevo reinó algo parecido al silencio, el jefe dijo con firmeza, pero con cierta afabilidad tosca:

—No me vuelvas a salir con ésas, chico, que esto no es prudente ni está bien. Si quieres salirte con la tuya, escoge al menos otro título.

Un calderero dio a gritos una idea singular:

—¡Fufú, rey de los bobos!

El título tuvo éxito instantáneo y todos vociferaron con un bramido atronador:

—¡Viva Fufú I, rey de los bobos!

A lo cual siguió una gritería mezclada con carcajadas, maullidos e interjecciones de toda especie:

—¡Tráiganlo aquí y corónenlo!

—¡Pónganle el manto real!

—¡Otórguenle el cetro!

—¡Siéntenlo en el trono!

Estos y veinte gritos más resonaron a un tiempo, y casi antes de que la pobre víctima pudiera tomar aliento, se vio coronado por una jofaina de hoja de lata, envuelto en una manta hecha jirones, entronizado encima de un tonel, y provisto, a guisa de cetro, de la barra de hierro que utilizaba el calderero para las soldaduras.

Luego cayeron todos de rodillas ante él y prorrumpieron en un coro de irónicas lamentaciones y súplicas burlonas, mientras se enjugaban los ojos con sus mangas y delantales sucios y andrajosos.

—Sé benigno para con nosotros, ¡oh, bondadoso rey!

—¡No pisotees a estos gusanos que te imploran! ¡Oh, noble Majestad!

—¡Ten piedad de tus esclavos y consuélalos con un real puntapié!

—¡Alégranos, caliéntanos con tus rayos bienhechores, oh sol refulgente de soberanía!

—¡Santifica el suelo con el contacto de tu pie, para que podamos comer la mugre y ennoblecernos!

—¡Dígnate escucharnos, señor, para que los hijos de nuestros hijos puedan hablar de tu real condescendencia y se sientan orgullosos y felices a través de los siglos!

Y el calderero humorista dio prueba aquella noche de su mejor rasga de ingenio llevándose los correspondientes honores. Arrodillándose, pretendió besar el pie del rey, y fue rechazado con una patada de indignación. Entonces fue pidiendo a todos un harapo para ponérselo en la cara, en el sitio tocado por el pie del monarca, declarando que tendría que preservar aquella señal del contacto del aire vulgar y que iba a hacer fortuna enseñándola, por la carretera real, a todos los transeúntes, al precio de cien chelines por exhibición. Y se mostró tan divertidamente burlesco y chistoso que provocó la envidia y la admiración de aquella gentuza sarnosa.

Los ojos del monarca se inundaron de lágrimas de vergüenza y de indignación, mientras iba pensando: "Si les hubiera causado un tremendo agravio, no podrían mostrarse más crueles... Y sin embargo, no he hecho más que testimoniarles mi bondad... ¡Y es así como demuestran su gratitud!".

EL PRÍNCIPE DE LOS VAGABUNDOS

La pandilla de vagabundos se despertó al amanecer y se puso en camino. El cielo estaba encapotado, el suelo cubierto de cieno y el aire invernal era punzante. La alegría de aquella chusma se había desvanecido. Alguno de aquellos sujetos se mostraba silencioso y huraño, otros enojados y quisquillosos y ninguno de ellos estaba de buen humor. Todos tenían sed.

El jefe dio breves instrucciones a Hugo para que se encargara de "Jack" y ordenó a Juan Canty que se mantuviera alejado del muchacho y le dejara en paz. También advirtió a Hugo que no tenía que tratar al jovencito con demasiada rudeza.

Al cabo de un rato mejoró el tiempo y las nubes desaparecieron en parte, La cuadrilla dejó de sentir escalofríos y su mal humor mejoró en seguida. Todos se fueron alegrando poco a poco y, al final, comenzaron a gastarse bromas los unos a los otros y a insultar a los transeúntes que circulaban por la carretera. Esto demostraba que despertaban de nuevo a la exacta apreciación de la vida y sus alegrías. El temor que inspiraban a todo el mundo se descubría claramente en el hecho de que todo transeúnte les cedía el paso y toleraba sus impúdicas insolencias sin aventurarse a replicar. Una de sus hazañas consistía en arrancar la ropa blanca tendida en los setos, la mayor parte de las veces, con toda desfachatez, en presencia de su dueña, que nunca protestaba y parecía agradecer a aquellos malhechores que no se llevaran también los setos.

Luego invadieron una pequeña masía, se instalaron en ella como Pedro por su casa, y mientras el modesto granjero tembloroso y su familia se apresuraban a preparar cuanto tenían en la despensa para dar de comer a los intrusos, éstos se entretenían en acariciar la cara de la mujer y de sus hijas mientras recibían el alimento de sus manos, con ademanes y dicharachos insolentes respecto a ellas, acompañados de epítetos injuriosos y de burdas carcajadas. Mientras iban comiendo tiraban huesos y vegetales al granjero y a sus hijos y les dedicaban continuamente indirectas mortificantes, y aplaudían estrepitosamente cuando la burla se consideraba muy graciosa. Acabaron por dar un pescozón a una de las hijas, que se indignó por sus insolencias. Al despedirse amenazaron con volver y prender fuego a la casa, con la familia dentro de ella, si llegaba a oídos de las autoridades la menor noticia relativa a sus fechorías.

A eso de las doce del mediodía, después de una larga caminata aburridísima, la pandilla hizo un alto detrás de un seto en las afueras de una población importante. Se dio una hora de permiso para descansar, y todos se diseminaron para penetrar en el pueblo por distintos puntos, con objeto de dedicarse allí a sus respectivas profesiones. "Jack" fue enviado con Hugo, y ambos vagaron largo rato en busca de una ocasión propicia para hacer algún "negocio", pero como la oportunidad no se presentaba, acabó por declarar:

—No veo nada para robar. Este es un lugar mezquino y desdeñable. Tendremos, pues, que pedir limosna.

—¿Pedir limosna? Sigue tú un oficio, que bien te cuadra, pero yo no haré de pordiosero.

—¿Que no vas a hacer de pordiosero? —exclamó Hugo contemplando al rey, asombrado—. Pero, dime, ¿desde cuándo has cambiado de modo de ser?

—¿Qué quieres decir?

—¿No fuiste durante toda tu vida pidiendo limosna por las calles de Londres?

—¿Pedir limosna yo, idiota?

—Déjate de cumplidos; resérvalos para otra ocasión. Tu padre afirma que mendigaste toda tu vida. ¿Por ventura mintió? ¿Vas a atreverte a decir que lo que dijo es falso? —refunfuñó Hugo.

—Ese a quien tú llamas mi padre, sí, ha mentido.

—Bueno, amigo, deja al menos por un rato de representar tu gracioso papel de loco. Procura emplearlo para divertirte, pero no para perjudicarte a ti mismo. Si le cuento lo que acabas de decirme, te va a tostar la piel de mala manera.

—No te molestes. Se lo diré yo mismo.

—Aprecio tu valor, de veras, pero no admiro tu juicio. Bastantes palizas y trasiegos sufre uno en esta vida sin apartarse de su camino para ir a su encuentro. Pero dejemos correr este asunto. Yo creo lo que dice tu padre. No me cabe duda que es capaz, de mentir cuando lo cree conveniente, como lo hacemos todos cuando nos interesa, pero, ¿qué iba a sacar de mentir en esta ocasión? Un hombre inteligente no gasta en vano un recurso tan apreciable como lo es la mentira. Pero marchémonos de aquí, y puesto que no estás de humor para pedir limosna, ¿en qué nos ocuparemos? ¿En robar cocinas?

El rey contestó con impaciencia:

—¡Basta ya de insensateces! ¡Me estás fastidiando! Entonces Hugo replicó con aspereza:

—Oye, compañero: No pedirás limosna, no robarás puesto que te niegas a hacerlo, pero me servirás de añagaza mientras yo vaya "actuando". ¡Niégate también a eso si te atreves!

El rey se disponía a replicar despectivamente, cuando Hugo le interrumpió, diciendo:

—¡Calla! Por ahí viene un hombre de semblante bonachón. Ahora voy a dejarme caer al suelo como si me hubiera dado un ataque. Cuando ese hombre se haya acercado a nosotros, tú empezarás a gemir y caerás de rodillas junto a mí, fingiendo que lloras desesperadamente. Luego prorrumpirás en gritos estentóreos como si tuvieras todos los diablos metidos en el cuerpo, y dirás con voz plañidera: "¡Oh, señor, es mi pobre hermano que está enfermo y estamos completamente desamparados!

¡Por el amor de Dios! ¡Ten compasión de este pobre enfermo que están contemplando vuestros ojos abandonados aquí en su horrible desgracia! ¡Dad un miserable penique a un ser desamparado de Dios, que se halla a punto de perecer!...". Y no olvides que no has de cesar de gemir hasta que nos haya dado el penique, pues, de lo contrario, te arrepentirás.

Inmediatamente Hugo comenzó a gemir, a gruñir, a poner los ojos en blanco y a tambalearse, y cuando el desconocido se hubo acercado, se dejó caer al suelo delante de él, al mismo tiempo que lanzaba un chillido y se retorcía en el polvo, como si estuviera en los estertores de la agonía.

—¡Oh, pobrecito, pobrecito! —exclamó el compasivo forastero bondadoso—. ¡Cómo debe estar sufriendo! ¡Espera..., déjame auxiliarte, infeliz muchacho!

—¡Oh, noble caballero! ¡Dios los bendiga por ser de tan elevado linaje y tan generoso! Pero cuando me da el ataque sufro horribles dolores si alguien me toca. Mi hermano podrá explicar a vuestra excelencia cuál es mi angustia cuando me hallo en este estado. ¡Un penique, señor, un penique para comprar algo que comer y déjenme con mi amargura!

—¿Un penique? Te voy, a dar tres, pobre chico —dijo el desconocido metiéndose la mano en el bolsillo con apresuramiento nervioso—. Tómalos, pobrecillo, y que te sirvan de alivio. Ahora tú, ven acá, muchacho, y ayúdame a llevar a tu hermano a aquella casa, donde...

—Yo no soy su hermano —repuso el rey, interrumpiéndole.

—¡Cómo! ¿Que no eres su hermano?

—¡Oh! ¡Hay que oírle! Reniega de su hermano —gruñó Hugo, sin dejar de rechinar los dientes cuando éste está con un pie en el sepulcro...—. Verdaderamente, muchacho, has de tener el corazón muy duro si éste es tu hermano. ¿No te da vergüenza? ¿No ves que apenas puede mover la mano o el pie? Si no es tu hermano, entonces, ¿quién es?

—¡Un mendigo y un ladrón! Se ha quedado con las monedas que le has dado y al mismo tiempo te ha robado lo que llevabas en el bolsillo. Harías un verdadero milagro de curación si golpearas con tu bastón sus espaldas y confiaras lo demás a la Providencia.

Pero Hugo no esperó el milagro. En un abrir y cerrar de ojos se levantó y huyó rápido como el viento perseguido por el caballero y sin dejar de dar gritos mientras corría. El rey, dando gracias al cielo por haber conseguido la libertad, huyó en dirección opuesta, y no aflojó la carrera hasta que se consideró fuera de peligro. Tomó el primer camino que se le ofrecía y pronto se halló muy lejos de aquella pequeña población. Siguió andando a paso ligero, tan de prisa como podía, durante varias horas, mirando a cada momento ansiosamente hacia atrás para convencerse de que no le perseguían, pero por fin sus temores dieron paso a una sensación de seguridad que le tranquilizó. Entonces notó que tenía hambre y que estaba muy fatigado. Se detuvo en una masía, pero cuando se disponía a hablar fue interrumpido y despedido bruscamente. Su ropa le desfavorecía. Comenzó a vagar de una parte a otra indignado y decidido a no volver a sufrir un trato tan despectivo. Pero el hambre domina al orgullo, y por eso, al anochecer hizo una nueva tentativa en otra granja, pero esta vez le dio todavía peor resultado, pues fue insultado y le amenazaron con hacerle prender como merodeador si no se alejaba de aquellos parajes inmediatamente.

Vino la noche nublada y fría, y el pobre monarca seguía andando despacio con los pies doloridos. Se veía obligado a estar continuamente en movimiento, porque cada vez que se sentaba para descansar el frío le penetraba hasta los huesos. Todas sus sensaciones y lo que le iba ocurriendo a través de la melancólica oscuridad y de la extensa vacuidad de la noche, era para él nuevo y extraño. Oía a intervalos palabras y voces que se iban acercando y luego se disipaban en el silencio, y como no distinguía de los cuerpos de las personas que las pronunciaban más que una sombra informe y móvil, todo aquello tenía algo de espectral y pavoroso que le hacía estremecer. De vez en cuando divisaba a lo lejos una lucecita oscilante, siempre muy lejana, como si estuviera en otro mundo. Cuando oía el sonido del cencerro de una oveja, era también vago, distante, confuso. De cuando en cuando se dejaban oír los ladridos quejumbrosos de un perro a través de una gran extensión invisible de campos y de bosques. Aquellos sonidos lánguidos y lejanos hacían pensar al reyecito que toda la actividad de la vida se hallaba muy lejos de él y que se encontraba ahora extraviado y sin amigos en una soledad inconmensurable.

Siguió avanzando con la espeluznante fascinación de aquella nueva aventura, con frecuentes sobresaltos causados por el suave murmullo de la hojarasca, que producía el efecto de cuchicheos humanos. De pronto se encontró ante la luz de un farol que se hallaba al alcance de su mano. Retrocedió hasta la penumbra y se quedó esperando. El farol alumbraba la puerta abierta de un granero. El rey dejó pasar unos momentos. No se oía el menor ruido ni se notaba el menor movimiento. El estar allí quieto le hizo sentir un frío tan intenso, y aquel granero hospitalario era tan tentador, que el muchacho, al fin, decidió arriesgarlo todo y entrar. Penetró en él ligero y de puntillas y oyó voces a su espalda. Se acurrucó detrás de un tonel dentro del granero y vio entrar a dos labradores que llevaban el farol y que comenzaron a trabajar mientras iban hablando. El rey, mientras los dos hombres iban y venían con el farol, observó detenidamente lo que parecía ser un establo bastante anchuroso en el extremo del granero, y se prometió ir hasta allí a tientas tan pronto como estuviera solo. Se fijó también en un montón de mantas para caballo a mitad del trecho que tendría que recorrer para llegar al establo, y pensó cogerlas para el servicio de la corona de Inglaterra por una noche.

Por fin, los dos hombres terminaron su labor y se retiraron, llevándose el farol y cerrando la puerta. El rey, tiritando, se dirigió hacia el lugar donde se hallaban las mantas, con toda la presteza que le permitía la penumbra. Las cogió y, sin tropezar, llegó a tientas al pesebre.

Con dos de ellas se preparó una cama y se tapó con las otras dos. En aquel momento se consideraba un monarca feliz, a pesar de que dichas mantas eran viejas y delgadas y, por consiguiente, de escaso abrigo y, además, exhalaban un sofocante hedor de caballo.

Aunque el rey estaba hambriento y muerto de frío, se sentía al mismo tiempo tan cansado y soñoliento que estas dos últimas influencias empezaron pronto a aventajar a las primeras, y el pequeño monarca quedó en seguida en un estado de semiinconsciencia. Y luego, cuando estaba a punto de quedar completamente dormido, notó que le tocaban. Aquella impresión le desveló instantáneamente por completo y dio unas boqueadas para tomar aliento. El horror frío de aquel misterioso contacto en la oscuridad detuvo los latidos de su corazón. Se quedó inmóvil y escuchó, sin respirar apenas, pero no oyó el menor ruido; todo estaba quieto. Siguió escuchando y esperó ansioso durante unos momentos, que le parecieron interminables, pero nada se movía tampoco, y continuaba reinando el silencio más absoluto. Volvió, pues, al fin, a quedar sumido en el sopor, pero, súbitamente, sintió de nuevo el misterioso contacto. Resultaba espantoso aquel ligero contacto de una presencia silenciosa e invisible que llenó al muchacho de terror a los espectros. ¿Qué iba a hacer? He aquí una pregunta a la que no acertaba a hallar contestación.

¿Abandonaría aquel refugio confortable para huir del insondable horror que le rodeaba? Pero, ¿adónde iría? No podría salir del granero, y la idea de ir andando a ciegas de un lado para otro en la penumbra, dentro de aquel cautiverio de cuatro paredes, perseguido continuamente por aquel fantasma, que a cada momento le amedrentaría con su espeluznante contacto en las mejillas o en los hombros, le resultaba intolerable. ¿Sería verdaderamente mejor quedarse allí y soportar la tortura de pasar una noche de muerte en vida? No. Pero, ¿qué podía hacer? ¡Ah, no había más que una solución, y era alargar oportunamente la mano para agarrar aquel cuerpo invisible! ¡No había otro remedio, lo sabía perfectamente!

La idea resultaba muy sencilla, pero lo difícil era tener valor para llevarla a cabo. Tres veces extendió un poco la mano muy tímidamente en la oscuridad, pero la retiró en seguida con un espasmo de terror, no porque hubiera tocado algo, sino porque estaba seguro de que iba a hacerlo. Pero la cuarta vez estiró algo más el brazo y su mano tropezó con algo suave y caliente. Esto le dejó casi petrificado de espanto. Tal era su estado de ánimo que le era imposible suponer que aquello podía ser otra cosa más que un cadáver todavía caliente...

Pensó que preferiría morir antes que atreverse a tocarlo otra vez, pero discurría de esta manera porque ignoraba la fuerza irresistible de la curiosidad humana. Al cabo de poco rato, su mano temblorosa volvía a palpar instintivamente y con persistencia. Entonces encontró un mechón de pelo largo. Se estremeció, pero continuó palpando y encontró algo que parecía una cuerda caliente. Siguió tanteando cuerda arriba y descubrió que ¡se trataba de una inocente ternura!... porque la supuesta cuerda no era tal cuerda, sino la cola del animal.

Entonces el rey se sintió muy avergonzado por haber experimentado terror a causa de algo tan natural y desdeñable como lo es una ternera dormida. Sin embargo, se alegró de aquella inesperada compañía, que le daba calor y consuelo en su soledad, pues se había sentido tan abandonado que agradeció la presencia de tan humilde animal. Había sido tan maltratado y mortificado por sus semejantes, que era un consuelo la compañía de aquel ser de buen natural y temperamento apacible, por más que careciera de atributos más elevados. Así pues, decidió olvidar su rango y hacerse amigo del animal.

Mientras acariciaba el lomo cálido y lustroso (pues la ternera yacía junto a él al alcance de la mano), se le ocurrió que podría serle útil en muchos sentidos. Trasladó su camastro junto a la bestia, y se tapó con la frazada extendiéndola asimismo sobre su nueva amiga, con lo cual se halló al cabo de un momento tan caliente y confortable como en los blandos canapés del palacio real de Westminster.

En seguida acudieron a su mente pensamientos agradables que venían a alegrar su existencia. Se veía libre de las repugnantes ligaduras de la servidumbre y del crimen, lejos de brutales y villanos malhechores, cobijado bajo un techo y con calor, en una palabra, era dichoso. Comenzó a soplar impetuosamente la borrasca nocturna que hacía temblar el viejo granero destartalado. Luego la fuerza del huracán disminuía a intervalos, pero el viento seguía silbando y gimiendo por las rendijas y las esquinas.

Pero todo aquello era para el rey pura música, ahora que estaba cómodo y bien abrigado. Se arrimó más a la ternera y quedó dormido como un bendito, sumido en un sueño profundo y sin pesadillas, sereno y tranquilo. Se oía a lo lejos el aullido de los perros, el mugido melancólico de las vacas, el lúgubre silbido del vendaval y la furia del chubasco que azotaba el tejado, pero la Majestad de Inglaterra siguió durmiendo imperturbable, y otro tanto hizo la ternera, un animal manso que no se dejaba turbar por la tormenta ni sentía reparo en dormir con un rey.

EL PRÍNCIPE DE LOS CAMPESINOS

Cuando el rey se despertó a la mañana siguiente, muy temprano, se encontró con que una rata mojada, pero comodona, se había refugiado en el granero durante la noche, y junto a su pecho se había procurado una confortable cama, pero al ver su reposo turbado por el despertar del monarca, huyó veloz, mientras el rey sonreía, diciendo para sus adentros.

"¡Pobre tonta! ¿Por qué tanto miedo? Yo estoy tan desamparado como tú. Sería vergonzoso que causara daño a un ser desvalido hallándome en la misma situación que él. Además, he de agradecerte el buen presagio de tu presencia, porque cuando un rey ha ido a caer tan bajo que hasta las ratas aprovechan su cuerpo para formar con él su cama, eso significa que su suerte tiene que cambiar forzosamente, pues no cabe duda que no le es posible ir a parar a una situación más miserable".

Se levantó y salió del establo en el momento en que oía voces infantiles. La puerta del granero se abrió y entraron dos niñas, que al verle dejaron de hablar y reír, se detuvieron y se quedaron inmóviles, contemplándole con verdadera curiosidad. Luego se susurraron unas palabras al oído, se acercaron más al monarca, volvieron a detenerse, le miraron de nuevo con ojos escudriñadores y siguieron con sus cuchicheos. Poco después se mostraron más atrevidas y comenzaron a hablar en voz alta.

—Tiene una cara muy bonita —dijo una de ellas—. Y el cabello precioso —repuso la otra.

—Pero va bastante mal vestido.

—¡Y qué aspecto tan hambriento tiene!

Se le acercaron todavía más, rodeándole tímidamente y examinándole de pies a cabeza, como si se tratara de una nueva especie extraña de animalito, y por si llegaba el caso, pudiera morder, le observaban con cautela. Finalmente se detuvieron delante de él, y dándose la mano para protegerse mutuamente le estuvieron mirando largo rato con ojos inocentes. Entonces una de ellas, armándose de valor, se decidió a preguntarle con honesta franqueza:

—¿Quién eres, muchacho?

—Soy el rey —contestó éste, con gravedad. Las niñas experimentaron un pequeño sobresalto, abrieron desmesuradamente los ojos y permanecieron medio minuto sin pronunciar palabra. Pero la curiosidad rompió el silencio.

—¿El rey? ¿Qué rey?

—El rey de Inglaterra.

Las niñas se miraron la una a la otra, después le miraron a él y volvieron a mirarse entre sí con admiración y asombró.

Una de ellas exclamó:

—¿Lo has oído, Margarita? Dice que es el rey. ¿Será cierto?

—¿Por qué no va a ser verdad, Prissy? ¿Por qué tendría que mentir? Porque, oye, Prissy, si no fuese cierto, sería falso... Claro que lo sería.

Piénsalo bien. Pues todas las cosas que no son verdad, son mentira... Y no puedes figurarte que no sea así.

Era éste un argumento que no admitía réplica, y las dudas de Prissy no tenían base donde apoyarse. Reflexionó un momento y luego hizo al rey todo el honor con estas simples palabras:

—Si eres verdaderamente el rey, te creo.

—Sí, en efecto, soy el rey.

El asunto quedó, pues, resuelto. La realeza de, Su Majestad fue admitida sin más preguntas ni objeciones, y las dos chiquillas comenzaron en seguida a preguntarle cómo había ido a parar a su casa, por qué iba tan mal trajeado, adónde se dirigía y otras muchas cuestiones sobre el particular. Fue un gran consuelo para el monarca poder confiar sus sinsabores a alguien que le escuchara sin dudar de sus palabras y sin burlas. Relató, pues, su historia con todo detalle y ardor, hasta el extremo de olvidar por un momento que tenía hambre. Las dos pequeñas le escuchaban con profunda y tierna simpatía. Pero cuando les explicó la última etapa de sus aventuras, y se enteraron de las largas horas que había pasado sin comer, le interrumpieron para salir corriendo del granero en busca de alimento.

El rey se sentía ahora alegre y feliz y pensaba:

"Cuando vuelva a ocupar mi puesto en palacio, honraré siempre a los niños, porque recordaré que estas dos muchachas me han tenido confianza y me han socorrido, mientras que las personas de más edad, y que se creen más inteligentes se han burlado de mí y han creído que yo era un impostor".

La madre de las niñas recibió al rey con afabilidad y se mostró muy compasiva, porque su desamparo y su inteligencia, al parecer perturbada, conmovieron su corazón de mujer. Era viuda y bastante pobre, circunstancia que le había hecho conocer el dolor de la penuria demasiado de cerca, para no tener piedad de los desgraciados. Se figuró que el niño loco se había extraviado y procuró averiguar su procedencia para devolverlo a su familia. Pero todas sus diligencias con este objeto resultaron infructuosas. La expresión del muchacho y sus contestaciones demostraban que todo aquello a que la buena mujer aludía le era completamente desconocido. El monarca hablaba con gravedad y sencillez de los asuntos de la corte, y más de una vez el llanto entrecortó sus palabras al hacer referencia al difunto rey su padre. Y siempre que la conversación versaba sobre otros temas menos elevados, el muchacho no sentía interés por la plática y guardaba silencio.

La buena mujer estaba en extremo intrigada; pero no desistía en su empeño, y mientras cocinaba empezó a meditar sobre cuál sería la mejor manera de inducir al jovencito a que revelara su verdadero secreto. Le habló de las vacas, de las ovejas, de los distintos rebaños, pero el muchacho le escuchó con indiferencia. Por lo tanto, su suposición que pudiera ser un pastor era equivocada. Le mencionó los molinos, los tejedores, los caldereros, los herreros y toda clase de oficios y profesiones, pero el resultado fue también negativo; hizo referencia a Bedlam, a las cárceles y a los asilos, pero con todo fracasaba. Sin embargo, no se daba por vencida, pensando que no le había hablado todavía del servicio doméstico. Sí, ahora estaba segura de que se hallaba sobre una buena pista. Probablemente el muchacho era un criado. La buena mujer encauzó la conversación sobre este punto, pero quedó igualmente decepcionada. El tema de encender fuego y del aseo de la casa pareció fastidiarle, y, finalmente, la buena mujer, perdida ya casi toda esperanza, le habló de la cocina. Con gran sorpresa y no menor satisfacción vio que las facciones del, rey se animaban instantáneamente.

"¡Ah! —pensó—. ¡Por fin le he cazado", y se sintió orgullosa de su perspicacia y del tacto con que había conseguido su objetivo!

Ahora, su lengua, cansada de tanto charlar, aprovechó la ocasión para descansar un momento, porque el rey, inducido por el hambre y por el aroma que esparcían las sartenes y las ollas, tomó entusiasmado la palabra y detalló con tal exactitud elocuente ciertos platos exquisitos, que al cabo de tres minutos la buena mujer dijo para sus adentros: "Esta vez estoy segura que he acertado... ¡Ha sido pinche de cocina!".

Entonces se extendió sobre los manjares con tal exaltación y tanto acierto, que la buena mujer pensó: "¡Dios mío! Pero ¿cómo puede estar enterado de tantos y tan exquisitos platos? Porque los que él cita sólo se comen en la mesa de los potentados y de la gente de alto rango. ¡Ah! ¡Ya comprendo! A pesar de lo harapiento, tiene que haber servido en palacio antes de perder la razón. No cabe duda que habrá sido pinche en la cocina del propio rey... Voy a ponerlo a prueba".

Ansiosa de convencerse de su astucia, dijo al rey que podría cuidarse durante un rato de la cocina y añadir, si le parecía bien, uno o dos platos a su elección y antojo. Luego, haciendo una seña a sus hijas para que le siguieran, salió de la estancia. Entonces el monarca murmuró:

—Hubo en la antigüedad otro rey de Inglaterra que tuvo también que encargarse de un trabajo como el que yo voy a hacer ahora. No rebaja, pues, mi dignidad una ocupación que el gran Alfredo se vio obligado a desempeñar. Pero voy a procurar cumplir mí cometido mejor que lo hizo él, puesto que dejó que se quemaran los pasteles.

La intención era buena, pero el resultado no respondió a sus esperanzas, pues este monarca, como el de antaño, no tardó en quedar abstraído con sus importantes preocupaciones y le ocurrió el mismo contratiempo: sus viandas se quemaron. La buena mujer llegó a tiempo para salvar el almuerzo de su pérdida más completa, y pronto sacó de su ensimismamiento al rey con una viva reprimenda. Pero al ver lo turbado que estaba el pobre muchacho por haber cumplido tan mal el encargo, trocó en seguida sus frases de censura por palabras de cariño y de bondad.

Comió luego el niño espléndida y satisfactoriamente, y se sintió con ello reconfortado y alegre. Fue una comida que se distinguió por un detalle curioso, y es que ambas partes prescindieron de todo cumplido, pero sin que ninguna de ellas se diera cuenta de dicha omisión.

La bondadosa mujer tenía intención de nutrir a aquel "vagabundo" con restos de comida, como se hace con un perro, pero se arrepentía tanto de haberle regañado, que hizo cuanto pudo para compensar su violencia, y con este objeto permitió que el muchacho se sentara a la mesa con la familia y comiera con sus "superiores" en términos de igualdad muy ostensibles, y el rey por su parte lamentaba tanto haber cumplido mal su cometido, después de haberse mostrado tan bondadosa para con él la familia, que se propuso hacerse dispensar su poco cuidado humillándose ahora hasta el nivel de ésta, en lugar de exigir a la mujer y a las niñas que permanecieran de pie y le sirvieran mientras él ocupaba su mesa en solitario, como correspondía a su nacimiento y dignidad. A todos nos favorece prescindir de cuando en cuando de la altanería. La buena mujer se sintió satisfecha de su propia condescendencia generosa para con un vagabundo, y el rey, por su parte, se sintió también muy complacido por su propia humildad benigna ante una modesta campesina.

Cuando el almuerzo hubo terminado, la hacendosa mujer dijo al rey que lavara los platos. Esta orden hizo vacilar al soberano, que estuvo a punto de rebelarse, pero pensó: "Alfredo el Grande se encargó de los pasteles, y seguramente habría también lavado los platos..., por lo tanto, probaré de hacerlo".

Y lo hizo bastante mal, con gran sorpresa suya, porque el lavado de cucharas de madera y de cuchillos le había parecido a primera vista cosa muy fácil. Era una faena fastidiosa, pero al fin la terminó. Comenzaba a impacientarse por continuar su viaje; sin embargo, no tenía que abandonar tan precipitada y desdeñosamente la compañía de aquella amable mujer.

Esta le encargó cosas de poca importancia que él llevó a cabo con bastante lentitud y con éxito regular. Después le puso en compañía de las niñas a mondar manzanas de invierno, pero el monarca demostró tan poca traza en aquella ocasión, que la mujer le retiró de aquella faena y le dio un cuchillo de carnicero para que lo afilara. Luego le tuvo cardando lana tanto rato que el muchacho empezó a darse cuenta que había hecho extraordinariamente la competencia al rey Alfredo... Y decidió "dimitir" de su cargo. En efecto, cuando después de la comida, la mujer le presentó un cesto con unos gatitos para que los ahogara, consideró que aquélla era la ocasión oportuna para negarse a cumplir el encargo..., pero sobrevino una inesperada interrupción: Juan Canty, con una caja de baratillero a cuestas y en compañía de Hugo.

El rey descubrió a aquellos perillanes cuando se acercaban por la verja de la fachada, antes de que ellos pudieran darse cuenta de su presencia. Por consiguiente, dejó correr lo de la dimisión, cogió el cesto con los gatitos y salió por la puerta posterior sin decir palabra. Dejó los animalitos en un cobertizo contiguo a la casa y salió a escape por una angosta callejuela.

EL PRÍNCIPE Y EL ERMITAÑO

El alto seto le ocultaba ahora a la vista de quienes estaban en la casa y, bajo el impulso de un terror implacable, el muchacho echó a correr con todas sus fuerzas en dirección a un bosque lejano. No miró hacia atrás hasta que hubo alcanzado el refugio de la floresta.

Entonces, al observar la lejanía, divisó a gran distancia dos figuras, que no se entretuvo en examinar detalladamente, pues su aparición fue suficiente para que el monarca reemprendiera la carrera sin aflojar su velocidad hasta que estuvo muy adentrado entre la arboleda y en la semioscuridad del crepúsculo. Entonces se detuvo, convencido de que estaba bastante a salvo. Escuchó atentamente y pudo comprobar un silencio profundo y solemne..., que incluso causaba pavor. Agudizando continuamente el oído, percibía, con largos intervalos, algún sonido, pero tan remoto, hueco y misterioso, que no parecía ser un rumor real, sino el gemido de algún espectro que venía a aumentar el horror de aquella quietud imponente.

Al principio, la intención del monarca era quedarse allí hasta el amanecer, pero pronto un escalofrío recorrió su cuerpo sudoroso, y para recobrar el calor se vio obligado a seguir andando. Avanzó por el bosque en línea recta, esperando encontrar un camino, pero su confianza quedó defraudada. Continuó avanzando, y cuanto más andaba, la espesura del bosque parecía ser más densa. Aumentaba la penumbra y el rey comprendió que llegaba la noche oscura, y se estremeció al pensar que tendría que pasarla en un lugar tan sombrío y solitario. Procuró, pues, acelerar el paso, pero avanzaba menos aún, porque como no veía lo bastante para saber dónde ponía los pies, tropezaba continuamente con multitud de raíces y se enredaba en un sinfín de matorrales.

¡Cuál no fue su júbilo al divisar, por fin, el destello de una luz! Se acercó a ella cautelosamente, deteniéndose una y otra vez para mirar a su alrededor y escuchar. La luz procedía de una ventana sin cristales de una pequeña cabaña destartalada. El muchacho oyó una voz y se disponía a echar de nuevo a correr y a ocultarse, pero se tranquilizó y no lo hizo, al darse cuenta de que aquella voz estaba rezando. El monarca se deslizó silenciosamente hasta la ventana, se puso de puntillas y miró al interior de la choza. La estancia era pequeña y el pavimento de tierra endurecido a fuerza de ser pisado. En un rincón se veía un camastro de junco con una o dos mantas hechas jirones, y junto a él un cubo, un cazo, una jofaina y varias ollas, cacerolas y sartenes.

También había en aquel cuarto un banco estrecho y un taburete de tres patas, en el hogar quedaba el rescoldo de una fogata de leña. Ante una capillita, iluminada por una sola vela, un anciano, arrodillado, estaba orando. Tenía a su lado, encima de una caja de madera vieja, un libro abierto y una calavera. Era un hombre alto y huesudo, de cabello y barba blancos como la nieve. Vestía una túnica de pieles de cordero que le cubría el cuerpo desde la garganta hasta los pies.

"¡Un santo ermitaño! —dijo el rey para sí—. Esta vez he estado verdaderamente de suerte".

El ermitaño se levantó y el monarca llamó a la puerta. Una voz grave contestó:

—Entren, pero dejen fuera el pecado, porque la tierra donde van a poner el pie es santa.

El monarca entró y se detuvo. El ermitaño le dirigió una mirada inquieta y centelleante y le preguntó:

—¿Quién eres?

—Soy el rey —repuso el muchacho con plácida sencillez.

—¡Bien venido, rey! —exclamó el ermitaño, con entusiasmo. Y con actividad solícita, y sin dejar de repetir: "¡bienvenido!, ¡bienvenido!", preparó el banco, hizo sentar al rey junto al fuego, echó al rescoldo algunos troncos, y finalmente se puso a pasear de uno a otro lado de la estancia—. ¡Bienvenido! ¡Bienvenido! —añadió—. Fueron muchos los que se presentaron aquí en busca de santo asilo, pero como no eran dignos de hospitalidad, no fueron admitidos... Pero un rey que desdeña su corona y los vanos esplendores de su alta dignidad y se viste de andrajos para dedicar su vida a la santidad y a la mortificación de la carne, un monarca de este carácter sí que es digno de penetrar en este santuario para permanecer en él hasta la hora de su muerte. ¡Bienvenido!

El rey se apresuró a interrumpirle con intención de explicarle el caso, pero el ermitaño no le escuchaba, ni parecía oírle, y prosiguió su plática con energía creciente:

—Aquí podrás estar tranquilo. Nadie encontrará tu refugio y, por lo tanto, no te molestarán con súplicas para que vuelvas a esa vida insustancial y necia que Dios te ha inducido a abandonar. Te dedicarás a la oración y leerás la Biblia; meditarás sobre las locuras y las decepciones de este mundo y sobre la existencia sublime del venidero; te alimentarás de mendrugos y de hierbas y te martirizarás cada día dándote azotes para purificar tu alma. Llevarás una camisa de esparto que te toque a la piel, beberás únicamente agua y podrás vivir en paz. Sí, podrás estar completamente tranquilo, porque el que venga en tu buscase marchará chasqueado. No le será posible hallarte y no te podrá molestar. El viejo ermitaño, sin dejar de pasear de un lado a otro, cesó de hablar en voz alta y comenzó a murmurar muy quedo, El monarca aprovechó la ocasión para relatar sus aventuras, con una elocuencia inspirada por la inquietud y el temor, pero el anciano siguió musitando entre dientes sin escucharle. De pronto, acercándose al rey, le dijo gravemente:

—¡Chist! Voy a revelarte un secreto.

Se inclinó para comunicárselo, pero se contuvo y se puso en actitud de estar escuchando. Al cabo de un rato se aproximó de puntillas al marco de la ventana, asomó la cabeza y miró en la oscuridad. Luego volvió otra vez de puntillas, acercó su cara a la del rey y le susurró al oído:

—¡Soy un arcángel!

El rey experimentó un violento sobresalto y dijo para sus adentros:

"¡Dios quiera que me vuelva a hallar con los malhechores porque ahora esto es peor, me veo prisionero de un loco!".

Sus temores se acentuaron y se traslucieron en sus facciones. El ermitaño siguió diciendo en voz baja, muy excitado:

—Veo que percibes mi halo. Tu semblante revela temor. Nadie puede permanecer en este ambiente sin, sentirse afectado de este modo, porque es el mismo éter del cielo. Yo voy al paraíso y vuelvo en un abrir y cerrar de ojos. Hace cinco años que en este mismo lugar fui convertido en arcángel por unos ángeles enviados del cielo para conferirme esta excelsa dignidad. Su presencia inundó este sitio de irresistible luz... ¡Y se arrodillaron ante mí, rey! ¡Sí, se arrodillaron ante mí porque yo era más grande que ellos! Yo he andado por las regiones celestiales y he hablado con los patriarcas. Toca mi mano; no temas... ¡Acabas de tocar una mano que fue estrechada por Abraham, Isaac y Jacob! ¡Anduve por los ámbitos celestes y vi la divinidad cara a cara!

Hizo una pausa como para dar mayor solemnidad a sus palabras, y cambiando de expresión, exclamó, indignado:

—Sí, soy un arcángel, ¡un simple arcángel!... ¡Yo que hubiera podido ser papa! Es cierto. Me lo dijeron en sueños desde el cielo, hace veinte años... ¡Tenía que ser papa! ¡Pero el rey disolvió mi institución religiosa, y yo, pobre anciano, ignorado y sin amigos, me vi desamparado y sin hogar en el mundo, privado de mis elevados destinos!

Dicho esto volvió otra vez a murmurar muy quedo, y comenzó a golpearse la frente con el puño, con una furiosa exaltación tan sincera como inútil, profiriendo de vez en cuando alguna maldición rabiosa y repitiendo patéticamente:

—¡Y no soy más que un arcángel, yo que hubiera podido ser papa!

Y así continuó durante una hora, mientras el pobre reyecito estaba sentado sufriendo. De repente, cesó el frenesí del anciano, y se mostró de nuevo muy afable. Su voz bajó de tono, y como cayendo de las nubes, comenzó a charlar con tanta sencillez y tal humanidad que pronto cautivó el corazón del rey. El viejo devoto hizo acercar más el muchacho al fuego para que estuviera más confortable, le curó los rasguños y contusiones con mano experta y cariñosa, y se puso a preparar la cena, todo ello sin cesar de charlar agradablemente, y acariciando de vez en cuando las mejillas o la cabeza del muchacho con tanta ternura, que poco después todo el temor y la antipatía que el monarca había sentido al principio para con el arcángel se trocaron en respeto y afecto hacia el anciano.

Este estado de felicidad siguió sin interrupción mientras los dos estuvieron cenando. Luego, después de una oración ante la capilla, el ermitaño acostó al muchacho en un cuartito contiguo, y lo arropó con tanto celo como una madre; y así, con una caricia de adiós, le dejó, fue a sentarse junto al fuego y comenzó a atizar las brasas con aire abstraído. De pronto se quedó quieto y, reflexionando un instante, se golpeó varias veces la frente con la mano como si tratara de recordar algún pensamiento que había huido de su memoria. Al parecer, no pudo lograrlo y, levantándose vivamente, entró en el cuarto de su huésped y preguntó:

—¿Eres el rey?

—Sí —contestó el jovencito soñoliento.

—¿Qué rey?

El de Inglaterra.

—¡De Inglaterra! Entonces, ¿Enrique ha muerto?

—¡Ay! Así es, en efecto. Yo soy su hijo.

El ermitaño frunció el entrecejo y crispó sus manos huesudas con energía vengativa. Permaneció unos momentos de pie, respirando afanosamente y tragando saliva repetidas veces, y luego dijo con voz ronca:

—¿No sabes que él nos dejó sin casa ni hogar en este mundo?

No obtuvo contestación. El anciano se inclinó y contempló con mirada escudriñadora el semblante plácido del muchacho, y su respiración acompasada.

"Duerme, duerme profundamente —dijo para sí. Y dejando de fruncir el ceño, su semblante dio paso a una expresión de satisfacción maligna. Por las facciones del jovencito dormido vagaba una sonrisa. El ermitaño murmuró—: Así pues, su corazón se siente dichoso".

Y se apartó de allí. Comenzó entonces, furtivamente, a dar vueltas buscando algo, deteniéndose de vez en cuando para escuchar o para dirigir una mirada rápida a la cama del muchacho, sin dejar de refunfuñar. Por fin encontró lo que, al parecer, necesitaba: un cuchillo de carnicero viejo y enmohecido y una piedra de afilar. Se agachó después junto al fuego y se puso a afila r el cuchillo suavemente mientras iba gruñendo, mascullando, refunfuñando sin cesar. El viento gemía en aquel lugar solitario, y las voces misteriosas de la noche flotaban por el espacio hasta muy lejos. Los ojos brillantes de algunas ratas y ratones atrevidos contemplaban al viejo a través de diversas grietas y rendijas, pero el ermitaño continuaba su labor, completamente abstraído y sin parar mientes en lo que le rodeaba.

A largos intervalos pasaba el dedo pulgar por el filo del cuchillo y movía la cabeza con aire de satisfacción.

—Se va afilando —decía—, sí, se va afilando...

No parecía darse cuenta del paso del tiempo y seguía trabajando tranquilamente, absorto en sus pensamientos que, a veces se traducían en frases coherentes.

—¡Su padre nos causó mucho daño, nos destruyó y ha sido arrojado al fuego eterno! ¡Sí, al fuego eterno! Se nos escapó..., pero fue la voluntad de Dios y no tenemos que quejarnos. Pero no se ha librado del fuego eterno..., del devorador, inconmovible y cruel juego... y allí sufrirán ellos eternamente.

Y así seguía afilando y afilando; murmuraba... de vez en cuándo reía entre dientes o profería nuevas frases:

—Su padre fue nuestra desgracia... Yo no soy más que arcángel; si él no lo hubiera impedido, sería papa.

El rey se movió y el ermitaño se acercó sigilosamente a su lecho y se arrodilló, inclinándose sobre el cuerpo del muchacho con el cuchillo levantado. El muchacho volvió a moverse y sus ojos se abrieron un instante, pero sin mirar, sin ver nada. Inmediatamente su respiración pausada demostró que su sueño volvía a ser profundo.

El ermitaño observó y escuchó un instante sin cambiar de actitud y sin respirar apenas. Luego bajó lentamente el brazo y se apartó, diciendo:

—Ya es mucho más de medianoche... A lo mejor se le antoja ponerse a gritar en el preciso momento en que pase alguien.

Se deslizó a otra habitación, recogiendo aquí un harapo, allá una correa y más allá otro harapo, y luego volvió, y con mucho cuidado, consiguió atarle los pies. Intentó después atarle también las manos, pero el muchacho apartaba a cada momento una u otra mano cuando el viejo se disponía a juntarle las muñecas para sujetarlas con la ligadura. Por fin, cuando el arcángel comenzaba ya a desesperarse, el rey cruzó las manos por sí mismo y poco después estaban ya atadas. Luego le pasó una venda por debajo de la barbilla y por encima de la cabeza, donde la ató fuertemente y con tanto cuidado y suavidad, despacio Y haciendo los nudos con tal mafia, que el muchacho siguió durmiendo tranquilamente durante la operación, sin hacer el menor movimiento.

HENDON ACUDE A RESCATARLO

El viejo, agachado, se apartó deslizándose como un gato acercó el banco. Luego se sentó en él, con medio cuerpo iluminado por la débil luz oscilante y la otra mitad medio oculta en las sombras; y así, con los ávidos ojos fijos en el jovencito dormido, siguió velando allí, sin preocuparse del tiempo que pasaba y sin dejar de afilar suavemente el cuchillo, mientras seguía murmurando y haciendo muecas. Por su aspecto y su actitud se hubiera dicho que era una horrible araña monstruosa que se estaba ensañando contra un pobre insecto indefenso aprisionado en su tela.

Después de largo rato, el anciano, que continuaba escudriñando con la mirada, aunque no lograba ver nada, porque su espíritu había quedado sumido en una ausencia soñolienta, notó de pronto que los ojos del muchacho estaban abiertos y que contemplaban el cuchillo con indecible espanto. Una sonrisa de satisfacción diabólica animó el semblante del viejo, que sin cambiar de actitud ni de ocupación, exclamó:

—Hijo de Enrique VIII, ¿has rezado?

El muchacho luchó inútilmente contra sus ligaduras y al mismo tiempo pronunció unas palabras confusas entre dientes, pues tenía las mandíbulas sujetas, que más bien eran sonidos incoherentes, pero que el ermitaño interpretó como contestación afirmativa a su pregunta.

—Entonces reza de nuevo, di la oración de los moribundos.

El muchacho se estremeció y su rostro se puso pálido, Renovó sus esfuerzos para quedar libre, retorciéndose hacia un lado y hacia otro frenética y desesperadamente para romper sus ligaduras, pero todo fue inútil. Entretanto, el viejo ogro no dejaba de contemplarle sonriendo y moviendo la cabeza, mientras iba afilando tranquilamente el cuchillo.

De vez en cuando murmuraba:

—Los momentos que te quedan son contados; son pocos y preciosos. ¡Reza, reza la oración de la hora de la muerte!

El muchacho lanzó un gemido de desesperación y, jadeante, cesó en sus esfuerzos. Asomaron las lágrimas a sus ojos y fueron deslizándose una tras otra por sus mejillas, pero aquel cuadro lastimero no conmovió al anciano salvaje.

Se acercaba ya la hora del amanecer. El ermitaño lo advirtió y habló con dureza, pero también con cierto temor nervioso en la voz:

—¡No puedo permitir este éxtasis por más tiempo! La noche ha transcurrido ya. Parece que haya sido un momento..., sólo un instante. ¡Ojalá hubiese durado un año! Semilla del expoliador de la Iglesia, cierra esos ojos que van a perecer... Y si temes levantar la vista...

Lo demás que iba diciendo se perdió en un murmullo inarticulado. El anciano cayó de rodillas, cuchillo en mano, y se inclinó, amenazador, sobre el jovencito quejumbroso.

¡Cuidado! Se oía un murmullo de voces junto a la choza, y el cuchillo cayó de manos del ermitaño. Este echó una piel de cordero sobre el muchacho y se levantó tembloroso. El murmullo iba en aumento, y pronto las voces se convirtieron en roncos gritos de indignación. Siguieron a éstos otros gritos de socorro, ruido de golpes y de pasos rápidos que se alejaban. Inmediatamente resonaron en la puerta de la cabaña unos tremendos aldabonazos seguidos de una voz que exclamó:

—¡Ea! ¡Abran! ¡Y más que de prisa, en nombre de todos los diablos!

¡Ah, bendita voz, mucho más agradable que toda la música que había llegado hasta entonces a oídos del rey, porque era la voz de Miles Hendon!

El ermitaño, rechinando los dientes con la rabia de la impotencia, salió del cuarto precipitadamente, cerró la puerta tras de sí, e inmediatamente el rey oyó el siguiente diálogo que tenía lugar delante de la "capilla":

—Reciba mi homenaje y mi saludo, reverendo señor. ¿Dónde está el muchacho? ¿Dónde está mi muchacho?

—¿Qué muchacho, amigo?

—¿Qué muchacho? No me vengáis con mentiras ni con engaños, señor ermitaño, que no estoy de humor para aguantar gazmoñerías. Pillé por estos alrededores a los truhanes que me lo robaron, y les he obligado a confesar que el chico se les había escapado nuevamente y que le habían seguido hasta la puerta de esta cabaña. Me han enseñado las huellas de los pies del muchacho. Y no te entretengas, porque si no me lo entregas en seguida... ¿Dónde está?

—¡Oh, buen señor! ¿Tal vez se refiera al vagabundo harapiento que vino aquí ayer noche? Puesto que una persona como usted se interesa por un granujilla como ése, sepa, pues, que le he enviado a un recado y que no tardará en volver.

—¿Cuánto tardará? ¿Cuánto tardará? Vamos, no perdamos el tiempo. ¿No puedo alcanzarle? ¿Cuánto tardará en volver?

—No hay necesidad de que se moleste. Volverá en seguida.

—Está bien. Procuraré esperar. Pero vamos a ver..., un momento. ¿Dice que le ha enviado a un recado? Eso es mentira, porque estoy seguro que él no habría ido. Si se hubiese atrevido a tal insolencia, se habría tirado de sus viejas barbas... Y no hubiera ido a recado de ninguna especie, ni por vos ni por nadie. ¡Ha mentido!

—Por otro hombre no lo hubiera hecho, pero yo no soy un hombre.

—¿Qué eres, pues, en nombre de Dios, ¿qué eres?

—Es un secreto... Tengan cuidado en no divulgarlo. Soy un arcángel.

Miles lanzó una exclamación exaltada, seguida de estas palabras:

—Esto explica perfectamente su complacencia. De sobra sabía yo que no iba a mover ni pie ni mano para servir a ningún mortal, pero incluso un rey ha de obedecer cuando un arcángel le da una orden. Permitidme... ¡Silencio! ¿Qué ha sido este ruido?

Entretanto, el reyecito había estado en su cuarto temblando alternativamente de terror y de esperanza, poniendo en sus gemidos de desesperación toda la fuerza que podía dar a su voz, confiando en hacerla llegar a oídos de Hendon, pero viendo siempre con amarga angustia que no daban ningún resultado. Por eso esta última observación de su protector llegó a sus oídos y le produjo el mismo efecto que el del hálito vivificante de la campiña en flor a un moribundo. Hizo pues, un esfuerzo supremo, en el preciso instante en que el ermitaño decía:

—¿Ruido? No he oído más que el viento.

—Quizá fue el viento. Sí, habrá sido el viento. Lo he estado oyendo débilmente mientras...

¿Otra vez? Entonces no es el viento. ¡Qué sonido tan extraño! ¡Vamos a ver qué es!

La alegría del rey era casi irresistible. Sus pulmones agotados hicieron un terrible esfuerzo con la última esperanza, pero las quijadas sujetas y la piel de cordero que le cubría ahogaron el grito. El corazón del pobre chico quedó sumido en la desesperación al oír que el ermitaño decía:

—¡Ah! Ha venido de fuera... Creo que de esos matorrales cercanos. Venid, yo os guiaré.

El rey oyó que los dos salían hablando y que el rumor de sus pasos se perdía muy pronto, y se quedó solo en un silencio lúgubre de mal, presagio.

Le pareció un siglo entero el largo rato que transcurrió hasta que se acercaron de nuevo los pasos y las voces, y esta vez oyó, además, el choque de las herraduras de un caballo, y poco después a Hendon que decía:

—No espero más, no puedo esperar más. Seguramente se habrá extraviado por la espesura de ese bosque. ¿Qué dirección ha tomado? Dímelo en seguida.

—Se ha dirigido..., pero espera; iré contigo.

—Bueno, bueno. La verdad es que eres más buen hombre de lo que pareces. Me figuro que no hay otro arcángel con mejor corazón que el tuyo. ¿Quieres montar? Puedes subir en el asno que he traído para mi muchacho o ceñir con vuestras santas piernas el lomo de esta despreciable mula que me he procurado. Y por cierto que me hubiera considerado engañado con ella, aunque me hubiese costado menos de un penique.

—No. Monta tu mula y conduce el asno. Yo voy más seguro a pie.

—Entonces hazme el favor de cuidaros del animalito mientras yo arriesgo mi vida con mi intento de cabalgar encima del animal mayor.

Siguió a este diálogo un fuerte barullo de coces, saltos y maldiciones.

Luego, con dolor indecible, el rey preso y maniatado, notó que las voces y los pasos se alejaban y se extinguían. Entonces perdió toda esperanza y sintió su corazón terriblemente oprimido por una desesperación profunda.

"Mi único amigo ha sido engañado —pensó—. Ahora volverá el ermitaño y…".

Suspiró y se puso en seguida a forcejear con afán frenético para deshacerse de sus ligaduras, hasta lograr apartar la piel de cordero que le estaba asfixiando.

De pronto, oyó que se abría la puerta y se le heló la sangre de espanto, pues le parecía sentir ya el cuchillo en su garganta. El pánico le hizo cerrar los ojos, y el mismo terror se los hizo abrir de nuevo... ¡y vio delante de él a Juan Canty y a Hugo!

De haber tenido libres las quijadas, habría exclamado: "¡Gracias a Dios!".

Un momento después, sus miembros estaban desatados, y sus capturadores, asiéndole cada cual, de un brazo, se lo llevaron a toda prisa a través del bosque.

VÍCTIMA DE UNA TRAICIÓN

Nuevamente "el rey Fufú I" se halló entre los vagabundos y malhechores, de cuyas burlas y bromas soeces volvió a ser blanco otra vez, y, de cuando en cuando, víctima del despecho de Canty y de Hugo, tan pronto como el jefe volvía la espalda. Sólo estos dos le odiaban, pues todos los demás forajidos le admiraban por su valor y firmeza, e incluso había alguno que le quería. Durante dos o tres días, Hugo, a cuyo cargo y custodia se hallaba el rey, hizo ocultamente todo lo que pudo para fastidiar al muchacho, y por la noche, durante las orgías habituales, divirtió a los reunidos, causándole pequeñas molestias malignas, siempre fingidamente por casualidad… Dos veces pisó los pies del rey, como sin querer, y el monarca, como convenía a su realeza, aparentó desdeñosamente no darse cuenta de los pisotones pero a la tercera vez que Hugo repitió la mofa, el, rey le derribó al suelo de un garrotazo, con gran alegría de la tribu.

Hugo, enfurecido y avergonzado, dio un salto, cogió a su vez una estaca y se lanzó furiosamente contra su pequeño adversario. Se formó inmediatamente un corro en torno de los gladiadores y comenzaron las apuestas y los vítores. Pero el pobre Hugo estaba de mala suerte. Su esgrima vulgar e inhábil no podía servirle de nada al contender con un brazo que había sido adiestrado por los primeros maestros de Europa en el arte de las paradas, ataques a fondo y toda clase de bastonazos y estocadas. El reyecito, alerta, desviaba y paraba la copiosa lluvia de golpes con tal graciosa y ágil desenvoltura, y con una facilidad y precisión tales, que causaron la admiración y el entusiasmo de los espectadores; y de vez en cuando, tan pronto como sus ojos escudriñadores hallaban la ocasión, rápido como un relámpago, descargaba un golpe sobre la cabeza de Hugo, con lo cual había que oír la tempestad de aplausos y risas que se desencadenaba entre aquella turba maravillada.

Al cabo de quince minutos, Hugo, apaleado, lleno de chichones, magullado y convertido en el blanco de un inclemente bombardeo de befas y escarnios, abandonó el campo, y el héroe indemne de la lucha fue cogido y llevado en hombros alegre y tumultuosamente por aquella chusma hasta el puesto de honor, al lado del jefe, donde con aparatosa ceremonia fue coronado rey de los gallos de pelea.

Luego se anunció solemnemente que su título anterior de "Rey Fufú" quedaba suprimido y que quien, en lo sucesivo, lo pronunciara incurriría en la pena irremisible de ser expulsado de la cuadrilla. Sin embargo, fracasaron todas las tentativas de aquellos perillanes para que el rey prestara su colaboración en sus numerosas fechorías, pues éste se negaba a hacer nada, y continuamente intentaba escapar. El primer día después de su regreso, fue arrojado a la cocina y dejado allí sin ningún género de vigilancia, y no sólo salió de ella con las manos vacías, sino que trató de soliviantar a sus compañeros. Luego le mandaron a ayudar a un calderero, pero no quiso trabajar y amenazó a éste con el hierro de soldar. Hugo y el artesano se pasaron el rato forcejeando con él para impedir que huyera. No hacía sino lanzar amenazas, con toda la fuerza de su real autoridad, a todo aquel que coartara sus derechos o quisiera darle órdenes. Junto con Hugo, una mujer harapienta y un niño enfermo, fue enviado a mendigar por las calles, con muy pobre resultado, pues rehusó tomar parte en las actividades del grupito.

Transcurrieron algunos días, y todas las miserias, la vulgaridad, el cansancio y la bajeza de aquella existencia errante llegaron a hacerse tan insoportables para el cautivo, que éste comenzó a pensar que el haberse librado del cuchillo del ermitaño, era todo lo más un breve aplazamiento de la muerte.

Pero por la noche, en sueños, lo olvidaba todo y disfrutaba con la ilusión de verse de nuevo gobernando, sentado en su trono. Esto, naturalmente, aumentaba el desespero ante la dolorosa realidad al despertar, y así la mortificación de cada nueva mañana, de las pocas que transcurrieron entre su vuelta a la esclavitud y la pelea con Hugo, fue cada vez más amarga y más insoportable.

A la mañana siguiente después de la referida contienda, Hugo se levantó con el corazón henchido de deseos de venganza contra el rey. Entre sus mal intencionados propósitos, tenía en particular dos planes: Uno de ellos consistía en infligir a aquel muchacho una humillación singular a su espíritu altanero y a su pretendida realeza «imaginaria»; y en caso de fracasar, su otro plan era acusar al rey de haber cometido un crimen de cualquier índole y entregarlo a las implacables garras de la justicia.

Para llevar a cabo su primer plan, se propuso poner un «clima» en la pierna del rey, lo cual comprendió que le mortificaría extraordinariamente, y tan pronto como el referido «clima» surtiera su efecto, pensaba lograr la ayuda de Canty para obligar al rey a exponer la pierna a los transeúntes de cualquier camino y pedir limosna. "Clima" era el término de la jerigonza que hablaban los perillanes para designar una llaga artificial que producían por medio de una pasta o cataplasma de cal viva, jabón y moho de hierro viejo, extendida sobre un pedazo de cuero y atada después fuertemente en contacto con la pierna. Esta aplicación hacía saltar pronto la piel dejando a la vista la carne viva y muy irritada. Después frotaban sangre sobre la parte llagada que, al secarse, quedaba con un color oscuro y repugnante, y por último, aplicaban un vendaje de trapos manchados muy hábilmente, para que asomara la asquerosa úlcera e inspirara compasión a los transeúntes.

Hugo consiguió la colaboración del calderero a quien el rey había amenazado con el soldador. Se llevaron al muchacho a una fingida correría en busca de trabajo, y tan pronto como consideraron que nadie podía verlos desde el campamento de la cuadrilla, le derribaron al suelo, y mientras el calderero le sostenía fuertemente Hugo le aplicó la cataplasma en la pierna.

El rey, enfurecido y entre una tempestad de protestas y de amenazas, prometió rabiosamente que les haría ahorcar a los dos tan pronto como tuviera de nuevo el cetro en sus manos. Pero los dos rufianes le sujetaron todavía con más fuerza y se divirtieron haciendo mofa de su impotente indignación y de sus amenazas.

Así continuaron hasta que comenzó a producir sus efectos la cataplasma, y poco rato después el resultado hubiera sido completo si no hubiese habido interrupción... Pero la hubo, pues el esclavo que había pronunciado el discurso censurando las leyes de Inglaterra apareció en escena y puso término a la indigna operación, arrancando y rasgando las vendas y la cataplasma.

Entonces el rey pretendió coger el palo que llevaba su libertador para calentar inmediatamente la espalda de los dos rufianes, pero el hombre aquel le aconsejó que no lo hiciera, porque su actitud podría causar disgustos y mejor sería dejar el asunto para por la noche, puesto que entonces, cuando toda la tribu estuviera reunida, la gente extraña no se arriesgaría a venir a interrumpirles para intervenir en sus asuntos. Volvieron los cuatro al campamento y el libertador del rey relató al jefe todo lo ocurrido.

Este escuchó, meditó, y finalmente decidió que no dedicaran al jovencito a mendigar, pues, evidentemente, era digno de una ocupación mejor y más elevada... Por consiguiente, le ascendió a la categoría de ladrón.

Hugo estaba más que satisfecho, pues había procurado que el rey robara sin conseguirlo, pero ahora no podría negarse a hacerlo, pues era una orden del jefe y no iba a atreverse a desobedecer. Planeó, pues, una correría para aquella misma tarde, con el propósito de hacer caer al muchacho en manos de la ley, en forma tan hábil que pareciese casualidad y no cosa hecha adrede, porque el "rey de los gallos de pelea" era ya popular, y la cuadrilla seguramente no trataría con mucha consideración a uno de los suyos que cometiese la grave traición de entregar a un compañero al enemigo común, que era la justicia.

Hugo salió, pues, oportunamente, con su víctima en dirección a un pueblo vecino, y los dos fueron andando lentamente de calle en calle, uno de ellos esperando la ocasión propicia que ofreciera la seguridad de consecución de su miserable propósito, y el otro esperando con no menos interés ansioso el momento favorable de poder huir y librarse para siempre de su infamante cautiverio.

Ambos se dejaron perder algunas ocasiones bastante prometedoras, porque en su fuero interior el uno y el otro estaban decididos a proceder aquella vez con toda seguridad y a no dejarse llevar nunca más por febriles impulsos de resultado dudoso.

Fue a Hugo a quien se le presentó primero la ocasión anhelada, porque al fin apareció una mujer que llevaba un gran paquete en un cesto. Los ojos de Hugo lanzaron destellos de júbilo perverso. Este dijo para sus adentros:

"¡Magnífico! ¡Si puedo acusarte de este delito, estarás bien fresco, ´rey de los gallos de pelea!´".

Aguardó al acecho, al parecer con paciencia, pero en realidad con gran excitación interior, hasta que hubo pasado la mujer y consideró que había llegado ya el momento. Entonces dijo, muy quedo:

—Espera aquí hasta que yo vuelva. Y fue, cautelosamente, al encuentro de su víctima.

El corazón del rey se llenó de alegría, pues si el proyecto de Hugo llevara a este algo lejos, él podría escaparse. Pero no tuvo esta suerte.

Hugo se deslizó detrás de la mujer, le arrebató el paquete, y volvió corriendo mientras lo envolvía en un pedazo de manta vieja que llevaba en el brazo. La mujer, al notar la disminución de peso del contenido de su cesto, se dio cuenta del hurto comenzó a dar gritos. Hugo, sin detenerse, puso el paquete en manos del rey, diciéndole:

—Ahora echa a correr tras de mí gritando: "¡Ladrones! ¡Ladrones!", pero procura despistarlos.

Un momento después, Hugo dio vuelta a una esquina, penetró en un callejón, y volvió a aparecer en seguida ostensiblemente, con perfecta indiferencia y aire inocente, y, situándose detrás de un poste, se quedó observando el resultado de su añagaza.

El ofendido rey tiró el paquete al suelo y la manta lo dejó al descubierto en el preciso momento en que llegaba la mujer robada, seguida de un tropel de gente. La mujer asió con una mano la muñeca del rey, cogió con la otra el fardo que recuperaba y comenzó a dirigir una serie de improperios al jovencito que se esforzaba en vano para desasirse. Hugo acababa de presenciar lo suficiente. Su enemigo había sido capturado y la ley se encargaría ahora del resto. Se escurrió, pues, satisfechísimo y sonriente y se encaminó hacia el campamento de la cuadrilla, mientras iba ideando una versión verosímil del suceso para contársela al jefe.

Seguía el rey forcejeando para que la mujer le soltara, y muy indignado, exclamaba:

—¡Suéltame de una vez, estúpida! No he sido yo el que te ha quitado esas mezquindades de tu pertenencia.

La multitud se agrupó en torno del rey y le dirigió un sinfín de insultos y amenazas. Un herrero muy robusto, con delantal de cuero y arremangado hasta los codos, pretendió abalanzarse sobre él, declarando que, como lección, iba a darle una buena paliza, pero en aquel preciso momento brilló en el aire el acero de una espada que cayó de plano, contundentemente, sobre el brazo del mal intencionado herrero, al mismo tiempo que el fantástico individuo que la blandía, exclamaba:

—¡Vamos a ver, almas bondadosas! Obremos con nobleza y no con mala sangre y palabras soeces. Este es un caso que tiene que ser resuelto por la justicia y no como se le antoje a cualquiera. Soltad al muchacho, buena mujer.

El herrero se quedó un momento observando a aquel soldado fornido y se alejó refunfuñando y frotándose el brazo. La mujer soltó de mala gana la muñeca del reyecito, y el gentío miró al desconocido con poca simpatía, pero por prudencia, guardó silencio. El monarca saltó al lado de su libertador, y con mejillas encendidas y ojos centelleantes, exclamó:

—Es lamentable que hayas tardado tanto en venir, pero al menos os habéis presentado en un momento oportuno, sir Miles. ¡Despedacen a toda esa chusma!

EL PRÍNCIPE PRISIONERO

Hendon disimuló una sonrisa, mientras se inclinaba y susurraba al oído del rey:

—Poco a poco, poco a poco, príncipe. Mesure sus palabras, aunque mejor será que no diga nada en absoluto. Confíe en mí... que todo saldrá bien al final. —Y prosiguió, diciendo para sus adentros: "¡Sir Miles! ¡Es verdad! ¡Ya había olvidado que yo era un caballero! ¡Es maravilloso ver cómo quedan grabadas imborrablemente en la memoria de ese muchacho sus propias locuras! Mi título es ficticio y risible, y, sin embargo, es algo de lo cual me he hecho merecedor, porque a mi modo de ver es más alto honor que le consideren a uno digno de ser el espectro de un caballero en el reino de los sueños y sombras de ese muchacho, que ser lo bastante rastrero para figurar como conde en algunos de los reinos reales de este bajo mundo".

El gentío se apartó para dar paso a un alguacil que se disponía a asir al rey por el hombro, cuando Hendon dijo:

—Anda con tiento, amigo, y retira la mano porque él irá dócilmente.

Yo respondo de ello. Anda delante y los seguiremos.

El alguacil emprendió la marcha al lado de la mujer y su paquete, y Miles y el rey fueron tras de ellos, seguido; por la muchedumbre. Él monarca sentía la tentación irresistible de rebelarse, pero Hendon le susurró al oído:

—Reflexiona, señor, que sus leyes son el hálito salutífero de su propia realeza. Si el que las dicta se rebela contra ellas, ¿cómo va a poder obligar a los demás a respetarlas? Cuando el rey vuelva a ocupar su trono, ¿podrá por ventura humillarle pensar que cuando era, aparentemente, un particular se resignó lealmente a trocar el rey en, ciudadano y se sometió a la autoridad de las leyes?

—Tienes razón; no digas más. Vas a ver como sea cual fuere el padecimiento que, con arreglo a la ley, pueda imponer el rey de Inglaterra a uno de sus súbditos, lo sufrirá él mismo mientras se halle en el lugar de un vasallo.

Cuando la mujer robada fue llamada a presencia del juez municipal, juró y perjuró que el preso que se hallaba en el banquillo era la persona que había cometido el hurto, y como no había nadie que pudiera demostrar lo contrario, la culpabilidad del reo quedó probada. El paquete fue desenvuelto, y cuando se vio que contenía un cerdito rollizo y condimentado, el Juez se sintió turbado, y Hendon palideció, al mismo tiempo que experimentaba algo así como una corriente eléctrica por todo su cuerpo y luego una sensación de desmayo, pero el rey quedó impasible porque ignoraba el caso.

El juez reflexionó un momento y preguntó a la mujer:

—¿A cuánto calculas que asciende el valor de eso? La mujer hizo una reverencia y contestó:

—Tres chelines y ocho peniques, señor. Sí he de decir honradamente lo que vale, no puedo rebajar ni un penique. El juez dirigió una mirada intranquila al público, y luego, haciendo una señal al alguacil, le ordenó:

—Despeja la sala y cierra las puertas.

Así se hizo, y no quedó en la sala más que el juez, el alguacil, el acusado, la acusadora y Miles Hendon. Este último estaba rígido y pálido, y de su frente brotaban gotas de sudor frío que se deslizaban ininterrumpidamente por su rostro.

El juez, dirigiéndose nuevamente a la mujer, dijo con voz compasiva:

—Ese chico es un pobre ignorante que obró tal vez inducido por el hambre, porque atravesamos unos tiempos muy penosos para los que no tienen fortuna. Fíjate en que no tiene cara de malvado..., pero cuando se está hambriento... ¿Sabes, buena mujer, que si se roba algo cuyo valor exceda de trece peniques y medio, la ley condena al ladrón a la horca?

El monarca se estremeció y abrió desmesuradamente los ojos con consternación, pero logró dominarse y guardó silencio. En cambio, la mujer se puso en pie de un salto, y llena de espanto exclamó con voz temblorosa:

—¡Oh, Dios mío! ¿Qué he hecho? ¡Por nada del mundo querría yo que ahorcaran al infeliz muchacho! ¡Oh, sálvala, señor! ¿Qué tengo que hacer yo para favorecerle? ¿Qué puedo hacer?

El juez mantuvo su actitud solemne y contestó sencillamente:

—Indudablemente se puede revisar el valor de lo robado, puesto que éste no está todavía escrito en los autos.

—Entonces, en nombre de Dios —repuso la mujer—, haz constar que el cerdito vale sólo ocho peniques, y ¡bendiga Dios el día en que me he visto con la conciencia libre de tan grave remordimiento!

Miles Hendon, loco de alegría, olvidó todo decoro y comedimiento, y sorprendió al rey e hirió su dignidad echándole los brazos al cuello y estrechándolo contra su pecho. La mujer se despidió muy agradecida y se marchó con su cerdo. El alguacil le abrió la puerta y la siguió hasta el vestíbulo. El juez se puso a escribir en sus papeles, y Hendon, siempre ojo avizor, creyó conveniente averiguar por qué el alguacil había seguido a la mujer, y con este objeto salió de puntillas hasta el oscuro vestíbulo y se puso a escuchar atentamente. Lo que logró oír fue poco más o menos lo siguiente:

—Es un cerdo muy rollizo y ha de estar muy sabroso... Te lo voy a comprar. Aquí tienes los ocho peniques.

—¡Ocho peniques! ¡Estás de guasa! Me cuesta tres chelines y ocho peniques, en buena moneda del último reinado. ¡Ve a paseo con tus ocho peniques!

—Son éstas sus razones, ¿eh? Entonces juraste en falso al declarar que no valía más que ocho peniques. Ven en seguida conmigo ante el juez a responder de tu delito... y el muchacho será ahorcado.

—Está bien, está bien. Me conformo con todo. Dame los ocho peniques y no digas ni una palabra.

La buena mujer se marchó corriendo y Hendon volvió a la sala del tribunal, donde el alguacil no tardó en aparecer, después de haber escondido su adquisición en un lugar conveniente. El juez estuvo escribiendo un momento más y después leyó al rey una sentencia muy prudente y bondadosa, condenándole a un corto encarcelamiento en un calabozo común, después del cual sería azotado públicamente. El monarca, perplejo, abrió la boca y probablemente se disponía a ordenar que el buen juez fuese decapitado en el acto, pero notó una seña que le hizo Hendon y consiguió dominarse y cerrar la boca antes de que saliera de ella una sola palabra. Hendon le cogió de la mano, hizo una reverencia al juez y ambos se dirigieron hacia la cárcel, seguidos y vigilados por el alguacil. En el momento en que llegaron a la calle, el rey, indignado, se detuvo, desprendió su mano de la de Hendon, y exclamó:

—¡Idiota! ¿Te figuras que voy a entrar vivo en un calabozo común? Hendon se inclinó reverente y repuso con cierta dureza:

—¿Quieres confiar en mí? ¡Silencio! No compliques nuestra delicada situación con palabras peligrosas. Sucederá lo que Dios quiera... Pero ten paciencia y espera... que ya tendremos tiempo de sobra para rabiar o para alegrarnos cuando lo que haya de suceder haya sucedido.

LA EVASIÓN

El corto día invernal tocaba casi a su fin. Las calles estaban desiertas. Sólo circulaban por ellas algunos transeúntes desperdigados, que andaban presurosos con el aire del que lleva intención de cumplir su misión lo más pronto posible para refugiarse en seguida en su casa protegido contra el vendaval creciente y la oscuridad cada vez más densa. No miraban ni a derecha ni a izquierda, ni se fijaban en nuestros personajes que, al parecer, les pasaban completamente desapercibidos. Eduardo VI se preguntaba si el espectáculo de un rey conducido a la cárcel podía haber sido contemplado alguna vez por el público con tan asombrosa indiferencia. No tardaron en llegar a un mercado desierto, que el alguacil se dispuso a cruzar, pero cuando éste llegó al centro del mismo, Hendon le puso la mano en el hombro y le dijo en voz baja:

—Espera un momento, buen hombre. Ahora que nadie nos oye, he de decirte unas palabras.

—Mi deber me prohíbe escucharte. No me entretengas, que se acerca la noche.

—A pesar de todo, espera un momento, porque el asunto te interesa mucho. Volveos un momento de espalda y finge que no ves. Deja que ese muchacho se escape.

—¿A mí con ésas, señor? Te voy a prender en...

—No, no te precipites... Ten cuidado y no cometas una insensatez.

Y, tan quedo, al oído del alguacil, que su voz no era más que un débil susurro, Hendon añadió—: El cerdo que compraste por ocho peniques te puede costar la cabeza.

El pobre alguacil, pillado por sorpresa, se quedó mudo de estupefacción, pero instantáneamente, reaccionando, comenzó a proferir amenazas. Hendon, tranquilamente, esperó hasta que el infeliz hubo agotado todas sus lamentaciones, y entonces dijo:

—Me caes simpático, amigo, y no quisiera que te ocurriera nada desagradable. Lo oí todo... Te lo puedo demostrar.

Y dicho esto, le repitió al pie de la letra toda la conversación que el alguacil sostuvo con la mujer en el vestíbulo, y terminó diciendo:

—¿Te lo he contado bien? ¿No te parece que podría comunicárselo al juez si las circunstancias lo exigieran?

El alguacil se quedó un momento callado, lleno de turbación y de miedo, pero recobrando ánimo, dijo con forzada desenvoltura:

—Das mucha importancia a una broma. No hice más que sobornar a una mujer para divertirme.

—¿Y es también para divertirte que guardas el cerdo?

—Únicamente por eso, buen señor —contestó el alguacil sutilmente—. Ya os he dicho que no fue más que una broma.

—Empiezo a creerte —repuso Hendon, con tono que expresaba media mofa y media convicción—. Pero espera aquí un momento, mientras corro a preguntar al señor juez, quien, indudablemente, por ser un hombre práctico en leyes, en chungas y en...

Se dispuso a alejarse sin dejar de hablar, pero el alguacil titubeó, lanzó una o dos maldiciones, y finalmente exclamó:

—¡Aguarde, aguarde un momento, buen señor! ¡El juez tiene tan poca simpatía a los bromistas como puede tenerla un cadáver! Venga y continuaremos hablando. ¡Maldita sea! Sin duda me he metido en un lío... y todo por una simple guasa inocente... Soy padre de familia; y mi mujer y mis hijos... Atienda mis razones, señor. ¿Qué quiere de mí?

—Únicamente que seas ciego, mudo y paralítico, mientras cuento hasta cien mil... Contaré despacio —añadió Hendon, con la expresión de un hombre que no pide más que un favor razonable y de muy escasa importancia.

—¡Eso es mi perdición! —exclamó el alguacil, desesperado—. ¡Por Dios, buen señor, sé razonable! Considera el asunto en todos sus aspectos y te convenceré de que se trata de pura chacota, de una burla sencilla y evidente. Y si alguien pretendiera demostrar que no se trata de una chanza, la mayor sanción que me podría imponer sería una amonestación de labios del juez.

Hendon replicó con una solemnidad que dejó helado el aire que respiraba el alguacil:

—Tu chunga tiene un nombre en la ley. ¿Sabes cuál es?

—Lo ignoro... ¡Tal vez cometí una imprudencia! Jamás pude pensar que tuviera un nombre...

¡Cielo santo! Me figuraba haber tenido una idea original.

—Sí, tiene un nombre. En la ley este delito se califica de la siguiente manera: Non compos mentis lex talionis sic transit gloria mundi.

—¡Oh, Dios mío!

—¡Y se castiga con la pena de muerte

—¡Dios se apiade de este pobre pecador!

—Aprovechándote de la situación de una persona considerada culpable y en peligro, y que se hallaba en vuestras manos, te apoderaste de algo cuyo valor excede de trece peniques y medio y por lo cual no habéis pagado más que una miseria, y eso, a los ojos de la justicia, de conformidad con la ley, es una fechoría que se califica: ad hominem expurgatis in statu quo, y la pena es la muerte en manos del verdugo, sin rescate posible, conmutación o beneficio eclesiástico.

—¡Por favor, buen señor, sosténgame, que me flaquean las piernas! ¡Tenga compasión de mí! Líbreme de esta sentencia, y me volveré de espaldas y no veré nada de cuanto ocurra.

—Está bien. Ahora veo que entraste en razón y eres prudente. ¿Y devolverás el cerdo?

—Sí, lo devolveré, lo devolveré... y no tocaré nunca ninguno más, aunque me lo envíe el Cielo por mediación de un arcángel. Márchese, que para usted soy ciego..., no veo nada en absoluto. Diré que me atacó y que me ha arrancado al prisionero de las manos por la fuerza. Es una puerta muy vieja... yo mismo la derribaré después de medianoche.

HENDON HALL

Tan pronto como Hendon y el rey se vieron libres del alguacil, Su Majestad recibió instrucciones para que corriera hacia un lugar determinado, en las afueras de la población y esperara allí mientras Hendon iba a la posada con objeto de pagar la cuenta. Media hora más tarde, los dos amigos se encaminaban alegremente y a trote corto hacia el este, montados en los tristes solípedos de Hendon. El rey iba ya abrigado y cómodo, porque había abandonado sus ropas harapientas para vestirse con el traje de lance que Hendon había comprado en el puente de Londres.

Hendon quería evitar que el muchacho se cansara en exceso, pues comprendía que las excursiones fatigosas, las comidas irregulares y la falta de reposo habían de perjudicar a su mente perturbada, mientras que el descanso, la regularidad y el ejercicio moderado, favorecían, indudablemente, su rápida curación. Sentía el deseo ferviente de ver bien sentada aquella inteligencia hoy desquiciada, y disipadas para siempre las fantásticas visiones de aquella cabecita trastornada. Por lo tanto, se dirigió, en etapas cortas, hacia el hogar paterno de donde se había ausentado hacía tanto tiempo, en vez de obedecer al impulso de su impaciencia y encaminarse hacia él aceleradamente, sin interrumpir su viaje ni de día ni de noche.

Cuando hubieron recorrido unas diez millas, llegaron a una población importante, donde se detuvieron para pernoctar en una buena posada. Se reanudaron entonces las acostumbradas relaciones anteriores, y Hendon volvió a situarse detrás de la silla del rey mientras éste comía, atendiéndole en todo, desnudándole al ir a acostarse, y tendiéndose él en el suelo para dormir envuelto en una manta y con el cuerpo atravesado en la puerta.

Al día siguiente y también al otro día continuaron su viaje lentamente, hablando de las aventuras que habían vivido desde su separación, y disfrutando extraordinariamente con los detalles respectivos que se relataban él uno al otro. Hendon refirió todas sus andanzas en busca del monarca, describió cómo el arcángel le condujo por todo el bosque, hasta llevarlo otra vez a la cabaña cuando al fin se convenció de que no podría librarse de él.

—Entonces —prosiguió Hendon— el anciano entró en el cuarto y volvió a salir en seguida tambaleándose y en extremo decaído y me manifestó que confiaba en que el chico habría vuelto y que estaría descansando, pero no era así. Aguardé durante todo el día en la cabaña, y cuando perdí la esperanza de vuestro regreso, fui de nuevo en vuestra busca. Y el viejo Sanctum sanctorum estaba verdaderamente desesperado por la desaparición de Vuestra Majestad. Lo comprendí por la cara que ponía.

—Indudablemente —repuso el rey.

Y seguidamente, relató sus aventuras. Hendon, al oírlas, se arrepintió de no haber estrangulado al arcángel.

Durante el último día del viaje, Hendon, demostró estar muy alegre. Su lengua no paraba. Mencionó su padre anciano, su hermano Arturo y explicó cosas que ponían de manifiesto el carácter generoso de ambos. Tuvo palabras de apasionamiento amoroso para su Edith y, en fin, estaba tan de buen humor y tan optimista, que hasta llegó a decir algo muy afable y fraternal para con Hugo. Se extendió en interminables consideraciones relativas a. su próxima llegada a Hendon Hall. ¡Qué sorpresa para todos y qué explosión de gratitud y de satisfacción feliz habría en la familia!

Era una región hermosa, llena de masías y de huertos, y la carretera se alargaba infinitamente a través de vastas praderas, cuyos puntos más alejados ofrecían la agradable perspectiva de suaves colinas y depresiones que hacían pensar en las tranquilas ondulaciones del océano.

Por la tarde, el hijo pródigo, de regreso al hogar, se desviaba continuamente de su camino con objeto de ver si subiendo a alguna loma, podría, a lo lejos, descubrir su casa.

Por fin lo consiguió, y exclamó con excitación entusiástica:

—¡Ahí tenemos al pueblo, príncipe, y allá se ve mi casa! Desde aquí se pueden contemplar las torres... Y aquel bosque es el parque de mi padre. ¡Ah! ¡Ahora vais a ver qué fastuosidad imponente! ¡Una mansión con setenta habitaciones! ¡Imagínense! ¡Y con veintisiete criados! Una morada propia para nosotros, ¿verdad? ¡Vengan, apretemos el paso... mi impaciencia no admite más demora!

Se apresuraron, pues, todo lo posible, pero a pesar de su velocidad, ya habían dado las tres cuando llegaron al pueblo. Mientras cruzaban su calle, Hendon no cesaba de hablar:

—Esta es la iglesia..., cubierta por la misma hiedra de antes. Allí está la posada El viejo león rojo, y más allá el mercado... y el llamado "árbol de mayo"... Todo está igual, excepto la gente, pues en diez años, las personas cambian. Creo reconocer a algunos, pero a mí no me reconoce nadie.

Llegaron al extremo del pueblo, tomaron por un camino angosto metido entre elevados setos, y avanzaron por él, ligeros, cerca de media milla, luego penetraron en un anchuroso jardín por una verja espléndida, cuyos sendos pilares de piedra ostentaban blasones. Se hallaban en una mansión de la nobleza.

—¡Bienvenido a Hendon Hall, mi rey! —exclamó Miles—. ¡Ah! Este es un gran día. Mi padre, mi madre y Edith estarán tan locos de alegría que no tendrán ojos y lengua más que para mí en los primeros momentos de emoción por el encuentro. Por ello quizá le parecerá que es recibido con frialdad..., pero no haga caso, pronto se convencerá de lo contrario, pues cuando les manifieste que usted es mi pupilo, y les explique el gran cariño que le profeso, ya verá como lo estrecharán contra su pecho, por consideración a mí, y le ofrecerán su casa y sus corazones para siempre.

Dicho esto, Hendon se apeó delante del amplio portal, ayudó al rey, a poner también pie a tierra, y cogiendo a éste la mano, penetró con él en la casa precipitadamente. A los pocos pasos se hallaron en una sala espaciosa. Hendon hizo sentar al rey con más prisa que ceremonia, y corrió hacia un joven que estaba sentado delante de una mesa—escritorio, junto a una buena fogata.

—¡Dame un abrazo, Hugo, y dime que te alegras de volverme a ver! Llama a nuestro padre, porque esta casa no será mi casa hasta que yo estreche su mano, vea su rostro y vuelva a oír su voz...

Pero Hugo, después de demostrar una sorpresa momentánea, se echó hacia atrás, y se quedó contemplando fijamente al intruso, con una mirada que, al principio, reveló la dignidad algo ofendida, pero como respondiendo a un pensamiento y a un propósito secreto, cambió de expresión, demostrando curiosidad y asombro, mezclados con un aire de compasión, y dijo, con dulzura:

—¡Tu mente parece perturbada, pobre forastero! Indudablemente habrás sufrido privaciones y malos tratos en el mundo, a juzgar por tu semblante y por tu ropa. ¿Por quién me tomas?

—¿Por quién te tomo? ¿Quién puedo figurarme que eres sino quién eres realmente? Te tomo por Hugo Hendon —repuso Miles, indignado.

Entonces el otro prosiguió con el mismo tono suave:

—¿Y quién te imaginas que eres?

—No se trata ahora de imaginaciones. ¿Vas a pretender que no conoces a tu hermano Miles Hendon?

Las facciones de Hugo expresaron una agradable sorpresa:

—¿Es posible? ¿No te burlas? —exclamó éste. ¿Pueden resucitar los muertos? Si es así...

¡Alabado sea Dios! ¡Nuestro pobre muchacho perdido vuelve a nuestros brazos después de todos esos años crueles! ¿Será verdad tanta felicidad? ¡Te suplico que tengas piedad de mí y no me hagas víctima de tus burlas! ¡Pronto!... Ven a la luz y deja que te mire bien.

Asió a Miles por el brazo, le arrastró hasta la ventana, y comenzó a devorarlo con los ojos de pies a cabeza, volviéndole de uno y otro lado, y haciéndole girar vivamente para examinarlo desde todos los puntos de vista, mientras el hijo pródigo, lleno de gozo, sonreía, reía y no cesaba de mover la cabeza, diciendo:

—Continúa, hermano, continúa y no temas. No encontrarás miembro ni facción que no pueda soportar la prueba. Obsérvame hasta el último detalle tanto como te plazca, mi buen Hugo. Soy, en efecto, tu hermano

Miles, el hermano perdido... ¿No es eso? ¡Hoy es un gran día!

¡Dame la mano, acerca tu cara! ... ¡Dios mío, parece que vaya a morir de alegría!

Iba a echarse a los brazos de su hermano, pero Hugo levantó la mano para detenerle, con aire de objeción, y dejó caer la cabeza sobre el pecho, apenado, y dijo con emoción dramática:

—¡Ah, Dios con su bondad me dará fuerzas para sobrellevar esta terrible decepción!

Miles, perplejo, estuvo un momento sin poder hablar, pero recobró luego el uso de la palabra y exclamó:

—¿Qué decepción es ésa? ¿Por ventura no soy tu hermano? Hugo movió la cabeza tristemente y replicó

—Pido a Dios que lo que dices sea cierto, y que otros ojos encuentren la semejanza que no descubren los míos. Pero ¡ay! Mucho me temo que la carta dijo una verdad dolorosa...

—¿Qué carta?

—La que vino hace seis o siete años de ultramar. En ella —se nos comunicaba que mi hermano había muerto en el campo de batalla.

—¡Era mentira! Llama a nuestro padre... él me reconocerá.

—No se puede llamar a los muertos.

—¿Muerto? —preguntó Miles, con voz apagada y labios temblorosos—. ¡Mi padre muerto!...

¡Oh, ésta es una noticia terrible! Mi júbilo se ha casi desvanecido. Te ruego que me permitas ver a mi hermano Arturo... Él me reconocerá y sabrá consolarme.

—También falleció Arturo.

—¡Dios tenga piedad de mí! ¡Soy un hombre desgraciado! ¡Murieron los dos dignos y quedé yo, que soy el indigno! ¡Oh, te lo imploro! No me digas que Edith también murió...

—No Edith vive.

—Entonces, ¡alabado sea Dios!, renace mi alegría. Corre, hermano, hazla venir aquí... Y si dice que yo no soy yo... Pero no lo dirá, no, no... Me reconocerá. Sería un estúpido si lo pusiera en duda. Tráela, y haz venir también a los antiguos criados, que seguramente también van a reconocerme...

—Murieron todos menos cinco... Pedro, Halsey David, Bernardo y Margarita.

Dicho esto, Hugo salió de la estancia y Miles se quedó un rato pensativo y comenzó a ir de un lado para otro del aposento, murmurando para sí:

—Los cinco archivillanos han sobrevivido a los veintidós leales y honrados... Me parece cosa extraña.

Siguió dando pasos de una parte a otra y hablando para sus adentros pues se había olvidado del rey, pero de pronto, Su Majestad dijo gravemente y con tono de sincera compasión, aunque sus palabras podían interpretarse como una ironía:

—No te preocupes por tu infortunio, buen hombre. Hay otros en el mundo cuya identidad se niega y cuyos derechos se toman en broma. No estás solo en la desgracia.

—¡Ay, rey mío! —exclamó Hendon, sonrojándose ligeramente—. No me condene. Espere y va a ver. No soy un impostor. Ella lo dirá. Eschuchará la verdad de los más dulces labios de Inglaterra. ¿Yo un impostor? Conozco esta vieja mansión, esos retratos de mis antepasados y todo lo que nos rodea, como conoce un niño su propio cuarto. Aquí nací y aquí me criaron, señor. Digo la verdad; a vos no os engañaría. Y aunque nadie me creyera, se lo ruego que no dude de mí, porque no podría soportarlo.

—No dudo de vos —repuso el rey, con sincera sencillez infantil.

—Se lo agradezco de todo corazón —contestó Hendon, con un fervor que revelaba que estaba emocionado.

Entonces el monarca añadió con la misma sencillez benévola:

—¿Y tú dudas de mí?

Hendon se sintió dominado por una turbación culpable, respiró aliviado al ver que se abría la puerta para dar paso a Hugo, lo cual le libró de la necesidad de contestar a la pregunta del muchacho.

Una hermosa dama ricamente ataviada seguía a Hugo Y detrás de ella venían varios criados con flamante librea. La dama avanzó lentamente, con la cabeza baja y la mirada fija en el suelo. Sus facciones revelaban una profunda tristeza. Miles Hendon se precipitó hacia ella y exclamó:

—¡Oh, Edith mía, mi adorada...!

Pero Hugo le apartó con gravedad, al mismo tiempo que decía a la dama:

—Míralo. ¿Lo conoces?

Al oír la voz de Miles aquella mujer tuvo un ligero sobresalto; todo su cuerpo temblaba y sus mejillas se colorearon. Guardó silencio durante una pausa impresionante de breves momentos y luego levantó despacio la cabeza y fijó los ojos en Hendon, con una mirada fría y de espanto. La sangre fue retirándose de su, rostro gota a gota, hasta que no quedó en él más que la lividez gris de la muerte; y al fin dijo la dama, con voz tan apagada como su semblante:

—No le conozco...

Y dicho esto dio media vuelta y se retiró de la estancia, temblorosa, ahogando un gemido y reprimiendo el llanto.

Miles Hendon se dejó caer en una silla y se cubrió la cara con las manos, sumido en la desesperación.

Al cabo de un rato, su hermano preguntó a los criados:

—Ya le observaste bien. ¿Lo conoces?

Todos movieron la cabeza negativamente, y entonces el amo dijo:

—Los criados no lo conocen, señor. Temo que en esto hay algún error... Ya ha visto que mi mujer tampoco os conoce.

—¿Tu mujer?

Hugo se vio instantáneamente clavado en la pared, con una mano de hierro en la garganta.

—¡Ah, truhan abominable! ¡Ahora lo comprendo todo! ¡Escribiste tú mismo la carta falsa, y mi novia y mis bienes robados han sido su fruto! ¡Largo de ahí, pillastre! ¡Porque no quiero mancillar mi honorable condición de soldado matando a un miserable muñeco tan despreciable!

Hugo, con el rostro encendido y casi sin aliento, fue tambaleándose a apoyarse en la silla más próxima y ordenó a los criados que asieran y maniataran al criminal forastero, pero éstos vacilaron y uno de ellos dijo:

—Va armado, señor, y nosotros no tenemos armas...

—¡Armado! ¿Y qué tiene que ver siendo tantos como son ustedes? ¡Agárrenlo, les digo!

Pero Miles les advirtió que tuvieran cuidado con lo que hacían, y añadió:

—Todos me conocen desde hace mucho tiempo... No he cambiado. Acérquense, si les parece.

Esta evocación del pasado no consiguió dar ánimo a los criados, que siguieron manteniéndose alejados.

—Entonces vayan a armarlos, cobardes, y guarden las puertas mientras yo envío a uno a buscar a los guardias —gritó Hugo.

Y dirigiéndose a Miles, desde el umbral, le dijo:

—Mejor será que no intentes escaparte.

—¿Escaparme? No te molestes por eso, si es sólo esto, lo que te preocupa, porque Miles Hendon es el dueño de Hendon Hall y de todo lo que abarca esta hacienda. Se quedará, pues, aquí..., no lo dudes.

REPUDIADO

El rey estuvo sentado unos momentos, pensativo, y luego levantando la vista, dijo:

—Es extraño... verdaderamente extraño. No me lo explico.

No, no es extraño, señor. Conozco a mi hermano y considero que su conducta es natural. Ha sido un truhan desde que nació.

—¡Oh! No hablaba de él, sir Miles.

—¿No hablabas de él? Pues ¿de quién? ¿Y qué es lo que no acercas a explicarte?

—Que no echen de menos al rey.

—¿Cómo? ¿Qué rey? No comprendo.

—¿De veras? ¿No le causa asombro que el país no esté lleno de emisarios, heraldos y proclamas describiendo los detalles de mi persona para descubrir mi paradero? ¿Por ventura no es motivo de conmoción y de dolor que el jefe del Estado haya desaparecido? ¿No tiene importancia que yo me haya disipado, que mi pueblo me haya perdido?

—Tiene razón, mi rey, lo había olvidado —repuso Hendon, suspirando, al mismo tiempo que pensaba: "¡Pobre cerebro desquiciado! ¡Persiste en su pesadilla patética!",

—Pero tengo un plan que nos favorecerá a los dos. Escribiré un mensaje en tres idiomas: en latín, en griego y en inglés... Y mañana por la mañana lo llevarás con toda urgencia a Londres. No lo entregues a nadie más que a mi tío, lord Hertford; cuando lo vea, sabrá que yo lo he escrito, y mandará que vengan a buscarme.

—¿No sería mejor, príncipe, que esperásemos aquí hasta que yo demuestre quién soy y asegure mi derecho a mi hacienda? De esta manera me hallaría en mejor situación para...

El rey le interrumpió imperiosamente, diciendo:

—¡Cállate! ¿Qué representan tus pobres fines, tus intereses triviales, comparados con un asunto en el que está comprometido el bienestar de una nación y la integridad de un trono? —Y con voz más dulce, como si se arrepintiera de su severidad, añadió—: Obedece y no temas, que yo me ocuparé de que se te haga justicia y se te restituya todo lo que te pertenece, todo... y más que todo. No olvidaré tu conducta y te demostraré mi gratitud.

Dicho esto, tomó la pluma y se puso a escribir. Hendon se quedó contemplándole un momento cariñosamente y dijo para sus adentros:

"Si estuviéramos a oscuras me figuraría que, efectivamente, ha sido un rey el que ha hablado. Es innegable que cuando se le antoja lanza rayos y truenos como un verdadero monarca. ¿De dónde habrá sacado esta habilidad? Miradle trazar pretensiosamente unos garabatos sin significado de ninguna clase, figurándose que son párrafos en latín y en griego... Y como mi ingenio no me inspire un recurso afortunado para disuadirle de su propósito descabellado, mañana tendré forzosamente que fingir que salgo a cumplir el fantástico encargo que ha reservado para mí".

Al cabo de un momento, los pensamientos de sir Miles volvieron a fijarse en el reciente episodio, y tan absorto estaba con sus cavilaciones, que cuando el rey le entregó el papel que acababa de escribir, o cogió maquinalmente y se lo metió sin darse cuenta en el bolsillo.

—¡Qué actitud tan extraña ha sido la de Edith! —dijo Hendon entre dientes—. Yo creo que me ha conocido, pero por otra parte me parece que no me ha reconocido... Comprendo perfectamente que estas opiniones son contradictorias, sin embargo, no me es posible reconciliarlas ni desechar ninguna de las dos. El caso se presenta simplemente de esta manera: ha de haber reconocido mis facciones y mi voz... ¿Cómo no iba a ser así? Y no obstante, dijo que no me conocía, y esto es una prueba irrefutable, porque no puede mentir. Pero, reflexionemos... Creo que empiezo a ver las cosas claras. Tal vez él habrá influido en ella, y le habrá ordenado..., obligado a mentir. Es eso, no cabe duda. El enigma está descifrado. Parecía muerta de terror... Sí, se hallaba bajo la coacción de Hugo. La buscaré, la encontraré. Ahora que él está fuera, podré hablar con ella y me confesará la verdad, pues siempre fue honrada y leal.

Se dirigió hacia el umbral ansiosamente, y en aquel preciso momento la puerta se abrió y apareció lady Edith. Estaba muy pálida, pero andaba con paso firme, y aunque seguía con el mismo aire de profunda tristeza, su continente ofrecía su gracia peculiar y su gentil dignidad.

Miles se precipitó hacia ella lleno de confianza, pero ella le contuvo con un gesto casi imperceptible, y él se quedó como clavado en el suelo. La joven tomó asiento e invitó a Hendon a que también se sentara. En esta forma sencilla hizo perder a éste la sensación de compañerismo y le convirtió en un desconocido y en un huésped.

—Señor —dijo lady Edith—, he venido para hacerle una advertencia: los locos no pueden quizá ser disuadidos de sus ilusiones maniáticas, pero no hay duda de que se les puede convencer de que eviten los peligros. Supongo que su sueño le parece sinceramente realidad y, por consiguiente, no comete delito, pero no se empeñé en quedarse aquí con su idea insensata, porque es peligroso... —Y añadió con tono impresionante y mirándole a Miles la cara con fijeza—. Tanto más cuanto que le parece extraordinariamente al que hubiera sido nuestro hermano, si hubiera vivido.

—Pero ¡por Dios, señora, si soy precisamente el mismo!

—Creo sinceramente que lo dices de buena fe, caballero. No pongo en duda tu honradez, pero te aviso, y nada más... Mi esposo es el amo de esta región; su poder es casi ilimitado; la gente, aquí, prospera o muere de hambre según sea su voluntad. Si no te parecieras al hombre que pretendes ser, mi marido podría permitirte disfrutar de tu sueño fantástico, pero le conozco bien y sé lo que hará: dirá a todo el mundo que no eres más que un impostor demente, y todos, al unísono, irán por doquier repitiendo lo mismo. —Volvió a contemplar el rostro de Miles con la misma fijeza, y añadió—: Si fueses Miles Hendon y él lo supiera, y estuviera también enterada de ello toda la comarca... reflexiona bien lo que digo y aquilata mis palabras; correrías el mismo riesgo y tu castigo no sería menos cierto. Mi esposo renegarla de ti y te denunciaría, y nadie se atrevería a salir en vuestra defensa.

—Estoy convencido de ello —repuso Miles amargamente—. El que puede ordenar a una mujer que traicione Y reniegue de un amigo de toda la vida, y es obedecido por ella, bien puede esperar obediencia de aquellos que al desatenderle se jugarían el pan y la vida, sin tener en cuenta vínculos de lealtad y de honor, más frágiles que telarañas.

Un débil rubor coloreó un momento las mejillas de la dama, que bajó la vista al suelo, pero su voz, al proseguir, no reveló la menor conmoción:

—Lo he advertido, y tengo todavía que aconsejarte que te vayas de aquí, de lo contrario ese hombre será vuestra perdición. Es un tirano que desconoce lo que es la piedad. Yo, que soy su esclava encadenada, lo sé perfectamente. El pobre Miles, y Arturo, y mi querido tutor, sir Richard están libres de su sujeción y descansan en paz. Más te valdría estar donde están ellos que quedarse aquí, entre las garras de ese malandrín inclemente. Tus pretensiones son una amenaza para su título y sus bienes. Además, le agrediste en su propia casa... Si te quedas aquí, estás perdido. Márchate, no vaciles. Si te hace falta dinero, toma esta bolsa, y te suplico que sobornes a los criados para que te dejen salir... ¡No desahogues mi consejo, pobre desgraciado, y huye antes de que sea tarde!

Miles rechazó la bolsa con un ademán resuelto, y se levantó diciendo:

—Concédeme una cosa. Fija tus ojos en los míos, para que yo pueda comprobar que están serenos. Así... Ahora contéstame: ¿Soy Miles

Hendon?

—No, no te conozco.

—¡Júralo!

La contestación fue pronunciada muy quedo, pero muy claramente:

—¡Lo juro!

—¡Oh, esto es inconcebible!

—¡Huye! ¿Por qué desperdicias un tiempo precioso? ¡Huye y sálvate!

En aquel preciso momento entraron los alguaciles y se entabló una lucha violenta, pero Hendon no tardó en ser dominado y preso. El rey fue también detenido, y ambos, fuertemente maniatados, fueron conducidos a la cárcel.

EN LA CÁRCEL

Como las celdas de la cárcel estaban todas ocupadas, los dos amigos fueron encadenados y pasaron a una sala espaciosa donde se tenía encerradas a las personas acusadas de delitos leves. Tenían compañía, porque había allí unos veinte reclusos de ambos sexos y distintas edades, con esposas y grilletes, una chusma soez y tumultuosa. El rey se lamentaba amargamente de la indignidad a que se veía sometida su realeza, pero Hendon estaba irritable y taciturno. Se sentía completamente desconcertado. Había llegado a su hogar, como un hijo pródigo feliz y jubiloso, con la esperanza de que todos le iban a recibir locos de alegría al verle regresar, y en lugar de eso se veía acogido con frialdad y conducido a la cárcel. Su ilusión y la realidad eran tan distintas, que el contraste le dejaba aturdido; no hubiera podido decir si resultaba trágico o grotesco. Su caso era algo así como el de un hombre que hubiera estado bailando gozoso, en espera de ver aparecer el arco iris, y se sintiera inesperadamente herido por un rayo.

Pero gradualmente sus pensamientos confusos y revueltos comenzaron a adquirir cierta ilación, y entonces todo su espíritu se concentró en Edith. Reflexionó sobre su actitud en todos sus aspectos, pero no consiguió poner nada en claro. Sin embargo, finalmente, comprendió que la joven le había reconocido, pero le repudiaba por razones interesadas. Hubiera querido maldecir su nombre, pero éste había sido tanto tiempo sagrado para él, que su lengua se negaba a profanarlo.

Envueltos en mantas de calabozo, sucias y hechas jirones, Hendon y el rey pasaron una noche terrible. Un carcelero sobornado procuró licores a algunos de los presos, naturalmente éstos empezaron cantando canciones obscenas y acabaron peleándose y gritando con una algarabía ensordecedora. Por fin, poco después de medianoche, un hombre agredió a una mujer, y la dejó medio muerta, golpeándole la cabeza con las esposas, antes de que el carcelero tuviera tiempo de acudir para salvarla. Este restableció el orden propinando al preso un tremendo vapuleo, y entonces cesó el barullo y pudieron dormir todos los que no hacían el menor caso de los lamentos de los dos heridos.

Durante la semana siguiente, los días y las noches fueron de una igualdad monótona en lo que concierne a los acontecimientos. Individuos cuyas facciones recordaba Hendon más o menos distintamente, se acercaban de día para contemplar al «impostor» y para repudiarle e insultarle; y por la noche la gran juerga con sus riñas consiguientes se repetía con regularidad matemática. Sin embargo, por fin se produjo un hecho nuevo. El carcelero hizo entrar a un anciano, y le dijo:

—El villano está en esta sala. Mira a todo el grupo y a ver si consigues dar con él.

Hendon levantó la vista y experimentó una sensación agradable por primera vez desde que estaba en la cárcel. «Este es Black Andrews —dijo para sí— que fue toda la vida criada de la familia de mí padre. Es un hombre honrado, y tiene buen corazón; es decir, lo era antes, porque ahora todos se han vuelto embusteros. Me reconocerá, pero negará mi personalidad como lo han hecho todos los demás.»

El viejo dirigió una mirada escudriñadora por toda la sala, observando uno a uno todos los rostros de los allí presentes, y al final dijo:

—No veo aquí más que rufianes, la inmundicia de las calles... ¿Quién es él? El carcelero se echó a reír y exclamó:

—Fíjate bien en ese animalote y dime qué te parece.

El anciano se acercó a Hendon, le examinó de pies a cabeza —durante largo rato y dijo:

—Este no es Hendon ni lo ha sido nunca...

—Exacto. Tus ojos, aunque viejos, ven claramente todavía. Si yo fuese sir Hugo, agarraría a ese perillán y...

El carcelero terminó su frase haciendo un ruido gutural que imitaba la estrangulación, al mismo tiempo que se ponía de puntillas como sí le levantara una cuerda imaginaria. El viejo exclamó con tono rencoroso:

—Ya podrá dar gracias a Dios si no le cae en suerte algo peor... Si yo fuese el encargado de darle su merecido, o no soy hombre o le haría morir tostado.

El carcelero soltó una carcajada perversa y dijo:

—Entiéndetelas con él, amigo..., como lo hacen todos, y te divertirás de lo lindo.

Dicho esto, salió de la sala y desapareció. Entonces el anciano cayó de rodillas y susurró al oído de Hendon:

—¡Gracias a Dios que volviste, amor mío! ¡Durante siete años os creí muerto, y ahora te veo vivo! Te he reconocido en cuanto te he visto, y muy difícil me ha sido conservar el semblante impasible, fingiendo que únicamente veía a truhanes y la hez de la calle. Soy viejo y pobre, sir Miles pero dadme una orden y saldré a proclamar la verdad a los cuatro vientos, aunque corra el peligro de que me ahorquen.

—No —replicó Hendon—, no lo hagas. Te perderías y favorecerías muy poco mi causa. Pero te doy las gracias porque hiciste que vuelva a tener un poco de fe en el género humano.

El viejo criado resultó ser muy útil a Hendon y al rey, pues se presentaba varias veces para "insultar" al primero y siempre entraba de contrabando algunos manjares exquisitos para mejorar la bazofia de la cárcel. También le traía las noticias que circulaban por la población.

Hendon reservaba aquellos buenos bocados para el rey, pues, de lo contrario, Su Majestad no habría sobrevivido, porque le era imposible comer la mezquindad de odiosas vituallas que repartía el carcelero.

Con objeto de no despertar sospechas, Andrews tenía que contentarse con visitas breves, pero en cada una de ellas se las compuso astutamente para dar bastantes noticias; información que procuraba en voz muy baja y que disimulaba intercalando entre ella epítetos insultantes que profería a gritos para que los demás los oyeran.

De esta manera, poco a poco, Hendon fue enterándose de la historia de su familia. Hacía unos seis años que Arturo había fallecido. Esta pérdida, unida a la falta de noticias de Hendon, empeoró la frágil salud del padre, el cual, al comprender que sus horas de vida eran contadas, quiso ver a Hugo y a Edith unidos en lazo matrimonial antes de su muerte. La joven suplicó fervorosamente un aplazamiento de la boda, confiando en el regreso de Miles... Y fue entonces que se recibió la carta con la noticia del fallecimiento de éste. El terrible disgusto dejó a sir Richard postrado en cama, y dándose cuenta de que iba a expirar, insistió con Hugo sobre la conveniencia de celebrar la boda inmediatamente. Entonces Edith rogó que esperaran un poco más, y le fue concedido un mes de demora, luego otro, y finalmente otro, pero por fin el matrimonio se celebró junto al lecho de muerte de sir Richard. No fue un matrimonio feliz. Se decía por la comarca que poco después de las nupcias, la recién casada encontró entre los papeles de su esposo un borrador incompleto de la fatal misiva, y le acusó de haber precipitado la boda y también la muerte de sir Richard con una miserable falsificación. Todo el mundo andaba dando detalles sobre el modo cruel que Hugo trataba a Edith y a los criados, pues desde el fallecimiento de su padre se había quitado la careta que le hacía parecer amable, y se mostró tal como era en realidad: un amo inclemente para con todos aquellos que de un modo u otro dependían de él o tenían que ganarse la vida prestando servicio en sus dominios.

Hubo una parte de las revelaciones de Andrews que el rey escuchó con vivo interés.

—Corre el rumor de que el rey está loco, pero, ¡por Dios!, guardate de hablar de este asunto o de decir que yo te lo he comunicado, pues la sola mención de este caso se castiga, según dicen, con la pena de muerte.

Su Majestad miró al anciano y dijo:

—El rey no está loco, buen hombre, y más te valdrá hablar de cosas que te conciernen más de cerca que esta charla sediciosa.

—¿Qué quiere decir este muchacho? —preguntó Andrews, sorprendido ante aquel vivo ataque que surgía de un lugar insospechado.

Hendon le hizo una seña y el viejo no insistió en su pregunta y siguió dando sus noticias.

—El difunto rey será enterrado en Windsor dentro uno o dos días... el 16 de este mes... y el heredero será coronado el día 20 en Westminster.

—Me parece que ante todo tendrán que encontrarlo —dijo Su Majestad entre dientes, y luego añadió confiado—: Pero ya se preocuparán de hallarle... y de eso también me preocuparé yo...

—En nombre de...

Pero el anciano no terminó su frase al ver que Hendon volvía a hacerle una seña para llamarle la atención, y continuó su serie de noticias.

—Sir Hugo asistirá al acto de la coronación con grandes esperanzas, pues confía en volver a su hacienda convertido en todo un par, porque cuenta con el apoyo del lord protector.

—¿Qué lord protector? —preguntó Su Majestad.

—Su gracia el duque de Somerset.

—¿Qué duque de Somerset?

—¡Toma, pues no hay más que uno! ... Seymour, conde de Hertford.

—¿Desde cuándo es duque y lord protector? —preguntó indignado el rey.

—Desde el último día de enero.

—¿Y quién le confirió tal nombramiento?

—El mismo y el Gran Consejo... con el beneplácito del rey.

—¿Del rey? —exclamó Su Majestad con violencia—. ¿Qué rey, buen hombre?

—¡Cómo qué rey! (Pero, ¡Dios mío! ¿Qué le pasa a ese muchacho?) Puesto que no tenemos más que uno, la contestación no es difícil. Su sacratísima Majestad el rey Eduardo VI, que Dios guarde... Sí, y es un joven muy gentil y simpático. Y tanto si está loco como si no lo está; además, dicen que va mejorando de día en día, todo el mundo le dedica las mayores alabanzas, le bendice y reza para que reine durante mucho tiempo en Inglaterra, porque ha comenzado a gobernar humanamente, salvándole la vida al viejo duque de Norfolk, y ahora se propone abolir las leyes más crueles que empobrecen y oprimen al pueblo.

Esta noticia dejó a Su Majestad mudo de asombro y sumido en una cavilación tan profunda y melancólica, que no oyó nada más de lo que iba diciendo el anciano. Se preguntaba si el joven gentil y simpático sería el pordiosero que dejó en palacio vestido con sus propias ropas. No lo creía posible, porque pronto sus modales y su lenguaje le hubieran descubierto si hubiese pretendido hacerse pasar por el príncipe de Gales, y en seguida le hubieran echado fuera de palacio para ir en busca del verdadero príncipe. ¿Sería posible que la corte hubiese puesto en su lugar a cualquier vástago de la nobleza? No, porque su tío no lo habría consentido, mucho más puesto que era omnipotente y querría y podría desbaratar semejante sedición. Las reflexiones del muchacho no le sirvieron de nada, pues cuanto más procuraba descubrir el misterio, mayor era su pasmo, más le dolía la cabeza y más intranquilo era su sueño. Su impaciencia por llegar a Londres iba de hora en hora en aumento, y su cautiverio se le hacía insoportable.

Todas las artes de Hendon fracasaron con el inconsolable rey. Mejor consiguieron calmarle dos mujeres que se hallaban cerca de él encadenadas, y en cuyas tiernas palabras y buenos consejos encontró sosiego y cierto grado de paciencia. Les preguntó por qué estaban en la cárcel, y cuando le manifestaron que eran anabaptistas, sonrió y exclamó:

—¿Por ventura es eso un delito para que le encierren a uno en la cárcel? Ahora me entristezco al pensar que voy a perder vuestra compañía, porque no os tendrán mucho tiempo aquí por una culpa tan leve.

Ellas no contestaron, pero el rey se sobresaltó por algo que notó en su semblante, y les preguntó con viveza:

—No hablan... Sean buenas conmigo y díganme: ¿No habrá otro castigo? No hay cuidado, ¿verdad?

Las dos mujeres trataron de cambiar de conversación, pero los temores del rey se habían despertado y siguió diciendo:

—¿Tal vez te azotarán? No, no serán tan crueles. Di que no...

Las mujeres se mostraron confusas y apenadas, pero como no había manera de esquivar la contestación ` una de ellas dijo:

—¡Oh, nos estás destrozando el corazón, alma inocente!... Pero Dios nos ayudará a soportar...

—¡Con esto quieres decir que esos verdugos empedernidos van a azotarte! —dijo el monarca—. Pero no llores, porque no puedo sufrirlo. Ten valor... Volveré a ocupar mi puesto a tiempo para salvarte de esta amargura.

Cuando el rey se despertó a la mañana siguiente, las dos mujeres habían desaparecido.

—¡Se han salvado! —exclamó lleno de júbilo, pero añadió en seguida, melancólicamente— Pero ¡ay de mí!, ellas eran mi consuelo.

Cada una de las reclusas había dejado un pedazo de cinta prendido en las ropas del rey, como recuerdo. El joven monarca se dijo que conservaría siempre aquellos dos testimonios de simpatía y que no tardaría en poder buscar a aquellas dos buenas amigas para ponerlas bajo su protección.

En aquel preciso momento se presentó el carcelero con algunos de sus ayudantes, y dispuso que los presos fueran conducidos al patio de la cárcel. El rey se sintió alborozado porque era una cosa sublime y deliciosa volver a ver el azul del firmamento y respirar de nuevo el aire fresco. Se impacientó y, refunfuñó por la lentitud de los carceleros, pero por fin le tocó el turno y se vio libre de sus cadenas, con orden de seguir con Hendon a los demás reclusos.

El patio era cuadrado con pavimento de piedra y descubierto. Los presos penetraron en el mismo por una maciza arcada de mampostería y fueron colocados en fila, de pie y con la espalda contra la pared. Fue tendida una cuerda delante de ellos, y quedaron custodiados por los carceleros. La mañana era fría y desapacible, y una ligera nevada, que había caído durante la noche, había dejado cubierto de blanco aquel gran espacio vacío, añadiendo una nota triste al aspecto general de aquel recinto.

Soplaba de vez en cuando una ráfaga de viento invernal, que esparcía la nieve en pequeños remolinos.

Había en el centro del patio dos mujeres atadas a dos postes. Con una sola mirada comprendió el rey que se trataba de sus dos buenas amigas, y pensó: "¡Ay! ¡No han sido liberadas como yo creía! ¡Es indigno que dos mujeres como éstas sufran el castigo del látigo en Inglaterra, no en la cafetería sino en la Inglaterra cristiana! Van a azotarlas, y yo, a quien ellas han consolado y alentado bondadosamente, habré de presenciar esta vergüenza exasperante. Es inexplicable, completamente inexplicable que yo, que soy la misma fuente del poder en este extenso reino, me vea imposibilitado de protegerlas. Pero dejemos ahora que se recreen esos rufianes perversos, que ya llegará el día en que yo les pediré estrecha cuenta de su proceder inhumano. Por cada golpe que den ahora recibirán después ellos cien azotes".

Una gran verja se abrió para dar paso a una multitud de ciudadanos que se agruparon en torno de las dos mujeres, ocultándolas a la vista del rey. Entró un sacerdote que avanzó entre la muchedumbre y quedó también oculto por ella. Luego el rey oyó hablar en frases que parecían ser preguntas y respuestas, pero no pudo conseguir saber lo que se decía. Poco después se produjo gran barullo con los preparativos y las idas y venidas de los carceleros. Luego se produjo un fuerte siseo, se hizo el silencio y, atendiendo una orden, el gentío se separó a ambos lados del anchuroso patio. Entonces el rey presenció una escena que le heló la sangre en las venas. Fueron amontonados unos haces de leña en torno de las dos mujeres, y unos individuos, arrodillados, les prendían fuego.

Las desdichadas mujeres tenían la cabeza inclinada y se cubrían el rostro con las manos. Las llamas empezaron a trepar por entre la leña que chisporroteaba, y unas guirnaldas de humo azul se elevaron en el espacio y se disiparon con el viento. En el preciso momento en que el sacerdote alzaba las manos y comenzaba a rezar una oración, llegaron dos niñas que atravesaron corriendo la gran verja, y lanzando gritos desgarradores, se abalanzaron hacia las dos infelices que iban a ser quemadas. Inmediatamente los carceleros las arrancaron de allí, y una de ellas fue sujetada fuertemente, pero la otra consiguió desasirse, gritando que quería morir con su madre, y antes de que pudieran detenerla quedó de nuevo abrazada al cuello de una de las víctimas. Fue instantáneamente arrancada de allí con su ropa en llamas, pero la niña pugnaba por liberarse y voceaba desesperadamente que quedaba sola en el mundo y rogaba que la dejaran morir con su madre. Las dos pequeñas gritaban sin cesar y se esforzaban en desasirse, pero de pronto aquel tumulto fue ahogado por unos gritos desesperados de mortal agonía. El rey miró a las dos muchachitas frenéticas y a los postes fatales, y luego, apartando la vista, ocultó su rostro lívido contra la pared y no volvió a mirar.

"Lo que acabo de ver en este momento —se dijo el rey— no se borrará jamás de mi memoria. Lo estaré viendo todos los días y lo soñaré todas las noches hasta la hora de mi muerte. ¡Ojalá Dios me hubiese hecho ciego!".

Hendon, que no había dejado ni un momento de observar al monarca, pensó con satisfacción feliz: "Su enfermedad mental mejora. Su carácter ha cambiado, es más afable. Si su manía hubiese persistido, seguramente habría colmado de improperios a esos sayones, proclamando que él era el rey y que ordenaba que dejaran libres a las dos pobres mujeres. Pronto su ilusión quedará olvidada y su lamentable cerebro sanará. ¡Dios quiera que esto sea pronto!".

Aquel mismo día entraron varios presos que sólo tenían que pasar la noche en la cárcel para luego ser trasladados quién sabe dónde. El rey habló con varios de ellos y se sintió indignado por la injusticia de sus condenas inhumanas. Como la de una pobre mujer medio idiota que había robado unos metros de tela a un tejedor, e iba a ser ahorcada por ello; o la de un hombre, acusado de robar un caballo, que había quedado en libertad por falta de pruebas, pero en cuanto se creyó a salvo, fue arrestado de nuevo por matar un venado en el parque real, y esta vez con testigos, por lo que era enviado al cadalso. El caso de un aprendiz de mercader era aún más triste; éste le explicó al rey que, habiendo encontrado un halcón, al parecer sin dueño, se lo había llevado a casa creyendo poder apropiárselo con todo derecho, pero el tribunal le había hallado culpable de robo y le había condenado a muerte. El monarca, furioso, quería evadirse de la cárcel con Hendon para ir a Westminster a ocupar su trono y blandir su cetro, movido de compasión hacia aquellos desventurados, a quienes anhelaba salvar la vida.

"¡Pobre muchacho! —suspiró Hendon—. Las terribles historias que le han contado esos nuevos reclusos, han hecho que se recrudezca su locura... ¡Ay! A no ser por esta desdichada circunstancia, habría recobrado la salud en muy poco tiempo".

Entre aquellos presos había un abogado viejo, un hombre de rostro enérgico. Hacía tres años que escribió un libelo contra el lord canciller; fue acusado de prevaricación, y por ello se le castigó con la pérdida de ambas orejas en la picota y degradación del foro y, además, con la multa de tres mil libras. Algún tiempo después reincidió en el delito, y, por consiguiente, se le había sentenciado ahora a perder lo que le quedaba de las orejas, a pagar una multa de cinco mil libras, a ser marcado con el estigma en ambas mejillas y a cadena perpetua.

—Estas cicatrices me honran —le dijo apartando el cabello canoso y enseñándole los restos completamente mutilados de lo que habían sido sus orejas.

Los ojos del rey centellearon de indignación.

—Nadie cree en mí —dijo—, ni tú creerás tampoco, pero no me importa. Dentro de un mes estarás libre. Las leyes que te han deshonrado y que deshonraron también el nombre de Inglaterra serán abolidas. El mundo está mal constituido. Los reyes tendrían que ir a la escuela a estudiar sus propias leyes y, al mismo tiempo, a aprender un poco de caridad.

EL SACRIFICIO

Mientras tanto Miles se iba sintiendo cada vez más irresistiblemente cansado del confinamiento y la inacción, pero por fin llegó la vista de su causa, con gran satisfacción suya, y pensó que cualquier sentencia le sería grata, con tal que no consistiera en un nuevo encarcelamiento, pero en esto iba equivocado, y se enfureció cuando se vio acusado de ser un vagabundo profesional y sentenciado a estar sentado durante dos horas en la picota por esta razón y por haber agredido al dueño de Hendon Hall. Lo que alegó respecto a que era hermano de su perseguidor y heredero legítimo de los títulos y de la hacienda de Hendon fue objeto de una desatención desdeñosa, pues ni siquiera fueron tomadas en consideración por el tribunal.

De nada le valió ir rabiando y amenazando cuando le conducían al castigo. Los alguaciles que le custodiaban le contenían rudamente, y de vez en cuando le atizaban una bofetada por su conducta irreverente.

El rey no pudo atravesar por entre la chusma que se agrupaba detrás de ellos, y se vio obligado a ir detrás de ella, separado de su amigo y fiel servidor. El rey estuvo a punto de ser condenado también a la picota por ir con tan mala compañía, pero en atención a su corta edad, quedó libre, después de una severa reprimenda. Cuando al fin se detuvo la turba, el rey fue febrilmente de un lado a otro en busca del modo y del lugar por donde poder atravesarla y, por fin, después de muchas dificultades y demoras logró cruzar la compacta multitud. Allí estaba su pobre servidor, sentado en la denigrante picota, expuesto a la chunga y a las burlas de un gentío inmundo. ¡El, el servidor del, rey de Inglaterra! Eduardo había oído pronunciar la sentencia, pero no entendió ni la mitad de lo que verdaderamente significaba. Su ira iba en aumento a medida que se percataba de la nueva indignidad de que le hacían objeto, y llegó al paroxismo cuando vio que un huevo cruzaba el aire y venía a estrellarse en la mejilla de Hendon, mientras la multitud rugía alborozada ante aquel episodio. El rey cruzó el círculo abierto en torno del preso, y poniéndose delante del alguacil que le custodiaba, le gritó:

—¡Esto es vergonzoso! ¡Es mi criado! ¡Déjale libre! Yo soy el...

—¡Calla, por Dios! —exclamó Hendon aterrorizado—. ¡Calla, que vas a perderte! No le haga caso, alguacil. Está loco.

—No se preocupe por si le hago o no caso, buen hombre, porque no me interesa. Por lo que sí siento interés es por darle una lección... —Y volviéndose a un subordinado, le dijo—: Hazle probar el látigo a ese pequeño idiota, una o dos veces, para que aprenda a comportarse mejor.

—Más valdrá hacéroslo probar media docena de veces —intervino sir Hugo, que acaba de llegar a caballo para ver cómo imponían el castigo.

El rey fue sujetado sin oponer resistencia, pues quedó paralizado por la perplejidad ante la mera idea del monstruoso ultraje que, se pretendía infligir a su sagrada persona. La historia ya había sido mancillada con el recuerdo de un rey inglés azotado con el látigo... Y resultaba intolerable que él tuviera que ser la segunda edición de aquella vergonzosa página. Lo tenían aprisionado, y no había quien le defendiera. No tenía, pues, más remedio que resignarse a sufrir el castigo o suplicar que se le perdonara... ¡Terrible dilema!

Recibiría los azotes, porque, un rey puede sufrirlos, pero jamás debe implorar. Pero, mientras tanto, Miles Hendon estaba resolviendo la dificultad.

—¡Dejen en libertad al pobre muchacho..., perros desalmados! ¿No ven cuán joven y frágil es ese pobre niño? ¡Déjenlo marchar y denme a mí los azotes que pretenden atizarle a él,

—¡Bravo! ¡Excelente idea que hay que agradecer! —exclamó sir Hugo, con el rostro iluminado por una satisfacción sarcástica—. Dejen a ese golfillo en paz y propinadle a ese hombre una docena de azotes contundentes.

Se disponía el rey a formular una enérgica protesta, pero sir Hugo le redujo al silencio con esta observación:

—Sí, habla y desahógate, pero no olvides que por cada palabra que pronuncies recibirá seis latigazos más.

Hendon fue sacado de la picota y le desnudaron la espalda, y mientras le daban los tremendos azotes, el pobre reyecito volvió la cara y dejó que unas lágrimas poco propias de un monarca rodaran por sus mejillas.

"¡Ah, corazón intrépido y generoso! —se dijo—. Este acto de lealtad no se borrará jamás de mi memoria. Nunca lo olvidaré..., pero ellos tampoco", añadió, iracundo.

Mientras meditaba, el proceder magnánimo de Hendon iba adquiriendo en su mente un grado cada vez más alto de admiración y de gratitud. Y de pronto, dijo para sus adentros:

"El que salva a un príncipe de cualquier herida o de la muerte probable..., y eso es precisamente lo que ha hecho él por mí... lleva a cabo un gran servicio, pero eso no es nada, menos que nada, comparado con una acción que salva al príncipe de la más bochornosa de las vergüenzas".

Hendon sufrió los azotes sin proferir ni un solo grito, resistiendo los terribles latigazos con una entereza marcial. Esto, unido al hecho de haber librado al pequeño del sufrimiento, sometiéndose voluntariamente a aquel tormento, le valió el respeto de aquella gentuza abyecta y brutal, reunida allí, y sus mofas e improperios cesaron hasta tal punto que se hizo el silencio y sólo se oía el chasquido de los latigazos. La quietud que reinaba en aquel lugar, cuando Hendon se encontró de nuevo en la picota, formaba extraordinario contraste con el clamor insultante que poco antes había atronado el espacio. El monarca se acercó cautelosamente a Hendon y le susurró al oído:

—Los soberanos no pueden ennoblecerte, ¡oh, alma grande y generosa!, porque un ser que está más alto que los reyes lo ha hecho ya, pero un rey puede confirmar tu nobleza ante los hombres.

Dicho esto, cogió el látigo del suelo, tocó ligeramente con él la espalda ensangrentada de Hendon, y murmuró:

—Eduardo, rey de Inglaterra, te confiere el título de conde.

Hendon se sintió conmovido y sus ojos se bañaron en lágrimas, pero al propio tiempo, relativamente tragicómico de la situación y de las circunstancias minó de tal manera su gravedad, que tuvo que hacer grandes esfuerzos para que no se trasluciera al exterior ninguna señal de su júbilo interno. Verse súbitamente desnudo y ensangrentado, elevado desde la picota de los delincuentes hasta la altura alpina y el esplendor de un condado, se le antojaba la cosa más descabellada entre todas las posibilidades de lo grotesco.

"¡Bonitamente adornado con inesperados oropeles me veo ahora! —se dijo—. El caballero espectral del reino de los sueños y de las sombras se ha convertido en un conde fantasmagórico... ¡Vaya vuelo vertiginoso para unas alas entumecidas! Si esto continúa, no tardaré en ir más adornado que el árbol de mayo, lleno de fantásticos colorines y colmado de honores ostentosos. Pero sabré apreciarlos, a pesar de lo vanos que son, por amor al que me los concede. Esas ilusorias dignidades mías que vienen sin pedirlas de unas manos puras y de un espíritu equitativo, son más apreciables que las dignidades verdaderas, generalmente compradas por servilismo a un poder perverso e interesado".

El temido sir Hugo hizo dar vuelta a su caballo, y mientras se iba alejando, la muralla humana se separó en silencio para darle paso, y con la misma quietud volvió luego a unirse y así permaneció, callada, y aunque nadie se aventuraba a hacer ni una sola advertencia en favor del preso, ni a pronunciar una palabra de ponderación a su noble actitud, el hecho de que se hubieran suprimido los insultos era ya un homenaje muy significativo y suficiente. Un curioso rezagado que se presentó en aquel momento, ignorando las circunstancias concurrentes, se permitió dirigir una frase de escarnio al "impostor", arrojándole al mismo tiempo un gato muerto, y fue derribado al suelo instantáneamente y despedido a. puntapiés en medio del más completo mutismo. Y volvió a reinar la más profunda calma.

HACIA LONDRES

Cuando hubo terminado el tiempo fijado para el castigo de Hendon en la picota, éste se vio libre y recibió la orden de salir de la comarca y no volver más por aquellos parajes. Le fue devuelta su espada y también su mula y su asno. Se puso, pues, en marcha seguido del rey, por entre la multitud que les abrió paso con silencioso respeto. Esta se dispersó luego y cada cual se fue por su lado.

Hendon quedó pronto absorto en sus pensamientos. Tenía que contestarse a sí mismo preguntas de gran importancia: ¿Qué iba a hacer? ¿Adónde podría dirigirse? Era necesario encontrar en alguna parte una ayuda poderosa o renunciar a su herencia y resignarse a sufrir la acusación de impostor. ¿Dónde podía esperar hallar aquella ayuda poderosa? Esta era la pregunta más difícil de contestar. De pronto, se le ocurrió un pensamiento que parecía ofrecer una posibilidad... la posibilidad más dudosa, en efecto; pero, a pesar de todo, digna de tenerse en cuenta, a falta de otra más esperanzadora. Recordó lo que Andrews había manifestado relativo a la bondad del joven rey y de la generosidad que demostraba al convertirse en paladín de los desgraciados y de los perseguidos injustamente. ¿Por qué no intentar verle para pedirle justicia? ¡Ah, sí! Pero ¿sería posible que un pobre estrafalario fuese admitido a la augusta presencia del soberano? Mas ¿qué importa? Ya se vería luego lo que resultaría de su tentativa... porque era un puente que no se hacía necesario cruzarlo hasta que se llegaba al pie del mismo. Hendon estaba de antiguo acostumbrado á las campañas y a idear toda clase de estratagemas, artimañas y expedientes. No cabía duda que hallaría la manera de llevar a cabo su propósito. Se dirigiría a la capital. Quizá le ayudaría sir Humphrey Marlow, el antiguo amigo de su padre, el bondadoso sir Humphrey, lugarteniente jefe de la cocina del difunto rey, o de las caballerizas, o de algo por el estilo, porque Miles no podía recordar lo que era con toda exactitud.

Ahora que tenía algo en qué dedicar sus energías, un fin concreto que cumplir, la niebla de humillación y de desánimo que envolvía su espíritu se disipó... Levantó, pues, la cabeza y miró a su alrededor. Le extrañó ver la gran distancia que habían recorrido, porque la aldea quedaba muy atrás. El rey seguía a su lado, montado en el asno, cabizbajo, porque, como Hendon, iba absorto en sus planes y cavilaciones. Una preocupación recelosa vino a turbar la reciente jovialidad de Hendon. ¿Consentiría el muchacho en regresar a la ciudad donde su breve vida no había sido más que una serie ininterrumpida de malos tratos y de necesidades apremiantes? Pero tenía forzosamente —que preguntárselo; no era posible evitarlo.

—Olvidé preguntarle adónde vamos, señor —dijo Hendon—. Estoy a su órdenes.

—A Londres.

Reemprendió Hendon la marcha, muy satisfecho de la contestación del jovencito, pero no menos extrañado de la misma.

Hicieron todo el viaje sin aventura digna de mención, pero al final surgió una, inesperadamente: Serían alrededor de las diez de la noche del 19 de febrero cuando llegaron al puente de Londres, en medio de un gentío imponente que no cesaba de vitorear, y cuyos semblantes, alegrados por la bebida, se veían claramente iluminados por un sinfín de antorchas... y en aquel momento la cabeza desmedrada de un ex duque o noble de otro título fue a caer entre ellos, chocando contra el codo de Hendon y rebotando entre toda la confusión de pies de aquella muchedumbre. ¡Tan pasajeras e inestables son las obras humanas en este mundo! Sólo hacía tres semanas que el rey había fallecido y únicamente tres días que estaba enterrado y ya caía la efigie de la gente elevada que él con tanto celo había mandado colocar en su noble puente... Un ciudadano tropezó con dicha cabeza y dio con la suya contra la espalda de alguien que tenía delante, el cual se volvió y derribó de un puñetazo a la primera persona que se puso a su alcance. Era la mejor ocasión para una lucha al aire libre, porque las festividades del día siguiente, en que se celebraba la coronación del «príncipe heredero», comenzaban ya. Todo el mundo se sentía henchido de patriotismo y, sobre todo, de bebidas fuertes. A los cinco minutos la batalla campal tenía lugar en un gran espacio de terreno, y a los diez o doce minutos alcanzaba una considerable extensión y se había convertido en un loco tumulto fragoroso. En tal momento desconcertante, Hendon y el rey se vieron inevitablemente separados y perdidos en medio de aquel impetuoso torbellino humano. Y en esta situación vamos a dejarles.

LOS PROGRESOS DE TOM

Mientras el verdadero rey vagaba por sus dominios, miserablemente vestido y alimentado, unas veces con esposas, otras burlado por truhanes o en compañía de ladrones y asesinos en una cárcel, y con frecuencia calificado de idiota y de impostor por toda una multitud, Tom Canty, el falso rey, era el héroe de aventuras muy distintas.

Cuando le vimos por última vez, la realeza comenzaba a tener para él un aspecto favorable y brillante. Era una fase de esplendor que cada día iba volviéndose más deslumbrante y deliciosa. El muchacho se veía ahora libre de los temores que sentía al principio, y todos sus recelos se habían por fin desvanecido. Su carácter cohibido y sus reparos dieron paso a una desenvoltura v una confianza absoluta. Cada día aumentaba para él el beneficio que le reportaba la mina representada por el «niño de los azotes.»

Mandaba llamar a su presencia a la princesa Isabel y a la princesa Juana Grey, cuando deseaba jugar o pasar el rato conversando, v cuando creía haber estado ya bastante con ellas las despedía en la forma peculiar del que está familiarizado en tales relaciones. No le dejaba, pues, confundido como antes ver que aquellas jóvenes encopetadas, al retirarse, le besaban la mano.

Empezó a sentirse muy complacido con que todas las noches le acompañaran al lecho pomposamente y le vistieran por la mañana con diversas ceremonias complicadas y fastuosas. Ir a comer acompañado de una brillante comitiva de funcionarios del Estado y de gente armada le era tan sumamente agradable, que llegó al extremo de doblar su escolta, que consistía ahora en un centenar de caballeros marciales.

Le gustaba el son de las trompetas y clarines que resonaba por los largos corredores y la voz de «¡Paso al rey!» que repercutía solemne.

Llegó incluso a aficionarse a sentarse en el trono para presidir el Consejo, durante cuyas sesiones experimentaba ahora la satisfacción de ser algo más que el mero portavoz del lord protector Hertford. Gozaba con las recepciones y con los mensajes que le enviaban ilustres monarcas que le llamaban «hermano»; disfrutaba, en fin, con toda la grandeza cortesana que le parecía color y música de cielo. ¡Oh, feliz Tom Canty, ex vecino mísero de Offal Court!

Estaba encantado con sus espléndidas vestiduras, y mandó que le hicieran más. Encontró que cuatrocientos servidores eran pocos para su grandeza, y los triplicó. La adulación de los cortesanos era música celestial para sus oídos.

Siguió siendo bondadoso para con todos los infelices honrados y enemigo implacable de las leyes injustas, y al enojarse sabía volverse de cara a un conde, o aunque fuera de un duque, para dirigirle una mirada de reproche que le hacía temblar.

¿Tom Canty no se preocupaba ya por el pobre príncipe legítimo, que tan bondadosamente le había tratado y que con tan fervoroso celo se lanzó a vengarle contra el insolente centinela que le maltrató en las puertas de palacio? Sí. Durante los primeros días y las primeras noches de su reinado cruzaron por su cerebro mil penosos recuerdos del príncipe desaparecido, y ansiosos deseos sinceros de que regresara a palacio para verle dichosamente recobrar sus derechos y sus honores de cuna real, pero a medida que fue transcurriendo el tiempo sin que se presentara el heredero del trono, el espíritu de Tom fue viéndose cada vez más embargado por sus nuevas aventuras de magnificencia fantástica, y poco a poco acabó por olvidar al pequeño monarca perdido. Finalmente, cuando alguna vez volvía a pensar en él, se le antojaba que era un espectro molesto porque le hacía sentirse culpable y avergonzado.

La pobre madre y las hermanas de Tom siguieron el mismo camino para alejarse y desaparecer de su memoria. Al principio se consumía por ellas, pero más tarde, la idea de que un día podrían presentarse con sus andrajos y su suciedad y descubrirían su baja condición con sus besos, arrancándole de su puesto elevado y arrastrándole a la miseria y a la vergüenza de su situación primitiva, le hacía estremecer. Por fin dejaron casi por completo de turbar sus pensamientos, y el muchacho se sintió contento y hasta satisfecho, porque cada vez que sus semblantes tristes y acusadores se alzaban ante él le hacían sentirse cada vez más despreciable que los gusanos.

El 19 de febrero, a medianoche, Tom Canty estaba dormido en su rico lecho, custodiado por sus vasallos leales y rodeado de toda la pompa de la realeza; un niño feliz, porque el día siguiente era el señalado para su solemne coronación como rey de Inglaterra. A aquella misma hora, Eduardo, el verdadero rey, hambriento y sediento, sucio y tiznado, rendido por el cansancio del largo viaje y envuelto en ropas andrajosas, completamente hechas jirones a consecuencia de la pelea general, se veía apretujado entre una turba y observaba con vivo interés algunas cuadrillas de obreros presurosos que entraban y salían de la abadía de Westminster, atareados como hormigas. Estaban llevando a cabo los últimos preparativos para el acto de la coronación.

EL DESFILE DE LA CORONACIÓN

Cuando Tom Canty se despertó al día siguiente por la mañana, resonaba por el espacio un bullicio atronador, que en todas direcciones alcanzaba muy larga distancia. Aquello era para el muchacho una música muy agradable, porque tal bullicio significaba que el pueblo inglés se había lanzado a la calle para festejar el gran día con júbilo y lealtad.

No tardó Tom en verse de nuevo convertido en la primera figura de un magnífico festival flotante sobre las aguas del Támesis, porque por tradición el desfile de la ceremonia tenía que empezar en la Torre, a la que se dirigía Tom para luego atravesar la capital.

Cuando llegó a ella, los muros de la venerable fortaleza parecieron agrietarse de pronto en mil lugares y por cada hendedura asomó una roja lengua de llamas y una nube blanca de humo. Se oyó luego una explosión ensordecedora, que ahogó las aclamaciones de la multitud e hizo temblar la tierra. Los fogonazos, las detonaciones y la humareda se repitieron una y otra vez con celeridad asombrosa, hasta tal punto, que a los pocos momentos la silueta de la vieja Torre desapareció en la bruma espesa de su propio humo, excepto el pináculo de la llamada Torre Blanca. Esta, con sus banderas, se erguía sobre la densa masa de vapor, como sobresale por encima de las nubes la cúspide puntiaguda de una montaña.

Tom Canty, espléndidamente ataviado, montó en un fogoso corcel de guerra, cuyos ricos arreos tocaban casi al suelo. Su "tío", el lord protector Somerset, montado en idéntica forma, se situó detrás de él. La guardia del rey formó en hileras a ambos lados, ostentando sus bruñidas armaduras. Seguía al protector una procesión al parecer interminable de nobles encopetados, acompañados de sus vasallos; luego venía el alcalde y el cuerpo de regidores con sus túnicas de terciopelo carmesí y con la cadena de oro en el pecho, y por fin los dignatarios y miembros de todos los gremios de Londres, elegantísimos portadores de los lujosos estandartes de las diversas corporaciones. Figuraba en el cortejo, como guardia de honor especial, la antigua y honorable compañía de artilleros, cuerpo que contaba ya en aquella fecha trescientos años de antigüedad, y era el único organismo militar de Inglaterra que gozaba del privilegio (aún conservado en nuestros días) de ser independiente de los mandatos del Parlamento. Era un espectáculo brillante, que fue acogido con estruendosas aclamaciones entusiásticas durante todo el curso de la procesión. Dice el cronista:

"Al entrar en la ciudad, el rey fue recibido por el pueblo con oraciones, gritos de bienvenida, palabras cariñosas y con toda clase de demostraciones que revelaban un amor ferviente de los súbditos para con su soberano; y el rey, con su semblante de satisfacción para que lo vieran todos los que se hallaban a distancia, y con palabras afables para los que estaban cerca, se mostró muy complacido por aquel ardoroso testimonio popular de simpatía al monarca.

"A los que exclamaban ¡Dios salve al rey!, contestaba ¡Dios os salve a todos!, y daba a cada cual las gracias de todo corazón. El pueblo se sentía verdaderamente entusiasmado por las cariñosas contestaciones y por los ademanes de afecto que le dedicaba Su Majestad".

En la calle Fenchurch habían construido un estrado, sobre el cual un niño, ´ricamente ataviado´, dio la bienvenida al monarca. Los últimos versos de su alocución fueron los siguientes:

Te damos la bienvenida, oh rey, del fondo de nuestros corazones. Te damos la bienvenida, con nuestras mejores palabras.

Con frases alegres y animosos corazones, rogamos a Dios que te proteja y te dé felicidad.

El pueblo prorrumpió en un grito de entusiasmo, repitiendo al unísono las palabras del niño.

Tom Canty contempló aquel agitado mar de rostros exaltados y sonrientes y su corazón se llenó de orgullo. Pensó en aquel momento que lo único por lo cual valía la pena de vivir en este mundo era ser rey y ser el ídolo de una nación. Súbitamente descubrió a cierta distancia dos de sus camaradas harapientos de Offal Court; uno de ellos era el que representaba el papel de lord gran almirante en su corte fantástica de otros tiempos, y el otro, el lord de la alcoba real en la misma pantomima. Al verlos, su orgullo aumentó más que nunca. ¡Ah, si pudieran reconocerle ahora! ¡Qué gloria indecible sería si vieran que el monarca fingido de los barrios miserables se había convertido en un verdadero soberano!

Pero tenía que cuidar de que no le reconocieran si no quería perderlo todo, y por ello apartó la cabeza y dejó que los dos golfos siguieran gritando con entusiasmo sin sospechar a quién prodigaban sus aclamaciones.

A cada momento se dejaba oír la súplica de: "¡Una dádiva! ¡Una dádiva!". y Tom correspondía lanzando un puñado de monedas relucientes para que el populacho se las disputara frenéticamente.

El cronista sigue relatando: "En el extremo superior de la calle Gracechurch, frente al emblema del águila imperial, había sido erigido un flamante arco de triunfo, bajo el cual podía verse una tarima que se extendía de uno a otro lado de dicha calle. Había allí una representación histórica de los inmediatos progenitores del joven monarca: Isabel de York y a su lado Enrique VII. Ambos, con las manos entrelazadas, mostraban ostentosamente su respectivo anillo de boda. Había también los retratos de Enrique VIII, de Juana Seymour, madre del nuevo rey, y del mismo Eduardo VI, sentado en el trono con imponente majestad. Toda la alegoría iba adornada con guirnaldas de rosas rojas y blancas".

Este insólito y colorido espectáculo entusiasmó de tal modo a la jubilosa multitud, que sus aclamaciones cubrieron la voz del niño encargado de describírselo al rey en elogiosas rimas. Pero a Tom Canty no le importó, pues para él ese cordial alboroto era una música más dulce que la mejor de las poesías.

Cada vez que en medio del júbilo de la muchedumbre Tom volvía la cara a uno u otro lado, el pueblo reconocía la exactitud del parecido de su efigie y estallaban nuevas salvas de aplausos inacabables.

"En todo Cheapside cada ventana estaba adornada con banderas y gallardetes y los más ricos tapices, alfombras y brocados cubrían el pavimento y las paredes de las calles, como demostración de la gran magnificencia de sus tiendas, y aquel lujo de la vía pública era imitado y, a veces, superado en otros barrios".

"¡Y todo ese maravilloso boato me lo dedican a mí!", pensaba Tom Canty.

Las mejillas del falso rey estaban coloreadas por la excitación, sus ojos centelleaban y todos sus sentidos se abandonaban a un placer delirante. En aquel punto se hallaban las cosas, cuando en el momento de levantar la mano para echar un puñado de monedas, se fijó, de pronto, en un rostro pálido y perplejo que asomaba en la segunda hilera de personas que formaban aquella multitud inmensa, y que le miraba con fijeza. El muchacho se sintió dominado por una terrible consternación. ¡Había reconocido a su madre! Y ocultó sus ojos con las manos con un gesto involuntario que le era habitual en su época de miseria. Poco después su madre salió de entre el gentío y avanzó por donde había los guardias. Se echó a los pies del muchacho y abrazándole apasionadamente las piernas, las cubrió de besos y exclamó:

—¡Oh, hijo mío, amor mío!

Y volvió hacia él su cara transfigurada por el júbilo y el entrañable cariño maternal. Inmediatamente un oficial de la guardia real la arrancó de allí con una maldición y la envió de un empujón, tambaleándose, al sitio de donde había salido. Los labios de Tom Canty estaban balbuceando las palabras: "No te conozco, mujer...", cuando el guardia brutal tuvo el ademán inclemente, pero se lo partió el corazón al ver aquellos malos tratos a su madre, y cuando ésta le volvió a mirar por última vez, mientras iba desapareciendo entre la muchedumbre, pareció tan herida, tan desconsolada, que el muchacho se sintió dominado por una vergüenza que redujo instantáneamente su orgullo a cenizas y deslució su usurpada realeza. Toda aquella fastuosidad quedaba sin valor y parecía desprenderse de él como harapos inmundos.

La comitiva regia se puso de nuevo en movimiento entre esplendores cada vez más deslumbrantes y aclamaciones más y más atronadoras, pero Tom Canty no veía ya ni oía. La realeza había perdido su encanto y su dulzura; su pompa se había convertido en un reproche. El remordimiento roía el corazón del muchacho.

"¡Ojalá me viera libre de mi cautiverio!", decía Tom para sus adentros.

Inconscientemente había vuelto a la fraseología y a los sentimientos que le animaban en los primeros días de su grandeza obligada.

El brillante cortejo seguía su marcha, pero Tom, con los ojos extraviados, no veía otra cosa más que la expresión afligida de su madre.

"¡Una dádiva, una dádiva!", repetía la gente. Pero ahora esta súplica iba dirigida a unos oídos sordos: "¡Viva Eduardo Rey de Inglaterra!".

La tierra parecía estremecerse con aquel estruendo, pero no se obtenía respuesta alguna del monarca.

Este estaba absorto; en su conciencia acusadora no cesaban de resonar aquellas vergonzosas palabras: "No te conozco, mujer...

Esta frase martilleaba el alma del "rey" como el tañido fúnebre, de una campana martillea el alma de un amigo infiel recordándole secretas traiciones de que hizo víctima al difunto.

Nuevos esplendores se ofrecían a cada esquina... Retumbaban los estampidos de las baterías y arreciaba el entusiasmo de la multitud impaciente, pero el rey no daba señales de enterarse de nada y la voz acusadora que seguía reprochando en su cerebro era el único son que llegaba a sus oídos.

Repentinamente, el júbilo que demostraba la plebe cambió y se convirtió en algo así como una ansiedad angustiosa. Al mismo tiempo pudo observarse que las ovaciones iban disminuyendo. El lord protector no tardó en notarlo y en descubrir su causa. Por ello corrió al lado del «monarca», se inclinó ante él con la cabeza descubierta, y dijo:

—Señor, ésta no es ocasión propicia para soñar. El pueblo está observando vuestra cabeza inclinada, vuestro semblante preocupado y lo interpreta como un mal presagio. Sed prudente; descubrid el sol de la realeza y dejad que brille sobre esos nubarrones sombríos y los disperse. Levantad la cabeza y sonreíd a las gentes.

Y dicho esto, el duque esparció a derecha e izquierda un puñado de monedas, después de lo cual volvió a ocupar su puesto. El falso rey hizo maquinalmente lo que le habían aconsejado que hiciera, pero su sonrisa era forzada, aunque pocos los ojos que estaban lo bastante cerca para observarlo o que tenían la suficiente penetración para descubrirlo, Los movimientos de su sombrero de plumas al saludar a sus súbditos estaban llenos de gracia y de gentileza y las dádivas que su mano prodigaba eran verdaderamente espléndidas. De esta manera se desvaneció la ansiedad del pueblo que volvió a prorrumpir en aclamaciones tan entusiásticas como antes.

Nuevamente, cuando la procesión iba a terminar, el duque se vio obligado a acercarse al rey para dirigirle un reproche.

—¡Oh, poderoso y temido soberano! Aparte de usted su fatal mal humor, porque los ojos del mundo están clavados en usted, señor.

—Y añadió con marcada energía—: ¡Maldita sea esa pordiosera loca! Ha sido ella la que ha venido a perturbar vuestro espíritu.

El falso rey miró al duque fijamente, pero con ojos sin brillo, y dijo, con voz apagada:

—¡Era mi madre!

—¡Dios mío! —suspiró el protector, tirando de las riendas de su caballo para volver a su puesto—. ¡La predicción resultó cierta! ¡Se ha vuelto loco otra vez!

EL DÍA DE LA CORONACIÓN

Retrocedamos algunas horas y situémonos en la abadía de Westminster a las cuatro de la mañana de aquel memorable día de la coronación. No nos faltará compañía, porque si bien todavía es de noche, encontraremos las galerías iluminadas por medio de antorchas, llenas ya de gente que va colocándose poco a poco y se dispone a quedarse allí siete u ocho horas esperando precisar lo que no espera ver dos veces en su vida: la coronación de un rey. Sí, Londres y Westminster han comenzado a agitarse desde que ha resonado el estampido de los cañonazos de aviso a las tres de la mañana, y ya una gran multitud de personas acaudaladas, pero sin título, que han adquirido el privilegio de un lugar en las galerías, se agrupan ahora afanosas ante la entrada reservada a su clase.

Las horas transcurren con bastante aburrimiento. Hace ya largo rato que ha cesado toda actividad y movimiento, porque las galerías están ya llenas de bote en bote. Ahora podemos sentarnos y mirar y pensar a nuestras anchas. En el vago crepúsculo de la catedral, podemos divisar por doquier porciones de numerosas galerías y balcones repletos de público, porque las demás partes nos las impiden ver las columnas y salientes arquitectónicos que se nos ponen por delante. Tenemos ante los ojos la totalidad del gran crucero de la parte norte, vacío aún, y que ha de ser ocupado por los privilegiados de Inglaterra. Vemos también la anchurosa plataforma cubierta de rica alfombra sobre la cual se alza el trono. Este se halla en el centro de la referida plataforma a la que dan acceso cuatro anchos escalones. En el asiento del trono va ajustada una piedra plana, llamada "la piedra de Scone en la que muchos reyes de Escocia se sentaron para recibir la corona, por lo cual, con el tiempo, se la ha considerado lo bastante sagrada para que los príncipes herederos ingleses la hicieran servir con el mismo objeto.

Por fin amanece y comienzan a verse claramente todos los nobles rasgos del gran edificio, pero de un modo suave y lento, como entre sueños, porque el sol está ligeramente velado por las nubes. A las siete se produce la primera interrupción en aquella monotonía soporífera, porque al dar la hora entra la primera dama noble en el crucero, ataviada con tanto esplendor como Salomón, y es conducida al lugar que le ha sido destinado por un dignatario vestido de raso y terciopelo, mientras otro dignatario va sosteniendo la cola del vestido de la dama. Luego, cuando ésta se ha sentado, coloca el escabel conforme a sus deseos y pone su corona al alcance de su mano para cuando llegue la ocasión de la coronación simultánea de los nobles.

La escena es ya bastante animada. Las damas van desfilando en brillante séquito y los oficiales van de un lado a otro, solícitamente, sentándolas e instalándolas a su comodidad. Por todas partes hay movimiento, vida y colorido. Al cabo de un rato, renace la calma: todas las damas se hallan en su lugar. Forman como un parterre de flores variopintas en el cual resplandece, aquí y allá, el fulgor de las piedras preciosas, brillantes como estrellas. Se ven mujeres de todas las edades, incluso viudas arrugadas y canosas que pueden retroceder en el camino del tiempo y recordar la coronación de Ricardo III; hay hermosas señoras de edad madura y lindas doncellas inexpertas que probablemente se pondrán sin gesto elegante su enjoyada corona cuando llegue el momento solemne, porque aquella ceremonia será cosa nueva para ellas y sus nervios constituirán un gran obstáculo. Sin embargo, es posible que esto no suceda, porque el cabello de todas las damas ha sido peinado en forma especial que permite la colocación rápida y garbosa de la corona cuando se dé la señal convenida.

Los rayos del sol bañan ahora toda la hilera de damas llenas de joyas, lo cual produce un maravilloso centelleo deslumbrante y, de pronto un enviado de algún país del lejano Oriente, que llega con el cuerpo de embajadores extranjeros, cruza aquella esplendorosa franja de luz solar y nosotros quedamos anonadados ante el fulgor que irradia en torno de él, porque va, de pies a cabeza, cubierto de gemas, y al menor movimiento produce un bailoteo de mil colores refulgentes que deslumbran.

Cambiemos ahora el tiempo del verbo para mayor comodidad y mejor efecto de nuestro relato. Transcurrió una hora, dos horas, dos y media, y, súbitamente, el estampido del cañón anunció que por fin había llegado el rey y su brillante comitiva. Entonces, la multitud que esperaba impaciente se entregó al jolgorio. Todo el mundo sabía que aún había para rato, porque el monarca tenía que prepararse para la solemne ceremonia, pero esta demora no iba a resultar aburrida con la aparición de los pares del reino con sus magníficos trajes de gala. Estos fueron conducidos solemnemente a sus asientos y se le puso su respectiva corona al alcance de la mano. Mientras tanto, la muchedumbre que ocupaba las galerías ardía de interés, porque muchos de los allí presentes veían por vez primera todos aquellos encopetados personajes, cuyos nombres ilustres figuraban ya en la historia desde hacía cinco siglos. Una vez todos se hubieron aposentado, el espectáculo, visible desde las galerías y todos los puntos elevados, quedó completo.

Luego los altos dignatarios de la iglesia, con sus ropajes y mitras, desfilaron junto a sus acólitos y tomaron asiento en los lugares reservados para ellos. Detrás iban el lord protector Hertford y otras autoridades, seguidos de un destacamento de guardias acorazados.

Hubo una pausa de espera. Después, obedeciendo una señal, sonó una música triunfal, y Tom Canty apareció en el umbral con largo manto de brocado y subió a la plataforma del trono. Toda la multitud, de pie, presenció, respetuosa, la ceremonia de la coronación. Una inspirada antífona llenó la abadía con la soberbia armonía de sus notas solemnes, y así precedido y saludado, Tom Canty fue conducido al trono. Tuvieron entonces efecto las antiguas ceremonias con fastuosidad emocionante, y cuando iban a tocar a su fin, Tom Canty se puso cada vez más pálido, y un profundo remordimiento invadió su alma y su corazón y le hizo sentir un malestar y una desesperación irresistibles.

Llegó por fin el acto final. El arzobispo de Canterbury levantó la corona de Inglaterra del almohadón en que estaba colocada y la puso aparatosamente sobre la cabeza temblorosa del falso rey. En aquel mismo momento una radiación de arco iris recorrió el espacioso crucero, producida por todos los nobles que levantaron su respectiva corona de título nobiliario y, poniéndosela en la cabeza se quedaron en aquella postura. Un prolongado siseo se dejó oír por toda la abadía. En aquellos instantes de emoción apareció súbitamente en escena un inesperado personaje, cuya presencia no notó la muchedumbre absorta hasta que, de pronto, se presentó en la gran nave central. Era un muchacho con la cabeza descubierta, mal calzado y cubierto de prendas plebeyas ordinarias y que pendían de su cuerpo hechas jirones. El muchacho levantó la mano con una solemnidad que no concordaba con su lamentable aspecto, y pronunció serenamente estas palabras:

—Les prohíbo poner la corona de Inglaterra a esa cabeza indigna. Yo soy el rey.

Instantáneamente varias manos de personas airadas cayeron sobre el jovencito, pero inmediatamente, Tom Canty, con sus regias vestiduras, dio un paso hacia adelante con viveza y exclamó con voz vibrante:

—¡Deténganse y suéltenlo! ¡Es el rey!

Una especie de pánico y de perplejidad se extendió por toda la asamblea. Todos se levantaron de sus asientos, se miraron unos a otros asombrados, aturdidos como preguntándose si estaban soñando. El lord protector estaba turbado como los demás, pero se repuso en seguida y con voz imperiosa, exclamó:

—¡No hagan caso a Su Majestad, pues su dolencia le ha vuelto a atacar! ¡Atrapen ese vagabundo!

Habría sido obedecido, pero el falso rey golpeó enérgicamente el suelo con el pie y gritó:

—¡Cuidado lo hacen! ¡No lo toquen! ¡Repito que es el rey!

Todo el mundo quedó como paralizado, sin saber qué hacer ante tan extraña situación. Mientras todos los presentes trataban de serenarse, el muchacho siguió avanzando con firmeza, con aire arrogante y expresión llena de confianza. No se había detenido ya desde un principio y mientras los cerebros trastornados seguían vacilando sin saber qué hacer ni qué pensar, Eduardo subió a la plataforma y el falso rey salió a su encuentro con semblante jubiloso, y, postrándose de rodillas ante él, dijo:

—¡Oh, mi señor y rey! Deje que el pobre Tom Canty sea el primero que le jure fidelidad y le diga: 'Ceñid la corona y recobrad lo que os pertenece'.

Los ojos del lord protector se clavaron con aguda severidad en el rostro del recién llegado, pero instantáneamente la severidad se desvaneció para dar paso a una, expresión de pasmo maravillado. Lo mismo les ocurrió a los demás palaciegos. Miráronse unos a otros y retrocedieron un paso por un impulso común e instintivo. Todos pensaban en aquel momento lo mismo:

¡Qué extraño parecido!

—Con su venia, señor, deseo hacerle ciertas preguntas que...

—Yo las contestaré milord.

El duque le hizo entonces diversas preguntas relativas a la corte del difunto rey, al príncipe y a las princesas, y Eduardo las contestó con acierto y sin vacilar. Describió las habitaciones y salas de recepción de palacio, y los aposentos de Enrique VIII y los del príncipe de Gales.

¡Qué caso extraño! ¡Qué cosa inexplicable se decían todos los que acababan de oír lo que Eduardo había detallado! Y comenzaba de nuevo la marea y a aumentar la esperanza de Tom Canty, cuando el lord protector movió la cabeza y dijo:

—No se puede negar que es maravilloso, pero no es ni más ni menos que lo que puede hacer nuestro señor el rey.

Esta observación y esta referencia a Tom todavía como monarca entristecieron al muchacho que vio con pesar que sus esperanzas se disipaban.

—Esas no son pruebas suficientes —añadió el lord protector.

La marea volvía aceleradamente, en extremo rápida, pero hacia otra dirección, y dejaba al pobre Tom Canty atascado en el trono y al otro nadando desesperadamente en pleno oleaje. El lord protector reflexionó un momento e inducido por una idea que le preocupaba, movió la cabeza y dijo:

—Resulta altamente peligroso para el Estado y para nosotros que continúe sin descifrarse un enigma como éste, que podría dividir a la nación y socavar el trono. —Luego, volviéndose, añadió resueltamente—: Sir Thomas, detenga a ese... Es decir, no, ¡esperen! —

acabó diciendo con voz animada. Y dirigiéndose al candidato harapiento le preguntó—: ¿Dónde está el Gran Sello? Contestando exactamente a esta pregunta, el enigma quedará descifrado, porque sólo puede responder sobre este punto el príncipe de Gales. De una cosa tan fútil depende nada menos que un trono y una dinastía.

Fue una pregunta, afortunada, una idea luminosa. Que así lo consideraban los altos dignatarios, lo demostró la mirada de absoluta aprobación que dirigieron éstos al lord protector. Sí, nadie más que el verdadero príncipe podía poner en claro el misterio del Gran Sello desaparecido. Aquel pequeño impostor había aprendido muy bien su lección, pero en este punto iba a fracasar porque ni su mismo maestro era capaz de contestar a tal pregunta:

"¡Ah, excelente idea! ¡Ahora vamos a vernos libres de este engorroso asunto que ofrece tanto peligro!". Y pensando así, movieron todos la cabeza de un modo casi imperceptible y sonriendo con satisfacción. Todas las miradas quedaron fijas en el muchacho para ver si se manifestaba atacado por la parálisis de la confusión culpable. Pero cuál no fue su sorpresa al observar que no experimentaba ninguna turbación y que, por el contrario, contestaba con voz serena y confiada:

—La solución de esto que llaman enigma no tiene nada de difícil.

Y sin pedir autorización a nadie, se volvió y dio la siguiente, orden, con la desenvoltura propia del que está acostumbrado a ser obedecido:

—Milord Saint John, ve a mi gabinete particular, pues nadie lo conoce mejor que tú, y muy cerca del suelo, en el rincón del lado izquierdo más distante de la puerta que da a la antecámara, encontrarás en la pared la cabeza de un clavo de bronce. Apriétalo y se abrirá un cofrecito de joyas que ni siquiera tú conoces ni conoce nadie en el mundo más que yo y el artesano leal que lo construyó por orden mía. Lo primero que verás, al abrirlo, será el Gran Sello. Tráelo.

Todos los allí presentes quedaron perplejos al oír estas palabras, y más aún al ver que el muchacho se dirigía a, aquel alto personaje sin vacilación ni aparente temor de equivocarse, y le llamaba por su nombre, con la plácida convicción de conocerle de toda la vida. El par se quedó tan pasmado que se dispuso casi a obedecer, y llegó incluso a hacer un ademán como para alejarse, pero no tardó en recobrar su tranquila actitud habitual y un ligero sonrojo en sus mejillas vino a confesar su torpeza. Tom Canty se volvió hacia él y le dijo con aspereza:

—¿Por qué vacilas? ¿No oíste el mandato del rey? ¡Ve!

Entonces lord Saint John hizo una profunda reverencia, que se notó hacía con significativa cautela, pues no la dirigía verdaderamente a ninguno de los dos dudosos monarcas, sino al espacio neutral que quedaba entre ellos, y se retiró discretamente.

Se produjo un movimiento lento y apenas perceptible entre aquel grupo oficial ostentoso, pero tenaz y persistente; un movimiento como el que produce un calidoscopio cuando se hace girar lentamente, y con el cual los componentes de un grupo se disgregan y se unen uno a otro grupo, un movimiento que, poco a poco, en el caso que nos ocupa, dispersó los grupos que había junto a Tom Canty para reagruparlos en torno del recién llegado. Tom Canty se quedó, pues, casi solo. Hubo luego una pausa, una breve espera impaciente, durante la cual los pocos que todavía se hallaban al lado de Tom Canty fueron gradualmente armándose de valor para atreverse a deslizarse uno por uno y unirse a la mayoría. Tom, con su manto real y sus joyas, se quedó, pues, por fin, solo y aislado del mundo, era una figura conspicua que ocupaba un vacío muy elocuente.

De pronto se vio aparecer de nuevo a lord Saint John, y cuando éste avanzó por la nave central, el interés que todos sentían era tan intenso, que el tenue murmullo de las conversaciones de la concurrencia se apagó por completo y fue sustituido por un siseo, general y una quietud absoluta que permitía oír el rumor de las pisadas del que todos esperaban ansiosamente. Todas las miradas se clavaron en él mientras avanzaba.

Lord Saint John llegó a la plataforma, se detuvo, un momento y dirigiéndose a Tom Canty, dijo con tono de profunda obediencia:

—Señor, en el lugar indicado, no está el Sello.

No se aparta nunca un grupo de gente de un apestado con más rapidez que el bando de pálidos y temerosos cortesanos se alejó del lado del andrajoso pretendiente a la corona. En un abrir y cerrar de ojos se quedó éste completamente solo sin un amigo ni paladín, y como blanco contra el cual era lanzado ahora un fuego graneado de miradas de odio y de desprecio.

El lord protector exclamó, furioso:

—¡Saquen de aquí a ese mendigo! ¡Échenlo a la calle y azótenlo por toda la ciudad sin ninguna clase de consideración, pues no la merece!

Unos oficiales de la guardia se precipitaron hacia Eduardo, obedeciendo la orden, pero Tom Canty los apartó con un gesto enérgico y dijo:

—¡Atrás! ¡El que le toque, pone en peligro su propia vida!

El lord protector, asombrado en grado sumo, dijo a lord Saint John:

—¿Has mirado bien? Pero huelga preguntarlo... No obstante, todo esto es muy extraño. Las cosas de poca importancia, las futilezas, se le escapan a uno de la memoria, pero ¿cómo puede haber desaparecido una cosa tan importante como el Sello de Inglaterra, sin que nadie logre saber dónde fue a parar? Sobre todo, tratándose de un objeto voluminoso... Un disco de oro macizo.

Tom Canty, con ojos centelleantes, avanzó y se puso a vociferar:

—¡Calla! ¡Con esto ya basta! ¿Era redondo y grueso y tenía grabados emblemas y letras? Entonces ya sé lo que es el Gran Sello de que tanto se ha venido hablando. Si me lo hubieras descrito detalladamente, haría ya tres semanas que obraría en tu poder. Ahora sé perfectamente dónde está.

—Pero no fui yo quien lo puse allí por primera vez.

—¿Quién lo puso, pues?

—Ese jovencito que está ahí, el verdadero rey de Inglaterra. Y él mismo podrá decirles dónde está el Sello, y se convencerán de que lo sabe porque fue él mismo quien lo colocó en aquel lugar. Recuerda, rey mío, has memoria... Fue lo último, lo último que hicistes aquel día antes de salir de palacio vestido con mis andrajos para castigar al soldado que me había maltratado.

Se hizo el silencio, que no interrumpió ni un movimiento ni un cuchicheo, y todos los ojos fijaron sus miradas en Eduardo, que frunciendo el ceño y cabizbajo, se esforzaba en hacer venir a su memoria, entre el tumulto de desagradables recuerdos que absorbían su pensamiento, un hecho sencillo del que no conseguía acordarse y del que dependía la recuperación del trono, pues teniéndolo olvidado seguiría siendo un pordiosero, un miserable proscrito. Transcurrían los minutos y el muchacho seguía cavilando, esforzándose en silencio, sin dar señales de éxito.

Pero al fin movió lentamente la cabeza, y dijo con labios temblorosos y voz afligida:

—Recuerdo la escena. —Hizo una pausa, y levantando los ojos, añadió, con dignidad—: Milores y caballeros, si desean despojar a su verdadero soberano de lo que le pertenece por la falta de una prueba que no puede presentarles, no me opondré a sus pretensiones porque me veo en la imposibilidad de hacerlo, pero...

—¡Oh, eso es un tremendo desatino, rey mío! —exclamó Tom Canty, dominado por el terror, ¡Espera, piensa, no desmayes, que vuestra causa no está perdida! No lo está, no. Escucha lo que te digo y fíjate bien en mis palabras... Voy a recordarte aquella mañana y todo lo que ocurrió entonces: Te hablé de mis hermanas Nan y Bet... ¡Ah, sí! Eso lo recuerdas... Y de mi abuela anciana y de los juegos de los chiquillos de Offal Court... Sí, también lo recuerdas... Sigue escuchando mi relato y acabarás por acordarte de todo. Me distes de comer y de beber, y con regia cortesía despediste a tus servidores para que no me avergonzara yo delante de ellos por mi mala crianza. Sí, todo eso lo recuerdas.

A medida que Tom Canty exponía estos detalles y Eduardo movía la cabeza asintiendo, el elevado auditorio les miraba y oía con asombro. Aquello parecía ser una historia verdadera, pero ¿cómo había tenido lugar el casi imposible encuentro entre un príncipe y un muchacho pordiosero? Jamás se vio gente reunida más aturrullada, más intrigada y estupefacta que aquélla.

—Cambiarnos en broma nuestros vestidos, príncipe, y luego nos pusimos delante de un espejo y éramos tan iguales que los dos nos dijimos que parecía que no hubiéramos cambiado... Sí, indudablemente, recuerdas todo eso. Después te fijaste en que el soldado me había herido en una mano. Mira, aquí está todavía la señal y ni siquiera puedo escribir, porque tengo los dedos rígidos. Entonces diste un salto, señor, y corriste hacia la puerta... Pasaste junto a una mesa en la cual había eso que llamáis el Sello... Lo cogiste y miraste ansiosamente a vuestro alrededor, buscando un sitio donde esconderlo...

Entonces te fijaste en...

—¡Esto me basta! Este detalle es suficiente... ¡Alabado sea Dios! —exclamó el pretendiente harapiento, muy excitado—. Ve, mi buen Saint John —añadió—, y en un brazo de la armadura milanesa que pende de la pared encontrarás el Sello.

—¡Eso es, rey mío, perfectamente! —exclamó Tom—. Ahora el cetro de Inglaterra te pertenecerá. Ve, mi buen lord Saint Jolin, pon alas en tus pies.

Todos los presentes estaban de pie, con una expectación ansiosa y un temor inquieto que les torturaba. Se produjo en seguida un barullo ensordecedor de conversaciones frenéticas, y transcurrieron unos minutos sin que nadie oyera, supiera o se interesara por nada, como no fuese por lo que su vecino le decía a. grandes gritos al oído o lo que uno indicaba, voceando, al vecino. Por fin se extendió por todo el recinto un prolongado susurro, y en el mismo momento apareció en la plataforma lord Saint John, enarbolando el gran Sello del Estado. De repente, todo el mundo dio el grito de:

—¡Viva el verdadero rey!

Durante cinco minutos resonaron en el espacio ininterrumpidas aclamaciones y los sonidos armónicos de numerosos instrumentos de música, al mismo tiempo que se velan flotar en el aire millares de pañuelos, y en medio de toda aquella exaltación entusiástica, un muchacho andrajoso, situado en el centro de la anchurosa plataforma del trono, permanecía de pie, arrogante, rodeado de los vasallos que ante él hincaban la rodilla. Luego todos se levantaron, y Tom Canty declaró solemnemente:

—Ahora, ¡oh, rey! ¡Recobre estas prendas reales y devuelve al pobre Tom, su humildísimo servidor, esos andrajos que le pertenecen!

—Desnuden a ese rufián y métanlo en la Torre —dijo el lord protector, enojado.

—Nada de eso —replicó el verdadero monarca—, a no ser por él yo no hubiera recobrado la corona. Que nadie le ponga la mano encima para hacerle el menor daño. Y en cuanto a ti, mi buen tío y lord protector, tu proceder no demuestra gratitud para con ese pobre muchacho, porque según tengo entendido, te confirió el título de duque (el lord protector se ruborizó), a pesar de que no era todavía rey. Por lo tanto, ¿de qué vale ahora tu elevado título? Mañana, por mediación de él, me pedirás que te lo confirme, de lo contrario no serés duque, sino sencillamente conde.

Ante tales reproches, Su Gracia, el duque de Somerset, se retiró un momento de la primera línea.

El rey entonces se volvió a Tom y le dijo cariñosamente:

—Querido muchacho, ¿cómo pudo ser que recordaras ¿dónde escondí el Sello, si ni yo mismo lograba recordarlo?

—¡Ah, rey mío! Me fue muy fácil, porque lo he estado utilizando con frecuencia.

—¿Lo utilizaste y no podías explicar dónde estaba?

—Ignoraba lo que era. No me lo describieron, Majestad.

—Entonces ¿para qué lo usabas?

Las mejillas de Tom se colorearon de rubor, bajó los ojos y guardó silencio.

—Habla, muchacho, y no temas —prosiguió el soberano—. ¿Para qué utilizaste el Gran Sello de Inglaterra?

Tom Canty vaciló un momento, y por fin, con patética turbación, declaró:

—¡Para cascar nueces!

¡Pobre chico! La tempestad de risas que provocó esta confesión ingenua y graciosa le dejó anonadado de vergüenza. Y si quedaba alguna duda en la mente de alguno de los cortesanos respecto a que Tom Canty no era el verdadero rey de Inglaterra, esta contestación chocante la disipó por completo.

Entretanto, el suntuoso manto real había sido retirado de los hombros de Tom para pasar a los del rey, cuyos harapos quedaron cubiertos y disimulados por el mismo. Se reanudaron las ceremonias de la coronación, y el verdadero rey fue ungido. Le fue puesta la corona en la cabeza, mientras los cañones atronaban el espacio con su estampido anunciador del magno acontecimiento y toda la ciudad de Londres vibraba en medio de continuas aclamaciones.

EDUARDO, REY

Miles Hendon ya tenla un aspecto bastante pintoresco antes de meterse en la bullanga habida en el puente de Londres, pero éste se acrecentó mucho más cuando salió de ella. Poco dinero tenía al entrar en el alboroto, pero ni un céntimo al salir del mismo, pues los rateros, en el río revuelto, le habían robado hasta la última moneda. Pero poco importaba con tal que consiguiera encontrar al muchacho. Como era soldado, no se dispuso a emprender sus diligencias y su busca al azar, sino que preparó meditada y meticulosamente todo su plan de campaña. ¿Qué era lo natural que hiciera el muchacho? ¿Y adónde podía lógicamente haber ido? Lo natural —se decía Miles— es que se hubiese dirigido a su antigua pocilga, porque tal es el instinto de los dementes cuando se ven sin hogar ni amparo, como el de los cuerdos. ¿Dónde se hallaba situada su primitiva covacha? Sus andrajos, unidos al recuerdo del rufián que parecía conocerle y que incluso pretendía ser su padre, indicaban que el lugar debía encontrarse en alguno de los barrios más miserables de Londres. ¿Iba a ser larga y difícil la busca? No, al parecer resultaría fácil y breve. No se lanzaría a la caza del chico, sino a la caza de la muchedumbre, Porque no cabía duda que en el centro de una multitud, pequeña o grande, tendría, tarde o temprano, que encontrar a su amiguito, pues el populacho sarnoso seguramente se entretendría molestando e insultando al pequeño, que, como de costumbre, se le antojaría proclamarse rey. Entonces Miles Hendon dejaría maltrechos a algunos de los mal intencionados perillanes y se llevaría a su protegido, a quien, como otras veces, consolaría y alegraría con palabras cariñosas y del cual ya no volvería a separarse.

Emprendió, pues, Miles sus pesquisas, y hora tras hora, fue recorriendo angostos callejones y calles inmundas, a la zaga de grupos y de multitudes, y los encontró incontables, pero no descubrió en ninguna parte ni una sola huella del muchacho. Esto le extrañó muchísimo, pero no logró desanimarle, porque no influía en su plan de campaña. Lo único mal calculado era que ésta iba a resultar bastante más larga de lo que se figuró al principio.

Había recorrido en un día numerosas calles y observado muchos grupos sin más resultado que un gran cansancio, bastante hambre y no menos sueño. Necesitaba desayunar, pero no hallaba medio de conseguirlo. No se le ocurrió pedirlo como limosna, y en cuanto a empeñar su espada, antes habría consentido en despojarse de su honor. Podía prescindir de alguna de sus ropas... sí, pero sería más fácil encontrar un cliente para una enfermedad que para prendas como las que él usaba.

Al mediodía andaba aún por entre la multitud de curiosos que seguía a la comitiva regia, convencido de que aquella fastuosidad de la realeza tenía que llamar la atención y atraer al pobrecito muchacho demente. Siguió, pues, al real cortejo por todo el camino hasta llegar a Westminster y a la abadía. Iba de un lado a otro entre la muchedumbre que se apretujaba en aquellas inmediaciones, y quedó siempre chasqueado y estupefacto hasta que finalmente decidió alejarse de allí para modificar y mejorar sus pesquisas. Cuando despertó de sus meditaciones observó que la ciudad quedaba muy atrás y que se aproximaba el crepúsculo. Se encontraba cerca del río y en el campo, en una comarca pintoresca, llena de hermosas fincas, y, por consiguiente, no era un distrito adecuado al lamentable traje que él vestía.

Como no hacía frío, se tendió en el suelo junto a un seto, con objeto de descansar y poder reflexionar tranquilamente. No tardó en sentirse dominado por el sueño. Pero oyó unas salvas atronadoras y se dijo: "Están coronando al nuevo rey..." e inmediatamente se quedó dormido. Hacía más de treinta horas que no dormía ni descansaba. No volvió a despertarse hasta media mañana del día siguiente.

Se levantó cojeando, entumecido y hambriento; se lavó en el río, dio a su estómago el «consuelo» de unos sorbos de agua y se dirigió hacia Westminster, regañándose a sí mismo por haber perdido tanto tiempo inútilmente. El hambre le indujo a trazar un nuevo plan, que consistía en procurar ponerse al habla con el viejo sir Humphrey Marlow v pedirle unas monedas con las cuales... Pero de momento aquello ya era bastante, como primera parte de su proyecto; luego ya vendría lo demás...

A eso de las once se acercó a palacio, y aunque se vio rodeado por un grupo de personas encopetadas que seguía el mismo camino, no pasó, naturalmente, desapercibido, pues su traje se encargó de llamar la atención. Miles observó atentamente las facciones de toda aquella gente en la confianza de hallar un alma caritativa que se prestara bondadosamente a comunicar al viejo teniente su deseo de entrevistarse con él, porque era en vano penetrar personalmente en palacio.

De pronto, pasó por su lado el "niño de los azotes" que dio media vuelta, y mientras lo veía con ojos escudriñadores, se dijo:

"Si éste no es el vagabundo que tanto preocupa a Su Majestad, soy un asno..., aunque creo que también lo he sido antes. Responde a la descripción exacta de un harapiento. Si encontrase una excusa para hablarle...".

Pero Miles Hendon le sacó del apuro, porque, como ocurre cuando alguien se siente magnetizado por un hipnotizador que le mira insistentemente por la espalda, se volvió de cara al muchacho, y al notar el interés con que le miraba éste, se encaminó hacia él y le dijo:

—Acabas de salir de palacio, ¿verdad? ¿Vives en él?

—Sí, señor.

—¿Conoces a sir Humphrey Marlow?

El chiquillo se sobresaltó y dijo para sus adentros:

—¡Santo Dios! ¿Mi difunto padre? —Y contestó en voz alta—: Le conozco mucho, señor.

—¡Magnífico! ¿Está dentro?

—Sí —repuso el muchacho. Y añadió para sí: "¡Dentro de la tumba!".

—¿Puedo pedirte el favor de que vayas a decirle que deseo hablar con él, y le digas mi nombre?

—Voy inmediatamente, señor.

—Entonces manifiéstale que Miles Hendon, hijo de sir Richard, está esperando aquí fuera. Te lo agradeceré mucho.

"El rey no le ha citado por este nombre —pensó el muchacho, desilusionado—. Pero no importa, porque éste ha de ser su hermano gemelo, y apuesto a que puede dar noticias del otro a Su Majestad".

Así pues, dijo a Miles:

—Espera aquí un momento, señor, hasta que yo vuelva para daros una contestación.

Hendon se retiró al lugar indicado, que formaba como un hueco el muro de palacio, con un banco de piedra que servía de garita a los centinelas cuando hacía mal tiempo. Apenas se había sentado cuando pasaron por allí unos alabarderos al mando de un oficial. Este le vio, detuvo a sus hombres y ordenó a Hendon que le siguiera. Obedeció éste y fue inmediatamente detenido como sospechoso que merodeaba por los alrededores de palacio. Las cosas empezaban a ponerse feas. El pobre Miles se disponía a explicarse, pero el oficial le impuso silencio con brusquedad y mandó a sus hombres que le desarmaran y le cachearan.

"¡Dios haga que encuentren algo en mis bolsillos! —pensó el infortunado Miles—, pues yo por más que los registre no encuentro nada en ellos, a pesar de que mi necesidad es mucho mayor que la de esos guardias".

No le encontraron más que un documento. El oficial lo desplegó, y Hendon reconoció los garabatos trazados por su amiguito desaparecido aquel día desgraciado que estuvieron ambos en Hendon Hall. Las facciones del oficial se ensombrecieron al leer los párrafos ingleses, y Miles palideció al oír las palabras que aquél pronunciaba:

—¿Un nuevo pretendiente a la corona? —dijo el oficial—. Parece que éstos crecen hoy como conejos. Sujeten a ese perillán, muchachos, y procuren que no se mueva de aquí mientras yo voy a entregar este precioso papel a Su Majestad.

Y dicho esto entró precipitadamente en palacio, dejando al preso en manos de los alabarderos.

"Ahora se habrá acabado, por fin, mi mala suerte —se dijo Hendon—, porque seguramente voy a ser ahorcado a causa de ese maldito papelucho. ¿Y qué será entonces de mi pobre amiguito? ¡Sólo Dios lo sabe!".

De pronto vio que el oficial volvía corriendo, y se armó de valor para afrontar ja situación como corresponde a un hombre valiente y sereno. El oficial ordenó a los alabarderos que soltaran al detenido y devolvió a éste su espada. Luego, saludándole respetuosamente, él dijo:

—Dígnese seguirme, señor.

Hendon le siguió mientras iba pensando:

"Si no me viera camino de la muerte y del Juicio Final, y por consiguiente, ante la conveniencia de evitar los pecados, le apretaría el gaznate a ese bellaco por su cortesía burlona".

Atravesaron los dos un patio lleno de gente y llegaron a la entrada principal de palacio, donde el oficial, con otro saludo, entregó a Hendon en manos de un cortesano lujosamente ataviado, quien, después de recibirle con profundo respeto, le condujo a través de un anchuroso vestíbulo a cuyos lados se alineaban elegantes y rígidos lacayos (que a su paso, hicieron una gran reverencia, pero se partieron de risa disimuladamente al ver aquel estrafalario espantajo tan pronto como éste volvió la espalda) y le llevó por una escalera en medio de un gentío ricamente trajeado, hasta que, finalmente, le introdujo en un gran salón, donde le hizo pasar por entre los grandes nobles de Inglaterra allí congregados; luego, con extrema afabilidad, le indicó que tenía que descubrirse y le dejó de pie en medio de la espléndida sala, donde fue el blanco de todos los ojos, que le dirigían miradas de indignación o de mofa.

Miles Hendon estaba completamente azorado. Allí se hallaba el joven monarca bajo un suntuoso dosel a cinco pasos de distancia, con la cabeza inclinada hacia un lado y conversando con una especie de ave humana del paraíso, quizá un duque.

Hendon pensaba que ya era bastante terrible verse sentenciado a muerte en la flor de la vida, sin sufrir aquella humillación pública tan bochornosa. Deseaba que el rey despachara pronto, pues alguno de los encopetados personajes que le rodeaban se estaba poniendo ya inaguantable. En aquel momento, al levantar el rey ligeramente la cabeza, Hendon pudo verle la cara y experimentó tal impresión que se quedó sin poder apenas respirar. Se quedó contemplando al monarca, como paralizado, y exclamó:

—¡Caramba! ¡El gran señor de los sueños y de las sombras en su trono!

Murmuró algunas frases entrecortadas, sin dejar de mirar y de asombrase, y luego volvió los ojos a su alrededor para ver la brillante concurrencia y el efecto deslumbrante de aquel salón fastuoso.

"Pero ésos son de veras —se dijo—, no cabe duda que son seres reales. No es un sueño". Y mirando de nuevo al soberano, pensó: «¿Es un sueño o se trata, en efecto, del rey de Inglaterra y no del pobre vagabundo desdichado que yo equivocadamente le creía? ¿Quién me va a resolver este jeroglífico?»

Cruzó su cerebro una idea repentina que le indujo a dirigirse hacia la pared, y allí, cogiendo una silla, la plantó con firmeza en el suelo y tomó asiento.

Inmediatamente se oyó un murmullo de indignación, y una mano asió con brusquedad un hombro de Hendon, al mismo tiempo que una voz exclamaba:

—¡Levántate, payaso mal educado! ¿Te atreves a sentarte en presencia del rey?

Este incidente llamó la atención de Su Majestad, que extendió al mano y dijo:

—¡No le toques! ¡Está en su perfecto derecho!

Los cortesanos apiñados retrocedieron estupefactos. El rey prosiguió:

—Sepan todos, damas, lores y caballeros, que éste es mi leal y muy querido servidor, Miles Hendon que interpuso su excelente espada y salvó a su príncipe de un daño corporal y tal vez de la muerte... Por esta razón es caballero por nombramiento del rey. Sepan también todos que, por un servicio más elevado, con el cual salvó de los azotes y de la vergüenza pública a su monarca haciéndose dar los latigazos que correspondían a éste, le ha sido conferido el título de par de Inglaterra y de conde de Kent y tendrá el oro y las tierras a que le da derecho su dignidad. Es más: el privilegio que acaba de ejercer le corresponde también por concesión real, porque hemos ordenado que tanto él como sus condescendientes y sucesores legítimos gocen y conserven el derecho de sentarse en presencia de Su Majestad de Inglaterra, en lo sucesivo, de generación en generación, mientras subsista la corona. No le molesten.

Dos personas que por retraso no habían llegado del campo hasta aquella mañana y no hacía más que cinco minutos que se hallaban en el gran salón, se quedaron escuchando aquellas palabras y mirando alternativamente al monarca y al espantajo estrafalario con extraordinario azoramiento. Eran sir Hugo y Edith. Pero el nuevo conde no les vio porque estaba todavía contemplando al soberano completamente atontado, y murmurando entre dientes:

"¡Torpe de mí! ¡Este es el mendigo, éste es el loco! ¡Este es aquel a quien pretendía yo demostrar lo que era la grandeza, haciéndole ver las setenta habitaciones de mi casa y sus veintisiete criados! ¡Este es el que yo creía que nunca había tenido por traje más que andrajos, puntapiés por consuelo y despojos por alimento! ¡Este es el que yo quería adoptar para hacerle respetable! ¡Dios me dé un saco para poder ocultarme en él, avergonzado!".

De pronto, pensó en sus modales y se postró de rodillas ante el trono, con las manos entre las del rey, y le juró fidelidad y le rindió pleitesía y homenaje por sus tierras y sus títulos. Se levantó luego y se retiró respetuosamente a un lado, pero continuó siendo el blanco de todos los ojos, la mayor parte de los cuales le miraban con envidia.

En aquel momento el rey se fijó en sir Hugo y exclamó con voz solemne y ojos centelleantes:

—Despojen a ese ladrón de sus falsas prendas e insignias ostentosas, y métanlo entre rejas hasta que yo tome la resolución conveniente.

Sir Hugo fue sacado de la sala del trono custodiado por guardias.

De pronto se oyó barullo en el otro extremo del salón. Todos los cortesanos se separaron para dar paso a Tom Canty que, ricamente ataviado, aunque de una manera muy singular, avanzó entre dos muros vivientes, precedido de un ujier. Hincó la rodilla ante el rey, y éste le dijo:

—Me he enterado de todo lo ocurrido durante estas últimas semanas y estoy muy satisfecho de ti. Has gobernado el reino con acierto y benignidad. ¿Encontraste de nuevo a tu madre y a tus hermanas? En este caso se les procurarán los medios para que puedan vivir holgadamente, y si tú lo deseas y la ley lo permite, tu padre será ahorcado. Todos los que estáis oyendo habéis de saber que, desde hoy, los que están asilados en el Hospicio de Cristo y disfruten los beneficios de la bondad del rey, serán educados del mismo modo que son alimentados, y este muchacho vivirá allí toda su vida y presidirá la honorable junta de aquella institución benéfica. Y teniendo en, cuenta que ha actuado de soberano, es justo que goce de ciertos privilegios, y por ello, fíjate en que lleva traje de gala distinto de los demás para que con él sea reconocido, traje que nadie podrá copiar y que recordará a las gentes que este joven actuó de rey durante algunos días. Nadie podrá negarle el más reverente respeto ni dejar de rendirle homenaje. Cuenta con la protección del trono y ostentará el honroso título, de "pupilo del rey".

Tom Canty, orgulloso y feliz se levantó, besó la mano del monarca y se retiró con humildad respetuosa.

No quiso desperdiciar ni un momento y fue volando a ver a su madre para relatarle lo sucedido lo que contó también a Nan y a Bet, para que compartieran con él la alegría de aquella circunstancia dichosa.

CONCLUSIÓN

Justicia y recompensa

Cuando quedaron aclarados todos los misterios, se supo, por propia confesión de Hugo Hendon, que la esposa de éste había repudiado a Miles por imposición suya y que, igualmente, obedeciendo bajo amenaza de muerte la orden de su marido, Edith tuvo que fingir que no conocía a Miles cuando éste se presentó últimamente en Hendon Hall. En los primeros momentos la joven se rebeló contra aquella criminal exigencia, diciendo que prefería perder la vida, que en nada apreciaba, antes que renegar de Miles. Pero entonces Hugo replicó que no era a ella a quien mataría, sino a su hermano, al cual haría asesinar.

Esta última amenaza fue la que le decidió a dar palabra de consentimiento y a cumplirla exactamente.

Hugo no fue perseguido por sus amenazas ni por la usurpación de los bienes y títulos de su hermano, pues ni éste ni su esposa quisieron acusarle, y al primero no le hubieran permitido declarar aunque ella lo hubiese requerido. Hugo abandonó, pues, a su esposa y partió para el continente, donde no tardó en morir, y poco tiempo después, el conde de Kent se casó con la viuda.

Se celebraron en el pueblo de Hendon grandes fiestas cuando los novios hicieron su primera visita a la casa solariega.

Del padre de Tom Canty no se volvió a saber nada en absoluto.

El rey hizo buscar al labriego que fue marcado y vendido como esclavo, le separó de la cuadrilla, y apartándole de su camino de perdición, le puso en situación de poderse ganar la vida honradamente.

También sacó de la cárcel al viejo abogado, a quien perdonó la multa que le había sido impuesta. Mandó que se dispusieran hogares confortables para las hijas de las dos desgraciadas mujeres anabaptistas que vio quemar vivas y castigó severamente al alguacil que descargó los inmerecidos azotes sobre la espalda de Miles Hendon. Salvó de las galeras al muchacho que capturó al halcón perdido y testimonió su gratitud al juez que se compadeció de él cuando fue acusado de haber robado un cerdo. Tuvo más tarde la satisfacción de verle adquirir fama entre las gentes y convertirse en un hombre equitativo e insigne.

El rey, durante toda su vida, gustó de relatar sus aventuras muy detalladamente, desde el momento en que el centinela le apartó de un empujón de las verjas de palacio hasta la noche final en que astutamente se mezcló con un grupo de obreros atareados que trabajaban en la abadía, y así penetró allí y se ocultó junto a la tumba del Rey Confesor, donde estuvo durmiendo tanto rato que poco faltó para que llegara tarde a la ceremonia de la coronación. Declaraba que el recuerdo de lo que ocurrió iba a servirle de provechosa lección, cuyas enseñanzas veía claro que beneficiarían notablemente a su pueblo; y así, mientras viviera, seguiría contando la historia con objeto de conservar su significado en la memoria y la piedad en su corazón.

Miles Hendon y Tom Canty fueron los favoritos del rey durante el breve reinado de éste, y cuando falleció, lo lloraron sinceramente. El bondadoso conde de Kent tenía sobrado talento para abusar de sus privilegios especiales, pero los ejerció en dos ocasiones, después del ejemplo que hemos visto, antes de su muerte: una cuando el advenimiento al trono de la reina María, y otra cuando la coronación de la reina Isabel. Uno de sus descendientes lo ejerció también cuando fue coronado Jacobo I. Transcurrió casi un cuarto de siglo antes que al hijo de este descendiente le fuera dable usar de su derecho, por lo cual el «privilegio de los Kent» se había borrado de la memoria de la mayor parte de la gente de aquella época.

Así pues, cuando el Kent de aquellos tiempos se presentó ante Carlos I y su corte y se sentó en presencia del monarca, con objeto de afirmar y perpetuar el derecho de su noble familia, se produjo gran revuelo, pero pronto fue explicado el caso y el derecho en cuestión quedó confirmado. El último conde de aquella vieja estirpe cayó luchando en defensa del rey en las guerras de la república, y con él tocó a su fin el singular privilegio.

Tom Canty vivió hasta una edad muy avanzada que le daba un aspecto grave y benigno de anciano simpático, con todo el cabello canoso. Durante toda su vida, después de su infancia, se le tributaron los debidos honores y reverencias porque su traje llamativo y peculiar recordaba a todo el mundo que de joven actuó de rey; y por ello, dondequiera que se presentaba, todos los que se hallaban en su presencia le abrían paso y se decían entre sí:

"Descúbranse ante él... ¡Es el pupilo del rey!", y le saludaban respetuosamente, a lo cual él correspondía con una sonrisa amable que todos tenían en mucha estima, dada la honrosa historia de aquel cuyos labios la perfilaban.

Sí, el rey Eduardo VI vivió pocos años, el pobre, pero los vivió provechosa y dignamente. Más de una vez, cuando algún gran dignatario, algún encumbrado vasallo de la corona, oponía alguna objeción a la lenidad del soberano, alegando que alguna de las leyes que éste se proponía modificar era ya lo bastante suave para su objeto, y no podía decirse que ocasionara sufrimiento ni opresión dignas de consideración, el joven monarca le dirigía una mirada elocuente y melancólica y con tono de emoción compasiva, le decía:

—¿Y qué sabes de los sufrimientos y de la opresión? De eso sólo podemos dar razón yo y mi pueblo, pero tú no.

El reinado de Eduardo VI resultó ser muy clemente en aquellos tiempos rigurosos. Y ahora que, terminada la historia, vamos a dejar de hablar de él, procuremos conservar en nuestra memoria el recuerdo imperecedero de su elevada figura.